KB079946

박완서
소설전집
결정판

011

엄마의 말뚝

* 일러두기 ─────────────────────────────────────

〈박완서 소설전집 결정판〉은 국립국어원 맞춤법 규정을 따랐으나,
일부 표현의 경우 작가와 협의하여, 최초 창작 의도에 따라 원문을 유지하였음을 알려드립니다.

기획의 글

1994년 세계사에서 박완서 전집을 첫 출간한 이래, 2002년 개정판을 거쳐, 2012년 〈박완서 소설전집 결정판〉을 내게 되었다.

선생님은 데뷔작인 『나목』부터 손수 교정을 봤는데 안타깝게도 암 수술을 받은 후 병석에 눕고 나서는 당신의 글을 직접 다듬지 못했다. 누가 삶의 깊은 뜻을 알 수 있을까! 선생님은 지난해 정월, 갑작스레 세상을 떠나셨고 1주기를 추모하여, 선생님 생전에 기획한 대로 결정판을 출간하게 되었다.

선생님의 장편소설을 다시 읽고 재평가하는 작업은 큰 산맥을 종주하는 듯 방대했다. 힘들고 지루했지만 '박완서 문학'의 폭과 깊이, 그리고 한국문학의 미래를 향한 가능성을 확인한 축복의 시간이었다.

선생님 작품의 넓고 깊음은 한 단어로 말하기 힘들다.

한국전쟁으로 텅 비고 황폐한 도시 속에서도 '물이 차오르듯 삶의 희망'을 찾아내던 선생님은, '사람 사는 모습'을 깊은 관심을 갖고 바라보았고 사회 변화에도 민감했다. 작품 활동을 시작한 이래 조금도 쉼 없이 많은 글을 쓰실 만큼 현상을 분석하는 데 탁월했다. 그만큼 소재에 제한이 없었다. 본인이 직접 겪어내신 한국전쟁뿐 아니라, 구한말부터 일제 강점기까지의 경제와 풍속, 체제 변화 속 개인의 혼란, 가부장제와 여권운동의 충돌과 허상, 중산층의 허위의식과 계층 분화 등 기존 작가들이 다루지 못했던 사회상을 문학 속으로 끌어들이는 데 앞장섰다. 선생님의 작품은 진실을 천착하는 집요한 작가 정신, 모든 구속과 드러나지 않는 음모와 싸우는 자유의 기운이 구석구석 흐르고 있어, 시대의 징후를 읽어내는 소설문학 고유의 양보할 수 없는 미덕을 넘치게 갖추고 있다.

첫 출간 때와 달리 각 초판본에 실린 서문이나 후기를 그대로 옮겨 실은 것은 작품을 쓸 당시 선생님의 생생한 육성을 듣기 위한 것이었다. 그 글을 쓴 시대와 작가의 심상이 느껴지는 짧은 글은 '박완서 문학'의 역사를 담고 있다. 덧붙인 평론들은 작품의 새로운 의미와 생명력을 불어넣어 준다.

'박완서 문학'은 언어의 보물창고다. 파내고 파내어도 늘 샘솟는 듯 살아 있는 이야기와, 예스러우면서도 더 이상 적절할 수 없는 세련된 표현으로 모국어의 진경을 펼쳐 보였다. 재미있는 글과 활달한 언어가 주는 힘은 우리들을 뜨겁게 매료시켰으며, 이는 아름다운 문학의 풍경을 만들어냈다. 40년 내내 여러 계층의 독자들에게 사랑받았고 말년까지도 긴장감과 유머를 잃지 않았던 선생님은 문학의 이름으로 길이 살아계실 이 시대의 스승이고 표양이다.

'재미와 뼈대가 함께 담긴 소설'을 쓰는 것이 선생님의 평생 과업이었다. 다가오는 세대들에게 글 쓰는 이의 외로움과, 그보다 더한 사랑을 온전히 물려주고 떠난 준엄함과 따뜻함은, 그대로 문학하는 이들의 상징이 되었다. 선생님에 대한 그리움으로 기획의 글을 대신한다.

2012년 1월
〈박완서 소설전집 결정판〉 기획위원
권명아 · 이경호 · 호원숙 · 홍기돈

제5회 이상문학상을 받으며

　먼저 저에게 이 과람한 상을 주신 문학사상사와 심사위원 선생님들, 그리고 저를 축하해주시기 위해 이 자리를 함께해주신 여러 어른들과 벗들에게 감사드립니다.

　제가 문단이란 데를 어림짐작으로 등단한 지가 11년이 되었고, 그동안 다작이라 우려해주시는 분도 계실 만큼 부지런히 써왔습니다. 그러나 이번 「엄마의 말뚝 2」에 상을 주겠다는 소식을 들었을 때 왜 하필 그 작품을? 하고 흠칫 놀라면서 부끄러웠고, 피하고 싶었고, 숨어버리고도 싶었습니다. 상을 우습게 알 만큼 고고해서가 아닙니다. 의례적인 겸손 때문도 아닙니다. 작가는 작품을 쓸 뿐 작품에 대한 평가는 이미 그의 몫이 아닙니다. 이 작품의 객관적인 평가에 대해서도 저는 왈가왈부할 자격이 없습니다. 그럼에도 불구하고 감히 이의를 제기하고 싶었건 것은 쓰고 나서 곧 참지 못하고 쓴 것을 후회한 작품이었기 때문입니다. 참았어야 하는 것을, 정 못 참 겠으면 울안에서의 통곡으로 끝냈어야 하는 것을…… . 저는 그 작 품이 활자가 되어 돌아다니는 동안 줄창 이렇게 불편했고 불안했습 니다. 그것은 저에게 소설이기 이전에 한바탕의 참아내지 못한 통 곡 같은 거였습니다. 저는 통곡을 참아내지 못한 자신에게 정이 떨 어졌고 쓴다는 것은 과연 뭘까? 하는 근원적이며 주기적인 질문으 로 자신을 그 어느 때보다 심하게 닦달질해야 했습니다.

소설이 거리材料로 삼아서는 안 되는 게 있다고는 생각하지 않았 습니다. 오히려 평범한 일상 속에, 버림받은 쓰레기 속에, 외면당한 남루 속에, 감추어진 추악한 것 속에서 소설 거리는 보석처럼 반짝 거리고 있을 수도 있습니다. 그러나 그게 오다가다 우연히 얻어지 는 건 아닐 것입니다. 삶에 대한 꾸준한 통찰력, 따뜻한 연민, 때로 는 열정적인 애정에 의해서만 그것을 볼 수가 있고 주워 올릴 수가 있습니다. 문제는 주워 올린 다음입니다. 어떤 거리를 소설로 만들 기 위해선 주워 올릴 때와는 딴판으로 일단 뜨악하게 밀어내고 객 관적으로 바라보아야 하고, 정이 앞서지 않는 냉혹한 마음으로 추 리고 다듬고 구성해야 합니다. 제 경험에 의하면 작가의 그런 이중 성이 철저히 지켜졌을 때만 비로소 명색이 소설이라 부를 만한 것 이 만들어졌지 않았나 싶습니다.

제가 이번 수상작을 쓰고 나서 자신에게 정떨어지고 수치감마저 느꼈던 것도 자신의 어머니의 현재 진행 중인 참담한 고통을 거리 로 삼았대서가 아닙니다. 차마 그걸 거리로 삼아 소설을 만들 수 있을 만큼 어머니의 현재 진행 중인 고통과 고투에 대해 여유를 둘 수 있었고, 객관적일 수 있었고, 냉담할 수 있었다는, 좋게 말하면 작가적 근성, 나쁘게 말하면 말 못할 독종에 대한 혐오였습니다. 그러나 역시 그 이중성은 이 작품에서 너무도 허술했습니다. 곳곳에서 흔들리고 있음을 감출 수가 없었고 그것이 도리어 저에겐 한 가닥의 위안이 되었댔습니다.

우리나라의 분단은 이제는 하나의 기정사실입니다. 분단은 오래전에 피 흘리기를 멈추고 굳은 딱지가 되었고, 통일을 꿈꾸지 않은 지도 오래입니다. 통일이란 말은 도처에 범람하고 있습니다만 산 채로 분단된 자의 애절한 꿈으로서가 아니라 그것을 직업으로 삼고 사는 사람들이 만들어낸 구호로서 행세하고 있을 뿐입니다. 통일이 직업인 사람은 될 수 있는 대로 많은 구호를 만들어내어 분단을 치장하면 되겠지만 진실로 통일이 꿈인 사람은 끊임없이 분단된 상처를 쥐어뜯어 괴롭게 피 흘리게 할 수밖에 없습니다. 고통스럽지만 방법은 그것밖에 없습니다. 토막 난 채 아물어버리면 다시는 이을 수 없게 되리라는 걸 알기 때문입니다.

문학이 구호에 봉사하느냐, 이런 숨겨진 처절한 아픔 편에 서느냐, 기로에 서 있다고까지는 생각하지 않습니다. 그러나 우리의 이웃이 부당하게 겪는 아픔과 슬픔, 몸부림, 그러면서도 결코 단념할 줄 모르는 그들의 꿈, 그런 것들과 무관하지 않기 위해선 끊임없이 정신을 쥐어뜯어야 할 만큼, 우리를 일률적으로 행복하고 편안하게 해주는 구호의 최면술은 날로 막강해지고 있습니다.

아물었으되 피 흘리고 있음을, 딱지 않았으되 곪고 있음을, 잘 차려입었으되 벌거벗었음을, 춤추고 있으되 몸부림치고 있음을 보고 느끼고 말하는 게 문학의 운명적 형벌이자 자존심이라면 저도 잠시 한낱 비통한 가족사를 폭로한 것 같은 수치심에서 벗어나 제 선배 수상자들이 그랬듯이 이 상 앞에서 늠름하고자 합니다.

끝으로 이 자리를 빌어 문학사상사 여러분께 사과드리고 싶은 건, 수상 소식을 전해 듣고 나서 여태껏 앞서 말한 이런저런 까닭에다 타고난 재미없는 성격으로 해서 별로 기쁨을 나타낼 줄 몰라 애써 큰 상을 마련한 분들을 실망시키지 않았나 하는 겁니다.

아이들을 여럿 기르다 보니, 더러 상장 같은 것도 타왔는데 그럴 때마다 저는 별로 대수롭지 않은 척 저만큼 밀어놓았다가도 아이들이 안 보는 데선 후딱 잘 챙겨서 소중하게 간수해놓은 게, 그 애들이 어른이 된 지금까지도 제 세간 속 가장 귀한 자리를 차지하고 있으면서 제 비밀스러운 기쁨과 자랑이 돼주고 있습니다.

이 상 역시 제 마음자리 가장 깊은 곳에 소중하게 간직했다가 소설 쓰는 일에 바치는 수고에 지쳤을 때, 그 일이 허망하고 허망해서 망막해졌을 때 꺼내 볼 겁니다. 그때 그것은 한 가닥 빛으로든 모진 채찍으로든 제게 큰 용기가 돼줄 겁니다. 감사합니다.

1981년
박완서

* 1981년 11월, 〈문학사상〉에 실린 제5회 이상문학상 수상 소감

| 차례 |

엄마의 말뚝 · 1

　농바위 고개만 넘으면 송도라고 했다. 그러니까 농바위 고개는
박적골에서 송도까지 사이에 있는 네 개의 고개 중 마지막 고개였
다. 마지막 고개답게 가팔랐다. 20리를 걸어온 여덟 살 먹은 계집애
의 눈에 고개는 마치 직립해 있는 것처럼 몰인정해 보였다. 그러나
무성한 수풀을 뚫고 지나간 것처럼 고갯길이 끝나면서 뻥하게 열린
하늘은 우물 속의 하늘처럼 아득하게 괴어 있어서 나를 겁나게도
가슴 울렁거리게 했다.

　나는 타박타박 쉬지 않고 걸었다. 양손을 엄마와 할머니가 잡고
있었다. 엄마도 할머니도 머리에 커다란 임을 이고 있었다. 내 걸음
걸이가 지쳐 보일 때면 엄마와 할머니는 서로 눈을 맞추고는 양쪽
에서 내 겨드랑 밑에 손을 넣어 번쩍 들어올려서 그네 태우듯이 대

롱대롱 흔들면서 몇 발자국 종종걸음을 치고 나서 내려놓아 주곤 했다. 무거운 임을 인 두 분에겐 그것이 힘겨운 일이었겠지만 나는 그동안이 너무 짧아 번번이 아쉬웠다.

그러나 농바위 고개를 오르면서는 두 분은 약속이나 한 듯이 내 지치고 부르튼 발에 그만큼의 아첨도 하려 들지 않았다. 그 대신 양쪽에서 두 분의 손이 각각 질이 다른 끈적거림으로 내 작은 손을 점점 더 아프게 옥죄기 시작했다. 나는 미지의 고장으로 어쩔 수 없이 끌려가고 있는 중이었다. 끌려가고 있다는 생각 때문에 가파른 고개를 오르면서 추락하고 있는 것 같은 아찔한 공포감과 속도감을 맛보고 있었다.

마침내 우리는 고개의 정상에 섰다.

"봐라, 송도다. 대처다."

엄마는 마치 자기가 그 대처의 주인이라도 되는 것처럼 자랑스럽게 말했다. 아닌 게 아니라 송도는 엄마가 방금 보자기에서 풀어놓은 것처럼 우리들의 발 아래 그 전모를 남김없이 드러내고 있었다.

내가 최초로 만난 대처는 크다기보다는 눈부셨다. 빛의 덩어리처럼 보였다. 토담과 초가지붕에 흡수되어 부드럽고 따스함으로 변하는 빛만 보던 눈에 기와지붕과 네모난 이층집 유리창에서 박살나는 한낮의 햇빛은 무수한 화살처럼 적의를 곤두세우고 있었다.

내가 그보다 먼저 딱 한 번 만난 적이 있는 대처 사람의 인상도 그랬었다. 그 대처 사람은 외삼촌이었다. 할머니는 사돈의 뜻하지 않은 방문에 쩔쩔대면서 시골 구석이라 대처 사람 대접할 게 변변치 못하다는 말을 수없이 하셔서 나는 그가 대처 사람이란 걸 알 수가 있었다. 나는 그 대처 사람이 싫었다. 그는 검정빛 양복을 입고 있었다. 양복쟁이가 처음은 아니었다. 언젠가 동구 밖을 자전거 탄 사람이 지나간 적이 있는데 아이들이 "순사다"라는 바람에 혼비백산 집으로 뛰어드느라고 자세히 못 봤지만 그것 비슷한 옷을 입고 있었다. 그러나 양복보다 더 기분 나쁜 건 눈에 쓴 안경이었다.

오빠는 나보다 훨씬 먼저 엄마가 대처로 데려갔는데, 그때 오빠는 자기의 귀중품을 나에게 고스란히 물려주고 갔다. 마을에서 15리나 떨어진 면소재지에 있는 소학교를 졸업하고 중학교에 가기 위해 대처로 가는 오빠는 별의별 걸 다 가지고 있었다. 새총, 팽이, 제기, 연, 딱지, 썰매, 크레용, 지남철, 유리 조각……. 그중에서 내가 정말 갖고 싶었던 건 지남철뿐이었다. 지남철로 오빠가 화로를 휘저어 쇠붙이를 모조리 끌어올리는 것도 재미있었지만, 내가 온종일 찾지 못한 할머니가 바느질하다 놓친 바늘이 오빠의 지남철 끝에서 방금 낚아올린 붕어처럼 비늘을 반짝이며 파르르 떨고 있는 걸 볼 땐 시샘과 경탄으로 숨이 막힐 지경이었다. 고 신기한 게 마침내 내 것이 된 것이다. 그러나 오빠는 나에게 더 신기한 걸 가르쳐주고 떠났다. 그건 유리 조각의 쓸모였다. 오빠는 그 동그란 유리 조각으로 햇볕을 일으키는 법을 가르쳐준 것이다. 유리 조각을 통과한 빛이 종이 위에서 창백하고도 뜨거운 느낌으로 송곳 끝처럼 오므라드는 걸 지켜볼 때 내 심장도 그만한 크기로 옥죄었고 마침내 그곳에서 파란 연기가 모락모락 피어오르자 나는 온몸이 오싹오싹하면서도 가슴은 화끈했고 곧 오줌이 마려웠다. 그날 밤 나는 내가 직접 그짓을 하는 꿈을 꾸다가 정말 오줌을 싸고 말았다. 그래선지 나는 지금까지도 아이들 버릇 가르치기 위한 이런저런 항간의 속설 중 '불장난하면 오줌 싼다'는 말을 믿는 편이다.

오빠는 화경을 물려주면서 어른 몰래 간수하란 소리는 안 했다. 그러나 그것으로 할 수 있는 장난의 그 오싹오싹함에서 죄의 맛을 감지한 나는 그것을 어른 몰래 감추었고, 장난도 어른들이 안 보는 데서만 했다. 그러나 언젠가 잘 마른 짚북더미 위에서 그 짓을 하다가 그만 짚북더미로 불이 옮아붙어 하마터면 집을 태울 뻔한 큰일을 저지르고 말았고, 그 바람에 나는 화경을 당장 빼앗기고 엉덩이가 부르트도록 얻어맞았었다.

외삼촌은 그 무서운 화경을 하나도 아니고 둘을 양쪽 눈에 하나씩 붙이고 있었다. 안경의 번쩍거림 때문에 나는 그 속의 눈을 볼 수가 없었다. 나는 그렇게 번쩍거리는 사람이 싫고 무서웠다. 외삼촌은 웃으면서 나에게 손을 벌렸지만 나는 할머니 치마꼬리에 휩싸여 막무가내 그 앞으로 가지 않았다. 외삼촌이 주머니에서 반짝이는 은전을 한 푼 꺼내 보이면서 나를 유혹했다. 나는 조금도 동하지 않았다. 나는 은전의 쓸모를 몰랐다. 그건 안경과 마찬가지로 외삼촌의 몸에서 빛을 내는 것 중의 하나일 뿐이었다. 할머니가 민망했던지 나를 억지로 당신의 치마꼬리에서 떼어내어 외삼촌 앞으로 밀어내려고 했다. 나는 외삼촌이 싫고 무서워서 엉엉 울며 발버둥질쳤다.

"그냥 두세요. 낯을 몹시 가리는군요."

"참 별일이네, 안 그러던 애가……."

할머니가 혀를 차면서 나를 다시 당신의 치마폭에 휩쌌다. 그 후에도 나는 외삼촌에 대해 안경밖에 생각나는 게 없었다.

대처는 그 외삼촌 같은 얼굴을 하고 있었다. 내리막길은 올라올 때와는 다르게 구불구불 구비지고 덜 가팔랐다. 나는 슬그머니 엄마의 손을 뿌리치고 할머니한테 두 손으로 매달리면서 치마폭에 휩싸였다. 할머니 치마폭은 집에서 내가 툭하면 휩싸일 때처럼 만만하고 구속하지 않았다. 풀을 세게 먹여 다듬이질한 옥양목 치마는 차갑다 못해 날이 서 있는 것처럼 느꼈다. 그러나 엄마를 뿌리치고 할머니한테 매달렸다는 건 대처로 가기 싫다는 나의 의사 표시였다.

할머니는 내 편이었다. 엄마는 나를 대처로 데려가려 했고, 할머니는 나를 대처로 안 보내려고 했다. 엄마가 나를 데리러 시골집에 나타나고 나서 할머니와 엄마는 줄창 다투기만 했다. 그러나 두 분다 나한테 어디서 살고 싶으냐고 물어보진 않았다. 나는 대처라는 델 가보진 않았지만 싫었다. 박적골집은 나의 낙원이었다. 뒤란은 작은 동산같이 생겼고 딸기 줄기로 뒤덮여 있었다. 그 밖에도 앵두나무, 배나무, 자두나무, 살구나무가 때맞춰 꽃피고 열매를 맺었고 뒷동산엔 조상의 산소와 물 맑은 골짜기와 밤나무, 도토리나무가 무성했다. 사랑마당은 잔치 때 멍석을 깔고 차일을 치면 온 동네 손님을 한꺼번에 칠 수 있도록 넓고 바닥이 고르고 판판했지만 둘레에는 할아버지가 좋아하시는 국화나무가 덤불을 이루고 있었다. 꽃송이가 잘고 향기가 짙은 토종국화는 엄동이 될 때까지 그 결곡한 자태를 흐트러뜨리지 않았다.

그러나 국화꽃 필 때면 더욱 낭랑해지는 할아버지의 적벽부를 읊조리는 소리가 끊긴 지는 오래되었다. 임술지추칠월기방에 소자여객으로 범주유어 적벽지하할새…… 대신 놋재떨이에 담뱃대 부딪는 소리와 메마른 기침소리가 사랑이 비어 있지 않다는 걸 알려줄 뿐 사랑 미닫이는 한여름에도 열리지 않았다. 맏아들을 잃자마자 할아버지는 동풍을 하셔서 반신불수가 된 채 두문불출이셨다. 아버지의 죽음이 문제였다. 내가 그 낙원에서 기억할 수 있는 모든 나쁜 일은 아버지의 죽음으로부터 시작됐다. 아버지는 어느 날 심한 복통으로 마루에서 댓돌로 댓돌에서 세 층이나 아래인 마당으로 데굴데굴 굴러 떨어지면서 마당의 흙을 손톱으로 후벼파면서 괴로워했다. 곧 한의사를 불렀다. 사관을 트게 하고 탕제를 달이는 동안이 급해 할머니는 엿기름을 타다가 떠넣고 할아버지는 청심환을 엄마는 영신환을 물에 개서 입에 흘려 넣었으나 차도가 없었다. 급히 달인 탕제도 아무런 효험을 못 보자 엄마와 할머니는 무당집으로 달려가서 무꾸리를 하니까 집터에 동티가 나도 단단히 났으니 큰굿 해야겠다고 하면서 굿날을 받아놓기만 해도 당장 차도가 있을 거라고 장담을 해서 우선 굿날 먼저 받아놓고 오니 아버지는 막 숨을 거둔 뒤였다.

그때가 아직 우리가 새집을 지은 지 3년 안인 때라 사람들은 모두 집터 동티가 과연 무섭긴 무서운 거라고 혀를 내두르며 공구했다.

그러나 할머니 말씀을 좇아 무당집에 가느라 아버지의 임종도 못
지킨 엄마건만 친가의 대소가가 대처에 살고 있어 이미 처녀 적에
문명의 소문에 접할 기회가 좀 있었던 엄마의 생각은 달랐다. 엄마
는 아버지를 죽게 한 병이 대처의 양의사에게만 보일 수 있었으면
생손앓이처럼 쉽게 째고 도려내고 꿰맬 수 있는 병이라는 걸 알고
있었다.

　엄마는 그때부터 대처로의 출분을 꿈꿨다. 마침 오빠의 소학교
졸업을 기화로 그 꿈은 구체화됐다. 엄마는 아버지의 삼년상도 받
들기 전에 오빠를 데리고 서울로 떠났다. 맏며느리로서 시부모 공
양하고 봉제사라는 신성한 의무를 포기하는 대신 엄마는 아무런 재
산상의 권리도 주장하지 못했다. 숟가락 하나도 집안 것은 안 건드
리고 오로지 당신의 단 하나의 재간인 바느질 솜씨만 믿고 어린 아
들의 손목을 부여잡고 표표히 박적골을 떠났다. 그때는 내가 떠날
때 같은 고부간의 사전 불화조차 없었다.

　며느리의 그런 불효막심하고도 당돌한 계획을 막을 수는 없으리
라는 걸 노인들은 이미 알고 있었다. 큰소리 내봤댔자 집안 망신이
나 더 시키게 되니 그저 쉬쉬하는 걸로 점잖은 집안의 체통이나 지
키려는 체념과 아들 하나는 대처에 데리고 나가 어떡하든 성공시켜
보겠다는 며느리의 굳은 결심에 은근히 거는 한 가닥 희망 때문에
어머니의 일차 출분은 비교적 순조롭고 조용했다. 그러나 소학교를
갓 졸업한 어린 소년의 어깨엔 대처에 나가 어떡하든 성공해야 된
다는 가뜩이나 벅찬 짐이 그만큼 더 무거워진 셈이었다. 나는 오빠

와 친하고 깊이 사랑했기 때문에 막연하게나마 오빠가 걸머진 짐의 무게를 같이 느낄 수가 있어서 오빠가 안쓰럽고 불쌍했다. 내가 그 고장 사람들이 대처라 부르는 송도나 서울에 대해 그 나이 또래의 계집애다운 막연한 동경조차 품지 못하고 다만 두렵기만 했던 건 대처에 가면 꼭 해야 한다는 그 성공이라는 것 때문인지도 몰랐다. 삼촌이 두 분이나 있었으나 어떻게 된 게 그때까지도 아들을 두지 못하고 하는 일도 시원치 않은데 단 하나의 장손인 오빠는 인물이 준수하고 총명했다. 월반을 하여 소학교를 5년 만에 졸업했다 해서 인근 마을엔 신동이란 소문까지 나 있었다. 그러나 쇠퇴해가는 가운의 중흥의 책임을 지기에는 아직 어린 소년이었다.

나는 가끔 오빠를 보고 싶어했지만 보러 대처에 가고 싶진 않았다. 엄마도 별로 보고 싶지 않았다. 나는 그때 책임이라는 게 무엇이라는 걸 알 나이가 아니었지만 어른들과 대처가 공모를 해서 오빠에게 고약할 올가미를 씌우려 하고 있다는 것만은 눈치채고 있었다. 엄마가 없는 동안 나는 할머니 할아버지는 물론 삼촌들, 삼촌댁들의 귀여움을 독차지하고 있었다. 내가 하고 싶다고 생각해서 안 되는 게 없었다. 나는 방목된 것처럼 자유로웠다. 올가미 같은 건 쓰고 싶지 않았다.

그러나 어느 날, 엄마는 나까지 대처로 데려가기 위해 나타났다. 나는 할머니 목에 팔을 칭칭 감고 매달려서 오래간만에 만나는 엄마를 차디차게 노려보면서 막무가내 안 따라가려고 했다.

할머니와 엄마의 말다툼이 시작됐다. 처음에 할머니는 어려운 객지 살림에 한 식구라도 덜어주려고 안 보내는 거지 에미 애비 없는 새끼로 기르기가 쉬운 줄 아냐고 큰소리쳤다.

"그러니까 데려가려는 거예요. 굶든 먹든 자식은 에미가 데리고 있어야죠. 애비도 없는 자식을 에미까지 그리며 자라게 할 순 없어요."

엄마가 강경하게 나오자 그제서야 할머니는 눈물을 글썽이며 애걸했다.

"이 매정한 것아, 우리 두 늙은이가 그저 이 녀석 들락거리고 재재거리는 거 하날 낙으로 삼고 사는 것도 모르고……. 느이 동서가 태기라도 있으문 나도 안 이런다. 설마 셋째한테서야 곧 태기가 안 있을라구. 그때 가서 데려가면야 누가 뭐라겠냐."

"그렇게는 안 되겠어요, 어머님. 학교를 보내는 데는 때가 있으니까요."

"핵교를? 기집애를 핵교를?"

"네, 기집애도 가르쳐야겠어요."

"야, 너 대처에 가서 무슨 짓을 했길래……. 큰돈 모았구나? 아니면 간뎅이가 부었던지. 그렇지 않고서야 무슨 수로 기집애꺼정 학교에 보내 보내길?"

이렇게 되면 두 분의 말다툼은 불에 기름을 부은 것처럼 가열됐다. 그럴 때 나는 어떡하든 할머니 역성을 들었다. 역성이라야 할머니 치마폭에 휘감겨 엄마를 노려보는 것뿐이었지만.

그러나 어느 날 일어난 작은 사건은 내가 엄마를 따라가야 한다는 걸 피할 수 없게 했다. 엄마가 시골집에 돌아온 후 내 머리를 빗기는 건 엄마의 일이었다. 나는 그것까지 마다하진 않았다. 나는 그때 댕기를 들여 머리를 한 가닥으로 의젓하게 땋아내릴 만큼 머리가 길지 않고 또 숱도 적어서 머리를 가닥가닥 나누어 땋아내리다가 그 끝을 모아 댕기를 드리는 종종머리라는 걸 하고 있었다. 그건 빗기기가 매우 힘들고 빗기는 솜씨에 따라 얼굴이 반듯해 보이기도 하고 비뚤어져 보이기도 했다. 내가 엄마 없는 동안 엄마 생각을 한 적이 있다면 그건 아침마다 종종머리 땋을 때였다. 할머니도 삼촌댁들도 엄마처럼 정확하게 정수리 머리를 여섯 가닥으로 반듯하게 나누어서 온종일 뛰어놀아도 잔털 하나 일지 않게 야무지고 꼼꼼하게 땋으려면 아직아직 멀었다. 그래서 엄마가 없고부터 내 얼굴은 늘 좀 허술하고 좀 비뚤어져 보였다. 나는 삼촌댁의 체경에 이런 내 얼굴을 비춰보면서 그게 엄마 없는 티가 아닐까 싶어 문득 심란해질 적도 있었지만 심각할 정도는 아니었다. 계집애 티보다는 선머슴 흉내를 내는게 훨씬 더 편했기 때문에 거울 같은 걸 자주 보지 않았다.

내가 나를 데리러 온 엄마한테 적의를 품고 의식적으로 가까이하지 않으면서도 머리 빗을 때만은 기꺼이 엄마의 손에 나를 내맡겼던 것도 이왕이면 예쁘게 빗고 싶다는 계집애다운 소망하곤 좀 다른 거였다. 엄마의 야무진 손끝을 통해 전달되는 애정 있는 성깔을 깊이 좋아하고 있기 때문이었다. 그럴 때 나는 엄마가 할머니한테 이겨서 나를 데려가게 되는 일이 그렇게 두렵지만은 않았다. 오히려 기대하는 마음도 있었다.

그러나 엄마는 어느 날 나의 이런 솔깃한 마음을 무참하게 배반했다. 엄마는 내 머리를 빗기는 척하면서 쌍동 잘라버렸던 것이다. 그것도 목고개쯤에서가 아니라 뒤통수에서 잘라냈으니 그 꼴도 가관이었다. 나는 시운이 벗겨진 깨진 거울 조각으로 뒤통수를 비춰 보면서 울 수도 없었다. 뒷머리가 아궁이 모양으로 패이고 뒤통수의 맨살이 허옇게 드러나 있었다. 치욕이었다. 우선 이 모양으로 엄마는 내 기 먼저 죽여놓고 나서 꼼꼼하게 뒷손질을 시작했다. 뒷손질을 해봤댔자였다. 옆머리도 뒤통수까지 올라간 뒷머리에 맞춰 귀가 나오게 자르고 앞머리는 이마로 빗어내려 가리마 없는 일직선으로 잘랐다. 그러면서 엄마는 내 귓전에다 대고 연방 속삭였다.

"좀 좋으냐, 가뜬하고, 보기 좋고, 빗기 좋고, 감기 좋고……. 머리꼬랑이 땋은 채 서울 가봐라. 서울 아이들이 시골뜨기라고 놀려. 학교도 아마 못 갈걸. 서울 아이들은 다 이렇게 단발머리하고 가방 메고 학교 다닌단다. 너도 서울 가서 학교 가야 돼. 학교 나와서 신여성이 돼야 해. 알았지?"

신여성이 뭔지 알 까닭이 없었다. 그러나 오빠가 성공해야 한다는 것과 비슷한 엄마가 대처와 공모해서 나에게 씌운 올가미라는 것만은 분명했다. 나는 왠지 발버둥질치며 마다하지를 못했다. 체경에 비친 나의 단발머리는 참으로 꼴불견이었다. 그러나 그건 이미 대처의 낙인이었다. 그 꼴을 하고 그곳에 남아 있어 봤댔자였다.

나의 기가 꺾이는 것과 동시에 할머니의 기도 꺾였다. 할머니는 엄마에게 주어 보낼 걸 이것저것 챙기기 시작했다. 오빠하고 처음으로 집 떠날 때보다 엄마는 오히려 후한 대접을 받고 있었다. 사랑으로 할아버지께 하직 인사를 드리러 들어갔을 때도 할아버지는 내 단발머리를 흘긋 보시자마자 벌레 씹은 얼굴로 외면하셨지만 50전 짜리 은전을 한 푼 주셨고 엄마에게도 따로 꼬깃꼬깃한 종이 돈을 손수 펴가며 다섯 장이나 세어서 주셨다. 그리고 기차 정거장까지 나를 업어다 주라고 할머니한테 분부를 내리셨다. 할머니도 그러잖아도 그럴 참이었다고 하시면서 조그만 소리로 저 양반이 다 죽었군, 죽었어, 하고 중얼거리셨다.

할머니는 할아버지의 분부를 무시하고 나를 걸리는 대신 큰 임을 이셨다. 엄마에겐 더 큰 임을 이게 하시고 뭘 좀 더 보태주지 못해 아쉬워하셨다. 오빠를 떠나보낼 때보다 많이 다투셨음에도 불구하고 두 분의 의는 좋아 보였다. 할머니는 이제 손자를 대처로 보내는 일을 체념하는 걸 지나 어떤 기대에 부풀어 있다는 걸 알 수가 있었다.

그러나 농바위 고개에서 내가 엄마를 뿌리치고 할머니 치마폭에 감겨들게 되자 두 분의 사이는 다시 경직됐다. 할머니도 엄마도 서로 질세라 서슬이 퍼래지는 걸 보며 나는 내 뜻이 두 분에게 충분히 전달됐다고 생각했다. 할머니가 조금만 내 편을 들어주면 나는 절대로 할머니 치마꼬리를 안 놓칠 작정이었다. 내가 처음 보는 송도는 아름다웠다. 아마 서울은 더 아름다우리라. 그러나 대처는 올가미를 가지고 있었다. 나는 나를 무엇인가로 만들려는 올가미가 무서웠다. 엄마가 바라는 신여성 같은 건 되기 싫었다.

"쉬었다 가자."

할머니가 말씀하셨다. 할머니의 목소리엔 찬바람이 돌았다.

"네, 어머님."

엄마의 목소리도 지지 않게 영악스러웠다. 두 분이 또 한바탕 나를 가운데 놓고 싸울 모양이었다.

농바위 고개의 내리막길 중간에 장롱같이 생긴 큰 바위들이 여러 개 서 있기도 하고 누워 있기도 한 곳이 있었다. 농바위 고개 이름도 그 바위들에 연유한 이름이었다. 그 장롱 같은 바위들 사이엔 시원한 샘물도 있어서 먼 길 걸어서 송도에 당도한 장꾼이나 나그네가 송도를 굽어보며 다리도 쉬고 목도 축이기 알맞게 돼 있다.

할머니가 먼저 그중 안반같이 생긴 바위에 짐을 내려놓으셨다. 엄마도 할머니가 하시는 대로 했다. 두 분의 기색은 싸늘하고 험악했다. 나는 곧 큰 말다툼이 붙을 걸 예상하고 할머니의 치마꼬리를 더욱 꼭 움켜잡았다. 그러나 할머니는 별안간 폭풍 같은 바람을 일으키며 나를 당신의 치마폭에서 떼어내셨다. 그리고 곧 믿을 수 없는 일이 일어났다. 할머니는 나를 반짝 들어올리더니 안반 같은 바위 위에다 엎어놓고 치마를 치켜올리고 엉덩이를 깠다. 그때 나는 치마 속에 쉽게 엉덩이를 깔 수 있는 풍채바지를 입고 있었다. 할머니는 떡 치듯이 철썩철썩 내 볼기를 치시기 시작했다. 그렇게 모진 매는 처음이다 싶게 사정을 두지 않는 사매질이 계속했다. 나는 엄마, 엄마, 하고 엄마한테 구원을 청하며 서럽게 울었다. 그러나 엄마는 귀먹은 사람처럼 못 들은 체 하염없이 송도를 굽어보며 서 있었다.

"이 웬수야, 이 웬수야, 할미 속 좀 작작 썩여라. 이 웬수야."

할머니는 볼기를 치면서 연방 이렇게 외쳤고 그런 외침은 차츰 울부짖음으로 변했다.

"이제 그만해두세요, 어머님."

엄마가 조용하면서 속에서 은은하게 끓어오르는 것 같은 목소리로 말했다. 할머니의 매질은 그쳤다. 나는 엉금엉금 기면서 엉덩이를 여미고 일어났다. 할머니의 눈이 석류 속처럼 충혈돼 있었다.

"할머니, 또 안질 걸렸잖아?"

할머니의 충혈된 눈에 나는 마지막 구원의 가망을 걸고 이렇게 울부짖었다.

"그런갑다."

할머니가 무명수건으로 눈두덩을 누르면서 무뚝뚝하게 말했다.

"나 없으면 누가 거머리를 잡아와?"

할머니는 자주 안질을 앓았다. 눈곱은 안 끼고 눈만 새빨갛게 충혈되는 안질을 사람들은 궂은 피 때문에 생긴 풍이라고 말했고 그런 풍에는 굶주린 거머리를 잡아다가 흠빡 궂은 피를 빨리는 게 즉효라는 게 그 시절의 그 고장의 민간요법이었다. 대야를 갖고 다니면서 논이나 미나리밭에서 거머리를 잡아오는 건 나의 일이었다. 할머니는 눈꺼풀을 뒤집고 거기다 거머리를 붙이셨다. 실컷 피를 빨아먹은 거머리는 굼벵이처럼 몸이 굵고 꿈떠지면서 저절로 그곳에서 떨어졌다. 할머니는 아이 시원해, 아이 거뜬해, 하면서 할머니를 위해 거머리를 잡아온 나의 공로를 칭찬하셨다. 그러나 즉석에서 총기 있게 그 일을 할머니에게 상기시켰음에도 불구하고 할머니를 내 편으로 만드는 데 아무런 도움도 되지 못했다. 할머니는 희미하게 웃으시면서 말씀하셨다.

"아이고 신통한 내 새끼, 할미 생각 끔찍이 하네. 할미도 이제 효녀 손주딸 둔 덕 좀 보세. 이제 서울 가면 신식 양약을 사올 텐데 뭣하러 그까짓 거머리한테 뜯겨?"

그때 할머니의 웃음은 뭔가 아뜩했다. 엄마도 부랴부랴 할머니의 말씀에 동의했다.

"그래요, 어머님. 대학목약이라는 안질약이 아주 신통하다더군요. 아이들 방학해서 내려올 때 꼭 사올게요."

우리 세 사람은 다시 걷기 시작했다. 할머니는 숫제 내 손을 잡지 않고 옥양목 치맛자락을 펄럭이며 한발 앞서 가기 시작하셨다. 우리 세 사람은 대처의 가변두리로부터 한가운데를 향해 서서히 다가가고 있었다. 다가갈수록 대처의 빛은 시들고 질서만이 눈에 띄었다. 한길도 골목도 가게도 집도 자를 대고 그어 놓은 것처럼 정확하게 모여 있었다.

"한눈 좀 그만 팔고, 기차 시간 늦겠다. 이제 곧 서울 구경도 할 애가 이까짓 송도에서 벌써 얼이 빠져버리면 어떡해."

엄마가 나를 마구 잡아 끌었다.

"내버려둬라. 서울 구경만 제일인감. 송도도 처음 와보는 애란 생각을 해야지."

할머니가 내 역성을 드셨다.

"야아가 얼이 쑥 빠져갖고 꼭 시골뜨기처럼 구니까 그렇죠."

"급하긴. 우물에 가서 숭늉 달랠라. 갸아가 그럼 벌써 서울뜨기 냐?"

할머니는 엄마에게 무안을 주셨다. 엄마는 잠자코 있었다. 그러나 나는 처음으로 두 분에게 골고루 어떤 거리감을 느끼고 있었다. 그것은 고독감이라고 해도 좋았다. 난 엄마나 할머니가 생각하고 있는 것처럼 대처의 변화에 얼이 빠져 있는 게 아니었다. 하나같이 옷 잘 입은 사람들, 심심찮게 눈에 띄는 양복쟁이들, 번들대는 기와지붕, 네모나고 유리창이 달린 이층집들, 흙이 안 보이는 신작로, 가게마다 즐비한 울긋불긋하고 신기한 물건들, 시끌시끌하면서 활기찬 소음……. 이런 대처의 변화가 맹종하고 있는 질서가 나를 주눅 들게 했다. 그거야말로 참으로 낯선 거였다. 대처 사람이 된다는 건 바로 그런 질서에 길들여지는 거라는 걸 나는 누가 가르쳐주기 전에 본능처럼 냄새 맡고 있었다. 오래 방목된 야성이 내 속에서 벌써 주눅이 드는 걸 느꼈다.

엄마는 이까짓 송도는 서울에다는 댈 것도 못 되는 작은 고장이라고 말하기 시작했다. 나는 다리가 아프다고 칭얼댔다. 엄마는 서울 같으면 전차라는 걸 타고 어디든지 가고 싶은 데를 앉아서 저절로 갈 수 있을 텐데, 하고 또 서울 칭송을 했다.

개성역은 내가 송도 네거리에서 구경한 어떤 집보다도 컸다. 둥근 지붕과 붉은 벽돌과 높은 천정과 미지의 고장으로 뻗은 철길과 공중에 떠 있는 구름다리와 걷는 사람은 없이 뛰는 사람만 있는 층층다리를 바라보면서 나는 온몸이 오싹오싹하는 전율을 느꼈다. 엄마는 또 나에게 충격을 주는 것에 대해선 말하지 않고 딴청만 부렸다. 개성역은 경성역을 흉내 내서 비슷하게 만든 것이지만 정작 경성에다 대면 소꿉장난 같다는 거였다.

엄마는 표를 사러 가고 나는 할머니와 긴 의자에 앉았다. 농바위 고개에서 볼기 맞고 나서 나하고 할머니 사이는 쭉 서먹했다. 할머니는 보따리 귀퉁이에 손을 넣으시더니 조찰떡을 꺼내서 먹으라고 하셨다. 나는 헛헛해서 매점 유리창 속에 고운 종이에 싼 먹을 것을 바라보며 군침을 삼켰지만 그것을 받아먹긴 싫었다. 나는 속에 팥을 넣고 큰 고구마처럼 아무렇게나 뭉친 조찰떡과 할머니의 갈퀴같이 모진 손이 함께 싫고 창피해서 세차게 도리머리를 흔들었다.

"새끼도, 여적 화가 안 풀렸담. 할미가 우정 그런 것도 모르고……."

할머니가 와락 나를 끌어당기시더니 당신 무릎에 엎어놓고 또 엉덩이를 깠다. 나는 발버둥질을 쳤다. 할머니는 내 엉덩이를 썩썩 쓸면서 중얼거리셨다.

"아이고 내 새끼 볼기짝 부르튼 것 좀 보게. 어떤 년인지 손끝이 모질기도 해라. 할미 손은 약손이다. 쓱쓱 쓸어주마. 할미 손은 약손이다. 쓱쓱 쓸어주마. 애구 어떤 년인지 손끝 한번 모질기도 해라."

엄마가 표를 두 장 사다가 한 장은 할머니한테 드렸지만 할머니 표는 서울까지 갈 수 있는 표가 아니라 기차 속까지만 배웅할 수 있는 표라고 했다.

"기차간꺼정만 늙은이가 제 발로 걸어가겠대는데도 돈을 달래. 시상에 대처 사람들 상종 못할 것⋯⋯."

할머니가 옆의 사람들까지 깜짝 놀라게 큰 소리를 지르셨다.

"달래긴 누가 달래요. 제가 샀죠. 그건 얼마 안 돼요, 싸요."

할머니와 엄마는 다시 큰 짐을 이고 줄을 섰다. 개찰하고 구름다리 건너고 기차타고 자리 잡고 할 동안을 우리 세 사람은 남들이 하는 대로 그저 경정경정 뛰기만 했기 때문에 순식간이었다. 엄마는 보따리는 다 시렁에다 얹고 나를 유리창가에 앉게 했다. 어느새 할머니가 유리창 밖에 서 계셨다. 유리창만 없다면 손 내밀면 잡을 수 있을 만큼 가까운 곳인데도 할머니는 막막하게 먼 곳에 서 계신 것처럼 보였다. 나는 할머니와 친했었다. 나로부터 그렇게 떼어놓고 바라보긴 처음이었다. 막막한 느낌은 사이에 있는 실제의 거리보다는 떨어져 나왔다는 자각으로부터 오는 건지도 몰랐다. 기차는 오랫동안 떠나지 않고 서 있었다. 할머니도 유리창 밖에 서 계시기 때문에 그동안은 몹시 지루하고 불편했다.

기차가 움직이기 시작했다. 창밖에 전송객들도 따라 움직였지만 할머니는 그냥 서 계셨기 때문에 곧 보이지 않게 됐다. 나는 휴우 하고 안도의 한숨을 쉬고 나서 엉덩이를 들까불러서 의자의 신기한 탄력을 시험해보기도 하고 한 손으로 등받이를 만져보고 쓸어보기도 했다.

그것도 이른 봄의 보리밭처럼 푸르렀고, 병아리의 솜털처럼 부드러웠다.

기차가 정거를 할 때마다 엄마는 내 손을 끌어다가 서울까지 몇 정거장 남았나를 꼽게 했다. 개성역에서 경성역까지는 정거장이 열 개 있었기 때문에 손가락으로 꼽기에 편했다. 서울이 가까워질수록 나는 엄마가 서울이라는 거대한 대궐의 안주인처럼 우러러뵈었다.

엄마는 또 내 귓가에 소근소근 내가 서울 가서 앞으로 되어야 하는 신여성에 대해 얘기해주기도 했다

"신여성이 뭔데?"

"신여성은 서울만 산다고 되는 게 아니라 공부를 많이 해야 되는 거란다. 신여성이 되면 머리도 엄마처럼 이렇게 쪽을 찌는 대신 히사시까미로 빗어야 하고, 옷도 종아리가 나오는 까만 통치마를 입고 뾰죽구두 신고 한도바꾸 들고 다닌단다."

내가 히사시까미, 한도바꾸에 전혀 무지하다는 걸 아는 엄마는 기차간을 한 번 골고루 휘둘러보고 나서 저기 저 여자의 머리가 히사시까미, 조기 조 여자가 무릎 위에 놓고 있는 게 한도바꾸 하는 식으로 실물을 견학까지 시켜가며 열성스럽게 신여성이 뭔가를 나에게 주입시키려고 했다. 이상하게도 그 기차간에 한 몸에 그 여러 가지 신여성의 구색을 갖춘 여자가 없었다. 그러나 그 여러 가지 구색을 갖춘 신여성이라는 걸 상상하긴 어렵지 않았다. 나는 엄마가 나에게 바라는 것에 실망했다. 내가 되고 싶은 건 그런 게 아니었다. 나는 긴 머리꼬리에 금박을 한 다홍 댕기를 드리고 싶었고 같은 빛깔의 꼬리치마를 버선코가 보일락 말락 하게 길게 입고 그 위에 자주 고름이 달린 노랑 저고리를 받쳐 입고 꽃신을 신고 싶었다. 나는

한창 고운 물색에 현혹돼 있었기 때문에 신여성의 구색인 검정 치마, 검정 구두, 검정 한도바꾸가 도시 마음에 들지 않았다.

"신여성은 뭐하는 건데?"

나는 내가 고운 물색으로 차려입고 꼭 하고 싶은 게 널이나 그네 뛰기였기 때문에 이렇게 물었다. 엄마는 얼른 대답하지 않았다. 엄마의 얼굴은 몹시 난처해 보였다. 어른들은 가끔 그런 얼굴을 잘했다. 아픈데도 안 아픈 척할 때라든가, 슬픈데도 안 슬픈 척할 때 어른들은 그런 얼굴을 한다는 걸 나는 알고 있었다. 나는 엄마가 모르면서도 알은체하려 하고 있다고 짐작하고 생글거리면서 쳐다보고 있었다. 엄마는 더듬거리면서 말했다.

"신여성이란 공부를 많이 해서 이 세상의 이치에 대해 모르는 게 없고 마음먹은 건 뭐든지 마음대로 할 수 있는 여자란다."

잔뜩 기대하고 있던 나는 신여성의 겉모양을 그려보았을 때보다도 더 크게 실망했다. 신여성이 그렇게 시시한 걸 하는 건 줄 처음 알았다. 그러나 그걸 안 하겠다고 할 용기는 나지 않았다. 기차는 칙칙폭폭 무서운 속도로 서울을 향해 달리고 있었다.

어둑해질 무렵 경성역에 내렸다. 경성역은 아닌 게 아니라 컸다. 컸기 때문에 도리어 전모를 파악할 엄두가 나지 않았다. 생전 처음 보는 인파에 휩쓸리면서 엄마를 놓칠까 봐 조마조마하는 게 고작이었다. 엄마는 할머니가 여다 준 짐까지 합해서 세 개나 되는 보따리를 이고 들고 구름다리를 오르내리느라 내 손을 잡아줄 수 없었다. 치마꼬리에 매달리는 것도 싫어했다.

정신없이 밖으로 빠져나오자 지게꾼이 우루루 몰려왔다. 어떤 지게꾼은 엄마한테서 막 짐을 뺏으려고 했다. 엄마는 집이 바로 조오기라고 턱으로 길 건너를 가리키면서 지게꾼을 뿌리치고 빠른 걸음으로 그들의 포위를 뚫었다. 나는 나까지도 엄마의 뿌리침을 당하는 것 같아 악착같이 엄마의 다리에 휘감겼다. 지게꾼들도 만만치는 않아 쉽게 물러나지 않고 줄줄 따라오고 있었다.

엄마는 걸음을 조금씩 더디게 걸으면서 망설이는 눈치더니 못 이기는 체 흥정을 시작했다.

"현저동까지 얼마에 갈 테유?"

"마님도, 조오기라시더니 현저동 꼭대기가 조오기라굽쇼?"

나는 험악하게 생긴 지게꾼의 얼굴에 경멸이 스치는 걸 놓치지 않았다. 도시의 집단 속에서 엄마는 작고 초라해 보였다. 동백기름을 발라 늘 곱게 빗어 쪽 찌던 머리가 힘겨운 짐을 이었다 내렸다 하는 새에 헝클어지고 곤두선 것도 보기 싫었다. 나는 이유가 분명치 않은 슬픔이 복받치는 걸 느꼈지만 울음을 터뜨리진 않았다.

엄마와 지게꾼은 지게삯을 놓고 한동안 실랑이를 벌였다. 지게꾼은 그 상상꼭대기라고 했고, 엄마는 높기는 좀 높지만 상상꼭대기까진 아니라고 했다. 도대체 그 동네가 어떤 동네길래 그러는지 엄마를 따라오던 지게꾼들은 다 슬금슬금 흩어지고 제일 늙수그레한 이 혼자만 남았다. 엄마는 그 늙은 지게꾼과 흥정이 끝나 지게에 짐을 올려 놓으면서도 생색을 냈다.

"내가 노인 대접을 해서 져주는 거요."

"저도 마수걸이만 했어도 그 상상꼭대기 천금을 줘도 안 갑니다
요."

말끝마다 꼬박꼬박 상상꼭대기라네, 되지 못한 늙은이 같으니라
구. 엄마는 포개놓은 세 개의 짐에 머리끝까지 가려서 경정경정 뛰
다시피 하는 두 다리만 뵈는 지게꾼을 향해 조그만 소리로 그렇게
중얼거렸다. 그러나 흥정이 그렇게 끝난 건 나한테는 매우 다행한
일이었다. 나는 마음놓고 엄마의 손을 잡을 수가 있었다. 우리는 지
게꾼을 따라 경정경정 뛰다시피 했지만 지게꾼은 줄창 저만큼 앞서
가고 있었다.

"엄마 전찬 어디 있어?"

엄마는 이마에다 더듬이 같은 걸 달고 철길을 달리고 있는 걸 말
없이 손가락질했다. 그건 끝간데 없이 서리서리 길고 시꺼멓던 기
차에 비해 상자갑처럼 만만해 보였다. 기차가 구렁이라면 전차는
배추벌레였다. 전차 속에서 아이들이 밖을 내다보며 웃고 있었다.
엄마는 전차에 대한 관심을 딴 데로 끌 속셈이 들여다뵈는 이런 얘
기 저런 얘기를 했다. 철길 없이 달리는 자동차에 대해, 사람이 끄
는 인력거에 대해, 새빨간 불자동차에 대해, 엄마는 갑자기 수다스
러워지기 시작했다.

"엄마, 다리 아파, 전차 타고 가."

나는 딱 걸음을 멈추면서 단호하게 말했다.

"안 된다. 엎으러지면 코 닿을 데야. 이제부터 할머니 앞에서처럼
떼쓰면 뭐든지 된다는 줄 알면 매 맞아."

엄마가 무서운 얼굴을 했다. 그리고 길가에다 화덕을 놓고 동그란 빵을 구워내는 곳에다 동전을 한 푼 내밀었다. 시골집에 있는 다식판 구멍보다 훨씬 큰 구멍에다 묽은 밀가루 반죽을 붓고 팥속을 넣어 익힌 따끈한 빵을 두 개 받아 들었다. 팥의 감미는 혀가 녹을 것 같았다. 그건 내가 알고 있는 엿이나 꿀의 감미보다 희미한 것이었음에도 불구하고 훨씬 고혹적이었다. 나는 두 개의 국화빵에 현혹되어 전차 타고 싶은 걸 까마득히 잊어버렸다. 아껴가며 먹었지만 순식간에 먹었고, 그 후에도 오랫동안 시골의 감미하곤 이질적인 새로운 감미에 대한 감질에서 헤어나지 못했다.

큰 한길만 따라 걷던 엄마가 전찻길이 끝나는 데서부터 골목길로 접어들었다. 그때서부터 우리가 앞장서고 지게꾼은 뒤졌다. 꼬불꼬불한 골목길은 처녑 속처럼 너절하고 복잡하고 끝이 없이 험했다. 짐을 가지고도 전차를 탈 수 있었을 텐데 못 이기는 체 지게꾼을 산 까닭을 알 것 같았다.

"막걸릿값이나 더 얹어 주셔야겠는뎁쇼."

저만큼 뒤쳐진 지게꾼이 헉헉대면서 새로운 흥정을 걸어왔다. 엄마는 대답하지 않았다. 꼬불꼬불한 오르막길이 마침내 사다리를 세워 놓은 것 같은 좁다란 층층대로 변했다.

"마님, 마님, 이러구두 상상꼭대기가 아니라굽쇼?"

지게꾼이 숨이 턱에 닿아 비명을 질렀다. 이상한 동네였다. 시골집의 한데 뒷간만 한 집들이 상자갑을 쏟아부어 놓은 것처럼 아무렇게나 밀집돼 있었다. 내가 송도라는 대처에서 최초로 목격한 것도 사람과 집들의 이런 밀집 상태였다. 그러나 나를 압도하고 주눅 들게 한 건 밀집 그 자체가 아니라 그걸 다스리는 질서였다. 질서란 밀집에 아름다움을 부여하는 그 무엇이었다. 그것이 자연 그대로의 상태에 제멋대로 방목되었던 계집애를 한눈에 주눅 들게 한 것도 사실이지만 한눈에 매혹한 것도 사실이었다.

그러나 엄마가 말없이 허위단심 기어오르고 있는 동네엔 그게 없었다. 그래서 더럽고 뒤죽박죽이었다. 길만 해도 당초에 길을 내고 집을 지었다면 그럴 리가 없었다. 집이라기보다는 아무렇게나 쏟아 놓은 상자갑 더미의 상태를 달리 고쳐볼 엄두를 못 내고 체념한 주변머리없는 사람들이 굶어 죽지 않을 만큼의 먹이를 물어들이기 위해 가까스로 내놓은 통로가 길이었다. 상자갑만 한 집들이 더러운 오장육부와 시끄러운 악다구니까지를 염치도 없이 꾸역꾸역 쏟아 놓아 더욱 구질구질하고 복잡한 골목이 한없이 계속됐다.

"여기가 서울이야?"

나는 힐난하는 투로 말했다.

"아니."

엄마가 뜻밖에 단호하게 머리를 흔들었다. 나에게 그건 거기가 서울이라는 것보다 훨씬 더 뜻밖이었다.

"여긴 서울에서도 문밖이란다. 서울이랄 것도 없지 뭐. 느이 오래 비 성공할 때까지만 여기서 고생하면 우리도 여봐란듯이 문안에 들어가 살 수 있을 거야. 알았지?"

나는 얼른 고개 먼저 끄덕였다. 엄마의 태도는 그만큼 강압적이었다. 그러나 실제로 나는 아무것도 알아들은 게 없었다. 엄마가 나를 데리러 시골에 나타났을 때 엄마의 모든 태도엔 일종의 기품 같은 게 서려 있었다. 그건 누가 보기에도 서울 가기 전의 엄마에겐 없던 새로운 거였다. 그 도도한 건 바로 서울로부터 묻혀온 거였다. 그 도도함 때문에 엄마의 일차 출분은 별로 책잡히지 않았고 다시 나를 서울로 꾀어내는 일까지 순조로울 수가 있었다. 그런 엄마가 알고 보니 겨우 서울의 문밖에 살고 있었던 것이다. 경성부이지만 사대문 밖의 땅을 통틀어 문밖이라고 칭하는 게 그 무렵의 관용어였던 걸 알 까닭이 없는 나는 문밖을 곧이곧대로 이해하고 갑자기 거렁뱅이로 전락한 것처럼 서럽고 비참했다. 나는 못된 꾀임에 넘어가 유괴당하고 있는 걸 깨달은 것처럼 엄마가 정떨어졌고 두고온 시골집의 모든 것이 그리웠다.

더욱 어처구니없는 것은 그 상자갑을 쏟아놓은 것처럼 담 쌓인 집들 중의 하나나마 우리 집이 아니라는 거였다. 현저동에서도 상상 꼭대기에 있는 초가집의 문간방에 엄마는 세들어 살고 있었다. 집이 없는 사람이 남의 집에 세들어 사는 생활방식에 대해서 그 전에 나는 듣도 보지도 못했었다. 더욱 놀라운 것은 하늘 같은 시부모님한테도 다소곳한 채로 또박또박 할 말을 다하던 엄마가 안집 식구라면 코흘리개까지도 두려워하고 굽신대는 것이었다.

지게꾼이 당초에 약정한 지게삯에다 막걸릿값을 더 얹어달랄 때만 해도 그랬다. 내가 보기엔 처음부터 그건 전혀 가망 없는 지게꾼의 일방적인 수작으로 보였다. 엄마는 짐을 부리고 삯을 치른 후 지게꾼을 거들떠도 안 봤고 중얼대는 군소리를 한마디도 귀담아듣는 것 같지 않았다. 그러나 그가 별안간 지겟작대기를 휘두르며 뭐라고 버럭 악을 쓰니까 엄마는 어쩔 줄을 모르면서 안댁에 안 들리게 조용히 하라고 애걸을 했고, 그는 옳다구나 싶어 점점 더 큰 소리를 질렀고 엄마는 부랴부랴 막걸릿값을 내놓았다.

그 일은 나에게도 좋은 본보기가 됐다. 오랫동안 이엉을 잇지 않아 수시로 노래기가 기어나오는 초가집 문간방으로부터 멀리 나가지도 못하고 큰 소리로 웃거나 떠들지도 못하는 생활이 시작됐다. 엄마는 아침부터 나에게 무서운 얼굴을 하고 여러 가지 잔소리를 했다.

집을 잃어버리지 않도록 멀리 가지 말라는 주의 빼고는 모두 안집하고 어떻게 지내야 한다는 셋방살이의 법도에 관해서였다. 나는 그 동네 사람들이 저녁이면 어김없이 제집을 찾아들어 오는 능력에 대해 경탄하고 있었으므로 첫째 잔소리는 새겨들을 만했다. 그 무렵 내가 식은땀을 흘리며 꾸는 악몽도 거의가 집을 잃어버리는 꿈이었다. 그러나 안집 애하곤 될 수 있는 대로 놀지 말아라. 걔가 먼저 놀자고 하면 놀아주되 이쪽에서 먼저 놀자고 해선 안 된다. 안집 애 하고 싸우면 안 된다. 걔가 먼저 때리면 잘못한 거 없더라도 맞고만 있어야 한다. 안집 애가 장난감을 가지고 놀 때 부러워하는 눈칠 보여선 안 된다. 쳐다보지도 말아라. 안집 애가 군것질을 할 때도 쳐다봐선 안 된다. 이런 어려운 엄마의 주문을 순순히 다 들어줄 순 없었다.

나는 차츰 엄마 앞에서 안집 애한테 엄마가 기겁을 할 짓을 해서 엄마로부터 동전을 얻어내는 방법을 알게 됐다. 서울 온 날 전차를 타는 대신 얻어 먹은 국화빵의 달콤한 팥소 맛을 나는 결코 잊지 못했다. 그것은 엿이나 꿀의 단맛처럼 끈기 같은 게 가미된 강렬한 단맛이 아니라 부드럽고 순수하면서도 혀를 녹일 듯한 감미 그 자체였고 단 한 번에 나를 사로잡은 대처의 추파요, 대처의 사탕발림이었다. 1전짜리 동전은 당장에 그 달콤한 것과 바뀌었다. 국화빵이 아니더라도 알사탕이나 박하사탕, 캐러멜 등 구멍가게에서 살 수 있는 모든 것에도 나를 못 견디게 현혹시킨 도시의 감미가 들어 있었다.

이렇게 한동안 나는 군것질에 눈이 뒤집히다시피 해서 엄마와 자신을 들볶았다. 거울 속의 나는 하루하루 꺼칠하고 눈에 총기가 없어지고 교활해지면서 못쓰게 돼갔다. 어느 날 나는 단골 구멍가게의 진열장 유리를 깨뜨리는 큰일을 저질렀다. 구멍가게 좌판에는 각기 종류가 다른 사탕이나 과자가 든 나무 상자에다 유리 뚜껑을 덮어 진열했었는데, 주인은 1전짜리 손님한테는 돈만 받고 직접 집어가게 내버려두었다. 나는 뒤편에 있는 새로운 사탕을 맛보고 싶어 앞에 있는 유리 뚜껑을 짚고 몸을 실리면서 뒤편의 뚜껑을 열려다가 그만 쨍그렁하면서 큰 유리를 박살을 냈다. 나는 겁이 나서 앙하고 울음을 터뜨렸다. 깜짝 놀란 주인이 달려와서 내 손을 만져보더니 다치지도 않았는데 웬 엄살이냐고 야단을 치고 나서 내가 원하는 사탕을 손수 꺼내주더니 어서 가라고 했다. 큰 유리를 깨뜨렸는데도 1전을 떼어먹지 않고 사탕을 주고 야단도 많이 안 치는 아저씨가 참 고맙다고 생각됐다. 그러나 집에 와서 홀라당 먹어치운 사탕의 단맛이 입에서 채 가시기도 전에 밖에서 왁자지껄하는 소리가 났다. 그 동네에선 싸움이 잦았고 싸움 구경은 군것질 다음으로 내가 즐기던 거였다. 나는 신바람이 나서 뛰어 나갔다.

문간에서 저녁을 짓던 엄마가 부지깽이 든 손을 허리에 괴고 가겟집 주인의 버릇없는 삿대질에 오만하게 맞서고 있었다. 유릿값을 물어달라는 쪽도, 아닌 밤중의 홍두깨도 분수가 있지 깨뜨리지도 않은 유릿값을 물어내라니 사람 어떻게 보고 하는 소리냐는 쪽도 우열을 가릴 수 없이 막상막하로 팽팽하게 자신만만해 보였다. 그도 그럴 것이 주인은 내가 엄마 딸이라는 걸 확실하게 알고 있었고 엄마는 내가 큰 사고를 저지르고도 아무 말도 안 할 애가 아니란 걸 믿고 있었다.

나는 내가 엄마 편은 못 드나마 엄마의 그런 자신을 무참하게 무너뜨리는 입장이 돼야 한다는 데 심한 양심의 가책을 느꼈다. 나는 엄마의 불리한 증인이 되느니 감쪽같이 꺼져 없어질 수 있길 바랐다. 그러나 가겟집 주인이 자기에게 유리한 증인을 놓칠 리가 없었다. 나는 왁살스럽게 덜미를 잡혀 엄마의 코앞에 얼굴을 들이대야 했다.

"요 계집애가 누구요? 설마 유릿값 몇 푼 땜에 요 계집애가 당신 딸이 아니라고, 우기실 심뽄 아니시겠지."

그가 짓궂게 내 얼굴을 엄마 얼굴에다 갖다 부비다시피 하고 이죽

댔다. 엄마 얼굴을 그렇게 가까이서 보긴 처음이었다. 마치 거울에다 얼굴을 바싹 갖다 댔을 때처럼 나하고 똑같은 얼굴이라는 걸 뭉클하게 느낄 수 있었을 뿐 아무것도 보이진 않았다.

"그 애를 썩 내려놓지 못해요?"

엄마의 목소리가 오싹하도록 점잖고 위엄에 넘쳤다.

"곧 유리쟁이 보내서 유리를 끼워놓도록 할 테니 썩 물러가요."

"진작 그러실 일이지."

나는 그 이후 아무리 기다려도 엄마로부터 그 일에 대해 아무런 꾸지람도 듣지 못했다. 엄마는 다만 혼잣말처럼 탄식처럼 중얼거렸을 뿐이었다.

아아, 저런 상것들하고 상종을 하며 살아야 하다니…….

엄마는 툭하면 상것들이란 말을 잘 썼다. 늙은 부모에 어린 자식이 올망졸망 딸린 안집 남자가 첩을 얻어 들여서 본처와 한방에서 기거케 하는 걸 보고도 아아 상종 못할 상것들이다, 하면서 몸서리를 쳤다. 그럴 땐 안집한테 덮어놓고 쩔쩔맬 때와는 딴판으로 엄마는 느닷없이 기품이 있어졌다. 돋보이게 귀골스러워 보이기까지 했다. 서울서 나를 데리러 시골집에 내려왔을 때도 엄마는 그랬었다. 그때 엄마는 서울이라는 대처를 후광 삼고 그럴 수 있었지만 지금의 엄마는 무얼 믿고 저렇게 도도할 수 있는 것일까. 그건 아마 엄마가 배신한 온갖 과수가 있는 후원과 토종국화 덤불이 있는 사랑뜰과, 정결하고 간살 넓은 초가집과 선산과 전답과 그 모든 것을 총괄하시는 비록 동풍은 했으되 구학문이 높으신 시아버지가 뒤에 있다고 믿는 마음 때문이 아니었을까. 그게 엄마의 긍지라면, 먼저 것은 엄마의 허영이었다.

남의 가게 유리 깨뜨린 사건은 그것으로 일단락 지은 줄 알았는데 그게 아니었다. 그 후 며칠 있다가 오빠가 엄마한테 나를 데리고 뒷 동산에 가서 놀다 오겠다고 말했다. 처음 있는 일이었다. 시골집에 있을 때 오빠는 개구쟁이였고 우리 남매는 매우 친했었는데 2년 동안 떨어져 있다 만난 오빠 우울하고 과묵한 소년이 돼 있었다. 키가 엄마보다 더 크고 어깨도 벌어져 대처에 가서 성공해서 가운을 일으켜야 된다는, 순전히 타의에 의한 과중한 책임에 짓눌려서 고향을 떠나지 않으면 안 되었던 불쌍한 소년은 이미 아니었다. 오히려 그런 책임을 스스로 걸머지려는 늠름함과 조숙함이 여덟 살이라는 실제의 나이 차이보다 훨씬 큰 차이를 느끼게 해서 다시 만난 후 나는 한 번도 친밀감을 제대로 표시하지 못한 채 슬금슬금 눈치나 보고 멀찌감치 곁돌고 있었다.

"이 산이 무슨 산이지?"

오빠가 내 손을 잡고 헐벗은 바위산을 오르면서 우울하고 정답게 말했다. 나는 고개를 저었다.

"인왕산이야."

"그럼 이 산에 호랑이가 살겠네?"

안집 라디오에서 인왕산 호랑이 우르릉 어쩌구 하는 노랫소리를 들은 적이 있기 때문에 나는 그렇게 물었다.

"예전엔."

오빠는 짧게 대답했다. 나는 키 크고 이마가 번듯하고 눈썹이 준수한 청년이 나의 오빠라는 게 자랑스러워 작은 어깨를 으쓱으쓱하면서 걸었다. 우린 헐어진 성터가 있는 데까지 올라갔다. 시내가 한눈에 들어왔다.

"저기서부터 문안이야?"

나는 한길 한가운데 우뚝 선 독립문을 가리키면서 물었다. 그때까지도 문안, 문밖을 이해하기 위해서 구체적인 문을 필요로 했다.

"우린 언제 문안에 들어가서 살지?"

나는 엄마한테 옮은 문밖에 사는 열등감을 오빠로부터 위로받기 위해 이렇게 말했다. 나는 오빠가 응, 곧 내가 성공하면,이라고 씩씩하게 말해주리라 맹목적으로 믿고 있었기 때문에 대답을 듣기도 전에 기분이 좋아 혼자서 깡충거렸다. 은밀하고 따뜻한 정이 오래간만에 다시 우리를 연결하는 것 같았다. 그러나 오빠는 내가 도저히 믿을 수 없는 소리를 했다.

"너 한번 맞아볼래? 종아리 걷어."

오빠는 벌써 돌아서서 나뭇가지로 회초리를 만들고 있었기 때문에 성을 내고 있는지 장난을 치고 있는지 짐작도 할 수가 없었다. 회초리를 매끄럽게 다듬은 오빠가 홱 돌아섰다. 오빠는 핏기와 함께 희로애락의 표정까지 바래버린 것처럼 무표정하고 핼쑥했다.

"너 또 1전만, 1전만 사정을 해서 군것질할래? 안 할래? 너 엄마가 무슨 고생을 해서 그 돈을 버시는지 알기나 하고 엄마를 그렇게 조르냐 조르길. 이 철딱서니 없는 계집애야. 그 돈은 엄마가 기생

바느질 품팔이를 하셔서 번 돈이야. 우리 엄마가 천한 기생 바느질 품팔이를 하신단 말야. 그 돈을 네가 매일 장작 한 단 살 만큼이나 까먹는단 말야. 우리가 아무리 어려도 그럴 순 없어. 다신 안 그런다고 해. 어서 다신 안 그런다고 항복을 하라니까."

오빠는 회초리로 사정없이 내 여윈 종아리를 후려치면서 목멘 소리로 내 잘못을 꾸짖었다. 그때 나는 너무 오래 아픔을 참고 매를 맞았다. 아픔보다 항복 소리를 참는 게 더 힘들었다. 순하게 벌 받고 싶은 마음이 항복 소리를 오래 참을 수 있게 했다.

"항복하라니까."

오빠는 내 입에서 항복 소리를 짜내기엔 독한 마음이 모자랐다. 나를 야단치는 소리가 여려지고 흔들리더니 회초리를 내던지면서 나를 안았다.

"안 그러지? 다신 안 그러지?"

도리어 오빠의 목소리가 항복을 청하는 것처럼 구슬펐다. 나는 오빠의 품에서 열심히 고개를 끄덕였다.

이렇게 해서 대처의 감미를 두루 염탐하는 일은 끝장을 보고 말았다. 엄마는 1전씩 주는 대신 사탕을 사다가 감춰놓고 말 잘 들었을 때 하나씩 꺼내 주는 새로운 방법을 썼고, 오빠는 공책에다 한문으로 주소와 내 이름 가족들의 이름을 본보기로 써놓고 저녁때까지 열 번을 쓰라고도 했고 스무 번을 쓰라고도 했다. 1, 2, 3, 4…… 쓰기나 일본 가나 쓰기도 그런 방법으로 조금씩 익혀갔다. 나를 학교 보낼 준비가 시작되고 있었다. 나는 오빠가 기대하는 것 이상으로 그런 것들을 빨리 익혔다. 오빠는 내가 한문 쓰기에 오랜 시간을 보내길 바랐지만 나는 시골집에서 천자문을 뗀 실력을 가지고 있었다.

안집에 들어가지 마라, 골목 앞에 나가지 마라, 안집 애하고 놀지 마라, 동네 애들하고 놀지 마라, 상종할 만한 집 자식 하나도 없더라.

엄마는 자나 깨나 집요하리만큼 열심스럽게 나의 행동반경과 교우 범위를 제한할 줄만 알았지 그게 실제로 여덟 살짜리 계집애에게 얼마나 가혹한 형벌이라는 건 모르고 있었다. 엄마가 하라는 대로 하면 나는 결코 단칸방을 벗어날 수 없었고, 엄마나 오빠 외의 말벗을 가질 수도 없었다. 엄마는 아침부터 화롯불을 끼고 앉아 온종일 삯바느질을 했다. 오빠의 말이 정말이라면 그건 기생들의 옷일 터였다. 나는 기생이 뭔지 잘 모르고 있었다. 그러나 오빠의 말투와 엄마의 태도로 미루어 그들 역시 우리하곤 상종해서는 안 되는 족속들이라는 것 하나는 확실하게 알고 있었다. 그들의 옷은 하나같이 곱고 매끄럽고 부드러웠다. 바라보아도 즐겁고 어루만져보아도 즐거웠다. 그건 내가 먼 훗날 입어보길 꿈꾼 바로 그 아름다운 옷이었고 내가 앞으로 입기로 계약된 흰 저고리에 검정 통치마보다 훨씬 매혹적인 옷이었다. 도대체 어떤 여자가 그런 옷을 입는 것일까. 경성역에서 현저동까지 오는 동안도, 현저동에 사는 동안도 그런 옷을 입은 사람과 만난 적은 한 번도 없었다. 그렇다면 문밖동네인 현저동 말고도 상종 못할 사람들이 사는 동네가 또 있을 것이다.

상종이 엄격하게 금지된 것에 대한 나의 이런 호기심과 매혹은 은

47

밀하고도 짜릿했다. 그건 사탕맛보다 훨씬 자극적인 죄의식의 미각이었다.

나는 오빠가 내준 글공부 숙제를 후딱 끝마치고는 엄마에게 쉬지 않고 얘기를 시켰다. 나는 주로 엄마의 삯바느질거리와 거기서 떨어지는 색색가지 헝겊 조각에서 화제를 끌어냈다. 양단, 모본단, 공단, 호박단, 하부다이, 자미사……. 나는 곧 옷감을 보기만 하면 척척 그 이름을 알아맞히게 됐고, 다 된 저고리에서 깃고대를 너무 되게 앉혔다는 둥, 도련을 너무 후렸다는 둥, 그럴듯한 결점까지 찾아내게 됐다. 홈질, 박음질, 감침질, 공그리기도 익혔다. 그러자니 네모난 헝겊을 접어 괴불도 만들고 세모난 헝겊을 네모나게 붙이기도 하다가 꽤 큰 조각보가 되기도 했다. 조각보 솜씨가 이만하면 엄마도 칭찬해줄 만하게 늘었을 때 엄마는 칭찬은커녕 아예 실과 바늘과 헝겊 보따리를 몰수해갔다. 그날부터 즉시 바느질 장난도 엄마의 금지 사항 속에 포함됐다.

"글공부를 잘해야지 바느질 같은 거 행여 잘할 생각 마라. 손재주 좋으면 손재주로 먹고살고 노래 잘하면 노래로 먹고살고 인물을 반반하게 가꾸면 인물로 먹고살고 무재주면 무재주로 먹고살게 마련이야. 엄만 무재주도 싫지만 손재간이나 노래나 인물로 먹고사는 것도 싫어. 넌 공부를 많이 해서 신여성이 돼야 해. 알았지?"

엄마는 신여성은 뭘 해서 먹고사는 사람이란 소리는 안 했다. 하긴 엄마의 신여성관이란 공부를 많이 해서 이 세상 이치에 대해 모르는 게 없고 마음먹은 건 뭐든지 마음대로 할 수 있는 자유로운 여자였으니 먹고사는 게 문제가 아니었을 것이다. 나는 또 소일거리를 빼앗기고 말았다. 한 평 남짓한 놀이터와 연필과 공책만이 나에게 주어졌다. 엄마가 오빠에게 부탁해서 내가 하루에 써야 할 글씨공부의 양도 대폭 늘어났다.

그러나 나는 지금의 악필과도 결코 무관한 것이 아닌 속필로 제아무리 많은 글씨공부도 후딱 끝냈다. 글씨공부 중에서도 일본 가나 공부는 단조롭고도 무의미했다. 오빠는 자기 공부가 바빠서인지 그 부호의 음만을 가르쳐주었다. 그 부호를 연결해서 만들 수 있는 새로운 말에 대해선 한마디도 안 가르쳐주었기 때문에 재미를 붙일 수가 없었다.

그러나 어떤 계율도 여덟 살 먹은 계집애를 완전히 가두진 못했다. 나는 공책의 여백에 그림을 그리기 시작했다. 머리는 하사시까미하고 흰 저고리에 검정 통치마를 입고 뾰족구두 신고 한도바꾸든 신여성을 그리고 또 그렸다. 그때 이미 나는 신여성의 특이한 외모를 별로 신기해하고 있지 않았다. 엄마가 문밖이라고 무시하는 현저동에서만도 그보다는 더 신식에 앞선 여자를 얼마든지 만날 수가 있었다. 양장한 여자나 단발을 한 여자까지 있었다. 엄마의 신여성은 이미 구닥다리가 돼 있었다. 그러나 엄마가 나에게 무작정 주입한 신여성만이 할 수 있는 일은 아직도 나에게 암호였다. 어려운 말은 아닌데 못 알아들을 소리였다. 신여성 속의 이런 암호 때문에 날마다 똑같은 신여성을 그리는 일에 싫증을 내지 않을 수가 있었는지도 모른다. 나는 차츰 공책의 여백에 조그맣게 그리던 걸 온 장

49

에다 크게 그리기 시작했다. 공책의 소모가 점점 빨라졌다. 가난한 집에선 그것도 문제였다. 그렇다고 그 일까지 빼앗을 만큼 엄마도 오빠도 모질지는 못했다.

어느 날 오빠는 석필을 사다 주면서 공책엔 글씨만 쓰고 그림은 그걸로 땅바닥에 그리라고 일러주었다. 오빠는 손수 석필로 대문 밖 골목길에다 그림을 그리고 발로 쓱쓱 지우는 시범까지 보여주었다. 효성이 지극한 오빠였으니까 엄마가 바느질 품판 돈으로 산 공책을 너무 헤프게 쓰는 게 아까워서 그런 꾀를 낸 모양이었다.

나는 석필보다는 단간방의 연금 상태에서 벗어난 게 신기하고 즐거웠다. 살 것 같았다. 우리가 세든 초가집은 높은 축대 위에 있었다. 대문 밖도 평탄한 골목길이 아니고 인왕산으로 통하는 오르막길에서 가지를 뻗은 좁은 막다른 길이어서 사람이 드나들 수 있는 길 밖은 곧 낭떠러지였다. 그러나 전망은 좋았다. 멀리 파란 상자갑 같이 생긴 전차가 왕래하는 한길이 보였고, 그 너머론 높고 붉은 담장을 둘러친 어마어마하게 큰 집이 보였다. 그 큰 집엔 임금님이라도 사시는지 파수꾼이 밤이나 낮이나 지켜 서 있었고 전차의 이마빡에 뻗친 더듬이가 공중에 걸린 줄과 맞닿으면서 간간이 일어나는 푸른 섬광은 어둑어둑해질 무렵이 가장 아름다웠다. 나는 그것을 볼 때마다 내 속에서도 뭔가와 부딪쳐 스파크를 일으키려는 아슬아슬한 힘 같기도 하고 열기 같기도 한 걸 느끼고 전율했다. 그건 골수에 사무치는 심심함이었다. 나는 심심하다는 골병이 들어 있었다. 엄마도 오빠도 심심함이 얼마나 깊숙이 나의 생기를 잠식하고 있는

지 모르고 있었다.

그날도 나는 대문 밖 낭떠러지 위 평상같이 생긴 땅에다 신여성을 그렸다 지웠다 하면서 놀고 있었다. 나하고 놀자, 어떤 키 큰 아이가 내 앞에 서서 말했다. 그 아이하고 놀아보진 않았지만 나는 그 아이에 대해 알고 있었다. 그 아이는 바로 낭떠러지 밑에 있는 집에 살고 있었다. 낭떠러지 위에선 그 집의 안마당이 곧장 내려다보였다. 안마당은 좁고 질척거리고 복작거렸다. 방방이 세들어 사는 여편네들은 끼니때마다 커다란 엉덩이를 부비면서 밥을 짓기도 하고 가끔 팔뚝을 부르걷고 싸움질을 하기도 했다. 그 아이는 그 집에 세들어 사는 땜장이 딸이었다. 그 아이 아버지 땜장이는 아침마다 테가 이상한 모양으로 비뚤어진 중절모를 쓰고 철사끈이 달린 깡통을 팔에 걸고 한 어깨엔 망태를 메고 "양은 냄비나 빠께스 때애려 생철통이나 양은솥도 때애려" 하고 구슬픈 가락을 붙여 목청을 빼면서 비탈길을 내려가곤 했다. 풍로처럼 바람구멍이 뚫린 깡통에는 불씨가 들어 있었고 기다란 인두가 꽂혀 있었고, 망태엔 막대기같이 생긴 납이랑 함석 조각, 가윗밥 크기의 양은 조각, 큰 가위, 망치 같은 게 들어 있었다. 저녁땐 언제 들어오는지 본 적이 없었다. 그 아이의 엄마는 아버지에 비해 게으르고 더구나 뭘 깁거나 때우는 건 좋아하지 않는 모양으로 자기의 옷도 아이들의 옷도 해져 있거나 터져 있는 적이 많았다.

그날도 그 아이는 팔꿈치가 해져서 시커먼 솜이 드러난 저고리에 말기가 한 뼘은 뜯긴 치마를 입고 있었다. 그러나 키는 나보다 훨씬 컸다. 그 아이는 대답도 기다리지 않고 석필 먼저 뺏더니 사람을 그리기 시작했다. 신여성이 아닌, 바지 입은 남자를 여럿 그리더니 줄로 엮기 시작했다.

"사람을 왜 묶니?"

"전중이니까."

"전중이가 뭔데?"

"저 큰 집에 사는 무서운 사람이야."

그 아이는 전찻길 건너 붉은 벽돌담이 드높은 대궐 같은 집을 가리키며 말했다. 그 아이는 전중이뿐 아니라 비행기, 전차, 인력거도 그릴 줄 알았고, 새나 과일도 그릴 줄 알았다. 도깨비나 선녀처럼 내가 한 번도 본 적이 없는 것도 그럴듯하게 그릴 줄 알았다.

"넌 몇 학년이니?"

나는 그 키 큰 아이에 대한 경탄을 이렇게 나타냈다.

"난 학교 안 당겨, 언문 다 깨쳤는데 학교를 뭣하러 댕기니, 우리 아버지가 그러는데 계집앤 언문만 깨치면 된대."

나도 할머니한테서 언문을 깨쳤지만 그걸 글이라고 생각해본 적조차 없었다. 시골집에선 할아버지의 한문의 위세에 눌려서 그랬고, 서울 와선 일본글에 가려서 그건 도무지 빛을 못 봤었다. 나는 그 아이가 그까짓 언문을 가지고 행세하려 드는 게 부럽기도 하고 측은하기도 했다.

"넌 그럼 커서 신여성이 안 될 거니?"

"난 순사한테로 시집갈 거야."

그 아이는 단박 칼 찬 순사를 그리면서 말했다. 그 아이는 또 내 허락도 없이 석필을 분지르더니 선심 쓰듯이 나한테도 한 토막 주면서 서로의 얼굴을 그리자고 했다. 나는 그때까지 사람을 그리려면 우선 히사시까미한 머리 먼저 의식했기 때문에 꼭 옆얼굴만 그렸으므로 아무리 보고 그린다고는 하지만 얼굴을 정면으로 그리기는 어려웠다. 그러나 그 아이는 힘 안 들이고 동그라미를 그리고 그 안에 내 단발머리와 이목구비를 그려넣었다. 그 아이는 못 그리는 게 없었다.

"아이 심심해."

그 아이는 모든 그림에 익숙했으므로 싫증도 잘 냈다. 나는 그 아이가 심심한 게 내 탓처럼 불편해서 어떡하든 그 아이가 안심할 수 있게 비위를 맞추고 싶었다. 그 아이는 나의 이런 아부하고픈 속셈을 놓치지 않았다. 그 아이의 입가에 찌개가 조는 것처럼 자글자글한 웃음이 감돌았다.

"너 속바지 벗을래? 나도 벗을게."

그 아이는 내 대답도 기다리지 않고 때묻은 무릎이 나오게 해진 속바지를 벗고 아랫도리를 벌리고 무릎을 세우고 앉았다. 아까 서로의 얼굴을 사생했듯이 서로의 성기를 사생하자는 기발한 제안을 나는 거절하지 못했다. 엄마한테 들키면 당장 매 맞을 나쁜 짓을 하고 있다는 자각이 심심하다는 축 늘어진 의식을 팽팽하게 잡아당기면서 그 쓰잘데없는 장난에 줄타기 같은 고도의 긴장감을 주었다. 우린 땅바닥에 서로의 성기를 사생했다. 사생이 끝나자마자 나는 얼른 그것을 발로 부벼 지우고 속바지를 치켰다. 그 아이도 속바지를 치켰다. 그러나 그 아이의 장난은 그것으로 끝나지 않고 우리 집 담벼락과 대문에도 같은 그림을 여러 개 그리기 시작했다. 그 아이는 실물을 보지 않아도 잘 그렸다. 나는 어린 마음에 어떤 모독감을 느끼고, 그 아이를 밀치면서 그것을 지워버리려고 했지만, 시커멓게 찌든 회벽과 널빤지 문에 그려 놓은 석필 그림은 흙바닥과 달라서 좀처럼 지워지지 않았다. 나쁜 짓의 증거 인멸에 실패한 나는 울상이 됐다. 나의 나쁜 짓은 감쪽 같은 증거 인멸을 전제로 하고 있었다. 나는 얼굴이 화끈화끈 상기해서 그 아이한테 그걸 지워놓으라고 애걸했다. 그 아이는 내가 단지 창피해서 그러는 줄 알고 사뭇 여유있게 굴었다.

"이 바보야, 이건 네 것이 아냐. 느이 안집 식구 거야."

"남들이 그걸 어떻게 알아?"

"왜 몰라. 내가 명토를 박아줄걸."

그 아이는 그 그림에다 삐죽삐죽 수염 같은 걸 가필하고 나서 옆에다 정말 명토를 박았다.

'옥분 할머니 ××' '옥분 엄마 ××……'

나는 일이 이미 걷잡을 수 없이 커져 가고 있다는 걸 느꼈으나 한편 될 대로 되라는 배짱과 함께 짜릿한 복수의 쾌감조차 느끼고 있었다. 옥분이는 안집 아이 이름이었다.

이 그림은 우리 식구에게 당장 큰 화를 몰고 왔다. 그 아이가 집으로 간 뒤에 마침 일터에서 돌아오던 안집 아저씨한테 나는 현장에서 붙잡혔다. 안집 아저씨는 큰 소리로 그의 처첩을 불러냈고 그의 처첩은 아이고 망측해라, 아이고 망측해라 하면서 발을 동동 굴렀다. 뒤미처 뛰어나온 엄마가 사색이 되어 빌기 시작했다. 오빠도 뛰어나왔다. 유일하게 오빠만이 흥분하지 않고 그 사태를 차근차근 갈피잡아 바른 판단을 하려는 침착성을 보였다. 오빠의 늠름함과 조숙함이 돋보였다.

"이건 제 동생 짓이 아녜요. 제 동생은 언문을 모르거든요. 잘 알지도 못하고 제 동생을 죄인 취급하지 말아요."

오빠는 당당하게 안집 아저씨한테 도전을 하며 나를 안집 아저씨의 손아귀에서 빼내려고 했다. 나는 그때 안집 아저씨한테 뒷덜미를 단단히 잡힌 채 오들오들 떨고 있었다.

오빠는 참으로 총기가 있었다. 실은 안집 식구들도 의아해하는 것의 정곡을 오빠가 찔렀기 때문에 그들의 기세도 조금씩 흔들리기 시작했다. 나는 내 덜미를 잡은 아저씨의 손에서 재빨리 그걸 느끼고 은밀하게 회심의 미소를 짓고 있었다. 그러나 속단이었다. 아저씨는 마치 도리깨질하듯이 힘껏 나를 뿌리치더니 오빠의 멱살을 잡고 따귀를 후려치기 시작했다.

"이런 후레자식 같으니, 어른한테 어디 함부로 말참견이야 말참견이, 그것도 눈을 똥그랗게 뜨고 훈계조로, 천하의 배우지 못한 후레자식 같으니……."

그러면서 침을 탁 뱉어서 엄마한테 당장 그 망측한 그림들을 깨끗이 닦아놓으라고 명령하고 안으로 들어갔다. 오빠는 경우에 맞는 소리를 했고 그들도 별수 없이 그 소리를 받아들인 셈이지만 그 받아들인 방법이 문제였다.

따귀 맞은 것도 분하지만, 후레자식 소리는 엄마의 자존심에 깊은 상처를 입혔다. 오빠는 엄마의 신앙이었다. 엄마는 오빠가 잠든 머리맡도 지나다니지 않았다. 오빠가 다 쓴 책이나 공책도 선반 위에 차곡차곡 쌓아놓고 신줏단지처럼 받들었다. 신줏단지를 배반한 엄마에게 그거야말로 새로운 신줏단지였다. 그런 아들이 가장 심한 모멸을 담은 욕인 후레자식 소리를 들은 것이다. 딴 사람도 아닌 엄마가 비록 겉으론 굽신대지만 속으로 상상 못할 바닥 상것으로 멸시하는 안집 남자한테. 대야에 물을 떠다 놓고 솔로 그 망측한 석필 그림을 닦아내는 엄마의 손이 부들부들 떨리고 목구멍에선 짓눌린 오열이 격렬하게 끄르럭대고 있었다.

그날 밤 엄마는 이불 속에서 울면서 시골에다 편지를 썼다. 구구절절 셋방살이의 서러운 사정을 곁들여 시골서 조금만 보태주시면 금융조합에서 융자라도 좀 얻고 해서 서울서 집값이 제일 싼 이 동네에다 집을 살 엄두를 한번 내보겠다는 사연이었다. 그건 엄마의 계획엔 들어 있지 않은 엄마 나름으론 대단한 양보였다. 엄마는 맨주먹으로 오빠를 공부시켜 성공을 거두어야 했고 내 집은 어떡하든 정작 서울인 문안에 사야 했다.

엄마는 시골에 나를 데리러 왔을 때 나무랄 데 없는 서울 사람이었지만 그건 엄마의 허구였다. 엄마는 문밖에 살면서 아직은 서울 사람이 못 됐다는 조바심과 열등감을 가지고 있었다. 엄마의 이런 문밖 의식을 위로하고, 문밖의 이웃을 툭하면 상종 못할 상것 취급을 하게 하는 것이 다름 아닌 엄마가 절망하고 경멸한 나머지 배반한 시골에 둔 근거라는 건 기묘한 상관관계였다. 엄마는 그 모순된 관계에서 헤어나기는커녕 점점 더 깊이 빠져들고 있었다.

낙서 사건은 또 당연하게 나를 그 땜장이 딸과 놀지 못하게 하는 좋은 구실이 됐다. 엄마와 오빠는 내가 마음 붙이는 건 뭐든지 나로부터 떼려 한다고 나는 생각했다. 그러나 이번에 마음을 붙인 건 먹을 거나 물건이 아니었다. 그건 친구였다. 그 아이는 아주 앳되고 구슬픈 소리로 나와 놀자고 대문간에서 나를 불렀다. 그 소리만 들으면 나는 눈이 새앙쥐처럼 교활해지면서 엄마의 눈을 속일 기회를 잡으려고 온몸으로 조바심했다.

엄마는 나 들으라는 듯이 크게 한숨을 쉬면서 조금만 나가 놀다 들어오라는 허락을 내렸다. 내가 눈을 속이는 걸 보니 차라리 허락을 내리는 게 낫겠다는 엄마의 판단은 옳았다. 나는 내가 처음 사귄 그 아이한테 깊이 매혹당하고 있었다. 나는 그 아이를 따라서 조금씩 조금씩 집으로부터 멀리 벗어나기 시작했다. 생전 그 켯속을 익힐 수 있을 것 같지 않던 소삽한 골목과 층층다리와 비탈이 깨친 글자처럼 하나하나 분명해지기 시작했다. 켯속을 익힌 것만큼은 영락없이 자유로워질 수 있다는 것은 신나는 경험이었다. 나는 하루하루 집으로부터 멀리 떨어져 나갔다. 드디어 전찻길까지 구경을 나간 날, 그 아이는 엄마의 돈을 훔쳐다가 전차를 타보지 않겠느냐는 당돌한 제안을 했다. 전차를 탄다는 건 생각만 해도 가슴이 울렁거리는 일이었다. 그러나 나는 한참 심각하게 생각하고 나서 싫다고 대답했다. 그 아이의 말에 동의 안 해보긴 처음이었고 자기가 한 일에 그때만큼 스스로 만족해보기도 처음이었다.

그 아이는 자기는 전차를 수없이 타봤으니 괜찮다고 하면서 나의 거절에 조금도 마음을 상해 하지 않았다. 다행한 일이었다.

그 아이는 전차 타는 것보다 더 재미있는 놀이를 가르쳐주마고 하면서 전찻길을 건넜다. 전찻길 건너에는 너른 마당이 있었고 너른 마당에서 층층다리를 올라간 곳엔 큰길과 철대문이 보였고 철대문 좌우로 높디높은 벽돌담이 끝 간 데 없이 뻗어 있었다. 집마당만 나서면 곧장 내려다뵈던 바로 그 큰 대궐 같은 집 담장이었다. 위에서 내려다볼 땐 담장 속에 있는 여러 채의 큰 집들을 볼 수 있었지만 전찻길에서 쳐다본 그집은 담장밖에 안 보였다.

전차 타는 것보다 더 재미있는 놀이란 한길 옆 너른 마당에서 큰 집의 붉은 담장까지를 잇는 층층다리 양쪽에 물이 흐르도록 패인 홀에서 미끄럼을 타는 것이었다. 그 홀은 아이들의 엉덩이가 들어갈 만큼 넓었고 바닥이 매끄러웠다. 우리뿐만 아니라 그 동네 아이들이 여럿 거기서 즐거운 환성을 지르면서 미끄럼틀을 타고 있었다. 미끄럼 타기는 꽁무니가 짜릿짜릿 하도록 재미있는 놀이였다. 나는 그 놀이의 재미에 흠뻑 빠져서 날 저무는 줄 몰랐다. 며칠 그짓에만 신명이 나다 보니 속바지 엉덩이가 다 떨어지는 것도 모르고 있었다. 아무래도 정식 미끄럼틀이 아니었기 때문에 바닥이 고르게 매끄럽진 못했던 것 같다.

엄마는 속바지 엉덩이를 너덜너덜하게 해뜨린 것에 대해 내가 격정했던 것보다 훨씬 너그러웠다.

"어디서 이 지경을 만들었어?"

"저 아래 미끄럼틀이 있는 큰 집에서."

"그래? 이 동네도 유치원이 있었나? 이제부턴 너무 한 가지만 타지 말고 그네도 타고, 철봉 장난도 하고 놀렴."

아무리 신여성을 만들기 위해서라곤 하지만 어린 딸로부터 시골집의 넓은 후원과 여러 식구의 사랑을 무참히 빼앗고 더러운 단간 셋방에 가두다시피 한 엄마로서의 뉘우침과 마음 가득 아픔이 밴 목소리였다. 내가 저절로 찾아낸 마음놓고 뛰어놀 수 있는 놀이터를 여간 다행스러워하는 게 아니었다.

엄마는 내 해진 엉덩이에다 두터운 무명 헝겊을 안팎으로 대서 튼튼하게 기워주었다. 그 후 나는 딴 애들은 어떻게 옷을 안 해뜨리고 타나를 눈치 봐가며 엉덩이를 살짝 들고 발바닥에다 힘을 주고 타는 새로운 미끄럼 타기도 익히게 됐다.

어느 날, "전중이 온다!" 하고 한 아이가 고함치니까 모든 아이들이 일제히 도망가서 너른 마당에 있는 회색빛 건물 뒤에 숨는 사건이 있었다. 나는 영문을 몰라 맨 나중에 도망치면서 거의 악을 쓰고 울어버릴 것 같은 심한 무서움증을 느꼈다. 나는 '전중이'란 말뜻은 잘 몰랐지만 아이들한테 몇 번 들은 적은 있었다. 그러나 보긴 처음이었다. 흘긋 보았을 뿐인데 그건 무섭다기보다는 불길했다. 회색빛 건물 뒤에 숨어서 좀 더 자세히 본 그 모습도 마찬가지였다. 말라붙은 핏빛 같은 옷을 입고 쇠사슬 같은 걸 철렁거리고 있었고, 고개를 푹 숙이고 걷는 게 몹시 지쳐 보였다. 중간중간에 칼 찬 사람들이 지키는 이 전중이의 힘없고 느릿느릿한 행렬은 층층다리 위 붉은 담장을 끼고 한없이 이어지고 있었다. 그들이 누굴 해칠 처지도 못 됐지만 그럴 뜻이나 힘이 전혀 있어 뵈지도 않았다. 그럼에도 불구하고 우리는 간이 콩알만 해지는 것처럼 그들이 무서웠다. 그것은 거의 미신적인 공포감이었다. 그래서 그 공포에서 헤어나려는 몸짓도 다분히 미신적이었다. 어떤 아이는 침을 퉤퉤 뱉었고 어떤 아이는 발을 쾅쾅 굴렀다. 어떤 아이는 시골 아이들이 지나가는 기차에다 대고 하는 것같이 이상한 주먹질을 하고 나서 씩 웃기도 했다. 나는 얼떨결에 아이들이 하는 짓을 조금씩 섞어서 흉내 내보았지만 마음으로부터 개운하진 않았다.

아이들은 다시 미끄럼타기를 시작했지만 나는 다시 신명이 날 것 같지 않아 슬그머니 집으로 돌아왔다.

"엄마, 전중이가 뭐야?"

"건 왜?"

엄마는 대답하고 싶지 않은지 짐짓 시들한 얼굴을 하고 바느질만 계속했다. 나는 내가 줄창 미끄럼을 타고 놀던 큰 집에서 본 전중이들과 아이들이 일으킨 소동에 대해 이야기했다.

"그럼, 그럼 네가 여적지 나가 논 데가 감옥소 마당이었단 말이지?"

엄마는 한바탕 대경실색을 하고 나서 조용해졌다. 엄마는 뭔가를 골똘히 생각하는 것 같았다. 엄마를 엄마답게 보이게 하는 기품이

가신 엄마는 초라하고 불쌍해 보였다. 기품을 버티게 할 기력조차 없을 만큼 엄마의 자존심이 초주검이 돼 있다는 게 엉뚱스럽게도 나에게 연민의 정을 불러일으켰다. 나는 엄마를 위로하고 싶었다. 그러나 엄마는 성이 나 있지 않으면서도 매사에 뜨악해 보였다. 엄마는 엄마 상식으로 바닥 상것으로 보이는 사람들이 많이 살고 있는 동네라는 것보다는 감옥소와 이웃해 있는 동네라는 데 더 정이 떨어져서 그만 우두망찰하고 있었다. 하긴 남을 덮어놓고 바닥 상것으로 업신여기려면 그래도 우월감이라는 숨구멍이라도 틔어 있어야 하련만 어린 딸에게 감옥소 마당밖에 놀이터가 없다는 건 엄마에겐 막다른 비참함이었음 직하다.

감옥소가 있는 문밖 동네에서 문안 동네를 바라보는 엄마의 눈길은 한층 절절해졌다. 그 절절한 소망은 불시에 나를 소학교 보내는 일에 큰 변경을 가져오고 말았다. 엄마는 그 동네 아이들이 다 가게 돼 있는 무악재고개 너머에 있는 학교를 갑자기 타박하면서 나를 꼭 문안에 있는 국민학교에 보내야 한다고 우기기 시작했다. 국민학교도 시험 쳐야 들어가는 시절이었지만, 학구제라는 게 있어서 함부로 타동네 학교를 지원하는 건 금지돼 있었다.

서울에 친척이 꽤 여러 군데 흩어져 살고 있었지만 아이들이 성공해서 여봐란듯이 살게 될 때까지는 이를 악물고 아무도 안 찾아다니고 견딜 거라는 매서운 결심을 누차 우리 앞에서 다짐한 바까지 있는 엄마가 여기저기로 친척 댁을 수소문해 나서기 시작했다. 문안이라도 현저동에서 가까운 문안에 사는 친척을 남대문 입납으로 찾아나서는 엄마를 보자 오빠까지 참 엄마도 주책이셔 하면서 쓴웃음 짓고 외면했다.

그러나 엄마는 그런 친척을 기어코 찾아내고 말았고 내 기류계는 그 댁으로 옮겨졌다. 그 댁은 사직동에 있었고 내가 가야 할 학교는 매동학교였다. 엄마는 걸어서도 갈 수 있는 가까운 문안에서 친척을 찾아낸 엄마의 요행과 나의 운을 두고두고 되뇌이며 즐거워했다. 그러나 전차를 안 타고 갈 수 있는 학교라는 건 나에겐 여간 실망스러운 게 아니었다. 전차를 안 타고 걸어다니려면 하다못해 독립문을 지나 당당히 문안으로 입성을 하는 기분이라도 맛보고 싶은데 매동학교는 어떻게 된 게 인왕산 줄기가 흘러내린 등성이를 넘어가야 한다는 거였다. 엄마를 닮아 어느만큼은 문밖이라는 데 서울로부터의 소외의식을 갖고 있던 나는 문안 학교 간다는 데 서울 구경에의 기대를 더 많이 걸고 있었다. 그런데 번화가 쪽과는 반대 방향의 산꼭대기 쪽으로 뚫린 문안 가는 길은 실망스럽다 못해 미덥지 못하기까지 했다.

별로 신명도 안 나는 문안 학교 가는 일을 위해 치러야 할 곤욕은 의외로 많았다. 엄마는 입학 시험 날 입을 내 옷에 뜻밖에 과용을 하고 있었고 주소를 빌려준 친척 댁한테 몸에 익지 않은 아부를 하기도 아니꼽고 힘든 일인 것 같았다. 그러나 나의 곤욕에 비하면 아무것도 아니었다. 나는 기류계 옮긴 날부터 친척 댁 주소를 외워야 했는데 그렇다고 정작 살고 있는 주소를 잊어버려도 되는 건 아니었다. 길 잃었을 때는 정작 주소를 대야 하고 입학 시험 칠 때나 학교 들어가고 나서 선생님한테 말씀드릴 일이 있을 때는 가짜 주소를 대야 한다는 일은 나에게 적잖이 심리적 부담이 되었다. 실상 주소 두 군데쯤 외고 있는 게 그렇게 어려울 것은 없었고 실제로 주소를 대야 할 경우도 있을지 말지 했다. 그러나 엄마는 너무 고지식한 분이었다. 주소를 속였다는 걸 마음속으로 꺼림칙해하고 있는 것만큼 내가 혹시나 두 가지 주소를 헷갈리는 실수를 할까 봐 자주자주 점검을 하려 들었다.

너 어디 살지? 지금 넌 집을 잃어버린 거야. 너 어디 살지? 지금 넌 선생님 앞이야. 이렇게 엄마는 내가 두 가지 주소를 헷갈리는 실수를 저지를까 봐 지나친 신경을 썼기 때문에 되레 그걸 헷갈리는 실수를 자주 저질렀다. 현저동에서 사직공원으로 넘어가는 등성이도 문제였다. 거긴 정작 인왕산보다 훨씬 수목이 우렁차고 사람의 왕래가 드물었다. 문둥이가 여기저기 굴을 파고 살고 있다고 소문나 있는 곳이었다. 엄마는 내가 문둥이를 경계하게 하려고 문둥이에 대한 소문을 과장해서 들려줬기 때문에 나는 그 고개가 할멈 할멈 떡 하나 주면 안 잡아먹고 하면서 호랑이가 나오는 옛날얘기 속의 고개보다 훨씬 더 무서웠다.

옷은 시골에서 본 각설이 떼처럼 입고 찌그러진 모자를 푹 눌러쓰고—왜냐면 눈썹이 없기 때문에 그걸 감추기 위해—시퍼런 입술로 딱 웃으면서 아이들을 꾀어서 어둡고 긴 그들의 동굴로 데려다가 새빨간 생간을 내어서 냠냠 먹고 입 쓱 씻는다는 문둥이는 자주 나를 가위눌리게 했다. 나는 문안 학교를 떨어지든지, 붙더라도 엄마하고 같이 다닐 수 있는 동안까지만 다니고, 병이 나서 눕는 헛된 꿈을 얼마나 꾸었던가. 그러나 내가 주소를 일부러 헛갈려 대답하거나, 엄마가 입시를 위해 임의로 꾸며낸 이런저런 예상문제를 제대로 못 맞췄을 때의 엄마의 실망은 대단해서 나는 엄마가 불쌍해서라도 마음을 고쳐먹지 않을 수가 없었다. 그럴 때 엄마는 눈물겹도록 간곡하게 나를 타일렀다.

"이것아, 계집애 공부시키는 건 아들 공부시키는 것하고 달라서 순전히 저 한 몸 좋으라고 시키는 거지 집안이 덕 보자고 시키는 거 아니다. 느이 오래비 성공하면 우리 집안이 다 일어나는 거지만 너 공부 많이 해서 신여성되면 네 신세가 피는 거야, 이것아. 알았지?"

이럴 때 엄마의 눈빛은 도저히 거부하거나 비켜갈 엄두가 나지 않을 만큼 절박한 열기를 담고 있었다. 나는 엄마가 바라는 신여성이 뭐하는 건지 알 수가 없었고, 앞으로도 알게 될 것 같지가 않았다. 그러나 급체인지 맹장염인지 걸린 남편을 굿해서 고치려다 잃고 층층시하와 봉제사의 의무와 안질에 거머리가 약인 무지를 떨치고 도시로 나온 엄마의 지식과 자유스러움에 대한 피맺힌 원한과 갈망은 벅차고 뭉클한 느낌이 되어 전해왔다.

이렇게 해서 나는 매동학교 시험을 치고 합격이 됐다. 엄마는 국민학교 합격을 마치 과거급제처럼 과장해서 시골에다 알렸고 시골에서도 둘밖에 없는 손자 손녀가 서울에다 뿌리를 박은 바에야 며느리한테 너무 인색하게만 굴 수 없다는 판단을 내리게 된 모양이었다.

그러나 당시도 지금과 마찬가지로 겨우 사는 시골집에서 큰 마음먹고 큰돈 마련해 줘봤댔자 서울선 푼돈이었다. 금융조합에서 집값의 절반은 융자를 받았건만도 우리가 살 수 있는 집은 역시 현저동 꼭대기였다. 세들어 살던 집에서도 오르막길로 더 올라가 동네가 인왕산 마루턱을 치받으면서 끝나는 데 있는 여섯 칸짜리 작은 집이었다. 그러나 어엿한 기와집이었다. 엄마는 땅 넓은 줄은 모르고 하늘 높은 줄만 알고 기어오르는 이 상상꼭대기 문밖 동네를 여전히 무시하고 지긋지긋해했지만 새로 산 여섯 칸짜리 기와집만은 극진히 아끼고 사랑했다. 체장수가 살고 있던 이 집은 몇 년이 되었는지 본바탕을 알아볼 수 없는 도배지에 빈대 핏자국만이 끔찍하도록 낭자했다.

"맙소사. 이렇게 뜯기고도 이 집 식구들이 그래도 핏기가 남아 있었던 게 신기하다. 아이고 징그러라."

엄마는 문짝과 두껍닫이를 모조리 뜯어내서 양잿물로 닦아내면서 이렇게 자주 진저리를 쳤다. 겨울을 나 껍데기만 남은 잔다란 빈대들이 우수수 무수한 비듬처럼 쏟아져 나왔다.

"이래 봬도 이것들이 다 입은 살아 있느니라. 아이고 무서라. 이것들이 다 배때기를 채우고 나면 대신 내 새끼들이 이 꼴 될 거 아닌가?"

엄마는 이렇게 몸서리를 치면서도 그 꼭대기에 새로 장만한 집이 대견해서 어쩔 줄을 몰랐다. 기둥 서까래까지 손수 양잿물로 닦아내고 구석구석 독한 약을 뿌리고 도배장판도 새로 했다. 집을 처음 산 걸 좋아하기보다는 저런 귀살스러운 집에서 어찌 살까 난감스럽

65

기만 하던 오빠와 나도 매일매일 달라지는 재미에 학교만 갔다오면 그 집에 붙어서 엄마를 거들게 됐다. 이사 가는 날은 커다란 무쇠솥을 새로 사서 엄마가 손수 부뚜막을 만들고 걸었다. 엄마는 미장이 도배장이 칠장이…… 못 하는 게 없었다.

이사 간 날, 첫날 밤 세 식구가 나란히 누운 자리에서 엄마는 감개무량한 듯이 말했다.

"기어코 서울에도 말뚝을 박았구나. 비록 문밖이긴 하지만……."

비록 여섯 칸짜리 집이지만 없는 게 없었다. 안방, 마루, 건넌방, 부엌, 아랫방, 대문간 이렇게 여섯 개의 방이 공평하게 한 간씩이었다. 마당도 있었다. 마당이 네모나지 않고 삼각형인 게 흠이었다. 엄마는 이런 마당을 '우리 괴불마당'이란 애칭으로 불렀다. 새집은 셋집처럼 대문 밖이 낭떠러지가 아니고 보통 골목인 대신 직삼각형 마당의 가장 변이 긴 쪽이 남의 집 뒤쪽으로 난 담인데 그 밑이 어마어마하게 높은 축대였다.

비가 오는 날 밤이면 오빠는 자주 잠을 깨서 들락거렸다. 축대가 무너질까 봐 잠이 안 온다는 것이었다. 엄마는 "녀석도 사내놈이 옹졸하긴……. 여지껏 멀쩡하던 축대가 하필 우리 살 때 무너질까" 하면서 태연한 체했다. 그 밖엔 아무 걱정도 없었다.

나는 괴불마당에 분꽃씨도 뿌리고 채송화씨도 뿌리고 봉숭아씨도 뿌렸다. 그러나 이사 가고 나서 나의 외톨이 신세는 좀 더 심해졌다. 땜장이 딸하고도 자연히 멀어졌고 나 혼자 매동학교를 다녔기 때문에 그 동네 학교를 다니는 아이들한테는 의식적인 따돌림을 받았다. 엄마는 되레 그걸 바란 것처럼 좋아하는 눈치였다. 문밖에 살면서 일편단심 문안에 연연한 엄마는 내가 그 동네 아이들과는 격이 다른 문안 애가 되길 바랐다. 딸에게 가장 나쁜 거라고 가르친 거짓말까지 시키게 해가며, 또 친척의 주소를 빌리는 번거로움과 치사함을 참아가면서 심지어는 문둥이가 득실댄다는 등성이를 매일 지나다녀야 하는 위험을 무릅쓰게 하고까지 굳이 문안 학교에 보내지 못해 한 엄마의 뜻은 처음부터 그런 데 있었으니까.

엄마는 자기가 미처 도달하지 못한 이상향과 당장 처한 현실과의 갈등을 부드럽게 하기 위해 부지불식간에 자식을 이용하고 있었지만 정작 자식이 겪는 갈등에 대해선 무지한 편이었다. 나는 동네에서도 친구가 없었지만 학교에서도 친구를 사귀지 못했다. 학교 친구들은 모두 그 근처 아이들이었기 때문에 처음부터 저희들 끼리끼리였다. 그 끼리끼리가 저희들끼리 싸우고 바뀌고 편먹고 할 뿐이지, 처음부터 어떤 끼리끼리에도 안 속한 이질적인 아이에 대해선 배타적이고 냉혹했다. 나는 가끔 혼자서 거울을 보면서 내가 어디가 어떻게 남과 달라서 여기저기서 따돌림을 받나를 이상하게도 슬프게도 생각했다. 한동네 사는 애들하곤 격이 다르게 만들려고 엄마가 억지로 조성한 나의 우월감이 등성이 하나만 넘어가면 열등감이 된다는 걸 엄마는 한 번이라도 생각해본 적이 있었을까? 우월감과 열등감은 다같이 이질감이라는 것으로 서로 한통속이었다.

1학년 담임선생은 내가 처음 만난 엄마가 말한 신여성의 구색을 한몸에 갖춘 분이었다. 머리를 반가리마를 타서 뒤에서 히사시까미로 빗어 올리고 흰 하부다이 저고리에 검정 지리면 통치마를 입고 까만 뾰죽구두를 신었다. 출퇴근 때는 까만 핸드백을 들었다. 물론 이 세상 모든 이치를 모르는 거 없이 알고 있다는 것까지도 믿어도 될 것 같았다. 우리들이 물어보는 아무리 어려운 질문도 한 번도 대답 못한 적이 없었다. 선생님은 뭐든지 알고 있을 뿐더러 누구든지 다 사랑했다. 약간 주근깨가 있는 화장 안 한 수수한 얼굴 가득 웃음을 띤 선생님 둘레엔 항상 많은 아이들이 따랐다. 운동장에서 여러 아이들에게 둘러싸여 걸음도 제대로 못 옮기는 선생님을 볼 때마다 나는 햇병아리를 거느린 암탉과 같다고 생각했다. 나는 멀찌감치서 아이들의 존경과 사랑을 독차지한 선생님을 바라보면서 손톱을 질겅질겅 씹었다. 나는 수업 시간에도 등교나 하교 시간에도 손톱을 씹었기 때문에 엄마가 따로 깎아줄 필요가 없었다. 아이들은 누구나 다 선생님 손을 잡아보고 싶어했다. 선생님 손은 누구든지 잡고 싶어하고 잡으면 놓지 않는데, 선생님 손은 둘뿐이니까, 아이들을 어디까지나 고루 사랑하는 선생님은 번갈아 잡아주려고 애썼다. 자아, 아직도 선생님 손 못 잡아본 사람 손 들어요. 그럼, 나요나요 하고 아이들이 손을 들면 선생님은 그중에서 영락없이 정말 못 잡아본 애 손만 가려내서 꼭 쥐어주기도 하고 쓱쓱 어루만져보기도 했다. 그러나 나는 열심히 손톱을 씹으면 씹었지 손을 들지 않았다.

나는 선생님이 마음에 들지 않았다. 무엇보다도 누구나 고루 사랑할 것 같은 선생님 특유의 상냥한 미소가 마음에 안 들었다. 나는 그것이 거짓이라는 걸 단언할 수가 있었다. 왜냐하면 선생님이 나를 사랑할 리가 없기 때문이었다.

날이 더워지자 나는 인왕산 쪽에 정을 붙이기 시작했다. 현저동 일대에 물난리는 극심했다. 집집마다 수도라는 건 아예 있지도 않았기 때문에 물지게 질 만한 식구가 없는 집에선 물장수를 댔다. 미장이, 도배장이 다 능숙한 엄마도 물지게만은 못 졌다. 진다고 해도 물 한 지게 받으려면 한나절을 소비할 만큼 층층다리 아래 있는 공동수도에는 물통이 온종일 장사진을 이루고 있었다. 물장수를 위해서 숫제 빗장을 벗겨놓고 잤다. 물장수의 물지게에선 삐걱삐걱하는 독특한 소리가 났다. 삐걱삐걱 소리가 가까워지고 대문이 열리고, 철썩 물독에 물 붓는 소리를 듣고 잠이 깼다가도 단잠을 더 자야 날이 밝았다.

이렇게 사먹는 물이니 겨우 식수나 하는 정도였다. 엄마는 비가 올 때마다 내 집으로 떨어진 빗물을 한 방울도 놓치지 않을 기세로 독독이, 그릇그릇 받아놓고, 빨래도 하고, 세숫물로도 쓰게 했다. 세숫물에 장구벌레가 가득 들어 있어서 질겁을 하면 엄마는 체에다 받쳐서라도 그 물을 쓰게 했고 쓰고 나서도 한 방울도 버리진 못하게 했다. 세숫물로 다시 발을 씻고, 발 씻은 물로 걸레를 빨고, 걸레 빤 물은 괴불마당 구석에 있는 나의 꽃밭에 뿌리는 물의 완전이용 과정을 엄마는 아침마다 엄숙한 얼굴로 감시를 했다.

그러다 장마가 끝난 후의 인왕산 골짜기를 흐르는 맑은 물을 보니 환장을 하게 좋았다. 나는 학교만 파하면 인왕산으로 올라가서 시냇물에 세수도 하고, 발도 씻고 성터까지 올라가 바람을 쐬면서 서울 장안을 굽어보기도 했다. 그러다가 걸레 같은 걸 대야에 담아 가지고 올라가 말갛게 헹구어 가면 엄마를 기쁘게 해드릴 수 있을 뿐더러 아무리 오래 놀다 와도 야단을 안 맞을 수 있다는 것도 알게 되었다. 엄마는 가끔 비누 조각에다 양말 같은 걸 얹어주면서 "비누 아껴 쓰고 박박 부벼 빨아온" 하기까지 했다. 인왕산 빨래터의 맑은 물에 두 다리 담그고 앉아 빨래를 부비는데 저만치 국사당에서 덩더꿍덩더꿍 굿하는 소리라도 나면 나는 고개를 갸우뚱하면서 사람 사는 거란 무엇일까 하는 황당한 생각이 생각답지 않게 손끝을 저리게 하는 어른스러운 기분을 느끼곤 했다.

어느 날인가 걸레를 헹구고 있는데 상류에서 탁한 핏빛 물이 흘러내려 오기 시작했다. 나는 숨을 죽이고 그것이 대충 맑아질 때까지 기다렸다. 다시 맑은 물이 흐른 후에도 신경줄이 당기는 것 같은 긴장은 계속됐다. 어린 아이의 간을 내서 맑은 물에 헹구는 눈썹 없는 문둥이의 모습을 내 눈으로 보고 싶다는 호기심은 결국 무서움증을 능가했다. 나는 발소리를 죽여가며 물줄기를 피해 수풀을 헤치며 상류 쪽으로 올라가기 시작했다. 얼마 안 올라가 저만큼 냇가 너른 바위에 나보다 약간 큰 소녀가 누워 있는 게 눈에 띄었다. 소녀는 간을 아무에게도 빼앗기지 않았다는 표시로 노래를 부르고 있었다. 무슨 노래인지 애틋하고 청승맞았다. 소녀가 앉은 너른 바위는 온통 빨래로 뒤덮였는데 옷도 아니고 걸레도 아닌 낡아빠진 헝겊 조각들이었다. 베헝겊에는 아직도 검붉은 핏자국 흔적이 얼룩져 있었다. 나는 그걸 자세히 보기 위해 가까이 갔다. 소녀가 붙임성 있게 웃었다.

"그게 뭐니?"

"바보, 그것도 몰라. 서답이야. 우리 엄마 거!"

나는 서답이 뭔지 몰랐지만 바보 취급당하기 싫어 알은체하며 고개를 끄덕이고 내 빨래터로 내려왔다.

그날 나는 엄마한테 산에서 보고 들은 대로 얘기하고 서답에 대해 물었다. 엄마는 서답이 뭔지는 안 가르쳐 주고 그 상종 못할 상것들 타령을 했다.

"세상에 맙소사. 더러운 빨래를 백주에 한데서 빠는 것도 망측한데 딸년을 시켜서 빨다니, 상것들 중에서도 상종 못할 바닥 쌍것들이로구나. 이제부터 다시 산에 가지 마라. 세상에 어떻게 된 놈의 동네가 아이들을 한시반시 문밖에 내놓을 수가 없다니까."

나는 엄마가 남용하는 바닥 상것들이란 말에 역겨움을 느꼈다. 너른 바위 위에 번듯이 누워 흐르는 구름을 보면서 애달픈 목소리로 노래를 부르던 소녀의 모습은 상티하곤 다르게 보기 좋은 것이었다. 늘 어떤 조바심 같은 것에 쫓기고 있는 나는 소녀의 구김살 없는 천연스러움에 부러움을 느끼고 있었다.

괴불마당 집주인이 된 후에도 엄마는 초가집에서 세들어 살 때와 마찬가지로 이웃을 상것 아니면 바닥 상것으로 평하길 서슴지 않았고 나를 그들로부터 고립시키려고 애썼다. 나는 걸레를 빨러 산에 갈 수 없었고 빈손으로 슬슬 바람쐬러 가던 것도 국사당에서 굿 구경하고 떡 얻어먹은 일이 무슨 말끝엔가 탄로가 나서 아예 금족령이 내렸다. 뒤에는 인왕산, 앞에는 감옥소가 다 나의 출입금지 구역이었다.

엄마가 이웃을 상종해도 괜찮을 이웃과 상것, 바닥 상것의 세 가지로 나누는 기준은 들쑥날쑥해서 일정치 않았다. 성씨나 사는 형편, 말의 직업하고 관계가 있는 것도 같고 없는 것도 같았다. 기분 내키는 대로였고 또 매우 변덕스러웠다.

동네 사람들마다 엄마가 바닥 상것으로 치부해놓은 사람들까지가 다 김 서방이라고 부르고, '하게'로 하대하는 늙은 물장수를, 엄마는 김씨 할아버지라고 불렀고 '하세요'라는 존댓말을 썼다. 물장수는 대개 단골집에서 번갈아가며 먹이게 돼 있어서 그 차례가 한 달에 한 번쯤 돌아왔다. 개다리소반에다 김치하고 국이나 한 그릇 놔서 부엌 바닥이나 툇마루 끝에서 먹이면 됐지 그걸로 신경쓰는 집은 별로 없었다. 그러나 엄마는 한 달에 한 번 그날은 무슨 잔칫날처럼 벼르다가 휘어지게 차려서 건넌방 아랫목으로 불러들였다. 고기를 볶을 때도 있고 동태나 비웃찌개를 할 때도 있었다. 나물도 몇 가지 오르고 짭짤한 젓갈도 올랐다. 밥은 시골에서 일꾼밥 푸는 솜씨 그대로 밥그릇 속의 밥보다 위로 올라앉은 밥이 더 많게 고봉으로 꽉 눌러 펐다. 물장수 영감은 배불리 먹고 나서 손을 부비면서 마님 덕에 매달 한 번씩 소인 생일이굽쇼, 하면서 굽신댔다. 그 대신 영감도 명절이라든가, 집에 무슨 큰일이 낀 것 같은 날엔 말없이 물을 한 지게 더 길어다가 여벌독에 부어주는 선심으로 보답하는 것 같았다. 한때, 나는 동네 아이들까지 김 서방 김 서방 하면서 하게,

아니면 반말로 하대하는 영감을 거만한 엄마가 무엇 때문에 깍듯이 존대하고 오빠보다도 잘 먹이려드는지 이해할 수가 없어 심각한 고민에 빠진 적이 있었다. 나는 그 영감이 홀아비라는 걸 알고 있었고 엄마는 과부였기 때문이다. 엄마가 물장수 김 서방을 좋아할지도 모른다는 건 생각만 해도 치가 떨리는 치욕이었다. 무슨 마가 낀 것처럼 한번 그런 생각이 들자 도무지 떨쳐지지가 않았다. 나는 아침에 철썩하는 물 붓는 소리에 깨어나면 얼른 엄마 먼저 더듬어 찾아 겨드랑 밑으로 손을 돌려 꼭 안았지만 애정 표시가 아니라 물장수 만나러 가는 걸 훼방놓기 위해서였다.

기어코 오빠에게 나의 고민을 털어놓았다. 오빠는 씩 웃으면서 말했다.

"엄마는 김 서방 할아버질 존경한단다. 왠 줄 아니? 김 서방 할아버진 물장수 노릇을 해서 아들을 둘씩이나 전문학교에 보내고 있거든. 전문학교 너도 알지? 사각모 쓰고 가죽가방 들고 다니는 높은 학교 말야."

나의 엄마에 대한 의심은 어이없이 사그라졌다. 엄마는 김 서방 말고도 또 키다리 구장을 존경했었는데 나 보기엔 김 서방을 존경하는 것만큼은 훨씬 못 미치는 것 같았다. 키다리 구장은 청송 심 씨인데 엄마의 외가쪽으로 따져보니까 연줄이 닿을 만한 게 근거 있는 집안 자손이 분명하지만 이런 데서 이런 꼴로 살면서 알은체하는 건 피차가 욕인 것 같아 속으로만 알아주고 있다는 것이었다. 그러나 구장이 여반장들을 모아놓고 연설할 때 너무 헤프게 웃고 농지거리하는 걸 엄마한테 들키고부턴 속으로만 알아주던 존경이 당장 상것이란 경멸로 변하고 말았다.

여름방학이 되었다. 엄마는 나를 위해서 야시장에서 옷감을 끊어다가 화신상회에 가서 예쁜 옷을 골라서 살 것처럼 만져보고, 뒤집어보고 대강 눈대중을 해다가 그대로 만들기 시작했다. 그뿐 아니라 나를 전차를 태워서 서울 장안을 한 바퀴 돌렸고 처음으로 동물원 구경까지 시켜주었다. 뭔가 한꺼번에 수용하긴 벅차고 고될 만큼 엄마는 나에게 대처라는 걸 대량으로 주입시키려 들었다.

현저동에 살면서 박적골의 근거를 가장 으뜸가는 품성으로 숭배하고 지킬 것을 강요했듯이, 박적골로 돌아가려는 마당에선 대처 티를 무작정 날조하려 들었다.

엄마가 만든 원피스가 나에게 어울리는지 꼴불견인지 분간할 안목이 나에겐 없었다. 모시 두루마기도 그림같이 짓는 내 솜씨가 그까짓 내리닫이 못 지을까 하는 엄마의 장담은 감히 비평을 불허했다.

그러나 할아버지는 내 옷차림을 흘긋 일별만 하시고도 곡마단에서 깽깽이 치는 년 같군, 하는 혹평을 하셨다. 나는 그 옷을 다신 안 입고 여름방학을 보내고 나서 서울로 돌아오는 날 다시 꺼내 입었다. 겨울방학 땐 엄마는 좀 더 요란하게 나에게 서울티를 내주었다. 엄마는 친척집에서 토끼털 목도리와 스케이트를 얻어 왔다. 토끼털 목도리는 목에만 두르면 그만이지만 스케이트는 한 번도 타본 일이 없는 걸 어깨에다 척 걸어주면서 썰매 타지 말고 그걸 타고 놀라고 일러주는 것이었다. 나는 스케이트를 남이 타는 걸 한두 번 본 적이 있는데 정말로 황홀한 묘기였다. 나는 그런 묘기의 비결이 그 날 달린 구두에 전적으로 달린 줄 알았다.

사랑마당 앞엔 텃밭이 있었고, 텃밭 너머론 동구 밖으로 지나는 길이 지나가고 있었고, 그 길 건너가 논이었다. 꽁꽁 얼어붙은 논바닥에선 마을 개구쟁이들이 신나게 썰매를 타고 있었다. 나는 그 요술구두를 신고 자신있게 그 한가운데로 미끄러져 들어가려 했지만 웬걸, 몸의 중심도 못 잡은 데다가 가랑이는 양쪽으로 벌어져, 넘어지지나 않으려고 헛된 제자리춤을 추는 게 고작이었다. 썰매를 타던 개구쟁이들이 이 신기한 구경을 하려고 내 주위로 미끄러져 왔다. 나를 이 곤경에서 구해준 건 집의 머슴이었다. 머슴은 다짜고짜 나를 업더니 겅정겅정 집으로 뛰어간 것까지는 좋았는데 하필이면 사랑의 할아버지 방에다 내려놓는 것이었다.

할아버지의 장죽이 내 정수리를 연타했다. 번쩍번쩍 불꽃이 튀기는 것 같았다.

"요년, 요 고얀년, 신식 공분지 뭔지 시킨다길래 대처로 내놓았더니 기껏 배웠다는 게 덕물산 무당의 작두춤이냐 뭐냐? 허어 해괴한지고? 암만해도 집안 망신을 시키려고 계집앨 대처로 내놓았는가부다."

나는 정수리에서 불이 번쩍번쩍 나는 판국에도 웃음이 북받치는 걸 참을 수가 없었다. 별일이었다. 기껏 상상력의 한계가 덕물산 무당의 작두춤인 할아버지가 그렇게 우스웠다. 덕물산이란 송도에 있는 최영 장군을 모신 사당이 있는 산으로, 거기 무당의 작두춤은 유명했다. 그 이유는 지당했다. 그러면서도 한편 할아버지가 우물 안의 개구리처럼 불쌍하기도 했다. 나는 벌써 별의별 걸 다 배우고 다 구경했는데 할아버지는 돌아가시는 날까지 박적골을 천하 삼고 못 벗어나다가 돌아가시겠지 하는 처량한 생각은 어린 계집애에겐 가당치 않는 거였지만 대처 물 먹은 티이기도 했다.

그해 겨울방학이 끝나고 서울로 돌아올 때 할머니가 특별히 정성들여 만드신 깨강정하고 땅콩강정을 싸 주시면서 담임선생님께 갖다 드리라고 하셨다. 그걸 다시 서울서 엄마가 예쁜 상자에 담아서 보자기에 싸주셨지만 나는 그걸 선생님께 갖다 드리지 않았다. 그 사이 조금씩 사귄 친구들을 사직공원으로 데리고 가서 나눠 먹어버리고 말았다. 골고루 다 귀여워하는 척하지만, 실은 자기 반에 한 번도 자기 손을 못 잡아본 애가 있다는 것도 까맣게 모르고 있을 선생님의 위선을 복수한 맛이 깨강정 맛보다 더 고소하고 달콤했으나 깨강정에는 없는 씁쓸한 뒷맛은 오래도록 남아 있었다.

오빠가 성공하면 곧 문안으로 들어갈 것을 믿고 임시적으로 인왕산 마루턱에 박은 말뚝에 우리는 그 후에도 10년이나 매여 살았다. 오빠는 학교를 졸업하고 큰 회사에 취직도 하고 효성도 여전히 극진했으나 문안에다 번듯한 집을 살 만큼의 성공은 못 됐다. 엄마는 겨우 바느질 품팔이를 놓았을 뿐 2차대전이 막바지로 접어들자 우리들 콩깻묵밥 안 먹이려고 자주 송도 왕래를 해야 했다. 기차간에서의 쌀 수색이 심해지자 엄마는 빈 몸으로 갔다가 빈 몸으로 돌아왔다. 달라진 게 있다면 호리호리한 엄마가 대보름만 하게 뚱뚱해져 돌아오는 거였다. 대개 밤기차를 탔기 때문에 자정 못 미처 돌아온 엄마가 등화관제용 갓이 내려진 어두운 전등 밑에 쭈그리고 앉아 배나 허리, 젖가슴, 정강이 등 여기저기서 올망졸망한 쌀자루를 꺼내 양동이에 쏟아붓는 걸 실눈 뜨고 보고 있으면 절망과 슬픔이 목구멍까지 괴어와서 이를 악물곤 했다. 엄마의 그 짓은 아주 위험한 짓이었다. 목구멍이 포도청이란 말이 그때만큼 절실했던 적도 없으리라. 일본 순사가 뚱뚱한 여자만 보면 창으로 찔러본다는 소문이 파다했다. 임신한 여자의 배를 찔렀다는 끔찍한 소문도 있었다. 실지로 시골 정거장마다 장대 끝에 이상한 쇠붙이를 매단 걸 든 순사가 나타나서 승객들을 전전긍긍하게 하는 일은 자주 있었다. 이상한 쇠붙이라야 별게 아닌 싸전에서 손님들한테 쌀의 품질을 보여줄 때 쓰는 쌀가마를 푹 찌르면서 쌀을 떠낼 수 있도록 꽃삽 비슷하게 생긴 연장이었지만 때가 때이니만큼 공포의 대상이었고 엽기적인 소문이 붙어 다녔다.

시골 우리 면에서도 면서기가 그걸 가지고 집집마다 돌면서 쌀을 감춰뒀음 직한 데를 함부로 찌르다 어떤 볏짚 더미 속에서 피와 살이 묻어나왔다는 참혹한 소문도 엄마는 가져왔다. 징용을 피해 다니던 남자가 그 속에 숨어 있다가 그런 변을 당했다는 거였다.

일본이 망해가면서 인심이 흉흉하고 내일을 모르게 불안할 무렵 나는 중학생이 돼 있었다. 나는 이미 문둥이가 어린이 간을 내먹는다는 소문은 믿지 않았지만 순사의 창이 엄마의 배를 찌르는 악몽에 비하면 그게 도리어 낭만적이었다.

막판엔 여자정신대의 공포까지 겹쳤다. 엄마가 오빠하고 밤늦도록 내 머리맡에서 두런두런 내 걱정하는 소리를 들으면서 난 세상에 왜 태어났을까 싶은 눅눅한 절망감을 맛보곤 했다. 엄마는 신여성에의 그 집념을 얻다 접어두었는지 오빠 붙들고 의논하는 소리가 기껏, 시집보내자니 너무 이르고 정신대 안 걸리기엔 나이 갔다는 한탄이었다. 과묵한 오빠는 간간히 그렇잖아요, 글쎄 그렇잖다니까요, 하는 정도의 짧은 위로를 하는 게 고작이었다.

결국 엄마가 악착같이 최초의 말뚝을 박고 서울 살림의 기틀을 마련하던 곳을 뜨지 않으면 안 되었는데 그건 엄마의 당초의 소망대로 문안의 좋은 집을 사서 가는 이사가 아니었다. 패색 짙은 일본의 마지막 성화인 소개령에 못 이겨 솔선해서 시골로 피난을 떠났다.

피난살이 반년 만에 해방이 되었는데 먼저 상경한 오빠는 북새통에 돈을 좀 벌었는지 문안의 평지에다 집을 장만해서 엄마의 소원을 풀어드렸다. 그 후 살림은 순조롭게 늘어나 좀 더 나은 집으로 이사도 여러 번 다녔다.

그러나 우린 현저동 괴불마당 집을 잊지 못했다. 특히 어머니는 늙어갈수록 그게 심했다. 무엇이든지 그 시절하고 대보려 드셨다.

이 아들아, 그때에다 대면 우린 지금 큰 부자 됐지? 하시기 위해서도 괴불마당 집을 잊지 못하셨지만, 그때 생각을 해서라도 아껴 써야 하느니라 하시기 위해서도 잊지 못하셨다. 또 가끔 그때가 좋았느니라고 그리워도 하시고 그때 한사코 바닥 상것들 취급을 하던 이웃들을 뭐니 뭐니 해도 그 사람들이야말로 진국이었지, 하고 뒤늦게 재평가를 하시기도 했다.

이상하게도 그때를 그리시는 어머니는 그때 거기서 고생하시면서 이웃을 함부로 상것들 취급하는 것으로 자존심을 지키던 때 같은 터무니없는 귀골스러움을 잃고 계셨다. 어머니는 예전 생각은 잘 나도 금방 돈지갑을 얻다 놓았는지는 아득한 노쇠한 어른일 뿐이었다. 우리는 그게 쓸쓸했다. 어머니가 정작 잃은 건 근거가 아닐까 하는 생각도 들었다. 어머니에게 지금 남아 있는 근거는 박적골 시절이 아니라 현저동 괴불마당 집인지도 몰랐다.

어머니가 아무리 그때에다 대면 지금 큰 부자 됐지? 하시지만 그때하고 비교하는 마음을 버리시지 않는 한 우린 그 최초의 말뚝에 매인 셈이었다. 놓여났다면 구태여 대볼 리가 없었다. 어느 만큼 달라졌나 대본다는 건 한끝을 말뚝에 걸고 새끼줄을 풀다가 문득 그 길이를 재보는 격이었다.

해방 후 서울의 변화처럼 눈부시다는 형용사를 잘 받는 말도 없으리라. 10년은커녕 3년만 외국을 갔다 와도 살던 동네를 못 찾는다는 말도 있다. 그러나 그 괴불마당 집이 있는 동네는 늘 그대로였다. 나는 그게 조금도 이상하지 않았다. 어머니가 이 고장에 최초로 박은 말뚝은 우리에겐 뜻깊은 기념비이므로 기념비는 이끼 끼거나 퇴락할 순 있어도 발전은 없는 건 당연하였다.

몇 달 전 친구들과 택시로 영천을 지난 적이 있다. 그곳을 지날 때면 언제나 그렇듯이 나는 나만의 은밀한 애정과 감회를 가지고 현저동을 쳐다보다가 그 동네의 변화에 가슴이 덜컥 내려앉고 말았다. 괴불마당이 있던 근처에 연립주택이 들어서고 있는 게 아닌가. 실상 그 동넨 너무 오래 변하지 않았었다. 40여 년 전 서울 갓 올라온 촌뜨기의 눈에도 구질구질하고 무질서해 보이던 궁상과 밀집이 오늘날까지 계속되었으니 말이다. 그런데도 그게 비로소 변화하려는 조짐을 보고 내려앉은 가슴은 그날 온종일 허전한 채였다. 그건 하도 잘 변하는 것들 속에서 홀로 변하지 않았으므로 기념비가 되었던 마지막 걸 잃은 마음이었다.

그날 오후 집으로 돌아오는 길에 나는 친구들하고 영천에서 헤어져서 그 동네의 예전 길을 더듬어 올라가기 시작했다. 길이 많이 변했지만 우리가 살 때 화산학교라고 부르던 붉은 벽돌집이 예전 그대로의 모습으로 남아 있어서 눈대중 삼기에 편했다. 틀림없었다. 괴불마당 집이 있던 근처에 연립주택이 병풍처럼 들어서서 인왕산을 쳐다보지도 못하게 가리고 있었다. 나는 가슴속을 소슬바람이 부는 것 같은 감상에 젖으며 그 근처를 헛되이 배회했다.

엄마의 말뚝은 뽑힌 것이다.

나는 오래간만에 실로 오래간만에 나의 어린 시절의 통학로였던 길을 걷고 싶다고 생각했다. 나에겐 통학로였지만 어머니에겐 문안과 문밖을 가로막는 성벽도 되었던 등성이는 지금 도시 한가운데의 작은 녹지일 뿐이었다. 그러나 현저동 꼭대기가 끝나고 등성이를 넘어가는 길로 접어들려고 하자 성벽이 가로막는 게 아닌가. 신축된 성벽은 인왕산으로부터 흘러내려와 서대문 쪽까지 이어지고 있었는데 옛 길이 있던 곳엔 성벽의 문이 나 있었다. 어머니가 그토록 상상을 하시던 문안 문밖의 구체적인 모습을 지금 와서 볼 줄이야. 그러나 문안 쪽으론 또 한 겹 철조망이 쳐진 채 길은 없어지고 사람의 발길을 거부하는 것 같은 푸르름만이 충충하게 괴어 있었다. 들어오지 말란 팻말 같은 건 못 봤는데도 나는 그 속을 금단의 지역처럼 느꼈다. 문둥이가 득시글거린다고 일컬어지던 예전보다 한층 미개해진 수풀 속을 바라다만 보면서 나는 한 번도 가보지 못한 휴전선을 연상했다.

나는 옛날의 등성이를 넘기를 단념하고 새로 쌓아 내려가고 있는 성벽을 따라 사직터널 방향으로 내려왔다.

샌들 속으로 모래가 들어온 걸 벗어서 털면서 나는 문득 실소를 터뜨렸다. 어머니가 낯설고 바늘 끝도 안 들어가게 척박한 땅에다가 아둥바둥 말뚝을 박으시면서 나에게 제발 되어지이다,라고 그렇게도 간절히 바란 신여성보다 지금 나는 너무 멋쟁이가 돼 있지 않은가. 그러나 신여성이 할 수 있는 일이라고 어머니가 생각한 것으로부터는 얼마나 얼토당토않게 못 미처 있는가. 엄마의 생각은 그당시에도 당돌했지만 현재에도 역시 당돌했다. 엄마의 억지는 그뿐이 아니었다. 나로 하여금 끊임없이 근거를 심어줌으로써 도시에서 만난 웬만한 걸 덮어놓고 무시하도록 부추기다가도 근거의 고향으로 돌아가선 서울내기 흉내를 내도록 조종했다.

어머니가 세운 신여성이란 것의 기준이 되었던 너무 뒤떨어진 외양과 터무니없이 높은 이상과의 갈등, 점잖은 근거와 속된 허영과의 모순, 영원한 문밖 의식, 그건 아직도 나의 의식 내용이었다. 그러고 보니 나의 의식은 아직도 말뚝을 가지고 있었다. 제아무리 멀리 벗어난 것 같아도 말뚝이 풀어준 새끼줄 길이일 것이다.

새로 복원된 성벽이 도로와 만나면서 끊어지는 데서 나는 성벽과 갈라섰다. 성벽은 길 건너로 다시 이어지고 있었다. 갈라지면서 돌아다본 성벽은 꼭 신흥 부잣집 담장 같았다. 아아, 내가 오빠한테 회초리를 맞던 허물어진 성터의 이끼 낀 돌은 지금 어디 있는 것일까?

나는 내가 아직도 잊지 않고 있는 '신여성'이란 말을 마치 복원한 성벽처럼 옛것도 아닌 것이, 새것도 못 되는 우스꽝스럽고도 무의미한 억지라고 느꼈다. 나는 앞으로 다시는 그것을 복구하지 않을 것이다. 그건 지나간 세월 역시 부정되어선 안 될 것 같았다.

엄마의 말뚝 · 2

여지껏 우리 집에서 일어난 크고 작은 불상사는 하나같이 내가 집을 비운 사이에 일어났다고 나는 믿고 있다.

내 경험에 의하면 집을 비우되 몸과 마음이 함께 떠났을 때, 그러니까 집 걱정은 조금도 안 하고 바깥 재미에 흠뻑 빠졌다가 돌아왔을 때 영락없이 집에선 어떤 사고가 기다리고 있었다.

첫애 젖을 떼고 났을 무렵이었다. 애 기르는 일의 가장 어렵고 손 많이 가는 고비에서 놓여났다는 해방감에서였는지 동창계 모임에서 느긋하게 화투판에 끼어들게 되었다. 층층시하 핑계, 젖먹이 핑계로 어깨 너머로 잠깐잠깐씩 구경이나 하다가 남 먼저 자리를 뜨던 화투판에 처음으로 끼어들고 보니, 선무당이 사람 잡는다고 재미도 재미려니와 손속까지 나는 바람에 그만 날 저무는 것도 몰랐다.

"쟤 좀 봐. 시어머니 모시고 사는 애가 이렇게 늦게 들어가도 무사하려나 몰라."

누군가의 귀띔으로 나는 퍼뜩 정신이 났다. 그때도 나는 어쩌다 하루쯤 밖에서 친구들하고 어울리는 재미에 시간 가는 줄 몰랐다고 해서 그걸로 시어머니한테 주눅이 들 만큼 순진하진 않았다. 그것보다는 온종일 한 번도 집 걱정을 안 했었다는 데 생각이 미치면서 매우 기묘한 느낌을 맛보았다. 첫애라 더했겠지만 자나 깨나 한시 반시 마음을 놓지 못하고 골몰했던 엄마 노릇에서 그렇게 완벽하게 놓여나게 한 게 다름아닌 화투놀이의 매혹이었다는 게 문득 나를 어리둥절하게 했다. 뒤미처 매우 기분 나쁘게 섬뜩한 느낌으로 내가 경험한 매혹 속에 악의에 찬 속임수가 숨겨져 있었을지도 모른다는 생각이 들었다. 놀음의 트릭 따위가 아닌 운명의 마수 같은.

나는 곧 그런 생각의 터무니없음을 스스로 알아차렸지만 섬뜩한 느낌만은 구체적인 물건의 촉감처럼 생생했다. 나는 그 기분 나쁜 것을 떨어버리기 위해 애써 그날의 수입을 계산하려 들었다. 반찬값은 번 것 같았다. 시간 가는 줄 모르게 즐거웠는 데다가 덤으로 수입까지 잡았으니 어디냐 싶은 치사한 계산으로 기분을 돌이키려 들었다.

나중에야 알았지만 그 섬뜩한 건 예감이었다. 내가 집을 비운 동안에 아장아장 걸음마를 하던 첫애가 끓는 물주전자를 들어엎어 다리에 심한 화상을 입고 병원에서 응급조치를 받고 있었다. 차마 못 들어줄 소리로 신음하고 있는 그 애 옆에서 같이 울고 있던 시어머님은 나를 보자 온종일 어디 갔다 이제 오느냐고 나무라기보다는 우선 당신이 애 잘못 본 변명부터 하시려고 했다.

"글쎄 눈 깜빡할 사이에 이런 일이 일어났구나. 저녁나절 출출하길래 저 하나 나 하나 먹으려고 달걀을 두 개 삶아서 주전자째 들여놓고 소금을 가지려 돌아서려는데……."

시어머님은 말끝을 못 맺고 어린애처럼 입술을 비죽대더니 아이고, 아이고, 숫제 통곡을 하시는 것이었다.

"제 탓이에요."

나는 떨리는 소리로 겨우 그렇게 한마디 했다.

"애 본 공은 없다더니……."

"제 탓이라니까요."

"선생님이 그러는데 덧나지만 않으면 흠은 안 난다더라. 야안 살성이 나 닮았으니까 덧나진 않을 게야. 나도 어려서 꼭 야아처럼 왼발로 끓는 국그릇을 들어엎어서 어찌나 몹시 데었던지 버선을 벗기니까 살가죽이 홀라당 묻어나더란다. 그때야 덴 데 바르는 약이라면 간장밖에 더 있었냐, 참 옛날 고렷적 얘기지. 간장 몇 번 발라준 것밖에 없다는데도 감쪽같이 아물었으니까 살성 하난 본받을 만하지. 요새야 약이 좀 좋으냐. 참 주사꺼정 맞았다."

시어머님은 그런 얘기를 내 눈치 봐가며 띄엄띄엄 했기 때문에 끝없는 수다처럼 견디기 어려웠다. 그런 소리가 내 아이가 지금 혼자서 겪고 있는 고통과 무슨 상관이 있단 말인가. 나는 나로 말미암아 이 세상에 있게 된 내 아이가 이 세상에서 처음으로 당면한 엄청난 고통 중 털끝만 한 부피도 덜어 가질 수 없다는 게 부당해서 곧 환장을 할 지경이었다. 사람들은 서로 남남끼리요, 사람도 결국은 외톨이라는 걸 받아들이기엔 그 아이는 너무 작고 어렸다. 그래서 더욱 나는 그 아이에 대한 온종일의 방심 끝에 내가 체험한 그 기묘한 섬뜩함에 어떤 의미를 붙이려 했는지도 모른다. 나는 그 섬뜩함을 내 아이와 나 사이에만 있는 눈에 보이지 않되 분명히 있긴 있는, 신비한 끈을 통한 계고였다고 생각했다. 그것이 계고라는 걸 진작만 깨달았어도 일을 안 당할 수도 있었으련만……. 나는 내 미련함을 깊이 뉘우치고 다시는 미련하지 않을 것을 별렀다.

그때 내 아이의 화상은 시어머님의 살성을 닮았던지 약이 좋았던지 간에 조금도 흠집을 안 남기고 곱게 아물었다. 그 후 두 살 터울로 아이를 넷이나 더 낳아서 도합 오 남매를 기르려니 어찌 화상뿐이었으랴. 골절상, 낙상, 교통사고, 약물중독 등 가슴이 내려앉고 하늘이 노래지는 사고를 수없이 겪게 됐고 처음 사고가 그랬던 것처럼 번번이 내가 집에 없는 사이에만 일어났다. 집안일에 대한 철저한 방심 끝에 오는 섬뜩한 느낌도 여전했으나 모든 일이 그렇듯이 그것도 타성이 붙으니까 조금씩 미심쩍어지기 시작했다. 그게 정녕 예감이나 계고라면 사고보다 미리 와야 마땅하련만 시간적으로 거슬러 올라가 보면 거의가 다 나중에 왔음을 알 수 있었고 사고마다 영락없이 내가 집을 비운 사이에 일어났다고 치더라도 내 핏줄과 관계없는 사고, 시어머님의 낙상, 보일러 폭발사고, 도난사고 등도 역시 나 없는 사이에만 일어날 건 또 뭔가. 신기할 건 아무것도 없었다. 집안의 안전을 다스리는 사람이 없는 사이를 틈타는 게 사고의 속성일 뿐이었다.

그 섬뜩한 건 핏줄 사이에만 있는 신비한 끈과 관계가 있다기보다는 내 철저한 방심과 더 깊은 관계가 있음 직했다. 집안일에 대한 일시적인 방심은 나 자신만의 일이나 재미에 대한 몰두를 뜻하기도 했고, 그런 모처럼의 이기에서 헤어났을 때, 한 집안의 안주인 노릇만을 숭상했던 평소의 의식이 느낄 수 있는 가책과 당황이 그런 섬뜩한 이물감으로 와닿았다고 생각하는 게 훨씬 지당하고도 속 편했다. 내적인 심리 상태와 외부의 현상 사이에 있다고 가정한 어떤 초월적인 힘의 작용에 대해 이런 온당하고 상식적인 해석을 붙이고 나니 섬뜩한 느낌의 영험도 차츰 무디어지기 시작했다.

실상 이미 타성화된 섬뜩한 느낌은 허탕치는 일이 더 많았다. 그도 그럴 것이 애들은 이제 다 자랐고 시어머님은 돌아가셨고 집도 마치 비우는 것을 목적으로 지은 것 같은 아파트로 옮겼으니 집을 비우는 일은 나에게 다반사가 되었고 그 사이에 무슨 일이 일어날 만한 건덕지가 집 안에 남아 있을 리도 없었다. 식구들이 사고를 저지를 수 있는 무대는 이제 집 안이 아니라 집 밖이었다.

이상하게도 그 섬뜩한 느낌이 영험을 상실한 후에도 나는 계속해서 그것을 경험할 수 있기를 바랐다. 그것은 집을 비울 때마다 번번이 오는 헤픈 느낌이 결코 아니었다. 집을 비우되 반드시 몸과 마음을 함께 비울 것을 전제로 했다. 몸을 비우는 일은 임의로 할 수 있지만 마음을 비우는 일은 그렇지가 않았다. 집 밖에서도 늘 집안일과 집 안 걱정에 쫓기는 게 여편네 팔자였다. 또 집안일에 대한 철저한 방심이 사고의 원인이라는 내 나름의 미신이 밖에서 일부러라도 자주 집안일을 생각하거나 걱정하게 했고 때로는 전화질 같은 행동으로 그걸 나타내기도 했다. 그렇건만도 어쩌다가 바깥 재미에 빠져 집 생각을 한 번도 안 하는 수가 있고 그럴 때마다 섬뜩한 느낌과 함께 제정신이 들었다. 나는 그 섬뜩함 자체를 사랑했다. 그 섬뜩함은 일순 무의미한 진구덩의 퇴적에 불과한 나의 일상, 내가 주인인 나의 살림의 해묵은 먼지를 깜짝 놀라도록 아름답고 생기 있게 비춰주기 때문이다. 그 요술 같은 조명 효과 때문에 나는 마치 첫 무대에 서는 배우처럼 가슴 울렁거리며 새롭고도 서툴게 나의 일상으로 되돌아갈 수가 있었다. 비록 일순의 착각에 불과한 것이더라도 권태가 행복처럼, 먼지가 금가루처럼 빛나는 게 어찌 즐겁지 않으랴. 뜻밖의 삶의 축복이었다.

그뿐 아니라 불길한 것의 감지 능력이 거의 백발백중이었을 소싯적의 그 기분 나쁜 섬뜩한 느낌 또한 나는 얼마나 사랑하고 있는지. 지금의 나의 안주인으로서의 당당한 권세, 일종의 터줏대감 의식도 실은 그 시절 그 느낌에 근거하고 있을 것이다.

나만 없어봐라, 이 집안 꼴이 뭐가 되나? 기껏 3박 4일쯤의 여행에서 돌아와 신나게 총채를 휘두르며 이런 푸념을 하는 것도 실은 그 시절의 영광의 헛된 반추에 지나지 않을지도 모르겠다. 그럴 땐 나 없는 동안에 잘못된 건 장식장 선반의 부우연 먼지와 방구석에 쑤셔 박아놓은 양말짝이 고작이라는 게 오히려 섭섭할 지경이었다. 그래서도 더더욱 나만 없어봐라는 상투적인 공갈을 되풀이했다. 이런 나를 아이들은 하여튼 우리 엄마는 못 말린다는 눈초리로 바라보며 저희끼리 킬킬거리곤 했다. 물론 언제나 이 구질구질한 살림 걱정 안 하고 살아보냐는 푸념을 나라고 안 하는 바는 아니다. 나만 없어봐라?보다 더 자주 써먹는 소리인지도 모른다. 그러나 그건 입술 끝에 달린 엄살일 뿐 내 속셈은 어디까지나 내 살림의 종신 집권(?)이다.

그날은 오래간만에 즐거웠다. 친구의 농장에 닿기 전부터 내리기 시작한 눈은 오후부터 폭설로 변했다. 동구 밖 거목들이 동양화 속의 원경처럼 꼭 필요한 고결한 몇 가닥의 선으로 단순화되면서 아득하고도 부드럽게 흐려 보였다. 어린 과수들은 눈의 무게를 이기지 못해 간간이 잔가지가 부러지는 소리가 뚝뚝 비명처럼 들렸다. 벽난로 속에서 청솔가지가 싱그러운 냄새를 풍기며 활활 타올라 방 안을 훈훈하게도 정겨웁게도 했다. 바로 유리문 밖 뜨락 앵두나무엔 눈꽃이 탐스럽게 만개해서 황홀했다. 선경이었다. 비록 제 차가 있다고는 하지만 친구 남편이 아침저녁 서울 한복판에 있는 그의 사무실까지 출퇴근하기에 불편이 없을 만큼 가까운 거리에 그런 선경이 있을 줄이야. 지난 봄 뜨락에 앵두꽃이 만개했을 때도 나는 친구의 농장에 초대된 적이 있었다. 그때는 딴 친구들도 여럿 함께여서 뜨락과 과수원 길엔 그들이 타고 온 승용차가 즐비했고 만발한 복사꽃 사이론 따라온 아이들의 즐거운 웃음소리가 가득했었다. 그때 이 농장은 이 같은 도시의 여파와 잘 어울려 마치 도시 근교의 관광농장처럼 들뜬 모습을 하고 있었다. 나는 그때의 농장과 지금의 농장을 마치 별개의 두 개의 농장처럼 각각 다른 느낌으로 좋아하고 있었다. 나에겐 그 둘이 별개의 것이기 때문에 거리감도 물론 달랐다. 나는 마치 난리를 피해 천신만고 계룡산을 찾아든 정감록의 신도처럼 평화롭고 달콤하게 피곤했다.

청솔가지가 활기 있게 타면서 내는 소리를 들으며 나는 나무도 환성을 지를 줄 안다고 생각했다. 창밖에선 여전히 눈이 내리고 있어 레이스 커튼이 움직이고 있는 것처럼 보였다. 그런 느낌은 우리가 앉은 방 안이 전체적으로 어디론지 한없이 떠오르는 것 같은 환각으로 이어졌다. 방이 움직여 어디로 가고 있다면 그건 공간적인 이동이 아니라 시간적인 이동일 거라는 생각이 나를 그 이동에 고분고분 순종케 했다. 푸짐한 눈은 인간의 발자국은 물론 인간의 업적까지를 말끔히 말살해서 온 세상을 태고 적으로 돌려놓고 있었다.

친구가 달덩이같이 생긴 유리병에 든 빨간 액체를 크리스탈 잔에 따랐다.

"맛봐. 앵두주야."

앵두주는 루비처럼 고운 빛으로 투명했다.

"얘, 지어보니 농사처럼 좋은 것은 없더라. 저 앵두나무도 뜰에 그냥 화초 삼아 있는 줄 알았더니 그게 아니더라구. 어떻게 다부지게 열매가 여는지 글쎄 몇 그루 안 되는 나무에서 앵두를 서 말이나 땄지 뭐니, 일 봐주는 집 아이들이 들며 나며 실컷 따 먹고, 나도 친척들이랑 그이 친구들이랑 구경 오는 손님마다 자랑 삼아 따 보내고 했는데도 말야. 서울 집에서 포도주 담그는 병 갖고는 어림도 없어서 숫제 큰 독을 묻고 술을 담갔으니까 실컷 마셔."

"얘는 누굴 모주 취급하고 있어."

그러면서도 나는 그 달콤하고도 아름다운 술을 홀짝홀짝 겁없이 들이켜고 있었다.

봄에서 겨울, 앵두꽃에서 눈꽃 사이 이 아름다운 술을 빚을 수 있는 새빨간 열매를 서 말, 아니지 다섯 말쯤을 그 작은 키에 다닥다닥 매달고 서 있었을 앵두나무의 고달픈 시기를 생각하며 나는 찬탄을 주체 못 하고 있었다.

"글쎄 그 농사라는 게 말이지."

친구가 또 농사 자랑을 할 기세였다. 나는 앵두꽃 필 무렵의 친구 초대가 이 집의 집들이 잔치를 겸한 거였다는 게 생각나서 슬며시 비꼬고 넘어가려 했다.

"너 농사 몇 해나 지어봤다고 자랑부터 하니? 남 샘나게. 좀 더 두고 쓴맛 단맛 다 보고 나서 얘기하자. 한탄도 좀 들어야 생전 콘크리트 닭장 못 면하는 나 같은 사람도 좀 위안이 될 게 아니니?"

"아직 1년도 안 됐지만, 앞으로 몇 년을 여기서 산대도 내가 쓴맛 볼 게 뭐 있니?"

하긴 그랬다. 과수원도 농토도 친구와 남편의 소유일 뿐이지 농사는 남을 줘서 시키고 있었다. 그렇다고 소작을 준 것하고도 다른 게 거기서 조금도 수입을 기대하지 않았다. 다만 먹고 싶은 만큼은 따 먹고, 바라보고, 저게 다 내 거로구나, 만족하는 게 그들이 그들의 농장에서 거두길 바라는 소출의 전부였다. 생계는 도시의 업체에서 벌어들이는 걸로 충분했고 다만 친구의 건강이 구체적인 병명을 집어낼 수 없는 상태인 채 수년간 좋지 않아 전지요양 삼아 마련한 농장이었다. 그러니까 친구가 농사 농사 하고 으스대는 건 순전히 뜨락의 몇 그루의 앵두나무가 올린 수확을 뜻하는 것이었다.

나는 맥도 빠지고 약간은 기가 죽기도 했다. 신경성인가 뭔가 하는 병답지도 않은 병을 위한 전지요양치곤 너무 호화판이다 싶어서였다. 그러나 나의 처진 기분은 앵두술 때문에 별로 오래가지 않았다. 나는 술이 들어가기 시작하면 딴사람처럼 기분이 고조되고 말이 많아지고 웃음이 헤퍼지는 버릇이 있었다. 꼭꼭 싸둔 생각, 황당한 불안, 맺힌 마음이 거침없이 술술 말이 되어 넘쳤다. 퍼내어도 퍼내어도 넘치는 맑은 샘물처럼 말이 범람했다. 듣는 상대방에게도 그게 맑은 샘물이 될 것인지 구정물이 될 것인지는 내 아랑곳할 바도 아니었다. 오로지 나는 내 속에 갇힌 것들이 말을 통해 자유로워지는 쾌감에 급급했다. 그건 또한 내가 그것들로부터 자유로워진 느낌이기도 했다. 나는 그런 방법으로 자유를 맛보고 있는지도 몰랐다. 평소 나에게 있어서 자유란 나뭇가지 끝에 걸린 별이나 다름없었다. 당장 딸 수 있을 것 같아 나무를 기어올라가 봤댔자 허사였다. 올라갈수록 별은 멀고 돌아갈 수 있는 땅 역시 멀어져서 얻어 가질 수 있는 것은 위기의식밖에 없었다.

평소의 그런 감정이 술주정 비슷한 품위 없는 방법으로나마 자유를 향유코자 했음 직하다. 친구가 몇 번을 자랑해도 과함이 없을 만큼 친구의 농사는 정말 대단한 것이었다. 앵두술은 달콤하고 영롱하고 아름다웠고 주정은 향기롭고 순도 높아서 나를 온종일 유쾌하고 황홀하게 했다.

친구의 남편이 돌아왔다. 폭설은 멎었지만 논, 밭, 길, 개울의 구별 없이 망막한 눈밭에 새로운 길을 내면서 돌아온 그의 귀가는 휘황한 헤드라이트를 앞세우고 엔진 소리도 요란하게 돌아왔음에도 불구하고 위험을 무릅쓴 동물의 귀소처럼 야성적으로 보였다. 나는 크게 감동해서 예의 거나한 다변으로 찬사를 퍼부었다. 나의 주정의 또 하나의 미덕은 아무리 마셔도 거나한 것 이상은 취하지 않는 거였다.

나의 찬사에 마냥 수줍어하던 그는 서울 가는 길이 위험하니 자기 차로 데려다주마고 했다. 친구는 남편의 목에 팔을 감고 펄쩍펄쩍 뛰면서 좋아했다.

"정말 그래 주시겠어요? 나도 아까부터 이 귀한 손님을 그 털털거리는 시외버스에 맡기고 어떻게 오늘 밤을 편하게 자나 걱정했었다우."

"털털거리는 시외버스나마 다니는 줄 알아? 지레 겁을 먹고 벌써부터 안 다닌다구. 주무시고 가신다면 모를까 가시려면 내 차가 유일한 교통 수단이야. 그러니까……."

그러니까 나를 쫓아 보내려면 별수 있겠느냐는 그의 다음 말을 나는 취중에도 총기있게 짐작하고 얼른 자리를 떴다.

"당신 졸면서 운전하면 난 싫어."

그러더니 친구도 따라나섰다. 친구 부부가 나란히 앞자리에 앉았기 때문에 나는 뒷자리에서 안심하고 깊은 잠에 빠졌다. 얼마 동안 걸렸는지 친구 부부가 나를 엘리베이터에 쑤셔박고 가버린 후에야 겨우 잠에서 깼다. 콤팩트를 꺼내려고 핸드백을 여니까 맨 위에 웬 껌이 한 통 들어 있었다.

"이거 씹어. 냄새 안 나게."

친구가 그러면서 내 핸드백에 쑤셔넣던 생각이 어렴풋이 났다. 어디쯤에서였더라까지는 생각이 안 났지만 남편과 아이들 앞에 술 냄새 풍기지 않고 귀가하길 바라는 친구의 자상한 마음은 알고도 남았다. 그러고 보니 친구가 내 집 생각을 해줄 때까지, 아니 그 후까지 어쩌면 나는 단 한 번도 집 생각을 안 한 것이다. 집으로부터의 완전한 방심⋯⋯. 여기에 생각이 미치면서 그 섬뜩한 게 또 등덜미를 지나갔다. 그것은 내가 여지껏 경험한 섬뜩함 중에서도 최악의 것이었다. 마치 나의 맨살 위로 피가 찬 기어다니는 짐승이 기는 것 같은 느낌을 맛보았다. 그 느낌의 생생한 현실감에 비기면 하루의 청유는 꿈처럼 자취 없이 헛된 것이었다. 나는 휘청거렸다. 술기운 때문이 아니었다. 술은 이미 말끔히 깨 있었다. 내 나이를 생각했다. 이제 재난이나 화를 견딜 수 있을 것 같지가 않았다. 앞으론 내가 식구들의 화가 되는 게 순서, 아니 권리일 것 같았다. 근래에 와선 섬뜩한 느낌이 허탕을 친 경우가 더 많았음에도 불구하고 나는 내 식구 중 하나가 당하고 있을 재난을 조금도 의심하지 않았다. 그만큼 그날의 섬뜩함은 각별하고도 새로웠다. 엘리베이터가 멎고 문이 열렸다. 거기 나의 식구들이 고스란히, 그리고 무사하게 서 있었다. 마치 제막된 동상처럼.

정말 동상으로 고정된 사람처럼 그들은 나를 보고도 꼼짝도 안 했고 꾸민 듯 데면데면한 표정도 고치지 않았다. 숫제 나를 몰라보는 것 같았다. 그런 일이 있을까. 그야말로 재난이었다. 온전한 나만의 재난……. 그러나 역시 견딜 수 있을 것 같지가 않았다.

진저리를 빠져나갔던 생활이라도 돌아와보니 나를 모른다고 할 때 돌연 그 생활은 얼마나 사랑스러운 게 되어 있는 것일까?

나는 온몸으로 아부하며 만면에 웃음을 띠었다. 생전 처음 웃어보는 것처럼 살갗이 당길 뿐 웃음은 마냥 서툴렀다.

"내가 너무 늦었나 보지. 말도 말아 그게 웬 눈인지, 버스가 끊겨 혼났다. 자고 가라는 걸 사정사정해서 그 집 자가용을 얻어타고 오는 길야. 운전수도 안 두고 사는 집 차를 얻어타려니 어찌나 황공한지. 귀한 사람들이 목숨 걸고 여기까지 데려다준 거란다. 정말 지독한 눈이었어."

나는 그들의 어깨 너머로 눈과는 무관한 우리 집 골목, 아파트의 복도를 바라보며 말했다.

"엄마, 놀라지 마세요."

"여보, 놀라지 말아요."

"그동안에 일이 좀 생겼어요."

"놀라지 마, 엄마."

놀라지 말라는 말처럼 사람을 놀라게 하는 데 효과적인 말이 또 있을까. 그러나 나 역시 후들대는 가슴을 진정하기 위해 생각나는 말도 그 말밖엔 없었다. 놀라지 마. 내 식구는 내 눈앞에 저렇게 건재하지 않니? 사람이 성한 그 나머지 재난 같은 건 나는 하나도 안 무서워. 암 안 무섭고말고, 설사 그들이 공모를 해서 나를 생전 모른다 하기로 작정을 했다고 하더라도 놀랄 건 없어.

"외할머니가 다치셨대, 엄마."

"눈에서 넘어지셨는데……."

"중상인가 봐."

"정신을 잃으셨는데 아직 못 깨어나셨대."

"엄마 오시길 얼마나 기다렸다고요."

"기다리다 못해 우리끼리 먼저 지금 병원을 가는 길이오. 당신도 같이 가겠소?"

식구들이 모두 한마디씩 했다. 나를 비난하는 투는 조금도 없었는데도 나는 부끄러워서 그들로부터 숨어버리고 싶었다.

"아, 아니에요. 얼른 먼저들 가세요. 곧 뒤미처 갈게요. 가슴이 떨려서요. 다리도 떨리고요."

나는 울먹이며 화끈대는 얼굴을 두 손으로 감쌌다.

"거봐. 엄마 쇼크 받았잖아. 그렇게 한꺼번에 말해버리는 게 어디 있니?"

"어때? 아무 때 알려도 알려야 할 건데."

"그래그래. 자식이 나쁜 일 당한 걸 부모에게 속이는 건 봤어도 부모한테 일 생긴 거 자식한테 숨기는 건 못 봤다."

아이들 사이에서 작은 말다툼이 생겼다. 남편은 말없이 아이들

중 하나를 쇼크 받은 아내를 위해 떼어놓고 먼저 병원으로 갔다. 나는 그 아이마저 떼어놓고 내 방을 걸어 잠그고 방바닥에 쓰러졌다. 충격 때문이 아니라 부끄러움과 졸음 때문이었다. 나 없는 동안에 일어난 재난의 당사자가 내 식구가 아니라 친정어머니라는 걸 알아들으면서 속으로 나는 얼마나 안도하고 기뻐했던가. 그 사실이 나를 심히 민망하고 부끄럽게 했지만 그런 죄책감조차 별로 절실하지도 못해 들입다 잠이 쏟아져서 견딜 수가 없었다. 나는 나에게 힘이 되어주려고 집에 남아서 어쩔 줄을 모르고 있는 아이에겐 끝내 슬픔을 가장한 채 허겁지겁 잠 속으로 빠져들었다. 마치 불륜의 쾌락처럼 단잠이었다.

짧고 깊은 잠에서 깨어났을 때 찬물을 끼얹듯이 제일 먼저 떠오른 생각은 내 아이들이 나에게 가장 가까운 육친이듯이 어머니 역시 가장 가까운 육친이라는 거였다. 소위 말하는 일촌 사이가 서로 동등하거늘 나는 내 아이들 대신 어머니가 당한 재난을 마치 타인에게 그것을 떠맡긴 양 다행스러워했던 것이다.

더군다나 어머니에게 나는 단지 하나 남은 일촌이었다. 나에겐 다섯씩이나 있어도 얼고 떠는 일촌이 어머니에겐 하나밖에 남아 있지 않았다. 자식 사랑이 결코 그 수효에 따라 수박쪽 나누듯이 분배되어 줄어드는 게 아니라는 뜻으로 '열 손가락 깨물어 안 아픈 손가락 있느냐'는 속담이 있다. 그렇더라도 하나밖에 안 남은 손가락에 대한 집착과 애정은 도대체 어떤 것일까? 그 생각이 나를 소스라치게 했다.

6·25 때 여읜 오빠 생각이 났다. 친척이나 이웃 간에 효자로 널리 알려졌던 오빠였다. 소년 시절의 그의 모습이 선연하게 떠올랐다. 엄마와 오빠와 나, 세 식구가 한창 곤궁했을 적, 엄마가 바느질 품 판 돈을 졸라 군것질을 일삼다 마침내 구멍가게 유리창까지 깨뜨려 엄마에게 큰 손해를 입힌 나를 그는 인왕산 성터로 데리고 올라가 눈물로 매질을 했었다. 그때의 매질이 나를 두들겨 일으킨 것처럼 잠은 깨끗이 사라지고 그는 참으로 오래간만에 나에게서 가까이 있 었다. 그때의 그의 눈물이 지금도 나를 울게 했다. 그를 가까이 느 낄수록 그를 잃었다는 상실감도 그만큼 컸다.

어머니에게 무슨 일이 나든 그것을 제일 먼저 책임져야 할 사람은 나밖에 없다는 걸 더는 회피할 수가 없었다. 나는 몸과 마음을 가다 듬고 병원으로 향했다.

뜻밖에도 어머니는 의식을 회복해서 나를 보자 희미하게 웃기까 지 하셨다. 오빠가 남긴 두 아들이 이젠 오빠보다 훨씬 더 나이를 먹 어 의젓하게 처자식을 거느리고 있고, 거기다 우리 집 대식구까지 합해 응급실의 어머니의 병상은 제법 근엄했다. 나는 그때까지 줄 창 오빠 생각을 하고 있었기 때문에 죽은 사람은 나이를 먹을 수 없 다는 평범한 사실이 새삼스럽게 쓸쓸한 감회가 되었다.

나는 일촌답게 허둥지둥 그들을 헤치고 왈칵 어머니의 손을 잡았 다. 시신도 감동시킨다는 일촌의 당도였다. 어머니의 눈에 눈물이 그렁이더니 하염없이 흘러내렸다. 어머니에게 내가 단 하나 남은 자식이란 사실이 서러운 눈물이 되어 모녀 사이를 흘렀다.

"어쩌다가 이 지경을 당하셨어요?"

"석이 애비가 밖에서 눈을 치는 걸 들창으로 내다보다가 마음은 젊어서 좀 거들어줄까 싶어 마당으로 한 발짝을 내딛다가 그만⋯⋯."

석이 애비란 현재 어머니를 모시고 있는 오빠의 큰아들, 어머니의 장손, 나의 장조카였다.

"거들긴 뭘 거드셔? 잔소리가 하고 싶으셨겠지."

석이 에미가 혼잣말처럼 종알거렸다.

"그럼 느이들이 다 옆에 있으면서 할머니를 이 지경으로 만들었단 말이냐?"

나는 나도 모르게 그만 조카 내외 탓을 하고 있었다.

"할머니가 총찰 안 하시는 게 있는 줄 아세요? 또 총찰하시고 싶어 나오시나 보다 할 수밖에요."

조카가 얼른 제 아내 역성을 들고 나섰다. 어머니는 팔십을 훨씬 넘어선 연세였고 조카 내외는 서른 안팎이었다. 시부모 모시기도 꺼리는 세상에 한 세대를 건너뛰어 조손이 한 지붕 밑에 사는 게 쉬운 일은 아닐 터였다. 그러나 어머니의 달갑잖은 존재가 이렇게 드러나 보이긴 처음이었다.

응급실이라 여기저기 신음소리, 울음소리, 가족들이 술렁이는 소리가 들렸다.

"다치신 덴 어디예요?"

조카며느리가 홑이불을 젖히고 다리를 가리켰다. 어머니의 왼쪽 다리가 엉치 밑에서 획 밖으로 돈 채 퉁퉁 부어 있는 게 남의 다리를 얻어다가 어설프게 이어놓은 것처럼 이물스러워 보였다. 한눈에 사태가 심상치 않다는 걸 짐작할 수 있었다. 어머니는 여든여섯이었다.

"빨리 공구리를 해주지 않고……."

어머니가 우리 모두를 위로하듯이 중얼거렸다.

"안 아프세요?"

"안 아프긴, 다시 기절이나 했으면 싶구나."

"아, 어머니!"

이때 간호원이 우리 가족을 불렀다. 우리는 우르르 담당 의사한테로 몰려갔다. 응급실 담당 레지던트는 너무 젊고 피곤해 보였다. 벽에 붙은 전자시계의 빨간 초침은 소리 없이 자정을 넘고 있었고, 엑스레이 감광판에서 어머니의 앙상한 엉치와 대퇴골이 심판을 기다리고 있었다.

"우선 입원시키고 경과 봐서는 수술을 해야겠는데요."

"무슨 말씀이신지?"

"경과를 본다는 건 수술을 견딜 수 있나를 체크해본다는 뜻이지 자연 치유의 가능성을 말하는 게 아니니까요."

"그분은 여든여섯이세요. 어떻게 수술을……. 참 그분은 깁스를 원하시던데, 오래 걸려도 상관 없어요. 깁스를 해주세요."

"고령이기 때문에 수술을 하라는 겁니다. 깁스로 뼈가 붙기엔 너무 늦으셨어요. 그 나이에 깁스는 살아 있는 관이죠. 이런 저런 합병증으로 깁스한 채 돌아가실 게 틀림없으니까요."

젊은 의사가 냉담하게 말했다.

"그분은 깁스를 하는 걸로 알고 있는데……. 저어…… 어떻게 깁스로 안 될까요?"

나는 거의 애원조로 빌붙었다.

"진단이나 치료는 환자가 하는 게 아닙니다."

"그러니까 우린 선택의 여지도 없다는 말씀이군요?"

"그렇죠, 방법은 수술밖에 없으니까요."

"수술하면 다시 걸으실 수 있을까요?"

"경과가 좋으면……."

"그러니까 수술 결과도 장담 못 하겠단 말씀 아녜요? 말도 안 돼요."

나는 싸울 듯이 언성을 높였다. 그러나 젊은 의사는 좀처럼 덩달아 흥분할 것 같지 않았다. 그의 냉담은 명철한 지성에서 온다기보다는 직업적인 과로에 연유하고 있는 것 같았다.

"내일 주치의 선생님하고 자세한 걸 의논하시죠. 우선 입원 수속이나 밟으시고……."

"선생님이 주치의도 아니면서 어쩌면 그렇게 단정적으로 수술을 권하세요?"

"오늘의 의술이 할 수 있는 거의 유일한 방법이니까요."

"흥, 결과도 보장을 못 하면서……."

"유일한 방법이라고 했을 뿐이지 안전한 방법이라곤 안 했습니다. 유일한 방법일수록 위험부담이 더 따른다고도 볼 수 있어요."

마침내 의사가 발끈했다.

"고모 왜 그러세요? 병원에 온 이상 의사 선생님 말씀에 따라야죠."

뒤에서 구경만 하고 있던 두 조카가 나섰다.

"너희들은 모른다. 아무것도 몰라."

나는 무턱대고 치미는 격정에 못 이겨 악을 썼다.

"뭘 모른다고 그러세요?"

"할머니는 여든여섯이셔. 그런 큰 수술을 견디실 수 있을 것 같니?"

"도리가 없잖아요? 우선 입원 수속 밟고 자세한 건 내일 주치의 선생님과 의논합시다. 고모, 여긴 응급실이에요."

조카들이 나를 난동분자 다루듯이 거칠게 복도로 끌어냈다. 그러나 그때 그런 방법으로 젊은 의사와 나눈 대화가 가장 자세한 의논이 될 줄은 미처 몰랐었다.

큰 대학 부속병원 회진 시간이 다 그렇듯이 다음 날 아침 한 떼의 레지던트, 인턴, 간호원을 거느리고 나타난 주치의 선생님은 한눈에 믿음직스럽고도 권위 있어 보였다. 권위란 상대방으로 하여금 하고 싶은 말을 참게 하는 어떤 힘이 아닐까? 나는 한편에 다소곳이 비켜서서 무슨 말이 떨어지기만을 기다렸다. 그는 거느린 수련의들한테만 내가 알아들을 수 없는 외국어로 짤막하게 몇 마디 하고 나 가버렸다. 나는 허둥지둥 뒤따라 나갔지만 수련의 중에 섞여 있던 어젯밤의 응급실 당직 의사를 붙드는 게 고작이었다. 그는 내가 묻기 전에 수술 날짜는 사흘쯤 후가 될 거라고만 말하고 다른 병실로 사라졌다. 그 사흘 동안에 주치의를 이리저리 쫓아다녀서 알아낸 건 골절된 부위가 과히 예후가 좋지 못한 부위라는 것, 저절로 진이 나와서 붙을 걸 기대할 수 없는 연세이기에 금속을 집어넣어서 뼈와 뼈를 잇게 하는 수술은 불가피하다는 것, 간단한 수술은 아니라는 것들이었다. 주치의가 그 많은 말을 한꺼번에 다 한 게 아니라 어렵게 마지못해 한마디씩 한 걸 내 상상력으로 뜯어맞추면 대강 그런 뜻이 되었다.

그의 권위에 주눅이 들어선지 과묵이란 전염성이 있는 건지 나는 아무리 벼르던 말도 그 앞에선 제대로 다 말하지 못했다. 주치의가 가족들을 답답하게 하는 것처럼 가족들 역시 어머니를 답답하게 했다.

"얘, 숫제 접골원으로 갈 걸 그랬나 보다. 어긋난 뼈 맞추는 덴 아무래도 접골원이 신효하다는데, 괜히 병원으로 끌고 와가지고 너희들 큰돈 없애게 생겼다. 얼른 부러진 다릴 맞춰서 공구리할 생각은 안 하고 이 꺼풀만 남은 늙은이 피는 왜 맨날 빼가고 검사는 무슨 놈의 검사가 그리 많은지 아픈 거 참는 것도 참는 거지만 그게 하나라도 공짜일 리가 있냐. 공구리만 해서 내보내자니 억울해서 잔뜩 돈을 뜯어낼 심산인가 본데 느이들이 가서 궁색한 소릴 좀 해야 한다. 아이구! 다리야. 이게 내 다린가? 내 웬순가? 공구리를 하고도 이렇게 아프려거든 제발 지금 죽여주소. 죽여줘. 자식 앞세우고 남부끄러우리만큼 오래 살았으면 됐지 무슨 죄가 또 남아 이 몹쓸 고생을 할꼬."

어머니는 이렇게 괴로워하면서도 깁스에 한 가닥 기대를 걸고 있었다. 깁스보다 더 나쁜 일이 자기에게 일어나리라곤 아예 상상도 못 했다. 식구들은 노인에게 그걸 알리는 일을 미적미적 미루면서 내 눈치만 봤다. 설득과 위로를 필요로 하는 일을 딸이 맡아서 하는 건 당연했다.

마침내 수술 날짜가 내일로 박두해 침대에 금식 팻말이 붙은 날 밤 나는 어머니가 받아야 할 수술에 대해 알릴 수밖에 없었다.

"수술? 누구 맘대로 수술을 해? 안 된다. 안 돼. 누구 맘대로 내 몸에 칼을 대? 내가 남 못 당할 몹쓸 꼴만 골라 당하고도 이날 입때 목숨을 못 끊고 살아남은 건 죽는 게 무서워서가 아냐. 주신 목숨을 내 맘대로 건드렸다가 받을 벌이 무서워서지. 수술 안 하면 죽는대도 내버려둬. 내 나이 구십이 내일모레야. 나 내버려뒀다고 자손들 흉볼 사람 아무도 없어."

어머니는 망설이지도 않고 단호하게 수술을 거절했다. 이미 장손이 수술 동의서에 도장까지 찍은 후였고, 내일 아침 어머니를 수술실로 보내는 일은 어머니의 의사와는 상관없이 자동적으로 되게 되어 있었다. 그러나 나는 어머니의 육신에 그런 모욕을 가하고 싶지 않았다. 퉁퉁 부어오른 한쪽 다리를 뺀 어머니의 나머지 육신은 뭉치면 한 줌도 안 될 꺼풀처럼 가볍고 무력해 보였다. 그 작은 육신에나마 자존심이라는 게 남아 있는 이상 앞으로 당할 일을 알고 있을 권리가 있을 것 같았다. 그것은 어머니 속으로 난 단 하나밖에 없는 자식으로서의 애정이자 미움이기도 했다.

나는 망설이지도 감추지도 않고 내가 아는 한 소상하게 어머니가 받아야 할 수술에 대해 설명을 했다. 대퇴골 골절을 부러진 막대기에 비유할 여유마저 생겼다.

"생각해보세요. 부러진 나무 막대기를 꼭 이어서 써야 할 일이 생겼을 때 아교풀로 잇는 게 더 튼튼하겠어요, 쇠붙이로 끼고 나사로 죄는 게 더 튼튼하겠어요? 더군다나 아교풀이 모자라거나 아주 없을 땐 어떡하겠어요? 두려워하실 거 조금도 없어요. 박사님이 어머니의 부러진 뼈에다 쇠붙이를 끼고 튼튼히 이어놓을 테니까요. 단며칠을 사셔도 수족을 쓰셔야 그게 사시는 거죠, 안 그래요? 어머니."

뜻밖에 어머니의 얼굴에 밝은 미소가 떠올랐다. 그동안 정기 없이 흐려졌던 눈도 난데없이 꿈꾸는 소녀의 눈빛처럼 은은하게 빛났다.

"그러니까 지금도 뼈 부러진 덴 산골이 제일이란 말이지?"

"네?"

나는 어머니의 말뜻을 전혀 알아들을 수가 없을 뿐더러 돌변한 어머니의 태도는 막연히 기분 나쁘기까지 했기 때문에 생급스러운 소리로 악을 썼다.

"의술이 제아무리 발달해도 뼈 부러진 덴 산골밖에 없다고? 암 산골이 제일이고말고……. 산골은 영약인걸."

어머니는 마치 잃었던 어린 날의 동요를 주워올리듯이 그립고 달콤한 목소리로 이렇게 읊조렸다.

"어머니, 무슨 말씀이세요? 정신 차리세요."

나는 어머니의 가냘픈 어깨를 마구 흔들었다.

"잔뼈만 부러졌어도 산골을 먹으면 되는 건데 굵은 뼈가 부러졌으니 수술을 해서라도 끼울 수밖에. 애들아, 나 수술받는 거 조금도 안 무섭다. 느희들도 걱정할 거 하나도 없어. 산골로 붙여놓은 뼈는 부러지기 전보다 훨씬 더 튼튼해진다는 걸 난 잘 알지. 이 손목 좀 보렴."

어머니는 오른손을 높이 쳐들어 보이면서 우리 모두를 감싸고도 남을 듯이 너그럽고 훈훈하게 미소지었다. 그러나 누가 보기에도 어머니의 오른손 손목은 정상이 아니었다. 뼈가 불거져 나오고 한쪽으로 약간 삐뚤어져서 성한 손목보다 굵어 보이긴 했지만.

나는 그게 그렇게 된 까닭을 알고 있었다. 뒤늦게 산골이 무엇을 뜻하는지도 알아차렸다.

다음 날 아침 어머니는 수술실로 들어가기 위해 틀니를 빼고도 시종 그렇게 웃으셨기 때문에 마치 갓난아기 같았다. 여든보다 아흔에 더 가까운 연세에 크나큰 시련을 앞두고 갓난아기처럼 웃을 수 있는 어머니의 비밀이 나를 참을 수 없이 슬프게 했다.

우리 세 식구가 처음으로 서울에 장만한 내 집인 현저동 꼭대기 괴불마당 집에서의 첫 겨울은 가혹했다. 추위도 예년에 없이 혹독했지만 여름철 장마처럼 눈이 한번 내리기 시작하면 몇날 며칠 계속됐다. 제아무리 충직한 함경도 물장수 김 서방도 그 겨울의 지독한 눈구덩이만은 헤칠 엄두가 안 났던지 자주 물장사를 걸렀다. 그러나 그건 그리 큰 문제가 아니었다. 우리는 안마당, 바깥마당, 장독대, 지붕 위에 지천으로 쌓인 눈을 퍼다가 가마솥에 붓고 장작불만 지피면 됐다. 물보다는 불 걱정이 훨씬 더 심각했다.

우린 가늘게 패서 새끼로 한아름씩 묶은 단 장작을 매일 한두 단씩 사다 때며 살았었는데 어머니는 그걸 이웃 구멍가게에서 안 사고 꼭 전차 종점께에 있는 나무장까지 가서 사왔다. 겉보기엔 부피가 비슷해 보이지만 들어보면 판이하게 나무장 것이 올차다는 거였다. 한꺼번에 열 단만 사도 거뜬히 지게로 져다 주건만 당시의 우리에겐 그만한 경제력도 없었던지 어머니가 손수 그 멀리서 단 장작을 한두 단씩 날라다 땠다. 허구한 날 퍼부어 쌓인 눈으로 산동네 비탈길이 위험해지자 오빠는 그 일을 자기가 맡겠다고 나섰다. 그러나 어머니가 오빠에게 그 일을 시킬 리가 없었다.

"에민 너한테 이까짓 장작단 심부름이나 하는 효도 안 바란다. 넌 더 큰 효도를 해야 할 외아들이야. 공부 잘해 출세해서 큰돈 벌거던 우선 청량리 나무장에서 통나무를 한 바리 들여다가 쓱쓱 톱질하고 짝짝 패서 한광 가득 차곡차곡 쟁여놓고 겨울을 나보자꾸나."

"그때는 그때고 지금은 지금 아녜요. 다 큰 자식 놓아두고 어머니가 그 일 하시면 사람들이 흉봐요. 자식된 도리도 아니고요."

"장차 큰일할 자식을 몰라보고 탐탁찮은 일이나 시켜먹는 건 그럼 에미 도리라던?"

이렇게 한마디로 딱 잘라 거절을 하는 데야 제아무리 효성이 지극한 오빠도 어쩔 수가 없었다. 그러던 어느 추위가 그악스럽던 날 어머니는 장작단을 이고 눈에서 미끄러져 만신창이가 돼서 돌아왔다.

여기저기 난 생채기는 보기만 잠깐 흉할 뿐 아무것도 아니었다. 담박 통통 부어오르면서 심한 동통을 호소하는 손목이 문제였다.

오빠와 나는 엄마의 짓눌린 것처럼 나지막한 신음소리에 귀기울이느라 밤새도록 제대로 잠을 잘 수 없었다. 기둥이 흔들리는 것처럼 불안했다. 그러나 다음 날 아침부터 어머니는 평상시와 다름없이 집안일을 해냈고 억지로 꾸민 티 없이 씩씩하고 명랑했다. 그래도 삯바느질만은 도저히 안 되는 모양이었다. 어머니에게 기생집 삯바느질을 대던 노파를 불러다가 아직 끝맺지 못한 바느질거리를 돌려주면서 미안해했다. 노파는 어머니의 부어오른 손목을 보더니 대경실색을 하면서 당장 장안의 용한 침쟁이들을 줄줄이 엮어댔지만 어머니는 별로 귀담아듣는 것 같지 않았다.

"곧 나을 거예요. 오늘만 해도 벌써 어제보다 손놀리기가 훨씬 수월한걸요."

나중에 노파는 치자를 몇 개 가지고 와서 말했다.

"치자떡을 해 붙여보우. 부기 내리는 데는 그저 치자떡이 그만이니까."

그리고 혼자말처럼 덧붙였다.

"부기만 내리면 뭐하누. 정작 부러진 뼈가 붙어야지. 부러진 뼈 붙는 데는 산골이 그만인데, 저 여편넨 돈 드는 거라면 귓등으로도 안 들으니. 제 몸 위하는 게 새끼들 위하는 거라는 걸 왜 모르누. 미련한 사람 같으니라구."

오빠도 그 소리를 들었다. 오빠는 어머니가 못 듣는 데서 노파의 집을 아느냐고 나한테 물었다. 우리는 엄마 몰래 노파의 집을 방문했다. 오빠는 노파에게 산골이란 뭐고 어디서 구할 수 있는 건가를 물었다.

"느이 엄마가 보내던? 아니야? 저런 그러면 그렇지. 아이고 신통한 새끼들. 그럼 그래야지. 이래서 사람은 자식을 낳아 기른다니까. 자식 없는 인생이란 천만금이 있으믄 뭘 해. 말짱 헛거지."

이런 호들갑스러운 수다로 시작해서 노파의 산골 얘기는 황당하기 짝이 없는 거였지만 신화처럼 매혹적이었다. 우리는 이미 신화 속에 한발을 들여놓고 있었다. 사람이 바늘구멍만 한 구원의 여지도 없는 곤경에 빠졌을 때 신화는 갑자기 우리 앞에 그 신비의 문을 활짝 열고 그곳의 주인이 되라고 유혹한다.

산골이 나는 굴은 우리나라에 하나밖에 없는데 현저동에서 과히 멀지 않은 무악재고개 마루턱에 있다고 했다. 생기기는 주사위 모양이지만 크기는 그저 좁쌀보다 클까 말까 한 반짝거리는 쇠붙이인데, 네모 반듯한 주사위 모양이 어느 한 군데라도 이지러진 건 약효가 없기 때문에 미리 골라서 팔지만 사는 사람도 잘 봐서 사야 한다고 했다. 그것이 부러진 뼈를 붙게 하는 효력은 실로 놀라워서 노파가 들은 바론 생전에 산골을 사다 먹고 뼈 부러진 걸 고친 사람의 시신을 면례하면서 보니까 반짝거리는 잔다란 쇠붙이가 다닥다닥 한 군데 붙어서 뼈를 이어주고 있는데 산 사람의 기운으로도 떼어놓을 수가 없을 만큼 단단하더라는 것이었다.

약으로 먹은 게 직접 부러진 부위로 가서 붙여놓는 역할을 한다는 걸 우리가 곧이곧대로 믿을 수 있었던 건 우린 이미 신화 속의 주인공이 되어 있었기 때문이다.

"그게 비쌉니까?"

오빠가 얼굴을 붉히며 물었다.

"아냐, 비싸긴. 돈 들게 뭐 있담. 흙이나 모래처럼 저절로 나는걸. 그 굴을 차지한 사람이 자릿세처럼 좀 받기야 받지만서두 얼마 안 될 거야. 병원이나 침쟁이한테서 못 고친 사람들도 오지만 침 한 대 맞을 형편도 못 되는 사람꺼정두 오니까."

"가자."

우리 남매는 눈두덩이를 뚫고 무악재고개를 더듬어 올라갔다. 적설 강산에 혹한까지 겹쳐 길은 험했지만 집에서 비교적 가깝고 열두 고개 너머도 아니었기 때문에 신화적인 감동을 맛보기 위해선 길이라도 험해야 했다.

묻고 물어서 당도한 산골굴은 암벽에 빈지문이 달린 굴속이었다. 대낮인데도 촛불을 켜놓고 있었다. 한눈에 보통 토굴이나 암굴하곤 다르다는 걸 알 수 있었다. 벽이고 천장이고 온통 반짝이는 쇠붙이로 뒤덮여 있었다. 오톨도톨 모자이크된 잔다란 쇠붙이들이 촛불이 출렁이는 대로 물결처럼 흔들려 신비한 몽환의 세계를 이루고 있었다. 산골 굴의 주인은 흰 무명 두루마기를 입은 젊은 남자였다. 만약 그가 나이 들고 흰 수염이라도 기르고 있었더라면 우리 남매는 다짜고짜 그의 발밑에 몸을 던지고 어머니를 위한 영약을 주십시사 간절히 빌었을지도 모른다.

그러나 그 젊은 남자도 우리 마음으로 신격화시키기에 충분했다. 세상 사람들하곤 다르게 빼빼 마르고 멍한 게 영적으로 보였다. 그 남자와 비교해 보니 오빠가 다 자란 건강한 청년이라는 것도 새삼스럽게 나를 감격케 했다. 나는 그 남자를 우러러보면서 오빠에게 찰싹 매달렸다.

오빠는 그 남자에게 공손히 인사를 하고 나서 용건을 말했다. 남자는 두 자루의 촛불이 켜진 소반으로 가서 산골을 고르기 시작했다. 노파의 말대로 그 굴에선 산골이 무진장 나지만 산골이라고 다 약이 되는 게 아니라 어느 한 군데도 이지러지거나 삐뚤어진 데 없이 정확한 여섯모 꼴이어야만 비로소 신효한 약효가 나타난다는 거였다. 그래도 그 남자는 산골이 직접 부러진 뼈에 가서 다닥다닥 붙어서 뼈를 이어놓는다고까지 말하진 않았다.

그 남자가 산골을 고르는 모습은 특이했다. 소반 앞에 단정히 꿇어앉아 조는 듯 미미하게 고개를 끄덕이며 한 되나 되게 쌓인 산골 중에서 몇 알씩을 집어내어 흰종이에 쌌다. 깡마르고 창백한 얼굴이 더욱 영적으로 돋보이고 육안으로 고르는 게 아니라 심안으로 고른다 싶게 그 일에 힘 안 들이고 몰입해 있었다.

오빠를 쳐다보니 숙연한 얼굴로 두 손을 마주 잡고 허리를 굽히고 읍하고 있길래 나도 얼른 그대로 했다.

"우선 열흘 치를 줄 테니까……."

남자가 흰 종이에 나누어 놓은 걸 싸면서 말했다. 메마르고 허한 목소리였다.

"신령님께 정성 들이면 약효가 더 있을 것이니까, 이리 와봐."

소반 말고 굴 속의 가장 후미진 곳에도 두 자루에 촛불이 켜져 있었고 산골로 된 자연의 단위에 신령님의 영정이 모셔져 있었다. 단에는 정안수를 떠놓은 불기가 있고 10전짜리, 50전짜리 동전도 흩어져 있었다.

"자아 신령님께 절하고, 약값 가져온 것 있으면 신령님께 바쳐. 그리고 이 정성 받으시고 영험을 내려주십사 빌어, 이렇게."

오빠는 그대로 했다. 꾸벅꾸벅 절을 하고 또 했다. 내가 평소 오빠를 속으로 깊이 사랑하면서도 어려워해서 깍듯이 예절로 대했던 것은 10년이나 되는 연령차도 있었지만 함부로 할 수 없는 오빠의 특이한 사람됨 때문이었다. 어떤 깜깜한 무지도 꾀 많은 미신도 현혹시킬 수 없을 것 같은 명석함과 떳떳함은 오빠의 사람됨의 가장 뚜렷한 특징이었다. 나는 가난한 동네의 미천한 사람들 속에서 오빠의 그런 인품이 저절로 돋보이는 걸 마치 자신의 때때옷처럼 자연스럽게 여겨왔다.

그런 오빠가 어린 눈에도 서투른 솜씨임이 빤히 드러나는 속악한 신령님의 영정에 수없이 머리를 조아리고 있었다. 이상하게도 오빠의 이런 미신적인 의식은 그의 떳떳함을 한층 돋보이게 할지언정 조금도 모순되어 보이지 않았다. 정성이 그 극치에 이르면 서로 반대되는 방법까지도 화합하게 하는 것인지. 나는 누가 시키지 않았건만 공손하게 읍하고 오빠가 올리는 의식을 지켜보았다.

오빠가 신령님 앞에 바친 돈이 산골값으로 넉넉한 것이었는지 모자라는 것이었는지 모르지만 오빠의 정성은 그 산골장수까지도 흡족하게 한 것 같았다.

"아까는 우선 열흘만 잡숴보라고 했는데 보아하니 더 잡술 것도 없이 열흘 안에 거뜬해지실 거구면. 내 말 틀림없으니 두고 보소. 이 산골이라는 게 약기운보다는 신기운을 더 타는 영물인데 젊은이 효성이면 어떤 신령님인들 안 동하고 배기겠수? 더구나 우리 신령님 영검이 어떻다구."

오빠의 산골이 어머니를 감동시킨 건 말할 것도 없다. 어머니는 안 다쳤을 때보다 훨씬 더 행복해졌고, 매일매일 모래시계처럼 정확하게 손목의 부기와 아픔을 덜해가다가 더도 아니고 덜도 아닌 열흘 만에 완쾌를 선언했다.

우리 보기엔 아직도 손목의 모양이 정상이 아니었지만 어머니의 설명에 의하면 그곳에 산골이 모여서 뼈를 붙여주고 있기 때문이라는 거였다. 어머니는 완쾌가 틀림없는 사실이라는 걸 증명하기 위해 열흘 되던 날부터 다시 삯바느질을 시작하셨고 그 솜씨는 전과 다름없이 빼어났다. 어머니는 또 산골 먹고 붙은 뼈가 얼마나 튼튼하다는 걸 과시하기 위해 우리 앞에서 무거운 걸 번쩍번쩍 들어 보이길 즐기셨다. 영천시장에서 장작을 날마다 한두 단씩 사다 때는 버릇도 여전했다. 해동할 때까진 오빠가 그 일을 하겠다고 해도 어머니는 막무가내였다.

"걱정 말아. 야아. 또 넘어지게 되면 이 오른손으로 콱 짚으면 되니까. 내 오른 손목은 이제 예전과 달라 무쇠보다 더 튼튼한걸."

이렇게 뽐내면서 보기 싫게 삐뚤어진 손목을 휘둘러 보였다.

텔레비전 연속극이나 영화 같은 데서 보면 수술실로 들어가기 직전의 집도의와 환자 가족 사이가 사뭇 감동스럽다. 초조해하는 가족 앞에서 의사는 잠깐 권위의 갑주를 벗고 인간적인 온정과 성의를 내비친다. 실수할 확률을 전혀 배제할 수 없다손 치더라도 인간을 인간에게 맡겼다는 게 인간을 백발백중의 기계에게 맡긴 것보다 훨씬 마음 놓이게 한다. 그런 마음이 의사에게 당치 않은 엉석도 부리게 하고 때로는 추태에 가까운 애걸이나 부탁, 다짐까지 하게 되고 의사는 가족들의 그런 인간적인 약점에 잠깐이나마 그 어느 때보다도 너그러워지는 아량을 보인다. 어쩌면 그건 아량이라기보다는 동정이나 감상인지도 모르지만.

나 역시 어머니의 주치의인 홍 박사와 수술실 밖에서 잠깐이나마 그런 따뜻한 인간적인 교감이 있길 바랐다. 진과 기름이 다 빠진 앙상한 노구, 그러나 아직도 여체인 어머니의 몸이 의식을 박탈당한 채 그에게 맡겨지는 광경은 상상만으로 충분히 참혹했다. 나는 내가 위로받고 싶어서도 그가 필요했다.

그러나 큰 병원 수술실은, 수술실이 아닌 수술장이었다. 그 수술장에서 수술을 받은 환자는 하루에 이삼십 명을 헤아렸다. 마치 컨베이어 시스템에 의해 제품이 완성되며 운반되듯 종합병원이란 거대한 메커니즘이 환자에게 필요한 조치를 베풀어가며 제시간에 수술실로 보내고 일정한 시간이 경과하면 저절로 수술실에서 내보냈다. 수술실로 들어가기까지 수많은 사람의 손길이 닿았지만 그 누구도 내가 진심으로 부탁하고 매달리고 싶은 책임자는 아니었다.

더군다나 수술장은 저만큼서부터 가족들에게 금단의 구역이었고 그 속에서 일어나는 일을 볼 수 없는 것과 마찬가지로 그 속에서의 일을 책임질 사람도 만날 길이 없었다. 집도의는 수술장에 상주하는 것인지 그들만의 전용 출입문이 따로 있는 것인지, 환자를 들여보내고 아무리 그 앞에서 서성대도 홍 박사뿐 아니라 어떤 의사도 만나볼 수 없었다.

딴것도 아닌 사람들의 목숨을 맡고 맡기는 관계에 있어서 사전에 잠시라도 그런 인사치례 내지는 교감이 없다는 게 나는 몹시 허전했다. 수술 동의서에 도장 찍는 일보다는 그게 더 필요한 일일 것 같았다. 그런 중에도 수술장에 들어가기까지의 어머니의 밝고 천진한 태도는 많은 위안이 되었다. 팔십 노구에 가해질 대수술에 대해서 어쩌면 그렇게 불안 없이 마냥 편안할 수가 있는지 어머니는 산골 요법과 수술을 동일시함으로써 그런 편안함에 도달할 것이다. 어머니에게 아직도 오빠는 종교였다.

수술장은 커다란 ㄱ자꼴로 되어 있어서 그 양 끝이 입구와 출구로 나누어져 있었다. 출구에서 그 안에서 일어나는 일을 엿볼 수 없기는 입구나 마찬가지였다. 수많은 수술환자 가족들이 출구 쪽 복도에서 초조하게 서성대고 있었다. 아이를 수술실에 홀로 들여보낸 젊은 엄마가 남편 어깨에 얼굴을 묻고 흐느끼고 있는가 하면 장정 아들을 수술실로 들여보낸 노모가 염주를 세며 염불을 외고 있기도 했다. 가족들의 그런 초조한 심정을 위한 배려로 가끔 간호원이 나와서 벽에 붙은 환자 명단에다 숫자를 기입하고 들어갔다. 숫자는 수술이 끝난 환자가 회복실로 옮겨진 시간을 의미했다. 회복실로 옮겨진 지 한 시간 가량이 되면 대개 환자가 실려나왔다. 환자가 실려나올 때마다 가족들은 덮어놓고 몰려가서 확인하려 들었다.

수술실 문이 열리고, 아직 수술복인 채인 의사가 눈만 반짝거리는 커다란 마스크의 한쪽 끝을 천천히 귀에서 벗기면 입가엔 어려운 일을 성공적으로 끝낸 사람 특유의 만족스런 피곤이 감돌고, 마침내 입을 열어 "안심하십시오. 수술은 성공적이었습니다" 하면 가족들이 혹은 우러러보기도 하고, 혹은 머리를 조아리기도 하면서 감격과 감사의 눈물을 흘리는 광경은 출구 쪽에서도 일어나지 않았다. 입구는 환자를 받아들이고 출구는 환자를 토해내고 가족은 전송하고 마중할 뿐이었다.

나붙은 명단엔 성별과 연령도 기입돼 있었다. 86세, 어머니가 최고령이었다. 그 다음 고령이 57세란 걸로 86세의 수술이 심히 무모한 모험으로 여겨졌다. 아홉 시에 수술실로 들어간 어머니는 한 시가 지나서야 회복실로 옮겨졌다는 고지가 나붙고, 그 다음은 감감무소식이었다. 출구가 열리고 환자가 실려나올 때마다 나는 경박하게 놀라면서 달려가서 얼굴을 확인하곤 했다. 방정맞은 생각과 피곤과 공복으로 눈이 침침해져서 나는 아무 환자나 따라다니면서 오래 들여다보았다.

"고모도 참, 할머니가 뭐 주름살 성형수술이라도 하고 나올 줄 아 슈?"

이렇게 이죽댈 수 있는 조카들의 여유가 밉살스러웠지만 그 어느 때보다도 조카들이 믿음직스러운 것도 어쩔 수 없었다.

마침내 어머니가 실려나왔다. 어머니도 우리를 알아보고 뭐라고 중얼거렸다. 틀니를 빼버린 어머니의 발음은 가냘프고 불확실했다. 병원 마크가 붙은 홑이불이 어머니의 벌거벗은 어깨를 미처 다 못 가리고 반쯤 드러내주고 있었다. 나는 그런 무례를 참을 수 없어 홑 이불을 끌어올려 목만 내놓고 꼭꼭 여몄다. 링거줄이랑 피 받아내 는 줄 때문에 홑이불이 여기저기 떠들썩한 건 어쩔 수 없었다. 벌거 벗은 어머니는 홑이불 속에서 덜덜 떨고 있었다.

"추우세요?"

"아냐 그냥 저절로 떨린다."

그 소리를 알아들을 수 있는 게 신기해서 식구들이 우루루 모여들 어 차례차례 어머니를 시험하러 들었다.

"할머니 제가 누군지 아시겠어요?"

"석이 애비지 누군 누구야?"

"할머니, 할머니, 저는요?"

"석이 에미."

"저는 누구게요?"

"경아 애비."

시험을 무사히 통과한 어머니는 자랑스럽게 웃으면서 나를 쳐다보았다. 방금 수술실에서 나온 어머니의 이런 웃음은 나를 또다시 섬뜩하게 했다.

장정 둘이서 미는 바퀴 달린 침대는 긴 복도를 신속하게 통과해서 엘리베이터 앞에 멎었다. 그러니까 우린 경망스럽게도 이런 시험을 바퀴 달린 침대를 경정경정 따라가면서 치른 것이다. 더 경망스러운 것은 그런 간단한 시험으로 우린 어머니의 수술이 성공적이었다고 믿어버린 것이다. 엘리베이터 속에서 우린 벌써 어머니에 대해 무관심했다.

"아아, 피곤하다. 오늘 저녁엔 다리 뻗고 자야지."

"점심을 얼렁뚱땅 걸렀더니 속이 쓰린데, 병원 식당 설렁탕 먹을 만합디까, 형?"

"오늘 저녁은 누가 병원에서 잘 차례지?"

"야아, 차례 따질 거 없다. 아무리 저러셔도 마취 깨면 오늘 밤 지내시기 안 힘들겠니? 내가 모시고 샐 테니 느이들은 집에 가서 푹 쉬렴."

"그래요, 그러는 게 좋겠어요. 고모. 그럼 오늘 저녁은 고모가 수고 좀 해주세요. 내일 일찌거니 석이 엄마 보내서 교대해드릴게요."

"우리 할머니 강단 센 건 하여튼 알아줘야 돼. 구십 고령에 그런 대수술을 치르시고도 정신이 저렇게 말짱하실 수가 있으니……."

"못된 것들 그럼 할머니가 못 깨어나셨으면 느희들 속이 시원했겠구나. 회복실에서 얼마나 오래 걸렸게 그러니? 난 꼭 뭔 일 당하는 줄 알고 얼마나 마음을 조였게 그러니? 사람마다 나이는 못 속여. 남들은 회복실에서 한 시간도 안 걸리는데 할머니는 세 시간을 넘어 걸렸잖니?"

"아니다. 야아, 나도 금세 깨어났어. 깨어나서 아이들 있는 데로 데려다 달라고 아무리 악을 써도 누가 거들떠나 봐야지. 떨리긴 또 왜 그렇게 떨리는지 추워 죽겠다고 애걸을 해도 소용이 없고 정신 은 났는데도 목소리는 속에서 끌어 잡아당기는 것처럼 잘 안 나오긴 하더라만 거기 사람들도 너무 무심한 것 같더라."

우리끼리 수근대는 소리에 어머니는 이렇게 긴소리로 참견까지 하셨다. 우린 서로 눈짓만 했다. 우리의 눈짓에는 구십 노인의 수술의 성공을 재확인하고 경탄하는 뜻에다 노인의 지나친 강단을 비웃는 뜻까지 포함돼 있었다.

병실에 돌아오자 우린 더욱 말이 많아지고 어머니는 말끝마다 참견을 하려 드셨다. 나도 어머니의 강단이 지겨운 생각이 나서 간간이 핀잔까지 주기 시작했다. 틀니를 빼놓았기 때문에 발음이 헛소리처럼 불확실한 걸 알아듣기도 피곤했지만 무엇보다도 조카들이나 조카며느리들 보기가 면구스러웠다. 엄살로라도 대수술 후의 빈사 상태를 가장했으면 좀 좋으랴 싶었다. 참다 못해 나는 조카들을 일찌거니 집으로 쫓아보냈다.

"애들아 어서 가보렴. 할머니보다 느희들이 더 피곤해 뵌다. 뭣 좀 배불리 먹고 일찌거니 자거라. 할머니도 느희들이 가야 잠을 좀 주무시지 않겠니? 다 나으신 줄 알고 저러시지만 노인네 일인데 무슨 변사를 부릴지 아니? 조심조심 아무쪼록 어려운 고비를 잘 넘겨야지."

조카들을 보낸 후에도 어머니는 쉬지 않고 무슨 소리든지 하려들었다. 귀담아듣지 않으면 소의 되새김질 같은 입놀림으로만 보였다. 나는 점점 더 어머니의 지칠 줄 모르는 근력이 짜증스러워지기 시작했다.

밤에 홍 박사가 수련의들을 거느리고 병실에 들렀다. 회진 시간이 아닌데 들른 걸 보면 그날 수술한 환자만을 특별히 한 번씩 돌아보는 모양이었다. 그러나 회진 때와 마찬가지로 일진의 질풍처럼 순식간에 몰려왔다가 순식간에 몰려갔다. 회진은 늘 질풍이었고 복도에서 마주치는 의사 개개인의 걸음걸이나 행동도 마찬가지였다. 그들은 어디에고 머물기를 꺼리는 바람처럼 신속하고 정 없이 스쳐갔다.

나는 홍 박사에게 최고의 치사의 말을 준비하고 있었지만 이루지 못했다. 그건 정중하고 은밀하고 약간 더듬거리는 것이어야 하거늘 그러기엔 너무 기회가 빨리 지나가고 말았다. 나는 허둥지둥 복도까지 쫓아가서 수고했다는 상투적이고도 경박한 인사말을 중얼거리고 수술 경과에 대해 물었다.

"잘됐어요. 크게 염려 안 해도 될 겁니다. 워낙 고령이니까 간병에 신경은 좀 쓰셔야죠."

그에게서 처음으로 긴 말을 들은 게 황송해서 더 묻진 못했지만 미진했다.

어머니는 여전히 중얼거렸다. 수련의들과 간호원이 자주 드나들며 환자의 상태를 체크하고 몸에 매달린 여러 개의 줄을 점검했다.

내가 밤 동안 보살피고 기록해놓을 것에 대해서도 지시를 받았다. 내가 할 일은 자주 기침을 시켜 가래를 뱉게 할 것, 링거가 다 되기 전에 알릴 것, 소변량의 체크, 수술자리에서 흐르는 피를 흡입하는 비닐 팩이 다 차면 알릴 것 등이었다.

나는 홍 박사에게 속 시원히 못 물어본 걸 그들에게 꼬치꼬치 물으려 들었지만 그들은 한결같이 대체로 정상이라는 소견에다 워낙 고령이시니까라는 주를 달기를 잊지 않았다. 하긴 고령이라는 건 이상도 병도 아닌 주일 뿐이었다.

어머니는 기운이 없다는 핑계로 기침을 하지 않으려 했다. 그러다가도 가래가 괴면 목에 경련을 일으키며 괴로워해서 나를 깜짝깜짝 놀라게 했다. 가래를 삼키면 폐렴을 일으킬 수도 있다고 아무리 일러도 소용이 없었다. 그러면서도 쉬지 않고 무슨 말인지 웅얼거렸다. 기력이 쇠진해서 사람의 육성 같지가 않고 미풍이 가랑잎 흔드는 소리가 났다.

"제발 좀 눈 감고 잠을 청하세요."

나는 짜증을 내면서 어머니를 구박했다. 어머니가 원망스러운 듯이 눈을 크게 뜨고 나를 쳐다보았다. 오싹하도록 푸른 기가 도는 눈이었다.

"불을 끌까요?"

나는 떨리는 소리로 말했다.

"싫어, 싫어."

어머니가 도리질을 했다.

"그럼 제가 눈을 감겨드릴게요. 마음을 편안히 가지시고 잠을 청해보세요."

나는 한 손으로 어머니의 손을 잡고 한 손으로 어머니의 눈꺼풀을 지그시 눌러 감겼다. 어머니는 잠시를 못 견디고 나를 뿌리쳤다.

"수술자리가 아프셔서 그렇죠? 오늘 밤만 잘 넘기면 내일부턴 한결 수월해질 거예요. 정 몹시 아프시면 말씀하세요. 진통제를 놓아달라고 그래볼 테니까요."

"아니, 하나도 안 아파. 잠이 안 와서 그래."

"그럼 수면제를 달래 볼게요."

간호원실에 가서 그런 얘기를 했더니 알았으니 가 있으라고 했다. 잠시 후에 인턴이 작은 알약을 한 알 갖다주면서 될 수 있으면 실내를 어둡게 해드리는 게 좋을 것 같다고 했다. 알약을 들게 한 후 보조침대 옆에 붙은 희미한 벽등 하나만 남기고 불을 껐다. 이번에는 어머니도 저항하지 않았다. 약효가 곧 나타나려니 안심하는 마음은 간사스럽게도 당장 참을 수 없는 잠을 몰고 왔다. 나는 잠깐만 눈을 붙일 양으로 반나마 남아 있는 링거병과 아직은 반도 차지 않은 소변통과 피 받는 통을 확인하고 나서 침대에 쓰러졌다.

얼마나 잤는지 몹시 술렁이는 기미에 퍼뜩 깨어났다. 병실은 소리 없이 술렁이고 있었다. 어머니가 두 손으로 허공을 휘젓고 있었던 것이다. 그러나 무작정 휘젓는 헛손질하곤 달라 보였다. 열심히 무슨 일인가를 하고 있는 것처럼 신중하고도 규칙적이었다. 나는 찬물을 뒤집어쓴 것처럼 잠이 달아나버린 것을 느끼며 화들짝 몸을 솟구쳐 우선 불 먼저 켰다. 어머니는 얼굴을 잠깐 찌푸렸지만 두 손으로 하던 일만은 멈추지 않았다.

"엄마 뭐해?"

나도 모르게 어릴 때의 말투로 물었다.

"보면 모르냐? 빨래를 했으면 웃도리는 웃도리, 빤쓰는 빤쓰, 양말은 양말끼리 개켜놔야지 한데 쑤셔박아 놓으면 쓰냐?"

어머니의 목소리는 힘차고 또렷했다.

"빨래라뇨? 좀 주무시지 않고……."

"이걸 이 모양으로 늘어놓고 잠이 와? 못된 것들."

어머니가 쨍하는 쇳소리를 내면서 나를 쳐다보았다. 눈의 푸른 기가 한층 깊어져서 귀기가 감돌았다. 나는 불현듯 도망가 구원을 청하고 싶은 충동을 느꼈다. 어머니의 손놀림은 허공에서 분주하게 빨래를 분류하고 개키고 있었고, 전체적으로 기세가 등등했다. 하루 전부터의 금식, 관장, 마취, 대수술 끝에 느닷없이 그런 기운이 솟다니. 나는 놀랍다기보다는 다리가 후들댈 만큼 겁부터 났다. 이때 간호원이 들어왔다.

"어머니가 좀 이상하세요. 들입다 헛손질을 하시고 헛것도 보이시는 모양이에요."

"마취 끝에 더러 그런 환자들도 있어요. 차차 나아지겠죠."

간호원은 심드렁하게 말하고 체온과 맥박을 체크하고 나가버렸다. 나는 따라나가서 어머니가 주무시게 해달라고 졸랐다.

"아까도 그러셔서 약을 드렸잖아요?"

"그 약이 안 듣잖아요. 참 그 약 잡숫고 더하신 것 같아요. 맞았어요. 그 약을 드시기 전엔 잠은 못 주무셔도 헛것을 보시진 않았어요. 어떡하면 좋죠?"

"그럴 리는 없지만, 혹 그 약의 부작용이라고 해도 별일은 없을 테니까 안심하세요. 임상시험 결과 가장 부작용이 없는 걸로 알려진 신경안정제를 투약했을 뿐이니까요."

"이것보다 더 큰 별일이 어디 있어요. 우리 어머닌 지금 제정신이 아니라니까요."

"차차 나아지실 거예요."

"그까짓 신경안정제 말고 수면제를 주든지 주사를 놓아주든지 하세요."

"그럴 순 없어요."

"아니, 이 큰 병원에서, 별의별 수술을 다 하는 대종합병원에서 그래 잠 못 자 고생하는 환자 잠도 못 재워준대서야 말이 돼요?"

"환자를 위하는 일은 우리가 더 잘 알아서 하고 있으니 가족들은 협조를 해주셔야지 덮어놓고 이렇게 떼를 쓰시면 어떡해요?"

간호원이 휙 돌아서면서 쏘아붙였다. 나는 무안하고 노여워서 다시는 네 따위한테 애걸을 하나 봐라, 중얼중얼 뇌까리며 돌아왔다.

아직도 빨래를 덜 개켰는지 허공에서 규칙적인 손놀림을 계속하고 있던 어머니의 손이 별안간 나를 향해 두 손바닥을 보이며 방어의 자세를 취했다. 푸른 귀기가 돌던 두 눈이 극단적인 공포로 튀어나올 듯이 확대됐다.

"왜 그래 엄마!"

나는 덩달아 무서움에 떨며 어머니한테로 달려갔다. 어머니의 팔이 내 목을 감으며 용을 쓰는 바람에 나는 숨이 칵 막혔다. 굉장한 힘이었다. 숨이 막혀 허덕이는 나의 귓전에 어머니는 지옥의 목소리처럼 공포에 질린 소리로 속삭였다.

"그놈이 또 왔다. 하느님 맙소사 그놈이 또 왔어."

어머니는 아직도 한 손으론 방어의 태세를 취한 채 문 쪽을 보고 있었다. 나는 혹시 내 뒤에 누가 따라 들어왔는가 해서 돌아다보았지만 아무도 없었다. 순간 머리끝이 쭈뼛했다.

"엄마!"

무서움증이 큰 힘이 되어 나는 어머니의 팔에서 벗어났다. 어머니는 악귀처럼 무서운 형상을 하고 와들와들 떨면서 문 쪽을 보고 있었다. 문 쪽엔 아무도 없었지만 어머니는 혼신의 힘으로 누군가와 대결을 하고 있었다. 순간 나는 저승의 사자가 어머니를 데리러 와 거기 버티고 서 있는 게 어머니에게만 보일지도 모른다는 생각이 들었다. 피가 얼어붙는 것처럼 무서워서 감히 그쪽으로 발을 옮길 수도 없었다. 그러니 누구한테 구원을 요청할 가망도 없었다. 여든여섯의 노인의 병실을 저승의 사자가 넘보는 건 당연했다. 오늘의 수술 환자 중에서뿐 아니라 이 거대한 종합병원에 입원한 모든 환자 중에서도 어머니는 최고령일지도 모른다. 그만큼 분별이 있는 저승의 사자라면 앙탈을 해봤댔자일 것 같았다. 나는 이미 저승의 사자한테 어머니를 내줄 각오를 하고 있었다. 여든여섯이면 누가 감히 천수를 못 누렸다 하랴. 다만 몸에 큰 칼자국을 내고 거기서 나는 선혈이 아직 마르기도 전에 끌고 가려는 게 괘씸하지만 세상의 죽음치고 그 정도의 여한도 자식에게 안 남기는 죽음이 어디 있으랴. 각오는 하고 있으니 제발 네 모습을 어머니에게 보이지만 말게 해다오. 백 살을 살다 죽어도 죽기는 싫은 게 인간의 상정이라면 생의 마지막 순간까지도 네 모습만은 드러내지 않는 게 저승의 사자 된 도리요, 유일한 자비가 아니더냐. 사라져라. 제발. 휘이 휘이.

나는 어머니의 참혹한 공포를 차마 눈뜨고 볼 수 없어 이렇게 속으로 부르짖었다. 그놈이 내 눈에까지 보이는 일이 일어날까 봐 더더욱 겁이 났다. 그러나 그는 사라지기는커녕 다가오고 있음이 분명했다. 어머니의 부릅뜬 눈동자의 초점거리가 그걸 말해주고 있었다. 맙소사 나 혼자 어머니의 임종을 지키게 되다니.

"그놈 또 왔다. 뭘 하고 있냐? 느이 오래빌 숨겨야지, 어서."

"엄마, 제발 이러시지 좀 마세요. 오빠가 어디 있다고 숨겨요?"

"그럼 느이 오래빌 벌써 잡아갔냐."

"엄마 제발."

어머니의 손이 사방을 더듬었다. 그러다가 붕대 감긴 자기의 다리에 손이 닿자 날카롭게 속삭였다.

"가엾은 내 새끼 여기 있었구나. 꼼짝 말아. 다 내가 당할 테니."

어머니의 떨리는 손이 다리를 감싸는 시늉을 했다. 그때부터 어머니의 다리는 어머니의 아들이었다. 어머니는 온몸으로 그 다리를 엄호하면서 어머니의 적을 노려보았다. 어머니의 적은 저승의 사자가 아니었다.

"군관 동무, 군관 선생님, 우리 집엔 여자들만 산다니까요."

어머니의 눈의 푸른 기가 애처롭게 흔들리면서 입가에 비굴한 웃음이 감돌았다. 나는 어머니가 환각으로 보고 있는 게 무엇이라는 걸 알아차렸다. 가엾은 어머니, 차라리 저승의 사자를 보시는 게 나았을 것을······.

어머니는 그 다리를 어디다 숨기려는지 몸부림쳤다. 그러나 어머니의 다리는 요지부동이었다.

"군관 나으리, 우리 집엔 여자들만 산다니까요. 찾아보실 것도 없다니까요. 군관 나으리."

그러나 절체절명의 위기가 어머니에게 육박해오고 있음을 난들 어쩌랴. 공포와 아직도 한 가닥 기대를 건 비굴이 어머니의 얼굴을 뒤죽박죽으로 일그러뜨리고 이마에선 구슬 같은 땀이 송글송글 솟아오르고 다리를 감싼 손과 앙상한 어깨는 사시나무 떨듯 떨고 있었다.

가엾은 어머니, 하늘도 무심하시지, 차라리 죽게 하시지, 그 몹쓸 일을 두 번 겪게 하시다니······.

"어머니, 어머니 이러시지 말고 제발 정신 차리세요."

나는 어머니의 어깨를 흔들면서 울부짖었다. 어머니는 어디서 그런 힘이 솟는지 나를 검부러기처럼 가볍게 털어내면서 격렬하게 몸부림쳤다.

"안 된다. 안 돼. 이 노옴. 안 돼. 너도 사람이냐? 이 노옴, 이 노옴."

나는 벽까지 떠다밀린 채 와들와들 떨면서 점점 심해가는 어머니의 광란을 지켜볼 수밖에 없었다. 어머니의 몸에서 수술한 다리만 빼고는 온몸이 노한 파도처럼 출렁였다. 그래서 더욱 그 다리는 어머니의 몸이 아닌 이물질처럼 괴기스러워 보였다. 어머니의 그 다리와 아들과의 동일시가 나한테까지 옮아붙은 것처럼 나는 그 다리가 무서웠다.

　"안 된다. 이 노옴"이라는 호통과 "군관 나으리, 군관 선생님, 군관 동무"라는 아부를 번갈아 하며 몸부림치는 서슬에 마침내 링거줄이 주사 바늘에서 빠져버렸다. 혈관에 꽂힌 채인 주사 바늘을 통해 피가 역류해 환자복과 시트를 점점 물들였다. 피를 보자 어머니의 광란은 극에 달했다.

　"이 노옴, 게 섰거라. 이 노옴, 나도 죽이고 가거라. 이 노옴."

　어머니는 눈물이 범벅된 얼굴로 이를 갈았다. 틀니를 빼놓아 잇몸만으로 이를 가는 시늉을 하는 게 얼마나 처참한 것인지 나 말고 누가 또 본 사람이 있을까. 이게 꿈이었으면, 꿈이었으면. 어머니는 이 세상 소리가 아닌 기성을 지르며 머리카락을 부득부득 쥐어뜯다가 오줌을 받아내는 호스도 다 뜯어버렸다. 피비린내가 내 정신을 혼미케 했다. 퍼뜩 정신이 나서 구원을 청하려 나가려는데 어머니의 기성이 바깥까지 들렸던지 간호원이 뛰어왔다. 뒤미처 나이 지긋한 수간호원도 달려왔다. 어머니의 몸에 부착시켰던 의료 기구들을 원상복구시키기 위해선 여러 사람의 힘이 필요했다. 어머니는 힘이 장사였다. 내가 수간호원과 다른 간호원과 함께 어머니를 힘껏 찍어 누르는 동안 담당간호원이 어머니가 뽑아낸 것들을 다시 삽입했다. 링거는 숫제 발등으로 옮겨 꽂았다.

"세상에 이런 일도 있습니까?"

나는 수간호원에게 원망스럽게 말했다.

"너무 심려 마세요. 흔하진 않지만 이런 특이체질이 아주 드문 것도 아니니까요. 곧 나아지실 겁니다."

수간호원이 이렇게 나를 위로했다. 어머니의 악몽이 특이체질 탓이라고? 하긴 타인의 꿈에 대해 누가 감히 안다고 할 수 있으랴?

이제 "너 죽고 나 죽자"는 발악으로 변한 어머니의 몸부림은 지칠 줄 몰랐다. 수간호원이 간호원에게 지시해서 침대 양쪽 난간을 올리고 끈을 가져다가 어머니의 사지를 꽁꽁 묶게 했다.

"따님 된 마음에 좀 안됐다 싶으셔도 참으세요. 이런 경우는 이 수밖에 없으니까요. 이제 안심하고 눈 좀 붙이세요. 지레 병나시겠어요. 곧 정상으로 돌아오실 테니 염려 마시고……."

그들은 어머니를 묶어놓고 나를 위로하고 병실을 나갔다. 나는 지칠 대로 지쳐서 신 신은 채 보조침대에 상반신을 꺾었다. 그러나 웬걸, 원한 맺힌 맹수처럼 으르렁대던 어머니가 에잇하고 한 번 기압을 넣자 사지를 묶은 끈은 우지직 끊어지기도 하고 혹은 풀리기도 했다. 어머니는 다시 길길이 뛰기 시작했다. 참으로 불가사의한 괴력이었다. 목소리도 뜻이 통하는 말이 아니라 원한의 울부짖음과 독한 악담이 섞인 소름끼치는 기성이었다. 조금도 과장 없이 간장을 도려내는 아픔과 함께 내 속에서도 불가사의한 괴력이 솟았다.

나는 이를 악물고 어머니에게로 돌진했다. 다시는 아무의 도움도 청하지 않고 어머니와 맞서리라 마음먹었다. 이건 아무의 도움도 간섭도 필요없는 우리 모녀만의 것이다.

나는 어머니를 힘껏 찍어 눌렀다. 온몸으로 타고 앉다시피 했다. 어머니의 경련처럼 괴로운 출렁임이 고스란히 전해왔다. 조금이라도 마음이 움직이거나 약해져선 안 된다고 생각했다. 그렇게 되면 어머니가 나를 타고 앉게 될지도 모른다. 내가 아무리 전심전력으로 대결해도 어머니의 힘과는 막상막하여서 내 힘이 위태로워질 때마다 나는 어머니의 뺨을 쳤다.

"엄마, 정신 차려요. 엄마, 정신 차려요."

처음으로 엄마의 뺨을 치고 나는 내 손이 저지른 패륜에 경악해서 두 번째는 더욱 세차게 때렸고, 어머니의 뺨에 솟아오른 내 손자국을 보고 이것은 악몽 속 아니면 지옥일 거라는 일종의 비현실감이 패륜에 패륜을 서슴없이 보태게 했다. 어머니의 힘도 무서웠지만 더 무서운 건 어머니의 얼굴이었다. 그건 내 어머니의 얼굴이 아니었다. 이제 나는 어머니와 싸우고 있는 게 아니라 내 나름의 공포와 싸우고 있었다.

나는 어머니를 사랑했고 내가 사랑한 것 중엔 물론 어머니의 얼굴도 포함돼 있었다. 어머니는 늙어갈수록 아름다운 분이었다. 그건 드물고도 귀한 일이 아닐 수 없었다. 그런 아름다움은 어머니가 말년에 믿게 된 부처님과도 깊은 관계가 있을 것 같았다. 어머니는 부처님을 믿는 걸로 어머니가 당한 남다른 참척의 원한을 거의 극복한 것처럼 보였다. 뿐만 아니라 부처님을 닮은 곱고 자비롭고 천진한 얼굴로 늙어가셨다. 비록 아들은 잃었으나 거기서 난 손자들을, 그의 짝들을, 거기서 난 증손자들을 딸과 외손자들을 사랑하며, 그러나 결코 집착하진 않으시며 행복하게 늙어가셨다. 누구보다도 화평하게 누구보다도 아름답게 거의 황홀하리만큼 아름답게 늙으신 어머니를 볼 때마다 나는 저분이야말로 참으로 보살이라고 숙연해지곤 했었다.

사람 속의 오지는 아무 끝도 없고 한도 없는 거라지만 그런 어머니에게 그런 격정이 숨겨져 있었을 줄이야. 내 어머니의 오지에 감춰진 게 선과 평화와 사랑이 아니라 원한과 저주와 미움이었다는 건 정말 너무했다. 설사 인간이 속속들이 죄의 덩어리라고 하더라도 그건 너무했다.

악과 악의 대결처럼 살벌하고 무자비한 모녀의 힘의 대결에서 어머니가 패색을 보이기 시작했다. 나는 나의 손가락 자국대로 선명하게 부풀어 오른 어머니의 뺨에 비로소 내 뺨을 비비며 소리 내어 통곡했다.

어머니가 그때 왜 현저동 꼭대기를 우리의 은신처로 생각했는지 모를 일이다. 그때 우린 그 동네의 가난으로부터 벗어나서 남부럽지 않게 산 지 오래되었지만 그때 우리가 처한 곤경은 참으로 억울하고 난처한 것이었다. 죽을 수도 살 수도 없는 곤경이었다. 그런 막다른 곤경이 엄마가 서울 와서 처음 말뚝 박은 동네를 고향 다음가는 신뢰감으로 의지하게 했는지도 모른다. 또 우리의 곤경의 특수성과도 관계가 있음 직하다. 그때의 우리 곤경은 6·25라는 커다란 민족적 비극 속의 한 작은 단위에 불과했지만 중산층이 모여 사는 점잖은 동네의 인심의 간사함, 표리부동성과도 불가분의 관계가 있었다. 오빠가 의용군에 지원한 일만 해도 그랬다. 오빠는 해방 후 한때 좌익운동에 가담했다가 전향한 적이 있는데 그것 때문에 남하를 못 하고 적치하에 서울에 남은 걸 극도로 불안해했다. 이런 불안과 공포를 혼자 견디기엔 벅찼던지 비슷한 처지의 전향자들의 동태에 대해 몹시 알고 싶어했다. 그가 어설프게 알아낸 바로는 어떡하든 남하를 하지 않으면 다시 변신을 해 있는 것도 오빠를 새로운 불안에 빠뜨렸다.

그 요란한 포성보다 서울을 사수할 것이라는 방송만 믿고 피난의 기회를 놓친 자신의 고지식함과 국민을 그렇게 기만하고 저희끼리만 달아나버린 정부의 엄청난 무책임을 홀로 저주하고 분노했다. 그렇다고 새로운 변신을 꾀할 만큼 비루하지도 못했다. 그는 그가 기왕에 한 전향이, 잘못을 뒤늦게 깨닫고 신념과 용기를 가지고 한 것이었음에도 불구하고 전향이란 말 자체엔 늘 도덕적인 불쾌감을 가지고 있었다. 만약 그의 최초의 선택이 웬만큼만 잘못된 것이었더라도 그는 전향을 해서 잘못을 시정하느니 차라리 최초의 신념에 일관함으로써 자신과의 신의를 지키고자 했을 것이다.

그만큼 그는 지조를 최고의 이상으로 삼는 선비 기질을 간직하고 있었고, 그런 선비 기질이 목적을 위해 수단을 안 가리는 좌익사상의 본심을 참을 수 없는 데서 그의 갈등은 불가피했다.

동란 전의 한때 좌익사상이 청소년들을 선동하는 마력이 대단했을 적에도 내가 그 방면에 무관할 수 있었던 것은 오직 오빠 같은 사람이 여북해야 전향을 했을까 하는 오빠의 고통스러운 경험에 대한 믿음 때문이었다.

살기 위한 방편으로서의 변신이란 생각조차 하기 싫은 그의 인품이기에 더욱더 국민을 듣기 좋은 말로 달래 적 치하에 팽개치고 저희끼리 뺑소니친 꼴이 된 정부에 대한 원망도 컸다. 원망과 불신, 불안, 그리고 고독으로 그는 날로 정신이 망가져 갔다. 이런 그가 이웃의 고발로 기습을 당해서 끌려가는 걸 가족들은 발을 동동 구르며 지켜볼 수밖에 없었는데 그 후 들려온 소식은 전혀 예상을 빗나간 것이었다. 인민재판에 회부돼서 당장 목숨을 잃었거나 모진 벌을 받고 있을 줄 알았는데 인민 총궐기대회에서 제일 먼저 의용군을 지원해서 많은 젊은이들로 하여금 감격해서 동조케 했다는 소식이었다. 남은 식구들은 그저 그렇다니 그렇게 알밖에, 보이지 않는 곳에서 어떤 농간이 그의 운명을 희롱하고 있는지 알아볼 도리는 없었다.

실상 운명의 희롱은 가족도 당하고 있었다. 전향자라고 지목해서 따돌리고 고발까지 한 이웃은 적치하에서 대단한 세력을 누리고 있었는데 돌변해서 우리 식구들의 보호자 노릇을 해주었다. 초기엔 그렇지도 않았지만 나중판으로 접어들수록 청장년이 있는 집치고 의용군으로 빼앗기지 않은 집 없다고 할 만큼 사람 수탈이 극심해져서 의용군 나갔다는 게 하등 특별대우받을 만한 일이 못 되었음에도 불구하고 식량배급이다 뭐다 해서 우리는 특별한 혜택을 받고 있었다. 받고 보니 그 세력 부리는 이웃의 귀띔이 동인민위원회까지 작용했기 때문이었다. 우리는 이런 혜택을 받을 것인가를 망설이거나 취사선택할 경황도 기력도 없었다. 망연자실 목숨을 부지하는 게 고작이었는데, 목숨을 부지하기 위해 먹어야 한다는 건 선택의 여지가 없는 절대적인 조건이었다.

남은 죽도 못 먹는데 보리밥이라도 아귀아귀 먹다가 문득 깜짝 놀라곤 했지만 그건 한 식구를 판 대가라는 생각 때문이었지 그게 옳지 못한 밥이라고 생각해선 아니었다.

"세상에 아무리 목구멍이 포도청이라지만, 그 아들이 어떤 아들이라고 그 아들 목숨하고 바꾼 밥뎅이가 걸리지도 않고 이리 술술 넘어가노……."

어머니도 느닷없이 수저를 놓으며 이런 탄식을 하면 했지 그 후유증을 우려하진 않았다.

만 석 달 만에 세상이 바뀌자 우리는 이웃 인심의 극심한 박해를 받지 않으면 안 되었다. 빨갱이 집이라고 고발을 해서 청년당원들이 몽둥이와 총을 들고 달려들어 온 집안을 들들 뒤지고 쓸 만한 기물을 파괴하고 만삭의 올케의 배를 몽둥이 끝으로 쿡쿡 찔러보는 행패를 동네 사람들은 굿구경하듯 신명까지 내면서 즐겼다. 우리는 그들이 겪은 석 달 동안의 고초를 위한 복수의 표적이 되어 어떤 재앙이 쏟아지든 다만 순종할밖에 없었다.

"여보슈 백성들을 불구덩이에 버리고 도망간 사람은 누구유? 거기서 살아남은 죄로 죽여줘도 난 원망 안 할 테니 그 사람 얼굴 좀 보고 그 죄나 한번 묻고 죽읍시다."

가끔 어머니가 통곡하며 이렇게 푸념을 해봤댔자였다. 독종이니, 빨갱이 족속치고 말 못하는 빨갱이 없더라느니 하는 욕이나 먹는 게 고작이었다.

그 정도는 그래도 약과였다. 우리를 이용하고 비호해주던 고위층 빨갱이를 우리가 감춰두고 있다는 고발까지 당해 어머니와 올케, 나 세 식구가 따로따로 붙들려가서 며칠씩 심문을 받고 나오기까지 했다. 그 동안 어린 조카가 친척집에서 받은 구박은 먼 훗날까지 우리 식구에게 깊은 상처로 남았다. 빨갱이라면 젖먹이 어린 것까지 도 덮어놓고 징그러워하고 꺼리던 때였다.

그런 중에 다시 전세가 기울어 후퇴가 시작되자 어머니는 우선 만 삭의 며느리와 손자를 친정으로 보냈다. 어머니가 끝까지 남아 있으려는 건 오빠가 혹시 돌아올까 해서였던 건 말할 것도 없다. 의용 군 갔다가 도망쳐 오는 젊은이도 꽤 있어서 기대를 걸어볼 만했고 만약 도망을 못 치면 인민군이 돼서라도 돌아올 것만 어머니는 믿 었다. 어머니에겐 아들이 살았느냐 죽었느냐가 문제지 빨갱이냐 흰 둥이냐는 문제가 아니었다.

어느 날, 기적처럼 아니 흉몽처럼 오빠가 돌아왔다. 그렇게 믿고 기다리던 어머니까지도 감히 오빠를 반기지 못했다. 헐벗고 굶주려 몰골이 흉한 것까지는 예상한 대로였지만 그때 오빠는 이미 속속들 이 망가져 있었다. 눈은 잠시도 한군데 머무르지 못하고 희번덕댔고, 심한 불면증으로 몸은 수척했고 피해망상으로 하루에도 몇 번씩 깜짝깜짝 놀라고 사람을 두려워했다. 가족들한테도 전혀 친밀감을 나타낼 줄 몰랐고 집에 없는 처자식을 궁금해하거나 보고 싶어할 줄도 몰랐다. 그동안 무슨 일이 그를 그토록 망가뜨렸는지 알아낼 방법은 없었다. 그는 문을 꼭 잠그고 그 안에서 두려움에 떠는 심약한 집 보는 어린이처럼 자기를 단단히 폐쇄하고 외부의 모든 것을 배척하려 하고 있었다.

설상가상으로 전세는 더욱 불리해져서 서울을 비우고 모든 사람들이 남쪽으로 남쪽으로 내려가야만 했다. 여름의 실수를 되풀이하지 않기 위해 정부는 미리미리부터 서울의 위기를 예고하고 피난의 편의를 봐주었고 시민 역시 다시 적치하를 겪으니 죽는 게 낫다 싶은 비장한 각오로 남부여대 엄동설한에 집을 나섰다.

오빠의 다 망가진 정신도 피난에만은 적극적이었다. 어서 가자고 조바심이 대단했다. 오빠의 정신력 중에서 마지막까지 남아 있는 건 오로지 빨갱이를 피해야겠다는 생각 하나뿐이었다. 그 몸과 그 몰골로 탈출을 하고 격전지를 돌파할 수 있었던 것도 그 힘에 의하지 않고는 불가능했을 것이다.

그러나 오빠에겐 시민증이 없었다. 젊은 남자가 시민증 없인 피난은커녕 잠깐의 외출도 어려울 만큼 그 단속은 날로 심해졌다. 피난민 중에 패잔병이나 간첩이 섞여 있을 가능성 때문이었다. 시민증을 내기 위해선 우선 신청서에 이웃에 사는 두 사람의 보증을 받아야 하는데 아무도 오빠의 보증을 서주려 들지 않았다. 어머니가 아무리 애걸해도 이웃 인심은 냉담했다. 경찰서에 가서 직접 심사를 받고 시민증을 내는 절차를 밟으라는 거였다. 빨갱이가 아니면 그 절차를 겁낼 까닭이 없지 않겠느냐는 말은 지당했다. 오빠가 돌아오기 전 우리 세 식구가 시민증을 낼 때도 물론 이웃 사람들은 도장을 안 찍어줘서 경찰서에 몇 번씩 불려다니고 나서 맨 나중에 그걸 교부받을 수 있었으니까.

그러나 오빠의 경우는 그게 난처했다. 경찰서 소리만 해도 그는 안색이 단박 바래면서 덜덜 떨었다. 피난도 못 가고 생전 집 밖에 못 나가도 좋으니 경찰서에 제 발로 걸어 들어갈 순 없다는 거였다. 그러다가도 피난 갑시다, 앉아서 또 당할 순 없어요. 피난 갑시다, 이렇게 잠꼬대처럼 얼뜬 소리로 중얼대면서 안절부절을 못했다. 그럼 이판사판이니 시민증 없이 그냥 피난길에 나서보자고 하면 스파이로 몰려 누구 총살당하는 걸 보고 싶으냐고 그 초점 없는 눈을 희번덕댔다.

식구들을 이럴 수도 저럴 수도 없이 만들면서 오빠가 바라는 건 자기는 가만히 앉았고, 식구들이 무슨 수를 써서든지 그걸 입수해다 주는 거였다.

"어머니 다 팔아요. 집이고 세간이고 다 팔면 그까짓 시민증 하나 못 살라구요. 그까짓 거 애꼈다 뭐하려고 안 팔아요."

이런 터무니없는 응석으로 어머니의 피눈물을 흘리게 하는가 하면 나한테까지 못할 소리를 마구 해댔다.

"야아, 너 빽 있는 놈 하나 물어서 이 오빠 좀 살려주면 안 되니?

누이 좋다는 게 뭐냐?"

이런 창피스러운 억지가 실은 오빠의 망가진 정신의 마지막 경련이었다. 서울을 포기하겠으니 남은 시민들은 질서 있게 피난을 하라는 마지막 후퇴령이 내린 날, 우리 세 식구도 피난짐을 이고 지고 덮어놓고 집을 나섰다. 그래도 혹시나 하고 끝까지 남아 있다가 그제서야 떠나는 이웃도 있어 그들에게나마 우리도 피난을 가는 것을 보여주지 않으면 훗날 또다시 빨갱이로 몰릴까봐 겁도 났지만 그집에서 또다시 빨갱이 세상을 맞기는 더 무서웠다. 의용군에서 도망친 건 보통 전향하곤 달라서 극형까지도 각오해야 될 것 같았다. 그때 우리 식구의 사고나 행동은 오로지 빨갱이냐 아니냐 하는 문제에 의해 지배당하고 있었다.

노도처럼 남으로 밀리는 피난행렬에 끼었으면서도 검문을 피하느라 도심을 몇 바퀴 배회한 데 지나지 않았고, 오빠는 검문이 있을 만한 곳을 더듬이처럼 예민한 감촉으로 예감하고 재빠르게 피하는 능력 빼고는 아무런 생각도 의지도 없는 폐인처럼 돼 있었다. 나는 이런 오빠가 짐스러운 나머지 혼자 도망칠 기회만 엿보고 있었다. 그때 어머니가 말했다.

"얘들아, 우리 현저동으로 가자꾸나."

어머니로부터 현저동 소리를 듣자, 나는 마치 오랜 방탕 끝에 고향으로 돌아가기로 결심한 탕아처럼 겸손하고 유순해졌다. 번들거리는 불안한 빛을 빼면 텅 빈 오빠의 눈에도 일순 기쁨 같은 게 어렸다.

"그 처녑 속처럼 구질구질한 동네는 우리가 숨어 지내기 알맞을 거다."

어머니는 이제 마음이 놓이는지 편안한 목소리로 이렇게 덧붙였다. 처녑 속처럼 구질구질하다는 어머니의 표현이 경멸보다는 그리움으로 다가오고 있었다.

"그 동네도 텅 비었겠지. 아무 집에서나 숨어 지내다가 우리 국군이 돌아오거든 집으로 가자꾸나. 내 생전에 이렇게 사는 사람이 무서워 보기도 처음인가 보다. 내 마음이 고약한지 세상 인심이 고약한지. 그렇지만 그 동네 사람은 한두 사람 만난대도 덜 무서울 것 같다. 워낙 진국들이니까."

내로라고 뽐내는 사람들의 인심에 초개처럼 농락당하고 상처받은 우리는 처음 서울 와서 가장 고난의 시절을 보냈던 빈촌에 아직도 남아 있는 고전적인 가난과 진국스러운 인심을 생각하고 마치 구원의 실마리를 찾아낸 것처럼 마음이 밝아지고 있었다. 오빠의 망가진 정신이 어쩌면 치유될지 모른다는 희망까지 생겼다. 우리는 마치 귀향처럼 아니, 크고 너그러운 품으로의 귀의처럼 조용한 희열에 넘쳐 허위단심 현저동 꼭대기를 기어올랐다. 골목마다 낯익고 정다워서 우리를 감싸안는 듯했다. 작전상 후퇴의 마지막 날 저녁나절이라 동네는 움직이는 거라곤 개미 새끼 한 마리 못 만나게 완전히 비어 있었다. 내려다본 시가지도 불빛 하나 없이 황혼에 잠긴 게 갯벌처럼 공허해 보였다. 어머니가 나직하게 한숨을 쉬며 속삭였다.

"빨갱이란 사람들도 참 딱한 사람들이지. 여기 사는 가난뱅이들 인심도 못 얻고 무슨 명분으로 빨갱이 정치를 할 셈인고."

어머니가 그때까지 알고 지낸 집을 몇 집 찾아갔으나 물론 다 비어 있었다. 우린 그중에 우물이 있는 집을 골라 문을 따고 들어갔다. 집이 허술하니까 문도 수월하게 딸 수가 있었다. 모든 집이 비어 있어서 어차피 무단침입할 바엔 좀 더 나은 집을 차지할 수도 있었지만 어머니는 어디까지나 나중에 사과하고 신세를 갚는 걸 전제로 하려 했기 때문에 아는 집 중에서 골라잡을 수밖에 없었다.

그 후 며칠 동안 우린 사람이라곤 못 만났고 세상이 바뀐 건지 안 바뀐 건지 알아낼 수도 없었다. 우린 한 달 가량의 양식을 가지고 있었고 그 집엔 잡곡과 김장김치와 장작과 우물이 있었다. 우린 그 생활에 만족했다. 오빠가 먼 길을 도망쳐 오며 꿈꾸던 것도 바로 그런 만족한 생활이 아니었을까? 나는 문득 생각하곤 했다. 무엇보다도 자기가 어떠어떠한 사람이라는 걸 나타내 보이려고 말씨나 행동을 꾸밀 필요가 없다는 게 오빠의 치유에 도움이 되리라는 희망이 생겼다. 벌써 조금씩이나마 그런 조짐이 보이고 있었다. 오빠는 남쪽 친정에 가서 몸을 푼 아내와 아들에 대해 비록 불확실하게나마 염려하고 궁금해하는 눈치를 보일 때가 가끔 있었다. 여지껏 없던 일이었다. 우선 가장 가까운 사람을 향한 마음으로부터 열릴 가능성이 뵈는 것 같아 반가웠다.

우린 우리의 완벽한 은신을 감지덕지할 줄만 알았지 그 허점을 모르고 있었다. 어느 날 우리는 흰 홑이불을 망토처럼 뒤집어쓴 일단의 인민군에 의해 발각되었다. 그들은 서대문 형무소에 주둔하고 있는데 거기서 산동네를 쳐다보면 매일 아침저녁 굴뚝으로 연기가 오르는 집이 몇 집 있더라는 것이었다. 연기 나는 집을 하나하나 다 뒤져봐도 재수 없게 다 죽게 된 늙은이 아니면 병자가 고작이더니 이 집엔 웬 젊은 여자가 다 있냐고 마침 문을 열어준 나를 호시탐탐 노려보았다.

"네 그러믄요. 이 집엔 여자들만 산다니까요. 찾아보실 것도 없다니까요."

어머니가 급히 뒤따라나오면서 안 해도 될 소리를 두서없이 지껄였다. 그들이 어머니를 밀치고 안으로 돌아갔다.

"동무도 여자요?"

앞장선 군관이 싸늘하게 웃으면서 오빠에게 물었다. 인민군을 본 오빠가 갑자기 실어증에 걸렸는지 으, 으, 으, 하고 신음할 뿐 뜻이 통하는 소리는 한마디도 못했다.

"갸안 여자는 아니지만서두 병신이에요. 사람값에 못 가는 병신이니까 여자만도 못하죠. 웬수죠. 병신 자식은 평생 웬수죠."

어머니의 얼굴에 공포와 비굴이 처참하게 엇갈렸다. 어머니가 그렇게까지 강조할 것도 없이 오빠는 누가 보기에도 성한 사람은 아니었다. 우락부락 거친 그들과 비교되어 더욱 그랬다. 몸은 파리하고 여위고 눈은 공허하고 입에선 알아들을 수 없는 외마디소리가 새어나올 뿐이었다. 어머니가 병신 자식이라는 걸 너무 강조하지 말았으면 좋았을 것을.

그 후 그들은 겨끔내기로 자주 우리 집에 드나들었다. 그중엔 보위부 군관도 있었는데 오빠에 대해 뭔가를 눈치채고 있는 것 같았다.

우리들하고 천연덕스럽게 고향 얘기나 처자식 얘기를 하다가도 갑자기 오빠를 노려보면서 딴사람같이 카랑카랑한 목소리로 동무 혹시 인민군대에서 도주하지 않았소? 한다든가 동무, 혹시 국방군에서 낙오한 게 아니오? 하면 간이 콩알만큼 오그라들었다. 그러나 오빠는 그들만 나타나면 사색이 되어 떠는 증이 그런 소리로 더해지거나 덜해지지 않았고, 인민군복을 보자마자 새로 생긴 실어증도 끝내 그대로여서 병신 노릇에 빈틈이 없었다. 문제는 우리였는데 우리도 오빠가 병신이 된 걸 연기로서가 아니라 실제로 받아들이고 있었다. 슬프고 원통한 일이었지만 오빠가 치유될 가망성은 없어 보였다.

그러나 그 보위부 군관은 남달리 집요한 데가 있었다. 위협도 하고 회유도 하고 때론 애원까지 하면서 진상을 알고 싶어했다.

"어머니, 어머니를 보면 딱해 죽갔어. 아들 하나가 어쩌다 저 꼴이 됐을까? 그렇지만 배 안의 병신은 아니지? 그치? 배 안의 병신만 아니면 고칠 수 있어. 우리 북반부 의술은 세계적이거든. 그러고도 가난한 사람 우선이야. 내가 얼마든지 좋은 의사 보내줄 수 있으니까 바른 대로만 말해. 언제부터 왜 저렇게 됐나."

자주 드나들면서 언제부터인지 우리 어머니를 어머니라고 부르면서 이렇게 응석 섞인 반말지거리까지 했다. 차고 모질게 굴 때보다도 그럴 때는 어머니도 벌벌 떨면서 횡설수설하기가 일쑤여서 곁에서 지켜보는 나를 불안하게 했다. 그러나 그가 돌아가면 어머니는 눈을 찡긋하면서 일부러 그랬다고 말해서 나를 어이없게 했다.

사람이 살기 위해선 못 익숙해질 게 없었다. 독사와 더불어 춤을 추는 것 같은 섬뜩하고 아슬아슬한 곡예로 하루하루를 넘겼다.

다시 포성이 가까워지고 그들의 눈에 핏발이 서기 시작했다. 어머니는 앉으나 서나 그들이 곱게 물러가기만을 축수했다.

"그저 내 자식 해코지만 마소서. 불쌍한 내 자식 해코지만 마소서."

마침내 보위군관이 작별하러 왔다. 그의 작별 방법은 특이했다

"내가 동무들같이 간사한 무리들한테 끝까지 속을 것 같소. 지금이라도 바른대로 대시오. 이래도 바른 소리를 못 하겠소?"

그가 허리에 찬 권총을 빼 오빠에게 겨누며 말했다.

"안 된다. 안 돼. 이 노옴 너도 사람이냐? 이 노옴."

어머니가 외마디 소리를 지르며 그의 팔에 매달렸다. 오빠는 으, 으, 으, 으, 짐승 같은 소리로 신음하는 게 고작이었다. 그가 어머니를 획 뿌리쳤다.

"이래도 이래도 바른 말을 안 할 테냐? 이래도."

총성이 울렸다. 다리였다. 오빠는 으, 으, 으, 으, 같은 소리밖에 못냈다.

"좋다. 이래도 바른 말을 안 할 테냐? 이래도."

또 총성이 울렸다. 같은 말과 총성이 서너 번이나 되풀이됐다. 잔혹하게도 그 당장 목숨이 끊어지지 않게 하체만 겨냥하고 쏴댔다.

오빠는 유혈이 낭자한 가운데 기절해 꼬꾸라지고 어머니도 그가 뿌리쳐 나동그라진 자리에서 처절한 외마디 소리만 지르다가 까무라쳤다.

"죽기 전에 바른말 할 기회를 주기 위해 당장 죽이진 않겠다."

그 후 군관은 다시 나타나지 않았다. 며칠 만에 세상은 또 바뀌었다.

오빠의 총상은 다 치명상이 아니었는데도 며칠 만에 운명했다. 출혈이 심한 데다 적절한 치료를 받을 수가 없었기 때문이다. 그 며칠 동안에도 오빠의 실어증은 회복되지 않았다. 그 며칠 동안의 낭자한 유혈과 하늘에 맺힌 원한을 어찌 잊으랴. 그러나 덮어둘 순 있었다. 나는 남자를 만나 사랑을 하고 자식을 낳아 또 사랑하는 걸로, 어머니는 손자를 거두어 기르며 부처님께 귀의하는 걸로.

마취가 깨어날 때 부린 난동으로 어머니는 어찌나 많은 힘을 소모하였는지 그 후 오랫동안 탈진상태가 계속됐다. 부피도 무게도 호흡도 없이 불면 날아갈 듯 한 장의 백지장이 되어 누워 있었다. 간혹 문병을 와주는 친척이나 친구 보기에도 도저히 회복될 가망이 없어 보였던지 모두 심각하게 고개를 저었다. 그들 중에는 어머니가 아예 의식이 없는 줄 알고 서슴지 않고 장례 절차 얘기를 하는 이가 있는가 하면 상갓집에 온 줄 착각을 하는지 천수를 누리셨으니 너무 서러워 말라고 우리를 위로하는 이도 있었다. 우리 역시 그런 그들을 말리거나 언짢게 생각하지 않았다. 한두 숟갈 유동식을 받아 넘긴다든가 주사 바늘을 찌를 때 찡그리는 것 외엔 어머니에게 의식이 남아 있다는 표시는 참으로 미미했다.

어느 날, 문병을 와준 내 친구도 이런 어머니를 일별하더니 대뜸 이렇게 말했다.

"수의는 장만해놨니?"

"아니, 뭐 그런 끔찍한 걸 미리 장만을 하니?"

"애 좀 봐, 그럼 묘지는?"

"묘지? 그런 것도 미리 장만하는 거니?"

"애 좀 봐, 그것도 안 해놨구나. 넌 하여튼 알아줘야 해."

"뭘?"

"너 나이롱 딸인 거, 말야."

"나이롱 딸?"

"그래 나이롱 딸, 이런 엉터리. 아들도 없는데 딸까지 이런 순 엉
터리니······."

나는 내가 나일론에다 순 엉터리인 건 상관없었지만 어머니를 위
해선 좀 안된 것 같아 변명할 마음이 생겼다.

"우린 고향에 선영이 있지 않니?"

"느이 고향이 어딘데?"

"몰라서 묻니? 개성 쪽, 개풍군이야."

"거기 있는 선영이 무슨 소용이 있어?"

"그래도."

"그래도라니? 변명치곤 너무 구차스럽다 애. 이북에 두고 온 논
밭 저당 잡고 돈도 꿔달랠라."

입이 험한 친구는 사정없이 나를 몰아세웠다.

"그게 아니라 일종의 묵계 같은 거지. 어머니는 비록 살아 생전에
못 가셨더라도 돌아가신 후에만은 어머님이 선영 곁에 누우시길 바

라실 거 아니니? 말씀은 안 하셔도 속으로 간절히 바라시는 걸 빤히 알면서 어떻게 딴 데다 묘지를 사놓니? 그야 막상 돌아가시면 문제가 달라지겠지? 그때 가서 묘지를 사도 늦을 거 없잖아. 묘지란 어차피 사후의 집이니까."

이때 어머니가 눈을 떴다. 백지장 같은 모습과는 딴판으로 또렷하고 생기 있는 눈이어서 친구는 앉은자리에서 에그머니나 비명을 지르며 내 옷소매에 매달렸다.

"호숙 에미 나 좀 보자."

어머니가 정정한 목소리로 나를 곁으로 불렀다.

"네 어머니."

나는 어머니에게로 조심스럽게 다가갔다. 어머니의 손이 내 손을 잡았다. 알맞은 온기와 악력이 나를 놀라게도 서럽게도 했다.

"나 죽거든 행여 묘지 쓰지 말거라."

어머니의 목소리는 평상시처럼 잔잔하고 만만치 않았다.

"네? 다 들으셨군요?"

"그래 마침 듣기 잘했다. 그러잖아도 언제고 꼭 일러두려 했는데. 유언 삼아 일러두는 게니 잘 들어뒀다 어김없이 시행토록 해라. 나 죽거든 내가 느이 오래비한테 해준 것처럼 해다오. 누가 뭐래도 그렇게 해다오. 누가 뭐라든 상관하지 않고 그럴 수 있는 건 너밖에 없기에 부탁하는 거다."

"오빠처럼요?"

"그래, 꼭 그대로, 그걸 설마 잊고 있진 않겠지?"

"잊다니요. 그걸 어떻게 잊을 수가⋯⋯."

어머니의 손의 악력은 정정했을 때처럼 아니, 나를 끌고 농바위 고개를 넘을 때처럼 강한 줏대와 고집을 느끼게 했다.

오빠의 시신은 처음엔 무악재고개 너머 벌판의 밭머리에 가매장 했다. 행려병사자 취급하듯이 형식과 절차 없는 매장이었지만 무정부 상태의 텅 빈 도시에서 우리 모녀는 가냘픈 힘만으로 그것 이상은 가능한 일이 아니었다.

서울이 수복되고 화장장이 정상화되자마자 어머니는 오빠를 화장할 것을 의논해왔다. 그때 우리와 합하게 된 올케는 아비 없는 아들들에게 무덤이라도 남겨줘야 한다고 공동묘지로라도 이장할 것을 주장했다. 어머니는 오빠를 죽게 한 것이 자기 죄처럼, 젊어 과부된 며느리한테 기가 죽어 지냈었는데 그때만은 조금도 양보할 기세가 아니었다. 남편의 임종도 못 보고 과부가 된 것도 억울한데 그 무덤까지 말살하려는 시어머니의 모진 마음이 야속하고 정떨어졌으련만 그런 기세 속엔 거역할 수 없는 위엄과 비통한 의지가 담겨 있어 종당엔 올케도 순종을 하고 말았다.

오빠의 살은 연기가 되고 뼈는 한 줌의 가루가 되었다. 어머니는 앞장서서 강화로 가는 시외버스 정류장으로 갔다. 우린 묵묵히 뒤따랐다. 강화도에서 내린 어머니는 사람들에게 묻고 물어서 멀리 개풍군 땅이 보이는 바닷가에 섰다. 그리고 지척으로 보이되 갈 수 없는 땅을 향해 그 한 줌의 먼지를 훨훨 날렸다. 개풍군 땅은 우리 가족의 선영이 있는 땅이었지만 선영에 못 묻히는 한을 그런 방법으로 풀고 있다곤 생각되지 않았다. 어머니의 모습엔 운명에 순종하고 한을 지그시 품고 삭이는 약하고 다소곳한 여자티는 조금도 없었다. 방금 출전하려는 용사처럼 씩씩하고 도전적이었다.

어머니는 한 줌의 먼지와 바람으로써 너무도 엄청난 것과의 싸움을 시도하고 있었다. 어머니에게 그 한 줌의 먼지와 바람은 결코 미약한 게 아니었다. 그야말로 어머니를 짓밟고 모든 것을 빼앗아 간, 어머니가 도저히 이해할 수 없는 분단이란 괴물을 홀로 거역할 수 있는 유일한 수단이었다.

어머니는 나더러 그때 그 자리에서 또 그 짓을 하란다. 이젠 자기가 몸소 그 먼지와 바람이 될 테니 나더러 그 짓을 하란다. 그 후 30년이란 세월이 흘렀건만 그 괴물을 무화시키는 길은 정녕 그 짓밖에 없는가?

"너한테 미안하구나, 그렇지만 부탁한다."

어머니도 그 짓밖에 물려줄 수 없는 게 진정으로 미안한 양 표정이 애달프게 이지러졌다.

아아, 나는 그 짓을 또 한 번 할 수밖에 없을 것 같다.

어머니는 아직도 투병 중이시다.

엄마의 말뚝 · 3

　어머니는 그 후 7년을 더 사셨다. 그 7년 동안은 고요하고 참담했다. 팔십 고령의 골절상은 역시 치명적이었다. 더군다나 골반 골절이었다. 몇 번에 걸친 재수술 끝에 뜨개질 바늘처럼 긴 쇠막대기를 일정 각도로 구부려서 골반과 대퇴골을 연결하는 걸로 겨우 보행을 할 수 있을 만큼 다친 다리를 복원할 수는 있었지만, 그 다리가 세치는 짧아진 듯했다. 회복된 어머니는 몹시 절룩거렸고 막대기의 각도 때문에 의자에 앉는 것외엔 바닥에 털썩 앉는 게 불가능해졌다. 누울 때도 걸터앉았다가 윗몸을 뒤로 제치면서 다리를 올려 뻗는 순서로 누워야 했기 때문에 침대를 쓸 수 밖에 없었다. 다행히 집집마다 양변기를 쓰고 있어서 대소변은 받아내지 않아도 되었다. 만일 예전에 그런 일을 당했더라면 정신 멀쩡한 채 기저귀를 차는

149

수모를 감수해야 했으리라.

"이만하기가 다행이다."

오랜 입원생활 끝에 퇴원하여 맏손자네로 돌아온 어머니의 첫마디였다. 그게 결코 살아났음에 대한 감격이 아니라 타인에게 대소변 치다꺼리는 안 시키게 됐다는 안도감이라는 걸 우리는 스스로 알아차렸다. 불면 날아갈 듯 극도로 바랜 백지장 같은 인상은 감동 감격 따위를 할 더운 피가 남아 있을 성싶지 않았다. 손자들은 그 연세에 한 번도 버거운 대수술을 몇 번씩이나 받았으니 어찌 안 그렇겠느냐고 수긍하면서도 차후 좋은 음식과 보약으로 몸보신만 잘해드리면 곧 예전의 기력을 회복할 수 있으려니 믿는 눈치였다. 나는 안 그랬다. 나는 어머니의 무시무시한 괴력을 알게 된 유일한 목격자였다. 어머니의 초인적인 난동에 죽자꾸나 몸으로 부딪힌 기억은 살아서 체험한 지옥과 다르지 않았다. 아무리 마취가 덜 깨어난 상태라고 해도 그럴 수는 없는 일이었다. 나는 그게 어머니의 전 생명력을 건 마지막 발언이라고 생각했다. 나의 불쌍한 어머니는 그때 생명력을 다 소진해버려 지금 껍데기만 남아 있었다. 그런 어머니는 내 어머니 같지가 않았다.

나는 조카들과 의논해서 어머니를 번갈아 모시기로 했다. 조카들 또한 불감청이언정 고소원인 눈치였다. 백지장처럼 식구들의 생활에 전혀 무게로 실리지 않으려는 어머니의 조용한 노력에도 불구하고 어머니는 존재 그 자체로 부담이 되고 있었다. 조카들도 그랬지만 나도 내가 안 모시는 동안 열심히 기력 회복에 좋다는 음식이나 보약을 사가지고 문병을 다녔다. 그리고 과연 젊은 것들이 그것을 제때제때 잘 챙겨드릴까 의심하곤 했다. 우리 집에 계실 때 장조카가 개소주를 해온 적이 있다. 잘하기로 소문난 집에다 웃돈 얹어주며 부탁한 특제니 하루에 두 번씩 꼭꼭 거르지 않고 드시도록 고모가 신경을 써달라는 신신당부와 함께였다. 그애도 나와 비슷한 의심을 하고 있었나 보다. 한 치 건너 두 친데 내가 아무리 저만 못할라구, 좀 아니꼬운 생각도 들었지만 역시 기특했다. 그러나 나는 조카의 당부를 들어주지 못했다. 복용하기 편하게 1회분씩 팩에 넣은 보약을 어머니는 백지장처럼 표정이 바랜 웃음으로 거부했다. 배 아파 소화제 먹고 감기 들어 해열제 먹는 것까지 피할 생각은 없지만 몸 보하려고 무얼 먹지는 않겠노라고 했다. 치료제는 할 수 없어도 보약은 싫다는 어머니의 거부와 나는 싸워보지도 않고 졌다. 떨리는 마음으로 이해가 되었기 때문이다. 역시 떨리는 마음 때문에 그동안 해다 드린 보약은 다 어떻게 했느냐고 묻지 못했다. 나는 조카의 보약을 처분하는 부담만으로도 벅찼다. 연줄연줄로 그런 약이 필요한 노인을 찾아내서 보여주고 조카한테는 다 드셨다고 거짓말을 시켰다. 어머니는 세끼 식사도 최소한의 일정 분량밖에 들지 않았다. 나는 물어보지 않고도 그 최소한이 화장실을 출입할 만한 기력을 유지할 정도일 거라고 짐작하고 있었다. 어떤 영양가나 맛으로도 어머니로 하여금 그 최소한을 넘도록 유혹할 수 없었다. 운동은 누가 시키지 않아도 아침저녁 두 차례씩 하루도 거르지 않았다. 주로 걷기 운동이었다. 우리 집에서는 베란다를 천천히 열 번 가량

왕복을 했다. 절룩거리는 것 외에는 지팡이 없이도 잘 걸으셨다. 도도한 성격대로 꼿꼿한 허리도 변함이 없었다. 베란다에서는 노인정이 곧바로 바라보였다. 어머니가 아침 운동을 할 즈음은 노인들이 모여들 시간이고 저녁 운동을 할 때는 노인들이 헤어질 시간이었다. 그중엔 어머니보다 훨씬 더 못 걷는 노인도 적지 않았다. 매일 출근하다시피 하는 노인 중엔 허리가 직각으로 휘고 다리가 부은 건지, 자기 살인지 보통사람 허리만 한 할머니도 있었다. 어머니는 운동을 하다 말고 그런 노인들을 물끄러미 바라보고 계실 적도 있었다. 어머니는 위로받고 있는 걸까, 측은해하고 있는 걸까, 그보다도 나는 어머니보다 못한 노인이 어머니로 하여금 바깥출입을 할 수 있는 용기를 줄 수 있기를 바랐다. 어느 화창한 봄날 나는 용기를 내어 어머니에게 노인정에 가보시지 않겠느냐고 권했다.

"미쳤냐? 내가 저 늙은이들하고 화투나 치게."

어머니의 정열 없는 노여움은 마치 팽팽한 백지장이 바람에 파르르하는 것처럼 비인간적이었다. 평상시와 다름없는 조용한 어조였지만 미쳤냐?의 의미는 길고 도전적이어서 내 의식을 나사못처럼 조여오는 것 같았다. 나 역시 정서적인 반응이 불가능해지고 말았다. 차마 입 밖에 내지는 못했지만 속에서는 "아아, 꼴 보기 싫어, 제발 가버려. 석이네나 경아네로 썩 가버려" 하는 악다구니가 아우성치고 있었다. 어머니의 규칙적인 운동은 정해진 소량의 식사와 마찬가지였다. 화장실 출입에 지장이 없을 만큼의 운동신경을 유지하려는 노력에 불과했다. 어머니가 긴 입원 생활 끝에 마침내 퇴원

할 때 주치의는 말했었다.

"할머니 댁에 가서도 걸음 연습 거르시면 안 됩니다. 그 연세에는요, 며칠만 운동을 안 해도 오금이 붙어버려서 변소 출입도 못하게된다구요, 아셨죠?"

어떡하든 그렇게는 안 되도록 최선을 다하되 그 이상은 죄악시하려는 어머니의 고집을 나는 도무지 참을 수가 없었다. 오로지 화장실 출입을 삶의 유일한 목표로 사는 이가 식구 중에 섞여 있다는 것은 아마 누구도 참아내기 어려웠을 것이다. 그 부피가 설사 백지장 정도밖에 안 된다고 해도 말이다. 7년 동안에 어머니는 몇 달에 한 번꼴로 딸네서 맏손자네로 맏손자네서 둘째 손자네로 옮겨다닐 때 말고는 전혀 외출을 안 하셨다. 다행히 집집마다 차가 있어서 엉치뼈를 일정 각도 이상 구부릴 수 없는 어머니를 안전하게 모셔오고 모셔갈 수가 있었다. 그러나 그건 몸의 이동일 뿐 외출은 아니었다. 단독주택에 사는 손자네서도 허설쑤로라도 대문 밖에 발을 내딛는 법이 없었다. 참 할머니 자존심 센 것 하나는 알아줘야 한다고 손자들도 그 점에 있어서는 혀를 내둘렀다. 절룩거리는 병신 걸음걸이를 남에게 안 보이려는 할머니가 기를 쓰고 답답한 걸 참는다고 손자들은 생각하는 것 같았다. 그러나 나는 그렇게 생각하지 않았다. 어머니는 바깥세상에 대한 호기심이 전혀 없었다. 그러니까 답답해할 까닭조차 없다고 판단했다면 내가 너무 잔인한 딸이었을까.

엉치뼈와 넓적다리를 철근으로 연결한다는 게 무슨 뜻인지 어머니가 정확하게 이해한 건 그 수술이 성공하고 걸음 연습도 순조로

위 보조기 없이 혼자 걷게 된 연후였다. 우리는 사전에 주치의로부터 그 수술이 성공한다 해도 어머니가 여생을 어느 정도의 불편을 감수하며 살아야 되는지 들어서 알고 있었다. 오랫동안 대소변을 받아내야 하는 병구완에 지친 우리들은 다시 걸을 수 있게 되리라는 것만도 기적 같았다. 바닥에 쭈그리고 앉을 수 없게 되는 정도의 후유증은 너무 가벼워서 차라리 웃음이 났다. 자손들은 다들 아파트 아니면 양옥집에 살고 있었다. 부엌은 입식이고, 거실엔 소파가 있고, 아이들 방엔 침대가 있고, 화장실엔 의자식 양변기를 갖추고 있었다. 노인네를 위해 침대나 하나 사놓으면 모시는 데 조금도 지장이 없었다. 더군다나 사셔야 얼마나 사시겠는가. 어머니의 길지 않은 여생을 가정하는 것도 우리를 한껏 너그럽게 했다. 그러나 그건 어디까지나 모시는 입장 위주의 생각이었다. 부모를 모신다는 걸 시혜쯤으로 여기는 세상인심에 우리라고 어찌 물들지 않겠는가. 그래서 상한 다리에 삽입한 이물질이 당신 몸을 어느 만큼 부자유스럽게 하나,를 몸으로 깨달은 연후의 어머니의 낭패감은 한층 고독하고 쓸쓸했다.

"세상에 이럴 수가, 내 생전에 강화 잇집네 가보긴 다 틀렸구나."

심한 낙담과 좌절 때문에 젖은 종이처럼 눅눅하고 무력해진 어머니의 나직한 탄식이었다. 그 소리를 들은 손자들이 웃음을 참느라 입귀를 씰룩거렸다. 기껏 한다는 걱정이 잇집네 못 갈 걱정이라니, 서서히 망령기가 든다고 여기는 듯했다. 이씨 가로 출가해서 잇집이라 부르는 이는 어머니의 재당질녀再堂姪女뻘 되는 동향의 친척이었다. 강화도에 살고 있었다. 강화도엔 1·4후퇴 때 바닷길로 피난 왔다가 눌러사는 개성 개풍 쪽 사람들이 많이 살고 있었다. 집안 내의 가까운 친척끼리 한 마을을 이루고 사는 데도 있었다. 경조사가 있을 때마다 서로 알려 왕래를 유지하고 소식을 끊지 않는 걸 친척의 의무로 여기고 있었다. 그러나 의무에 철저한 건 암만해도 시골 사는 쪽이었다. 서울 사는 쪽은 바쁘다는 핑계도 있었지만 동창이나 직장 관계로 이미 형성해놓은 인간관계가 다양해서 무슨 때 별로 시골 친척이 아쉽지가 않았다. 그런 서울 인심이 행여 시골 친척을 섭섭하게 할까 봐 어머니는 중간에서 늘 신경을 많이 써오셨다. 청첩장이나 부고를 받았는데 당신이 못 갈 사정이 있으면 손자들을 시켜서라도 부좃돈을 보내고야 말았다. 귀찮아 하는 기색을 보이면 "내 생전만 참거라. 나 죽어봐라 저절로 남 되지" 이렇게 언짢아하곤 했다. 그러나 아무런 경조사도 끼지 않은 평상시에 나들이 삼아 훌쩍 가서 하루 이틀 묵었다 오는 데는 잇집네밖에 없었다. 같은 서울에 사는 하나밖에 없는 딸네 집에도 초대받지 않은 날 들르거나, 단 하룻밤도 주무시고 간 적이 없는 어머니였다. 출가외인에 대한 편가름과 사돈을 경원하는 조심성이 그렇게 유별난 어머니였다. 그런 어머니에게 시집간 재종질녀의 집이 아랑곳인가. 더군다나 근근이 사는 형편이었다. 딸린 자식은 많고 농사는 넉넉지 못해 잇집이 1년 내내 화문석을 짜서 살림에 보탠다고 했다. 다행히 잇집과 이서방이 순박하고 무던하여 어머니를 편안하게 해드린다는 건 알고 있었다. 다녀오실 적마다 그집 식구 칭찬으로 입에 침이 마르셨다.

그러나 그럴수록 정떨어질세라 신세지는 걸 삼가야 했다. 그걸 모를 어머니가 아니었다. 가실 때마다 당신 형편엔 과도한 선물을 장만하는 것만 봐도 알 수가 있었다.

잇집네는 강화도의 최북단, 양산면이란 데서 살았다. 그 마을에 들어가려면 검문소에서 뉘 집에 무슨 볼일로 가는지를 자세히 대고 주민등록증을 맡겨야 하는 최전방이었다. 이씨 가의 종중산이라는 야트막한 뒷동산에 오르면 바로 발아래로 바다가 보이고 바다 건너로 북쪽 땅이 보였다. 섬과 육지 사이에 낀 바다는 강 너비밖에 안 돼 꼭 한강 이쪽에서 저쪽을 바라보는 정도의 거리감밖에 느껴지지 않았다. 바로 거기가 갈 수 없는 고향땅 개풍군이라고 생각하면 그 지호지간은 소름이 끼쳤다. 그러나 거기가 오빠의 무덤, 어머니의 상처라고 생각하면 그 바다의 너비는 가이없었다. 당신 딴에는 자제하노라고 하는 것 같았지만 어머니는 적어도 1년에 두세 번은 잇집네를 다녀오고야 말았다. 그 목적이 순전히 뒷동산에 올라 그 바다와 그 바다 건너를 하염없이 바라보고자 함이라니. 지친 듯 나른한 목소리로 "에그 독종들, 에그 독종들" 하고 중얼거릴 적도 있었다. 누구더러 그러는지는 분명치 않았다. 인두겁 쓴 건 다 독해 보였는지도 모르겠다. 그럴 땐 아이들까지도 뜨악한 눈으로 바라보곤 했으니까. 오빠의 뼛가루를 그 바다에 흩날린 지 30년이나 너머 지난 뒤까지도 어머니는 지치지도 않고 그 짓을 낙처럼 취미처럼 계속해왔다. 우리는 이제 어머니의 그런 청승은 상상하는 것만으로도 넌더리가 났다. 헤어나고 싶었다. 그러나 어머니는 당신의 뻗정다

156

리로서는 도저히 불가능한 것들을 몸소 확인해보고 나서 가장 결정적인 충격을 받는 것은 바로 그 짓을 할 수 없게 됐다는 것이었다.

잇집네는 재래식 농가였고, 물론 옛모습 그대로 측간이 대문 밖, 밭 가운데 있었고, 방방이 요강을 쓰고 있었다.

어머니의 죽음은 어느 날 갑자기 화장실에 갈 수 없게 됨으로써 비롯됐다. 그 후 한 달 동안에 어머니는 서서히 죽어갔다. 어머니가 이상해졌다는 기별을 받은 건 마침 맏손자네 계실 때였다.

"고모, 할머니가 이상해요. 뒤를 그냥 흘리시지 뭐예요."

"뭐? 뒤를?"

나도 단박 일의 심각성을 알아차렸다. 그만큼 어머니는 그 문제에 무서우리만큼 깔끔했었다. 삶의 유일한 목적이었다고 해도 과언이 아니었다. 서둘러 달려가 뵌 어머니는 혼곤히 잠들어 있었다. 혹시나 해서 사가지고 간 유아용 기저귀 중 제일 큰 치수가 꼭 맞았다. 나는 하기스를 채우면서 참 곱게도 말랐다고 생각했다. 어머니의 육신은 희고 깨끗하고 가벼웠다. 그런 상태가 오래 간다고 해도 욕창이 생길 걱정은 안 해도 되겠다 싶게 피골 외의 군더더기가 남아 있지 않았다. 죽은 것처럼 곤한 잠에서 깨어난 어머니는 나를 보자 희미하게 웃으면서 물었다.

"애야, 내가 죽었냐? 살았냐?"

어처구니없는 물음에 나는 살아계신다고 대답하면서 어머니의 손등을 살짝 꼬집어주었다.

"아직두?"

실망도 기쁨도 아닌, 허위적대는 소리를 내더니 눈을 감았다. 그러나 잠든 것은 아니어서 빨대로 약간의 미음과 과즙을 빨기도 하고 삼키기도 했다. 나는 어머니를 흔들어 눈을 뜨게 하고 내가 누구냐고 물었다. 또 미미하게 웃으면서 내 이름을 정확하게 대었다. 그 광경을 지켜본 손자 손부들은 쉬 돌아가실 것 같지는 않다는 냉정한 판단을 내린 듯했다. 한 사람씩만 의무적으로 병상을 떠나지 않도록 저희들끼리 조를 짜는 듯했다. 어디 매인 데 없이 자유로운 나는 되레 의무적인 당직에서 제외가 됐다. 줄창 지키고 있어주려니 믿는 마음에서 그러는 것 같았다. 어머니는 마냥 비몽사몽간과 깊은 잠 사이를 오락가락했다. 비몽사몽간일 때 빨대로 유동식을 공급하고, 그 결과로 더러워진 하기스를 제때제때 갈아주는 게 간병의 주된 일이었다. 그러다가도 쥐구멍에 볕 들듯이 반짝 어머니의 눈빛과 표정이 명료해질 적이 있었다. 그럴 때는 병상을 둘러싼 식구들을 일일이 알아볼 뿐 아니라 빠진 식구를 찾기도 했다. 때때로 그 이상을 봐서 탈이었다. 아무도 없는 발치를 바라보며 "호뱅이 너 오래간만이다" 하기도 했고 "자네도 왔네려, 업힌 애는 누군가. 내려놓고 편히 앉게" 하기도 했다. 웬 애들이 저렇게 득시글거리느냐고 귀찮은 표정을 짓기도 했다. 아무도 없는 빈 자리를 보고 너무도 능청스럽게 말을 시키는 어머니를 젊은 애들은 싫어하기도 하고 무서워하기도 했다. 여러 사람의 이름을 불렀지만 내가 누구라고 알 만한 사람은 몇 안 됐다. 자주 알은체를 한 호뱅이만 해도 어릴 적

시골 마을을 잠시 스쳐간 떠돌이에 지나지 않았다. 내가 아직도 그 이름을 기억하는 것은 내 또래의 장난꾸러기들과 그의 뒤를 따라다니며 알라리 꼴라리, 호뱅이 잠뱅이엔 이가 서 말, 호뱅이 바지 속엔 똥자루가 서 발이래, 어쩌구 하며 놀려먹었을 때의 리듬감 때문이지 우리 집과 특별한 연관이 있는 건 아니었다. 그로 미루어 어머니의 환각에 나타나는 다른 이들도 어머니를 주역으로 한 어머니의 인생에선 미미한 엑스트라로 스쳐간 이들에 지나지 않을 성싶었다. 그렇다면 참 이상도 하지. 변의조차 퇴화된 몽롱한 의식 속에서 하필 그 엑스트라들이 튀어나올 건 또 뭔가. 여느 때도 아닌, 장장한 인생의 막을 내리려는 이 금쪽같은 시간에. 인간 의식의 불가사의가 조금도 신비하거나 아름답게 느껴지지 않고, 조잡한 허구처럼 여겨져 무안스럽기도 했다. 어머니를 위해서라기보다는 인간을 위해서. 혹시 어머니는 지금 일생일대의 마지막 연기를 하고 있는 거나 아닐까, 당신 의식의 밑바닥에 찰싹 늘어붙은 걸 꼭꼭 감추기 위해 부스러기만 내보이는 이런 부질없는 생각을 하기도 했다.

내 이런 조바심은 실은 내 의식의 밑바닥에 늘어붙어 있는 것 때문이었다. 나 죽거든 내가 느이 오래비한테 해준 것처럼 해다오. 누가 뭐라든 상관 않고 그렇게 할 수 있는 것은 너밖에 없다. 내가 어떻게 어머니의 그 절절한 부탁을 잊을 수가 있겠는가. 그건 유언인 동시에 신뢰감이었다. 어머니는 그 후 7년이나 더 사시는 동안 한 번도 그 사실을 재확인시켜준 적이 없었다. 지금이라도 늦지 않으니 어머니가 좀 이치에 닿는 헛소리를 해주길 나는 갈망하고 있었다. 7년 전 그 얘기를 나한테 전해 들은 조카들은 별로 깊이 귀담아듣는 것 같지 않았다. 아직까지 기억하고 있을 리가 없었다. 조카들은 전형적인 현대인이었다. 눈코 뜰 새 없이 바쁜 것과 형편없는 기억력이 가장 큰 걱정이자 자랑이었다. 어머니가 재확인이든지 하다못해 의미 있는 암시라도 해주지 않는 한 나는 어머니의 신뢰에 보답할 자신이 없었다. 그러나 어머니의 혼수상태는 길어지기만 했고 어쩌다 하는 헛소리도 워낙 기진한 데다 혀가 굳어 점점 알아듣기 어렵게 됐다. 짐작으로 겨우 알아들을 수 있는 말은 내가 죽었냐? 살았냐? 하는 말밖에 없었다. 그 말은 임종이 시시각각 다가오는 침울한 분위기에 장난스러운 팔매질처럼 파문을 일으켰다. 염치없지만 유쾌한 파문이었다. 식구들은 잠시 긴장을 풀고 킬킬댔다.

"고모, 호뱅이가 도대체 누구유?"

그런 웃음 끝에 큰조카가 물었다. 어머니가 호뱅이 타령을 안 한지도 며칠 됐건만 조카가 불쑥 물었다.

"예전에 우리가 시골 살 때, 우리 마을에 흘러들어온 떠돌이였는데, 참 노인네 망령은 알다가도 모를 일이다. 난데없이 호뱅이가 보이실 게 뭐람."

"그땐 할머니도 젊었을 거 아뉴?"

"그럼 지금부터 반세기도 더 옛날 일인걸."

"호뱅인 미남이었구요?"

"미남?"

나는 조카가 무슨 소리를 하고 싶은 건지 헤아리기 전에 웃음부터 나왔다. 이가 서 말에 똥자루가 서 발이라는 아이들 놀림이야 과장이라 쳐도 그 몰골이 거지와 진배없었고, 지능도 반편이었다. 다만 어떡하든지 일을 해주고 밥을 얻어먹으려는 결벽증 하나는 있어서 비렁뱅이 취급은 안 당한 듯했다.

"그 옛날에 우리 할머니, 호뱅인가 그 사람하고 썸씽이 있었던 거 아닐까?"

조카가 만면에 웃음을 띠고 능글댔다. 농담치곤 때와 장소를 못 가린 무엄한 농담이었지만 하도 가당찮은 추측인지라 탄하는 게 되레 이상할 것 같아 아이구, 실없는 소리 좀 작작하라는 정도로 그만두려고 했다. 그러나 조카는 뜻밖에 집요했다.

"실없는 소리 아녜요. 고모, 고몬 이상하지도 않아요? 할머니가 지금까지 앞세운 식구가 한두 사람이유. 식구뿐인가 친한 친척이나 친구분들도 거의 다 먼저 가셨을걸."

"그래서? 그게 어쨌다는 거니? 장수하면 누구든지 그건 피할 수 없는 운명인 게지 할머니 잘못은 아냐."

"누가 할머니 잘못이랬우. 그냥 이상하단 소리지. 고몬 괜히 핏대를 올리고 그래."

"뭐가 또 그렇게 이상하다는 거니?"

"그럼 이상하잖아요? 왜 하고많은 친한 사람 다 제쳐놓고 하필 호뱅이가 저승에서 할머니 마중을 오냔 말예요."

나는 하도 어처구니없어 픽 하고 실소 먼저 터뜨리고 말았다. 조카는 그럼 저승사자가 돼서 온 호뱅이를 할머니가 보았다고 믿는 것일까. 나는 할머니의 헛소리는 다만 헛소리일 뿐이라고, 조카의 말을 일축했다. 우리가 꾸는 수많은 꿈 중 영검한 꿈은 극소수에 불과하다. 그것도 억지로 갖다붙여서. 우리는 수많은 꿈속에서 보고 싶은 사람이나 친한 사람보다는 그냥 스쳐지나간 사람이나 생소한 사람과 노닌다. 결국 꿈은 무의미하고 무의식은 믿을 게 못된다. 헛소리 또한 그와 다를 바가 없다. 그런 얘기도 했다.

"고모가 할머니의 헛소리에 헛소리 이상의 의미를 부여하지 않으신다니 안심이에요."

조카는 비로소 정색을 하고 7년 전 첫 번째 대수술과 그 야단법석 끝에 나온 할머니의 유언을 헛소리로 돌릴 뜻을 분명히 했다. 그제서야 나는 조카의 말수단에 말려든 걸 깨달았다. 그러나 그의 태도가 하도 단호하여 나는 주눅든 소리밖에 못 냈다.

"그건 절대로 헛소리가 아니었어, 너."

"그게 유언이었대도 할 수 없어요. 내가 지키기 싫으니까요. 내 맘이에요."

"쟤 말버릇 좀 보게나. 그게 뭐가 어렵다고."

"어렵다곤 안 했어요, 싫다고 했지. 할머니도 아버지처럼 화장해서 그 뼛가루를 고향이 바라다뵈는 바다에다 뿌리라구요? 고모 제발 다시 그런 유난떨 생각 말아요. 내가 싫은 건 할머니나 고모의 그런 유난스러운 한풀이를 지금 이 시점에서 되풀이하는 거란 말예요. 아버지 땐 그 방법밖에 없었으니까 차라리 비통하기라도 했겠죠. 지금 그짓 해봤댔자 쇼 부리는 것밖에 안 된다구요. 저도 남들이 하는 대로 보통 장례를 치르고 싶단 말예요. 저도 사회적 지위도 있고 체면도 있는 사람이란 말예요. 상주도 저구요.”

“그래애, 고몬 출가외인이다 이거지. 할머니 속으로 낳은 자식은 나 하나밖엔 안 남았는데도 싹 무시하겠다 이거지.”

나는 눈물까지 몇 방울 떨어뜨리는 체하면서 이렇게 징징거렸지만 속으로는 앓던 이가 빠진 것처럼 개운하고 상쾌했다. 나 자신도 전혀 예기치 않은 느낌이었다. 나 역시 그 짓을 하기가 싫었던 것이다.

“고모, 화났우? 누가 감히 고모를 무시한다고 그러세요. 자아 화 푸세요. 할머니 묏자리 골라잡는 일은 전적으로 고모한테 맡길게요.”

“얘는 묏자리가 무슨 보세 스웨터냐? 아무나 골라잡게.”

그렇게 되받으면서도 싫진 않았는데 그것도 미리 정해진 거나 마찬가지였다. 벌써 몇 군데 알아봤는데도 교통 편한 서울 근교의 공원묘지는 이미 차서 도무지 어째 볼 도리가 없더라고 했다.

“그래도 연고권이 있는 데가 좀 낫다.”

“그럼 느이 엄마 산소가 있는 신천지 공원묘지 말이냐?”

신천지묘원은 어머니가 너무 장수하신 탓으로 앞세운 며느리를 장사 지낸 묘지였다. 교통으로 보나 거리로 보나 더할 나위 없이 좋은 데였지만, 야산을 묘지로 개발해 분양만 해놓고 사장이 부도내고 잠적한 후 몇 번씩 사장이 바뀌는 통에 관리 소홀로 좀 황폐해진 묘지였다.

“저도 거기가 썩 탐탁지는 않지만요, 산 사람 편의대로 해야지 어쩌겠어요. 명절 때 성묘가 큰일인데 어머니 산소하고 할머니 산소가 각기 딴 묘지에 떨어져 있어보세요. 부득이 한쪽은 접게 될지도 모르잖아요."

"애 좀 보게나, 금방 장손 유세 부리더니 이젠 숫제 위협이네."

말은 그렇게 하면서 눈을 흘겼지만 조카의 말이 조금도 틀린 말이 아니어서 나는 아퀴를 지을 일만 남겨놓고 있었다. 어머니 바로 머리맡에서 장시간 그런 얘기를 했건만 어머니가 눈을 뜨고 당신 주장을 말하는 기적 같은 일은 다시 일어나지 않았다. 조카는 이미 신천지묘지주식회사 경리부장이라는 사람과 현장에서 만날 날까지 약속해놓고 있었다. 교외선 일영역에서 가까운 신천지묘지의 사무실은 석유난로도 없이 미적지근한 연탄난로 하나로 여간 을씨년스럽지가 않았다. 사무실과 붙은 식당은 먼지가 부우연 테이블들이 한쪽으로 난폭하게 밀어붙여진 채 고르지 못한 양회 바닥에 여기저기 의자가 나동그라져 있는 게 한층 썰렁해 보였다. 우리는 임의로 난로의 불문을 열어놓고 나서 크고 작은 파도 같은 구릉을 타고 한없이 펼쳐진 무덤들을 망연히 내다보았다. 산 자의 피할 수 없는 운명, 영원한 위화감, 그런 생각이 두서없이 오락가락했다.

"식당 꼴만 봐도 분양할 묘지가 남아 있지 않다는 걸 알 만하죠."

조카가 쇠꼬챙이로 난로 뚜껑을 열어보고 나서 말했다. 벌써부터 그의 수완을 자랑하고 싶어하는 걸 보면 전화상으로지만 분양은 된 거나 마찬가지인 듯했다. 작달막한 중년 남자가 잿빛 오리털 잠바에 찬바람을 잔뜩 묻혀 가지고 들어왔다. 조카는 명함을 내놓으며 나까지 인사를 시켰고, 그는 명함 없이 말로 송 부장이라고 자기 소개를 했다. 송 부장은 연고권이 있으니까 그나마 어렵게 마련을 했지, 공식적으로 분양할 수 있는 묘지는 전혀 남아 있지 않다는 소리를 힘주어 했다.

"더러 다녀보셨는지 모르지만 이 근처에 이만한 묘지 없을걸요. 공원묘지 제도가 생기고 나서 초창기에 개발했기 때문에 돈푼 있는 사람들은 얼마든지 넓게 잡아 호화묘도 꾸밀 수가 있었죠, 교통 편하죠, 노적봉을 마주보고 있어서 자손들이 부자 되죠, 이만하면 묘지 중엔 압구정동 아닙니까."

원, 묘지 중에 압구정동이라니, 송 부장을 보아하니 좌청룡 우백호를 뇌까려봤댔자 어울릴 것 같지도 않았지만 말을 막해도 좀 너무한다 싶었다. 저런 위인을 상대해서까지 꼭 묘지를 써야 하나, 정이 떨어지면서 역시 어머니가 옳았다는 생각이 들었다. 그 짓을 하긴 싫었지만 그렇게 해야만 할 것 같은 의무감이 아직도 내 의식 밑바닥에 집요하게 늘어붙어 있었다. 그 일의 실제로부터는 놓여났지만 그 의무감으로부터는 생전 못 놓여날 것 같았다. 그건 어쩌면 미련인지도 몰랐다. 그 짓을 하긴 두려워도 내 안에서 관념화된 그 짓에는 비장미 같은 게 있었다. 그 비장미에 대한 미련이 그러나 현실적으로 일을 지딱지딱 처리해가는 조카 앞에선 민망하고 부끄러웠다. 난로가 아까보다는 달궈진 것 같았지만 조카는 송 부장이 몸 녹일 시간을 주지 않고 채근했다.

"자아, 올라가 봅시다. 빨리 결정을 해야 하니까."

"차 가져오셨죠?"

송 부장이 먼저 조카의 은빛 르망 앞으로 종종걸음을 치며 말했다. 송 부장이 지시하는 길은 꽤 가파른 오르막길이었다.

"좀 낮은 덴 없소?"

"더운밥 찬밥 가릴 작정이면 아예 가지도 맙시다. 딱 한 자리 그것도 사장님한테 사정사정해서 마련해놓았으니까."

송 부장이 배짱을 부렸다. 조카는 말없이 차를 몰았다. 등성이를 휘감는 커브를 돌자 전망이 트이면서 평평한 주차장이 나타났다.

"여기 또 주차장이 있군요."

조카는 그게 퍽 마음에 드는 것 같았다. 시무룩했던 표정을 누그러뜨리며 말했다. 송 부장이 바로 조오기라고 턱짓을 하면서 거기서부터 걸어가자고 했다. 완만하지만 차가 다닐 수 없는 오솔길이 나왔다. 주차장서부터는 사람들이 운구를 해야겠군, 조카가 혼잣말로 중얼거렸다. 철두철미하게 실제적인 조카가 밉살스러웠다. 송 부장이 가리키는 묏자리는 얼마 안 걸어가서 나왔지만 거기다 어떻게 묘를 쓰라는 건지 알 수 없는 낭떠러지였다. 에잇 여보슈, 조카의 첫마디가 곱지 않자 송 부장은 만면에 웃음을 띠고 재빨리 낭떠러지 밑으로 몸을 날렸다. 거기도 물론 남의 묘역이었다. 그는 주머니에서 접었다 폈다 할 수 있는 자막대기까지 꺼내 휘두르면서 그쪽에서 곧장 축대를 쌓아올리고, 또 뒤로는 길을 먹어들어가며 축대를 쌓는다면 예닐곱 평의 평지는 넉넉히 얻을 수 있다는 설명을 그럴듯하게 했다. 이 묘역의 수천수만 개의 묘가 다 그렇게 산의 경사를 깎고 축대를 쌓아 만든 거지 처음부터 공동묘지로 태어난 산 봤느냐는 맺음말이 특히 설득력이 있었다. 조카의 안색도 부드러워졌다.

"그건 그렇소만 길을 깎는다는 게 어쩐지 좀 할 짓이 아닌 것 같잖소?"

조카는 "도의적으로다"라는 말을 생략한 것 같았다. 송 부장을 상대로 도의 운운하는 것은 내 생각에도 코미디 같았다.

"아, 그거야 우리 걱정이지 선생님이 걱정할 일이 아니죠. 바른대로 말씀드리자면 이 길도 이거 며칠 안 남았습니다. 조만간 다 뭉개서 팔아먹을 테니 두고보시구랴."

"길을 없애다니오?"

"길은 뭐 사장님 땅 아닌가요. 땅임자 맘이죠. 이 산꼭대기까지 찻길 내놨으면 됐지 따로 길 뒀다 뭐 할 겁니까. 봉분 사이가 다 길인데, 안 헐 말로 봉분을 넘어다닌들 누가 뭐랄 겁니까. 말 많은 건 산 사람이지, 죽어지면 그만이니까요."

송 부장이 영탄조로 나왔고, 조카도 그 문제는 그쯤 해둘 눈치였다. 아무튼 여덟 평 정도의 묘지를 조성하는 데 며칠이나 걸리겠느냐 따졌고, 송 부장이 구인난을 핑계로 보름 정도를 잡자, 조카는 닷새 안에 해놓을 자신 없으면 그만두라고 단호하게 말했다.

"보아하니 이리루 오실 분이 숨을 모나 본데 그렇다면 할 수 없죠. 열일 제쳐놓고 여기 일 먼첨 해드릴밖에요."

서둘러 결정을 내려버린 송 부장은 행여나 이쪽에서 무슨 변덕을 부릴세라 다시 노적봉 얘기를 꺼냈다. 거기서 곧장 바라뵈는 먼 산 봉우리를 손가락질하면서 저게 바로 노적봉이고, 이 묘원 중에서도 저 봉우리와 이렇게 정면으로 마주볼 수 있는 묘역은 이 지역밖에 없다는 얘기를 의기양양하게 했다. 또 부자되는 얘기를 듣게 될 게 미리 낯간지러워서 우린 서둘러 그 자리를 떴다. 내려오는 차 속에 서 조카는 나에게 평당 10만 원씩 여덟 평을 사기로 했다면서 더 넓 게 쓰고 싶지만 개인묘지는 그 이상은 못 쓰도록 제한이 돼 있단 얘 기를 했다. 구태여 차 속에서 할 것도 없는 얘기였는데 송 부장 들으 라고 일부러 하는 것 같았다. 나 역시 그 비탈에서 여덟 평을 과연 만 들어낼 수 있을까 적이 미심쩍었다. 더 미심스러운 건 과연 이렇게 까지 해서 묘를 써야 하나 하는 문제였다. 강화도와 개풍군 사이의 한강폭만 한 바다가, 어머니의 상처가, 더운 그리움이 되어 몸속으 로 흘러드는 것 같아 나는 지그시 눈을 감았다. 조카는 한풀이에 동 참하기를 거부했고 나는 졌다. 내가 져준 건 과연 잘한 짓일까?

사무실로 내려와 또 한 번 문제가 생겼다. 송 부장은 80만 원은 매 장에 드는 지반 비용과 비석, 떼 등 조경비와는 상관 없는 순전한 묘 지 여덟 평 값이라는 걸 누누이 강조한 연후에 전액을 받아챙기고 나서, 사장 명의로 된 영수증은 50만 원으로 떼어주는 것이었다. 안 색이 변한 건 우리뿐 송 부장은 외눈 하나 깜빡 안 하고 말했다. 평당 10만 원은 어디까지나 현 시세가 그렇단 소리고, 여기처럼 분양이 예전에 끝난 묘지에서 실무자와 연고자가 합의해서 자투리땅에서 재주껏 창출해낸 묘지에 있어서는 그 이득을 땅임자와 실무자가 적당히 갈라먹는 게 관례라고 했다. 너무 능청스러워서 말대답도 못하고 멍청히 서 있는 우리에게 송 부장은 "알아들으셨습니까?" 하면서 되레 답답하다는 시늉을 했다. 돌아오는 차 속에서 매우 쓰거운 얼굴로 차를 모는 조카에게 나는 위로 삼아 조심스럽게 말했다.

"이왕 이렇게 된 거 탓하지 않길 잘했다. 그렇지만 처음부터 좀 깎아볼 것이지 어쩜 그렇게 어수룩하게 굴었냐?"

"고모가 그전서부터 그랬잖아요. 묘지가, 수의 등 망자에게 드는 비용은 함부로 깎는 게 아니라고."

조카의 말이 매우 불손하고 퉁명스러웠다.

"쟤 좀 봐, 못 되면 조상 탓이라고 이제 와서 날 나무래네. 쟤가 언제 적에 고모 말을 그렇게 잘 들었다구."

곧장 앞만 보며 경직됐던 조카의 얼굴이 억지로 좀 누그러지면서 "그만둡시다. 고모 내가 잘못했우" 했다. 혹시라도 내 입에서 또 딴소리가 나올까 봐 그런다는 걸 눈치채고 나도 억지로 웃어주었다. 조카는 그 후 매일같이 전화로 송 부장에게 화급하게 묘지조성을 독촉했고 나는 그게 어머니의 죽음을 독촉하는 소리처럼 들려 언짢았으나, 또 무슨 탓을 들을까 봐 암말 안 하고 참았다.

역시 조카가 옳았다. 여덟 평의 넉넉한 묘지가 조성됐으니 와 보고 술 한잔 사라는 송 부장의 호기 있는 대답을 듣기까지는 열흘이나 걸렸고 어머니도 기다렸다는 듯이 그 무렵에 운명하셨다. 나는 이상하리만치 눈물이 나지 않았다. 딸의 곡성은 저승까지 들린다는 옛말도 있듯이 가장 서러워해야 할 사람이 난데 내가 울지 않으니까 상가에서 곡성이 나지 않았고 조문객도 한마디씩 호상이란 소리를 해서 곡성 없는 상가를 민망하지 않게 해주었다. 그러나 강화도에서 늦게 당도한 친척들은 대개 곡을 하며 들어왔고 특히 잇집은 서럽게 통곡을 했다. 그녀의 곡성에 온 집안이 숙연해졌고 나도 그녀를 달래다가 덩달아 울고 말았다. 어머니의 임종 후 처음 울어보는 울음이었다. 기어코 우리는 부둥켜안고 흐느꼈다. 병풍 뒤에 누운 죽음을 마음속 깊이 애련히 여기는 진정이 두 몸을 한 몸처럼 느끼게 했다. 강화에서 조상 온 친척 중엔 팔십 고령의 노인도 있었는데 우리가 항렬이 높아 어머니에게 손자뻘이 되었다. 그 노인을 모시고 온 그의 손자가 사십은 돼보이는데 나에게는 증손뻘이 된다고 생각하니, 일가 못된 건 항렬만 높다는 속담이 생각나 절로 실소를 금할 수가 없었다. 그 노인 역시 몇 마디 형식적인 곡을 했고, 곧이어 술상을 받더니, 상주를 불러 장지는 어디로 정했는가를 물었다. 조카가 신천지 공원묘지로 모시기로 했다니까 조카의 손을 덥석 잡더니, 고맙네 참으로 고마워, 우리 집안이 어떤 집안인가, 풍덕에 기름진 논밭이 수십만 평, 종중산만 해도 수십 정보, 시제 때 문중이 모이면 풍덕땅이 온통 백절치듯 했던 유복하고 번성한 문중 아니던가. 그런 가문이 피난 내려와 살기가 좀 어려워진 걸 핑계로 화장으로 모시는 집이 늘어 참으로 괘씸터니 아우님은 안 그런다니 참말로 고맙네, 하면서 서울 사는 뉘 집도 화장을 하고, 뉘 집도 화장을 했다고 예까지 들어가며 개탄을 했다. 치아가 몇 안 남은 노인은 화장 소리는 영락없이 환장으로 들렸다. 듣다 못한 그의 손자가 불안하게 말했다.

"우리 같은 시골 사람은 아무리 없이 살아도 그렇게 환장은 못할 테니 걱정 말아요."

그리고 우리 식구들한테는 할아버지가 망령이 나서 저러신다고 역시 퉁명스럽게 해명을 했다. 그도 우리 문중이 고향에서 그렇게 잘살았다는 게 사실이 아니라는 걸 알고 있는 모양이었다. 양반 행세만 유별나게 했다 뿐 다들 근근이 살았고, 문중엔 찢어지게 가난한 집도 많았다. 나중에 잇집한테 들은 얘기지만 그 노인 역시 망령이 나고부터는 툭하면 뒷동산에 올라가 바다 건너를 바라보면서 저게 다 내 땅이라고 호기를 부린다는 것이었다. 우리 집이 살던 마을은 바라뵈는 땅에서 20리쯤 내륙으로 들어가야 하지만 그 늙은 조카가 살던 풍덕땅은 강화에서 곧바로 바라보였다. 나중에 젊은이들과 어울린 그 노인의 손자는 저런 늙은이가 다 죽어야 통일이 된다고 모진 말을 했다. 우리 집 상주도 차마 드러내놓고 맞장구를 치진 않았지만, 빙긋이 웃으며 의미있는 눈길을 주고받는 게 내 눈엔 꼭 그래, 저런 풍쟁이들이 죽어야 뭔 일이 되고말구, 하는 동감의 표시로 보여 눈꼴사나웠다. 그러나 나는 속으로만 그래 잘들 해봐라, 한을 품은 세대가 속속 죽어가니 느희끼리 잘들 해보라고 뇌까렸지만 내색하진 않았다.

어머니의 장례 날은 푸근했지만 전날 밤에 많은 눈이 내려 교통이 걱정되었다. 해가 나면서 도심의 큰길은 눈이 다 녹아 별로 문제가 없을 것 같았지만 묘지까지 올라가는 급한 경사길을 생각하면 아찔

했다. 눈하고 어머니하곤 무슨 악연이 있을지도 모른다는 불길한 생각으로부터 산에 묻히길 원치 않는 어머니의 강력한 의사표시일 지도 모른다는 허황한 생각까지 좋지 않은 생각만 꼬리에 꼬리를 물어 도무지 안절부절을 할 수가 없었다.

그러나 지금 와서 뭘 변경시킬 수 있다고 여기는 것도 아니었다. 나의 불안과는 상관없이 모든 절차가 제시간에 착착 진행이 되었 고, 나처럼 불안해하거나 하다못해 근심스러운 말마디 한번 하는 사람이 없었다. 눈은 되레 침울해야 할 장례 분위기를 밝고 활기차 게 하는 것 같았다. 나만 속으로 쟤들은 뭘 몰라도 한참 모른다니 까, 저러다 무슨 일이나 없었으면 좋으련만 싶은, 도대체 불상사가 나기를 바라는 건지 걱정하는 건지 모를 방정맞은 생각에 계속 시 달렸다. 마침 휴일이어서 영구차는 도심을 신속하게 벗어났다. 교 외로 나가자 도시보다 한결 깨끗하고 푸근한 눈이 들과 산을 덮고 있어 딴 세상 같았지만 역시 차들이 빠지는 데는 별 지장이 없는 듯 했다. 영구차도 뒤따르는 승용차들도 내 생각으로는 좀 빠르지 않 을까 싶은 속도로 잘도 달렸다.

우리 일행은 사무실 앞에서 잠시 정차한 후, 여자들은 해가지고 온 음식을 식당에 내려놓고 점심에 대해 이것저것 부탁하면서 젊은 이가 두세 명 거기 남기로 했고, 상주의 친구들은 사무실로 가서 매 장 준비에 차질은 없나 알아보고 나서 다시 떠났다. 영구차가 가파 른 오르막길을 허위허위 오르다 말고 딱 멎더니 스르르 뒷걸음을 쳤다. 차 안에서 비명 소리가 들렸다. 뒤따르던 승용차의 안위를 생각해서 지르는 비명이었다. 가끔 신문에 나는, 죽은 사람이 산 사람의 목숨을 빼앗는 결과가 되고 만 장례식 불상사가 반사적으로 머리에 떠올랐다. 다행히 느리게 움직이던 중이었고 뒤차와의 거리도 충분해 별일 없이 영구차는 멎었지만 운전수가 심각한 얼굴로 여기서 더 올라가는 것은 위험한 일이라고 했다. 젊은이들이 내려서 삽으로 눈길을 찍어 자국을 냈지만 운전수는 어림없는 얼굴을 했다. 나는 이제야말로 무슨 일이 일어날 것 같아 간이 콩알만 해져서 눈감고 두 손 모아 어머니를 달랬다. 엄마 이제 그만 한 풀어. 그까짓 육신 아무 데 묻히면 어때 난 어떡하든지 엄마 소원 풀어주고 싶었지만 쟤들이 싫다는 걸 어떡해? 쟤들한테 져야지 우리가 무슨 수로 쟤들을 이기겠어. 실상 쟤들이 옳을지도 모르잖아. 나는 엄마 치마꼬리에 매달리는 계집애처럼 어린 마음으로 울먹이며 빌었다. 영구차가 다시 움직였다. 그러나 차내의 수군거림으로 그게 내 기도 덕이 아니라 돈 덕이라는 걸 알았다. 처음엔 상주들이 운전수의 말귀를 못 알아들어 친구들을 시켜 눈길을 치게 했더니 경험 있는 친구가 그게 아니라는 걸 귀띔해줘서 돈을 건네주었다고 했다. 그 후에도 수도 없이 돈 달라고 내미는 손을 거쳐 어머니는 무사히 안장됐다. 조카들과 그 친구들은 그런 일에 능수능란했다.

　삼우날 다시 찾은 산소에서 나는 어머니의 성함이 한 개의 말뚝이 되어 꽂혀 있는 걸 보았다. 정식 비석은 달포쯤 있어야 된다고 했다. 말뚝에 적힌 한자로 된 어머니의 성함에 나는 빨려들듯이 이끌렸다. 어머니의 성함 중, 이름을 따로 뜻으로 읽어보긴 처음이었다.

참으로 신기한 일이었다. 어머닌 부드럽고 나직하게 속삭이며 아직도 내 의식 밑바닥에 응어리진 자책을 어루만지는 것 같았다. 딸아, 괜찮다 괜찮아. 그까짓 몸 아무 데 누우면 어떠냐. 너희들이 마련해 준 데가 곧 내 잠자리인 것을.

생전의 어머니는 깔끔한 대신 차가운 분이어서 한 번도 그렇게 곰 살궂게 군 적이 없었음에도 불구하고 어머니의 생애만큼 먼 옛날의 작명이 나에게 그런 위무를 해주고 있었다.

어머니의 함자는 몸 기己 자, 잘 숙宿 자여서 어려서부터 끝 자가 맑을 숙 자가 아닌 걸 참 이상하게 여겼었다.

유실

갈증 때문에 깨어났다. 허둥대며 휘젓는 손끝에 쉽게 물주전자가 만져졌다. 그 무게가 불 같은 갈증의 무게를 풀어줄 만큼 실한 게 우선 반가웠다.

침이 엿처럼 끈끈하게 말라붙어 있어 물맛은 들척지근했다. 그런 화급하고도 불쾌한 새벽의 물맛은 실로 오래간만이었다. 단숨에 물주전자를 비우고 나서 갑자기 되살아난 새벽의 물맛 때문에 그는 싸늘하게 긴장했다. 그는 그게 무엇을 뜻하는지 알고 있었다.

김경태 씨가 중증의 당뇨병이란 진단을 받은 것은 5년 전이었다. 갈증 말고 무력감도 심상치 않았지만 그때 그는 이미 쉰 줄에 들어서 있어서 무력감쯤은 그러려니 하고 받아들일 만했다. 새벽에도 그 물건이 말을 듣지 않더란 서글픈 하소연쯤은 같은 연배의 친구들 사이에선 보통이었다. 한마디로 서글픈 나이였다.

　그렇다고 순전히 갈증 때문에 병원에 간 건 아니었다. 그는 건강에 자신이 있었고 그것은 그 나이까지 병원 신세 진 일 없고, 어쩌다 걸리는 감기에도 약 안 쓰고 버틴다는 걸로 과시하고 으스대길 좋아했으니까.

　집이 이웃인 친구가 운전을 배우러 다니더니 새로 차를 사서 이른 새벽이면 교외로 몰고 가서 한 바퀴씩 돌고 왔다. 운전에 어지간히 자신이 생기고부터는 김경태 씨한테도 같이 가자고 졸라댔다. 새벽의 스카이웨이, 새벽의 강변로, 새벽의 수유리가 그렇게 좋을 수가 없다는 거였다. 그 나이에 운전 배우는 친구를 몇 명 재촉한다고 마뜩잖아 하던 그도 어느 틈에 달콤한 꾐에 빠지듯이 친구와 더불어 새벽 드라이브하는 맛에 재미를 붙이게 됐다.

　일요일이어서 꽤 멀리까지 서울을 벗어난 날이었다. 단풍이 자지러지게 고운 산모퉁이를 도는데 아까부터 마렵던 오줌이 갑자기 쌀 것처럼 급해졌다.

　차를 세우고 물 마른 도랑으로 내려섰다. 바지춤을 헤치려는데 친구도 따라 내려오는 게 아닌가. 그는 그게 가슴이 내려앉도록 싫었다. 변두리 고지대의 수도물처럼 맥없이 질금대는 그의 오줌발을 친구가 경멸할 것 같아서였다. 그러나 친구는 자신의 소나기처럼 상쾌한 방뇨에 도취해서 부르르 진저리를 쳤을 뿐 남의 오줌발 따위엔 관심도 없었다. 친구는 그렇게 잔 성격이 아니었다.

　먼저 일을 끝낸 친구가 차에 오르지 않고 둔덕에 앉아 담배를 피위 물었다. 그도 따라 했다. 실로 황홀한 담배맛이었다. 공기는 약수물처럼 톡 쏘게 맑고 만산홍엽은 노을처럼 화려했다. 그도 친구도 저절로 말을 아꼈다.

문득 엉덩이를 털고 일어서던 친구가 화급한 소리를 질렀다.

"저, 저것 보게나?"

친구는 하필 그의 오줌 자국을 가리키며 놀라고 있었다. 친구의 오줌 자국은 가운데가 깊이 패어 있는 데 반해 그의 오줌 자국은 오로지 질펀했다. 이상한 건 그것밖에 없었고 그걸 가지고 그렇게 요란스럽게 놀라는 친구가 밉살스러웠다.

"왜 그러나?"

"자네 저걸 보고도 모르겠나?"

"뭘 말인가?"

"이 친구 무식하긴. 정말 아무것도 모르는군. 자네 빨리 병원에 가봐야겠네. 내 이 길로 당장 데려다 줌세."

친구의 얼굴에 근심과 연민이 어리는 걸 보고도 그는 다만 그의 질펀한 오줌 자국에만 신경이 쓰여 벌컥 화를 냈다.

"뭐 눈엔 뭐만 보인다더니 자네도 이제 좀 나잇값을 하게나."

"무슨 소리야? 자네. 저걸 보게나. 저 새카만 개미떼를."

그러고 보니 그의 오줌 자국에만 개미떼가 새카맣게 엉켜붙어 있는데도 아직도 사방에서 줄을 지어 그곳으로만 모여들고 있었다. 친구의 오줌 자국은 말짱했다. 이상한 일이었다. 영문을 모르는 채 불길한 예감이 얼음 조각처럼 차갑게 그의 등허리를 지나갔다.

"자넨 정말 아무것도 모르는군. 자네처럼 빈틈없는 사람이 자기 몸엔 왜 그렇게 둔한한가? 자넨 당뇨병이야. 틀림없어."

친구의 얼굴에선 이제 근심보다는 쾌감이 짙어지고 있었다.

"당뇨병?"

"놀라긴, 요즈음 당뇨병 따위가 무슨 병축에나 낀다고……."

허풍스럽게 겁줄 때와는 달리 친구는 한껏 느긋하게 굴었다. 하긴 이제부터는 김경태 씨가 겁날 차례지 친구의 소임은 끝난 셈이었다.

당장 자기 차로 병원에 데려다 주겠다고 서둘던 친구는 남의 일이라 곧 느긋해져서 언제나처럼 그를 집 앞에서 내려주면서 겨우 이 한마디를 덧붙였다.

"병원에 가는 거 잊지 말게."

진찰 결과 그는 중증의 당뇨병이었고 합병증으로 폐결핵까지 앓고 있었다. 그러나 그는 아무 데도 아프지 않았다. 체중은 해마다 조금씩 불어나고 있었고, 동안은 피둥피둥 혈색이 좋았고, 아무리 과음을 해도 잠 잘 자고 일어나면 새벽부터 거뜬했고, 밥맛은 6 · 25 때처럼 달았다.

분가해서 잘 살고 있는 아들들도 아버지의 건강을 믿고 해마다 제 새끼들은 용 든 약을 먹이면서 아버지에겐 비타민 한 알 사다준 적이 없었다. 그런데 고질병을 두 개씩이나 앓고 있단다. 그가 믿거나 말거나 병원에선 그가 당뇨병자임을 증명하고 아울러 반드시 지켜야 할 식이요법의 음식별 식사 단위가 세밀하게 기록된 분홍색 수첩을 교부해주었다. 그건 그가 일생동안 지켜야 할 체질증명서였다.

"지금으로선 완치약은 없습니다. 다만 엄격한 식이요법으로 혈당을 정상인처럼 조절할 수 있을 뿐입니다. 조절만 되면 건강한 사람과 다름없이 활동해도 무방하고, 건강한 사람보다 오히려 더 오랜 장수를 누릴 수도 있습니다."

당뇨병 전문의의 말이었다.

"그럼 전 지금 병입니까? 아닙니까?"

"식이요법하고 당뇨병하고의 관계는 마치 근시와 안경과의 관계와 같습니다. 눈에 맞는 안경을 얻었을 때 근시는 병이 아니지만 안경이 없다면 근시도 큰 병이지요. 그렇지만 안경은 근시를 조절해 줄 뿐이지 치료할 수 있는 게 아니란 건 아시죠? 식이요법도 마찬가집니다. 조절일 뿐 치료가 아니기 때문에 안경 도수 맞추듯이 자기 병에 맞는 양을 맞추고 나면 꾸준히 지켜야지 하다 그만두면 안경 벗어놓은 거와 마찬가지가 되는 거지요."

"그러니까 하루 1,800칼로리의 이 식단이 제가 죽도록 써야 하는 안경이다 이 말씀이군요?"

"아무렴요. 말귀를 잘 알아들으시네요."

새파랗게 젊은 의사는 그가 기특해서 머리라도 쓰다듬어주고 싶다는 듯 아니꼽게 굴었다.

그러나 결핵전문의는 훨씬 더 그에게 겁을 주었다. 그가 결핵에 대해서 알고 있는 지식은 인류는 마침내 결핵을 정복하였다, 정도의 교만한 낙관이었는데 그의 경우는 그런 낙관이 절대로 허용 안 된다는 게 그 전문의의 소견이었다. 그가 보기에 얼핏 그 전문의도 결핵이 정복된 데 대해 불만이 많은 사람 같았다. 그래서 당뇨병 환자의 경우, 결핵의 진행이 예측할 수 없이 빠를 수도, 예후가 불량할 수도 있다는 걸 경고하는 데 쾌감을 느끼고 있는 것처럼 보였다. 전문의는 그에게 매일 맞아야 할 주사와 하루에 세 번씩 먹어야 할 막대한 분량의 약을 처방해주었다. 그 부피는 그에게 하루 허용된 1,800칼로리의 음식 분량에 버금갈 만했다.

그러나 그는 두려워하지 않았다. 그건 제아무리 많아도 치료제일 뿐 안경은 아니니까. 그가 그 많은 약을 먹어야 하는 일을 너무 쉽게 생각하고 있다고 판단한 전문의는 약의 부작용에 대해, 또 당뇨 조절 없이는 약효를 기대할 수 없다는 데 대해 다시 한 번 누누이 경고하기를 잊지 않았다.

결국 그의 경우 결핵은 독자적인 게 아니라 당뇨병이 친 가지에 불과하련만 그에겐 두 사람의 전문의가 딸리게 되었다. 종합병원의 이런 세분화된 전문화 현상은 가뜩이나 자각증상이 없어서 자기가 병자임을 승복할 수 없는 그를 혼란시켰다.

그가 그런 혼란을 극복하는 데는 상당 기간이 걸렸다. 그렇다고 자기가 병자임을 승복하게 된 건 아니었다. 두 사람의 전문의가 그의 하나밖에 없는 몸뚱이를 둘로 나누었듯이 그는 그의 두 가지 병을 자신으로부터 분리시켜 싸워서 이겨야 할 대상으로 인식하기에 이르른 것이다.

자신의 몸뚱이를 남처럼 자신으로부터 떼어내어 바라보고 조절한다는 건 특히 당뇨병을 위해선 매우 유용했다. 그는 매일 아침 개미 대신 시험테이프로 그의 소변을 체크했다. 그의 커다란 몸뚱이는 마치 조그맣고 투명한 시험관처럼 정직하고 예민했다. 자신은 속일 수 있어도 그놈의 시험관은 못 속였다.

이 큰 몸뚱이에 그까짓 밥 한 숟갈쯤 더 먹었다고 설마 무슨 일 나랴? 자신을 속여가며 그에게 하루치로 허용된 단위의 탄수화물에서 밥 한 숟갈만 더 먹어도 시험테이프 끝에 붙은 분홍 색조는 소변에 담갔다가 꺼내기 무섭게 어두운 자색으로 변했다. 시험테이프의 암자색은 즉각 그에게 새까맣게 꼬여드는 개미떼를 연상시켰다. 개미떼는 조객처럼 불길했다. 아침에 그 불길한 색조를 대하면 온종일 되는 노릇이 없었다.

70킬로의 당당한 몸뚱이가 밥 한 숟갈의 잉여도 얻다 숨겨두지 못하고 당장 배출할 게 뭐람. 작은 시험관만큼이나 옹졸하고 한심한 몸뚱이였다.

그가 비상한 극기로 1,800칼로리의 식사로 하루를 견뎠을 때 시험테이프의 분홍색은 습기를 머금어 색조가 더욱 선명해지는 것 말고는 그대로 있었다. 그는 그 촉촉한 분홍색을 사랑했다. 그런 빛깔의 루주, 그런 빛깔의 매니큐어를 바른 여자까지도 좋아했다. 그가 본 첫 손자의 입술도 그런 빛깔이었다.

그는 그 나이까지 죽은 사람을 본 적이 없었다. 양친이 아직 시골에 정정하게 살아계셨다. 그는 자식과 손자를 마중했을 뿐 그의 피붙이를 떠나보낸 적이 없었다. 그래서 모두 그를 복 좋은 사람이라고 했다. 친구를 잃은 적은 있었지만 그게 그의 복에 영향을 끼칠 순 없었고 친구의 죽은 얼굴을 애써 볼 필요도 없었다. 그래서 그는 죽은 사람의 얼굴이 어떻게 생겼는지 아직 알지 못했다. 그러나 매일 아침 시험테이프로 소변을 체크하고부터는 죽은 사람의 얼굴 중 입술만은 선명하게 떠올릴 수가 있었다. 죽은 사람은 필시 당분이 섞인 소변에 담갔다 꺼낸 시험지의 빛깔 같은 암자색을 하고 있으리라. 그건 이 세상에서 가장 불길한 빛깔이었다.

그게 5년 전이었다.

그 5년 동안을 순전히 그는 그의 몸뚱이를 남처럼 원수처럼 염탐하고 휘어잡고 길들이는 데 보냈다. 그건 여간해서 끝날 것 같지 않은 싸움질이었다. 마침내 음식별 식사 단위를 구구단 외듯이 술술 외고, 하루 12단위의 탄수화물을 포함해서 1,800칼로리의 음식에 그의 몸뚱이가 고분고분 길들여졌을 때, 그의 몸은 날듯이 가볍고, 시험테이프는 매일 아침 화사한 분홍빛 미소를 보냈다. 회복은커녕 회춘조차 마음만 먹으면 못 할 것도 없을 것 같았다.

자신의 몸뚱이를 파악하고, 투명한 시험관 들여다보듯이 투시하고 마침내 자유자재로 조절하고 있다는 쾌감은 당뇨병이란 희한한 병을 앓아 보지 않고서는 모를 일이었다.

그러나 이런 쾌감은 곧 자신을 움켜쥔 고삐를 늦추는 방식으로 이어졌다. 아내가 갓난아이처럼 새근새근 깊이 잠든 한밤중 문득 홀로 깨어난 그는 몸이 야릇하게 스멀대면서 살아나려는 욕망의 낌새를 느꼈다.

이제야 살아나려나? 그는 가슴이 울렁거렸다. 의사는 그의 물건이 어느새 말을 듣지 않게 된 것도 그의 병의 증세라면서 당뇨병만 조절되면 그것도 자연히 고쳐질 거라고 말했었다.

그는 잠든 아내를 안았다. 건강한 아내의 몸은 아직도 풍만하고 탄력 있고, 숱이 많은 머리는 향기롭고, 귓바퀴에선 숨어 있는 쾌락의 작은 악마들의 숨죽인 숨결이 들릴락 말락 했다. 그의 손끝과 코끝이 이 모든 것을 확인했다. 아내가 꿈틀 깨어나는 걸 느꼈다. 그러나 아내는 자는 척을 계속했다. 정절 깊은 아내는 남편의 물건이 살아나지 않는 한 자신의 욕망도 죽은 척해야 한다고 믿고 있었다.

아내는 깨어나서 조심스럽게 그의 욕망을 엿볼 뿐 미동도 안 했다. 숨소리조차 달라지지 않았다. 그러나 그의 물건보다 앞서 아내의 욕망이 미생물처럼 소리 없이 그러나 왕성하게 번식하는 낌새만은 감추지 못했다. 그제서야 그는 아차, 하고 잘못 짚은 걸 깨달았다. 그의 물건은 살아나지 않았다. 그의 온몸을 스멀대는 건 정욕이 아니라 식욕이었다. 한밤중의 허기가 그의 창자를 무두질했다. 그는 아내를 가엾어할 새도 없이 아내를 밀어냈다. 정절 깊은 아내는 오로지 자는 척을 계속할 뿐이었다.

한밤중의 허기는 외롭고 절망적이었다. 그리고 정욕보다 훨씬 더 파렴치하고 견디기가 어려웠다. 그는 살금살금 잠자리를 벗어났다.

그는 아내가 단것을 얻다 감춰놓고 혼자만 몰래 즐기는지 찾아내야만 했다. 남편에게 단것이 독극물처럼 위험하다는 걸 알고 있는 아내는 결코 그것을 허술하게 간수했을 리가 없었다. 그러나 케이

크든 찹쌀떡이든 약식이든 단것이 어디 있긴 있을 터였다. 아내는 그런 것들을 좋아했고 며느리들은 번갈아가며 될 수 있는 대로 감미 깊은 군것질거리를 대는 걸로 아직 젊고 경제력이 막강한 시어머니에 대한 아부를 게을리하지 않았으니까. 아부를 아탕발림이라고 하는 것은 참으로 적절한 표현이었다.

단것이 꼭꼭 숨어 있을수록 그의 허기도 고조됐다. 마침내 허기 혼자서 새빨갛게 밤눈을 밝히고 온 집안을 횡행했다. 아내는 자는 척을 계속했다. 아내의 자는 척은 고문처럼 비참했다. 아내는 깨어난 욕망 때문에 깨어난 게 부끄러웠고, 남편의 자존심이 상할까 봐 깨어난 걸 감춰야 했다. 그러나 허기밖에 안 남은 그에겐 아내의 이런 불쌍한 자는 척조차 채워지지 않은 욕망의 복수처럼 간교하게 비쳤다.

단것은 꼭꼭 숨어서 그의 허기증은 이제 단순한 허기증이 아니라 이글대는 노여움이었고, 단것도 단순한 먹을 것이 아니라 숨어 있는 간부였다. 단것이 간부가 되었을 때 포위망은 마침내 한 점으로 압축되고 단것은 그에게 덜미를 잡히고야 말았다. 그는 정욕에 탐닉하듯 무분별하고 추악하게 케이크나 약식이나 찹쌀떡을 탐했고 포식한 후는 정욕에 포만한 후처럼 나른한 자기 혐오로 깊은 잠에 빠져들었다.

다음 날 아침이면 시험테이프는 영락없이 음산한 사신의 미소를 보내왔다. 그의 몸뚱이는 그렇게 빤했다. 투명한 시험관처럼 속이 들여다보였고 융통성이라곤 손톱만큼도 없었다. 그는 겨우 그것밖에 안 되는 자기 몸뚱이를 경멸했다. 경멸하기 위해선 더더욱 휘어잡고 자유자재로 조절할 수 있다는 확신이 필요했다.

그의 몸이 1,800칼로리에 길들여져 거의 허기증을 느끼지 않게 된 후에도 그는 일삼아 단것을 훔쳐먹는다든가 매식으로 불고기를 2, 3인분씩이나 포식하는 일을 어쩌다이긴 하지만 저질렀다. 그리고 그럴 때마다 검은 자색으로 변하는 시험테이프를 보고 회심의 미소를 지었다.

그에게 있어서 그의 몸뚱이는 이제 완전히 객관적인 대상일 뿐더러 작은 시험관처럼 그 안에서 일어나는 일을 쉽사리 투시당하고 밑바닥까지 들여다볼 수도 있는 만만하기 짝이 없는 대상이었다.

그도 이제 허기증에 휘둘려서 단것을 훔쳐 먹는 게 아니었다. 자신의 몸이 얼마나 속 들여다보이게 빤한가. 자기가 얼마나 자유자재로 자기 몸을 휘어잡고 조절할 수 있나를 확인해보기 위해서였다.

따라서 그 나름의 절도는 철저히 지키고 있었다. 새벽의 갈증이 도지고, 오줌에 개미가 뀔 정도로까지 그의 몸에 무진장한 자유를 주지는 않았다.

이렇게 그가 그의 병을 자유자재로 조절하는 동안도 결핵은 일진일퇴를 거듭했다. 남보다 오래, 거의 2년 동안이나 결핵약을 복용해서 완치됐다고 믿었었는데 겨우 2년 만에 정기검진에서 다시 결핵이 도진 걸로 나타났다. 그렇다고 해서 그가 몸의 조절을 실패했다고는 생각하지 않았다. 도질 만큼 허술한 틈을 준 기억이 있기 때문에 결핵 역시 자초한 손님일 뿐 뜻밖의 일은 될 수 없었다.

그는 끝내 자신을 조그만 시험관처럼 빤한 걸로 취급하고, 전모를 완전히 파악한 것처럼 자신을 가지려 들었다. 더군다나 결핵 전문의와 당뇨병 전문의가 함께 입을 모아 권해서 맞기 시작한 인슐린 주사로 통증 없는 병 때문에 미처 알지 못하고 넘어갈 뻔한 몸의 나머지 부분까지를 파악할 수 있게 됐다. 그건 아픔에 대한 육신의 간사함이었다.

굶어죽지 않을 만큼의 소량인 데다 변화없이 단조로운 식단에도 마침내는 길들여져 거의 싫증을 못 느끼게 된 몸뚱이건만 주사 맞는 아픔에는 길들여질 줄 몰랐다. 맞을 때마다 매번 새롭게 아팠다. 아픔뿐만이 아니었다. 남의 살이 아닌 자기 살에 손수 주사 바늘을 꽂는 일이 매일 아침 되풀이되건만 결코 길들여지지 않는 공포였다. 매번 새롭게 진저리가 쳐졌다.

냉장고에 보관한 인슐린 병에 일회용 주사기를 꽂아 16유니트의 인슐린을 뽑아낼 때까지는 노련한 간호원처럼 익숙하고 시들했다. 그러나 그걸 막상 자기 살에 꽂으려면 창을 높이 쳐들고 적의 심장을 향해 곧장 돌진하는 야만인처럼 무자비하고 일사불란해지지 않으면 안 되었다. 아픔보다 더 싫은 건 주사 바늘을 통해 전류처럼 전해오는 자기 살의 거부였다.

그만큼 오래 맞았으면 이제 고분고분 주사 바늘을 맞아들일 만도 한데 그게 그렇게 되지가 않았다. 번번이 처음 맞을 때처럼 싱싱한 거부를 했다. 주사 바늘이 들어가는 부위에 따라 거부의 감촉도 가지가지였다.

주사는 병원에서 마련해준 도표에 따라 몸의 각 부분을 한 바퀴씩 도는 순서로 놓게 돼 있었다. 비교적 탄력이 많이 남아 있는 넓적다리나 팔뚝은 제법 근육을 딱딱하게 경직시켜 바늘을 거부했다. 그러나 간발의 차이로 미처 경직되기 전의 허점을 뚫는 쾌감 같은 게 있었고, 바늘이 들어가고 나올 때의 감촉도 깨끗한 편이었다. 그러나 팔의 안쪽 겨드랑이 가까운 부위는 이미 노쇠한 살이 축 처져 있어서 바늘을 거부할 기력이 없는 대신 바늘을 받아들일 탄력도 없었다. 힘껏 내려꽂은 바늘이 가까스로 표피에 피만 내고 밀려나기가 일쑤였다. 깊숙이 뚫고 들어갈 수 없을 만큼 탄력을 잃은 살의 감촉은 이미 제 살이 아니라 남의 고기였다. 가죽만 남은 남의 고기가 싫고 징그러우면서도 아픔만은 눈물이 쏟아지게 새롭고 싱싱했다. 이런 늙은 살은 주사 바늘이 들어가기도 어렵지만 뺄 때도 속 깊이에서 끌어당기는 끈끈한 힘이 있어서 기분을 섬뜩하게 했다.

그의 아내는 손수 자기 몸에 주사 바늘을 꽂는 그를 '독한 양반'이라고 눈살을 찌푸렸다. 자기가 대신 그 일을 해보겠다고 한 적도 있었다. 의사도 그랬었다.

"부인한테 놔달라고 그러세요. 피하 주사쯤 누구나 놓을 수 있으니까요."

그러나 그는 그 일을 아내한테 시키지 않았다. 말이야 식이요법 때문에 허구한 날 신경 쓰는 것도 미안한데 그것까지 해달랄 염치가 없다는 거였지만 실은 아내로 하여금 그의 살의 징그러운 감촉을 알게 하고 싶지 않아서였다. 일종의 자애였다.

뭐가 잘못된 것일까? 그는 한 주전자의 물을 들이켜고 나서도 아직 남아 있는 갈증이 수상해서 옆의 아내를 더듬었다. 아내 대신 차갑고 눅눅한 방바닥이 만져졌다. 몇시쯤인지 방 안은 깜깜하고 냉랭한 외풍이 감돌고 있었다. 그의 침실은 늘 아늑하고 부숭부숭하고 쾌적했다. 그럴 리는 없었지만 그는 지금 그의 침실 아닌 곳에 누워 있는지도 몰랐다.

그의 아내도 한창때는 가끔 그를 침실로부터 내쫓은 적이 있었다. 육체의 시위였다. 그러나 남편이 자신의 육체에서 쾌락을 구하지 않게 된 후부터는 그런 일은 저절로 없어졌다. 설사 내쫓겼다 해도 거실엔 폭신한 소파도 있고 분가한 아들이 쓰던 방엔 침대도 있었다.

손으로 침구를 더듬어보았다. 방바닥처럼 눅눅하고 차가운 다후다가 만져졌다. 베갯잇까지 다후다였고 속엔 스폰지가 들은 듯 식빵덩어리처럼 탄력이 있었다. 살갗에 닿는 것에 나일론 따위 천을 쓸 아내가 아니었다. 지금은 없지만 식모 부리고 살 때도, 그런 이부자리를 해준 것 같지 않았다. 그렇담 부엌에 딸린 식모방으로 쓰던 작은방에서 자고 있는 것도 아닌 것 같았다. 일어나서 불을 켜보든지 밖을 내다보면 당장 알 수 있는 일인데도 몸이 땅속으로 잦아들듯이 나른해서 움직이기가 싫었다.

무슨 말다툼 끝에 내쫓겼는지는 아직 생각나지 않지만 만약 그가 식모방에서 자는 걸 아내가 알고도 내버려두고 있는 거라면 용서할 수 없다고 생각했다. 그는 그게 마치 오랫동안 남편 구실을 못 한 데 대한 아내의 악랄한 보복처럼 뼈에 사무쳤다. 며느리들하고 같이 있을 땐 동서끼리로 보일 만큼 더디 늙고 멋쟁이인 아내의 모습이 떠올랐다. 그래봤댔자 아내는 쉰다섯이었다. 쉰이 넘자 곧 욕망을 잃은 그는 쉰다섯 먹은 여자에게 욕망이 도대체 어떤 모습으로 남아 있는지 상상도 할 수 없었다. 아내가 욕망 때문에 괴로워하고 있는 눈치를 보인 적은 없었다. 그가 구실을 못하는 걸 미안해할 때마다 아내는 그게 병이라니까 근심될 뿐 그렇지만 않으면 그 귀찮고 지저분한 짓 안 하게 된 게 얼마나 다행이냐고 그를 위로했었다. 그렇다고 아내에게 욕망이 조금도 안 남아 있다곤 생각되지 않았다. 아내의 욕망은 그에겐 복병이었다.

마침내 그 복병이 그를 기습해 그의 집의 가장 더러운 방 누추한 이불 속에 메다꽂았다고 생각하니 나른한 사지는 더욱 무력해 다시는 못 일어날 것 같았다.

밖에서 조금씩 새벽의 소음이 살아나고 있었다. 곧이어 문을 여닫는 소리도 들리고 그의 방 앞을 쿵쿵 지나가기도 했다. 그는 반사적으로 숨을 죽이고 신경을 곤두세웠다.

날이 새기 전에 간부가 돌아가는가? 그러나 안녕히 가시라는 여자의 목소리는 거침없이 걸걸하고 아내의 목소리와는 얼토당토않았다. 바깥에 불을 켰는지 합판으로 된 도어 위에 달린 작은 유리창으로 빛이 들어왔다. 도어와는 반대편에 밖으로 난 창문도 희부여니 밝아왔다.

그 정도의 밝음으로도 여관방이라는 걸 알 수 있었다. 그는 벌떡 일어나 천장 한가운데 늘어진 끈을 잡아당겼다. 형광등이 푸드덕대는 데 장단을 맞추듯이 그의 시야도 출렁거렸다. 그는 어지럼증을 감당 못해 펄썩 주저앉았다. 형광등이 켜졌다. 옆방에서 아이가 칭얼대는 소리가 들렸다. 성냥을 긋는 소리도 들렸다. 여자의 목소리도 들렸다.

어제 일이 조금씩 생각났다. 서병식이 그의 사무실에 나타난 건 저녁나절이었다. 미스 현이 야학에 간 후였으니까. 처음엔 서병식인 줄 몰랐다. 서적 외판원치고 너무 늙은 나이여서 박절하게 내쫓지를 못하고 몇 마디 지껄일 틈을 줬던 것 같다.

"이런 사무실용으로 이 재벌시리즈가 어떻겠습니까? 방금 이 옆 사무실에서도 한 질 들여놓기로 하였습죠. 책이 본때 있게 빠진 간으론 값이 싸거든요. 한 질에 단돈 5만 원을 10개월 월부니 사장님 같은 분은 담뱃값만 좀 아끼셔도 사무실 분위기를 얼마나 교양 있고 품위 있게 바꿀 수가 있습니까."

"글쎄요?"

"사장님은 보아하니 돈독이 오른 분 같진 않으십니다. 그렇담 이 대사상 전집이 어떻겠는지요? 제가 보기엔 재벌시리즈보다는 이 사상전집이 사장님한테 훨씬 잘 어울릴 것 같은데요. 제가 잘못 봤나요?"

노인은 손가방에서 팸플릿을 주섬주섬 꺼내서 테이블 위에 펴놓으며 메마른 입술을 연방 혀로 축였다. 정기 없이 눈치만 번득이는 눈이 그의 얼굴을 재빠르게 스칠 때마다 그는 뭔가 생각날 듯 날 듯

해서 안타까웠다. 재채기가 날 듯 날 듯 안 날 때처럼 거기만 마음이 쓰여 노인이 별의별 책을 다 권해도 가타부타 대꾸를 못 했고 그렇다고 절대로 안 살 것처럼 냉정하지도 못했다.

그러다가 노인이 별안간 테이블 위에 수북하게 꺼내놓은 팸플릿을 주섬주섬 챙겨 가방에 쑤셔 박더니 지퍼도 안 잠그고 달아나려고 했다. 노인의 뒷모양은 더욱 서글펐다. 빛바랜 얇은 양복 속의 앙상한 어깨가 애처로웠고 깊이 패인 목덜미의 홈엔 지저분하게 센머리가 제비초리가 되어 뾰죽하게 모여 살짝 왼쪽으로 꼬부라져 있었다.

노인의 독특한 제비초리는 날 듯 날 듯하다가 마침내 시원히 터진 재채기처럼 그의 막혔던 기억력을 불러일으켰다.

"잠깐만……."

그의 다급한 부름에도 노인은 못 들은 척 사무실에서 도망치려고 했다.

"자네 서병식이 아닌가?"

그가 마침내 이렇게 명토까지 박아 부르니까 노인이 도망치기를 단념하고 천천히 돌아섰다. 노인이 울상을 하고 웃었다.

"자네 김경태지? 나도 좀 전에 알아보았네."

"몹쓸 사람, 알아보고도 못 본 척 도망을 치려 하다니."

"자네 보다시피 내 신세가 이렇게 한심해서……."

"원 별소릴 다하네. 잘은 모르지만 그럴수록 어떡허든 아는 연줄을 붙들고 늘어져야지 피하면 뭔 일이 되겠나?"

"그래도……."

"사람도, 동창생 좋다는 게 뭔가."

노인이 서병식인 이상 말을 놓을 수밖에 없으면서도 그보다 적어도 열다섯 살 이상은 더 먹어 뵈는 인상 때문에 하게를 할 때마다 절로 꽁무니가 옴찔옴찔했다.

"자넨 고생을 안 해봐서 그런가, 마흔 안짝으로 보여. 그래서 처음부터 못 알아봤네."

"에끼 이 사람 농담도. 마흔 안짝이라니 당치도 않네. 벌써 손자가 넷인걸."

"소문은 대강 들었네. 아들들이 다 잘됐다고? 부럽네."

"잘되긴, 부모 신세 안 지고 제 살 만한 걸 갖고 괜히들 그러지."

그는 서병식의 아들들에 대해서도 물어보는 게 예의일 것 같으면서도 물어보길 삼갔다. 잘못하다간 노인의 아픈 곳을 찌를 것 같아서였다.

"참, 날 못 알아보는 것 같아서 얼렁뚱땅 도망을 쳐버리려고 했는데 어떻게 별안간 내 이름까지 생각났는감?"

"뒷모습을 보고였어. 자네 제비초리는 독특하지 않은가? 조회 설 때마다 자넨 내 앞자리였고……."

"그랬었군."

서병식이 앙상한 손을 목 뒤로 돌려 제비초리를 비틀었다.

"그 버릇까지 여전하군."

그는 나직하게 한숨을 쉬었다. 홍안의 소년에서 누추한 노인까지를 한 사람으로 꿰뚫은 게 겨우 제비초리를 비트는 하찮은 버릇이라는 게 그를 하염없게 했다. 제비초리란 본인의 눈으로 절대로 볼 수 없는 데 있는 거여서 의식할 필요조차 없겠거늘 서병식은 안 그랬다. 그걸로 손장난을 하는 버릇이 있었다. 특히 오른손이 글씨를 쓴다든가 그림을 그린다든가 움직이고 있을 때 왼손은 목덜미를 돌아 제비초리를 비트는 게 그의 버릇이었다. 그래서 그의 제비초리는 늘 왼쪽으로 살짝 꼬부라져 있었다.

서병식이 그의 사무실을 휘둘러보았다. 동창생으로서의 복잡한 호기심이 책장수로서의 눈치작전보다 오히려 천격스러워 보였다. 그의 사무실은 결혼상담소와 직업소개소와 출판사와 나란히 있었다. 아담하고 정갈했으나 정체를 알 수 없었다.

"자넨 박규상하고 손잡고 크게 됐다고 들었는데?"

서병식이 마침내 궁금증을 억제 못 하고 물었다.

"응, 그랬었지. 헤어진 지 몇 년 되네."

"동업이 끝까지 좋기가 힘들지?"

"아냐, 그런 건 아니었어."

그는 짧게 대꾸했다. 서병식이 어떤 추리를 하고 있는지 알 만했다. 그는 그런 통속적인 추리에 혐오감을 느꼈지만 굳이 아니라는 설명을 할 성의도 없었다. 서병식을 그만큼 무시하는 마음이었다.

"박규상 그 친구 보기보다는 음흉한 데가 있는 친구지."

서병식은 눈치도 없이 어떡허든 자기 추리를 완성하고 싶은 모양이었다.

"더러 만난 적이 있었나?"

"웬걸. 나 이 짓 한 지 얼마 안 되네. 아직 이골이 안 나서 그런지 안면 찾아다닐 만큼 낯짝이 두껍질 못해."

"아이들 볼 만한 책은 없나?"

"왜 없어. 위인전집, 명작동화집, 전래동화집, 어린이백과사전, 과학만화전집……."

"아, 알았네."

"손자가 몇 살인데?"

"아직 어려. 맏손자가 겨우 올해 국민학교에 들어간걸. 그리곤 다섯 살, 두 살짜리가 둘."

"겨우가 뭔가. 자네가 워낙 자식농사를 일찍 지었으니까 어느새 그만큼 번성했지. 난 아직 맏이가 대학도 안 나왔다네."

"대개들 그래. 내가 워낙 장가를 일찍 들어서 그렇지."

"1학년짜리면 이게 좋겠군. 〈그림나라 꿈나라〉라고 100권짜린데 그림이 주라서 한글 모르는 애들도 좋아하던데."

"아냐, 1학년에 너무 신경쓰지 말게. 아이들은 자라니까."

"그래, 아이들은 쉬 자라지. 위인전으로 할까?"

"그러지 뭐. 명작동화로 한 질 더 할까? 작은애네 손자는 아직 젖먹이지만 뭐든지 줄 땐 공평한 게 좋으니까."

"아무렴 있어서 주니 좀 좋은가? 박규상 걔가 심술이 좀 있지? 욕심도 좀 과하고……."

서병식이 또 박규상 얘기를 꺼냈다. 빈궁과 눈치로 가뜩이나 불쌍하게 늙은 이가 남이 못 된 일을 지나치게 밝히니까 천격밖에 남

194

아 있는 게 없는 것처럼 가련해 보였다. 못 볼 것을 본 것처럼 면구스러워서 알은체하지 말걸 하는 생각조차 들었다.

그러나 서울하고 달라서 시골 국민학교 동창끼리의 정이란 건 굼뜬 구들목처럼 미덥고 어수룩한 데가 있었다. 사람과 사람 사이가 요란스러워질수록 그게 큰 의지가 됐다. 서로 실제적인 의지가 돼서가 아니라 자기의 인간성만은 그래도 그 근본이 큰 뿌리에 닿고 있다는 느낌은 여간 든든한 게 아니었다. 그렇다고 해서 크게 출세한 친구가 많이 난 동창이란 뜻하고도 달랐다. 졸업생이 60명 남짓했으니 1학년부터 줄창 한 반인 셈이었고 집안까지도 빤해서 공통의 추억이 많았고 정이 깊었더랬다. 조금만 잘됐어도 서로 알려졌을 텐데 어데서 뭣들을 하고 사는지 사회적으로 명성을 날린 친구는 하나도 나타나지 않았다.

그러니까 큰 뿌리라고 해도 통속적인 백하곤 인연이 먼 거였다. 양반에게 있어서 핏줄 같은 것처럼 남이 믿거나 말거나 자기 속에 있다고 믿고 싶고, 마지막까지 지키고 싶은 그 무엇이었다. 그래서 서병식의 천박한 호기심은 더더욱 그에게 환멸과도 같은 비애를 안겨줬다.

"자네나 박규상이나 우리 동창 중에선 그래도 출세한 친군데 참 안됐어."

"출세? 그리고 안되긴 뭐가 안됐다는 건가?"

"자네만 이렇게 떨어져 나와 쓸쓸하게 소일하니 말일세. 동창생끼리 배신을 하다니."

"누가 누굴 배신했다는 건가? 알지도 못하고 함부로 남의 말 하는 게 아닐세. 나하고 박규상은 좋게 헤어졌어. 지금도 자주 만나고."

"자넨 법 없어도 살 사람이야. 어려서도 착하더니만. 거짓말도 모르고. 자네 같은 사람이 어쩌다 박규상이하고 손을 잡았을까 쯧쯧."

그는 서병식이 잔뜩 움켜쥔 고정관념에 혐오감과 무력감을 함께 느꼈다. 해명을 할 엄두도 안 났다. 그와 박규상은 국민학교 동창 중에선 드물게 서울 와서 대학까지 나왔지만 월급쟁이 노릇 착실히 하다 때려칠 때까지 친분이 두터운 사이는 아니었다. 그저 한 서울 장안에 살고 있겠거니 하는 정도로 알고 지낸 사이였다. 그러다가 우연히 만난 게 공교롭게도 거의 같은 무렵에 직장을 그만두고 나서 자기 사업을 일으켜보고 싶어 동분서주하고 있을 때였다. 두 사람은 술 한잔에 의기투합했다. 술자리의 의기투합이 스트레스 해소 정도로 끝나지 않고 단박 동업으로까지 발전한 건 아마 같은 뿌리라는 믿음이 적지 아니 거들었음 직하다. 다른 건 몰라도 상대의 안정성 속에 천지가 개벽해도 변치 않고 남아날 것 같은 꿋꿋함, 소박함, 정직함을 믿고 시작할 수 있다는 건 흔치 않은 축복스러운 관계였다. 더군다나 자본은 대물림의 재산이 좀 있는 그가 대고 기술은 공대 출신인 박규상이 대는 공평치 못한 관계였으니 믿음 빼면 아무것도 이룩될 수가 없었다.

어려움도 많았지만 중소기업치곤 착실한 성장을 해왔다.

"박규상 갠 재벌 소릴 들을걸."

서병식은 기껏해야 브로커 사무실로밖에 안 보이는 방 안을 또 한 번 탐색하듯이 살피며 말했다.

재벌은 좀 과장이라도 전자부품업계에선 알아줄 만큼 신용도 얻고 돈도 모았다. 서로 손잡은 지 만 20년 만에 손 떼면서 그는 알토란 같은 현금으로 처음 투자한 액수의 500배 가량을 손에 쥘 수 있었다. 20년 동안의 심한 인플레를 감안하더라도 월급자리 내던진 걸 후회 안 할 수 있을 만한 액수였다.

그가 그 사업에서 손을 뗀 건 순전히 그의 건강 때문이었다. 그가 식이요법과 함께 복용해야 하는 결핵약 중엔 알코올에 상승작용을 일으키는 약도 포함돼 있어 무엇보다도 엄격한 금주가 요망됐다. 처음부터 영업의 일선에서 뛰던 그에게 술을 못 먹게 한다는 건 무기 없이 전쟁에 나가라는 소리처럼 가혹하게 들렸다. 그렇다고 일선에서 물러나 좀 더 높고 편한 의자를 차지할 수 없는 건 아니었다. 그들이 만든 기업엔 그런 자리는 처음부터 없었지만 이제 기업도 그쯤 컸으니 새로 마련할 수도 있었고 박규상도 그러기를 권했다. 그러나 그는 굳이 손 떼기를 고집했다.

장사가 한창 잘될 때, 그러고도 붙들 때 물러난다는 건 그의 장삿속과 허영심을 동시에 만족시켜주었다.

그와 박규상 사이는 그 후로도 막역한 사이고 알 만한 사람들 사이에선 지금까지도 둘의 우정은 본받을 만한 관계로 거론되고 아낌을 받고 있었다.

그는 서병식의 천박한 상상을 정정해줄 필요성을 느끼지 않았다. 그게 소문이 된대도 상관없었다. 어차피 소문이란 그런 게 아닐까?

무명인은 유명인의, 못난 사람은 잘난 사람의 소문을 그중에도 아름답지 못한 소문을 즐기지만 실제로 그런 소문으로 잘난 사람의 털끝 하나라도 건드릴 수 있는 게 아니지 않는가.

그는 그만큼 서병식을 무시했다.

"더러 동창들 소식 듣나?"

그의 물음에 아니나 다를까 서병식은 동창 중 제법 밥술이나 먹는 친구들의 소문을 소상히 알고 있었다. 박규상을 재벌로 꼽을 정도니만큼 크게 된 친구가 거의 없었다. 박규상 다음으로 지방도시에서 개업해서 돈 좀 벌었다는 의사 친구를 꼽고, 그 다음으로 은행 지점장으로 정년퇴직을 앞둔 친구와 동대문시장, 남대문시장에서 장사로 성공한 친구를 서너 명 더 꼽을 정도였다. 소문이란 물처럼 아래로만 흐르게 마련인가?

그런 소문이 서병식에겐 신기하고 재미있을 뿐더러 요긴한 연줄처럼 자랑스러울지 모르지만 그에겐 조금도 흥미가 없었다. 그 대신 시골학교를 떠나 각급 학교와 사회생활을 거치면서 맺은 대인관계 중 재계나 정치계에서 내로라하는 출세를 한 친구의 소문엔 은근히 관심도 많았고 따라서 모르는 게 없었다.

그는 서병식의 옹색한 관심권에 모멸과 연민을 느꼈다.

"그래 돈 좀 벌었다는 그 친구들하곤 종종 만나나?"

"아냐, 이 꼴을 하고 뭐하러 만나?"

"또 그 소리? 말이야 바른 대로 말이지 외판원이 동창 연줄을 이용할 줄 모르니까 자네가 그 꼴인 게야. 외판원도 천층만층이라구.

요새 고급차까지 굴리는 외판원이 얼마나 많은 줄 아나? 박규상이 돈 번 것도 순전히 내 판매 솜씨 덕이었지 별거 아니라구."

그는 두 질의 동화집의 월부카드에다 서명을 하고 한 달치 월부금을 선선히 선불하면서 이렇게 말했다.

"동창생한테 내 꼴 보이긴 죽기보다 싫어서 찾아가기는커녕 만날까 봐 일부러 피해다닐 정도였는데 자네가 이렇게 잘해주니까 앞으론 좀 달라질 것 같네. 역시 동창생밖에 없어."

"그럼, 그럼, 그걸 말이라고 하나, 좀 더 인물이 나야 하는 건데. 흉작이야. 하긴 시골 국민학교 동창이라는 게 다 그런 거지만 말야."

그런 말 속엔 국민학교가 최종 학교인 서병식에 대한 연민과 우월감이 스며 있었다. 그러나 서병식은 전혀 다른 각도에서 그의 말을 받아들인 것 같았다.

"흉년이라니 당치도 않아 그런 소리 하면 벌 받네."

"그래?"

서병식이 펄쩍 뛰는 통에 그도 약간의 흥미를 느꼈다.

"생각해보게. 우리 나이가 좀 흉한 나인가? 일제 때도 징용, 징병 끌려가기 꼭 알맞은 나이이고, 6·25 땐 또 그때대로 어느 편이든 안 들 수 없게 혈기왕성한 나이이고, 아무튼 줄곧 이날 입때까지 어려운 고비도 많았건만 그때마다 우리 동창들은 어디 가서 잘 엎드렸다가 목숨 안 다치고 기어나왔으니 그게 어딘가? 암인가 뭔가로 죽은 친구가 하나 있긴 해도 요즈막 일이니 요절했달 순 없고, 그 밖엔 고스란히 그 굽이굽이 어려운 고비에 목숨 보전을 잘했는데 흉작이 웬 말인가? 가당치도 않으이."

서병식이 하도 진지하게 말하니 그는 감히 그 옹졸한 풍년을 비웃을 용기가 나지 않았다.

서병식이 가방을 끼고 일어섰다. 동화집을 한자리에서 두 질이나 팔게 된 그 늙은 친구는 매우 행복해 보였다.

"아침마다 화투로 일수점을 치고 나오는데 오늘 아침엔 횡재수가 떨어졌지 뭔가?"

"화투점이 얼추 맞던가?"

"오늘 같은 날은 영검하지 않는가?"

"몇 건이나 했는데?"

"앉은자리에서 두 건 했으면 횡재구말구."

"사람두 옹졸하긴."

"공치는 날이 수두룩해. 그럼 나 먼점 가보겠네."

서병식이 다시 그에게 등을 보였다. 회색빛 제비초리와 홈이 깊은 앙상한 목덜미와 빛 바랜 헐렁한 윗도리 속의 마르고 굽은 어깨와 가뜩이나 헐렁하고 꾸깃꾸깃한 핫바지를 더욱 희극적으로 만드는 심한 안짱다리 걸음을 바라보면서 그는 갑자기 술 생각이 났고 시장기를 느꼈다.

그는 어쩌면 지금 그 늙은 친구가 속이 비고 목이 컬컬하리란 생각을 자기가 그런 걸로 착각하고 있는지도 몰랐다.

상스럽고 시끌시끌하고 연기와 냄새가 매캐한 불고깃집에서 늙은 친구와 대작해가며 소주병을 까고 싶다는 갈망이 감미로운 슬픔과 함께 목구멍을 옥쥈다.

"여보게."

그는 다급하고도 작은 소리로 친구를 불렀다. 그는 서병식이 국민학교 동창이니까 동년배라는 것과 자기보다 열다섯 살은 더 늙어 뵈는 외모가 자꾸만 헷갈려서 대등한 호칭으로 부르긴 부르면서도 속으론 깜짝 놀랄 적이 있었다.

"왜?"

서병식은 돌아서면서 친구의 놀란 표정 때문에 덩달아 놀라고 있었다. 행여 오늘의 행운이 취소되는 불상사가 일어날까 봐 도망치고 싶은 것처럼 불안하게 시선이 흔들렸다.

"이렇게 만나서 술 한잔 없이 헤어진대서야 말이 되나? 안 그런가?"

그는 친구의 불안을 눙쳐주기 위해 지나치게 스스럼없이 굴었다. 서병식의 갈증이 적나라해졌다. 목구멍이 그르렁대는 게 보이는 것 같았다.

"나야 벌써부터 그러고 싶었지만 자넨 바쁜 사람 아닌가?"

"바쁘긴. 아무도 찾는 이 없는 적막한 저녁나절일세. 나가세나."

그는 그의 속 깊이에서 기쁨이 용솟음치는 걸 느꼈다. 그런 기쁨은 얼마 만인가? 오랜만의 기쁨이 잠자는 그의 세포 하나하나를 불러일으킨 것처럼 그의 온몸은 삽시간에 짜릿짜릿한 기쁨과 생기에 넘쳤다.

친구를 기다리게 하고 서둘러서 챙길 것을 챙겨 금고에 간수하고 문을 잠그고 밖으로 나온 그는 잠시 난감했다. 엄격한 식이요법 때문에 매식을 해본 지가 언제 적인지 몰랐다. 소일 삼아 그곳에 사무실을 마련한 게 당뇨병 이후니까 5년째건만 그 근처에 단골 음식점 하나 없었다.

"가만있자 어데를 간다지?"

밖으로 나오자마자 망설이는 그에게 서병식이 호기 있게 말했다.

"내가 안내해도 되겠나? 그까짓 거 내가 한잔 삼세. 나만 따라오게."

거리로 나오자마자 기죽을 펴고 되바라지기까지 해 보이는 서병식을 그는 신기한 듯이 바라보며 고개를 끄덕였다.

활기찬 밤거리에서 서병식의 노구는 더욱 작고 초라해 보였다. 그러나 줄창 그를 앞질러 사람들을 헤치고 앞장서고 있었다. 방약무인한 젊은이들한테 곧 치일 듯하다가도 용케 비켜났으며 성성한 백발이 인파에 가라앉은 것처럼 안 보이는가 하면 곧 저만큼서 떠오르곤 했다. 말을 놓기가 문득문득 켕길 정도로 자신을 젊다고 생각하는 그건만 그 늙은 친구를 놓치지 않고 따라가기가 실로 벅찼다.

서병식도 싸구려 음식점이 즐비한 뒷골목으로 들어섰다. 비로소 늙은 친구의 뒷모습을 호젓하게 바라볼 수 있게 된 그에게 전혀 예기치 못한 느낌이 엄습했다. 그는 친구의 늙고 고달픈 뒷모습을 아름답다고 생각했다. 슬퍼서 아름다운지 아름다워서 슬픈지 가슴이 찐하면서 눈시울마저 뜨거워지는 것 같았다.

그는 자신의 파격적인, 아니 노망한 심미안이 어처구니없어 혼자
서 고개를 갸우뚱했다.

좀 전까지만 해도 서병식의 옹졸한 관심권, 옹졸한 생활권을 답
답해하기도 하고 비웃기도 했는데 자신의 생활권이야말로 얼마나
옹색했던가? 그가 지금까지 사귄 친구는 하나같이 노후대책에 철
저했다. 퇴직금을 이식하는 방법에 밝았고 부동산 명의는 죽는 날
까지 자식에게 넘겨주면 안 된다는 결의에 투철했다. 그들은 아무
도 돈 됫 무덤으로 가지고 갈 수 없다는 걸 모르지 않았지만 돈 권
리를 놓치는 날이 곧 죽는 날이라는 정보에도 밝았다.

용돈 한두 푼 얻어쓰기 위해 아낌없이 투자해서 기른 아들딸한테
수모에 가까운 눈치를 봐야 하는, 그들보다 한발 앞서 늙은이들의
뼈아픈 전철을 밟지 않기 위해 그들은 재물을 악착같이 움켜쥐었
다. 그들에겐 몇 가지 금기 사항이 있었다. 죽기 전에 분재하지 않
기, 죽기 전에 부동산 명의이전 안 해주기, 아들이나 사위가 사업자
금 딸린다고 아무리 애걸해도 퇴직금 보따리 안 끄르기 등의 금기
사항은 본인만 엄수할 게 아니라 남이 행여 어길 기미만 보여도 집
단적인 성토를 아끼지 않을 정도였다. 그들은 자기 몸이 죽기 훨씬
전부터 이렇게 돈을 사장했다. 활성화되지 못하는 돈은 죽은 거나
마찬가지였다. 돈을 무덤까지 갖고 갈 수 없다는 말은 신식 노인에
겐 해당 안되는 옛말이었다.

그의 교우 범위 내의 중노인들은 하나같이 이렇게 노후 관리에 철
저했기 때문에 이 세상에 널린 빈부의 차이를 한번도 근심해온 적

없는 그건만 중노인층의 부의 편재가 장차 사회문제가 되리란 제법 그럴듯한 예언을 한 적도 있었다.

사람이 어떻게 저렇게 노후대책에 무방비 상태인 채로 늙어갈 수가 있단 말인가. 그의 옹색한 시야에 갑자기 나타난 서병식은 그에게 차라리 신선한 충격이었다.

진열장 속에 도루묵, 물오징어, 돼지고기 따위가 고추장기가 많은 양념을 뒤집어쓰고 축 늘어져 있는 술집 앞에서 서병식이 멎었다.

"자네 단골집인가?"

"아무렴. 굿고 얼마든지 먹을 수 있어."

서병식이 굽은 어깨를 뒤로 활짝 펴면서 으스댔다. 몇 억의 이권이 걸린 백을 쥐고 있대도 저렇게 거침없이 뽐낼 수는 없으리라. 무방비 상태의 노후에도 저런 살맛이라는 것도 있을 수 있군, 그는 그게 신기했다.

"굿긴, 든든한 물주가 있는데 처음부터 글 걱정은 왜 해."

"물주 좋아하네. 누가 자넬 물주 시켜주기나 한다던가, 내 얼굴 통하는 데선 내가 물주야. 사람 우습게 보지 말게."

"원 사람두."

"섭섭하면 2차 가세나. 맥주 한 병에 5천 원씩 받는 집도 있다면서. 나도 더 늙기 전에 빤스도 안 입고 홑치마만 입은 여자가 따라준다는 맥주 맛 좀 보세나. 부자 친구 둬서 좋다는 게 뭔가. 자네쯤이면 적어도 그런 집에서 물주 노릇을 해야 체면이 서지, 안 그런가?"

그렇게 해서 두 사람이 그 집에서 늦도록 술을 마신 생각까지는 났다. 술맛도 났거니와 값싸고 푸짐한 안주를 어찌나 허겁을 해서 많이 먹었던지 처음엔 가리지 않고 먹어주는 것만 고마워하던 친구도 나중엔 질린 것 같았다.

"괴기도 먹어본 사람이 잘 먹는다더니, 자네 식성은 과연 굉장하군. 기운깨나 쓰지? 돈은 안 부러워도 그거 하난 부럽구먼. 훔쳐 가질 수 있는 거라면 당장 훔치겠네."

"무슨 기운을?"

"에끼 이 음흉한 사람, 몰라서 묻나? 하긴 주둥이에 기운이 몰려버린 친구치고 하초로 기운 쓰는 친구 없지? 난 나이도 나이지만 워낙 줄이고 살아서 그런지 출출한 걸 잠시도 못 참다가도 배가 부르기도 잘해서 잔칫집 가서도 밑천을 반도 못 건지게 된 지가 벌써 언제 적이라구. 이 아니 늙는 게 서럽고 한심한가."

거기까지가 그가 술 깬 정신을 가다듬어 생각해낼 수 있는 마지막 장면이었다. 거기까지의 줄거리로 미루어 짐작건대 홑치마만 입은 여자가 시중든다는 맥줏집에도 안 갈 수 없었을 것 같은데 통 생각이 안 났다. 그렇게 기억이 끊겨보긴 생전 처음이었다. 그는 처음 경험한 기억의 단절 상태, 젊은이들이 흔히 말하는 필름이 끊긴 동안에 대해 두려움을 느꼈다. 필름이 끊겼다고 해서 목숨이 끊긴 게 아닌 이상 행동은 있었을 테고 그 행동이 전혀 그의 제어를 받지 않았다는 건 생각할수록 불가사의하고도 기분 나쁜 일이었다.

그는 누구보다도 확실하게 자신의 고삐를 움켜쥐고 살아왔다고

205

믿고 있었기 때문에 고삐에서 놓여난 자신의 행적은 상상도 할 수 없었다.

그 끊긴 필름을 잇기 위해선 그 늙은 친구의 도움이 있어야 할 것 같았다. 서병식을 찾으려면 어떻게 해야 되는지 잘 생각나지 않았다. 그 친구의 얼굴도 잘 생각나지 않았다. 그 대신 작고 구부정한 뒷모습과 꼬리가 왼쪽으로 꼬부라진 회색빛 제비초리만이 여실하게 떠올랐다. 그가 자신을 제어할 수 있는 고삐를 놓친 건 어쩌면 서병식을 만나자마자인지도 몰랐다. 그 친구를 보면서 컬컬하고 헛헛해져서 술집으로 갈 때까지 당뇨병에 대한 생각을 한 번도 안 했으니까.

그에게 허용된 1,800칼로리의 식단과 그가 복용하고 있는 약이 알코올에 상승작용을 일으킨다는 술에 대한 공포로부터 그렇게 완전히 해방돼본 적은 당뇨병 이후 처음이었다.

서병식 때문이었다. 그는 서병식의 모습을 확실하게 떠올릴 수 없는 것을 자신의 기억력 탓으로 돌리기보다는 그의 정체가 애매한 때문이라고 생각하면서 그 친구와 만난 후의 자신의 행적에 대해 최면에 걸린 것처럼 무책임하려 들었다.

바깥이 점점 소란스러워졌다. 그릇 부딪는 소리와 수돗물 소리도 났고 여자와 남자의 목소리가 뒤섞여 들리기도 했다. 그는 어쩌면 그의 방은 여인숙이 아니라 서병식의 집인지도 모른다고 생각했다. 그러고 보니 여러 가구 사는 집의 방 한 칸에 누워 있는 것도 같았다. 때마침 도어를 노크하는 소리가 났다.

같잖게 노크씩이나, 그는 속으로 코웃음을 치면서 짐짓 노여운 목소리를 냈다.

"들어오게나."

문이 방싯이 열리고 쟁반에 보온병과 찻잔을 받쳐든 젊은 여자가 갸웃이 상반신만 안으로 들이밀었다.

"커피 드시겠어요?"

"역시 여관방이었군. 관둬요."

여자가 문을 쾅 닫고 가버리자 그는 벽에 걸린 그의 양복을 꺼내 주머니를 점검했다. 동전주머니에 있는 천 원 가까운 동전 외엔 지전은 한 장도 없었다. 3만 원 가량의 비상금을 넣어두는 윗도리 안주머니 밑에 작은 주머니도 비어 있었다. 용돈까지 다 합해봤댔자 5만 원을 넘지 못하는 금액이었다. 2차가 그의 부담이었다면 결코 넉넉한 액수는 아니었지만 그걸 쓴 생각이 전혀 안 났기 때문에 기분이 개운치 못했다. 여관비를 낼 일도 걱정이었다. 시계도 없고, 만년필도 없고 라이터도 없었고 점점 더 기분이 언짢아졌다. 술값이 모자라서 잡히고 온 게 아니면 날치기를 당했음이 분명한데, 설마 싶으면서도 서병식밖에 의심이 갈 데가 없었다.

돈 많이 번 재일교포 행세를 하고 나타난 국민학교 동창생한테 거액을 사기당한 친구 생각을 하고 마음을 달래려도 괘씸한 생각을 억누를 수가 없었다. 그 친구는 물욕이라도 부렸으니까 사기를 당해도 싸지만 제비초리를 보면서 친구의 컬컬하고 헛헛한 속을 헤아린 순수한 마음을 그따위 파렴치한 방법으로 욕보이다니 어떡하든 찾아내서 그 더럽게 늙은 상판을 똑똑히 기억해두리라. 그는 왠지 그의 물건을 돌려받을 생각은 처음부터 하지도 않았다.

그나저나 여관비가 문제였다. 벌거벗고 갈 수도 없고, 양복 외에 돈 대신 잡히고 갈 만한 건 주민등록증밖에 없는데 그 나이의 점잖은 체통으로 차마 그럴 엄두가 나지 않았다.

그는 일어나서 양복을 단정히 차려입었다. 필름이 끊기도록 마신 깐으론 못 일어날 정도는 아니었고, 거울에 비친 모습도 멀쩡했다. 그는 현관으로 나갔다.

"안녕히 주무셨습니까? 왜 벌써 가시게요?"

문간으로 유리창이 난 작은 방에서 나온 주인이 연방 허리를 굽신거리며 말했다.

"아, 아닙니다. 집에 전화를 좀 걸려구요."

"네, 이리로 들어와 거시죠."

"참 여기가 어디쯤인가요? 오랜만에 과음을 했더니 통 정신이 없어서요. 글쎄 주머니에 돈도 한 푼 안 남아 있지 뭡니까? 집사람한테 여관비를 좀 가져오래야겠어요. 집에 가선 바가지를 긁더라도 아마 한달음에 달려올 겁니다."

그는 필요 이상 긴 말을 하면서 비닐장판이 깔린 문간방으로 들어섰다.

"여관비는 진작 계산이 된걸요."

주인이 빙글대며 말했다.

"네? 역시 그랬군요. 그 친구가 그러면 그렇지. 몹쓸 사람 같으니라구, 남만 퍼마시게 하고 자긴 멀쩡해가지고 그래 그 늙은인 정신이 말똥말똥하던가요?"

"무슨 말씀이신지요? 여관비는 그 색시가 새벽에 내고 갔는데요."

"그 색시라뇨?"

"어젯밤에 데리고 들어오셔서 같이 주무신 색시 말예요."

"그럼 내가 색시를 데리고 왔더랬다 이 말씀인가요?"

"네, 그렇다니까요."

"설마."

"저야말로 설마군요. 설마 그렇게까지 생각이 안 나시는지요?"

주인이 아까부터 왜 그렇게 빙글대는지 이제야 알 것 같았다. 그는 별로 어지럽지도 않은데 어지럼 타는 것처럼 골치를 짚으면서 말했다.

"잠시 더 쉬었다 가도 되겠죠?"

"그러문입쇼. 여관비 계산은 열두 시가 기준이니까요."

그는 부랴부랴 자고 난 방으로 돌아왔다. 이부자리는 깔린 채였다. 그는 가슴을 울렁거리며 정사의 흔적을 찾으려고 했으나 허사였다. 기분 나쁜 스폰지 베개나마 한 개밖에 없었고 뭉툭한 1인용이었다. 깔끔한 계집이라면 정사의 흔적을 안 남기는 게 당연하지.

그렇게 생각하다 말고 그는 피식 실소를 하고 말았다. 자신이 너무나 헛된 꿈을 꾸고 있다는 걸 깨달았기 때문이다. 그가 사내구실을 못 한 지는 당뇨병이란 진단을 받기 전부터였다. 그러니까 아마 그 병의 실질적인 발병과 더불어 그렇게 됐을 것이다. 식이요법과 인슐린 주사로 혈당을 정상치로 조절하는 건 가능했으나 합병증인 성불능은 한 번도 회복된 적이 없었다. 더구나 당뇨병 이전에도 과음을 하면 성불능이 되던 그였다. 어젯밤에 느닷없이 그게 회복됐을 리가 없었다. 아마 술김에 만용으로 시도를 했더라도 계집의 웃음거리나 됐으리라.

그는 전혀 생각나지 않는 계집이건만 추악하게 주책스러운 노인에 대한 연민으로 많지 않은 화대에서 여관비를 계산하고 나갔을 마음씨만은 짚이고도 남았다. 어떻든 여자까지 하룻밤을 잤다면 가진 돈의 씀씀이는 명백해지는데 시계와 만년필과 라이터가 없어진 건 범인을 하나로 지목할 수 있을 때보다 더욱 찜찜했다. 그 물건들은 다 쓸 만한 거였지만 오래 지닌 구닥다리 물건이어서 팔아서 목돈 만들 수 있는 물건은 못 됐다. 그가 기분 나쁜 건 손재가 아니었다. 손수건이나 장갑 하나를 얻다 잃어버리는 일이 없는 그였다. 자기 거라면 털끝 하나도 소홀할 리 없는 몸에 밴 습성이 그가 기억할 수 없는 하룻밤 동안 전혀 딴 성격으로 행세했다고 생각하는 건 여간 기분 나쁜 일이 아니었다.

그가 어렸을 때 일이 생각났다. 그의 이웃에 대대로 점잖게 행세해 이웃의 존경을 받으면서 사는 대갓집이 있었다. 어느 날 그 집에서 점잖치 못한 악다구니 소리와 곡성, 깨부수는 소리가 들리고 동네 사람들이 모여들어 구경하는 일이 벌어졌다. 그 집은 아무도 모르게 십수 년 동안을 친자식을 가두어놓고 길렀는데 어느 날 그 자식이 꼭꼭 가둔 창살을 뚫고 나와 온 집안을 깨부수며 난동을 부린 것이다.

그의 내부에도 갇혀 사는 미친 분신이 있어 그의 감시가 소홀한 틈을 타 그를 뚫고 달아나 하룻밤 제멋대로 횡행했음이 아닐까? 그는 그가 생각나지 않는 시간에 그가 한 짓에 대해 그렇게밖에 설명을 할 수가 없었다.

그는 여관방을 나가려다 말고 문득 생각나는 게 있어 안주머니에서 지갑을 꺼냈다. 주민등록증은 그대로 있었으나 지퍼가 달린 구석 갈피는 비어 있었다. 거긴 3백만 원짜리 개인 어음이 들어 있을 터였다. 어제 금고에 간수하는 걸 잊어버리고 허둥지둥 서병식을 따라나선 게 잘못이었다.

"무식한 게……."

그가 사무실까지 가지고 소일하고 있는 일은 말은 납품업이었지만 돈장사였다. 주로 납품업자들의 어음을 비싼 선이자를 떼고 할인해주고 있었다. 부도가 날 경우 즉각 법적 조처를 취할 수 있도록 담보물이나 보증인이 든든해야 하는 건 말할 것도 없었고, 그런 일에 한 푼의 실수라도 할 그가 아니어서 돈이 노는 친구는 그에게 억지로 돈을 갖다 맡길 정도였다.

훔쳐간 어음을 은행에 돌릴 바보도 없겠지만 돌려도 떨어지게 할 바보도 없었다. 그러자니 잃어버린 쪽에서 취해야 할 법적 절차가 까다로웠고 그만큼 돈도 들어야 하고 시일도 걸리는 게 그를 짜증나게 했다. 훔친 쪽도 못 먹고 한동안은 붕 뜨게 되는 돈이었다. 훔쳐간 쪽에서 뒤늦게라도 그걸 알고 돌려주든지, 누가 훔친 것만 알면 이쪽에서 찾아가서 되레 좋은 말로 돌려받는 게 가장 빠르게 해결할 수 있는 방법이었다.

그를 배웅하러 나온 주인을 그는 될 수 있는 대로 똑바로 쳐다보지 않으면서 말했다.

"저어, 혹시 나하고 같이 잔 여자가 누군지 알고 계시지 않나요?"

"천만에요. 우리가 손님방에 여자를 들여보낸 줄 아시나본데 우린 절대로 그런 일 없습니다요."

주인이 펄쩍 뛰면서 눈을 곱지 않게 떴다. 그는 당황해서 그의 뜻을 대강이라도 밝히려고 했다.

"아니, 아닙니다. 결코 그런 뜻이 아니라 그 여자를 다시 만날 수 없을까 해서요."

"아, 네, 알겠습니다. 그 여자가 손님을 잘 모셨나 보죠. 부럽습니다. 그런 특별한 기술을 가진 애면 잘 봐둘걸. 그런 게 어디 겉으로 나타나야 말이죠. 제대로 거들떠도 안 봐서 통 생각나지 않는데요. 치마 두른 여자라는 것밖엔."

주인 남자의 개기름 흐르는 얼굴이 점점 외설스러워지면서 호들갑을 떨었다. 말이 더 길어졌다간 이쪽만 망신스러워질 것 같아 그는 얼른 여관문을 나섰다.

밖은 아주 좁은 골목이었다. 골목을 이루고 있는 집들도 하나같이 작았다. 작은 집들이 하나 걸러 여인숙 아니면 하숙 또는 다방까지 있었다. 다방이라는 간판이 붙은 집을 기웃거려봐도 그가 상식으로 알고 있는 다방하곤 얼토당토않았다. 살림집처럼 생긴 작은 ㄱ자 집을 마당 위까지 비치는 판대기로 덮었는데도 총면적이 스무 평이나 될까 말까 했다. 어디서 손님을 받아 차를 파는지 알 수 없었다. 서울에 이런 동네도 있었던가 싶게 평범한 집들이건만 이상하도록 낯설었다.

골목은 꽤 경사가 급한 내리막길이어서 다 내려오니까 큰길이 나왔다.

2, 3층 정도의 허술한 건물마다 카바레, 디스코텍, 맥주홀, 살롱 아니면 경양식, 다방 등의 간판이 붙어 있는 걸로 봐서 유흥가 같았다. 이른 아침의 유흥가는 폐촌처럼 을씨년스럽고 적막했다. 특히 불 꺼진 아침의 네온관은 환락의 잔해인 듯 너절했다.

그는 그 거리가 어딘지 짐작도 할 수 없었다. 그것을 알 수 있는 단서를 얻으려고 간판을 열심히 읽으면서 걸었지만 허사였다.

뉴욕, 해운대, 몬테칼로, 명동, 구라파식, 극동, 우주, 너랑 나랑, 도쿄, 태평양······. 이런 이름들을 달고 있는 상점들을 보면서 거기가 시내 어디쯤인지는커녕 어느 나라인지조차 헷갈릴 지경이었다. 궁중무술관이라는 간판이 붙은 제법 큰 빌딩에서 유흥가가 꺾이면서 버스가 다니는 한길이 나타났다.

우리나라 궁중에 따로 무술이 있었던가? 그는 궁중무술관을 쳐다보면서 이렇게 생각했지만 그 거리가 어디일까?라는 의문처럼 해답이 얻어질 것 같지 않았다.

그가 중학교 때 온 식구가 서울로 이사해 처음 자리 잡은 곳이 혜화동이었으며 결혼해서 분가한 곳이 명륜동이었고 명륜동에서 지금까지 살고 있었다. 그가 처음에 취직한 직장은 소공동에 있었고, 그만두고 친구와 시작한 사업의 사무실은 종로에 있었고 지금의 사무실도 종로였다. 그 역시 피난도 가보고 지방 출장도 안 가본 데 없이 다녀봤지만 통과였을 뿐 생활권은 아니었다. 그는 그 낯선 거리에서 어리둥절하면서 그의 생활권이 얼마나 협소하면서도 배타적이었던가를 돌이켜보고 있었다.

버스가 다니는 한길까지 나왔는데도 거기가 어딘지 모르긴 마찬가지였다. 버스는 행선지와 통과할 중요한 지점 몇 개를 달고 다닐 뿐 현재 위치를 달고 다니진 않았다.

한길 건너로 시장이 보였다. 아침장이 제법 활기 있어 보였다. 그는 시장을 향해 길을 건넜다. 길바닥에 나앉은 광주리 장수의 상품 중엔 홍두깨만 한 칡뿌리도 있었다. 그는 서울 토박이였음에도 불구하고 칡뿌리를 보자 아련한 향수를 느꼈다. 마대를 깔고 칡뿌리를 굵기 순서로 늘어놓고 노파는 그가 칡뿌리를 아무리 바라봐도 상대하지 않고 멀거니 허공만 쳐다보고 있었다. 그는 노파에게 무슨 말이든지 시키고 싶었다.

"할머니 요새는 칡뿌리도 양식을 하나 보죠?"

"글쎄요, 이게 여러가지 병에 좋다는 소리는 들었어, 서양음식에 친다는 소리는 못 들었는데."

"아뇨, 할머니, 서양음식이 아니라 양식이오. 굴이나 버섯처럼 사람이 일삼아 씨 뿌려서 길러서 소출을 많이 내는 것 말예요."

"아니, 이 양반이 미쳤나? 그러니까 이 칡뿌리가 가짜란 소리 아니오? 나 아직 마수걸이도 안 했소. 퉤, 어제 꿈자리가 사납더니만 오늘 재수 옴 붙었네, 퉤."

"아니, 할머니 그런 게 아니라 칡뿌리가 하도 굵어서⋯⋯."

"듣기 싫소, 썩 비켜나지 못해요. 어느새 망령나겐 안 생겼구면⋯⋯. 쯧쯧."

그렇게 망신을 당하고도 그는 별로 불쾌하지 않아 히죽히죽 웃으면서 그 자리를 비켜났다.

"여기가 무슨 시장입니까?"

그는 장바구니를 들고 나오는 아주머니한테 물었다.

"중앙시장 아입니꺼?"

"그럼 황학동이겠군요."

"어디가애 태평동이라애."

태평동, 태평로일 리는 없고 태평동이 어디쯤이더라? 그는 버스 정류장 쪽으로 걸어갔다. 정류장 못미처에 택시들이 늘어서 손님을 기다리고 있었다. 하나같이 '경기' 넘버를 달고 있었다. 처음으로 그곳이 서울이 아닐지도 모른단 생각이 들었다.

"아저씨 서울까지 합승하시지 않겠어요?"

출근길이 바쁜 듯 초조하게 손목시계를 보며 망설이던 청년이 그에게 물었다.

"여기가 어뎁니까?"

"네?"

"여기가 서울 아닌 어데냐니까요?"

"성남시지 어딘 어디에요."

청년이 벌컥 화를 내더니 홧김에 뭐 한다고 망설이던 택시에 후딱 올라타 버렸다.

성남시, 성남시.

전화 한 통 없이 나가 자고 들어온 남편에게 이것저것 물어보고 싶어하는 아내에게 그는 다만 그렇게 됐다고만 말하고 줄곧 성남시에 대해서 생각했다. 어떻게 그곳까지 가게 됐을까? 서병식과 함께 였을까? 같이 여관에 들었다는 여자와 함께였을까? 서병식이 성남시에 살고 있으리란 추측이 가장 그럴 듯했다. 그렇지 않고서야 그가 아무리 취중에라도 혼자서 성남시에 갈 까닭이 없었다. 그는 그 동네에 아무런 연고가 없었고, 어떤 곳일까? 하는 호기심을 품어본 적도 없었다.

"여보, 당신 주머니에서 이런 게 나왔어요."

세탁을 주라고 벗어놓은 양복주머니를 샅샅이 뒤지던 아내가 그에게 쪽지를 내밀었다. 작은 수첩을 뜯은 쪽지엔 '성남시 수진 2동 ××번지, 조미숙'이라고 또박또박 씌어 있었다.

"부적 주머니에 있습디다."

"부적 주머니?"

그건 바지 허리에 있는 솔기에 감쪽같이 달린 작은 주머니여서 혁대를 매면 절대로 속의 것을 꺼낼 수가 없었다. 아내는 매월 정초에 절에서 받아온 부적을 거기다 넣었고 그는 고액의 보증수표를 미처 은행에 못 넣었을 때 그곳에 간수했다. 그러니까 그 쪽지는 누가 찔러넣거나 우연히 거기 있는 게 아니라 그가 중요하다고 생각해서 손수 간직했음을 의심할 여지가 없었다.

"여보, 당신 내가 자고 들어왔고 또 이렇게 여자 이름으로 된 쪽지까지 숨겨 가지고 있는 걸 보고도 강짜도 안 하우?"

"저 목석인 거 이제 아셨수?"

"뭐 목석?"

"그래요, 목석이니까 여지껏 소리 없이 살았지, 보통 여편네 같으면 살기나 했게요?"

아내가 쓸쓸하게 웃으며 말했다. 입가에 얼핏 강한 경멸이 스쳤다. 그의 성불능에 대한 아내의 최초의 의사표시였다. 그만하면 무던한 아내이건만 그는 울컥 불쾌했다. 그 방면의 자존심이 아직도 그렇게 예민하게 살아 있는 줄은 그로서도 뜻밖이었다.

"그 쪽지, 내가 어젯밤 데리고 잔 여자가 준 거야. 미인이었어. 꼭 또 오라고 주더군."

"주책 좀 작작 떨어요."

아내는 상대하기도 싫다는 듯이 휑하니 부엌으로 나가버렸다.

성남시, 조미숙, 성남시, 조미숙……. 사무실로 나온 후에도 그의 의식은 이 두 개의 고유명사 사이를 갈팡질팡하느라 딴 아무 일도 손에 잡히지 않았다. 그에게 있어서 두 개의 고유명사는 어떤 구체적인 장소나 인물이 아니라 그의 단절된 시간, 그 섬뜩한 공허 속에서 반짝이는 요기 어린 빛이었다.

같이 잔 여자가 주소 성명까지 써줬다면 어음을 훔친 건 그 여자가 아닐지도 몰랐다. 또 그 이름이 같이 잔 여자의 이름이 아닐 수도 있고, 주소 성명이 가짜일 수도 있었다. 어음은 지불일이 두 달이나 남은 거여서 도난신고가 급하지 않기 때문인지 별로 신경이 쓰이질 않았다. 설사 그 어음 전액을 손해를 보는 일이 있더라도 끊긴 시간을 이을 수 있는 단서만은 어떡하든 놓치고 싶지 않았다.

그의 사무실 소파에선 뒤창문을 통해 꽤 소문난 숯불갈빗집 주차장이 보였다. 점심때쯤이면 마크 IV, 피아트, 레코드, 로열 등 제법 고급의 승용차가 주차장을 메웠고, 한참 있다간 그 정도의 차를 부릴 수 있을 만큼 성공한 장사꾼풍의 기름진 사내들이 슬슬 튀어나오기 시작한 배를 어루만지며 삼삼오오 갈지자 걸음으로 걸어나와 차에 올라탔다. 그는 그런 맨날 보는 풍경을 물끄러미 내다보고 있었다.

"사장님, 요새 뭐 좋은 일이 있으신가 봐요?"

"응? 음."

미스 현의 말에 그는 혼자서 빙글거리고 있었다는 걸 깨닫고 얼른 근엄한 표정을 지었다. 그러나 곧 입가가 헐렁해지면서 웃음이 났다. 그는 의사의 처방쯤 우습게 알고 금지된 술을 퍼마시고 2차에 가선 홑치마만 입은 여자를 실컷 주무르다가 막판엔 성남시까지 원정을 가서 오입을 하고 온 엉뚱한 녀석을 속으로 미소 지으며 바라보고 있었다. 그는 그 녀석이 밉지 않았다. 밉지 않을 뿐더러 사랑스러웠다.

마침내 그는 그 녀석을 찾아나서기로 했다. 성남시로 가는 버스는 도처에 있었지만 처음 성남시에서 나오던 날의 코스를 그대로 반복하기로 했다. 그는 고층아파트 앞까지 택시로 가서 성남으로 가는 버스를 갈아탔다. 거기서부터가 그에겐 낯선 고장이었고 그 낯선 풍경 속에서 행여 그 녀석의 눈길이 머물렀던 곳을 만날 수 있을지도 모른다고 생각했다.

전생에 본 풍경도 이승에서 다시 만나면 짚이는 게 있다는데, 그 녀석이 그의 속에 갇혔던 놈이라면 그의 눈을 빌어서 보았을 테니 뭔가 짚이는 게 있을 것 같았다. 그는 차창 밖의 풍경을 하나도 안 놓치고 유심히 내다보았다.

고층아파트 다음은 네거리였다. 네거리엔 지하철 입구가 입을 벌리고 있고 다음은 허허벌판이었다. 허허벌판엔 드문드문 포장집들이 낮잠을 자고 있었다. 하나같이 지붕은 주황색이고 바닥은 노란색인데 지붕을 떼어서 바닥과 따로따로 놓아둔 게 꼭 피서지의 텐트촌 같았다. 그러나 공지는 풀 한 포기 없이 황량했다. 공지 다음도 호수였다. 꽤 큰 호수가 호리병 모양을 하고 있고, 그 잘록한 허리 위로 버스길이 나 있었다. 왜 거기 호수가 있을까? 그는 잠시 이상하게 생각했다. 호수 둘레에도 풀 한 포기 없이 포장된 길이 에워싸고 있고, 나무 대신 일정한 간격으로 서 있는 시멘트 전주 꼭대기엔 동그란 가등이 서너 개씩 투명한 풍선처럼 매달려 있었다.

그런 것들을 내다보면서 그는 도시에 산다는 게 얼마나 황당한 웃음거리일까 하는 생각으로 속이 답답해졌고 이내 가슴이 죄는 것 같았다.

다음은 집과 비닐하우스가 드문드문 있는 공터가 나타났다. 공터는 땅이 고르지 못하고 습해 보였고 한 귀퉁이에선 포크레인이 땅을 헤집고 있었다. 무슨 공사를 하고 있다기보다는 그 괴물스러운 손으로 손장난을 하고 있는 것처럼 보일 만큼 둘레의 풍경은 개발과는 상관없이 완고해 보였다.

다음은 읍소재지의 주차장 주변 비슷한 상가가 나타났다. 이름난 메이커의 가구상도 있고 병원도 있고 전파사도 있고, 중국집, 다방은 으레 있고 사진관, 제과점도 있었다. 다음은 아파트 신축공사장이었다. 골조만 다 된 5층 아파트는 공사가 중단된 것처럼 인기척 없이 쓸쓸하고 괴기해서 그는 문득 말로만 들은 묘지 아파트를 연상했다. 묘지 아파트를 하나 분양받기 위해 늙은이들이 청약예금을 하고 몇십 대 일의 경쟁률을 뚫고 당첨이 되면 프리미엄이 붙고 천당과 가까운 꼭대기층은 로열박스가 되는 날이 없단 법도 없겠단 생각을 하며 눈살을 찌푸렸다.

다음은 말로만 듣던 농수산물 종합시장 부지엔 간판으로 된 울타리만 쳐져 있고 다음은 또 들판이었다. 들판엔 비닐하우스가 수도 없이 끝도 없이 질서정연히 늘어서 있어서 농업지대라기보다는 최첨단의 공업지대를 보는 것 같았다.

명륜동에서 살면서 소공동으로 출근하기 10여 년, 종로로 출근하기 20여 년이 되건만 그 사이에 창경원이 있다는 것밖에 모르는 그였다. 그 사이에 창경원이 있다는 걸 아는 것도 서울시민으로서의 상식일 뿐 매일 보아서라곤 볼 수 없었다. 만약 누가 요새 창경원 벚꽃놀이가 한창이겠네요? 하고 그에게 물었대도 글쎄요,라고 대답할 줄밖에 모르는 그였으니까, 그만큼 자기하고 상관없는 걸 무심히 보아넘기던 그였다.

그런 그가 평범하기 짝이 없는 서울 변두리 풍경을 빨아들이듯이 열심히 내다보면서 그 하나하나에 뭔가를 감시하려 하고 있었다.

어쩌면 그는 그를 깜쪽같이 따돌리고 하룻밤의 자유를 즐기다가 돌아와 시치미 딱 떼고 마치 없는 것처럼 구는 녀석에게 이것 보렴, 이것을 보고도 시치밀 뗄래? 하고 들이댈 물적 증거를 찾고 있는지도 몰랐다.

끊긴 시간을 이을 수 없는 한 녀석은 남이었다. 남처럼 대할 수밖에 없었다. 녀석이 그의 속에 있다는 걸 처음 알았을 때 녀석은 얼마나 생급스러웠던지 숫제 적이었다. 그러나 점점 알 것 같았다. 지난날 수없이 녀석을 만나왔음을. 그의 꿈속에서, 욕망 속에서.

해태가 석대 위에 올라 앉았는 데서 서울은 끝났다. "안녕히 가십시오" 그러나 밖에서 들어올 때 석대의 글씨는 "어서 오십시오"로 되어 있다. 그러니까 해태는 공평무사한 경계의 표시가 아니라 서울 편인 셈이었다. 하긴 서울시민은 해태를 좋아하니까. 그는 별것도 아닌 걸 가지고 새로운 발견처럼 고개를 끄덕였다.

해태가 양쪽에서 지키고 있는 관문을 지나도 풍경은 크게 달라지지 않았다. 거무스름한 들판에 시뻘건 진흙을 무더기 무더기 쏟아놓고는 '객토사업지대'라고 커다란 입간판을 세워놓은 걸 보면서 하는 일을 일일이 표어화하기 좋아하는 것까지 서울 시골의 구별이 없다는 생각이 들었다.

"수진이고개, 수진이고개에서 내리실 손님 안 계세요?"

"내다, 내다."

그는 수진이고개란 소리에 깜짝 놀라면서 차장을 향해 손까지 들고는 허둥지둥 자리에서 일어났다.

수진이고개란 소리에 재빨리 수진동을 연상한 것까지는 총기 있었으나 수진2동 ××번지 조미숙을 찾기까지는 고난의 길이었다. 여남은 평 정도의 작은 집들이 다닥다닥 붙은 비탈길을 수도 없이 오르락내리락하다 보면 거기가 거기 같아서 무엇에 홀려서 한곳을 뱅뱅 돌고 있는 것 같은 어지럼증이 났고 이러다 영영 못 벗어나는 게 아닌가 싶을 만큼 그곳 갈피는 깊고 복잡했다. 그래도 그는 그가 가진 쪽지를 남에게 보이고 길을 묻지 않았다. 때 타지 않은 부끄러움 같은 게 그걸 망설이게 했다.

천신만고 번지가 맞을 뿐 아니라 의젓하게 조미숙이란 문패까지 붙은 집을 찾고 보니 바로 그가 묵은 여인숙과 지척이었다. 왜 진작 그 생각을 못했을까 뒤늦게 억울하기도 하고 저희들끼리 짜고 그를 속여먹은 것 같아 괘씸하기도 했다.

마당까지 통틀어야 그의 집 거실 넓이밖에 안 될 오막살이가 대문은 꼬챙이가 뻗친 철문이었다. 손으로 건드려봐도 꼼짝도 안했다.

그는 마른 입맛을 다셨다. 남의 대문 앞에서 덮어놓고 "이리 오너라" 하던 그의 아버지대의 풍속이 문득 그리워졌다.

"여보십시오, 말씀 좀 물어봅시다."

철문은 웬만한 집 대문에 달린 출입문처럼 외짝인 데다가 낮아서 쇠꼬챙이 사이로 안을 훤히 들여다볼 수 있었다. 플라스틱 판대기로 하늘을 막아버린 이부자리만 한 마당을 향해 방문이 ㄱ자로 세 개나 나 있었다. 그 세 개의 방문이 앞서거니 뒤서거니 다 열리고 잠옷만 입은 여자, 잠옷 위에 스웨터를 걸친 여자, 내복만 입은 여자가 내다봤다. 대낮인데도 그 꼴을 하고 있고, 아직도 어젯밤의 짙은 화장이 더러운 더께가 되어 남아 있는 뻔뻔스러운 얼굴로 봐서 그들이 모두 조미숙이 아니더라도 조미숙과 같은 직업을 가진 여자들임은 의심할 여지가 없었다.

그는 어떡하든 그 세 여자 중에서 조미숙을 가려내야 한다고 생각했다. 지금까지 온갖 물적 증거를 다 갖다대도 녀석은 잘도 시치미를 떼고 있었지만 이번만은 안 될걸. 그는 세 여자를 하나하나 유심히 관찰하면서 그의 속에서 녀석이 꿈틀해주길 바랐다.

세 여자 중 두 여자는 웃으면서 그를 내다보고 있었고 한 여자는 새침하니 눈을 모로 뜨고 있었다. 눈을 모로 뜬 여자가 맨발에 슬리퍼를 꿰고 나와 문을 열었다. 문에서 나는 기를 쓰는 것 같은 쇳소리에 작은 집이 진저리를 쳤다.

"아이 창피해. 집까지 찾아오고 야단이야."

눈매가 사나운 여자가 그를 왈칵 안으로 잡아끌면서 투덜거렸다.

"창피하기도 하겠다. 상년아, 좋으면 좋다구 그래."

"보아하니 봉이다, 봉. 너 싫으면 나 줄래?"

웃고 있던 여자들이 한마디씩 하고 문을 탁 닫았다. 그는 여자가 잡아끄는 통에 휘청하면서 손을 짚고 보니 벌써 마루 끝이었다. 그가 당하고 있는 것으로 미루어 그 여자가 조미숙인 것 같았으나 녀석은 끝내 시치미 뗄 작정인가 보다. 생판 처음 보는 얼굴이었다. 초면인데도 낯익은 얼굴이 얼마든지 있는데 그 여자는 그렇지도 못했다. 전혀 다른 생활권을 산 사람끼리의 이질감이 그 여자를 더욱 낯설게 했다.

"어서 올라오지 않고 뭘 우물쭈물하고 있어요."

마루 끝에서 머뭇거리는 그에게 여자가 독살스럽게 핀잔을 주었다. 그는 얼른 구두를 벗고 마루로 올라섰다. 그 여자의 방은 마루가 달리고 또 한쪽으론 부엌이 달린 방이니까 이 집의 안방인 셈이었다. 문패가 조미숙인 까닭을 알 만했다.

큰 경대와 서랍장을 빼고는 방바닥을 온통 꽃무늬 있는 캐시밀론 이불이 차지하고 있어 발 들여놓을 틈도 없었다. 먼저 들어간 여자가 이불을 들쓰다시피 하고 앉으니까 약간의 틈이 생겨 그 사이에 그는 쪼그리고 앉았다.

"창피하게 뭘하러 집까지 찾아와요? 하여튼 주책이야. 주소 적어주면서도 설마했지."

여자가 독기를 약간 누그러뜨리고 교태를 부리려고 했다.

"그러니까 댁이 조미숙이오?"

그는 매우 점잖게 말했다. 그런 태도가 그쪽 분위기에 안 어울린다는 걸 느끼면서도 그 밖엔 어찌할 바를 몰랐다.

"뭐라구요? 이 늙은이가 미쳤나?"

늙은이란 소리가 그의 자존심을 건드렸다. 육십을 바라보지만 아직 맞대놓고 늙은이 취급을 받아보진 않았었다.

"허어, 색시 말버릇이 고약하군. 묻는 말에 대답을 하시오."

그는 걷잡을 수 없이 점잖아지고 있었다. 여자는 그런 그가 혼자 보기 아까워 온 동네의 동업자를 다 불러 모아 함께 구경거리로 삼고 싶다는 듯이 주위를 휘둘러보며 기가 차했다.

"그럼 내가 누군지도 모르고 찾아왔다 이 말예요?"

"그럼 자네가 조미숙이렷다?"

"네잇. 소첩이 조미숙이라고 아뢰오. 이 늙은일 당장 내쫓아버릴까 보다."

미숙이 분을 못 이겨 그에게 삿대질을 했다. 늘쩍지근한 나일론 잠옷 소매가 팔뚝으로 흘러내리면서 시커멓고 음탕한 겨드랑이가 들여다보였다. 그는 얼른 외면을 했다.

"자네가 날 여관에 데려다 줬으면 알겠지만 내가 워낙 취했더래서 통 생각이 안 나서 그러는 건데 자네가 양해를 해줘야지 그렇게 화만 내면 쓰나?"

그가 차근차근 타이르듯이 말했다. 그러나 그런 온건한 태도가 도리어 미숙의 비위를 크게 덧들인 것 같았다. 가뜩이나 독살스러운 눈이 불붙는 것처럼 핏발 서면서 벌떡 일어섰다. 그리고 곧바로 심장을 겨누듯이 살기 등등하게 그의 가슴을 향해 손가락질을 하며 악을 썼다.

"뭐라구? 통 생각이 안 난다구? 이 엉큼한 늙은이야. 숏타임도 아
니구 밤새도록 사람을 한잠도 안 재우고 방아를 찧고도 통 생각이
안 난다구?"

"방아를 찧다니?"

"이 늙은이가 누구 기통 터져 죽는 꼴을 보고 싶은가? 아유 내가
미쳐 미친다니까. 방아도 몰라. 가죽방아 말야. 늙은이가 기운도 좋
아. 다음 날 난 몸살이 나서 일도 못 나갔는데 영감은 멀쩡하게 일어
나서 점잔 빼고 갔다면서?"

그는 가죽방아가 무슨 뜻인지 알아듣자마자 가슴이 울렁거리고
눈앞이 몽롱해졌다. 그런 일이 있을 수 있을까? 여자가 거짓말을 시
키고 있을 거야. 저런 여자의 말을 어떻게 믿는담. 그렇지만 혹시
또 모르지. 녀석이라면 그럴 수 있을지도. 그는 아직도 그의 끊겨
달아난 시간을 지배했을 어떤 녀석이 있다고 믿고 싶었다.

실은 여자의 말에 필사적으로 매달리고 채신없이 아양까지 떨고
싶은 걸 고질적인 점잔 빼는 버릇 때문에 적당히 얼버무려가며 말
했다.

"그러니까 그날 밤 내가 자네를 건드렸다 이 말이지?"

그는 미숙이 또 한 번 죽을 둥 살 둥 분을 못 이기면서 그의 가죽
방아 실력을 강조해주길 바랐다. 그러나 미숙은 입을 다물고 그를
노려보기만 했다. 이글거리던 눈이 차갑게 날이 섰다. 그리고 혼잣
말처럼 중얼거렸다.

"이 늙은이가 일부러 찾아와서까지 시치미 떼는 까닭을 이제야

알겠군. 흥, 그렇지만 이번엔 나도 그렇게 호락호락하진 않을걸."

"무슨 소린지 알아듣게 해보게나."

여자가 경련하듯이 신경질적으로 서랍장 맨 아랫서랍을 열더니 그 밑에서 어음을 꺼냈다. 그가 잃어버린 3백만 원짜리 약속어음이었다.

"아, 그 어음을 자네가 보관하고 있었구면."

역시 직업의식은 있어 그는 그 어음을 보자 반색을 했다. 순간적으로 거기까지 찾아온 목적을 달성한 것처럼 후련해지기까지 했다.

"뭐라구요? 보관을 했다구요? 역시나 그 수법이었군. 역시나."

"그 수법이라니?"

"술김에 큰돈을 뿌리고 나서 술 깨고 나니까 생각이 달라진 거죠? 그래서 정신을 잃었던 것처럼 연극을 꾸몄죠? 나 이래 봬도 산전수전 다 겪은 여자라구요. 그런 잔꾀에 안 넘어가요. 언젠가도 어떤 놈팡이가 현금이 없다면서 제 수표장에다 백만 원을 써주고 가더니 다음 날 새파랗게 질려서 오더니 싹싹 빕다. 10만 원을 줄 테니 제발 그 수표를 돌려달라고. 그렇게 솔직하게 빌면 나도 마음은 여린 년이니까 넘어가 줄 수도 있는 문젠데 영감님은 뭐예요? 아이 징그러. 능구렁이처럼 연극도 잘해. 한 푼도 내줄 수 없어요. 나도 그만큼 진 빼고 번 돈이지 거저 빼앗은 돈 아니니까. 생긴 건 그렇지 못한 노인네가 기운만 장산 줄 알았더니 속은 또 왜 그렇게 시커매요."

"그러니까 그 어음을 내가 내 자유의사로 내놓았다 이 말이지?"

"저, 저 시침 떼는 것 좀 봐. 어쩌면, 아유 놀라라. 내 이럴 줄 알고 증거를 남겼다구요, 증거를. 나도 수표에 대해 아주 무식쟁이는 아니거든요."

여자가 그의 코앞에 들고 있던 어음의 뒷면을 보여줬다. 몇 다리 건너온 이서 맨 끝에 그의 주소와 서명과 날인이 돼 있었다. 틀림없는 그의 필적과 인장이었다.

녀석 바로 네 녀석 짓이렷다. 이 지경까지 갔는데도 시치미 떼고 있을 작정인가? 제발 뭐라고 좀 그래보렴. 알은체라도 좀 해보렴. 거짓말 탐지기도 속아넘어가게 굴지만 말고 얼굴이라도 좀 붉혀보렴. 그러나 녀석은 꼼짝도 안 했다. 녀석이 과연 있기는 있는 걸까?

그는 속으로 이렇게 초조하면서도 겉으론 어디까지나 몸에 밴 점잖고 침착한 태도를 잃지 않았다.

"색시의 하룻밤 몸값이 3백만 원이라는 건 말도 안 돼. 나는 그 수표에 대해 사취계를 낼 수도 있어."

"그럼 어떻게 돼죠?"

여자가 약간 주눅이 드는 것 같았다.

"법정에 서야지 뭐."

"법정에요? 내가 뭘 잘못했다고⋯⋯."

"그 수표를 정당하게 취득했다는 걸 증명해야 될 거야. 그걸 못 하면 그 수표는 안 떨어져. 내 것이 되는 거지."

"그럼 영감님도 같이 법정에 서야겠네요?"

"물론이지."

"아유 망신이야."

"그럼 망신이고말고."

"내 얘기가 아녜요. 영감님 얘기지. 아유 재미있어라. 신문에도 났으면 좋겠다."

여자가 손뼉을 짝 하고 크게 한 번 치더니 그 독살스러운 눈에 소년 같은 장난기가 아물아물 서렸다. 그는 처음으로 여자가 아주 밉상은 아니라고 생각했다. 정말 그러려고 한 소리가 아니라 겁을 주기 위해 한번 해본 소리였지만 막상 그렇게 됐을 때 망신을 당하는 쪽이 누가 될 것인가에 생각이 미치자 그도 피식 웃고 말았다.

"신문에 크게 나게 이야기를 멋드러지게 해야지, 요절복통들을 할 거야."

여자가 혼자서 킬킬댔다.

"법정에서 할 요절복통할 이야기를 지금 나에게 해줄 순 없나?"

"그래도 체면은 있어서 법정에서 망신당하긴 싫으신 게로구려."

여자가 야릇하게 웃으면서 그의 어깨를 툭 쳤다.

"솔직하게 말해보시지 영감님."

여자가 눈을 찡긋하면서 어깨를 친 손으로 그의 목을 감았다. 목을 감은 손이 그의 턱을 부드럽게 어루만졌다.

"뭘?"

"또 한 번 방아를 찧고 싶은 생각이 굴뚝 같죠? 그쵸? 내 눈은 못 속여요."

"글쎄……."

"영감님도 참 음충맞긴. 하룻밤을 자도 만리장성 쌓으랬다고 우리끼리 그런 사정도 못 봐줄까 봐 뭘 우물쭈물해요."

"사정은 무슨 사정."

여자의 손길이 그를 부추기려고 점점 더 대담해지는 것보다 한발 앞서 그는 녀석을 부추겨야 한다고 몸이 달수록 녀석은 부추겨지기는커녕 있는 척도 안 했다.

"그 사정을 꼭 내 입으로 말해야 되겠수? 영감도 참. 난 다 안단 말예요. 술김에 기마이 좋은 양반치고 평소에 구두쇠 아닌 사람 없다는 걸. 오늘은 공짜로 재미 보러 왔죠? 한 번 왕창 기마이 쓴 연줄로 공짜 거래를 터볼 속셈이죠? 나 이래 뵈도 의리가 있는 년이니까 오늘은 봐줄게. 그렇지만 자주는 싫어. 오늘은 어째 몸도 뿌덕지근하고 기분도 그렇지 않고 해서 일 나가는 거 비어때릴 테니 우리 오붓하게 재미보자구. 내 실력 영감님이 알고 영감님 실력 내가 알잖아."

뒤에서 턱을 만지작대던 여자의 손이 허리를 죄면서 육중한 젖가슴이 그의 등을 눌렀다. 그가 꼼짝도 안 하자 허리를 감은 손이 혁대를 끄르려고 바클을 만지작거렸다. 그는 앞지퍼를 움켜잡으면서 여자의 손을 뿌리쳤다. 그쯤 해도 살아나지 않는 물건을 여자에게 들키고 싶지 않았다. 십중팔구는 이미 들켰을지도 모르는 일이건만 그는 아직도 밤새도록 방아를 찧었다는 실력에 대한 꿈을 버리지 않고 있었다.

어디까지가 진담이고 어디까지 농담인지 그 진의를 알 수 없는 여자를 그는 물끄러미 쳐다보았다. 생전 욕망이라곤 깃들여보지 않은 것처럼 허심한 그의 눈길과 마주친 여자가 처음으로 움찔 무안을 타면서 장난질을 멈추었다.

"정말 고소를 해서 이 돈을 빼앗을 셈이에요?"

여자가 원망스러운 듯이 물었다. 여자는 전혀 욕망이 깃들여 있지 않은 남자의 눈에 겁을 먹은 것이었다. 그녀의 방에 그런 눈을 한 남자를 맞아보기는 처음이어서 어떻게 취급해야 좋을지 몰랐다.

"세수 좀 하고 들어오겠어요. 이런 꼴을 보여서 죄송해요."

여자는 밖으로 나갔다. 우선 자리를 피하고 생각을 가다듬으려는 것 같았다. 한참 만에 세수를 끝내고 한결 정결하고 노티가 나는 여자가 차를 한 잔 쟁반에 받쳐가지고 들어왔다.

"구기차예요. 속병에 좋다고 해서……. 집에 그것밖에 없네요."

"고마워. 속병이 있나?"

"속병 골병 다 있죠 뭐. 우리 같은 여자, 몸뚱이 성한 여자 있나요?"

"몸이 밑천일 텐데 그러면 쓰나?"

"그러게나 말예요."

"더 몸 버리기 전에 딴 살길을 찾아야지."

"영감님은 인정도 많으셔. 꼭 아버지 같아요. 그날도 그러시더니."

"그럼 방아니 뭐니 하는 상소리는 참말이 아니었겠군."

그는 그 순간 안심인지 실망인지 구별 못할 야릇한 심정이 되면서 다그쳤다.

"왜 이래요? 아직도 날 살살 꼬셔서 이 수표 권리를 빼앗으려는 잔꾀를 단념 못 하고 있는 거예요? 어림도 없지."

여자의 눈에 다시 독이 올랐다.

"아니, 그런 게 아니라."

"그런 게 아니면 뭐예요? 점잖은 개 부뚜막에 오른 게 창피해서? 그 일에 대해 점잖은 사람이 어디 있어요. 상감님이나 비렁뱅이나 밤에 그 짓 하긴 마찬가진데."

"내가 알고 싶은 건……."

그는 망설였다.

"정말 그렇게 생각이 안 나요? 내가 다 얘기해줄게요. 그 대신 그 이상은 절대 상대 안 할 테니 그런 줄 알아요. 그날 영감님이 어찌나 못살게 굴었는지 기진맥진해 늘어진 날 보고 그래도 좀 안된 생각이 들었는지 아까 하신 소리 같은 소릴 하데요. 몸 더 버리기 전에 딴 살길을 찾아가지 않겠느냐구요. 언제 적 짐승처럼 날뛰었던가 싶게 인자하게 굴더군요. 내가 이래 봬도 눈귀 하나는 여린 년이라 이 설움 저 설움 묵은 설움에다 그날의 몸 고달픈 것까지 겹쳐서 그만 훌쩍훌쩍 울면서 현금 3백만 원만 있어도 하다못해 구멍가게라도 내서 이짓에서 발뺄 수 있겠노라고 했더니 영감님이 깜짝 놀라더군요. 단돈 3백만 원이 없어서 그 노릇을 하다니 말도 안 된다면서 같이 눈물을 흘려주시더군요. 그러고 나서 손자한테 천 원짜리 세뱃돈 한 장 내주듯이 가볍게 그 수표를 내주셨어요. 정말이에요. 나도 그때 믿기지 않아 들은풍월은 있어서 이서를 해달라고 한 거구요. 수표 받고 나서 우리 집 주소까지 써줬잖아요. 보통 몸값하곤 달라서였어요. 내 신세 한탄값까지 포함된 거니까 법정에 서게 돼도 난 하나도 꿀릴 거 없어요. 곧이곧대로 다 말해줄 테니까."

창녀의 신세 한탄을 듣고 3백만 원을 쾌히 내놓았다니 점점 더 그답지 않았다. 그는 친척이나 친구의 어려움이나 불쌍한 이웃을 보고 주머니 끈을 만지작거리는 감상을 철저하게 배제하면서 살아왔다. 남에게 한 푼도 신세진 일도 없거니와 이해관계에 상관없이 베푼 일도 없었다.

그렇담 녀석의 짓이 틀림없으렸다. 찾다 지친 나머지 있는 것조차 의심스럽던 녀석의 존재를 그는 다시 믿으려 하고 있었다. 녀석은 그의 끊긴 시간을 지배했을 뿐 아니라 그로서는 불가능한 짓만 하고 돌아다녔다. 그는 녀석에 대해 분노하면서 강하게 이끌리고 있었다.

"나 화장 좀 해야겠어요. 슬슬 나가볼 시간이니까 그만 가주든지 구경을 하든지 맘대로 해요."

여자가 곱실곱실한 머리를 한데 모아 수건으로 질끈 동이더니 잠옷을 벗고 소매없는 내복만 입은 채 경대 앞에 앉았다. 브래지어 없는 내복 속에서 풍만한 가슴의 두 개의 유두가 도발적으로 발기해 있는 게 빤히 바라보였고 겨드랑이의 숲은 음습해 보였다. 그러나 녀석은 잠잠했다. 여자가 콜드크림을 처덕였다. 눈가의 기미와 잔주름이 한꺼번에 살아나 여자의 얼굴이 처량해 보였다. 여자도 그걸 느끼는지 얼른 그것을 지우고 나서 몇 가지 크림과 화장수를 바르고 화운데이션을 두텁게 입혀갔다. 눈화장, 입술연지, 볼연지까지 끝낸 여자가 수건을 풀었다. 곱실곱실한 머리가 용수철처럼 일어서면서 전형적인 창녀의 얼굴이 완성됐다. 여자가 거울 속에서 요염하게 웃었다. 그는 쓸쓸하게 웃으며 말했다.

"그리고 어델 갈 셈이오?"

"어덴 어데에요. 직장이지."

"직장이 어덴데?"

"또 시작이다 또 시작이야. 아무것도 모르는 척이 또 시작이야."

여자가 자신의 극렬한 혐오감을 나타내기 위해 이를 갈았다.

"내가 색시 직장을 어떻게 알아?"

"직장이라니까 무역회사나 은행쯤 되는 줄 알아요? 영감님하고 만난 카바레가 내 직장이에요."

"그 카바레가 어디 있는데."

"요 아래요, 가까워요."

"그럼 성남시?"

"이 영감이 누구 미치는 꼴을 보려고 작정하고 왔나 봐."

"그러니까 내가 내 발로 혼자서 이 성남시의 카바레로 놀러왔었다 이 말이지?"

"그래요."

여자가 짓찧듯이 대꾸했다. 이제 그의 모르는 척에 반발하기보다는 장단을 맞추기로 마음을 고쳐먹은 모양이다.

"거기서 내가 뭘 했을까?"

"카바레가 뭐하는 덴지 몰라서 물어요. 술 마시고 춤추고 여자 남자 눈 맞고."

"난 춤을 못 추는데."

"디스코를 기차게 추던데요."

"디스코? 그게 어떻게 추는 춤인데?"

"영감님, 혹시 정신이 돈 사람 아녜요?"

"본인이 정신 돌았다고 말하는 돈 사람도 있던가?"

"영감님이 여기 와서 한 말 중 성한 사람다운 말은 딱 그 한마디 뿐예요."

"나도 딱 한마디라도 좋으니 색시의 바른말을 듣고 가고 싶군."

"아아, 정말이지 미치고 팔짝팔짝 뛰겠네. 내가 여지껏 거짓말만 했다 이 말이군요?"

여자가 지친 듯, 화장으로 일껏 공들여 지운 기미와 잔주름이 살아나 보였다.

"꼭 그렇단 소리는 아니구……. 내가 이 고장에서 꼭 찾고 싶은 게 있는데 그걸 찾기 위해선 색시의 바른말이 필요해. 도와줘요."

그가 목석도 감동시킬 것처럼 성실하게 말했다. 여자가 움찔했다.

"그러니까 영감님은 잃어버린 귀중품을 찾고 있군요."

"그렇다고 볼 수 있지."

그는 그가 놓친 시간을 잃어버린 귀중품에 비유하는 게 그럴듯해서 크게 고개를 끄덕였다.

여자의 상큼한 눈꼬리가 별안간 곤두서더니 발길로 캐시밀론 이

불을 걷어차더니 베개도 걷어찼다. 경대 위에 놓인 돼지저금통을 던지고 못난이 인형을 던지고 조화를 던졌다. 깨지지 않을 것만 골라서 던지고 나서 잠시 망설이더니 경대 서랍을 열고 라이터를 하나 꺼내서 그에게 던졌다.

"썩 꺼져. 이 구두쇠 영감. 꼴도 보기 싫으니 썩 꺼져버려. 하룻밤 외도에 3백만 원씩 쓰는 부자영감이 그까짓 거 하나 슬쩍한 걸 눈감아주지 못하고 찾으러 와요? 쩨쩨하게스리. 찾으러 왔으면 솔직하게 달랠 것이지 고문하듯이 사람을 요렇게 찔러보고 조렇게 찔러보고 만신창이를 만들어서 불게 할 건 또 뭐야. 당신 같은 늙은인 꿈에라도 다시 볼까 무섭다. 어서 썩 꺼지지 못해."

여자가 발로 방바닥을 쾅쾅 구르며 포달을 부렸다. 여자가 던져준 라이터는 그날 밤 없어진 그의 라이터였다. 손수건 한 장도 허투루 잃어버리지 않는 성질 때문에 10년 넘어 지닌 상당한 고급품이어서 실제의 물건값 이상으로 정들고 길든 물건이었다. 그러나 그거 몇백 곱절의 그날 밤의 손실 때문인지 허전하거나 아쉬워할 겨를도 없던 물건이었다. 그러나 여자의 극렬한 푸념을 당하고 보니 거기까지 온 목적이 마치 그거였던 양 속이 다 후련해지는 것 같았다. 그는 뭐 본 벙어리처럼 말문이 막힌 채 빙글빙글 웃기만 하면서 라이터를 주머니에 넣고 그곳을 물러났다.

그러나 성남시도 미처 벗어나기 전에 그는 아무것도 이루지 못하고 허탕만 치고 돌아가고 있음을 깨달았다. 그가 이루어야 할 것은 물건이나 돈을 찾는 게 아니라 감쪽같이 끊겨 달아난 시간이었다.

그 시간을 지배한 녀석과 그의 내부의 자아를 연결하는 일이었다.

그 후 그는 표면상 달라진 건 아무것도 없었다. 단조롭고 규칙적인 그의 생활로 돌아와 있었다. 매일 아침 16유니트의 인슐린을 손수 살 속에 찔러넣을 때마다 그의 살은 어김없이 엄살을 떨었고, 하루 세 번씩 목구멍이 부듯하게 결핵약을 삼키면서 인류는 마침내 결핵을 정복했다를 신봉했고, 이젠 완전히 자동화돼버린 아내의 정성이 마련한 하루 1,800칼로리의 식단에 양계장의 닭처럼 구구구구 사육되고, 왕복 4킬로의 아침 산책을 하고 온종일 돈을 이식하고 한 달에 한 번 정해진 날엔 임대해준 부동산의 집세를 받으러 다녔다. 달라진 건 아무것도 없었다.

그가 평형을 잃고 경도되어 있음을 느끼는 건 아직은 그 자신밖에 없었다. 그의 독특한 평형감각은 그의 가풍 속에, 어쩌면 동양 사람 모두의 도덕적 감각 속에 잠재한 중용의 정신 비슷한 거였고, 그가 당뇨병을 조절하면서 마침내 자기 것으로 한 삶의 지혜, 세상 돌아가는 이법 같은 거였다. 평형을 유지하기 위해선 물론 한쪽으로 쏠리지 않는 게 첫째 조건이었다. 인간의 가장 기본적이고도 삶의 시작부터 종말까지를 일관한 장구한 욕망인 식욕을 조절할 수 있게 된 후부터였다. 그가 세상 돌아가는 이법에서 극단은 피하고 안전한 중간을 취하는 평형감각에 유난히 예민해진 것은.

그가 친구와의 동업에서 손을 떼고 들어온 상당한 몫을 가지고 시작한 첫 사업은 부동산 투기였다. 그때도 전 재산을 거기 투입한 게 아니라 안전한 곳을 몇 군데로 나누어 투자하고 순전히 그의 소일

거리나 될 만한 액수를 남겨서 시작한 게 뜻밖에 하는 족족 큰 이익을 보게 됐다. 마침내 부동산 붐이 일고 너도 나도 돈 보따리를 싸들고 변두리 개발지역으로 몰려들 때 그는 그 일에서 손을 뗐다. 그의 평형감각이 모든 사람이 쏠리는 곳으로부터 비켜나라는 위험신호를 보냈기 때문이다. 다음으로 투자한 곳이 증권이었다. 증권도 마치 그가 열기를 주도한 것처럼 그가 투자하자마자 불붙기 시작했지만 그 열기가 막바지에 오르기 전에 그는 부동산 때와 똑같은 위기의식으로 남보다 한발 앞서 손을 뗐다. 한참 재미볼 때 손을 뗀다는 건 쾌속으로 달리는 열차에서 뛰어내리는 것만큼이나 용기를 요하는 일이건만 그는 해냈다. 그의 평형감각이 그가 극단으로 가는 걸 막았다.

그런 그가 요새 걷잡을 수 없이 성남시에 쏠리고 있었다. 어음을 찾기 위한 절차를 포기한 지는 오래였다. 그건 조미숙한테 주어도 그만이었다. 그렇다고 조미숙이란 여자한테 쏠리고 있는 것도 아니었다. 그의 몸도 마음도 성불능이긴 조미숙도 그의 아내나 딴 여자들과 다를 바 없었다.

그가 쏠리고 있는 건 실로 하찮은 거였고 자신도 이해할 수 없는 거였다. 조미숙, 그 독살스러운 여자는 도대체 어떤 모습으로 울까? 느닷없이 그게 보고 싶으면 걷잡지를 못했고 그런 여자의 빤한 신세 한탄에 같이 울어줬다는 녀석의 울음을 확인하고 싶은 생각에 사로잡히면 향수처럼 가슴이 아려 고층아파트 앞에서 성남 가는 버스를 타야만 했다.

문득 그의 내부에서 야성이 회춘하는 것 같은 기미를 감지할 적도 있었다. 그럴 때 조미숙의 원색적인 표현대로 가죽방아라는 걸 한 번 멋드러지게 시험해볼 수 있을 것 같아 몸이 달았다. 조미숙 그 암컷에 지나지 않은 그 조악한 정신과 음탕한 몸뚱이를 밤새도록 잠 안 재우고 울릴 수 있는 수컷은 군침이 돌 만큼 그를 매혹시켰다.

그러나 그의 성남행은 번번이 허탕이었다. 그 모든 것은 서울에서의 환상일 뿐 성남시가 가지고 있는 건 아니었다. 물론 번번이 허탕만 치는 건 아니었다. 초행 때 라이터를 찾았듯이 서너 번 중에서 한 번은 만년필도 찾고 시계도 찾는 일이 생겼다. 조미숙은 그의 방문에 진저리를 쳤고 가끔 히스테리가 발작하면 첫날처럼 손에 잡히는 대로 물건을 내던졌다. 첫날엔 깨지지 않을 것만 골라 던졌지만 점점 깨질 것 위험한 것도 안 가리고 그에게 던졌고 달겨들어 쥐어뜯기도 했다. 그러다가 길길이 뛰면서 악다구니를 치고 만년필도 내놓고 시계도 내놓았다. 실은 그게 목적이 아니었으면서도 그 정도의 수확이라도 있을 땐 그는 잠시 후련했다.

그가 나타나 같은 질문을 되풀이하는 것만으로 조미숙에게 고문과 같은 고통을 준다는 걸 충분히 알면서도 그는 그런 가학을 즐기고 있었다.

이제 그날 밤 잃어버린 물건을 다 돌려받아 더 이상 찾을 게 없는데도 뭔가 또 돌려받을 수 있을 것 같은 예감에 거의 시달리다시피 하면서 성남시를 찾은 날 조미숙은 이사 가고 없었다. 옆방에 살면서 조미숙과 그와의 기묘한 관계를 눈여겨본 여자가 흰 봉투를 건

네주었다. 그와 조미숙과의 인연이 됐던 쪽지와 같은 필적의 편지와 3백만 원짜리 어음이 들어 있었다. 편지 사연은 간단했다.

"이것만은 안 내놓을려고 했는데 마저 내놓겠어요. 영감님이 이겼어요. 아무쪼록 잘 먹고 잘 살아요. 그 대신 날 찾을 생각일랑 말아요. 꼴도 보기 싫어요. 영감님을 또 만날 수 있는 곳이라면 천당이라도 피해 지옥으로 가는 게 나을 거예요. 잘 먹고 잘 살아요. 이제 계산 끝났어요."

어음 날짜는 내일로 돼 있었다. 그날 밤 잃은 것 중 몇 푼 안 되는 현금만 빼고는 다 돌려받은 셈이었다.

유실물을 완전히 되돌려받은 지금 오히려 그는 가슴속이 텅 빈 것처럼 허전했다. 자신과 자신의 일생을 제대로 가늘 수 있을 것 같지가 않았다. 조미숙이 어느새 그를 그렇게 깊숙이 그렇게 넓게 차지하고 있었던가? 처음에 그는 조미숙을 다시 못 보게 된 게 그렇게 허전한 줄 몰랐다.

버스가 낙타등의 한 봉우리 같은 수진이고개를 넘었다. 앞으론 무엇으로 소일을 할 것인가? 그는 가끔 성남시를 찾는 게 비밀스럽고 화려한 일탈이었던 것처럼 그거 없는 앞으로의 나날이 한없이 지루하고 무의미하게 느껴졌다.

"어서 오십시오" 두 마리의 해태가 맞아주는 서울의 관문을 버스가 지나갔다.

비로소 그는 성남시 어디멘가에 잃어버린 게 무엇인지 알 것 같다. 그것은 녀석이었다. 녀석은 어쩌면 자신이었다.

그의 유실은 엄청났고 돌이킬 수 없었다. 그는 성남시 쪽을 돌아다보았다. 해태의 글씨는 "안녕히 가십시오"로 바뀌어 있었다.

안녕, 앞으로 다시는 성남시를 찾는 일은 없을지도 모른다. 그러나 녀석은 탐색하는 일로부터 놓여날 수 있을 것 같진 않았다.

그는 자신의 존재가 작은 시험관 속의 현상처럼 빤하지 않다는 게 갑자기 무서워졌다.

꿈꾸는 인큐베이터

　동생의 전화 목소리는 속사포처럼 빨랐다. 충분히 상냥했고 응석이 깔려 있었음에도 불구하고 대답할 틈을 전혀 주지 않았기 때문인지 명령조로 들렸다.

　"그럼 언니 부탁해, 어머머 큰일 났다. 오늘 직원조횐데 또 교장 눈총 맞으면서 들어가게 생겼네. 언니 지금 통탄통탄하고 있지? 날 옆으로 끌어들인 거 말야. 그렇지만 때는 이미 늦었수. 우리 언니의 요 꿀맛을 안 이상 악착같이 붙어다닐 테니까. 약올르지롱."

　제 할 소리 다하고 농지거리까지 하고 나서 가타부타 이쪽의 사정 따위는 들을 척도 안 하고 전화는 찰카닥 끊겼다. 동생의 용건은 제 자식 슬기 유치원에서 재롱잔치가 오늘 오후에 있는데 학기말 성적 처리 때문에 도저히 그 시간에 빠져나올 수가 없으니 나더러 대신

가달라는 거였다.

　동생은 여자고등학교 가정 선생이었다. 가정이 살림 솜씨를 가르치는 과목은 아니라고 해도 동생이 가정선생이라는 건 웃기는 일이었다. 살림에는 솜씨도 뜻도 없이 다만 최소한으로 하는 거 하나가 주특기였다. 잘 기르기 위해 하나만 낳겠다고 공언하고 외아들 슬기를 낳은 후에도 학교를 안 그만두었다. 산전 산후 휴가 동안에 비로소 전업주부가 되는 일에 대해 진지하게 생각해보았는데 도저히 그럴 수가 없다는 걸 알고 깜짝 놀랐다고 했다. 그때부터 내가 동생의 가정선생 노릇을 하지 않을 수가 없었다. 파출부를 고용할 때 면접하는 일부터 임금 협상, 길들이기 등을 뒤에서 코치했고, 우리 장볼 때 동생네 것도 같이 봐가지고 가 파출부에게 요리 실습까지 해보았고, 아기 옷이나 기저귀 빨래에 비눗기가 남아 있지 않나 의혹의 눈초리를 번득이기도 했다. 같은 강남이긴 해도 그닥 가깝다고는 할 수 없는 두 집 사이를 오가며 일주일에 적어도 한두 번씩은 그짓을 할 수 있었던 것은 손수 운전할 수 있는 내 차 덕도 컸다. 그러나 파출부한테 아무리 공을 들여봤댔자 직업의식을 기대하기는 어려워서 예고 없이 안 올 적이 종종 있었다. 그런 날은 비가 오든 눈이 오든 어린것을 포대기에 싸갖고 달려들어 짐 부리듯이 현관에다 동댕이를 치고 총총히 출근을 했다. 동생도 동생의 남편도 각각 제 차를 가지고 있어서 기동성은 그만이었고, 동생의 남편이 혼자서 어린 것을 싣고 올 적도 있었다. 그럴 때는 내 쪽에서 되레 동생 남편의 눈치가 보여 싫은 내색은커녕 보물단지처럼 반색을 하며 안아들여야 했다. 더욱 난처한 것은 워낙 칠칠치 못한 동생인지라 젖먹이가 이동하려면 반드시 안동해야 할 잡다한 물품 중 한두 가지는 으레 빠져 있는 거였다. 그럴 때는 참을 수 없도록 울화가 치밀어 다시는 받지를 안 할 것처럼 푸념을 하다가도 짐짝처럼 끌려다니는 어린 것이 안쓰러워 마음을 풀곤 했다. 잔손 갈 나이는 지났다고 해도 내 자식도 셋이나 되었다. 남편이나 아이들이 나의 이런 동생네 치다꺼리를, 유별나게 아기를 좋아해서 사서 하는 고생쯤으로 밉지 않게 봐주는 게 그나마 다행이었다. 동생은 우리 식구들한테 얌체라는 별명으로 통할 만큼 나한테 신세진 것에 대해 미안해하는 기색이 조금도 없었다. 온종일 뼛골 빠지게 애를 봐주고 나서도 좋은 소리 듣기를 기대하긴 어려웠다. 맡겼던 보물단지를 찾아가기 전에 혹시라도 없어진 거나 달라진 게 없나 점검하듯이 아이를 이리저리 살펴보고 안아보고, 냄새까지 맡아보고 나서 하루 동안에 홀쭉하고 꾀죄죄해졌다는 소리나 하기 십상이었다. 어쩜 저럴 수가 있을까? 나는 기가 막혔지만 드러내놓고 탓한 적은 없었다. 세대차에서 오는 이질감이 흔히 그렇듯이 단지 내가 그렇게 할 수 없다는 이유 하나만으로 동생이 하는 짓이 미워지지가 않았다. 숫제 우리 아파트 단지로 이사를 오면 어떻겠느냐는 말을 먼저 꺼낸 것도 나였다. 그렇게 되면 동생이 나한테 더 기대게 될 건 뻔했지만 이사가 그렇게 쉬울 줄은 몰랐기 때문에 그냥 해본 소리일 수도 있었다. 그러나 동생은 내 쪽에서 먼저 그런 말이 나온 걸 기화로 마치 나를 위해서 이사를 하는 것처럼 생색까지 내가며 제까닥 제집을 팔아버렸고, 우리 동네에 새집을 구하는 건 나만 믿고 걱정도 안 했다. 집값이 뛸 때라 어물어물하다가 동생네 집 날리는 꼴 보게 될까 봐 나 혼자 후끈 달아서 옆 동에 마땅한 집이 나와 나는 즉시 계약을 했다. 동생은 잔신경 쓰는 일은 질색인 반면 되레 이사처럼 큰일은 힘 안 들이고 휘딱 잘도 해치웠다. 한 단지 내에 붙어 살게 되고 동생네가 편해진 건 말할 것도 없지만, 나는 더 자주 불려가거나 아이를 떠맡게 되어, 내가 자초한 일에 비명을 올린 적도 부지기수였다.

첫돌을 바라볼 때 이사온 녀석이 내년이면 학교 갈 나이가 되었으니 다 기른 셈이었다. 동생은 얌체답게 그동안 나한테 진 태산 같은 신세를 고작 우리 언니 맛이 꿀맛 따위식의 경박한 표현밖에 못했지만 그 정도라도 생각해주는 건 그래도 양호한 편이었다. 언니 곁으로 이사오고 나서 팔자가 늘어지다 보니 허리 치수가 해마다 1인치씩 늘어난다는 투정을 더 자주 들었다. 내가 단지 어린애를 좋아해서 그 낯 안 나는 치다꺼리를 하고 있다고 여기는 우리 식구들의 생각은 실은 맞지 않았다. 한 치 건너 두 치라고 조카보다는 얌체짓까지도 감싸주고 싶은 동생에 대한 애정 때문일 것이다. 아니다. 그 것도 아니다. 애정 따위하곤 다르다. 동생이 때때로 내 생활을 훼방 놓아주기를 나는 바라고 있는 것이다. 그것도 사뭇 열정적으로.

그런 생각 때문에 유치원 문턱까지 와서야 중요한 걸 빠뜨리고 온 생각이 났다. 동생은 슬기가 출연하는 연극을 포함해서 중요한 장면들을 비디오로 찍어달라고 했다. 엄마가 안 와서 섭섭했을 아이에게 엄마하고 다시 한 번 재롱잔치를 볼 수 있다는 건 크나큰 위로

가 될 터였다. 비디오카메라는 우리 집밖에 없었지만 그것을 요긴
하게 쓰는 건 주로 동생네였다. 일본 갔다올 때 그걸 사온 남편도 남
이 가진 것은 일단은 다 갖추고 봐야 한다는 소유욕 때문이지 그 방
면에 취미가 있어서 장만한 건 아니었다. 놀러도 잘 다니고 아이 하
는 짓도 한창 예쁠 때라 그렇겠지만, 그걸 쓸 일은 우리보다 동생네
한테 더 자주 생겼다. 그러나 툭하면 빌려다가 뭘 그렇게 찍어대는
지는 알 바가 아니었다. 찍은 걸 동생도 보여주려 들지 않았고 나도
보고 싶어하지 않았다. 그렇게 제 뒷바라지를 시켜먹고도 동생은
이런 내 성격을 차갑다고 비난했지만 옆에서 신물이 나게 보는 사
람의 일상적인 행동을 화면에서 다시 보는 일이 뭐 그리 재미있을
까. 자기 자신이나 가족의 모습이라 해도 크게 다를 바가 없었다.
나 보기엔 그걸 재미있어 하는 사람이 되레 이상했다. 영화나 텔레
비전 연속극 따위를 좋아하는 건 나도 보통 사람과 다를 바 없지만
그건 하늘의 별처럼 아득하게 빛나는 사람들이 내가 이룰 수 없는
세계를 펼쳐 보여주기 때문이다. 즉 현실이 아니기 때문이다.

　서둘러 집으로 돌아와서 아무리 찾아도 비디오카메라는 온데간
데가 없었다. 동생의 신신당부가 아니더라도 이번만은 나도 비디오
로 찍는 일을 대수롭지 않게 여길 수가 없었다. 슬기는 연극의 주연
이라지 않나. 주연이 아니더라도 연극에 출연한다는 것은 자기가
자기 아닌 남이 돼보는 일이다. 빨리 찾아야 한다는 조바심은 이상
하게도 절대로 못 찾을 것 같은 절망감하고 붙어다녔다. 종종 있는
일이었다. 뭘 찾다 찾다 안 나오면 어느 순간 뭘 찾고 있었는지조차

생각나지 않게 되면서 모든 생각이 정지되는 일종의 치매현상이 올 적도 있었다. 남편은 나의 그런 상태를 갱년기현상이라고 별명 짓고 즐거워하는 것 같았다. 나는 군더더기 없는 갓 마흔이었다. 동갑내기 동창 중엔 늦둥이를 임신 중이어서 우리 모두를 기대에 부풀게 하는 친구도 있는데 갱년기현상이라니 말도 안 되는 소리였다. 그러나 지금도 그 증상이 올까 봐 미리 두려워하는 마음 때문에 손끝을 가늘게 떨고 있었다. 비디오카메라를 귀중품 취급해서가 아니었다. 외출하려는데 열쇠가 없다든가, 한참 바쁜 등교 시간에 빨아서 챙겨놓은 중학생 딸의 덧신이 안 보일 때도 그 증상이 왔다. 마치 이 세상이 끝장나버릴 것처럼 눈앞의 사물뿐 아니라 머릿속의 생각까지 가물가물 무화돼가는 느낌은 아주 고약했다. 이 세상 마지막 느낌이 고작 공포와 절망이라니. 이렇게 내가 뭘 못 찾아 우두망찰을 하고 있는 걸 남편한테 들키면 사정은 더 나빠졌다. 그는 매우 부드럽고 침착하게 굴었다.

"여봐 그렇게 덮어놓고 서둘지만 말고 차근차근 생각을 정리하라고. 자아 차근차근. 그래 그렇게 심호흡을 하고 나서 지금 현재 그게 어디 있을까 하는 생각은 일단 잊어버려요. 그까짓 건 당신 털끝 하나만도 못한 거니까. 그러고 나서 편안한 마음으로 그 물건을 마지막 보았을 때나 마지막 사용했을 때 상황을 떠올리는 거야. 옳지 옳지 그렇게."

남편의 친절한 인도로 나는 어제 딸의 덧신을 누가 빨았나부터 생각하기 시작한다. 어제는 파출부 아줌마가 오는 날이니까, 그녀가 빨았겠구나. 그녀는 베란다 장독 언저리에다 신발 빤 걸 너는 버릇이 있지. 아 참, 저녁때 화초에 물을 주다가 덧신이 덜 마른 걸 보고 욕실 스팀 위로 옮겨놓았었지, 하는 데까지 더듬어 올라가면 현관 신장과 딸의 방 책상 언저리만 뱅뱅 돌던 행동반경을 비로소 벗어난다. 물론 바삭하게 마른 덧신은 스팀 위에 가지런히 놓여 있다. 이렇게 남편의 도움으로 곤경에서 벗어날 수 있었음에도 불구하고 나는 남편이 사정을 더욱 악화시켰다고 생각하는 버릇이 있었다. 그럴 때의 남편은 꼭 즈이 어머니한테 하듯이 나에게 대했다. 그가 어머니를 대할 때 가면처럼 뒤집어쓰는, 과장되고 위선적인 친절과 공손을 나한테까지 써먹으려 드는데 내가 어떻게 구역질이 안 나겠는가. 그래도 결국은 남편한테 배운 방법으로 카메라의 행방을 소급해 올라가 동생네가 빌려간 걸 아직 돌려받지 못했다는 데까지 생각이 미치게 되었다. 동생네로 뛰어가서 좀 모자라는 듯하여 붙박이로 오래 붙어 있는 아줌마하고 한동안 온 집안을 들쑤성거려 그놈의 카메라를 찾아낼 수가 있었다.

그럭저럭 반 시간은 넘어 지체를 한 모양이다. 재롱잔치가 시작된 지도 아마 그쯤은 되었으리라. 슬기가 다니는 유치원은 이 동네뿐 아니라 강남 일대에서도 시설 좋고 잘 가르치기로 소문난 데였다. 원아를 끌려고 전단을 돌리고 가정방문까지 하는 군소 유치원하곤 달라서 선착순으로 뽑는 정원 안에 들기 위해 새벽부터 줄을 서야 하는 게 그 유치원의 자랑스러운 전통이었다. 무얼 어떻게 잘 가르친다는 건지 그 실속보다는 줄을 서야 한다는 소문 때문에 자꾸만 더 유명해져서, 내년에는 필경 그 전날 밤부터 유치원 문간에서 오리털 이불을 뒤집어쓰고 새우지 않으면 뽑히기 어려울 거라고들 했다. 2년 전 슬기가 들어갈 때만 해도 새벽 네 신가 다섯 신가에 지금 있는 아줌마를 대신 내보내 줄을 서게 함으로써 겨우 선착순에 들 수가 있었는데 2년 전이 옛날이지 뭐유, 하며 동생이 다행스러워하는 소리를 몇 번인가 들은 적이 있다. 시간에도 가속이 붙는 걸까. 스쳐지나간 시간들이 너무 빨리 옛날이 된다.

이름난 유치원답게 마당의 정원수 중 추위를 타는 나무들이 벌써 짚으로 맵시 있게 월동 준비를 하고 칙칙한 상록수와 늠름한 낙엽수 사이에 서 있는 게 밍크코트를 입은 귀부인처럼 품위가 있다. 양지바른 곳을 차지한 놀이터의 놀이기구들도 목재로 돼 있어서 친밀감을 주면서도 어느 한 군데 허술한 데 없이 견고해 보였다. 나는 서울대학 학부모라도 된 것처럼 한껏 으스대는 마음으로 거만하게 마당을 가로질러 아담한 단층건물로 다가갔다. 투명한 유리창을 가린 커튼의 동화적인 무늬가 문득 병원 신생아실을 연상시켜 나는 가슴이 울렁거렸다. 그러나 어물어물하진 않았다. 학교로 치면 대강당에 해당하는 넓은 홀엔 학부모들이 발 디딜 틈 없이 꽉 들어차 있었고, 무대에선 여자아이하고 남자아이가 짝을 지어 포크댄스를 추고 있었다. 무대 옆벽에 재롱잔치 순서가 붙어 있었다. 슬기가 주인공으로 출연한다는 동극이 그 다음 차례인 걸 확인하고 나는 안도의 숨을 쉬었다. 비디오카메라 때문에 늦으면서도 그걸 가져오는 게 유난스러워 보일까 봐 쭈뼛쭈뼛하는 마음이었는데 적어도 이런 유치원에 자식 보내는 집치고 그거 안 가진 집은 없는 것 같았다. 무대 앞은 포크댄스를 찍으려는 엄마들이 출연하는 아이들 수효보다 더 여럿이 붐비고 있었다. 손잡고 춤추던 아이들 중 한 쌍이 별안간 싸우기 시작했다. 누가 먼저랄 것도 없이 먹살을 잡더니 엎치락뒤치락 레슬링으로 변했다. 음악은 그대로 이어졌지만 춤판은 그냥 추는 아이와 레슬링을 구경하는 아이들로 갈라졌다. 그냥 춤을 추는 아이들도 마음은 싸움 구경에 가 있다는 게 눈에 보였다. 순식간의 일이었다. 선생님이 무대로 뛰어오르고, 싸우는 애의 가족인 듯싶은 사람들도 가세해서 아이들을 뜯어말렸다. 관람석이 시끌시끌한 웃음판이 되었다. 안 되겠다 싶었는지 음악이 멎고 아이들도 깔깔대며 무대 뒤로 사라졌다.

"사내 녀석끼리 짝을 지어놓으면 저렇다니까."

"그럼 어떡해요? 여자애가 모자라는걸."

이런 수군댐으로 미루어 남자끼리 짝이 된 아이들이 춤을 추다 말고 싸움이 붙은 모양이었다. 선생님들이 무대 뒤에서 뭘 어떻게 수습했는지 포크댄스는 다시 계속됐다. 싸움이 붙은 쌍만 아니라 남자끼리 짝지어진 쌍은 다 제외시킨 듯했다. 아이들이 허룩하게 줄었다는 걸 알 수가 있었다. 포크댄스보다는 싸움 구경이 훨씬 재미있었기 때문에 무대나 관람석이나 다같이 시큰둥 열없어졌다. 다음이 슬기가 출연하는 연극 차례였다. 일곱 마리의 새끼 염소와 늑대 이야기였다. 동생이 주연이라고 뽐낸 슬기의 배역은 늑대였다. 올해 졸업하는 세 반 중 한 반이 총출연하는지라 억지로 만든 배역도 많았다. 토끼나 다람쥐, 오리나 황새로 분장하고 염소 일가가 겪는 수난을 구경만 하는 배역도 여럿 되었으니까 늑대쯤 되면 중요한 배역이었다. 슬기가 몸이 큰 것도 늑대 역할에 맞았다. 털이 북실북실한 천을 두르고 갈고리처럼 험악하게 생긴 발톱이 달린 커다란 신을 신은 슬기는 다른 아이들보다 곱절은 더 큰 것 같았다. 험악하게 꾸몄는데도 내 조카라 그런지 엉성하고 우스꽝스러워 보였다. 나는 얼른 케이스에서 비디오카메라를 꺼내면서 찍기 좋은 자리를 찾으려고 이리저리 사람들 사이를 비집고 앞으로 나갔다. 그러나 막상 카메라를 들이대고 보니 눈앞이 깜깜했다. 렌즈가 닫혀 있다는 건 알겠는데 어디를 어떻게 돌리고 눌러야 되는지 도무지 생각이 나지 않았다. 처음 찍어보는 건 아니라 해도 동생네하고 한자리에 있거나 어디 놀러갔을 때 동생이 찍다 말고 저도 찍히고 싶으면 나한테 넘겨주었고 그럴 때 잠깐잠깐씩 찍어본 게 고작이었다. 마치 관광지에서 지나가는 사람에게 셔터 좀 눌러주세요, 하고 카메라를 넘겨줄 때 위치나 거리뿐 아니라 어떤 것이 셔터라는 것까지 가르쳐주어, 카메라에 대한 지식이 전혀 없는 사람도 찍을 수 있듯이, 주인의식 없이 시키는 대로 만져보았을 뿐이었다.

엄마염소가 새끼들을 돌아다보고 또 돌아다보면서 무대 뒤로 사라져갔다. 바위 뒤에서 웅크리고 망을 보던 늑대가 나타날 차례였다. 나는 초조하게 요기저기 돌리고 눌러보면서 다시 들여다봤지만 역시 아무것도 안 보였다. 급하게 뭘 찾다가 안 찾아질 때나 다름없이 정신이 지리멸렬해지면서 손끝이 떨려왔다. 여러 사람 앞에 나의 쓸모없음을 드러내 보이고 있다는 마음의 떨림을 보는 것 같았다.

"도와드릴까요."

아주 듣기 좋은 저음이었다. 키가 훌쩍 큰 남자였다. 남자는 웃고 있었지만 비웃는 웃음은 아니었다. 그는 엉거주춤 허리를 굽혀 나하고 같은 눈높이가 되면서 빨간 단추를 살짝 만지고 나서 카메라를 내 눈에다 대주었다.

"이제 보이지요?"

그러나 나는 뭐가 보이나를 확인하기 전에 그를 다시 한 번 쳐다보았다. 선량하고 친절한 인상이 마음에 들었다. 바위 뒤에 숨어 있던 늑대가 사방을 휘둘러보면서 걸어나왔다. 나는 카메라로 늑대를 쫓다 말고 키 큰 남자를 돌아다보면서 물었다.

"그냥 이러고 있으면 찍힙니까?"

남자가 다시 허리를 굽혀 들여다보더니 또 한 군데를 만졌다. 화면의 영문 글자가 스탠바이에서 카메라로 바뀌었다. 바뀌는 걸 보기 전에는 거기 자막이 있다는 것도 모르고 있었다.

"그럼 여지껏 건성으로 듣고 있었단 말예요?"

그는 나에게 따지듯 물었다. 그러나 곧 그의 위로하는 듯한 웃음을 따라 웃고 말았다. 그는 나하고 카메라를 번갈아 들여다보면서 이것저것 설명을 하려고 했다. 나는 듣는 척하다가 알아들을 자신이 없다는 표시로 한숨을 쉬면서 어깨를 한 번 으쓱했다가 축 늘어뜨려 보였다.

"제가 찍어드려도 되겠습니까?"

그는 내 손에서 스르르 카메라를 넘겨받으면서 물었다. 나는 고개를 끄덕였고, 그는 나에게 들고 있던 서류봉투를 넘겨주었다.

"잘 찍으세요. 늑대가 우리 아이예요. 조카지요."

그가 남의 아이들까지 골고루 찍을까 봐 나는 이렇게 영악한 소리로 못을 박았다. 그는 엄마들이 붐비는 앞자리에서 되레 뒤쪽으로 물러나 적당한 자리를 잡았다. 그렇게 하는 게 그의 큰 키에 어울렸지만 나는 혹시나 그가 카메라를 노리는 좀도둑일지도 모른다고 의심하는 마음이 생겨 자꾸 고개를 비틀고 돌아다봐야만 했다. 또한 아이들의 연기가 웃음을 자아낼 때도 저런 장면을 잘 찍어야 된다는 뜻으로 그를 돌아다보았다. 그럴 땐 그도 나를 흘긋 보았다. 그렇게 눈길이 마주칠 때마다 기분이 좋았다. 공감 때문이었다. 아이들의 재롱을 같이 귀여워하고 있다는 단순한 공감의 즐거움이 군중 속에서 고개를 뒤로 튼다는, 다분히 피곤한 일을 조금도 힘 안 들게 했다. 재롱잔치가 끝난 후 그와 나는 자연스럽게 같이 나왔다. 아니, 그건 자연스럽지 않았다. 대부분의 엄마들은 아이하고 같이 가기 위해 또는 선생님의 노고도 치하하며 제 자식 똑똑하단 자랑도 늘어놓기 위해 남아 있었다. 동생도 내가 마땅히 그런 뒤풀이까지 해주려니 하고 있을 터였다. 끝나자마자 나오는 학부모는 거의 없어서 그와 나는 어깨를 나란히 하고 겨울 해가 아쉽게 엷어지는 마당을 거닐듯이 천천히 걸어나왔다. 유치원 정문에서 길 건너가 바로 우리 아파트 단지 후문이었다. 그가 같은 단지에 살지 않는 한 헤어지게 돼 있었다. 그가 어디로 가나 해서 흘긋 쳐다봤을 때 그가 황급히 말했다.

"추워 보이시는군요. 어디 가서 차 한잔할까요?"

뜻밖의 제안이기도 했지만, 놀란 것처럼 붕 뜬 목소리 때문에 나는 나의 순간적인 눈빛이 갈고리가 되어 그를 낚아챈 것처럼 느꼈다. 내가 내 눈빛에 그렇게 자신이 있었다기보다는 그와 헤어지는 걸 아쉬워하는 마음을 나도 모르게 진하게 드러낸 생각이 나서였다. 짐짓 못 이기는 체 그가 가는 대로 상가 쪽으로 따라갔다. 그러나 꽤 분위기 있는 찻집으로 안내한 건 나였다. 조명과 음향을 은은하게 줄인 찻집에 마주 앉자 비로소 이건 내가 안 하던 짓일 뿐 아니라 나에게 너무도 안 어울리는 짓이라는 떨떠름한 낭패감이 왔다. 나는 교활하게도 이렇게 된 건 전적으로 네 책임이라는 듯이, 그러나 네가 어떤 개뼉다귀이든 관심없다는 듯이, 쌀쌀하고 고상한 표정을 꾸몄다.

"조카라고 그러셨던가요? 그 늑대가."

나의 지어먹은 마음에 개의치 않고 그가 소탈하게 말했다.

"예, 동생의 아들이죠. 이웃에 살기도 하지만 동생이 선생이라 제가 가끔 엄마 노릇을 대신할 적이 있답니다."

"우리하고 사정이 비슷하군요. 아직 맞벌이를 하다 보니 아이들한테 오늘 같은 일이 생길 때는 장모님이 학부모 노릇을 해주시곤 했는데 요새 마침 효도관광을 떠나신 후라서. 집사람은 내가 유치원에 들른 거 모를 겁니다. 오늘 아침에 즈이 엄마 몰래 아이하고 손가락 걸고 약속을 했거든요. 아빠가 꼭 가봐 줄 테니 열심히 하라구요. 아주머니 조카만 주연을 한 줄 아세요? 우리 아이도 주연이었답니다. 딸내미가 여주인공으로 나오는데 아비가 어떻게 안 가보냐고 회사에다가도 큰소리치고 나온걸요."

"직장 가진 엄마들보다 낫네요. 같은 직장 내에서도 확실히 남자가 여자보다 융통성이 있는 것 같아요."

"직장 나름이죠. 잡지사니까 밖에 나올 구실을 만들기가 비교적 쉽다 뿐이죠. 어떻게 맨으로 땡땡이를 칩니까."

나는 아까 잠시 맡아가지고 있던 서류봉투에서 눈여겨본 꽤 괜찮은 종합지 이름이 생각나 신분이 불확실한 사람을 따라온 건 아니로구나 하는 생각을 했다.

"주연이면 엄마염소였겠군요?"

"아니죠. 그 극의 주연이 어떻게 엄마염습니까? 시계 속에 숨어서 혼자 살아남았다가 해피엔드를 만들어내는 막내염소죠."

"아아, 고 꼬마. 참 예쁘고 당차던데요."

"뭘요, 역할이 역할이니까 그래 보였던 거죠."

칭찬 한마디에 제 딸이 주연이라고 핏대를 올릴 때와는 딴판으로 겸손해지는 그가 보기 좋았다.

"그건 그래요. 제 조카도 덩치만 컸지 계집애한테도 맞기만 하는 허풍선이랍니다. 그런 주제에 그 역할을 그렇게 좋아하고 으스댄대요. 나중에야 어찌됐건 당장 여자애들한테 위협적인 존재가 되는 게 신나나 봐요. 사내코빼기가 뭔지. 참 몇 남매나 두셨습니까?"

"남매가 아니라 자매를 두었습니다. 국민학교 1학년짜리하고 오늘 꼬마염소 노릇한 녀석하고 딸만 둘입니다."

"어머, 그럼 또 낳으셔야겠네요."

"아뇨. 둘이면 족합니다. 아이들도 건강하고 우리 능력도 그렇고, 지구환경한테도 미안하고."

"말씀은 그렇게 하셔도 속마음은 아니실걸요. 남 다 있는 아들 자기만 없어 보세요. 얼마나 비참하고 섭섭한가. 물건이면 당장 훔치고 싶다는 옛말이 조금도 그르지 않죠. 하긴 요새처럼 편리한 세상에서야 훔칠 것까지야 있나요, 뭐. 수단 방법 안 가리게 되는 거죠, 그까짓 거."

나는 걷잡을 수 없이 수다스러워지다가 무엇에 놀란 것처럼 입을 다물었다. 수다가 걷잡을 수 없었던 것보다 더 지독하게 수치심을 걷잡을 수가 없었다. 마치 실수로 중인환시에 속바지를 까내렸다가 치켜올린 것처럼 황당하고 망신스러웠다. 다행히 그가 내 치부를 본 것 같진 않았다. 그래도 나는 속으로 그럴 리가 없어, 저 자식은 시방 능청을 떨고 있는 거야,라고 은근히 겁을 먹고 있었다.

"섭섭하지 않다고는 안 했습니다. 아내가 둘째 애를 뱄을 때는 아들이길 바란 것도 사실이고요. 이왕이면 아들딸 섞어서 색색가지로 갖고 싶은 게 인지상정 아닙니까?"

"그거하곤 다르지요. 첫아들 낳은 사람이 둘째는 딸이었으면 하는 건 괜히 그래 보는 배부른 수작이라구요. 그 사람들 조금도 절실하지 않아요. 두 번째도 아들이면 즈네는 특별한 기술이라도 있는 사람처럼 으스대면 으스댔지 손톱만큼도 섭섭해할 줄 아세요, 아시겠어요?"

나는 다시 열 오른 목소리가 되었다. 그제서야 남자는 고개를 갸우뚱하더니 바보 같은 목소리로 말했다.

"모르겠는데요. 왜 내가 그걸 알아야 하는지는 더욱 모르겠구요."

"지금 행복하지 않으시죠? 내 말이 맞죠? 아들이 없다는 건 결혼 생활의 행복의 중대한 결격사유라는 걸 인정하셔야 돼요."

"왜 그걸 강요하십니까? 본인이 조금도 그렇게 안 느끼는 걸 가지고."

그는 여간 곤혹스러워 보이지 않았다. 암만 그래도 나보다는 덜 곤혹스러우리라. 나는 이 세상에 아들이 있고 없고하고 인생의 행불행하고를 연관지어서 생각해본 적이 한 번도 없는 것 같은 남자를 만난 게 대단히 곤혹스럽고도 기분이 나빴다. 뭐 저런 족속이 다 있나 재수 옴 붙었다 싶으면서도 그 남자를 행복한 채로 놓아주기가 싫었다. 그것은 거짓 행복이고, 거짓은 깨부숴야 한다는 사명감이 대단한 정의감처럼 치뻗쳤다.

"야구 구경 좋아하지 않으세요?"

나는 화제를 바꾼 것처럼 전혀 딴소리를 했지만 어림없었다. 속으로는 점점 더 집요해지고 있었다.

"어떻게 아셨어요? 운동은 다 좋아하지만 야구엔 특히 광이죠."

떨떠름하던 그의 표정이 반짝 환해졌다. 나도 속으로 옳지 너 잘 걸렸다 싶었지만 애써 무표정을 꾸미고 말했다.

"야구장에도 가끔 가시겠네요?"

"그럼요. 고교야구 시즌에는 못 참죠. 지금은 그렇지도 않지만 나

다닐 때만 해도 우리 모교가 야구 명문이었거든요. 선수는 아니었지만 그때 버릇이 남아서 그런지 1년에 한두 차례라도 구장에서 직접 목이 터져라 열광을 해야 살맛이 난달까, 스트레스가 풀린답니다."

"혼자서만 즐기세요?"

"어디가요, 나갈 땐 혼자라도 자연히 동문들과 만나게 되니까, 끝나면 이겼다고 한잔, 졌다고 한잔, 오래간만에 만났다고 한잔하다 보면 돌아올 땐 엉망으로 취해서 꼬리까지 달고 들어와 마누라 머리에 뿔을 돋게 하는걸요."

"아들하고 야구 구경 다니고 싶단 생각 없으세요?"

나는 너 약 좀 올라봐라 하는 듯이 눈을 가느스름히 뜨고 조롱하는 투로 말했다.

"또 아들 타령입니까. 내 참, 솔직히 말해서 아들하고 같이 와서 부전자전으로 열광하는 친구를 보면 부럽지 않은 것도 아니라니까요. 여북해야 큰딸을 길들이려고 했겠어요. 실패했어요. 커갈수록 야구장 따라가는 걸 고역스러워하길래 놓아주었어요. 그렇지만 작은애가 또 있으니까 희망이 아주 없는 건 아니지요. 남자보다 비율이 낮다 뿐이지 여자라고 야구를 즐기지 말라는 법은 없으니까요."

"구차스럽게 그럴 것 없이, 부인한테 솔직히 아들 데리고 야구장 다니는 친구가 부러워서 죽겠다는 시늉을 자꾸만 하세요."

"부부간에 뭣 하러 상처를 줍니까? 그 사람이 무슨 죄가 있다고."

"상처뿐이겠어요. 모욕이고 모독이죠. 그래야 부인도 별수 없이 아들 낳을 방도를 강구하게 될 거라, 이거죠."

나는 앞에 있는 그를 의식하지 않고도 괜히 자신감이 넘쳤다. 그러나 그게 얼마나 허망한 자신감이라는 걸 알기 때문에 곧 꺼지게 될 게 두려웠다.

"글쎄요. 만일 나에게 아들만 있는데 아내가 옆에서 콩나물 다듬어줄 딸 하나 없다고 아무리 구시렁거려도 단지 콩나물을 다듬게 할 목적으로 내가 딸을 만들고 싶어할 것 같진 않네요. 혹시 내가 그 정도로 싹수머리 없는 인간이라 해도 아들딸이 마음대로 되지 않는 마지막 장치가 남아 있으니 얼마나 다행입니까? 음양의 조화만은 아직도 신의 영역인 게 감사할 따름이죠."

그러면서 그는 팔운동을 하듯이 큰 동작으로 손목시계를 보았다. 나하고 상대하기 싫다는 걸 적나라하게 드러내 보이기 위한 몸짓이리라. 그 마지막 장치인지, 음양의 조화인지가 신의 영역을 벗어난 지 오래라는 것도 모르는 주제에 잘난 척하긴. 순진한 탓일 거야. 몇 살이나 되었을까. 나하고 동갑 아니면 기껏해야 서너 살 아래일 것이다. 저런 남자하고 자는 것은 어떤 기분일까. 나는 내가 무슨 말을 하다 말았는지 생각나지 않을 정도로 나른한 기분으로 그런 생각을 했다. 그는 내가 무슨 생각을 하고 있는지 모르고 아마 말문이 막힌 줄 알고 이때다 싶었나 보다.

"그럼 이만 실례하겠습니다. 실은 인터뷰 약속을 해놓고 그 사이에 잠깐 틈을 낸 거라서."

"요령이 좋으신가 봐요."

"요령은요. 남 보기엔 시간의 구애를 덜 받는 직장처럼 보이지만 남들이 잠자는 시간에도 일해야 하는 게 이놈의 팔자랍니다. 찻값은 제가 계산하겠습니다. 그럼."

그는 필요 이상 서둘고 있었다. 누가 잡아먹나. 순진하긴. 그가 그럴수록 나는 그를 놓치고 싶지가 않았다. 구체적으로 어째보겠다는 건 아니었다. 마음속으로 갖고 놀고 싶었다. 조금만 더. 나는 따라 일어서서 그를 뒤따랐다. 그러나 찻값을 내가 내겠다고 날치진 않았다. 나는 남들이 그런 일로 투사처럼 열렬하게 다투는 걸 보는것 조차 질색이었다. 그 대신 나는 그가 돈을 받는 걸 지켜보는 동안 기막힌 생각을 해낼 수가 있었다.

"명함 있으면 한 장 주세요."

"왜요? 참 명함이 어디 있더라."

그는 양복 주머니엔 손도 넣지 않고, 겉으로만 위아래를 양손바닥으로 탁탁 쳐 보이면서 찾는 시늉만 했다. 명함을 줄까 말까 결정할 시간을 벌려는 그의 이런 어색한 동작을 나는 속이 근질근질하도록 귀엽게 바라보았다.

"아까 찍으신 필름 잘됐으면 하나 복사해서 드리려구요. 남자 주인공 찍는 데 여주인공을 빼놓았을 리 없잖아요."

나는 짐짓 사무적으로 말했다. 예상대로 그가 반색을 했다.

"아, 그러문요, 그러문요. 보시면 아시겠지만 초점을 우리 애한테 맞췄을지도 모르겠습니다. 팔이 안으로 굽는다고 무의식적인 행동이었으니까 용서하세요."

그의 얼굴이 바보스러울 정도로 헤벌어졌고 손엔 이미 명함을 꺼내들고 있었다. 나는 관심없다는 듯이 명함을 자세히 보지도 않고 핸드백 속에 집어넣으면서 고개만 약간 까딱해 보이고는 먼저 획 등을 돌렸다.

"그림이 잘 안 나왔어도 보내주셔야 돼요. 연락 기다리겠습니다."

그가 내 등 뒤에서 소리치는 걸 들으며 나는 회심의 미소를 지었다. 그리고 저음이지만 멀리 퍼지는 기분 좋은 목소리를 천천히 음미했다.

저녁 먹고 나서 텔레비전을 보고 있는데 동생한테서 전화가 왔다. 두 딸은 과외 공부 가고 아들은 숙제를 하고 있는 호젓한 시간이었다. 남편은 중국으로 출장 중이었다.

"언니, 우리 집에 차 마시러 오지 않을래. 언니 언제 그렇게 기술이 늘었수? 너무너무 잘 찍었어. 슬기 재롱잔치 찍은 거 말야, 근사해. 볼 만해."

오는 길에 동생네다 카메라를 놓고 왔더니 지금 식구가 모여 그걸 보고 있는 모양이다.

"그까짓 거 찍는 데 기술이고 뭐고가 어딨냐? 제 새끼 재롱이니까 근사해 보이는 거지."

"아냐, 언니. 전에 언니한테 잠깐잠깐씩 찍어달랜 거 얼마나 못 찍었는지 알아? 나도 잘은 못 찍어도 그냥 눈에 안 거슬릴 정도는 찍는데 언니 찍은 건 한 카트만 끼어들어도 아아 저건 언니 솜씨라는 걸 알 만큼 못 봐주게 튀었다구. 그런 우리 언니가 웬일이유? 오늘 찍은 건 작품이야, 작품. 카메라는 줄창 우리 집에다 내꽂자 놨으면서 언제 그런 장족의 발전을 했을까?"

동생의 목소리는 들떠 있었다. 나는 아들의 방문을 열고 이모네 마실 갔다 오마고 말했다. 아들은 하던 숙제에서 눈도 떼지 않고 알았다고 했다.

"같이 가지 않을래? 엄마가 찍은 비디오 보러 가는데."

나는 현관에서 안 해도 될 소리를 던지고 대답을 기다렸다.

"흥미 없어요."

아들의 시큰둥한 대답이 들렸다. 열한 살짜리가 저렇게밖에 말할 수 없는 것일까. 싫어,라든지 바빠,라고 했더라면 좋았을걸. 열한 살, 만 10년하고 일곱 달짜리가 흥미 있어 하는 건 뭘까. 나는 아들의 멱살을 잡고 내가 널 어떻게 낳아 기른 자식인 줄 아느냐고 한바탕 악다구니를 치고 싶은 욕망을 억제하느라 현관 신장을 잡고 심호흡을 했다. 나는 떨고 있었다. 손끝이나 가슴이 아닌 더 내밀한 곳이 분심으로 떨고 있었다.

동생네는 마침 일가단란의 시간이었다. 오붓한 세 식구 곁에 주책없이 아줌마까지 끼어들어 빨래를 개키면서 시시덕대고 있었다. 나도 기분을 바꾸려고 아줌마 점점 고와진다고 너스레를 떨었다.

"형님은 경기 좋으신가 봐요. 1년이면 반 이상은 해외에서 보내시니. 이웃에 살면서도 까딱하단 형님 얼굴 잊어버리겠어요."

다탁에 둘러앉아 차를 마시면서 동생의 남편이 말했다.

"해외에 자주 나간다고 경기가 좋겠어요? 중소기업들이 다 어려워하는 것만큼 그이도 어렵겠죠, 뭐."

"언니는 또 죽는 소리, 누가 사업가의 아내 아니랄까 봐. 형부가 왜 중소기업이유?"

"애는 그럼 우리가 재벌이냐?"

"부동산 재벌 아니우? 뒤가 그만큼 든든하면 맨날 윗돌 빼 아랫돌 고였다, 아랫돌 빼 윗돌 고였다 마는 중소기업하곤 다르지. 남은 죽기 살기로 하는 사업을 형부는 취미로 하니까 돈이 벌릴 수밖에."

시집이 대대로 살던 서대문 밖 구옥 앞으로 길이 나면서 번화가가 되어 그 자리에 빌딩을 올린 걸, 시아버지가 돌아가신 후는 전적으로 시어머니 관리하에 있지만 장차 남편이 상속하게 되리라는 것 때문에 동생은 툭하면 이렇게 시샘이 섞인 소리를 했다.

"나도 따분한 은행 때려치우고 형님 밑에 들어가서 사업이나 배울까?"

"듣기 싫어요. 누가 붙여주기나 한다구. 난 사장 마누라는 안 바랄 테니 지점장 마누라라도 한번 돼봅시다."

그러면서 동생이 비디오세트의 리와인드를 누르자 동생의 남편은 주섬주섬 담뱃갑을 챙겨가지고 들어가고 아줌마도 제 방으로 가버렸다.

"이번이 네 번째야, 언니. 다들 질렸나 봐. 요녀석은 그래도 지가 나오니까 또 보고 싶은가 보네."

기대에 부푼 얼굴로 화면이 나오기를 기다리는 슬기를 보며 동생이 눈을 흘겼다. 곧 화면이 나오고 나는 슬기보다 더 열심히 그림 속으로 빨려 들어갔다. 내가 낮에 본 어설픈 동극하고는 전혀 다른 것

을 보는 것처럼 화면은 아름답고도 생동감이 넘쳤다. 아, 저런 장면
도 있었던가 싶은 귀여운 실수, 깜찍한 연기, 지엽적인 데 숨어서
동극을 동극답게 하는 천진난만, 그런 것들을 어쩌면 저렇게 낱낱
이 끄집어내어 저다지도 귀엽게 살려놓은 걸까. 그 30분도 채 안되
는 아마추어의 기록 필름이 나에게 걸작품일 수 있는 것은, 그러니
까 무엇보다도 우리끼리만 통한 귀여운 것에 대한 공감 때문이었
다. 나는 지금 비디오를 보고 있는 게 아니라 그 남자와 눈을 맞추고
있는 거였다. 출연한 아이들이 모두 손에 손을 잡고 무대를 한 바퀴
돌고는 손을 흔들면서 퇴장을 했다. 슬기는 소파에서 잠이 들었고
동생도 하품을 했다. 네 번씩이나 보고 나니 시들한 모양이었다. 내
기술에 대한 칭찬도 안 했다. 나도 약간은 지루했던 양 기지개를 켜
면서 지나가는 말처럼 덤덤하게 그 테이프 한 통 더 복사해달라고
말했다. 서로 잘 자라는 간단한 인사를 하고 밖으로 나왔다. 저만치
아파트의 각진 모서리에 반달이 걸려 있었다. 어머, 자연이라는 게
있긴 있었구나. 나는 무료하게 걸려 있는 달을 향해 까닭없는 능멸
의 시선을 보내고는 종종걸음을 쳤다.

  아들은 그새 잠들어 있고, 딸들이 과외 공부에서 돌아올 시간은
아직 멀었다. 고2짜리와 중3짜리의 과외학원은 꽤 멀었지만 이웃끼
리 서로 조를 짜서 돌아가며 데리러 가기 때문에 내 차례가 아닌 달
은 문만 열어주면 된다. 그 조에 끼려면 차가 있어야 되기 때문에 나
처럼 기계 무서움증이 심한 사람도 운전을 배우지 않을 수가 없었
다. 딸애들이 올 때까지 텔레비전이나 볼까 하다가 비디오를 틀었

다. 남편이 출장가고 나서 빌려온 〈장미의 전쟁〉이라는 영화데 그동안 서너 번은 본 것 같다. 나는 연속극도 비디오도 영화도 보긴 보지만 결코 즐기는 편은 아니다. 재미로나 감동으로나 푹 빠진 적이 없으니까. 아주 정신차리고 보지 않으면 스토리도 제대로 못 따라갈 적이 많다. 본 것을 연거푸 또 보고 싶어하긴 처음이다. 그런 게 좋은 영화인지 아닌지도 잘 모르겠다. 그 영화를 연거푸 보고 있다는 걸 누가 알고 있는 것도 아니건만, 나는 묘하게 떳떳치 못한 느낌에 사로잡힌다. 그리고 남편이 출장에서 돌아오기 전에 그만 보고 돌려주리라 혼자서 다짐까지 한다. 그까짓 게 무슨 금지된 쾌락이나 되는 것처럼. 실은 별것도 아닌 얘기다. 부부가 싸우는 얘기다. 그러나 예사 부부 싸움은 아니다. 어찌나 격렬하게 싸우는지 제목 그대로 전쟁이다. 정력적이고도 지능적으로, 잔혹하고도 줄기차게, 물불 안 가리고도 교활하게, 상대방을 해치고 골탕먹인다. 나치하고 유태인하고 전쟁이 붙었대도, 왕년의 우리 국군이 인민군과 싸울 때도 이 부부의 전쟁보다는 그래도 감미나 감상이 끼어들 여지가 있었으리라. 참 기막힌 증오였다. 더욱 기막힌 것은 그들이 왜 그렇게 싸우고 미워하게 됐는지를 도무지 모르겠는 거였다. 제대로 된 영화라면 그걸 안 밝혔을 리가 없다. 내가 같은 필름을 반복해 보는 것은 혹시 내 영화 보는 법의 미숙 때문에 그걸 못 읽어낸 게 아닌가 하는 조바심 때문도 있었다. 그러나 일단 보기 시작하면 그 까닭이야 아무래도 좋다는 식으로 놓쳐버리고는 격렬한 증오만이 고스란히 옮아붙는다. 그야말로 남 부러울 거 없는 부부였다. 지성과

미모와 건강을 겸비한 남녀가 첫눈에 반해 열렬하게 사랑하고 결혼하고 아들딸 낳고 출세하고 고급 주택 고급 가구 미술품을 모으며 살아간다. 너무 아쉬울 게 없으니 권태로울 수도 있으리라. 아니다. 이건 권태 따위 나른한 것하곤 다르다. 아내가 먼저 이혼하자고 한다. 그 전에 남편이 아내가 하는 일을 경멸하는 태도를 한두 번 취한 것 같긴 하다. 그것이 빌미가 됐든 어쨌든 아내는 부부 생활의 의미 상실을 선언한다. 그러나 집이나 소유물에 대해선 서로 한 치도 양보를 안 한다. 상대방을 내쫓고 자기 소유로 하기 위해 지혜와 체력을 다해 가열한 투쟁을 벌인다. 병적일 정도로 무서운 집착과 증오가 화면을 폭풍처럼 휘몰아친다. 아내의 고양이를 남편이 실수로 치어 죽이자 아내는 남편이 사랑하는 개를 일부러 치어 죽여 그걸로 요리를 만들어 남편에게 먹이는 식으로 구원의 여지가 바늘구멍만큼도 없는 증오는 클라이맥스를 향해 일사불란하게 치닫는다. 증오의 클라이맥스는 죽음밖에 더 있겠는가. 용서니 화해니 하는 거짓된 정서는 양념으로 쓰려 해도 찾아지지 않는다. 나는 마치 자웅을 붙은 짐승이 이유도 체면도 없이 다만 어쩔 수 없이 클라이맥스로 치닫듯이 참담하게 헐떡이며 그들의 파국을 쫓는다. 쫓고 쫓기던 부부가 마침내 천장의 휘황한 샹들리에에 같이 매달렸다가 밑으로 떨어지면서 박살이 나서 죽는 장면까지 봐야만 비로소 열병처럼 옮아붙은 증오로부터 놓여나게 된다. 다시는 꾸고 싶지 않은 악몽 같은 영화를 나는 왜 또 보고 또 보는 걸까. 더 기분 나쁜 것은, 증오 때문인지 소유의 공평한 분배 때문인지 남자가 핏발 선 눈을 하고 아내의 구두 나부랭이를 톱으로 자르는 장면이 나오는데, 나는 그 때마다 그 구두가 내 아들의 몸뚱이가 되는 엉뚱한 환상 때문에 진 땀을 흘린다는 사실이다.

초인종 소리가 나고 앞서거니 뒤서거니 두 딸이 돌아왔다. 엄마 어디 아프냐고 물었다. 마치 골속에 공깃돌이 잔뜩 든 것처럼 무거 운 통증이 데굴데굴 굴러다니는 것 같았다.

"너희들 기다리다가 잠깐 졸았나 보다. 그새 무서운 꿈을 꿨더니 골치가 좀 아프구나."

나는 이렇게 둘러대고는 남편이 돌아올 날을 달력으로 짚어보았 다. 사흘 남았다. 어른도 무서운 꿈을 꾸냐고 작은딸이 물었다. 그 아이에게 어른이 된다는 것은 두려움이 없어진다는 것하고 같은 뜻 일지도 모른다고 생각하며 대답 대신 등을 토닥거려 주었다. 남편이 돌아올 때까지 더는 〈장미의 전쟁〉을 보지 않았다. 꼭 해달라는 투 로 말한 것은 아니었는데도 동생은 재롱잔치 테이프를 복사해 왔다. 형부 보여주라, 좋아할 거야. 동생은 모든 사람이 저처럼 제 아들을 예뻐하길 바란다. 남편도 슬기를 좋아하긴 하지만 제 자식 사진도 찍을 때는 신나게 찍다가도 현상해온 사진을 관심 있게 본 적이 없 는 사람이었다. 그래도 나는 식구가 다 모인 자리에서 그걸 한 번 틀 어 보여주었다. 길지 않으니까 다들 의무적으로 봐주었고, 아무도 누가 찍었나 따위는 묻지도 않았다. 내 속셈도 그 필름으로 식구들 의 관심을 끌 생각이 아니라, 복사를 부탁하면서 품었던 야릇한 조 바심이 안심할 정도로 희석되었다는 걸 확인하고 싶은 거였다. 그러나 외간 남자에 대한 매혹과 거기 따른 죄책감이 충분히 사그라진 후까지도 찌꺼기처럼 남아 있는 게 문제였다. 실상 나처럼 심심한 여자에게 그런 유의 감정적인 외도는 번번이 처음 같으면서 처음이 아닌, 차라리 진부한 거였고, 지나놓고 보면 무엇에 씌었던 것처럼 황당한 거기 마련이었다. 그러나 그 남자에겐 그렇게 가볍게 흘려보낼 수만은 없는 무엇인가가 있었다. 아들이 없이도 불행하기는커녕 쓸쓸하지도 허전하지도 않은 인간이 이 한국 땅에 있다는 게 참을 수 없이 께름칙했다. 만약 그 께름칙한 걸 떨쳐버리지 않고는 생전 아무 재미도 못 느끼고 살아야 할 것 같은 예감마저 들었다. 그걸 떨쳐버리기는 간단할 수도 있으리라. 그 남자의 그런 생각이 진심이 아니라는 것만 알아내면 된다. 아마도, 아니 틀림없이 그것은 거짓일 것이다. 나는 그의 잡지사로 전화를 걸어 비디오테이프를 복사해 놓았는데 만나서 전해주고 싶다고 했다. 나를 반가워하는 그의 기분 좋은 저음을 듣자 나는 갑자기 새처럼 지저귀고 싶었다.

"솜씨가 여간 아니시던데요. 잘 나왔어요. 슬기 편에 댁의 따님한테 전할까 하다가 그냥 내주긴 아까운 필름이더라구요. 차라도 한 잔 더 얻어먹고 싶어서요."

"허허, 그렇습니까, 그렇게 잘 나왔어요? 그럼 제가 솜씨 턱을 받아야 하는 거 아닙니까? 이치가."

"그렇게 되나요? 좋아요. 이번 차는 제가 사고, 테이프 턱은 그 다음에 받을게요."

나는 무턱대고 즐거워서 들뜬 목소리를 냈다. 사춘기로 퇴화한 것처럼 필름이나 솜씨 따위 사소한 걸 핑계 삼아 낯간지러운 즐거움을 줄줄이 창출할 작정이었다. 날짜와 시간과 장소를 약속하고 난 후였다. 저녁때 집으로 참기름을 꾸러온 동생이 나를 자꾸만 쳐다보는 것 같았다.

"왜 그러니? 내 얼굴에 뭐가 묻었냐?"

"아냐. 언니가 달라진 것 같아서. 더 젊어진 것 같기도 하고 더 예뻐진 것 같기도 하고, 뭐랄까 생기가 넘쳐 보여. 늘 늘쩍지근하더니만. 언니 혹시 연애하는 거 아뉴?"

"망할 것, 참기름 갚으란 소리 안 할 테니 객쩍은 소리 작작하고 어서 가봐라. 콩나물 무치다 왔다면서."

"내가 언제 갚는 것 봤수? 하긴 집구석에서 누굴 만날 기회가 있어야 연애도 하지."

동생을 돌려보내고 나서 나는 동생이 말한 걸 확인하기 위해 거울을 찬찬히 들여다보았다. 정말 달라진 것 같았다. 젊고 예쁘고 싱싱한 것, 그건 얼마나 좋은 건가. 그 후 나는 거울 앞에서 그런 것들을 나한테서 찾아내려고도 애썼지만 그렇게 꾸미려고 더 많이 노력했다. 아들이 없는 걸 조금도 고민스러워하지 않는 괴짜가 한국땅에도 있다는 사실을 나는 께름칙하게 여기고 있는 걸까, 신나는 일로 여기고 있는 걸까, 그것조차 왔다 갔다 했다. 내 아들을 바라보면서도 그 남자 생각을 하곤 했다. 나는 아들하고 키를 대보는 걸 좋아했다. 나는 키가 162센티나 되었다. 체중은 2킬로 정도는 들쭉날쭉했지만 50킬로를 넘은 적이 없어 늘씬해 보였다. 그런 내 키를 열한 살밖에 안 된 녀석이 육박하고 있었다. 어려서는 기둥에다 아들의 키가 커가는 걸 눈금으로 표시하는 게 낙이었지만 국민학교 들어가고부터는 어깨동무를 해보는 걸 더 좋아했다. 어깨동무를 하는 척 아들의 볼을 애무하면서 앞으로 끌어당기면 아들은 고분고분 내 가슴에 귀를 대고 엄마 심장 소리가 들린다고 했다. 자연스럽게 가슴으로 끌어당길 수 없을 만큼 키가 자라면서 아들은 고개도 뻣뻣해져서 좀처럼 나에게 안겨오지 않았다. 그래도 나는 아들하고 육체적 접촉을 하는 게 좋았다. 그 부듯한 느낌을 갈망할 적도 많았다. 아들은 건강한 나무처럼 잘 자랐다. 근육은 유연하고도 단단했다. 긴 바지를 입었을 때도 아들의 정강이가 얼마나 곧고 강하다는 걸 느낄 수가 있었다. 아들이 그냥 집 안을 왔다 갔다 하는 것만 봐도 좋았다. 아들을 가슴에 안으면 온몸이 부듯하듯이 아들이 집 안에 있으면 온 집안이 가득해졌다. 그애가 눈에 안 보일 때도 그 애가 있다는 것만으로도 나는 떳떳하고 자랑스러울 수가 있었다. 그 애가 있다는 것은 나의 최고의 성취감이고 그 애를 바라보는 즐거움은 무엇과도 비할 수 없는 행복감이었다. 두 딸도 물론 사랑했다. 큰딸은 첫정이라 애틋하고 둘째는 막내딸이라 예쁘다. 한 번도 사랑으로 딸 아들을 층하하지 않았다. 그러나 딸은 둘을 다 합쳐도 아들 하나만큼 나를 충만하게 하지 못한다.

그 남자를 만나러 가기 위해 나는 공들여 화장하고 거울 앞에서 이것저것 많은 옷을 입어보았다. 젊고 싱싱하다는 동생의 말을 다시 음미하며 미소 지었다. 동생도 가끔가다 그런 쓸모 있는 말을 할 때가 다 있다니. 시간을 넉넉하게 잡고 나와 세차까지 했다. 그 남자하고 장소를 의논할 때 아무렇게나 정한 것 같아도 실은 분위기는 물론, 운전에 자신있는 지점이라는 것과 주차하기 편한 것까지 계산하고 정한 거였다. 칠전팔기도 더 되게 고전하고 나서 면허를 딴 운전은 좀처럼 늘지 않았다. 밤길에 딸들을 태워다 주는 일 외에 다닐 수 있는 코스가 한정돼 있고 그 이상의 발전이 없었다. 그 정해진 코스는 곧 나의 옹색한 사교 범위를 의미했다. 남편은 그 정도밖에 차를 이용할 줄 모르는 나를 무시하면서도 다행스러워하는 것 같았다. 남들한테도 나의 차 운전을 '우리 집사람의 딸 효도'라고 말하곤 했다. 남편의 말대로 딸들을 위해 쓰는 것 외엔 그닥 탐탁한 이용 가치를 못 느껴본 차였다. 그러나 오늘은 차도 비싼 옷과 공들인 화장처럼 나를 빛내주길 바랐다. 술이 달린 모자를 쓰고 옆솔기에 진홍색 줄이 쳐진 제복을 입고 공손히 허리를 굽히는 웨이터에게 생긋 웃으면서 차 키를 맡기고 또박또박 걸어가 호텔의 회전문을 미는 맛이 그럴듯했다. 남들이 그러는 걸 볼 때는 아니꼽기도 하고 내가 그렇게 할 수 있을 것 같지가 않더니만 해보니까 썩 잘 어울린다는 생각까지 들었다. 그 남자는 먼저 와 있었다. 강이 보이는 자리를 차지하기가 쉽지 않은데 그가 먼저 잡아놓고 있었다. 나는 젊고 싱싱하다, 이렇게 최면을 걸듯이 타이르면서 그에게로 걸어갔다. "오래 기다리셨어요?" 이렇게 말하면서 남자 앞에 앉았다. 이럴 리가 없는데, 나는 속으로 여간 실망스럽지가 않았다. 그는 지치고 후줄근해 보였다. 잔뜩 기대에 부풀었던 스스로가 무안했다. "아뇨, 방금이오" 그러면서 하품을 늘어지게 하는 그의 턱에서 삐죽대는 수염이 땟국물처럼 꾀죄죄했다. 무안한 정도가 아니라 모욕감을 느꼈다.

"미안합니다. 어젯밤 야근을 했더니."

그는 또 한 번 하품을 하려다 우물우물 씹어삼키면서 말했다. 나는 커피를 시키고 나서 시선을 창밖으로 돌렸다. 따뜻한 커피를 음미하며 마시는 사이에 어지러운 망상이 조금씩 가라앉는 것 같았다. 그래도 내가 뭘 원하고 있는지 모르긴 마찬가지였다. 내가 원하고 있는 게 설사 마주 앉은 저 남자와 바람을 피우는 게 아니라 해도 내 속에 있는 께름칙한 것이 없어지는 건 아니었다. 나는 차를 마시는 동안도, 마시고 나서도 골똘히 바깥만 내다보았다. 창밖으론 물을 뺀 겨울 수영장과 호텔을 휘감고 동북으로 뻗은 아스팔트길이 보이고 길과 평행으로 겨울강이 고여 있는 것처럼 나른히 누워 있었다. 여름엔 요트가 한유로이 떠 있는 게 평화롭고도 이국적으로 보이던 강이 지금은 텅 비어 있는 것 같았지만 자세히 보니 새 떼가 무리지어 떠다니고 있었다. 여름에 못 보던 새니 물오리나 청둥오리 따위 겨울새일 것이다. 강이 얼면 저 오리 떼들은 어떻게 될까. '한 연못이 있었는데, 가을날 많은 오리 떼들이 날아왔다. 밤새 추위가 닥쳐 연못이 꽁꽁 얼어붙었다. 오리 떼들은 어찌 되었을까? 연못을 물고 날아가 연못은 더 이상 거기 있지 않았다.' 그런 이야기가 나오는 영화를 본 생각이 났다. 산다는 것의 덧없음에 가슴이 저리면서 내가 보고 있는 풍경도 실제로 저기 존재하는 게 아니라, 나에게만 있는 것처럼 보이는 환상이 아닐까 하는 생각이 들었다. 문득 뺨에 시선을 느끼고 얼굴을 돌렸다. 그가 나를 바라보고 있었다. 어느 틈에 졸음이 걷힌 부드럽고도 그윽한 시선이었다.

"쓸쓸해 보이십니다."

내가 너무 갑자기 돌아다보았기 때문인지 그가 좀 놀란 듯이 말했다. 이번엔 그가 내 시선을 부신 듯이 피했다. 나는 그가 나에게 매혹당하고 있다고 생각했다. 그렇지 않고서야 쓸쓸한 걸 눈부셔 할 까닭이 없다. 내 표정은 아까나 지금이나 변함이 없다. 그렇다면 그가 쓸쓸해 보인다는 건 그의 발견일 터였다. 그가 쓸쓸해 보인다니, 아마도 내가 쓸쓸한 건 맞을 것이다. 그러나 지금 중요한 건 그게 아니다. 중요한 건 내 비싼 옷과 공들인 화장을 뚫고 그가 내 내부를 정확하게 들여다보았다는 사실이다. 그게 매혹된 증거가 아니고 무엇이랴. 나는 마음에 구멍이라도 뚫린 것처럼 헤프게 그에게 경도되는 자신을 걷잡을 수가 없다. 곧 체면이니 예의니 하는 심리적 균형이 깨질 것 같은 예감에 사로잡힌다. 뇌졸중이나 간질의 전조가 이런 게 아닐까 싶게 그런 느낌은 막연하면서도 기분 나쁘다. 어서 사무적이고 온당한 대화의 꼬투리를 찾지 않으면 무슨 실수를 저지르고 말 것 같다.

"그림이 괜찮게 나왔다면서요?"

그가 나의 용건을 일깨워주었다. 아 네, 나는 핸드백에서 누런 봉투에 든 테이프를 꺼내 그에게 건넸다. 그리고 슬기네 식구와 우리 식구가 번갈아가며 그걸 보며 얼마나 즐거워했다는 얘기를 과장되게 했다. 나는 말을 한 번 부풀리기 시작하면 풍선을 터질 때까지 불어야 직성이 풀리는 사람처럼 조정을 못 하는 나쁜 버릇이 있었다. 보통 수다쟁이하곤 달랐다. 말문이 열리려면 시간도 걸리고 말상대도 가리는 편이었으니까. 그의 앞에서도 말문이 일단 터지자 계속해서 나만 일방적으로 지껄였다. 그 유치원이 홍보 전략에 능해서 장사가 잘된다는 얘기로부터 유아교육의 전반적인 문제점에 이르기까지 한바탕 알은체를 하고 나서 요즈음 아이들 다루기 힘든 얘기며, 교사의 자질에 대한 의구심과 우려 등 할 얘기는 무궁무진했다. 별안간 봇물처럼 터지는 내 수다를 남편도 병이라고까지 말한 적이 있다. 그가 외국에서 전화를 걸어왔을 적이었는데 식구들 안부에 예, 아뇨라는 말밖에 안 하자 전화값 걱정 말고 뭐라고 말 좀 해보라고 신경질을 냈다. 그때부터 말문이 터져 큰애가 어쩌구저쩌구, 둘째가 이만저만, 셋째가 여차저차 미주알고주알 고해바쳤다. 그가 정말로 전화비가 겁나 끊어버린 것도 모르고 지껄여댔던 것이다. 병이라는 소리까지 들어도 싸다.

"집사람이 좋아할 겁니다. 정말 고맙습니다."

그가 내 수다 사이를 용케 비집고 들어와 인사치례를 하면서 손목시계를 보았다. 우리 동네 다방에서 차를 마신 날처럼 팔운동이라도 하듯이 과장된 동작이었다.

"아직도 딸이 더 좋다고 우기실 작정인가요?"

그렇게 단도직입적으로 본론으로 들어가리라고는 나도 미처 예상 못 한 일이었다. 나는 자신의 마음이 어떻게 돌아갈지에 대해 무책임한 편이다.

"또 그 얘기가 하고 싶은가요?"

그래 난 당신처럼 딸만 있는 주제에 천연덕스럽게 행복한 체할 수 있는 남자가 이 땅에 있다는 게 께름칙한 걸 떨쳐버리지 않으면 미치겠단 말야, 이런 눈빛으로 그를 놓아주지 않았다. 그는 뭐 이런 여자가 다 있나 진저리가 난 티를 감추지 않다가 용케 자제하고 냉정한 얼굴이 됐다. 나는 그가 억지로 가다듬은 냉정 뒤에 지친 듯 희미한 연민이 번득이는 걸 본 것처럼 느꼈지만 어째볼 수 있는 건 아니었다.

"저는 딸이 더 좋다고 말한 적이 없었습니다. 그건 아들이 더 좋다는 것과 같은 척도를 가진 발상이기 때문이죠. 장차는 딸이 더 좋을 거라느니, 딸 가진 부모는 비행기 타고 아들 가진 부모는 고속버스 탄다는 식의 위로나 발상이 제일 싫습니다. 마치 내년엔 무슨 농사를 지으면 수지를 맞을 거라든가, 앞으로 무슨 장사를 하면 떼돈을 벌 거라는 식의 상업적인 전망과 무엇이 다릅니까? 그런 발상은 남녀의 인간관계를 더욱 해칠 뿐 조금도 도움이 못 될 겁니다. 그야 딸 가진 부모가 경제적 이득을 더 많이 볼 날이 의외로 빨리 올지도 모르죠. 남녀의 성비율이 이런 속도로 허물어져 가면 말입니다. 재롱잔칫날도 보셨죠? 춤출 때 여자 짝이 차례가 안 간 사내애들이 싸우는 거 말예요. 어렸을 적이니까 순전히 완력으로 결판내려는 원시적인 싸움을 했지만 어른이 돼보세요. 어른도 역시 힘이 있어야 여자를 차지하게 되리라는 건 틀림없지만 어른의 힘이란 뭐겠습니까. 금력, 권력 그런 거 아니겠어요. 의사나 판사 사위 얻는답시고 바리바리 싣고 지참금까지 안동을 시켜 시집보내던 딸을 앞으로는 가만히 앉아서 그 몇 배를 받아내면서 보내게 될지도 모르죠. 아니, 보낼 건 또 뭡니까? 데릴사위로 들어가지 않으려면 결혼 못할 세상이 올지도 모르죠. 그렇다고 달라진 게 뭡니까. 손해나던 장사가 수지맞는 장사로 변했을 뿐 여성을 상품 취급하긴 마찬가지지요. 수지가 맞을수록 상품화는 더 심화될 겁니다. 더욱 더 어떡하면 비싸게 팔리나 하는 쪽으로 길러지고 교육될 테니까요. 남자는 또 어떻구요. 물욕과 성욕은 서로 상승작용을 일으켜 예쁜 여자는 재산 목록이 되고 권력의 상징이 되겠죠. 여자가 인간이 아니게 된다는 건 곧 남자도 인간이 아니게 된다는 소리나 마찬가지입니다."

그는 내가 첫눈에 이끌렸을 때의 꽤 괜찮은 남자하고도, 아까 실망했을 때의 지치고 꾀죄죄한 인상하고도 달라 보였다. 어느새 지난 시대의 일이 되고 말았지만 자유를 외치던 운동권의 거친 열정의 그루터기 같은 걸 얼핏 본 것처럼 느꼈다.

"그러니까 여자는 수적으로 흔해도 천하고 귀하면 더 천해진다는 전망 아닌가요? 그런 줄 알면서도 딸로 만족한다면 그건 허세부리는 거지 본심은 아닐 겁니다."

그를 설득하는 것보다는 약을 올리는 게 더 재미있을 것 같았다.

"참 집요한 분이군요. 두 번째도 딸이었을 때 섭섭했단 실토를 한 것 같은데 왜 저를 자꾸만 그쪽으로 몰아붙이려고 하십니까. 저는 제 자식의 성이 여자라는 게 그 아이 잘못도 아니고 더구나 인간으로서의 하자도 아니라는 것을 알기 때문에 딸이기 때문에 섭섭해할 수밖에 없었던 악조건을 걷어주고 싶을 뿐입니다. 얼마짜리 성적 대상이 아니라 자신의 주인이 되길 바랄 뿐입니다. 그건 아들 기르는 것보다 훨씬 값진 보람이라고 생각합니다. 지금은 향수로밖에 남아 있지 않지만 대학시절 운동권에 몸담았던 적이 있죠. 덕택에 대학을 7년 만에 졸업하고 어머니 애간장도 많이 태워드렸죠. 그 시절의 이상은 비록 좌절됐습니다만 나는 그때의 내가 좋고 자랑스럽습니다. 그때의 나하고 청탁 안 가리고 타협의 타협을 거듭하면서 일용할 양식을 벌어들이는 데 급급한 현재의 나하고 동일인이라는 확신을 주는 것도 딸의 아버지 노릇을 통해서라면 이해가 되시겠습니까?"

나는 역시 그랬었구나, 나의 혜안에 적이 놀랐지만 그의 말뜻을 다 알아들은 건 아니기 때문에 고개를 저었다.

"못 알아들으셔도 좋습니다. 아무튼 저는 남을 찍어누르고 억울하게 만들고 우뚝 선 자보다는 억울하게 짓눌리고 소외된 자의 편이 될 수밖에 없는, 양심이랄까 정의감을 타고났고, 거기에 대해 자부심을 느끼고 있습니다. 여북해야 나보다 출세하고 돈도 더 잘 버는 친구들 사이에서도 기가 죽기는커녕 자신을 군계일학처럼 느낄 적이 있는걸요. 그런 정의감이 사회적으로 좌절됐다고 해서 내 가정 속에서 내 식구 사랑 속에 구현시키려는 노력까지 그만둘 수는 없지 않겠습니까. 운동할 때 가장 큰 고민이 생각과 말과 행동을 일치시키기가 어려운 거였고, 동지들의 같은 모습에 실망하고 불화하는 경우도 많았는데, 비록 독불장군으로나마 내 가정 안에서라도 옳다고 생각하는 대로 살고 식구들에게 영향을 끼치면 결국에 가선

이 세상을 변화시킬 수 있는 작은 힘이 되지 않겠습니까?"

"따님에 대한 기대가 너무 커도 부담 줄 텐데요."

"아들 노릇 하도록 키운다는 뜻이 절대로 아니라니까요. 남자와
여자는 혼자서는 부족함으로써 서로 평등한 거 아닙니까. 자연이
완전하게 아름다운 것도 개개의 종의 완전함 때문이 아니라 서로의
조화 때문이듯이. 우리 나라의 남녀 불평등 구조가 마침내 자연의
조화 중에도 가장 오묘한 조화인 성비율의 균형을 깨뜨리기 시작했
다는 데 대해 저는 거의 공포감을 느끼고 있습니다. 그 실상은 생각
하기도 싫습니다만."

나는 무엇에 찔린 것처럼 뜨끔했다. 앉은자리를 고쳐 앉으면서
잔기침을 했다. 싸고 싼 비밀을 찔린 기분이었다. 나는 내 비밀을
누구한테 들킬까 봐 늘 전전긍긍했고 다른 한편으로는 그걸 들키기
를 갈망해왔다. 그 두 가지 상반된 갈망은 나를 늘 혼란스럽게 했
다. 나는 수습할 수 없이 헝클어지려는 자신에게 위기의식을 느끼
며 가냘프게 말했다.

"인간은 짐승과 달리 대를 잇는 문제가 있기 때문에 그런 해결책
도 생겨난 거 아니겠어요. 만일 남자와 여자가 생활감정으로나 제
도적으로나 완전히 평등한 세상이 온다고 해도 마지막까지 평등해
질 수 없는 문제로 남아 있는 게 바로 아들에 의해서만 대가 이어진
다는 문제 아닐까요?"

"딸만 있는 집이 주위에서 동정받는 것도 바로 그 점이라는 것쯤
저도 알고 있습니다. 우리 어머님처럼 트인 분도 우리를 딱하게 여

기시는걸요. 느이 집에 아들 하나만 있으면 무슨 걱정이겠느냐고요. 그 말씀도 그런 뜻이겠죠. 우리 부부도 그런 고정관념이나 주위의 동정을 저절로 극복한 건 아니랍니다. 대란 무엇인가? 대가 후손이면 족하지 왜 반드시 성이어야 되나? 그렇게 자문도 하고 자위도 했죠. 거꾸로 생각해서 아버지 성만 잇도록 돼 있는 게 현행 제도고 인류의 거의 공통된 문화라고 해서 그럼 인간을 만드는 데 남자가 더 많이 기여하고 더 많이 자신의 특징을 유전시키냐 하면 그것도 아니거든요. 사람의 최소 단위를 만드는 데 있어서의 남녀의 기여도야말로 완전히 평등한 거 아니겠어요. 결국 아들에 의해서나 딸에 의해서나 자기 핏줄은 면면히 이어진다고 봐야죠. 후손을 통해 아주 죽지 않고 자기 생명이 영속되기를 바라는 게 본능이고 실속이라면 성은 껍데기고 문화 아니겠어요."

"성이 완전히 빈 껍데기라고 해도 그렇죠. 처음부터 여자는 제 속으로 낳은 자식에게 제 성을 따르게 하지 않고 남자의 성을 따르도록 한 것은 그 여자가 그만큼 못났다는 증거 아네요?"

"사람이 이름 외에 성을 갖게 된 역사는 인류의 역사에 비하면 아주 짧은 거니까, 성은 굉장히 문화적인 거고 확실히 여자의 경제적 열등과 관계가 있겠지요. 그렇지만 남자가 잘나서 그 권리를 차지했다기보다는 여자는 처음부터 자식에게 자기 성을 따르게 하고 싶은 욕심을 부릴 필요가 없었다고 생각하는데요. 여자에겐 자기 자식이라는 게 너무도 분명하니까요. 애를 배고 낳는 여자의 수고를 남자는 동정도 하지만 질투하는 마음도 있거든요. 에미는 제 자식이라는 걸 의심할 필요가 없으니 얼마나 좋을까 하고요. 그만큼 아비의 의식의 저 밑바닥엔 과연 내 자식일까 하는 의구심이 도사리고 있다는 얘기가 되겠지요. 그걸 꿰뚫어본 여자는 아이가 아빠 닮은 걸 강조하고 한편 부계의 성으로 네 자식이 틀림없다는 걸 문서화까지 해주고 대신 부양의 의무를 씌운 게 아닐까요."

"그럴듯하군요. 그렇지만 인간이 동물과 다른 게 뭔데 문화적인 걸 무시할 수가 있습니까?"

"무시하자는 게 아니라 더욱 문화적이 돼야죠. 후손의식을 확대시키는 것입니다. 딸도 아들과 마찬가지로 혈통을 이어간다 정도로도 사실은 부족합니다. 딸도 못 가진 사람에게도 후손의식은 있고 제도적으로 자식을 가질 수 없는 성직자라도 제대로 된 성직자라면 반드시 후손의식이 있을 겁니다. 내가 죽은 후에도 세상은 이어져야 한다는 믿음이 오늘을 함부로 살 수 없게 하는 후손의식이고, 민족애, 더 나아가서는 인류애가 되는 거 아니겠어요."

나는 한숨을 쉬었다. 그에 대해 말할 수 없는 연민을 느꼈다.

"그렇게까지 치밀하게 딸을 섭섭지 않게 할 구실을 준비해가지고 있는 걸 보니까, 도대체 얼마나 섭섭했으면 저 정도가 된 걸까 되레 동정이 갑니다."

약을 올리고자 한 것은 아니었다. 솔직한 내 심정이었고 이제 그만 듣고 싶다는 표시이기도 했다.

"어느 정도는 맞는 지적입니다. 그러나 결코 나 개인을 위로하려는 구실은 아니었습니다. 우리 공동체가 너무도 아닌 방향으로 가고 있는 데 대한 위기의식에서 해본 고민의 일단을 피력했을 뿐이죠."

그가 나를 지그시 바라보았다. 그는 가당치않게도 내가 그에게 보낸 연민을 몇 배로 진하게 되돌려보내고 있었다. 제가 감히 나를 불쌍히 여기다니, 말도 안 된다고 생각하면서도 당혹스러웠다. 그가 잠시 머뭇거리는 듯하더니만 조용히 말문을 열었다.

"벌써 작년의 일입니다만 우리 잡지사에서 아들을 낳고 싶어하는 부부의 고민을 해결해주는 산부인과 병원 몇 군데를 취재한 적이 있죠."

이 남자가 시방 도대체 무슨 소리를 하려는 걸까? 나는 겁에 질려 무슨 핑계든지 대고 어서 이 자리를 떠야 한다고 생각했지만 아무 말도 할 수가 없었다. 남자의 듣기 좋은, 그러나 우울한 저음은 이어졌다.

"그런 계획안을 처음 낸 건 저였죠. 아주머니 같으면 그것도 아마 딸만 가진 콤플렉스라고 비웃을지도 모르겠습니다만 하여튼 유치원 유아원 등 꼬마들 사회의 남녀 비율이 심각할 정도로 정상을 일탈하고 있다면 그 까닭을 한번 심층취재해서 규명해볼 만한 가치가 있다고 여긴 거죠. 남들은 무슨 재주로 저렇게 아들을 잘 낳을까 하는 호기심도 아마 없지 않아 있었을 겁니다. 옛날서부터 내려오는 아들 낳는 비법이야 좀 많습니까. 그래도 인간의 성비율에 털끝만한 영향도 끼치지를 못한 걸 보면 다 엉터리였던 건 분명한데, 도대체 현대의학은 어느 만큼 와 있길래 이런 현상이 나타나는 걸까? 궁금도 하려니와 그 일이 설사 마음대로 된다고 해도 인류의 미래를 위협한다면 의학의 개가로 봐야 할 게 아니라 지양돼야 마땅하다는 사회적 공감을 끌어내고 싶은 야심도 있었구요. 정말 기막힌 현장을 목격해야 했지요. 아주 확실한, 거의 100퍼센트의 방법이 있긴 있었습니다. 그게 뭔 줄 아십니까?"

그가 나에게 추궁하듯이 물었다. 나는 그가 날카로운 시선으로 노려본다고 생각했다. 나는 오금이 저려 옴쭉달싹도 할 수가 없었다. 이런 취급을 당할 까닭이 없으므로 뭐라고 말해주고 싶었지만 아무 소리도 나오지 않았다. 그는 나에게서 시선을 떼지 않고 말을 이었다.

"하늘 무서운 일이었습니다. 실패할 리 없는 방법이라는 게 여아살해를 전제로 했으니까요. 치밀하고 계획적이고 과학적이고 감쪽같이 태아가 단지 여아라는 이유만으로 없애버리는 겁니다. 의학은 그게 틀림없이 여아라는 걸 보증할 뿐 아니라 살해까지를 책임지지요. 남자애를 밸 때까지 몇 번이고 그 짓을 하는 겁니다. 그게 소위 과학의 발달이라는 거구요."

"그만, 제발 그만 좀 해두세요. 중절 수술이 어제 오늘 비롯된 게 아니잖아요. 우리 어머니 시대만 해도 일곱 번, 여덟 번씩이나 애 긁어내는 수술을 경험한 사람도 있다던데요, 뭐. 그때 그렇게라도 하지 않았으면 이 땅이 그 인구를 이루 다 어떻게 먹여 살렸겠어요."

"우리가 다 같이 먹고 살기가 어려워서 식구 느는 게 살아 있는 식구들의 생존권까지 위협할 지경이었던 시절에 대해선 저도 압니다. 그때는 피임하는 방법도 불확실했을 테구요. 그러니까 그건 여아를 교묘하게 선택적으로 살해하는 데다 대면 엉겁결에 저지른 정당방위 정도밖에 안 되죠. 그 시절엔 아들 낳고 싶은 사람은 아마 득남한 집 대문 밖의 인줄에서 고추나 훔쳐서 달여먹었겠죠. 얼마나 귀엽습니까. 인간은 원래 다만 얼마라도 귀여운 점이 있는 법 아닙니까. 그러나 여아 살해범들은 그게 아니었어요. 귀여운 점이 조금도 없는 사람, 숨이 차게 정떨어지는 사람을 취재한다는 게 얼마나 고통스럽다는 걸 그때처럼 절감한 적도 없었죠. 여북해야 내가 내놓은 계획안을 내가 없었던 걸로 하자고 했겠어요. 기사를 쓸 신명이 안 나서였지만 데스크한테는 딴 핑계를 댔죠. 남아선호사상과 현대의학이 합작을 해서 성비율을 조작하는 게 장차 환경에 미칠 영향을 경고하고자 기획한 건데 역기능이 우려된다고요. 모르고 있던 사람들까지 흉내 내게 될까 봐 고민이 된 것도 사실이구요. 우리 잡지가 환경문제를 다루는 비교적 점잖은 잡지라 그 정도로 없었던 일이 될 수가 있었죠."

"여자만 너무 미워하지 마세요. 그 여자들도 오죽해야 그 짓을 했겠어요."

"남편 몰래 했다고는 안 했어요. 하나같이 남편이 호흡이 아주 잘 맞는 공범자던데요. 너무 장시간 떠들었습니다."

그가 도망치듯이 먼저 가버렸다. 머릿속에서 공범자란 말이 벌떼처럼 잉잉댄다. 뭔가 이치에 닿는 말을 찾아내려고 안간힘쓴다. 가까스로 나를 줄창 괴롭혀온 그 께름칙한 느낌, 그걸 떨쳐버리지 않으면 아무것도 못 느끼게 될 것 같은 몸에 철갑을 친 느낌은 바로 공범자와 같이 사는 느낌이었구나,라고 생각한다. 나른하게 누워 있던 강에 잔물결이 이는 게 보인다. 올겨울에도 강물이 안 얼려나. 이상 난동 때문에 안 얼든 오염 때문에 안 얼든 오리 떼가 강물을 물고 날아가는 일도 생기지 않겠구나. 오리 떼가 강물을 물어가는 일이 생기지 않는 한 그를 다시 만나는 일도 없으리라, 이렇게 철저히 단념을 하니 그렇게 허전할 수가 없다. 그가 그 일을 취재한 건 작년이라고 했던가. 내가 아랫배에서 양수를 빼내기 위해 이를 악물고 누워 있던 침대 머리엔 친절하게도 시어머니와 시누이가 지키고 있었다. 그리고 벌써 10여 년 전 일이다. 그 남자가 보았을 리가 없다. 그러나 나는 그 남자한테 내 가장 추하고 비참한 모습을 들켜버린 것처럼 느꼈다. 미안하지만 합석을 좀 해달라고 웨이터가 정중하게 양해를 구해왔다. 그걸 기화로 나도 자리를 떴다. 밖으로 나오니 춥고 정처없는 기분이 들었다. 그러나 제복 입은 청년이 차를 내 앞까지 가져다주었을 때 나는 가볍고 우아하게 미소 지으며 천 원짜리를 쥐어주는 걸 잊지 않았다. 그리고 눈여겨봐둔 대로 썩 잘했다고 생각했다. 내리막길로 빠져나와 곧장 가면 집 방향인데 나는 굳이 좌회전을 해서 시내와는 반대 방향으로 차를 몰았다. 내 차로 교외에 나가보긴 처음이다. 마땅히 가고 싶은 데가 있는 것도 아니었다. 그냥 집과 멀어지고 싶었다. 그래도 한강 줄기를 놓쳐서는 안 될 것같다. 나는 길눈이 어둡다. 사실은 기계 무서움증보다는 그게 더 운전에 결격사유다. 되돌아나오기 위해 긴 끄나풀을 풀며 미로에 들듯이 악착같이 한강 줄기만은 안 놓친다. 왕복 4차선은 그러나 가끔 강을 버리고 능청스레 산모롱이로 접어들다가 다시 강을 옆구리에 낀다. 그러면 안심이 되고 반갑다. 어떻든 강이 오른쪽에 있으므로 갈림길에서도 어느 쪽으로 갈까 망설일 필요가 없다. 강을 끼고 갈 때도 차가 강에 바싹 붙어 가는 것은 아니다. 강과 찻길 사이에는 축구장도 있고, 비닐하우스 단지도 있고, 강촌도 있다. 찻길과 강 사이가 이렇게 넉넉하니 잘못해서 강으로 추락할 걱정은 안 해도 된다. 그래도 나는 추락을 꿈꾸며 달린다. 이쪽의 교통량도 만만치 않다. 그러나 흐름은 도심보다 쾌적하다. 흐름을 잘 타고 있다는 쾌감 때문에 운전을 잘하고 있다는 자부심까지 맛본다. 또 갈림길이 나타난다. 나는 어느 쪽으로 갈까 망설일 필요가 없는데도 비스듬히 가지를 친 왼쪽 길의 전망을 흘긋 곁눈질한다. 그 길은 아마 새로 난 길인가 보다. 앞에 봉긋한 야산이 보이고 길은 그 한가운데를 뚫고 있다. 길 양쪽에 잘린 동산의 시뻘건 단애가 보인다. 지질이 진흙인가 보다. 흙빛이 섬뜩하도록 싱싱하다. 단애라고 하지만 급한 낭떠러지는 아니고 길을 향해 비스듬히 깎아내렸기 때문에 멀리서 보니 꼭 두 무릎을 세우고 가랑이를 벌리고 누워 있는 여자의 사타구니를 보는 것 같다. 머리도 동체도 생략하고 허벅지와 사타구니만 강조된 여자, 그리고 그 사타구니는 온통 피로 범벅이 돼 있다. 그 가운데로 빨리듯이 흘러들어가는 차 차 차들, 흘러나오는 또 차 차 차들, 나는 그 차선이 아닌데도 전방의 그 거대한 사타구니로 빨려들게 될 것 같아 무섭다. 무섭고 구역질이 난다. 저 꼴이 뭐람, 창피한 건 또 이루 말할 수가 없다. 길을 뚫기 위해 잘린 산의 단면이 벌린 가랑이처럼 보이자 나는 뒤죽박죽이 되고 만다. 내가 거기 옮아붙은 건지 그게 나한테 옮아붙은 건지 그 끔찍한 꼴과 나 자신을 분간할 수가 없다. 이 뒤죽박죽으로부터 벗어나야 한다는 생각은 희미하지만 유일한 구원이다. 오른쪽으로 평화로운 강마을이 보이고 포장은 안 됐지만 널찍한 진입로도 보인다. 나는 달리고 있던 1차선에서 무작정 직각으로 차를 꺾어 아슬아슬하게 그 길로 차를 꼬나박는 데 성공한다. 내 차 옆구리를 2차선을 달려오던 차머리가 들이받을 듯이 급정거하는 걸 환각처럼 보았을 뿐 차의 이상이 있는 것 같지는 않다. 뭐라고 한마디쯤 사과를 해야 할 것 같아 차를 세우고 밖으로 나왔다. 공기가 맵사하게 차다. 우선 심호흡부터 하려는데 욕지거리가 들린다. 나 때문에 사고를 당할 뻔한 차들이 서너 대 붙어서서 어떤 남자는 내려서서, 어떤 승객은 차 유리만 내리고 삿대질을 하면서 욕들을 한다. 미친년, 쌍년, 미치려면 집 안에서 곱게 미쳐라, 뭐 그런 소리일 것이다. 폭포수처럼 쏟아지는 그들의 욕이 나에겐 강바람보다 더 상쾌하다. 질식할 듯한 실내에서 뛰쳐나와 마시는 신선한 바깥공기처럼 나는 그들의 욕을 달게 호흡한다. 그들은 나에겐 말할 기회를 안 주었기 때문에 나는 바람 쐬는 자세로 머리를 나부끼며 그냥 서 있다. 기분이 상쾌하니 아마 미소까지 짓고 있을 것이다. 내가 정말 미쳤다고 생각한 것 같다. 당장 내 멱살을 쥐러 올 것처럼 흥분했던 남자가 황황히 올라타고 뒤차에서 고개를 내밀고 있던 얼굴들도 일제히 안으로 들어가버린다. 그 차들이 차례로 움직이자 강을 낀 도로의 차의 흐름은 다시 아무 일도 없었던 것처럼 유연해졌다. 나는 그들이 마치 나를 악의로 따돌리고 저희끼리만 좋은 데로 가고 있는 것처럼 막막하고 외로웠다. 차들의 소음 저 밑바닥을 강바람소리가 계면조의 퉁소 소리처럼 구슬프게 깔려 있는 게 느껴졌다. 나는 깊이 모를 나락으로 투신하듯이 곧장 그 소리를 향해 침잠한다. 울음이 복받칠 것 같다. 실컷 울리라. 나는 아무렇게나 꼬나박은 차를 마을 어귀까지 찬찬히 끌고 갔다가 돌려서 길섶으로 비켜 세우고 운전대에 이마를 대고 엎드렸다. 울기 좋은 자세를 취하고 나니 되레 울고 싶은 마음도 눈물도 싹 가셔버렸다. 나는 정말 공범자하고 같이 살고 있는 걸까. 또 그 생각이다. 남편이 공범이라는 증거는 아무것도 없다. 남편이 내 앞에서 아들 상성을 한 적이 한 번이라도 있던가. 남편은 아들놈하고 티격태격하면서 야구 구경 가는 친구가 제일 부럽다는 얘기밖에 한 적이 없다. 자주 그런 것도 아니고 어쩌다 그랬다. 나는 고작 그 소리에 왜 그렇게 깊은 상처를 받았을까. 남편도 그렇지, 야구 구경을 그닥 좋아하는 편도 아니면서 그 말을 할 때는 마치 아들놈을 대동하지 않았다고 입장이 금지당해 야구장에 못 들어간 경험이라도 있는 것처럼 처량한 시늉을 하곤 했다. 나는 그때 딸도 야구를 즐기게 될 수도, 아들이 그걸 좋아하지 않을 수도 있단 소리를 왜 못 했을까? 그까짓 야구 구경이 뭐관대, 아니다. 그까짓 야구 구경이 아니다. 나는 남편에게 야구 구경을 같이 갈 아들을 낳아주기 위해 딸을 죽이기까지 한 것이다. 태중의 생명이 딸이라는 게 밝혀지고 나서 그 아이에게로 집중되던 집안 내의 살의와 남편은 과연 무관했을까. 그가 정말로 초연한 입장이었다고 해도 절대로 용서할 수 없을 것 같은 노여움이 치받친다. 그는 나의 남편일 뿐 아니라 살의가 집중된 생명의 아버지이면서 어떻게 초연할 수가 있단 말인가. 그건 말도 안 되는 소리다. 그럼 그는 공범자인가. 나를 줄창 괴롭히는 께름칙한 느낌은 공범자하고 같이 사는 느낌이란 말인가.

방금 헤어지고 온 외간 남자를 우연히 만났다 헤어진 옛날 애인처럼 그립고 정감 있게 회상한다. 다시는 못 만나리라는 게 여간 섭섭하지 않다. 그 남자의 아내는 어떤 여자일까, 막연히 궁금하고 부러운 것도 옛 애인을 남편과 비교하는 느낌과 비슷하다. 그가 무슨 얘기를 했더라. 들으면서는 충격도 받고 공감도 했건만 다시 생각해보니까 내가 그동안 뭘 너무 모르고 살아서 그렇지 하나도 새로울 게 없는 소리였다. 열심히 준비하노라고 하긴 했는데 아직 소화가 안 된 논문 발표를 듣고 난 후처럼 알아들은 것도 같고 못 알아들은 것도 같다. 쉬운 것도 같고 어려운 것도 같고, 어려운 소리를 쉽게 푼 것도 같고, 뻔한 소리를 어렵게 포장한 것도 같다. 그러나 지금 중요한 건 그게 아니지 않나. 중요한 건 그가 자기 딸을 섭섭해하지 않기 위해 그만큼이나 다양한 근거를 모아들였다는 데 있다. 비록 그게 난삽하다 하더라도 성실하고 꾸준한 노력의 결과라는 것만은 의심할 여지가 없다. 그는 자기가 모아들인 걸 근거로 하여 자기 딸뿐 아니라 남의 딸까지도 껴안을 태세다. 그의 사랑은 의심할 여지가 없다. 남편이 그런 노력이나 고민을 한 적이 있을까. 두 번밖에 안 만난 외간남자가 남편감으로 부러운 것도 그런 까닭이다. 그렇지만 남편을 대뜸 공범자 취급한다는 것은 내가 너무 쉽게 남자에게 설득당한 결과가 아닐까. 남편을 최초로 공범자로 바라보게 된 것은 그 남자 때문이었다. 어쩌면 그 소리는 그에게서 처음 들은 게 아니라 내 속에 늘 있었지만 내가 항상 피해 다니던 거였는지도 모르겠다. 딴 사람은 몰라도 남편이 공범자여서는 안 된다. 공범자끼리는 언제고 반드시 해치게 돼 있기 때문이다. 공범자하고는 같이 사는 게 아니다. 영화를 봐도 알 수 있듯이 범행은 단독범행일수록 안전하고 뒤끝도 깨끗하다. 그러나 그렇게 되면 할 얘기도 없고 재미도 없기 때문에 범죄영화는 반드시 공범이나 목격자가 있게 마련이다. 공범자끼리 서로 쫓고 쫓기면서 싸우고 해치는 게 기둥줄거리가 된다. 나는 공범자끼리는 해칠 수밖에 없는 심리를 너무도 잘 안다.

나는 그 일을 성공적으로 저지른 후 공손한 며느리, 착한 올케에서 쌀쌀하고 무도한 여자로 표변했다. 나는 그들과 사사건건 불화했다. 그들과의 불화는 나의 삶의 유일한 활력소가 됐다. 나는 정기적으로 시댁을 방문할 때 가면을 쓴 것처럼 무표정하고 뻣뻣하게 굴었고, 시어머니가 오는 것을 노골적으로 싫어했다. 남편이 좋아한다고 시어머니가 해 나르는 갓김치나 청국장 따위를 절대로 남편상에 올리지 않았다. 곰마지가 낄 때까지 내버려뒀다가 일부러 시어머니 눈에 띄도록 했다. 시누이하고는 대학동창이었다. 결혼하고도 시어머니의 양해 아래 서로 이름을 부르고 지냈다. 학교 때는 과가 달라 서로 얼굴이나 아는 정도였는데 시누이 올케가 되고부터는 단짝이 됐다. 피차 어렵게 살다가 처음 집 장만할 무렵은 청약 예금에만 들면 아파트 신청권이 생기고 써넣는 채권 액수에 따라 당첨이 결정될 때였다. 우리는 늘 붙어다니면서 당첨권에 들 채권액 정보를 수집하고 의논해서 같은 단지에 같은 액수를 쓰곤 했다. 시누이 올케끼리는 조금 떨어져 사는 게 좋다는 어른이나 친구들의 충고도 우리에겐 먹혀들지 않았다. 우리는 시누이 올케끼리가 아니라 단짝 친구였으므로 이웃에 살면서 누릴 수 있는 여러 가지 편의만 생각했다. 같은 액수를 써넣다 보니 같이 떨어지기만 하다가 같이 당첨이 되었다. 이웃에 살면서 반찬거리도 같이 사고 애도 서로 봐주고 남편을 꼬셔서 두 집이 어울려 놀러 가는 일도 꾸미느라 우애는 더욱 돈독해졌다. 내가 태중의 여아를 지우고 아들을 낳게 되기까지도 시누이의 도움이 컸다. 그러나 아들을 낳고 나서 나는 시누이가 꼴도 보기 싫어 이사를 했다. 그렇게 의가 좋던 처남 매부지간도 교묘하게 이간질을 해서 뜨악한 사이로 만들어놓고 말았다. 그렇다고 서로 초대하거나 방문하는 일이 전혀 없는 건 아니다. 나는 시누이 집을 방문할 때는 가장 좋은 옷을 입고 음식은 조금 먹고 말도 조금밖에 안 한다. 그리고 시누이 이름은 실수로도 안 부른다. 깍듯이 아가씨라고 부르고 집에 와서 남편한테는 누구 엄마라고 부른다. 시누이가 우리 집에 올 때 마지못해 사오는 과자 나부랭이를 거들떠도 안 보다가 나중에 남편 보란듯이 쓰레기통에다 처넣는다. 내가 이러다 죄받지 싶을 적이 없는 건 아니었다. 그러나 그것도 사람에 대한 회한 따위가 아니라 음식에 대한 일말의 미안감이었다.

그 착하고 유순한 며느리가 이렇게 달라지기 시작한 게 천신만고 끝에 아들을 낳고 나서부터라는 걸 그들이 모를 리 없었다. 너 아들 낳더니 눈에 보이는 게 없냐?라고 맞대놓고 비아냥거릴 적도 있었다. 그러거나 말거나 나는 겁날 거 하나도 없었다. 내가 안하무인으로 굴수록 그들도 나를 함부로 대하지 못했다. 장손을 낳아준 맏며느리가 아닌가. 아들은 낳음으로써 나는 내가 남자가 된 것처럼 당당해졌다. 정말이지 나는 그들 앞에서 더는 여자 노릇을 할 필요가 없었다. 아들은 나에게 있어서 후천적인 남성 성기였다. 그러나 남자가 된 느낌이 고작 남을 해치고 싶은 충동일까. 그건 아닐 것이다. 유난히 시어머니하고 시누이를 보는 게 견디기 어려웠던 것은 공범의식 때문이 아니었을까. 그들만 보면 병원 침대 머리에서 나를 지켜보던 두 얼굴이 떠올라 저절로 진저리가 쳐진다. 양수를 빼려고 들어간 방은 수술실이 아니라 주사실이라고 써 있는 장방형의 방이었다. 한쪽 벽으로 소독장이 붙어 있고, 차가운 비닐 커버를 씌운 바퀴 달린 침대가 다른 한쪽 벽에 붙어 있었다. 시누이의 친구의 남편이라는 그 의사는 무슨 대단한 신기라도 뵈줄 것처럼 시어머니와 시누이를 다 들어오게 했다. 팬티를 아주 벗게 하지는 않았지만 불두덩까지 까내리게 했다. 시누이가 애처로운 얼굴로 얼른 자기 머플러로 그쪽을 가려주었다. 의사의 찬 손이 나의 제왕절개 수술 자리를 만졌다. 의사의 그런 행동은 시어머니의 입에 붙은 탄식을 유발했다. 나는 귀를 막을 수가 없었으므로 눈을 감았다.

"글쎄 우리 아가가 남들처럼 쑥쑥 아래로 순산만 할 수 있어도 내가 선생님한테 이런 부탁 안 합니다. 딸도 못 낳는 사람도 있는데 마냥 낳다 보면 아들 낳는 날도 있으려니 기다리죠. 그러나 방금 선생님도 보시다시피 마냥 낳을 수 없는 몸이니 시에미가 어떻게 성화를 안 합니까. 이번이 마지막인데 또 딸이면 어쩌나 생각만 하면 자다가도 소스라쳐 눈이 말똥말똥해지는걸요. 의학이 이렇게까지 발달한 것도 모르고 괜한 걱정을 한 생각을 하면……."

눈은 감았지만 귀를 막은 건 아니어서 말을 마친 시어머니가 휴우, 하고 안도의 숨을 쉬는 소리까지 명료하게 들렸다. 시어머니가 나를 우리 아가라고 부르는 게 벌레가 기는 것처럼 스멀거렸다. 의사의 젊은 나이답지 않게 기름진 목소리가 들렸다.

"뭘 너무 모르고 계셨군요. 요새 누가 둘씩이나 딸을 낳습니까? 두 번째는 다들 검사를 해보고 조치를 취하는걸요. 하나만 낳기로 작정한 부부 중에는 첫 애부터 해보는 사람도 있는데 그건 우리가 말리지만요. 막무가내예요."

그러면서 의사는 아랫배를 약 냄새나는 솜으로 이리저리 문질렀다. 나는 의사의 얼굴을 똑똑히 봐주려고 눈을 떴다. 의사는 잘 안 보이고 바로 눈 위에 시어머니와 시누이의 긴장하고 기대에 찬 얼굴이 둥실 떠 보였다. 마취를 하거나 그런 것도 아닌데 두 얼굴은 마치 동체를 떠나 공중에 떠 있는 것처럼 기괴해 보였다. 내가 어찌 그 얼굴을 잊어버릴 수 있을까. 천장은 하얗고 부연 갓을 쓴 백열등도 거의 얼굴 높이와 같이 떠 있었다. 의사의 찬 손이 배 속의 작은 덩어리를 자꾸 한쪽으로 몰아붙이려 하고, 작은 덩어리는 필사적으로 저항하고 있다는 게 선연하게 느껴졌다. 정신을 가다듬어 그쪽으로만 신경을 집중하고 있는데 느닷없이 따끔한 통증이 왔다. 날카로운 비명을 지르며 벌떡 일어나려는 나를 시어머니와 시누이가 황황히 양쪽에서 찍어눌렀다. 못 참을 만큼 아파서가 아니라 배 속의 것이 생명의 위협을 받고 있다는 위기의식 때문이었다. 참아라 아가, 아무것도 아냐. 그냥 주사 바늘이야. 시어머니가 애원하는 소리를 냈다. 그래 참아야 해. 속으로 그렇게 생각하면서도 모성 본능까지 참아야 한다는 게 서러워서 눈귀로 주르르 눈물이 흘러내렸다. 못나긴, 애가 나이를 헛먹었다니까. 시어머니의 혀 차는 소리가 들렸다. 그날 의사는 양수를 뽑아내지 못했다. 보름쯤 있다가 다시 오라고 했다. 아직 자궁 내에 뽑아낼 만큼 양수가 생성되지 않은 것 같다는 것이었다. 나는 진땀을 흘리며 의사가 손에 들고 있는 빈 주사기를 쳐다보았다. 바늘도 몸통도 엄청나게 커 보이는 주사기였다. 세상에 맙소사. 아직도 콩꼬투리만밖에 안 할 연약한 생명을 저렇게 무지막지한 걸로 공격을 하다니.

그날은 그래도 그 정도로 놓여날 수가 있었다. 보름을 기다리는 동안 그런 무서운 자극을 외부로부터 받은 태아가 어딜 다쳤으면 어떡하나 하는 근심으로 살이 마르고, 사는 게 사는 것 같지 않았다. 그 태아가 아들인지 딸인지 아직 모를 때였다. 그렇다고 아들이면 무사하고 딸이면 다쳐도 그만이라는 생각 같은 건 한 번도 떠오르지 않았다. 그냥 내 핏줄, 아니 생명 그 자체에 대한 말할 수 없는 애련이었다. 그 전에 첫애를 뱄을 때도 그 후에 아들을 뱄을 때도 배 속의 것을 그렇게 귀애한 적은 일찍이 없었다. 그럼에도 불구하고 보름 후에 나는 또 병원으로 끌려갔다. 이번에는 양수를 뽑는 데 성공이었고, 그 결과는 다음 날이나 나온다고 해서 우리는 그냥 돌아왔다. 입시 결과를 기다리는 것처럼 초조해하며 시어머니는 집으로 돌아가지도 않고 우리 집에 머물렀다. 시누이를 통해 태아가 딸이라는 결과를 알려왔고 우리 세 사람은 다시 작당을 해서 같은 병원으로 아이를 떼러 갔다. 그 의사가 소파 수술에는 도사라고 했다.

"세상 참 좋아졌지 뭐냐? 옛날 같으면 꼼짝없이 또 딸을 낳을 뻔했구나."

시어머니는 그게 그렇게 신기한 모양이었다. 몇 번이고 같은 소리를 했다. 그리고 소파 수술하러 가는데 시집 식구가 둘씩이나 따라가는 걸 고마워하라는 투의 소리도 했다.

"소파 수술 그거 별것도 아니다. 나도 세 번씩이나 했어도 시어머니가 알지 못했으니까. 낮에 하고 멀쩡하게 걸어와 저녁 해먹었는 걸 뭐. 만만한 영감한테야 밤에 몇 마디 징징거렸지만 들은 척할 양반도 아니고, 어려운 세상이었으니까. 딴 낙이 없어서 그랬는지 두 내외가 쳐다만 봐도 애는 들어서고."

나도 시어머니 몰래 그 짓을 한 적이 있었다. 첫애 낳고 백 날 겨우 지나 또 아이가 들어섰을 때는 남편이 대책없이 회사를 그만두어 앞날이 막막할 때였다. 죽으란 법은 없는지 마침 나에게 일자리가 생겼다. 친정 연줄로 기업체에 신설한 부설학교에 취직이 된 것이다. 노동자들이 의식화되면서 노조 결성이 기업체마다 확산될 때

여서 그 무마책으로 부설학교를 만들어 소년 소녀공들에게 배움의 기회를 주는 게 유행처럼 돼 있을 때였다. 봉급은 되레 정규 교사보다 후한 편이었지만 신분 보장은 안 됐다. 산전 산후 휴가제도는 정규 학교에서도 정립이 안 돼 있을 때였다. 설사 그게 가능하다 해도 딸의 처지를 딱하게 여겨 어린 것을 맡아준 친정어머니에게 한 아이를 더 덮어씌울 수는 없는 일이었다. 나는 남편에게 이번 아이는 지우자고 상의하고 행여나 남편이 기죽을까 봐 대단찮은 일처럼 명랑하게 굴었다. 그래도 그 수술을 받을 때 남편은 동행해주었고, 집에 와서는 극진히 간호해주었고 밤엔 몰래 흐느끼기까지 했다. 그 남자의 해석대로 정당방위였기 때문인지, 혹은 남편하고 그 고통을 나눌 수 있었기 때문인지 그 첫 번째 중절 수술 생각을 하면 죄의식보다는 가난은 참 무섭다는 궁핍에 대한 공포감이 먼저 떠오른다.

단지 딸이기 때문에 없애러 가는 길을 남편이 정말 눈치 못 챘는지, 왜 의논이라도 한마디 해볼 생각을 안 했는지, 그 언저리는 나도 정확하게 기억해낼 수가 없다. 확실한 건 그땐 나도 시어머니와 시누이의 살의가 옮아붙은 것처럼, 양수검사에서 딸로 판명되면 없앨 수밖에 없으리라고 일찌거니 각오하고 있었다는 것이다. 그렇지 않고서야 그렇게 순순히 양수검사를 당했을 리가 없다. 내가 그렇게 다른 선택의 여지를 전혀 생각하지 못할 만큼 무력해지기까지는 시누이의 공이 컸다. 시누이는 가장 친한 친구인 척 소곤소곤 아들 낳고 먹는 미역국과 딸 낳고 먹는 미역국 맛이 얼마나 다르더라는 얘기를 내 귀에 독처럼 불어넣었다. 그녀는 아들딸 남매를 두고 있었다. 그보다 더 충격적인 소식도 시누이는 어디서 알아내왔다. 우리를 직접 가르치지는 않았지만 멋쟁이에다 덕망이 있는 인사로 세상에 알려진 교수 한 분이 상처를 했다. 덕망 있는 멋쟁이가 흔히 그렇듯이 소문난 애처가였다. 나도 여성지 컬러면에서 곱게 늙은 부부의 다정한 모습을 한두 번 본 게 아니어서 친척의 죽음보다 더 애도하는 마음이 애틋하더랬다. 그분이라면 아마 생전 재혼도 안 하고 오직 부인의 추억 속에서만 살겠지, 그런 기대는 감미롭기조차했다. 그러나 그 후 몇 달도 안 돼 시누이가 오두방정을 떨며 전해준 소식통에 의하면 교수님은 벌써 재혼을 해서 깨가 쏟아지게 사는데 놀랍게도 사모님 생전부터 10여 년이나 그늘에 살던 여자라는 것이었다. 두 분 사이엔 딸만 둘 있었는데 그 여자가 낳은 아들은 벌써 중학생이고 교수님을 빼닮아 준수하더라는 대목에서 시누이의 눈빛은 비수처럼 나를 가르고 지나갔다. 나는 그날 밤 잠을 못 잤다. 그 후에도 시누이는 그 댁 이야기라면 왜 그렇게 자세히 아는 것도 많고 신이 나 하는지. 사모님은 그걸 모르고 돌아가신 게 아니라 실은 감춰놓은 아들이 있다는 걸 알고 나서 그 충격으로 시름시름 앓다가 마침내 암으로 발전해 죽음에 이르렀다고도 했다. 들을수록 소름끼치는 얘기였다.

시어머니가 부쩍 아들 손자 타령을 하게 된 것은 시아버지가 돌아가시고 나서 갑자기 재산가가 되고 나서부터였다. 내가 시집갔을 때 시아버지는 중풍으로 누워 계셨다. 살림은 오래되고 불편한 구옥을 방방이 세를 놓아 근근이 꾸려가는 형편이어서 장남을 데리고 살 엄두도 안 냈다. 낡았지만 대지는 넓은 서대문 밖 집 앞으로 시아버님의 사후 갑자기 큰길이 나면서부터 시어머니한테는 재복이 붙기 시작했다. 빚을 내고, 미리 전셋돈을 받아내 가며 빌딩을 올릴 때만 해도 위태위태해 보이더니만 시절을 잘 타 전세금이 이태도 안 돼 사글세 보증금 정도밖에 안 되게 화폐 가치가 떨어졌다. 혼자가 된 후, 집 하나 가지면 너희들 신세 안 지겠노라고 집을 자기 명의로 해 가진 시어머니는 그때부터 호기있고 당당해지면서 거침없이 아들 손자 욕심을 부리기 시작했다. 기회만 있으면 아들을 붙들고, 내 딸이나 네 딸이나 딸은 소용없는 출가외인이니 그까짓 것들은 칠 것도 없고, 맏이 너한테서 영 아들 손자를 못 보면 양놈 다 된 둘째라도 불러들여야 할까 보다는 소리를 의논처럼 한탄처럼 하곤 했다. 남편 밑의 시동생은 집안이 한참 어려울 때 미국으로 이민 가 영주권도 얻고 그럭저럭 거기서 발붙이고 사는 모양이지만 보고 온 남편 말에 의하면 온 식구가 나서서 벌어야 사는 영세한 장사꾼인 모양이었다. 그들이라도 불러들이겠다는 말이 남편에게 얼마나 위협적이고 모욕적이라는 걸 나는 옆에서 안 느낄 수가 없었다. 시어머니는 빌딩이 무슨 왕권이나 되는 것처럼 대를 이을 든든한 아들 손자가 없는 집엔 지고 갈지언정 물려주지 않을 뜻을 거듭거듭 강조했다. 대를 잇는다는 건 핏줄도 성도 아니고 결국은 상속권이었다.

딸을 지우기 위해 가랑이를 벌리고 수술대에 누울 때도 시어머니와 시누이는 곁에 붙어 있었다. 지극정성이었다. 나는 그들이 확인 사살을 위해 지키고 있는 사람들처럼 무서웠다. 그들은 양쪽에서 내 손을 잡고 뭐라고 위로의 말을 했다. 내가 그들을 미워하기로 작정한 건 아들을 낳고 나서가 아니라 아마 그때부터였을 것이다. 곧 스러질 생명에 대해 에미가 바칠 수 있는 애도는 그것밖에 없었다. 마취가 들고 하나둘을 세면서 의식이 멀어져가는 중에도 나는 시어머니와 시누이의 얼굴을 망막에 새겨두려고 똑바로 바라보았다.

인큐베이터 속에서 내 아기가 꼼실대고 있었다. 손가락만 한 아가였다. 너는 엄지아가씨로구나. 가엾어라. 불면 날아가게 생겼네. 인큐베이터를 지키고 있지 않으면 누가 훔쳐갈지도 모른다고 생각하면서도 자꾸만 졸음이 와서 허벅지를 꼬집었다. 아프지 않아서 이상했다. 그때였다. 검은 옷을 입은 시어머니와 시누이가 투실투실한 아기를 안고 들어왔다. 동시에 여기저기서 흰 옷 입은 사람들이 모여들어 방 안이 가득해졌다. 시어머니가 그들에게 그 큰 애를 넣기 위해 우리 엄지아가씨를 내보내라고 요구하는 듯했다. 안 돼요. 그 애는 그 안에서 나오면 당장 스러지고 말 거예요. 나는 소리치려고 했지만 목소리가 돼 나오지 않았다. 검은 옷 입은 사람하고 흰 옷 입은 사람하고 저희들끼리 흥정을 했다. 얼마 주면 엄지아가씨를 내쫓고 그 아이를 넣어주겠냐는 흥정 같았다. 사람들은 악마처럼 웃으며 액수를 자꾸 올리고 나는 그 짓을 말려야겠다고 아무리 몸부림쳐도 몸도 안 움직여지고 말도 안 나왔다. 그러다 보니 인큐베이터 속의 엄지아가씨는 자취도 없이 사라진 뒤였다. 이슬처럼 사라졌구나. 나의 슬픔엔 아랑곳없이 방 안이 사람들의 무례한 흥소로 가득 찼다. 나는 내 몸이 그 거친 웃음소리 위에 떠 있는 것처럼 들들들 진동하는 걸 느꼈다. 뛰어내릴 수 있는 거라면 뛰어내리고 싶었다. 속이 온통 메슥거렸다. 그 기분 나쁜 웃음소리는 점점 사람의 소리 아닌 걸로 변하더니 자갈밭 위를 지나가는 쇠바퀴 소리가 됐다. 그런 소리는 정말로 참을 수가 없었다. 쇠바퀴 소리가 뇌수로 파고드는 것 같아 나는 귀를 틀어막으려고 몸부림쳤다.

미는 침대에 실려 회복실로 가고 있었다. 아가 괜찮냐? 시어머니와 시누이가 근심스러운 얼굴로 굽어보고 있었다. 그들의 얼굴이 또 동체를 떠나 공중에 둥실 떠 있는 것처럼 아득하고 기괴해 보였다. 나는 눈을 감았다. 요 다음 임신에 지장이 없겠느냐고 시어머니가 의사한테 묻는 소리가 들렸다. 내 귀에는 그 소리가 고장난 음반에서 나오는 소리처럼 일그러진 채 마냥 반복해서 들렸다. 태아는 소파 수술로 제거하기에 적당한 날짜가 지나 좀 어려운 수술이었다는 걸 나중에 알게 됐다. 그래서 그렇게 다음 임신을 걱정했구나. 나는 하염없는 마음으로 내가 인큐베이터에 지나지 않았다는 걸 수락했다.

시어머니가 달여 바친 보약의 효험이었던지 다음 임신이 빨리 되고 다시 양수검사를 받았다. 또 딸이더라도 소파 수술을 거부해서 그들에게 나의 달라진 모습을 보여주리라는 뜨겁고 야무진 각오로 그 지겨운 검사에 다시 임했던 건데 아들이라고 했다. 낳기도 전에 축하를 받고 위함을 받았다. 아들을 낳았지만 그들에게 달라진 모습을 보여주고 싶다는 정열은 식지 않고 계속됐다.

차 밖에서 웅성거리는 소리가 들렸다. 고개를 드니 학교 갔다 오는 듯한 소년들이 네댓 명이나 차 안을 들여다보고 있었다. 꼼짝 않고 운전대에 엎드려 있는 여자를 이상하게 여긴 듯했다. 나는 걱정 말라는 뜻으로 빙그레 웃어 보였다. 볼이 이글이글 붉은 소년들도 괜한 걱정을 했다는 듯이 씩 웃고 멀어져갔다. 저만치서 머리에 임을 인 아낙이 걸어오고 있었다. 요즈음 도시에선 머리에다 뭘 이고 다니는 풍경을 좀처럼 보기 힘들다. 달랑 무 줄거리 같은 게 몇 가닥 늘어진 커다란 광주리를 인 여자가 차 옆을 지나갔다. 여성지에서 본 매력적으로 걷는 법에 의하면 정수리와 양쪽 귀를 위에서 수직으로 땡기는 것처럼 머리를 곧바로 치켜들고 걸으라고 돼 있다. 지금 임을 인 여인의 자세가 바로 그렇지 않은가. 머리에서 무거운 게 찍어누름으로써 도리어 빳빳이 세울 수밖에 없는 여인의 모습을 나는 신기한 듯이 바라보았다. 머리끝에서 발끝까지 직선이 관통하고 있는 것처럼 당당하다 못해 존엄한 걸음걸이였다.

친정어머니 생각이 났다. 친정어머니는 남편이란 머리에 인 임과 같은 것이라는 소리를 자주 했었다. 나는 내가 본 어머니 아버지의 부부 관계로 미루어 그 소리를 남편은 아내를 어떡하든 찍어누르고 머리 위에 군림하려는 존재라는 뜻으로만 받아들였었다. 그런 뜻도 있겠지만 거기 덧붙여 그 찍어누르는 존재에 의해서만 꿀리지 않고 당당하게 처신할 수 있는 여자 팔자를 빗댄 게 아닌가 하는 생각이 비로소 들었다. 어머니다운 발상이었다. 어머니는 아버지를 생전 어려워만 하며 살았다. 당신도 집안에서 눈코 뜰 새 없이 일하면서도 어머니는 아버지가 벌어오는 넉넉지 않은 생활비를 황송해했고 자기는 거저 얻어먹는 것처럼 비하했다. 아들 둘, 딸 둘, 사 남매한테도 아버지는 손님처럼 어렵게 굴었지만 아들딸을 층하해서 대하는 것 같진 않았다. 공평하게 무심했다고나 할까. 어머니가 되레 아버지 앞에서 딸들은 오금을 못 펴도록 가르쳤다. 상에서 반찬도 못 집어먹게 했고, 아버지한테 아들 등록금을 타낼 때는 그리도 떳떳하게 굴던 어머니가 딸들 등록금을 타낼 때는 그지없이 비굴하고 조마조마한 표정을 했다. 타낸 걸 건네줄 때도 아버지한테 미안해서 혼났다는 소리를 꼭 덧붙였다. 아들 장가보낼 때는 사돈한테 점잖고 품위있게 굴던 어머니가 딸 시집보낼 때는 꼭 무슨 흠이라도 있는 자식을 남의 집에 속여서 들여보내는 것처럼 위축되고 비굴하게 굴어서 나를 속상하게 했다. 더 속상한 건 내가 딸을 낳을 때마다 어머니는 기껏 해산구완 다 하고서도 사위나 사돈한테 꼭 죄인처럼 구는 거였다. 제발 그러지 말라고 해도 그게 어디 시켜서 되냐, 저절로 그렇게 되는 걸 어떻게 하느냐고 했다. 내가 동생이 첫아들을 낳았을 때 너무도 좋았던 것은 어머니가 그런 억울한 해산구완을 안 해도 되겠기 때문이었다. 내가 첫딸을 낳았을 때 시어머니는 어떠했는지 모르지만 남편하고 나하고는 정말이지 손톱만큼도 섭섭한 마음이 없었다. 세상에 우리만 자식 낳아본 것처럼 자랑스럽고 신기한 것 천지였다. 친정에서 산후조리를 하는 동안 남편도 아기가 보고 싶어 처가에서 출퇴근을 했다. 남편 앞에서 아기 기저귀를 가는 건 예사였고 남편에게 기저귀를 갈아달랠 적도 있었다. 어느 날 그걸 본 어머니는 못 볼 것을 본 것처럼 질색을 하더니 나중에 사위 못 듣는 데서 야단야단치시는 것이었다.

"아니 이 철딱서니 없는 것아. 남편한테 어떻게 계집애 아랫도리, 그 흉한 걸 보이냐, 보이길."

"아들은 괜찮구요?"

"여부가 있냐? 고추 달린 아랫도리야 남편 앞에 여봐란듯이 풀어 놔야지."

우리 기를 때도 어머니는 그랬었구나. 그건 물어보나 마나였다. 그건 아무도 못 말린 어머니의 버릇, 아니 도덕관념이었다.

내가 나의 인큐베이터됨을 참아낼 수밖에 없었던 소인은 그러니까 기저귀 찰 때부터 비롯됐던 것이다. 그러나 앞으로는 달라져야 한다. 누구에게 보이기 위해서가 아니라 나를 위해 어떡하든지 달라져야 한다. 남편도 나도. 이건 사는 게 아니다. 그렇게 간악한 짓을 저지르고도 죄책감을 못 느끼는 그 께름칙함을 떨쳐버리지 않는 한 생전 아무것도 느낄 수가 없을 것 같다. 우선 차에서 내려 다시 한 번 강바람을 들이마시고 운전대를 잡았다.

차도로 나왔으나 좌회전을 하지 못해 돌아가야 할 도시를 뒤로하고 달릴 수밖에 없었다. 어딘가에 유턴 지점이 있겠지, 유턴 지점을 열심히 찾는 것도 아니면서 막연히 그렇게 믿으며 상쾌한 속도를 냈다. 도시와 더불어 내 집 또한 뒤로 뒤로 멀어져가는 기분 또한 상쾌했다.

그 가을의 사흘 동안

1 사흘 전

사흘밖에 남지 않았다.

창밖은 가을이다. 남쪽으로 난 창으로 햇빛은 하루하루 깊이 안을 넘본다. 창가에 놓인 우단의자는 부드러운 잿빛이다. 그러나 손으로 우단천을 결과 반대 방향으로 쓸면 슬쩍 녹두빛이 돈다. 처음엔 짙은 쑥색이었다. 그 의자는 아무짝에도 쓸모가 없다. 30년 동안을 같은 자리에서 움직이지 않은 채 하는 일이라곤 햇볕에 자신의 몸을 잿빛으로 바래는 일밖에 없다. 그건 처음부터 거기 있었고 처음부터 쓸모가 없었다.

53년 봄이니까 아직 동란 중이었다. 휴전설이 나돌면서 서울은 단연 활기를 띠기 시작했다. 인구도 오늘 다르고 내일 다르게 불어나고 있었지만 정부는 아직 환도하기 전이었다. 그때 나는 만 27세의 처녀의 몸으로 겁도 없이 개업하기 위해 단신 서울로 돌아와 마땅한 자리를 물색 중이었다. 나의 지나치게 앳된 얼굴 외에는 개업의로서의 자격은 충분했다. 나는 동란 전에 여의전을 나왔고, 동란 중엔 부속병원에서 후송되어 온 부상병을 돌본 경험과 피난 가서는 부부가 지방에서 개업해서 성업 중이다가 남편이 군의관으로 징집당해 쩔쩔매고 있는 선배 언니네 병원에 취직했던 경험을 가지고 있었다. 지금처럼 전문의 제도가 확립되기 전이었으니까 그만하면 개업의로서의 자격에 부족함이 없었다. 진료과목을 뭘로 할까도 내가 차차 정하기 나름이었다.

환도하기 전이라 개업할 만한 자리는 시내 중심가에도 수두룩했다. 그러나 나는 좀 더 분수를 알고 앞을 내다봐야 했다. 곧 있을 정부 환도와 함께 치솟을 집세와 학위를 가진 이름난 전문의들한테 밀려날 전망이 뚜렷한 자리는 처음부터 피하는 게 수였다.

나는 우선 변두리의 어수룩한 주택가에 파고들 궁리를 하고 변두리로만 돌다가 마음에 든 게 지금 있는 경성상회 2층 자리였다. 그때만 해도 이곳은 서울의 동쪽 관문이어서 철길 하나만 건너면 기름내가 코를 찌르는 양주군 땅이었다. 한문으로 '경성상회'라는 구식 이름의 간판이 붙은 농기구 가게는 그 이름과는 딴판으로, 그 둘레의 풍경과 걸맞게 매우 촌스러운 것이었다. 그러나 날이 새기 전에 집 떠나서 아침 일찍 나무장을 보러 우마차 끌고 들어오는 양주

땅 사람들에게 서울 다 왔다는 안도감을 주기에 충분한, 덜 세련됐
지만 어딘지 정이 있는 이름이기도 했다.

그 동네 복덕방 영감이 그 경성상회 2층이 나와 있다고 보여줄 때
2층에는 경성사진관이라는 간판이 달려 있었다. 세들어 있던 사진
사가 동란 중 행방불명이 되고 나서 쭉 비어 있었다는 사진관 속은
쓸 만한 것은 다 도둑맞고 이젠 동네 아이들의 놀이터가 돼 난장판
이었다. 사진관으로 쓰던 곳과 자취방으로 쓰던 곳 사이의 칸막이
와 문짝은 떨어져서 바닥에 나동그라져 있었고, 암실을 만들었던
검은 포장은 갈갈이 찢겨져 걸레가 되어 있었고, 계단으로 난 문짝
은 숫제 없어진 채였고 유리창도 성한 게 하나 없었다. 이런 황폐한
난장판 속에서 발견한 호사스러운 우단의자는 마치 거센 야만족에
게 볼모로 잡혀 온 문약한 나라의 왕자님처럼 이물스럽고도 귀골스
러워 보였다.

나중에 느낀 거지만 그 우단의자는 그런 난장판이 아니더라도 달
리 어디 어울릴 데가 있을 성싶지 않을 만큼 눈에 거슬리게 호화스
러운 것이었다. 그건 사람이 앉아서 쉬거나 딴 가구와 어울리기 위
한 의자가 아니라 순전히 사진을 찍기 위한 의자였다. 사진관에 가
서 찍은 구식 사진을 보면 한 사람은 의자에 앉고 한 사람은 옆에 선
다든가, 독사진의 경우, 빈 의자의 등받이에 살짝 손만 얹고 뻣뻣이
서서 찍은 게 흔하다. 또 귀한 첫아들 백일 사진을 위해서도 벌거벗
고 혼자 기대 앉을 수 있는 편하고 볼품 있는 의자가 필요했을 것이
다. 그 우단의자는 그런 쓸모를 위해 특별히 주문한 것인 듯 드높은

등받이를 두른 나무 장식에는 봉황새가 음각돼 있고, 양쪽 팔걸이 나무는 용틀임을 하고 있는 터무니없이 호사스러운 것이었다. 나는 우두망찰을 해서 말없이 빈집의 혼잡의 한가운데에 서 있었다.

나를 안내한 복덕방 영감은 나의 말 없음을 그 자리가 마음에 들어 하고 있는 걸로 짐작했는데 집주인하고 집세랑 내부 시설에 드는 비용 문제를 나한테 유리하도록 타협을 봐다 주마고 호기있게 장담하면서 아래층으로 내려갔다. 그때나 이때나 집주인 황 씨는 경성상회 주인이기도 했다. 혼자 남겨진 나는 집보다가 문득 어른의 옷을 입어보고 싶어 가슴 울렁거리는 어릴 적 같은 호기심으로 그 의자에 살짝 걸터 앉았다. 그때도 그 의자는 남으로 난 창가에 놓여 있었다.

지금은 아파트 단지로 변한 길 건너 동네가 그때는 농업학교였는데 미군부대에서 쓰고 있었다. 실습원과 이어진 넓은 운동장엔 무수한 퀸셋이 버섯처럼 돋아나 있었고, 정문엔 헬멧을 쓴 미군헌병이 지키고 서 있었다. 처음 들어설 때부터 이 동네는 한눈에 빈촌이었는데도 뭔가 될 듯 될 듯한 느낌이 들었던 것은 바로 그 미군부대 때문이었다. 그 일대의 궁상은 어딘지 모르게 순수하지 못해 보였다. 야릇한 화냥기 같은 걸로 오염돼 있었다.

나는 내가 원치 않는 상념에 사로잡히기를 거부하는 몸짓으로 도리머리를 흔들면서 우단의자에서 벌떡 일어났다. 그리고 갇힌 것처럼 답답한 느낌으로 어쩔 줄을 몰라 하면서 마룻바닥을 서성거렸다. 마룻바닥도 비명처럼 삐그덕댔다. 그러다가 무심히 바닥에 흩어져

짓밟힌 사진들을 주위 모으기 시작했다. 단발머리의 여학생이 새침하게 턱에 손을 괴고 찍은 사진도 있고, 잘생긴 애기의 돌사진도 있고, 자식들의 효도로 찍어드렸음직한 순박하게 늙은 양주가 약간 떨어져 앉아 찍은 사진도 있었다. 우표딱지만 한 증명사진 속엔 갖가지 얼굴이 한결같이 무표정으로 고정돼 있기도 했다. 당연하게도 그 사진의 얼굴들 중에는 아는 얼굴은 하나도 없었다. 그러나 나는 그 사람들이 누구나 그 사진을 찍었을 당시와 지금과의 사이에 굵은 획을 가지고 있다는 걸로 뭉클한 친화감을 느꼈다. 나에게도 그런 획이 있었다. 6·25, 그건 우리 모두의 공동의 획이었다. 그 획을 통과하면서 각자의 운명은 얼마나 심한 굴절을 겪어야 했던가?

나는 얼른 뭔가를 떨어버리려는 몸짓으로 허풍스럽게 도리머리를 흔들고 나서 다시 사진 줍기를 시작했다. 그러다가 나는 벌거벗은 남녀의 몸이 복잡하게 꼬이고 얽힌 춘화를 한 장 주워 들었다. 나는 그것을 곧 떨리는 손으로 찢어버리고 뒷걸음질쳐 우단의자에 앉았다. 그러나 그것을 찢어버리는 걸로, 질식한 듯한 노린내, 율동할 때마다 내 얼굴을 빗자루처럼 쓸던 가슴팍의 무성한 털, 동아줄처럼 서리서리 길고 질기게 내 몸을 감던 유연하고도 힘센 사지, 내 몸의 중심부를 관통하는 날카로운 통증…… 이런 것들이 내 몸에 일시에 생생하게 되살아나는 걸 막을 순 없었다.

강간당한 직후처럼 모든 사물의 의미가 아득하고 몽롱해지는 망연자실 속으로 복덕방 영감은 웃으면서 나타났다. 저 영감은 왜 웃는 걸까? 나는 꼼짝도 못 하고 고작 그렇게 생각했다.

"선상님은 암말 말고 그저 내 하라는 대로만 하시오, 잉? 우리 동네 병원 하나 생길 판인데 내 절대로 선상님을 해롭게는 안 할 거시니까, 잉?"

영감은 니코틴 냄새 나는 입을 내 귓전에 들이대고 이렇게 속삭였다. 말끝마다 붙는 잉 소리가 사투리라기보다는 애교 있는 말버릇처럼 듣기 싫지 않았다. 곧 이어 경성상회 황 씨가 올라오고 영감은 계약서를 펴들었다. 나는 그가 계약서를 편하게 쓸 수 있도록 받침으로 핸드백을 내주었다. 영감은 정말 내 편이 되어 보증금도 깎아내리고 월세도 바득바득 깎으면서 이것저것 사진관 자리에 흠을 잡았다. 경성상회 황 씨는 왠지 말수가 적은 사람인지, 화가 났는지, 말끝마다 퉁명스럽게 굴면서도 영감의 술수에 말려들고 있었다. 흥정은 어렵지 않게 영감의 뜻대로 되었다. 마지막으로 내부 장치 문제도 집주인이 유리창과 문짝과 칸막이까지를 복원시켜주는 선으로 쉽게 합의를 보았다. 영감은 합의한 사항을 계약서의 빈 자리에 깨알 같은 글씨로 조목조목 써넣었다. 황 씨와 나는 그걸 대강대강 읽고 도장을 내놓았다.

계약이 끝나고 구전까지 지불하고 나서야 황 씨는 무슨 병 고치는 병원을 할 거냐고 물었다. 이제 완전히 내 대변인이 된 것처럼 구는 데 익숙해진 영감이 먼저 나섰다.

"후뚜루 다 보신다고 안 했남. 선상님이 그러셨죠 잉?"

"아뇨. 산부인과를 하겠어요."

나는 우단의자에서 발딱 일어나면서 말했다. 그것은 즉흥적인 결정이 아니었다. 이 동네의 화냥기에서 힌트를 얻고 춘화도가 이끌어낸 악몽 속에서 마침내 결정을 본 거였다. 원치 않는 아기가 배 속에 있을 때의 고통이 어떻다는 건 그걸 가져본 여자만이 안다. 모든 질병의 고통은 동정자를 끌어모으지만 그 고통만은 비난과 조소를 면치 못한다. 사람을 질병에서 해방시키는 게 인술의 꿈이라면, 여자를 그런 질병 이상의 고독한 고통에서 해방시키는 건 나의 꿈이었다.

"영업이 안돼서 떠나갈 적에 시설비 때매 옥신각신허지 않게시리 한마디 써놓으셔요. 집쥔이 책임 못 진다고……."

나를 얼핏 곁눈질하는 황 씨의 얼굴에 경멸이 스치면서 이렇게 복덕방 영감한테 새로운 제안을 했다.

"이 사람아, 남 개업하는 데 불 일듯이 번창하라고 덕담은 못 하나마 그게 뭔 소리야? 선상님 섭섭하시게스리. 선상님 이 사람 이렇게 말주변이 없습니다요. 심정은 무던한 사람이니까 이해하시오잉?"

"아저씨도 다 아시면서 그래요. 이 동네 부녀자들 애 쑥쑥 잘 낳는 거. 삼신할머니 동티 내지 않은 참한 여자가 뭣 때매 부인병원 신세를 진대요? 망측하게스리……."

"허어 이 사람, 말마디나 해야 할 장소에선 곧잘 꿀먹은 벙어리 노릇을 하다가도 안 헐 말은 툭툭 잘 내뱉는다니까. 후뚜루 다 보신다고 내 안 했남. 자네가 호미나 낫 팔던 걸 집어치우고 피륙장사를 하겠다면야 문제가 커지겠지만서두 선생님이야 배운 기술이 사람

병 고치는 건데 하필 부인병만 고쳐주겠다고 하실까 봐서 걱정인

감. 내려가세. 구전 받은 걸로 내 술 한잔 살 테니까."

영감이 황 씨의 등을 밀다시피 해서 데리고 내려갔다. 나는 혼자

서 그들의 산부인과에 대한 소박하나마 정상적인 인식을 되씹으며

쓸쓸한 미소를 지었다.

개업 준비는 빠르게 진행했다. 황 씨는 약속대로 목수를 들여 문

짝을 새로 짜 달고, 칸막이도 해주고, 유리창도 끼워주었다. 나는 칠

장이와 간판장이를 들여 페인트칠도 하고 간판도 해달았다. '동부

의원', 그리고 '진료과목 산부인과'라는 단서도 붙였다. 책상, 의자,

소파 따위는 그 무렵의 서울에서는 헌것을 얼마든지 싸구려로 살 수

있었다. 한강을 두어 번 넘나들면서 필요한 최소한의 의료 기구도

갖추었다. 질경, 쓸모가 다른 몇 개의 겸자, 1번서부터 15번까지의

헤걸, 긴 찻숟갈 같은 큐렛 등 반짝이는 쇠붙이를 점검하며, 그 차가

운 감촉으로 나는 나의 차가운 마음을 가다듬었다. 나는 아직 그 도

구들에 숙련되지 않았건만 피할 수 없는 운명과의 만남처럼 이상한

편안감을 맛보았다. 여자가 치부를 얼굴처럼 치켜들 수 있게 꾸며진

진찰대도 들여놓았다. 거기 누워보기 전엔 그건 다만 가장 과학적으

로 설계된 편리한 의료 기구에 지나지 않지만 일단 거기 누워보면

그게 여자에게 얼마나 치욕적인 박해의 도구라는 걸 알게 된다. 나

는 내가 받은 이유 없는 박해를 회상하고 치를 떨었다.

모든 준비는 끝났다. 사진관은 면목을 일신해서 병원으로 변했

다. 그러나 아직까지도 남아 있는 사진관의 한 잔재가 눈에 자꾸만

거슬리면서 완성감을 방해하고 있었다. 그건 우단의자였다. 황 씨가 사진관을 초벌청소할 때도 그 우단의자는 비켜 놓았고, 목수가 뜯어낼 때도 그 우단의자는 비켜 놓았고, 칠장이가 칠을 할 때도 그걸 발판으로라도 이용하기는커녕 종이를 덮어 페인트가 떨어지지 않도록 보호해주었다. 나도 그게 아무짝에도 쓸모없다고 생각하면서도 누굴 주거나 버리지 못하고 구박만 하다가 당초에 그걸 발견했던 자리인 남으로 난 창가에 내버려두었다.

모든 준비가 끝났는데도 황 씨가 예상한 대로 환자는 없었다. 그러나 나는 그닥 초조하지 않았다. 진찰실 분위기에 도저히 어울리잖는 우단의자 때문에 나는 아직도 개업을 할 준비가 덜 된 것처럼 느끼곤 했다. 어느날 시내에 나가서 살림에 필요한 몇 가지 취사도구를 사가지고 들어왔더니 손님이 기다리고 있었다. 손님은 남으로 난 창가의 우단의자에 앉아 있었다. 손님은 환자가 아니라 나의 아버지였다. 흰 옥양목 두루마기에 끝이 뾰족한 반짝이는 구두를 신으시고 수염을 기르신 신수 좋은 아버지가 편하게 앉아 계시니까 그 요란한 의자까지 느닷없이 기품 있어 보였다. 나는 그 의자를 치우지 않기를 참 잘했다고 생각했다. 그러나 아버지가 반가운 건 아니었다.

"어떻게 여길 아셨어요?"

"이리에 너 있던 병원에 들렀더니 여길 가르쳐주더구나."

"아무 데나 어련히 잘 있을까 봐 찾아다니고 그러세요? 건강도 안 좋으시다면서……."

나는 아버지의 건강에 대해 실은 아무것도 아는 게 없다. 오빠들이 막내인 나에게 혼인 말을 꺼낼 때마다 아버지가 사셔야 얼마나 더 사시겠느냐고 속 좀 작작 썩여드리고 아버지 생전에 시집가야 한다고 위협하는 소리를 귀가 따갑게 들어왔기 때문에 막연히 아버지가 오래 못 사실 것처럼 여기고 있을 뿐이었다. 그러잖아도 막내에다가 어머니를 일찍 여의었기 때문에 고아가 될 것 같은 예감은 늘 있어왔다. 그러나 아버지가 직접 나더러 자기 생전에 시집을 가주길 바라신 적은 없었다. 아버지는 자신을 핑계 삼아 자식의 운명을 간섭하실 분이 아니었다.

"병원 자리가 좋구나."

이번에도 아버지는 내가 이미 벌여놓은 일을 긍정해주셨다.

"뭘요, 빈촌이라서요."

나는 내 속셈을 감추고 이렇게 시침을 떼었다.

"아픈 사람이야 가난한 동네에 더 많은 거 아니냐. 어렵게 배운 의술로 행여 돈벌이할 생각 말아라. 예로부터 의술은 인술이라 했거늘 어질게 써야 하느니라."

나는 복받치는 웃음을 참기 위해 어금니를 힘주어 악물었다. 아무도 내 비밀을 눈치채지 못할 것이다. 지난 일에 대해서도, 앞으로 하려는 일에 대해서도 현재 마음에서 경련치는 고통에 대해서도.

아버지는 곧 돌아가시려고 했다. 잠깐만 기다리세요. 나는 아버지를 만류했다. 아버지는 나의 만류를 어떻게 받아들이셨는지 아무 것도 먹고 싶지 않으니 애쓰지 말라고 하셨다. 나는 아버지에게 잡수실 것을 대접하기 위해 붙든 게 아니었다. 우단의자에 앉아 계신 아버지의 모습이 하도 보기 좋아서였다. 사람들이 부모나 자식의 모습을 사진 찍어 간직하는 심정을 알 것 같았다. 그때 나는 아버지를 사진 찍어두지는 못했지만 그때의 아버지의 그윽한 시선과 피곤한 듯하면서도 기품 있는 모습은 지금까지도 선명한 모습으로 마음속에 인화되어 있었다.

아버지는 잠깐을 더 앉아 계시다가 소년처럼 수줍어하시면서 사가지고 오신 선물을 내놓으시고는 그날로 큰오빠네가 있는 대전까지 내려가야 한다고 돌아가셨다. 그 후 아버지를 다시 뵌 건 임종의 자리에서였다.

그날 아버지가 주신 선물은 히포크라테스 선서가 들어 있는 액자였다. 나는 아버지가 우단의자에서 의술이 어쩌구 인술이 어쩌구 설교를 하실 때 참았던 웃음을 혼자서 마음껏 터뜨렸다. 나는 그 액자를 걸지 않았다. 그날로 그것은 버리자니 아깝고 쓸모는 없는 걸 모아두는 골방 신세가 되었다. 그 후 30년 동안 비록 이사는 한 번도 안 다녔지만 적어도 대여섯 번은 내부 시설을 크게 바꾸었고, 1년에 두 번씩은 대청소를 했으니 그게 거기 아직도 남아 있을 리는 없다. 그날 아버지가 앉아 계실 때를 빼고는 우단의자는 쭉 쓸모없을 뿐더러 눈에 거슬렸다. 다른 비품들과 조화되지 못하고 겉돌았고, 수리를 할 때나 대청소를 할 때마다 구박을 받았다. 그럴 때마다 나는 그걸 끼고 돌다가 그 자리에 다시 놓곤 했다. 어쩌면 나는 그걸 없애면 대신 히포크라테스 선서라도 걸어야 할 것 같아서 그걸 못 없애는지도 몰랐다.

공교롭게도 내가 처음 받은 환자는 집주인 황 씨의 딸이었다. 황 씨는 그때까지는 혼자서 살고 있었다. 병원 북쪽 창으론 경성상회 안채인 살림집이 빤히 내려다보였다. 양기와를 인 허름한 ㄱ자집 마당에서 그는 혼자서 쌀도 씻고 빨래도 했다. 그러나 장독대랑 마루나 부엌살림을 보면 큰살림하던 구색을 제법 갖추고 있었다. 난리통에 아내는 식량 구하러 친정에 갔다 오다 폭사하고 아들 둘은 북으로 끌려가고, 노모는 병들어 죽고, 외동딸은 혼자서 피난간 채 아직 안 돌아왔다고 했다.

그 딸이 언제 돌아왔는지, 오밤중에 황 씨가 왕진을 청하러 왔다. 황 씨는 몹시 서둘고 있었고 와들와들 떨고 있었다. 아무리 지척이라곤 하지만 잠옷바람으로 내려가 볼 순 없어 대강 옷을 주워 입는 동안을 못 참아 일어났다 앉았다 남의 방문을 열었다 닫았다 하면서 안절부절을 못하면서, 떨리는 목소리로는 뭔가를 설명하려고 두서없이 지껄여대고 있었다.

"선생님, 좀 서둘러주셔야겠구면요. 병이 심상치 않아요. 무슨 몹쓸 병인지 배가 퉁퉁 부어갖고 쑤신다고 지접을 못 하고 뛰는데 당장 뭔 일 당하고 말 것 같구면요. 선생님이 후뚜루 다 보신단 것 틀림없겠죠? 처녀가 부인병원 신세를 졌다면 낭중에 누가 알더라도 우선 우세스러워서……. 망할 년, 애비 혼자 내버려두고 저만 살겠다고 계집애가 담도 크게 혼자서 피난을 내려가더니 어디서 그런 몹쓸 병을 얻어가지고……. 선생님 저 이번에 또 한 번 참척을 보면 저도 죽습니다요. 선생님, 선생님이 후뚜루 다 보신단 소

리 맞습죠? 처녀가 부인병원 신세지는 걸 누가 알아보세요. 그렇
지만 병세가 워낙 급해서……, 선생님, 꼭 그 불쌍한 걸 살려주세
요. 또 한 번 참척 보면 저도 살아 있지 않습니다요."

그는 잠시도 입을 다물지 않고 횡설수설했다. 나는 경황없이 나
한테 매달리면서도, 똥 묻은 동아줄에 매달린 것처럼 산부인과라는
걸 꺼리고 있는 황 씨의 그 우스꽝스러운 결벽성을 실컷 우롱해줄
수 있을 것 같아 뱃속이 근질근질했다. 나는 첫 환자인데도 조금도
당황하지 않았고 여유만만했다. 나는 옷을 다 입고 가운까지 걸치
고 손을 소독했다. 가방 속엔 이미 조산에 필요한 기구가 챙겨져 있
었다. 황 씨가 떨리는 손으로 가방을 받아 들고 계단을 곤두박질쳐
내렸다. 안채에선 짐승의 목 따는 소리 같은 처절한 비명이 들려오
고 있었다.

안방엔 고쟁이 바람의 처녀가 마구 으깨진 입술을 더욱 모질게 악
물고 두 손으론 고쟁이 허리를 필사적으로 움켜쥐고 나를 노려보고
있었다. 땀에 절은 머리칼이 가닥가닥 엉켜붙은 얼굴에서 튀어나올
듯이 부릅뜬 눈은 너무 순수하게 고통스럽고 고독해 보여서 사람의
눈 같지도 않았다. 언제 파수했는지 고쟁이는 이미 평하게 젖어 있
었다. 나는 황 씨를 처녀의 머리맡으로 떠다밀고는 고쟁이를 끌어
내렸다. 입속이 깔깔하게 말라 아무 말도 안 나왔다. 고쟁이 허리를
빼앗긴 처녀의 두 손이 두어 번 허공을 젓더니 장승처럼 서 있는 황
씨의 바짓가랑이에 매달렸다. 처녀의 산도는 아람이 번 밤송이처럼
걷잡을 수 없이 열려 있었다.

황 씨가 뭐라고 알아들을 수 없는 외마디 소리를 지르며 주저앉았다. 처녀가 그의 허리를 붙들고 이를 갈더니 맹수처럼 포효했다. 그러나 태아는 두부만 겨우 만출되고 나서 일단 정지했다. 놀랍게도 그 경황 중에 태아가 눈을 반짝 떴다. 이미 태아가 아니라 아기였다. 일순 나는 나를 관통하는 경외감에 소스라치면서 한 번만 더 힘을 주라고 힘차게 명령했다. 나는 내 목소리를 처음 듣는 남의 목소리처럼 신선하고 당당하다고 생각했다.

산모가 다시 한 번 포효하는 것과 동시에 나는 아기를 끌어당겼다. 나는 한창나이의 산파처럼 산후 처리를 능숙하고도 신속하게 해냈다. 교과서에 나오는 대로의 정상분만인 때문이라기보다는 나 아닌 딴 힘이 나를 조종하는 것처럼 내가 아는 지식이나 경험을 조금도 떠올리지 않고도 나의 조산은 우수했다. 아기는 사내아이였다.

2층으로 돌아온 나는 아침까지 푹 잤다. 창문을 열고 노래를 부르면서 아침밥을 짓고 있는데 황 씨가 올라왔다. 하룻밤 새 몰라보게 늙고 초라해진 황 씨는 어깨를 축 늘어뜨리고 눈을 내리깔고 있었다.

"산모랑 아기랑 별일 없죠?"

"선생님 뵐 낯이 없구먼요."

"이제 아셨죠? 부인병원도 왜 있어야 하는지……."

"부인병원 무시한 벌을 이렇게 영검하게 받다니요."

"벌이라뇨? 손자 보시고서! 녀석이 대단하던데요. 글쎄 얼굴이 반쯤 나왔는데 벌써 눈을 뜨고 쳐다보지 뭐예요. 대장감이에요. 두고보세요."

나는 괜히 신이 나서 지껄였다. 황 씨가 내리깔았던 눈을 치떴다. 동굴처럼 정기 없이 움푹 패인 눈이었다.

"이 망신을 어쩌죠? 선생님, 글쎄 애비를 모른다지 뭡니까. 아무리 당조짐을 해도, 코찡찡이 곰배팔이라도 상관 않고 성례를 시켜주겠대도, 그게 아니라고 자꾸 울기만 하더니 턱하니 한다는 소리가 겁탈을 당했다는 거예요. 겁탈을……, 이름도 성도 모르는 놈한테……."

황 씨는 비탄과 분노로 떨고 있었다. 그러나 나는 그의 비탄에서 얼핏 정욕의 냄새를 맡은 것처럼 느꼈다. 나는 게울 것처럼 기분이 나빠져서 얼굴을 찡그렸다. 남자에겐 누구나 여자를 겁탈할 수 있는 소지가 있다. 나에겐 이름이나 성보다는 그게 남자라는 게 더 중요했다.

"세상에 이런 망측한 일도 있습니까? 다 망한 집안에 어쩌다 딸년이 하나 남아가지고 망한 가문에다 똥칠을 해도 분수가 있지……."

그의 가문이 얼마나 대단한 가문인지는 몰라도 그는 보이지 않는 가문에 칠한 똥만 알고 그의 딸이 원치 않는 애기를 배고 겪었을 생지옥에 대해선 아무것도 모르는 것 같았다.

"선생님 도와주세요, 제발."

그의 비탄에 비굴이 가해지니까 더욱 보기에 추악했다.

"유감이지만 저는 애기를 도루 배 속에 넣을 재주가 없는걸요."

내가 정말 유감인 건 그에게 더 참혹한 선언을 할 수가 없는 거였다.

"선생님, 저도 그만한 건 알고 있습니다요. 그게 아니라……."

여기서 말끝을 흐린 그의 얼굴에 재기 같은 게 반짝거렸다. 그런 반짝임은 농사꾼처럼 털털하고 우직한 그에게 매우 안 어울려서 보기에 불안했다. 나는 그 까닭을 놓치지 않을 것처럼 그에게서 눈을 떼지 않았다. 그가 부신 듯 외면하고 손을 부볐다.

"그게 아니라……. 선생님, 선생님만 모른 척해주신다면 아주 좋은 수가 있습니다요. 선생님만 믿겠어요. 핏덩어리를 엎어 죽이자니 그것도 살자고 나온 인생인데 인두겁 쓰곤 못할 노릇이고……."

"아저씨, 제발 그 수라는 것부터 말씀해주실 순 없어요?"

"네 말씀드리고말굽쇼. 딸년이 그래도 제꼴 창피한 건 알아서 요행 어제 밤중에 돌아와서 아무도 만난 사람이 없다는군요. 그래서 말씀인데 딸년은 아직 안 돌아온 걸로 허고, 어린 걸 제 아들로 삼았으면 해서요."

"아저씨 아들을요?"

나는 그 기상천외의 발상에 혀를 내둘렀다.

"네, 업동이가 들어왔다고 한바탕 소동을 피우면 될 것 아니겠어요? 딸년은 뒷방 구석에 숨어 있다가 몸 추스른 연후에 나타나면 이러쿵저러쿵 둘러댈 것도 없이 피난 갔다 돌아오는 게 될 테구요."

"따님이 동의하던가요?"

"제깐년이 지금 동의를 허고 말고가 어딨어요. 모자 목숨 살려주는 것만도 끔찍허죠."

"그래도 따님의 애긴걸요."

"그년은 제 딸년이고, 그 녀석이 제 손자인 건 어떡허구요?"

그가 자기 답이 정답인 걸 주장하는 국민학생처럼 대들다가 생각난 듯이 비굴해지면서 다시 손을 부비며 어쩔 줄을 몰라했다. 그의 즉흥적이고도 완벽한 음모에 나는 얼마나 달갑잖은 훼방꾼일까? 나는 약간 주눅이 드는 기분으로 그렇게 생각했다.

"따님만 동의한다면 당장의 망신을 모면하는 방법으로 아주 좋은 생각이네요."

나는 결국은 동의한 셈이 되고 말았다.

"아무려면 제가 당장의 망신이나 모면할 생각으로 이런 꾀를 내겠습니까요. 손 끊긴 집안에 손이 생겼으니 우리 집안도 고목나무에 꽃핀 셈이 되는 거죠. 아마 업동이가 들어왔다면 동네방네 입 가진 사람은 한마디씩 경사났다고 안 허는 사람 없을 거구먼요. 딸년은 딸년대로 몇 년, 아들을 동생이라고 생각허든, 동생을 아들이라고 생각허든 하여튼 그 핏덩이를 지성껏 기르지 않겠어요. 그러다가 참한 혼처 생기는 대로 시집가버리면 그 내막을 누가 알겠어요?"

그 사내는 순전히 자기의 꾀 하나로, 어젯밤의 악몽을 놀라운 행운으로 돌변시킨 데 도취하고 있는 것 같았다. 얼굴에 화색이 돌면서 운명의 유희를 즐기는 것 같은 짜릿한 쾌감이 비늘처럼 번득였다.

"선생님만 눈감아주신다면……."

그는 눈을 내리깔고 그렇게 말했지만 나는 이미 그의 눈이 아까의 절망적인 구멍이 아니라는 걸 알고 있었다. 그리고 내가 만일 눈감아주지 않겠다면 그가 내 목을 조를지도 모른다고 생각했다. 사내들이란 쾌감의 완성을 위해선 뭐든지 할 수 있으니까. 그는 음흉해 보이긴 했지만 조금도 폭력적으로 보이지 않았건만도 그렇게 생각하면서 나는 그 일을 눈감아줄 것을 마지못해 약속했다. 실상 아기를 위해서도 산모를 위해서도 황 씨를 위해서도 그 이상의 좋은 방법은 없었다. 나는 어쩌면 너무도 교묘하고 산뜻한 그들의 전화위복에 질투를 내고 있는지도 몰랐다.

황 씨는 내 승낙이 떨어지자 수없이 굽신대면서 호주머니를 뒤적이더니 한 다발의 돈을 내놓았다.

"어젯밤 두 목숨 살려주신 은혜를 어떻게 돈으로 따질 수가 있겠어요? 두고두고 갚아나갈 것이지만서두 우선 성의껏 마련한 것이니까 넣어두셔요."

그러고는 뺑소니치듯 내려가 버렸다. 나는 그 돈을 그가 내려간 뒤에 세어 보았다. 규정상의 정상분만비의 세 곱은 되는 액수였다. 아마 입 다무는 삯까지 포함돼 있음 직했다. 다시 한 번 그들의 전화위복에 자신도 이해할 수 없는 질투를 느꼈다. 그리고 그 돈에다 국제시장 장사꾼들이 마수걸이한 돈에 하듯이 퉤 침을 뱉었다. 그건 나의 마수걸이였다. 마수걸이치고도 후한 마수걸이였지만 다시 애기를 받을 생각은 없었다. 나는 처음부터 이 동네를 감도는 화냥기에만 기대를 걸었기 때문에 산부인과 병원을 차리면서도 분만대 같은 건 애당초 시설도 안 했다. 나는 오로지 이 동네의 화냥기와 야합해서 돈을 벌어볼 작정이었다.

내가 이 동네에 들어서자마자 받은 예감은 틀림이 없었다. 양공주가 하나둘 드나들기 시작하면서 영업이 되기 시작하더니 나는 하루에도 몇 번씩 소파 수술을 해야 했고 차츰 그 방면에 명수가 되었다. 그동안 내가 태어나지 못하게 한 아기가 다 살아난다면 큰 국민학교를 하나 더 만들어야 할까? 작은 읍을 하나 더 만들어야 할까? 그러나 나는 그런 부질없는 감상에 잠기는 일조차 거의 없었다. 나에게 줄기차게 이어지는 감상이 하나 있다면 그건 우단의자를 남으로 난 창가에서 치우지 못하는 일이었다. 그 우단의자는 세월과 함께 곱게 늙어갈수록 더욱더 병원 분위기와 안 어울리고 겉돌았다. 들락거리는 간호원마다 그걸 내다 버리라고 성화를 했다. 대강의 살림을 간호원에게 맡기다시피 하고 살건만도 그 청만은 못 들어주었다.

그걸 내다 버리려면 히포크라테스 선서가 든 액자를 대신 걸어야 할 것 같은데 그게 없어진 지는 오래되었다. 하긴 액자도 안 걸고 의자도 없앨 수도 있었다. 그러면 아마 그 의자에다 흰 옥양목 두루마기를 입으시고 뾰족하고 반짝이는 구두를 신으신 신수 좋은 아버지의 환상을 겹쳐놓고 바라보는 일도 없으리라. 그 의자의 유일한 주인은 그분이었다. 그 의자를 없앨 수 없는 건 의사라기보다는 화냥기와 야합한 의술자가 된 내 모습을 바라보는 그분의 슬픈 얼굴을 함부로 지울 수 없는 것과 같은 이치였다. 그건 나에게 있어서 돌아가신 아버지에 대한 애정의 그루터기 이상의 그 무엇이었다.

그러저럭 30년 가까운 세월이 한곳에서 같은 일을 되풀이하면서 흘렀다. 그동안 이 동네도 많이 변했다. 이제 변두리라기보다는 도심권에 가까운 동네가 되었고 물론 양공주도 사라진 지 오래다. 그러나 처음에 나를 잡아당기던 화냥기는 그 후로도 꽤 오래 이어져 내려왔던 것 같다.

농업학교는 정부가 환도하고 나서도 2, 3년은 더 미군부대였고, 농업학교가 정상화되고 나서도 딴 큰 미군부대가 멀지 않아서 이 동네의 화냥기는 계속 호황을 누리다가 미군이 대폭 감축되고 나서도 그 뿌리는 쉽게 청산되지 않고 싸구려 윤락가로 이어져 내려왔다. 근래에 주택가 속에서의 윤락행위 단속으로 대개는 흩어졌지만 멀리서도 연줄로 계속 내 단골이 되어주고 있고, 또 아들딸 가리지 말고 둘만 낳기 때문에 이 동네 가정주부들치고 내 신세 안 진 여편네는 거의 없는 형편이다.

길 건너 농업학교는 건설회사한테 학교 부지를 팔고 교외로 떠나 아파트단지가 됐다. 그러나 그 새로운 인구밀집지대에서는 어떻게 된 게 하나도 새 단골이 생기지 않았다. 내 단골은 미우나 고우나 경성상회 뒤편의 퇴락한 구동네였다. 그 동네의 얌전한 여편네들 사이에서나, 또 시내 곳곳에 점점이 흩어져 제 버릇 개 못 주고 그 짓으로 밥먹는 포주들 사이에서나 나는 값싸고 믿을 만한 의사로 소문이 나 있었다. 그도 그럴밖에 나는 그동안 단 한 건의 사고도 내지 않았던 것이다. 자주 그럴 필요가 있는 넉넉지 못한 여자일수록 거만한 박사학위나 으리으리 기죽이는 시설보다는 값싸고 믿을 만하다는 실속이 앞서는 건 당연했다. 그러나 여지껏 단 한 건의 사고도 없었다는 건 사실과 약간의 차이가 있었다. 사고의 뒤처리를 신속

322

하고 적절하게 그리고 아무도 눈치채지 못하게 감쪽같이 했고 또 운수좋게 그게 그대로 적중해서 큰 사고로까지 발전한 적만 없다 뿐이었다.

내 손에는 겸자를 쥐었던 자리와 큐렛을 쥐었던 자리 세 군데가 옹이처럼 뿌리 깊은 못이 박혀 있다. 웬만한 읍을 구성할 만한 인명을 처치한 흔적이다. 그 일이라면 눈감고도 할 수 있을 만큼 이골이 났으면서도 실수는 끊임없이 있어 왔다. 가장 가공할 사고로 치는 자궁 천공을 저지른 일만도 열 손가락을 넘게 헤아린다. 문제는 늘 눈감고도 할 수 있다는 데 있었다. 실상 그 일은 눈이 필요 없는 일이었다. 어떤 명의도 생명이 착상한 신비한 오지를 육안으로 볼 순 없다. 눈은 헤걸이나 큐렛 끝에나 달려 있으면 된다. 그러나 큐렛 끝의 눈을 뜨고 있게 하기 위해선 한순간도 그것을 쥔 의사의 넋이 나가 있으면 안 된다. 나가 있을 땐 나가 있는 걸 결코 느끼지 못한다.

마치 잘 익은 꽈리를 따다가 성냥개비로 무심결에 구멍을 내면서 아차할 때 같은 폭 하는 느낌이 헤걸 끝에 오면서 나갔던 넋은 돌아온다. 넋이 들어앉았을 땐 모르지만 나갔다 들어올 땐 순간적으로 이물처럼 어떤 감촉을 지닌다. 나는 그렇게 들어오는 넋의 냉혹한 감촉 때문에 나의 넋이 증오로 되어 있는 것처럼 느끼곤 했다. 그렇다. 나는 증오로써 그 일을 했다. 그 일을 실수 없이 하기 위해선 내 얼굴 앞에 냄새나는 치부를 얼굴처럼 쳐들고 자빠진 여자와 그 속에 자리 잡은 원치 않은 생명에 대한 증오가 잠시도 나를 떠나 있으면 안 되었다. 실수를 즉각 만회하는 데도 증오는 있어야 했다. 들어온 넋이 나를 완벽하게 지배하면서 나는 냉정하고 기민하고 정확하게 대처했다. 그렇다고 내 태도가 외견상 달라지는 건 아무것도 없었다. 안색 하나 안 변하고, 그럴수록 보다 침착하고 깨끗하게 소파를 끝마치고 항생제와 수축제를 주사하고 나서, 환자를 안정시키고 경과를 관찰한다. 자궁이 심한 후굴이어서 소파가 어려웠으니까 통증이 좀 있어도 참으라는 등 둘러댈 말은 얼마든지 있다. 잘 익은 꽈리 뚫어지듯이 맥없이 뚫어질 수도 있는 자궁이지만 생체는 꽈리하곤 다르다. 자신의 자연치유 능력을 가지고 있다. 여지껏 한 번도 천공이 복막염이나 그 밖의 큰일을 일으킨 일 없이 결과는 감쪽같았다.

그러나 그런 일을 한 번 치르고 나면 한바탕 몸살 비슷한 증세를 앓는 허약한 구석도 있어서, 그럴 때마다 그 노릇을 다시는 못 할 것처럼 정이 떨어지다가도 그래도 55세까진 해야지 하고는 마음을 다시 눙쳐먹곤 했었다. 55세에 특별한 뜻은 없었다. 나도 모르게 공무원이나 은행원의 퇴직연한에서 빌어온 착상인 것 같았다.

이제 앞으로 사흘만 있으면 나는 만 55세가 되고 공교롭게도 그날은 이 일대가 도시계획에 걸려 경성상회를 철거해야 하는 마지막 날이기도 했다. 나는 그동안 번 돈을 착실하게 축적해놓았기 때문에 노후를 슬슬 해외여행이라도 하면서 윤택하고 유유자적하게 보낼 수 있을 것 같다. 공무원 같은 연한이 있는 것도 아니고, 55세까지만 해먹겠다고 누구한테 각서를 쓴 것도 아니지만, 더 해먹을 생각은 조금도 없다. 벌써 조용한 주택가에 마당 넓고, 예쁜 집을 마런해서 내부단장까지 다 끝냈으니 들기만 하면 되고, 그 밖에도 적지 않은 집세가 들어오는 부동산이 또 있고, 막대한 금액의 노후보험 불입도 끝나 이젠 해마다 타먹는 일만 남았다. 증권도 있고 채권도 있다. 내가 이제부터 할 일은 돈을 어떻게 버느냐가 아니라 어떻게 그 돈을 다 쓰고 죽느냐다.

그런데도 나는 내가 이 노릇 할 날이 앞으로 사흘밖에 안 남았다는 데 대해서 심한 조바심을 하고 있었다. 내가 이 노릇을 그만두기 전에 마지막으로 꼭 해보고 싶은 게 한 가지 있었다. 그건 애기를 받아보는 일이었다. 내가 개업하고 나서의 첫 손님도 산모였다. 그러고 이날 입때 어쩌면 나는 단 하나의 산 목숨도 받아보지 못했다. 내가 그걸 의식적으로 피하는 사이에 나는 그만 소파의 전문의로만 알려졌던 것이다. 처음에 몇 년 동안만 해도 더러 해산 문의가 있어서 인근의 산원을 소개해준 일도 있었건만 그런 일도 점점 줄어들고 근래엔 아주 없어졌다. 이제 저절로 산모가 굴러들어올 가망은 없다.

그러나 나는 벌써 두어 달 전부터 60일, 50일…… 10일, 9일, 8일……. 카운트다운까지 해가면서 초조하게 그 일을 기다리고 있다. 이제 사흘밖에 남지 않았다. 가망이 없다고 생각할수록 그 일이 하고 싶어 환장을 할 지경이다. 생각해보면 얼떨결에 내가 마수걸이로 그 일을 해냈을 때만 해도 지금에다 대면 너무도 미숙한 애송이 의사였다. 그러나 지금 나는 그때의 나를 일생을 정진해도 도달할까 말까 한 나, 늘 앞날에만 있는 나, 완성된 나, 이상화된 나처럼 느끼고 있다. 어느새 망령이 난 것처럼 시간까지 이렇게 내 속에서 도착을 일으키고 있다.

사흘밖에 남지 않았다. 사흘밖에…….

만득이 처가 만삭이 된 걸 본 순간부터 간절히 바라고 바라던 일이 아직 안 일어난 채 내가 그 일을 할 수 있는 날은 앞으로 사흘밖에 남지 않았다.

만득이는 내가 처음이자 마지막으로 받은 황 씨의 외손자였다. 황 씨는 그날 나한테 눈감아달라고 애걸한 대로 그 아기를 업동이가 들어온 걸로 동네방네 소문을 냈다. 처음엔 이름도 없이 누구나 다 업동이, 업동이 하면서 신기해만 하다가 이왕 들어온 업동이 아주 아들 삼아 손을 잇게 하는 게 좋지 않겠느냐고 동네 사람들의 중론이 모아졌다. 처음부터 그럴 작정이었던 황 씨건만 그제서야 마지못해 그러는 것처럼 늦게 둔 자식이라는 뜻으로 만득이란 이름을 붙이면서 동네 사람들에겐 업동이란 소리를 다시는 입 밖에 내지 말아달라고 부탁했다. 업동이가 들어온 지 한 달쯤 있다 혼자 피난 나갔던 딸까지 돌아왔다. 비록 젖까지 먹일 순 없었지만, 딸은 새로 생긴 남동생을 극진히 양육해서 동네의 칭송을 한 몸에 받았다. 동생을 다섯 살이나 먹여놓고 나니 노처녀 소리를 들을 나이라, 마침 전실 자식 없는 후취 자리가 나서서 부랴부랴 시집보내 아들딸 낳고 잘 사니 그만하면 황 씨의 각본대로 안 된 게 없었다. 황 씨의 각본에서 나의 구실은 뭘까? 문득 그런 생각을 하면 이사라도 떠나주고 싶지만 나의 병원은 날로 성업 중이었다.

황 씨는 고집 세고, 의심 많고, 인색한, 그래서 노랭이 황 영감이란 별명까지 붙은 괴팍한 노인으로 늙어가고 만득이는 훤칠하고, 씀씀이 좋고, 난봉 잘 피우는 청년으로 성장했다. 그동안에 동네 사람들은 수없이 갈려서 이제 만득이를 마누라가 노산 후 덧침으로 죽어서 황 영감 혼잣손으로 기른 외아들이란 걸 의심하는 사람은 아무도 없다.

나만이 모든 것을 알고 봐서 그런지는 몰라도 만득이에 대한 황 영감의 애증의 갈등은 좀 심한 데가 있었다. 일찌거니 바로잡아줘야 할 밥투정이나 주전부리 버릇, 버르장머리 없는 말씨 등에 대해선 그저 오냐오냐, 따끔한 말 한마디 못 하다가도, 어쩌다 백 점 받은 시험지를 받아 오면 누구 거 보고 썼나 대라고 매를 드는가 하면, 성적이 오른 통지표도 고쳐 썼을 거라고 생트집을 잡아 아이가 울고 집을 나가 며칠씩 안 들어오게 한 일도 있었다. 그럴 때마다 그의 딸이 친정에 돌아와 몰래 울고불고하다가 돌아가곤 했다. 황 영감은 만득이에게서 딸의 피와 딸을 강간한 놈팡이의 피를 따로따로 갈라선 느낌으로써 자신을 괴롭히는 것 같았다. 인심 좋고 건강해 보이던 황 씨는 의심 많고 인색하고 우울한 늙은이로 못되게 변해갔다. 그의 전화위복은 결코 완벽하지 않았던 것이다. 그의 전화위복을 질투했던 나도 이젠 그것을 연민하는 마음이었다.

자기가 감히 생모라는 발설은 하지 않았지만 몰래몰래 후한 용돈을 주는 것으로 누나 이상의 애정 표시를 해온 생모 덕으로 만득이는 어려서부터 낭비벽이 붙었고 군대 갔다 와서 취직을 하더니 씀씀이는 더욱 호탕해져 버렸다. 그는 자기 월급이 얼마란 소리보다는 자기 회사의 연간 수출 실적이 얼마란 소리 하기를 더 좋아했다. 그는 마치 그 회사의 말단사원이 아니라 대주주처럼 회사의 이익에 대한 신바람을 냈고 그걸로 자기의 씀씀이를 합리화시키려고 했다. 황 영감은 이런 만득이를 경멸할 뿐 아니라 도둑놈처럼 경계하면서 마치 육체에는 한계가 있다는 것도 모르는 것처럼 한 푼어치를 떨고 먹지 않고 입지 않고 다만 돈주머니를 불리고 움켜쥐었다. 만득이를 보는 그의 눈에 애정은 이미 없었다. 아마 그의 딸을 겁탈한 놈팡이의 피에 대해서만 생각하기로 작정한 모양이다.

그렇다고 그의 편견이 만득이에게서 끝나는 게 아니었다. 만득이가 자기 회사 수출 실적이 몇십만 달러라고 뽐내면, 흥 그놈의 회사 차관은 얼말걸 하면서 그 갑절도 넘는 수치를 둘러댔다. 그는 신문을 따로 대보지 않고 우리 집에 오는 신문을 가로채다가 샅샅이 읽어서 아는 게 많았지만 수출고보다는 차관의 액수에 더 밝았고, 사람들이 잘살아야 하는 까닭에 대해서보다 못살아야 하는 까닭에 대해서 더 소상했고, 양지의 소식보다는 음지의 소식에 더 밝았다. 그는 만득이뿐 아니라 모든 사물을 그늘만 보면서 괴팍하고 스산하게 늙어갔다.

만득이가 제법 제 밥벌이라도 하게 되자마자 집을 뛰쳐나간 건 당연했다. 그 일이 황 영감에게 충격이 되었는지 아닌지는 아무도 헤아릴 수 없었다. 황 영감의 얼굴은 이미 더 불행해질 나위 없이 불행해진 뒤였으므로.

지금부터 두 달 전 만득이는 만삭의 여자를 거느리고 집으로 들어왔다. 황 영감은 반기지도 내쫓지도 않았고 딱 한 가지, 예식을 올렸느냐고 물어봤다.

"아버지, 제가 아무리 불효자식이기로서니 아무려면 아버지 안 뫼시고 저희끼리 식을 올렸겠어요? 절 그렇게까지 다된 놈 취급하시면 저 정말 서럽습니다. 네, 서럽구말구요."

만득이는 이렇게 청승과 너스레를 함께 떨었다. 만삭이 되어 들어닥치던 아람 번 밤송이처럼 걷잡을 수 없이 아기를 쏟아놓던 딸적에 놀란 가슴 때문이겠지만 황 영감은 무슨 발작처럼 급히 예식을 서둘렀다. 며느리 될 여자가 뉘집 딸이고, 몇 살 먹고, 뭐 하던 여자라는 것에 대해 일언반구 묻는 법도 없이 종점에 있는 슈퍼마켓 2층의 허름한 예식장을 빌려 때 묻은 웨딩드레스를 입혔다. 만득은 부득부득 해산하고 나서 시내 중심가 호텔예식장에서 양가 친척과 친구를 다 불러모아 성대한 결혼식을 올리겠다고 고집을 부렸지만 황 영감의 우격다짐엔 당하지 못했다. 아무도 초대하지 않아 내막을 아는 이웃 사람만 몇 모인 식장은 썰렁했다. 특히 제일 큰 걸로 빌렸다는데도 지퍼를 올리지 못해 옷핀으로 대강 찡겼어도 허리가 한 뼘도 넘게 벌어져서 속치마가 드러난 신부의 웨딩드레스 차림은 차마 눈뜨고는 못 볼 꼴불견이었다. 황 영감이 해도 너무한다 싶게 날조한 것처럼 엉성한 결혼식이었다. 그래도 입심 좋고 명랑한 만득이는 몇 명 안 되는 하객한테 이건 오픈게임이고 곧 본게임이 있을 테니 기대하시라고 익살을 떨었다.

"저런 싸가지 없는 놈을 봤나? 입이 헤프면 밑천이라도 굳던지, 밑천이 헤프면 입이라도 굳던지, 둘 다 헤퍼가지고 설라므네 이런 망신당하는 것도 모르고……. 쯧쯧, 집안이 망할려니까."

황 영감 말투에 의하면 오로지 만득이를 망신주려고 그 결혼식을 꾸민 것 같았다. 아무튼 처음 구경하는 진풍경이었다. 모두 킬킬대고 수군댔다. 그러나 나는 웨딩드레스의 허리 다트가 터질 것처럼 부푼 신부의 배를 보는 순간 별안간 가슴이 심하게 울렁거리면서 그 아기를 내 손으로 받아내고 싶다고 생각했다. 식장에서 돌아와서도 온종일 그 생각에서 헤어나질 못했다. 모체로부터 완전히 만출되기도 전에 벌써 눈을 뜨고 이 세상을 보던 신선하고 정갈한 아기의 눈을 또 한 번 보고 싶다는 갈망으로 심장이 죄어드는 것 같았다.

나는 비록 소파만을 전문으로 한 지가 근 30년이지만 황 영감에게 내 쪽에서 부탁한다면야 그쯤은 쉽게 승낙해줄 줄 알았다. 황 영감의 인색한 성품을 생각해서 싸게 해준다거나 오래 세들어 산 정리로 거저 해주마고 할 속셈까지 가지고 있었다. 그러나 황 영감은 내 부탁을 일언지하에 거절하면서 차마 못할 소리까지 했다.

"그 말도 안 되는 소리 좀 작작 허슈. 내가 아무려면 내 첫 손자를 사람백정 손에 맡길 성싶소."

그러고도 미진한지 부정탄 것처럼 당장 소금이라도 뿌리고 싶은 얼굴을 했다.

이런 동네서 이런 짓을 오래 하다 보면 거느린 창녀의 성병 치료하러 오는 데 따라온 포주가 어깨를 툭툭치면서 선생님 대신 여보

당신하면서 숫제 동업자 취급을 당하는 일도 있었다. 계집의 밑×
×으로 돈벌긴 너나 내나 매일반이란 그들의 태도를 나는 크게 탓
하지 않았고 그런 사람은 그런 사람 대접하면서 반죽 좋게 살아왔
다. 그러나 황 영감한테서 들은 사람백정이란 소리는 가슴에 못이
박히는 것처럼 쓰라렸다.

만득이댁은 예식 올린 지 사흘 만에 종합병원 산과에서 아들을 순
산했다. 나는 황 영감한테 받은 가슴 아픈 수모에도 불구하고 퇴원
한 아기를 보러 들어갔다. 아기는 내가 처음 받은 아기를 쏙 빼닮아
있었다. 나는 그 아기를 받은 누군지 모르는 산과의사에게 맹렬한
질투를 느꼈다. 그리고 황 영감한테서 받은 수모 때문에 잠시 단념
했던 아기를 받고 싶은 욕심이 뜨겁게 재연하는 걸 느꼈다. 만득이
애기만 애길까 보냐. 의사짓을 그만두기 전에 꼭 한 번은 애기를 받
아보고 말리라. 처음으로 이 세상을 보는 아기의 신선하고 정결한
눈과 힘찬 울음소리에 접하고 싶은 갈망으로 심장이 죄어들었다.

그때부터 카운트다운이 시작됐다. 그러나 그때는 앞으로 60일이나
남아 있었다. 설마 60일 안에 산모 하나 안 걸릴라구. 60일, 50일……
10일, 9일……. 앞으로 사흘밖에 남지 않았다.

오늘도 세 건의 소파 수술과 두 건의 성병 치료가 있었다. 그뿐이
다. 나는 아래층으로 내려갔다. 농기구를 팔던 경성상회는 지금 식
료품상회지만 간판은 아직도 경성상회다. 한문 간판 단속 때 한글
로 고쳐 썼을 뿐이다. 한글 간판 속의 '서울 그로서리'라는 알파벳
엔 만득이의 입김 같은 게 느껴져 절로 웃음이 난다.

"요구르트 하나 주세요."

신문을 보고 있던 황 영감이 흘긋 한 번 쳐다보고 냉장고에서 요구르트를 큰 것으로 꺼내준다. 나는 그것을 별로 좋아하지 않지만 안채로 들어가기 위해선 가게를 통하는 게 편하기 때문에 통행세처럼 그걸 한 병 사서 쪽 들이켠다. 모로 앉은 황 영감의 목고개에 힘줄이 처참하도록 두드러져 보이고 구레나룻이 서릿발처럼 희다. 나는 가슴이 뭉클하면서 황 영감이 요새로 부쩍 더 늙었다고 생각한다. 그런 뭉클함에는 어쩔 수 없이 아래위층 한지붕 밑에서 30년을 같이 산 사이의 미운 정 고운 정이 엉겨 있다. 모로 앉은 황 영감이 신문에서 눈을 떼지 않은 채 말세야 말세야라고 중얼거린다. 그에게 말세 아닌 날은 없다. 허구한 날이 말세다. 만득이한테서 딸을 보지 않고 딸을 강간한 놈팡이만 보고, 수출액보다는 수입액에 밝고, 우리 모두 얼마나 잘살게 됐나보다는, 우리 모두의 빚이 얼마나 늘어났나에 도통한 그의 심보는 모든 사물, 모든 사람 사는 켯속의 그늘만을 보니까.

하긴 황 영감은 자신만의 그런 특이한 시선 때문에 어디서 둥둥 북소리 나면 우선 어깨춤 먼저 추고 나서는 소갈머리 얕은 이웃에 비해 사람이 어딘지 어렵고 줏대 있어 보이는 건 사실이다. 그러나 내가 여자들의 얼굴보다는 밑××에 대해 더 많이 알고 있다고 해서 여자들을 남보다 더 안다고 할 수 없는 것처럼, 그가 세상사에 그늘을 보는 눈이 유별난 게 어떻게 남보다 세상사를 더 잘 아는 게 될 수 있으랴. 나는 엉뚱한 이치를 꾸며대면서까지 그에게 동병상련 격인 연민을 느끼려 든다.

"아기 많이 컸죠?"

나는 아기를 보러 들어간다는 뜻으로 이런 말을 남기고 안채로 들어갔다. 만득이댁은 웃음이 헤픈 여자다. 아기 자랑을 할 때도 남편 험담을 할 때도 시아버지 때문에 속 썩는 애기를 할 때도 그저 싱글벙글이다. 그래 그런지 아기도 잘 웃는다. 제법 눈을 똑똑히 맞추고 나서 벙글 입이 헤벌어진다. 아기를 받아보고 싶다는 어거지 같은 생각을 달래러 들어왔건만 되레 그 생각을 좀 더 쥔 결과가 된다. 그 소망을 못 이루고 나의 직업에서 아주 손을 떼고 말면 죽는 날까지 비참한 신세를 못 면할 것 같다. 그러나 앞으로 사흘밖에 남지 않았다. 단지 사흘밖에.

2 이틀 전

끔찍한 꿈이었다. 내 손에 박힌 못이 암종이 되어 온몸의 살갗으로 무섭게 퍼지는 꿈에서 깨어나려고 몸부림치면서 아스라이 악머구리 끓듯 하는 한여름밤의 개구리 소리를 들은 것처럼 느꼈다. 내가 나를 다방면으로 공격해오는 이질적인 노린내와 무성한 가슴의 털과 동아줄처럼 길고도 힘센 사지와 바윗덩이처럼 육중한 체중으로부터 벗어나려고 몸부림치면서 듣던 것도 개구리 소리였다. 그때, 그 개구리 소리는 인간들의 전쟁과는 아랑곳없이 너무도 태평스러워서 당장 당하고 있는 게 설마 꿈이겠지 생각하는 걸로 나의 의식을 비몽사몽 간으로 흐렸었다.

그때와는 거꾸로 비몽사몽 간에 들은 악머구리 끓듯 하는 소리 때문에 차츰 나는 깨어났다. 나는 우선 그게 꿈이었다는 걸 확인하기 위해 손에 박인 못을 만져보고 잠옷 속으로 손을 넣어 가슴과 배와 허벅지를 쓸어 본다. 55세까지 한 번도 애를 낳아보지 못한 여자의 살찌고 노쇠한 살갗의 감촉은 명주실처럼 부드럽고 탄력 없을 뿐 거슬리는 건 아무것도 없다. 꿈이었군. 그까짓 못, 앞으로 몇 달만 일손을 놓으면 깨끗이 풀리리라. 그래도 역시 마음은 언짢다. 꿈에서 온몸의 살갗으로 암종이 되어 퍼진 못이 손에 박인 못이 아니라 심장에 박힌 못인지도 모른다는 엉뚱한 생각이 들면서 가슴이 답답하다. 나는 오랜 생활의 습관으로 침실의 창을 연다. 아스라이 들리던 악머구리 끓는 소리가 확성기를 댄 것처럼 별안간 커지면서 방 안으로 쏟아져 들어온다.

요새 새로 생긴 교회에서 들려오는 새벽 예배 보는 신도들의 울음소리였다. 그 교회에 모이는 신도들은 허구한 날 그렇게 통곡을 했다. 나는 그 소리를 들을 때마다 내 속에 통곡하고 싶은 욕망과 한 방울의 눈물도 못 짜내리라는 확신이 같이 있는 걸 느꼈다. 아직 이른 새벽이다. 경성상회 이면의 동네가 남빛 어둠에 잠겨 있다.

이틀밖에 남지 않았다. 이틀밖에……. 잠이 완전히 깨면서 맨 처음 떠오른 생각은 이사갈 날이 이틀밖에 남지 않았다는 것이었다. 살아 있는 애기를 받아낼 가망도 앞으로 남은 이틀로 줄어들었다.

우단의자가 놓인 남창과는 반대쪽에 나의 살림방과 진찰실 겸 수술실이 있다. 살림방에서도 수술실에서도 쉽게 구태의연한 ㄱ자 아니면 ㄷ자의 지붕이 무질서하게 밀집한 퇴락한 동네가 내려다보인다. 서울의 눈부신 발전은 귀 있고 입 가진 사람이라면 아무도 이의를 제기할 수 없는 우리 모두의 상투어가 되었건만, 어떻게 된 게 나의 단골들이 살고, 떠나가고, 들어오는 이 동네는 내가 처음 개업할 무렵과 별로 달라진 게 없다. 한옥도 아니고 양옥도 아닌, 일제 말기 한창 물자가 궁핍할 때 들어선 날림 양기와집들은 아무리 집 없이 살아도 세간살이라도 좀 반반한 거 가진 사람이라면 아무도 안 부러워하게 칸살이 좁고 구질구질하고 늙어빠졌다. 더군다나 경성 상회를 위시한 2층, 3층의 상점들이 늘어선 한길로부터 지금은 복개를 했지만 10여 년 전까지도 열린 채로 있던 더러운 개천을 향해 서서히 지대가 낮아지는 웅덩이 같은 동네라 여름마다 물난리를 안 겪고 넘어가는 일이 드물다. 한 집이 차지한 평수가 거의 30평 미만이어서 헐고 신축을 하려고 해도 허가가 안 나온다던가. 그래서 돈을 번 사람은 지딱지딱 딴 동네로 떠난다. 몇 집을 사서 터서 새집을 짓는 방법도 있겠으나 그래봤댔자 빈촌 속의 호화주택을 누가 알아줄 것인가. 그것을 무릅쓰고 그런 어리석은 짓을 할 만큼 이 알량한 동네에 애착을 가진 사람이 있을 리도 없고, 그래 놓으니 세상이 온통 잘살게 됐다고 떠드는 소리가 이 동네선 한낱 풍문에 불과했다. 그러나 풍문도 못 듣는 것보다야 얼마나 좋은가.

모두 겉보기보다는 잘산다. 풍문으로 들은 대로 제각기 흉내는

다 낼 줄 안다. 만득이가 제 월급보다는 즈이 회사 수출고를 믿고 씀 씀이가 헤프듯이, 어디서 둥둥 장구 소리 나면 얼씨구 엉덩춤 먼저 추듯이 실속 없이도 잘들 산다. 우선 살림만 하는 여편네들의 속옷 과 사타구니가 창녀의 것처럼 깨끗해진 것만 봐도 그동안 얼마나 잘살게 됐나를 알 수가 있다.

창녀의 사타구니와 정숙한 여자의 그것과를 감히 비교하는 것은 정숙한 여자에겐 모독이 되겠지만 나는 다만 외관을 말하고 있을 뿐 이다. 상식적으로 창녀의 것은 더럽고 정숙한 여자의 것은 깨끗한 걸로 돼 있지만 육안을 통한 관찰에 의하면 그와 정반대다. 어떤 창 녀의 그곳은 거의 백치의 얼굴처럼 청결하다. 그러나 자기의 그곳이 가장 정숙하다고 믿는 여자일수록 그곳의 불결에 파렴치하다. 그것 은 마치 뉘 집에서나 응접실이 가장 깨끗한 것과 같은 이치이리라.

이 동네서 창녀가 거의 자취를 감추고 나서 가장 눈에 띄게 달라 진 건 교회당이 많이 생긴 거다. 인구가 밀집해서 동회에 가면 늘 차 례를 기다려야 할 만큼 복작대지만 면적으로 봐선 과히 넓지 않은 동네에 교회당이 일곱 군데나 생겼다. 내가 이 동네에 자리를 잡을 때만 해도 한 군데도 없었다. 교회당은 자리를 잡았다 하면 해마다 다르게 불어나고 치솟는다. 이 동네서 번영이 풍문이 아닌 곳은 오 로지 교회당밖에 없다. 일곱 개의 교회당은 다 같이 예수님을 믿을 터인데도 교파가 다른 제각기의 간판을 가지고 더러는 신도의 이동 도 있는 모양이지만 신도가 모자라는 교회당은 없는 모양이다. 최 근에 생긴 교회당은 무슨 교파인지는 모르지만 매일 아침 신도들이 모여서 처음엔 울다가 나중에는 박수를 치면서 환희에 찬 목소리로 거룩한 하나님을 찬송하고 헤어진다. 그게 그 교파의 예배 방식인가 보다. 신도가 아닌 이웃을 위해선 별로 바람직하지 못한 예배 방식인데도 새벽의 울음소리가 하루가 다르게 드높아지는 걸 보면 그 교회의 교세도 착실히 불어나고 있음에 틀림이 없으리라. 신도들의 반수 이상이 여자들이다. 그러니까 나의 단골들이기도 하다. 그들이 울면서 기구하는 건 뭘까. 허구한 날 어디서 저런 지겨운 통곡이 치받치는 걸까. 원치 않는 애기를 배 속에 가지고 나를 찾아왔을 때 그들은 거의가 다 당장 죽고 싶은 절망적인 얼굴을 하고 있게 마련이다. 그러나, 그것이 안전하고도 정확하게 제거됐다는 것만 알면 그들은 당장에 개운하고 근심 없는 얼굴이 됐다. 그들의 고통을 털끝만 한 잔재도 안 남기고 뿌리 뽑아내는 내 솜씨는 참으로 영검했다. 마음속에 여자가 받는 그런 고통에 대한 뿌리 깊은 증오가 있음으로써만 그럴 수 있는 일이었다. 그들을 고통으로부터 해방시킨 건 나였다.

그런데 그들은 허구한 날 내 새벽잠을 깨우면서 서럽게 통곡을 한다. 도대체 저들을 울게 하는 또 다른 고통은 뭘까? 하나님도 그것을 나처럼 족집게로 집어내서 보여줄 만큼 영검하진 못하리라. 그런데도 교회는 늘어나고 치솟는다.

언젠가 나는 이 교회, 저 교회로 옮겨 다니는 나의 단골인 가정부인한테 그 까닭을 물었었다. 내딴에 그 여자를 무안줄 마음보다는 각 교파 간의 특색에 대해 뭘 좀 알까 해서였다. 그 여자는 전에 다니던 교회는 병을 잘 고쳐준다는 소문을 듣고 지병인 신경통이 날까 해서 다녔는데 지금 다니는 교회는 재수를 좋게 해준다고 소문이 났기에 남편 돈벌이나 잘될까 해서 옮겨 갔다고 했다. 그렇다면 새벽마다 통곡의 자리를 마련한 교회선 무슨 약속을 내걸었을까?

하나님 아버지, 저들이 하나님 아버지를 믿는다고 골백번을 맹서해도 하나님 아버지는 저들의 말을 믿지 마소서. 저들은 지금 입으로 하나님 아버지를 찾고 있지만 저들의 밑××이 무엇을 찾고 무엇을 저질렀는지 저는 다 알고 있습니다.

나는 이렇게 저들이 울부짖으며 찾는 분에게 으스대는 마음까지 있다. 그러나 나의 속 내밀한 곳에도 뭉쳐서 마침내 딱딱하게 굳은 한 덩어리의 통곡이 있을지도 모른다는 의구심을 품게 하는 것도 바로 저 새벽의 울음소리이다.

새벽 어둠이 조금씩 걷히면서 제일 먼저 여기저기서 드러나는 건 교회의 첨탑들이다. 아직도 집들은 젖빛 어둠에 가라앉아 있어서 창을 통해 들어오는 시야가 온통 안개 낀 바다 같으면서 문득 교회의 첨탑들이 침몰해가는 선박의 마스트처럼 보인다. 통곡 소리는 메마른 아귀다툼으로 변한다. 침몰해가는 선박의 여객들이 서로 먼저 마스트 꼭대기로 기어오르려고 다투는 소리다. 마스트 꼭대기에 아직 사람은 안 보인다. 다투느라 아무도 그곳을 차지하지 못하나 보다. 차지하건 못하건 결과는 마찬가지다. 어차피 선체는 침몰할 것이므로.

어둠이 점점 더 엷어지고 ㄱ자 ㄷ자의 지붕이 어렴풋이 떠오르면서 마스트 끝까지 기어오른 사람이 보이는가 했더니, 그건 사람이 아니라 텅 빈 십자가였다.

이틀밖에 남지 않았다. 마지막으로부터 둘째 날은 빠른 속도로 밝아오고 있다.

첫 번째 환자는 성병 치료를 받으러 다니는 화영이라는 창녀였다. 이 동네 살지는 않지만 전에 여기 살다 떠난 포주들이 보내오는 창녀들이 아직 쏠쏠히 있었다.

오늘은 포주인 전 마담까지 따라왔다. 전 마담도 이젠 많이 늙었다. 황 영감과는 또 다르게 스산하면서도 울긋불긋 원색적인 전 마담의 늙음이 남의 일 같지 않게 민망하고 측은하다. 그러나 나는 겉으론 심히 무뚝뚝하다.

"웬일이야 전 마담이 다 따라오고······. 참 사람 귀하네. 요샌 고작 저 화영이가 그 집 딸러 박슨가 보지?"

나는 화영이를 진찰대에 뻗쳐놓고 나서 대기실에 얼굴을 내밀고 퉁명스럽게 한마디 했다.

"아녜요. 아무려면 내가 그깐년 밑××소식이 궁금해서 따라왔을라고요. 선생님, 내일까지만 영업하신다며요."

"그래. 왜 섭섭해?"

"그럼 내가 뭐 선생님처럼 목석일 줄 아슈. 섭섭도 하고 부럽기도 하고. 난 언제나 그놈의 영업 그만두고 편히 살아볼꼬?"

전 마담이 담배를 피워물며 한숨을 푹 쉰다. 살찐 손의 팥죽색 매니큐어가 불결하고 처량해 보인다.

"그 돈 다 뭐 하고 우는 소리야?"

나는 이렇게 내뱉고 대기실 문을 탁 닫는다. 전 마담은 농업학교가 미군부대였을 적부터 단골인 양공주 출신의 포주다. 그녀도 내 신세를 많이 졌지만 그녀가 데리고 있는 아이들도 멀든 가깝든 꾸준히 나한테로 보내는 진국 단골이다. 오랜 단골이면서도 여보 당신이라고까진 안 하고 깍듯이 선생님으로 불러주긴 하지만 나의 일이나 자기 일을 똑같이 영업으로 부르는 말투 속엔 의심할 여지없는 동업자 의식이 깔려 있다.

진찰과 치료를 끝마친 화영이가 묻는 말도 언제부터 영업해도 되냐는 거였다.

"내일서부터라도 해도 되겠지만 핑곗 김에 며칠 더 쉬게 해줄까?"

"안 돼요, 의리가 있죠. 너무 오래 쉬어서 엄마한테 미안해 죽겠는데요."

"그래? 그럼 내일부터 당장 의리를 지키렴."

나는 씹어뱉듯이 말한다.

"선생님, 그래도 우리 엄마만한 엄마도 드물어요."

화영이 늘씬한 가랑이에 팬티를 끼면서 포주를 변명한다. 화장은 야하지만 본바탕은 수수한 얼굴이다. 그러나 그녀가 팬티를 벗고 진찰대에 가랑이를 벌리는 동작은 군더더기 없이 극도로 세련되어 일종의 직업미 같은 걸 느끼게 한다. 나는 그녀를 아름답다고 생각한다.

세 사람이 다 대기실에 모이자 일종의 가족적인 무드 같은 게 조성이 된다.

"요 앞길이 지금의 곱절로 넓어진다니 이 동네 수났군?"

"글쎄 말야. 전 마담도 그 집 그냥 갖고 있었으면 부자 될 뻔했잖아?"

"아유 그까짓 옛날얘긴 해 뭘 해요. 그렇게 부자될 뻔한 거 놓친 게 어디 한두 번인가."

"우리 엄마 이번에 또 큰 손해 봤어요, 선생님."

"또 부질없는 욕심을 부렸겠지 뭐."

"선생님도 내가 언제 한눈 파는 거 보셨어요? 되나 안 되나 한우물만 파건만도 사고가 연발이니, 이 노릇도 이제 그만 해먹으라는 팔잔가 싶은데 뭐 모아놓은 게 있어야죠."

"무슨 일인데 그렇게 풀이 팍 죽어가지고 그래?"

"별일도 아냐요. 늘 있는 일이죠. 돈 많이 든 애가 빚만 들입다 져놓고 도망을 갔지 뭐예요."

"찾겠지 뭐, 다시 기어들던지."

"찾을 마음이 있어야 찾죠. 누가 빼내갔다면 내 성질도 가만히 당하고만 있는 성질은 아닌데 죽자사자 연애하는 남자따라 도망을 갔다니 그만 마음 약해서 행복을 빌 수밖에요."

"전 마담 천당 가겠어."

"선생님도 아시잖아요, 나 연애 좋아하는 거……."

전 마담이 쓸쓸하게 웃는다.

"화영이도 빨리 연애해야겠다. 서러워서라도……."

"서럽다고 뭐 연애가 되나요."

나는 늘 거부하는 마음이면서도 너무 오랫동안에 걸쳐 서로를 알아버려 이제 어쩔 수 없이 되어버린 가족적인 무드에서 편안히 마음을 푼다.

"그나저나 집 헐리는 사람만 억울하게 됐잖아요. 경성상회만 안 헐렸으면 선생님도 앞으로 10년은 넘어 더 영업하실 수 있었을걸."

"아냐, 딱 알맞게 그만두는 거야. 막상 날짜까지 정하고 보니 더는 누가 죽인대도 못 할 것 같아."

"황 영감은 어데로 떠난대요? 워낙 구두쇠라 한밑천 잡아놓았겠지만……."

"집터가 이 근처선 제일 넓으니까 보상금도 꽤 받았을걸. 가게터 달린 반반한 양옥을 사서 가게 물건도 그대로 옮긴다던데."

"그럼 나중에 봅시다. 선생님 영업 그만둔다니까 내가 젤로 한 팔 떨어지는 것 같네요. 약도나 하나 그려줘요. 성냥 사갖고 집 구경 가도 되죠?"

"안 돼. 양반 동네 가서 양반 행세하면서 살 참인데 전 마담이 뭐 하러 찾아와."

나는 그러면서도 약도를 그렸다.

"난 오지 말라는 덴 더 드나드는 취미니까……."

전 마담도 지지 않고 말대꾸를 하고 약도를 간직하고 치료비를 내고 돌아갔다.

이틀밖에 남지 않았다. 그러나 찾아오는 환자는 성병 아니면 소파를 원하는 임부였다. 이상할 건 하나도 없었다. 그건 내가 닦아놓은 길이었다. 궤도를 수정하기엔 이미 때가 늦었다. 이틀밖에 남지 않았다. 그런데도 나는 내 손으로 아기를 한 번만 받고 나서 이 일을 그만두고 싶다는 바람을 못 버리고 있다.

그런 나의 바람을 비웃듯이 오늘 소파를 한 세 임부의 내용물엔 하나같이 3개월 미만의 작은 태아의 모습이 조금도 손상되지 않고 옹글다. 대개는 손상되어 적출되는데 오늘은 좀 이상했다. 새끼손가락 끝의 한 마디만 한 크기의 태아가 인간이 갖출 구색을 얼추 다 갖추고 있다는 건 아마 임부 자신도 모르리라. 다만 몸의 각 부분의 비율만이 완성된 인간하고는 딴판이어서 크기의 대부분을 두부가 차지하고 있다. 그랬댔자 기껏 완두콩만 한 두부인 것을 놀랍게도 두 개의 눈이 또렷하게 박혀 있다. 눈꺼풀이 아직 안 생겼음인지 그 두 개의 눈이 마치 채송화씨를 박아놓은 것처럼 또렷하게 뜨고 있다.

내가 처형한 눈, 한 번도 의식화되지 않은 눈, 앞으로 의식화될 가망이 전혀 없는 채송화씨만 한 눈이 느닷없이 나의 어떤 지난날부터 지금까지를 한꺼번에 꿰뚫어보는 듯한 느낌에 나는 전율한다. 그 채송화씨만 한 눈이 샅샅이 조명한 나의 생애는 거러지보다 남루하고 나의 손은 피 묻어 있다. 황 영감이 그의 첫 손자를 이 세상에 맞이하는 일을 내 손에 맡기기 싫어한 걸 나는 이해할 수밖에 없다.

그 눈은 의식화되지 않았으므로 오히려 시계가 무한한가. 나의 지난날과 현재와 앞날을 종횡무진으로 간섭하고 내가 의지하고 있던 고정관념을 뒤흔들려 든다. 멀리선 포성이, 가까이선 개구리 울음소리 시끄러운 여름밤의 풀섶에서 당한 치욕을 핑계 삼아 그 후 한 번도 남자를 사랑하지 않고도 잘만 살아온 잘난 여자를 감히 지지리 못난이처럼 우습게 본다. 그래서 얻은 알토란 같은 이익에 간섭해서 당장 엄청난 손해로 바꾸어놓는다. 그러고도 모자라 나를 의사는커녕 의술자도 못 된다고 비웃는다. 나의 의술은 환자의 고통을 대상으로 하지 않고 자신의 불순한 쾌감을 대상으로 하고 있으므로.

그 일을 할 때마다 되살아나던, 꽃다운 나이가 박해받은 기억과 박해를 또 다른 박해로써 갚으려는 비밀스러운 보복의 쾌감까지도 그 작은 눈은 꿰뚫고 있었다.

대기실과 상담실을 겸해서 넓고 쾌적하게 꾸며진 방의 남으로 난 창가에 아직도 우단의자는 놓여 있다. 그 의자는 허구한 날, 내 눈에 거슬렸던 것처럼 오늘도 눈에 거슬린다. 손으로 우단천을 결과 반대 방향으로 쓸면 다 바랜 잿빛 속에서 밝은 녹두색이 살아난다. 그 녹두색은 30년 전의 쑥색의 잔재다. 그 의자는 쑥색이었을 적에도 녹두색이었을 적에도 잿빛이 된 후에도 나의 병원과는 안 어울렸다. 단 한 번 아버지가 거기 걸터앉으셨을 때를 빼고는.

아버지가 거기 앉아서 뭐라고 말씀하셨더라. 예로부터 의술은 인술이라 했거늘. 어질게 써야 하느니라. 그때도 그랬지만 지금도 그 말씀을 생각하면, 절로 웃음이 복받친다. 그때 이미 나는 나의 기술로 돈 버는 수단을 삼기 위한 만반의 준비를 하고 있었다. 나는 때때로 어쩔 수 없이 그 우단의자에다 신수 좋은 아버지의 모습을 재현시키고 바라다본 적은 있어도 그때 그 말씀으로 내가 하는 일을 간섭받진 않았었다. 나는 오로지 내 뜻대로 하면서 살았다. 그런데도 문득문득 그 우단의자가 나의 넋을 움켜쥐고 있는 것처럼 느낄 적이 있다. 증오로 된 넋이 아닌 또 다른 넋을.

아무짝에도 쓸모없고 어떤 것하고도 안 어울리는 우단의자를 버리지도 못하고 천덕꾸러기 취급도 못하고 여지껏 남으로 난 창가에 모셔놓고 있을 수밖에 없는 것도 그런 까닭이었다. 병원에 있던 건단 한 가지도 나의 새집으로 가지고 들어가지 않을 작정을 한 지 오래건만 물끄러미 우단의자를 바라보면서 나는 머릿속으로 그 의자가 놓인 새집의 남으로 난 창가를 그리고 있다.

이틀밖에 남지 않았다. 그러나 오늘 그 일이 일어나기엔 너무 늦었다. 나의 간절한 소망에도 아랑곳없이 가을해는 이미 뉘엿뉘엿하다. 나는 입술을 질겅질겅 씹으면서 하릴없이 이 방 저 방 오락가락하다가 진찰실 탁자 위에 놓인 걸 보고 질겁을 했다. 빈 페니실린 병속에 오늘 소파한 완두콩에 꼬리가 달릴만 한 크기의 태아가 셋 고스란히 포르말린에 잠겨 있지 않은가. 나는 순간적으로 격노해서 불에 덴 것처럼 급히 간호원 미스 최를 불렀다.

"미스 최, 이게 무슨 짓이야? 왜 이딴 짓을 했어? 응 왜?"

나는 무섬 잘 타는 아이처럼 조금은 겁까지 내면서 이렇게 떨리는 소리로 따졌다.

"선생님, 그거 제가 한 거 아녜요. 아까 선생님이 그렇게 해놓으시고서……."

미스 최는 되레 내 정신상태가 의심스럽다는 듯이 눈을 똥그랗게 뜨고 항의했다. 미스 최는 그런 실속 없는 거짓말이나 장난을 칠 아이가 아니다. 그러고 보니 내가 그런 것도 같다. 왜 그랬을까? 나는 자신을 이해할 수가 없다. 옹글게 적출되는 태아가 신기하긴 해도 그런 것을 한두 번 본 것도 아니겠다 왜 그런 짓을 했을까. 하긴 태아를 월별로 각각 유리병에 나란히 담가 표본을 만들어놓은 친구의 병원을 본 적도 있긴 있다. 그때 나는 인간으로 젓갈을 담가놓은 것을 보는 것처럼 속이 메스꺼웠다. 그런 내가 나도 모르게 인간 젓갈을 담가놓았으니.

"선생님, 그럼 버릴까요?"

미스 최가 페니실린병을 주워들며 말했다.

"아냐, 버리지 마. 안 돼."

나는 악을 빽 쓰면서 그걸 빼앗았다. 그걸 보관하거나 그 밖에 어떻게 할 생각이 있어서 그런 건 아니었다. 다만 버리는 걸 의식하면서 버리기가 싫어서였다. 여지껏 그런 것은 다른 오물과 함께, 버린다는 의식조차 없이 저절로 처리됐다. 그걸 오물 이상으로 생각하는 일을 거치지 않은 무의식적인 행동이었다. 근데 오늘의 무의식은 어쩌자고 그런 엉뚱한 실수를 한 것일까. 나는 그것을 빼앗아 탁자 위에 다시 놓으면서 미스 최가 나 안 볼 적에 그걸 슬쩍 없애주길 바랐다.

그러면서 나는 자신에 대한 어떤 의구심에 사로잡혔다. 왜 나는 내가 이렇게 이해할 수 없는 거동이나 기색을 보일 때 기분이 더 나빠지는지. 하물며 자기 자신에 있어서랴. 하긴 그 우스꽝스러운 날림 결혼식 구경을 하면서 느닷없이 살아 있는 완전한 아기를 받아보고 싶단 생각을 품기 시작하고부터 나는 나로부터 떨어져 나가 내가 도저히 이해할 수 없는 것이 되고 있는지도 모른다. 나는 나 자신에 대해서 될 수 있는 대로 따지지 말고 내버려두자고 벼른다. 건드리면 건드릴수록 분리되는 수은처럼 자신이 산산조각 날 것 같아 나는 두렵다.

"선생님, 이따 양장점집 아줌마랑 물역가겟집 아줌마랑 불러서 이거 줘도 되죠."

미스 최가 플라스틱 접시에 착색하지 않은 명란젓 비슷한 걸 받쳐들고 내 눈치를 살핀다.

"그게 뭔데?"

"선생님 정말 오늘 이상하시다. 아까 소파한 태지 뭐예요?"

마침내 미스 최의 얼굴에도 의혹이 스친다. 나는 내가 나를 이상해하는 건 참을 수 있어도 남이 나를 이상해하는 건 참을 수가 없다.

"그래 그래, 그 여편네들이 참 그거 부탁했었지. 부르렴. 지금이라도."

나는 짐짓 관대하고도 명랑하게 미스 최의 소청을 들어준다. 요새 이 동네 여편네들 사이엔 소파한 태반이 젊어지고 예뻐지는 신기한 영약이라는 소문이 그럴듯하게 유포되고 있다. 나는 의사로서 그게 전혀 근거 없다고는 못 해도 떠도는 소문처럼 그런 신기한 효과를 거둔다고도 물론 생각하고 있지 않다. 그러나 젊음이나 미용이 다분히 기분이라는 걸 감안해서 그렇게 믿고 먹으면 효과가 있을지도 모른다고쯤은 여기고 있다.

나한테 몇 번씩이나 가랑이 벌린 단골 여자들도 그걸 먹고 싶단 소리를 차마 나에게 직접 못 하고, 대개는 미스 최한테 청을 들이는 모양이다. 그럼 나는 그 여자들을 불러들여 미스 최 방에서 먹도록 허락을 해왔다. 뒷구멍으로 빼돌리면 상할 염려도 있고, 또 돈푼이 오고갈 수도 있을 가능성을 미리 막고자 해서였다. 미스 최한테 그만한 청을 들일 만한 단골은 나하고도 곰삭을 대로 삭은 사이라 별로 스스러워하지 않고 그것을 먹으러들 왔다. 그냥 먹기가 비위 상하는 여자는 소주를 한 병 슬쩍 차고 들어와 안주로 회 먹듯이 먹는 여자도 있었다. 회춘제라면 물불 안 가릴 때면 이미 여자가 가장 헤벌어지고 뻔뻔스러워졌을 때라 소주 한 잔 들어간 김에 음담패설이 없을 수가 없었다.

그런 여자들을 구경하노라면 진찰대에 치부를 얼굴처럼 쳐드는 자세로 누워 있을 때하곤 또 다르게 여자의 추악함이 그 극한까지 다다른 것을 보는 것 같은 잔혹한 쾌감을 느끼곤 했다. 그러니까 여자들에게 남의 미숙한 태반을 먹이고, 그 비릿한 입으로 음담을 지껄이게 하는 것도 내 나름의 여자들에 대한 박해의 한 방법이었다. 증오로써 할 수 있는 일 중 박해처럼 자연스러운 일도 없다. 이렇게 끊임없이 나는 내가 여자이기에 받은 치가 떨리는 박해의 기억을 수단 방법 가리지 않고 남에게 분배함으로써 나만의 억울함을 덜어보려 하고 있었다. 그러나 그건 결코 덜어지지 않았다. 아무리 남을 비참하고 추악하게 만들어놓고 비교해도 역시 내가 더 비참하고 추악했다.

소주 두어 잔과 색다른 안주로 눈가가 도화꽃처럼 피어오른 물역가겟집 아줌마가 된 소리 안 된 소리 해롱거리더니 비틀대며 대기실로 걸어나와 우단의자에 앉으려고 했다. 나는 질색을 하면서 그녀를 소파로 떠다밀었다. 양장점집 여자도 따라나와 둘이 나란히 앉았다. 두 여자가 어색하게 심란스러워하는 게 아마 작별의 말을 하고 싶은 것 같았다.

"내일모레죠?"

조신하고 술도 못하는 양장점집 여자가 먼저 말을 꺼냈다.

"선생님 정말 병원 아주 그만두실 거예요? 섭섭해서 어쩌지?"

"지금은 그러셔도 밴 도둑질은 못 그만두실 거니 두고 보시오. 쬐금만 쉬시다가 우리가 삘딩 올리거든 한 자리 드릴 것이니까 그땐 사양 말고 나오셔야 해요. 안 나오시면 우리들이 작당을 해서 끌어내지 뭐."

물역가게도 양장점집도 이번 도시계획으로 저절로 길가에 나앉게 되어 빌딩을 올린다고 대단히 들떠 있었다. 다른 집들도 그렇게 크게는 못 좋아지더라도 불량주택 개선지구에 든다니까 이 동네도 오랜만에 변화가 있을 모양이었다.

"댁에서라도 단골만은 좀 봐주셨으면 좋겠어요. 딴 병원은 몰라도 산부인과는 단골이 좋은데……."

"그래 그건 맞는 소리요. 나는 딴 사내한테 가랑이 벌릴 생각을 허면 아주 기분 나쁘지도 않더니만, 딴 의사한테 그짓 헐 생각허면 영 기분이 안 좋습디다요. 선생님 어떡하면 그동안에 애가 안 생기게 헐까요?"

"××하지 말아요."

나는 씩 웃으면서 한마디 해주고는 자리를 일어섰다. 그들은 그들이 하던 음담의 연장인 줄 아는지 몸을 비틀고 킬킬댔다. 아직 젊었을 때만 해도 동네 여자들이 피임에 대해 상담해오면 진지하게 조언을 해주고 도표나 기구 같은 걸 나누어주기도 했었다. 그러나 이 동네 여자들은 맨날 가르쳐야 한글도 못 깨치는 저능아처럼 같은 실수를 되풀이했다. 까다롭게 신경쓰는 일도 싫어했고, 쾌락을 줄이는 방법은 더군다나 질색이었으니, 이제 내가 해줄 수 있는 말은 그 말밖에 남아 있지 않았다. 번연히 그 대답이 나올 줄 알면서도 자주 그런 질문들을 하는 걸 보면 그 쌍소리 자체를 즐기자는 심보이리라. 나 역시 그렇게 말해주고 나면 침을 뱉어준 것처럼 후련해지곤 했다.

"잘 먹었어요, 선생님."

"고마워, 미스 최."

마치 포식을 한 잔칫집의 손님 같은 말을 남기고 두 여자가 돌아가는 소리가 났다.

나는 내 방 창가에 앉아 하나 둘 불을 켜기 시작하는 동네를 내려다본다.

황 영감네 안마당이 바로 눈앞에 펼친 손바닥처럼 빤히 내다보인다. 마당에까지 불을 밝히고 이삿짐들을 챙기고 있다. 친정 이사를 거들기 위해 왔는지 어제도 안 보이던 황 영감의 딸의 모습이 보인다. 그녀도 많이 늙었다. 만득이의 갓난아기를 안고 서서 이것 저것 총찰만 하지 직접 일을 하진 않는다. 때때로 아기하고 볼을 부비기도 하고, 뭐라고 지껄이기도 한다. 아기가 방긋 웃었는지 큰 소리로 바쁜 사람들을 불러 모아 자랑스럽게 보여주기도 한다. 가슴속에서 사랑이 마구 샘솟는 것처럼 자애와 행복으로 충만한 얼굴이다. 겉으로는 고모 행세를 하고 있지만 속으로 할머니일 테니 그럴 수밖에 없겠지. 나는 홀린 듯이 눈 아래 펼쳐진 어수선한 광경 속에서 황 영감 딸의 모습만을 뒤쫓는다. 어째 온몸이 꺼풀만 남은 것처럼 허전해지고 있다.

나는 황 영감 딸의 비밀스러운 악몽에 동참했던 걸로 마치 내가 그녀를 움켜쥐고 있는 것처럼 여겼었는데 그게 아니었다. 그녀는 이미 오래전에 놓여나서 내가 이해할 수도 손 닿을 수도 없는 고장 사람이 되어 있었다. 아직도 악몽에 갇혀 있는 건 그녀가 아니고 나였다.

이틀밖에 남지 않은 날이 가속이 붙은 것처럼 빠르게 침몰해가는 느낌에 몸을 맡긴 채 나는 생각했다.

홀로 사는 여자보다는 더불어 사는 여자가 아름답다고, 더불어 살되 아들딸 가리지 말고 둘만 낳는답시고 소파를 열두 번도 넘어 했으되 그래도 아들딸이 서넛은 되는 여자가 훨씬 더 아름답다고, 그보다 더 아름다운 여자는 서방이 수없이 있으면서도 평생에 연애한 번 해보기가 소원인 창녀고, 그보다 더 아름다운 여자는 도망간 창녀가 죽자사자 연애하던 남자를 따라갔대서 찾지 않기로 마음먹은 산전수전 다 겪은 늙은 포주라고, 마치 고정관념을 허물어 거꾸로 쌓듯이 그렇게 생각했다.

이제 밤도 깊었다. 나는 눈 아래 펼쳐지는 야경 속에서 하나, 둘, 셋…… 교회당의 뾰족지붕을 센다. 그것은 일곱까지 있다.

하나님, 제가 지금 연애를 하고 싶다면 얼마나 꼴불견이겠습니까. 조롱거리나 되겠죠. 하나님, 저를 그렇게까지 추악하게 만들지는 마시옵소서. 그 대신 바라옵건대 저에게 살아 있는 아기를 받을 기회를 마지막으로 한 번만 주소서. 그게 왜 그렇게 하고 싶은지는 묻지 마소서. 그건 저도 모르니까요. 지금 저에게 중요한 건 왜가 아니라 그게 절절히 하고 싶다는 겁니다. 제 소청을 물리치지 마시옵소서.

나는 생전 처음 기도를 하고 있는 자신을 느끼고 쓸쓸하게 실소했다.

3 마지막 날

나의 새집 뜨락이었다. 양지바르고 전망이 좋아 예쁜 집들과 잔디가 푸르고 온갖 꽃이 만발한 마당들을 한눈에 굽어볼 수 있었다. 나의 집 뜨락만이 텅 비어 있을 뿐더러 두텁게 콘크리트까지 쳐져 있었다. 나는 주머니 가득히 꽃씨를 가지고 있었기 때문에 콘크리트 바닥을 발로 쾅쾅 굴러보기도 하고 손톱으로 후벼 파보기도 했지만 요지부동이었다. 나는 내 손발 외에는 아무런 연장도 없었다. 연장이 없어 답답하면서도 나는 연장을 안 가져오길 참 잘했다고 생각하고 있었다. 꿈속에서도, 내가 버리고 온 연장은 호미나 곡괭이가 아니라 겸자, 헤걸, 큐렛 등이었다.

나는 할 수 없이 주머니 속의 꽃씨를 훌훌 콘크리트 바닥에 뿌렸다. 뿌리고 보니 채송화씨였다. 조그만 채송화씨들은 순전히 제 힘으로 콘크리트 바닥을 잘도 뚫고 땅속으로 들어갔다. 콘크리트 바닥은 순식간에 푸실푸실 떡고물처럼 곱게 부서졌다. 작은 씨앗들은 단박 싹이 나고 잎이 나더니 색색가지 꽃을 피웠다. 빨강, 노랑, 분홍, 자주……. 나의 뜨락은 난만한 채송화 꽃밭이 되었다. 그러더니 꽃들은 저희끼리 싸우기 시작했다. 울고불고 아우성치는 게, 꽃들의 목소리는 아이들의 목소리하고 어쩌면 그렇게 닮아 있는지, 목소리뿐 아니라 꽃들의 얼굴까지 입이 생기고 눈코가 생기면서 아기의 얼굴을 닮아갔다. 나의 뜨락은 이제 꽃밭이 아니었다. 수도 없는 아기들의 얼굴이 땅속에서 얼굴만 내밀고 원성같이 듣기 싫은 소리로 한없이 울어대는 생지옥이었다. 그만, 그만 울라니까, 당장 그치지 못할까. 불도저로 밀고 다시 콘크리트를 입히기 전에 뚝 그치라니까 뚝, 뚝, 그만, 그만…….

또 악몽이었다. 꿈에서 깨어났건만 울음소리는 약간 멀어졌을 뿐 여전히 계속되고 있었다. 습관적으로 창문을 열었다. 아스라이 멀어져간 울음소리가 확성기를 댄 것처럼 별안간 커지면서 방 안으로 쏟아져 들어왔다. 아침 예배 보는 신도들의 울음소리였다. 아직 이른 새벽이다. 교회당의 첨탑들이 침몰해가는 선박의 마스트처럼 보이고 울음소리는 물에 잠긴 선체에서 선객이 마지막으로 외치는 살려달라는 소리처럼 처절하다. 내 속에서 통곡하고 싶은 욕망과 단한 방울의 눈물도 못 짜내리라는 확신이 어느 때보다도 심하게 갈등한다.

오늘이 마지막 날이다. 카운트다운이 제로를 앞둔 긴박감과 도저히 단념할 수 없는 절실한 소망이 두 가닥의 새끼줄이 되어 나를 쥐어짜는 것 같다.

나는 그 일이 안 일어날 것을 알고 있다. 그러면서도 기다림을 멈추질 못한다. 오늘까지 정상적으로 일을 하자고 했는데도 미스 최는 아침부터 작업복 차림으로 자기 짐을 싸고 있다. 이 거리의 끝에서부터 이미 철거 작업은 시작되고 있다. 봄날의 황사현상처럼 창밖의 공기는 부여니 불투명하고 우수수 우수수 날림집 허물어지는 소리도 간간이 들린다. 이까짓 동네가 뭐가 좋다고 흉흉한 마지막 날을 볼 때까지 남아 있었을까?

황 영감, 만득이, 그리고 남의 태반을 신비한 미약인 줄 알고 탐내지만, 실은 자신이 그것의 제공자이기도 한 여염집 여편네들, 동녀처럼 무구한 사타구니를 가진 창녀들과 그녀들이 엄마라고 부르는 포주들……, 그동안 내가 고통을 덜어주거나 비밀에 관계했던 그 사람들을 나는 통틀어 무시하면서 언제고 아쉬움 없이 떨칠 수 있다고 생각했다. 나는 항상 배푸는 입장이고 그들은 신세 지는 입장이라는 걸 의심해본 적이 없다. 그러나 이제 와서 생각하니 신세 진 건 그들이 아니라 나였다. 속속들이 알고 있어 어쩔 수 없이 그렇게 되어버린 소위 가족적인 관계라는 게 두고두고 아쉬울 사람은 그들이 아니라 나였다. 나는 앞으로 그들에 대해서밖에 생각할 게 없으련만 그들은 곧 나를 잊을 것이다.

"오늘도 설마 환자가 있을라구요?"

미스 최는 오늘로 떠나고 싶은 눈치다. 퇴직금도 섭섭잖게 지불해줬고, 며칠 쉬고 나서 입주할 수 있도록 새 직장도 정해줬다. 내일 아침 같이 떠나기로 약속했지만 하루쯤 먼저 떠나고 싶다면 붙잡지 않는 게 야박하지 않은 처사련만 나는 그러지를 못했다.

"미스 최, 언제 하루라도 우리 병원이 환자 없어 공치는 거 본 적 있어?"

이렇게 장사꾼 같은 말투로 미스 최를 윽박질렀다. 마침 이때 스무살도 안 돼 보이는 앳된 소녀의 얼굴이 계단 밑으로부터 떠올랐다. 소녀는 계단을 다 올라오지 않고 상반신만 내놓고 우선 안의 분위기를 염탐하려는 듯했다. 죄지은 듯 불안한 눈이 내 시선에 붙잡히자 울상이 되더니 꼼짝도 안 했다. 올라올 것인가 뒷걸음질칠 것인가를 망설이는 게 너무 역력히 드러나 차라리 애처로웠다. 나는 소녀가 뒷걸음질쳐주길 바랐다. 고 또래가 그런 울상을 하고 산부인과를 찾는 목적은 보나 마나 뻔했다. 나의 마지막 날, 그런 수술은 하고 싶지 않았다.

그러나 미스 최가 부랴부랴 가운을 걸치면서 계단 중턱에 못 박힌 소녀를 손수 부축해 끌어올렸다. 나의 철저한 장사꾼 근성에 대한 그녀 나름의 대거리를 하는 셈인 것 같았다.

다 올라온 소녀를 보자마자 나는 가슴이 울렁거리기 시작했다. 뜻밖에 소녀의 배는 상당히 불렀다. 배를 밋밋하게 하기 위해 엉덩이를 뒤로 쑥 빼고 있었지만 내 눈은 못 속인다. 거의 만삭에 가까워 보였다. 어쩌면 소녀는 아기를 분만하려고 왔는지도 모른다. 그렇다면 보호자가 한두 명 따라왔음 직한데 아무도 안 보였고, 내 앞에 홀로 선 소녀는 눈에 눈물이 그득한 채 와들와들 떨고 있었다. 수치 감인지 공포감인지 나로선 분간을 할 수가 없었다. 우선 소녀를 안심시키는 일이 급했다.

"아기를 가졌군요? 그렇지만 그렇게 두려워할 거 없어요. 좀 이른 나이 같긴 하지만 아기를 가질 수 있는 나이라면 능히 낳을 수도 기를 수도 있는 거예요. 자아, 자아, 마음 푹 놓고 선생님한테 자초지종을 얘기해봐요."

나는 차트를 집어들며 이렇게 곰살궂게 달랬다. 무뚝뚝하고 말막기로 소문난 나의 어디서 그런 간사스러운 목소리가 나오는지 내심 신기할 지경이었다.

"아녜요. 선생님, 저 임신 아녜요. 누가 그래요? 제가 임신했다고?"

뜻밖에 소녀가 머리를 세차게 흔들면서 앙칼지고도 분명한 소리로 말했다.

"그래요? 미안해요. 넘겨짚어서……. 그럼 여긴 왜 왔나요?"

"지, 진찰을 받으려요."

"여긴 산부인과 병원이고, 산부인과 병원에선 어떤 병을 진찰한 다는 걸 알고 왔나요?"

나는 소녀가 혹시 정신이상이나 지능미달일지도 모른다는 생각 이 퍼뜩 들어서 어린애 다루듯 했다.

"네, 알아요."

소녀가 나를 똑바로 보면서 분명한 목소리로 대답했다. 나는 차 트에다 이름이랑 주소랑 생년월일 등 형식적인 사항을 적고 나서 증세를 물어보았다.

언제부터인지 자세한 날짜는 생각 안 나지만 이른 봄부터 생리 현 상이 없어지고 배가 조금씩 불러오더니 배 속에서 뭔가 꿈틀대는 지가 두어 달 넘었다는 게 소녀의 증세였다. 깜찍한 소녀였다. 목적 이 뭔지는 모르지만 소녀는 나를 우롱할 셈인 것 같았다. 이젠 소녀 의 눈은 눈물자국도 없이 메말라 있었고, 태도도 썩 후안무치했다. 나는 위신을 잃지 않고 점잖게 말했다.

"자세한 건 진찰을 해봐야겠지만, 지금까지의 소견은 십중팔구 임신이겠는데."

"전 남자하고 자지 않았어요."

소녀가 제법 날카로운 목소리로 항의했다.

"난 아가씰 퍽 어리게 봤더니만 생년월일을 보니 스무 살이나 됐 군. 그 나이에 곧 탄로가 날 거짓말은 안 하는 게 좋아. 미스 최 진찰 준비……."

소녀는 입만 쫑긋대면서 나를 강하게 노려보았다. 미스 최가 그녀를 끌다시피 진찰실로 들어갔다. 내가 가운을 입고 들어갔을 때 미스 최와 소녀의 실랑이가 한창이었다. 소녀는 막무가내 미스 최가 시키는 대로의 진찰을 위한 자세를 거부하고 있었다. 나는 소녀의 부른 배를 훑어보며 그대로 침대에 눕도록 했다. 소녀는 배를 만져보는 것까지 마다하진 않았다. 육안으로도 보이게 태아는 잘 놀고 있었고 심음도 확실했고 위치도 좋았다.

"임신이에요. 7개월 내지 8개월……."

"아니에요. 전 남자하고 자지 않았다니까요."

소녀가 발딱 일어나 앉으면서 울부짖었다. 그러더니 제 스스로 속옷을 훌훌 벗고는 진찰대에 누우면서 말했다.

"아닐 거예요. 절대로 그럴 리가 없어요. 똑똑히 진찰해주세요."

소녀의 이런 태도는 필사적인 데가 있었다. 진찰을 끝마치고 임신이란 소리를 또 한 번 하는 게 너무 무자비한 것 같아 망설여질 지경이었다.

"아니죠? 선생님, 제가 죽을병이 든 거죠?"

소녀는 팬티도 안 입고 꼿꼿이 서서 말했다. 나는 내가 되레 허물을 추궁당하고 있는 것처럼 무안해 하면서 더듬거렸다.

"죽을병이라니 당치도 않아. 엄마도 아기도 건강해. 아가씨는 곧 애엄마가 되는 거야."

소녀가 왈칵 내 가슴으로 쓰러졌다.

"안 돼요. 안 돼. 그럴 순 없어요. 나 죽어. 내가 죽을 테야. 난 살 수 없어. 내가 죽을 수밖에 없어……."

소녀는 몸부림쳤다. 얼굴은 눈물로 범벅이 되고 어깨와 가슴은 경련하듯 꿈틀대고 있었다. 소녀의 눈물이 내 블라우스 깃을 적시고 팔은 내 목고개를 감았다.

"선생님 어떡하면 좋죠? 전 어떡하면 좋죠? 죽을 수밖에 없어요. 선생님, 선생님……."

나는 소녀를 감싸안았다. 소녀는 내 품안에서 더욱 격렬하게 몸부림쳤다.

"언니 어떡하면 좋지? 난 어떡하면 좋지. 죽을 수밖에 없을 거야. 언니, 난 당장 죽어버릴 테야."

나도 내 배 속에 원치 않은 아이가 생겼다는 걸 알았을 때 이리에서 개업하고 있는 선배 언니네 병원에 가서 이렇게 울부짖었었다. 소녀를 안고 있는 나에게 그때의 생지옥 같은 고통이 생생하게 되살아났다. 죽고 싶다는 게 그때처럼 거짓말이 아닌 적은 그 후에도 그 전에도 없었다. 나는 소녀를 그렇게 만든 자에 대해 살의에 가까운 분노를 느꼈다. 나는 소녀와 마찬가지로 눈물이 솟았고 분하고 억울해서 살점이 있는 대로 떨렸다. 이미 그건 소녀에 대한 동정의 분노가 아니라 아득한 지난날로부터 고이고 고인 나의 한이었다.

"미스 최, 진정제, 진정제를……."

미스 최가 진정제를 가져다 소녀에게 먹였다. 소녀가 엉엉 울면서 그것을 받아 먹었다.

"미스 최, 1인분만 더……."

나도 진정제를 먹고 소녀를 부축하고 내 방으로 갔다. 진정제 때문인지, 격분이란 마냥 지속되는 게 아니어선지, 소녀는 울음을 그치고, 자초지종을 차근차근 얘기했다. 홀어머니 밑에서 중학교까지 다닐 때만 해도 넉넉지는 못해도 단란한 집안이었다고 했다. 홀어머니가 무슨 병인지 미처 병원에 갈 새도 없이 돌아가신 후, 삼 남매가 삼촌, 이모, 고모네로 흩어졌는데 장녀인 소녀는 자진해서 가장 어렵게 사는 고모네를 택했다고 했다. 고모네는 싸구려 하숙을 치면서 근근이 살고 있어 소녀도 자연히 식모처럼 잔심부름을 거들며 잔뼈가 굵었는데 나이들수록 그럴 바에야 차라리 남의 집 식모를 사는 게 월급이라도 제대로 받을 수 있을 것 같아 마땅한 기회를 엿보고 있던 중 그런 일을 당했다고 했다. 소녀는 부득부득 남자하고 잔 일이 없다고 우길 만도 한 게 늘 고모의 딸인 사촌동생하고 같이 자다가 그애가 수학여행을 가서 혼자 잔 날 밤, 잠결에 어둠 속에서 이미 온몸을 짓눌린 연에 깨어나긴 했어도, 죽을 기를 쓰고 버둥거려 그 일을 오래 당한 것 같진 않다고 말하면서 그렇게 쉽사리 아이를 밸 수도 있느냐고 다시 못 미더워했다. 여인숙 비슷한 하숙집에서 어둠 속에서 잠결에 당한 일이라 그가 누구라는 건 짐작도 할 수 없거니와 짐작한들 뭐하냐는 것이었다.

어림짐작이라도 할 수 있으면 그 자를 찔러 죽이고 자기도 죽으려면 또 모를까, 그 자와 어떤 인연을 갖는 것은 생각할 수도 없는 일이라고 했다. 내가 그것 비슷한 얘기를 비쳤더니 당장 겨우 가라앉은 발작이 재발하려고 했다.

"어떡하면 좋죠? 선생님. 그게 확실해졌는데 어떻게 살겠어요? 창피한 것도 둘째예요. 그냥 죽고 싶어요. 아니 배 속의 그걸 죽이고 싶어요. 그걸 죽이겠어요. 그걸 죽이고 제가 죽는 거예요."

소녀는 한 차례 체머리를 흔들더니 고개를 꼿꼿이 곧추세웠다. 소녀의 눈이 눈물 없이도 번들거렸다. 그건 명확한 살의였다. 증오의 극한의 살의라면, 살의 중에서도 가장 냉혹하고도 열렬한 살의는 자기 몸속에 있는 것에 대한 살의라는 걸 나는 경험으로 알고 있었다. 그때 그 선배 언니네 병원에서 나를 내 배 속에 있는 것으로부터 자유롭게 해주지 않았으면 나도 아마 죽음을 택했을 것이다. 결코 창피해서가 아니었다. 내 몸속에 있는 걸 죽이는 유일한 방법이 내가 죽는 거니까 죽으려고 했을 뿐이다. 어떤 살의도 자기 살 구멍은 터놓으려 들지만, 제 몸속에 있는 것에 대한 살의는 그 목적을 달성하는 유일한 방법이 자기 목숨을 내놓는 일이라도 마다하지 않을 만큼 엄청난 것이라는 걸 나는 알고 있었다.

나는 소녀를 죽게 내버려둘 순 없다고 생각했다. 선배 언니가 나한테 베푼 걸 나도 소녀에게 베풀기만 하면 됐다. 더군다나 나는 선배 언니보다 몇 배나 그 방면의 도통한 기술자가 아닌가. 그러나 나는 맹세코 세상 밖에 나와서 고고의 소리를 지를 수 있을 만큼 자란 아기를 떼는 일, 그야말로 죽이는 일을 한 적은 한 번도 없었다. 실상 그런 일이 도처에서 얼마나 성행한다는 걸 모르진 않았다. 그러나 나는 거기까지 가진 못했다. 누가 시켜서도 보아서도 아닌, 스스로 지킨 꽤나 엄격한 경계였다.

361

하필 마지막 날, 그 경계에서 어쩔 줄을 모를 줄이야. 마지막 날이기에 그것만은 지킨 채로 끝마치고 싶고, 마지막 날이기에 그 경계를 한 번쯤 슬쩍 넘는들 어쩌랴도 싶다. 그러나 단 한 번 그 짓을 해도 사람백정 소리가 평생을 따라다닐 것 같다. 황 영감으로부터 사람백정한테 내 손자를 맡길 성싶으냐는 지독한 수모를 당하고도 황 영감하고 의가 상하지 않을 수 있었던 건, 고약한 말버릇 이상으론 안 받아들였기 때문이었고, 그럴 수 있었던 것은 사람백정 노릇만은 안 했다는 자신감이 있었기 때문이다. 마지막 날 막상 그 경계를 침범하려니 제일 먼저 황 영감의 사람백정 소리가 가슴에 저리게 고깝다.

그러나 원치 않는 아기를 가진 생지옥의 괴로움은 이미 소녀의 것이 아닌, 내가 지닌 깊고 어두운 곳으로부터 되살아난 나의 것이었다. 나는 조금도 과장 없이 소녀의 고통을 나의 고통으로 하고 있었다. 아니, 소녀를 제쳐놓고 혼자서 살의의 날을 갈고 있었다.

황 영감의 눈치 볼 것 없었다. 나는 여지껏 내 뜻대로만 살아왔다. 남을 받아들인 적이 없다. 혹시라도 아기를 살릴 수 있는 바늘구멍만 한 가망이라도 있을까 생각하고 또 생각한 끝이니 이젠 망설일 게 없다.

나는 마침내 마음을 굳히고, 소녀에게 태아를 처리해줄 것을 승낙했다. 소녀는 안도와 감사의 눈물을 흘렸다. 소녀가 바란 것이 처음부터 그거였다고 생각하니 내가 마음속으로 겪은 폭풍 같은 우여곡절이 슬그머니 열없어졌다. 그러나 나의 증오가 대상으로 하고 있는 건 이미 소녀가 아니라, 원치 않은 아기, 태어나기 위해서가 아니라 화근이 되기 위해 생긴 아기였다.

초산이라 진행이 더딜 각오를 하고 일을 시작했다. 우선 자궁 경관에 라미라리아를 세 개쯤 삽입해놓고 소녀를 편히 쉬게 하면서 경과를 보기로 했다. 저녁때쯤 뜻밖에도 자궁구가 삼횡지나 되게 열려 있었다. 초산부치곤 빠른 진행이었다. 경관도 부드럽고 위치도 좋았다. 자궁 내부에 물리적인 자극을 주어 진통을 유발하면서 촉진제를 주사하기 시작했다. 분만은 순조롭게 유도되고 있었다. 소녀가 점점 심하게 자주 고통을 호소해왔다.

나는 소녀를 위로하고 잘 견디도록 격려하면서도 한편으론 고함치고 발광하길 기다렸다. 소녀가 마침내 짐승처럼 고함치기 시작했다. 창밖은 몇 시쯤 됐는지 헤아릴 길 없는 깊은 밤이었다. 두터운 어둠을 배경으로 검은 거울로 변한 유리창에 비친 나의 땀으로 번들대는 얼굴에선 움푹한 눈이 잔인하게 빛나고 있었다. 그건 고문자의 얼굴이었다. 30년 동안을 고문을 고문으로 갚는 일로 일관해온 가장 가혹한 고문자는 마침내 발광하려 하고 있었다.

소녀가 지옥의 소리처럼 처참한 소리로 발악을 하자 나의 밑바닥에서도 고열의 증오가 불타올랐다. 그 순간 태아는 만출되고, 후산도 순조로웠다. 약간의 피비린내가 남은 것 말고는 산실로 변한 내 방은 모든 것이 꿈이었던 것처럼 평온했다. 세상 모르게 잠이 든 소녀의 순결하고, 고역을 함께한 미스 최는 하품을 하며 비틀댔다. 나는 몸뚱이가 눅진눅진 녹아서 흘러내릴 것처럼 고단했지만 뭐라 형언할 수 없는 허탈감이 되레 정신을 말똥말똥하게 했다.

시계를 몇 번이나 봤건만 지금이 오늘인지 내일인지 알 수가 없었다. 나는 피비린내가 안 섞인 신선한 공기를 마시려고 산실을 빠져나갔다. 그러나 어디에고 피비린내는 조금씩 스며 있었다. 처음 주어진 것 같은 해방감 속에서 피비린내를 배제할 수가 없다는 건 안타까운 일이었다. 나는 무턱대고 서성거렸다.

어디선가 희미하고도 확실하게 무슨 소리가 들리고 있었다. 처음엔 창밖에서 나는 소리인 줄 알았으나 그게 아니었다. 마치 한옥의 무거운 대문을 여닫을 때 나는 소리 같은 끼익하는 소리가 아스라이 멀리서 들리는 것 같으면서 분명히 지척에서부터 들려오고 있었다.

이상한 예감으로 가슴을 울렁이며 대기실의 밝은 불을 켰다. 제일 먼저 우단의자에 떠올랐다. 그 소리는 우단의자로부터 들려오고 있었다. 우단의자 위에 방금 분만한 소녀의 미숙아가 강보에 싸여 그런 기성으로 아직 목숨 붙어 있음을 알리고 있었다.

"미스 최, 미스 최, 왜 이런 짓을 했어? 응 누가 이런 짓을 하라고 시키더냐구?"

나는 큰 소리로 미스 최를 불렀다. 미스 최가 잠옷을 꿰다 말고 나오더니 되레 기분 나쁜 얼굴로 나를 관찰하듯 바라보면서 말했다.

"선생님, 참 요새 이상하시더라. 선생님이 그러셨잖아요. 산모 뒤처리는 다 저한테 맡기시고, 선생님은 아기를 맡으셨잖아요?"

내가? 정말 내가 그랬을까? 살려두지 않을 목적으로 조산한 아기는 배꼽 처리랑, 모든 뒤처리를 정상대로 할 필요가 없었다. 엎어놓는다거나 더러는 물속에다 넣는 동업자도 있다는 소리까지 소문으로 들은 바 있지만, 그렇게까진 안 하더라도 방치하면 곧 사망할 수밖에 없는 게 미숙아의 이슬 같은 운명이다. 그런데 소녀의 미숙아는 아직도 살아 있었다. 내가 모르게 미숙아에게 베푼 건 완벽하고 따뜻한 신생아 취급이었다. 배꼽 처리도 잘돼 있었고 기저귀까지 차고 있었다.

아아, 이제부터 나는 아무것도 숨길 필요가 없겠다. 나는 아기를 갖고 싶었던 것이다. 기르고 사랑할 수 있는 아기를. 마지막으로 한 번 살아 있는 아기를 내 손으로 받아보고 싶단 소망도 실은 아기에 대한 욕심이 쓰고 있는 가면에 불과했다. 나는 나의 정직한 소망이 모든 억압과 가면을 박차고 생명력처럼 억세게 분출하는 걸 느꼈다.

나는 가냘픈 기성을 지르는 아기를 품에다 품고 미친년처럼 계단을 뛰어내려 문을 박찼다. 미스 최가 떨리는 목소리로 뭐라고 악을 쓰는 소리가 등 뒤에서 들렸다. 도시는 어둠을 빗장처럼 잠그고 깊은 잠에 빠져 있었다. 큰 병원, 인큐베이터가 있는 큰 병원……. 나는 아기를 품에 안고 쏜살같이 달음질쳤다. 인큐베이터가 있는 큰 병원은 멀고도 멀었다.

어디선지 야경꾼이 내 덜미를 잡았다. 호루라기 소리가 사방에서 나를 포위했다. 나는 품 안에 것을 조금만 내보이면서 아기, 아기, 내 아기를 살려야 해요, 하면서 서럽게 흐느꼈다. 미친년이군, 내버려둬. 호루라기 소리는 산산이 흩어지고 내 앞길은 다시 열렸다. 그러나 아직도 인큐베이터가 있는 큰 병원은 멀고도 멀었다. 그것보다 더 먼 건 아기를 살릴 수 있는 일루의 희망이었다. 내 의식 속에서 그 희망은 반딧불처럼 너무도 희미하게 명멸했다.

큰 병원은 아직아직 멀었다. 그러나 나는 벌써 당직의사의 발 밑에 몸을 던지고 아기를 살려달라고 애원하고 있었다. 선생님, 제발 살려주세요. 내 애기예요. 하나밖에 없는 내 애기예요. 지금 낳았어요. 조산이었어요. 벌 받은 거죠. 전 애기를 원치 않았거든요. 그러나 지금은 아녜요. 살려주세요. 제발……. 안 믿을 거야. 의사는. 난 이렇게 늙어빠진걸. 난 누가 보아도 아기를 낳을 수 있는 여자가 아닌 늙은이일 뿐이야. 그럼 손자라고 해야지. 이왕이면 5대 독자라고 하는 게 좋을 거야. 선생님, 우리 집 5대 독자를 살려주세요. 제발 선생님 은혜는 죽도록 안 잊을 거예요. 살려주세요. 살려주세요…….

눈물이 끊임없이 볼을 타고 흘러내리고 목이 뜨겁게 메었다. 그래도 정작 큰 병원에 당도해서 당직의사한테 품 안에 것을 내밀면서 아무 말도 못 했다.

품 안에 것은 죽어 있었다. 나는 당직의사의 얼굴에 미친년이군, 내버려둬, 하던 야경꾼의 표정과 닮은 연민이 스치는 걸 보았다. 나는 아기를 다시 소중하게 품에 품고 큰 병원을 등졌다. 빨간불을 켠 택시가 내 옆을 천천히 스쳤다. 통금이 해제된 도시가 여기저기서 몸을 뒤척이고 눈을 부비고 있었다. 아기는 어제 태어나서 오늘 죽었다. 어제는 내가 살아 있는 아기를 받아보고 싶단 소망을 건 마지막 날이었다. 내 소망은 마지막 날에야 이루어졌고, 오늘은 새날이었다. 그게 무효가 되고 나서야 비로소 나는 그게 이루어졌음을 깨닫고 있었다.

나는 아기를 품에 품은 채 나의 새집이 있는 동네를 향해 천천히 그러나 쉬지 않고 걸었다. 오늘은 새집으로 드는 날이다. 나는 나의 아기와 함께 새집으로 들 터였다. 아기를 내 새집 뜨락, 양지바른 곳에 깊이 잠재울 터였다. 나의 아기가 죽다니. 그러나 한 번도 아기를 못 가져본 여자보다는 아기의 무덤이라도 가진 여자가 훨씬 아름다울 것 같았다. 내년 봄엔 아기가 잠든 땅 위에 채송화씨를 뿌리리라. 내가 죽인 수많은 아기의 한 번도 의식화되지 못한 작은 눈 같은 채송화씨를.

어디만치 왔는지 교회당에서 신도들이 흐느껴 우는 소리가 났다. 그 동네에도 신도들이 울면서 아침 예배 보는 교회가 있는 모양이다. 신도들이 꾸역꾸역 모여들고 있었다. 작은 성경책을 들고, 한줌의 통곡을 가슴속에 간직한 신도들이 어디선지 끝없이 모여들고 있었다.

어느 틈에 나도 신도들 틈에 섞여서 교회당으로 가고 있었다. 작은 아기와 모든 신도들의 울음 위로 범람할 것 같은 큰 통곡을 품고.

내 속의 통곡은 이제 한 방울의 눈물도 못 짜낼 것같이 굳은 게 아니었다. 다만 크게 터져서 마음대로 범람할 수 있는 장소까지 갈 동안을 주리 참듯 참고 있을 뿐이었다.

꿈을 찍는 사진사

전화를 받는 건 급사인 미스 백이지만 전화기가 놓인 곳은 교감 선생의 책상이다.

교사들이 전화를 걸거나 받을 때는, 특히 시시껄렁한 수작을 오래 주고받고 나서는 암만해도 교감한테 눈치가 보이나 보다. 괜히 얼굴이 빨개져가지고 뒷걸음질쳐 물러나는 젊은 교사가 있는가 하면, 딴전 보고 있는 교감의 대머리에다 대고 서너 번쯤 머리를 조아리고 물러나는 중년 교사가 있고, 전화받을 때 아예 바닥에 무릎을 꿇고 받는 여교사도 있었다.

이런 교무실 풍속에 익숙해짐에 따라 나는 옥순이한테 학교 전화번호를 일러준 걸 후회하고 있었다.

곧 상경한다는 편지에, 상경하는 대로 학교로 전화 걸라고 답장에다 전화번호를 적어 보냈던 것이다.

그 눈치코치 없는 철부지가 내 목소리를 들으면 반가운 김에 얼마나 한없이 조잘대려 들까.

나는 옥순이가 새처럼 즐거운 소리로 한없이 조잘대는 걸 듣기를 좋아했지만, 대머리 교감 입회하에 그 소리를 듣는다는 건 생각만 해도 등에서 식은땀이 흘렀다.

그러면서도 나는 미스 백이 전화기에다 대고 날카로운 소리로 "김 선생님이오? 우리 학교엔 김 선생님이 자그만치 여덟 분이나 계신데요, 어느 김 선생님을 찾으시죠?" 하고 짜증을 부릴 때마다 다음 호명이 혹시나 나한테로 떨어질지도 모른다는 즐거운 기대로 가슴을 죄었다.

그러나 미스 백이 "김영길 선생님 전화 받으세요" 한 적이 한 번도 없이 부임한 지 20여 일을 넘겼다. 그때까지도 내가 학교 전화번호를 가르쳐 준 건 옥순이뿐이었다.

드디어 어느 날, 미스 백이 "김영길 선생님 전화 받으세요" 했다. 나는 옥순이가 이제야 상경했구나, 와락 반가우면서도 짐짓 떨떠름한 얼굴로 뒤적이고 있던 가정환경 조사서를 서너 장쯤 더 뒤적이고 일어섰다.

나의 이런 거짓을 야유하는 것처럼 미스 백이 "여자예요" 하면서 한쪽 눈을 찡긋했다. 어린 나이에 안 어울리는 이런 능숙한 윙크에 나는 울컥 불결감을 느꼈다.

단상에 올라가자마자 우선 태극기에게 경례 먼저 하는 연사처럼 나는 잔뜩 긴장해서 공손하게 교감에게 허리를 굽히고 나서 수화기를 받았다.

"전화 바꿨습니다. 김영길입니다."

교감을 지나치게 의식한 나머지 너무 격식대로 스스롭게 전화를 받았나 보다.

"저어, 제가 찾는 김영길 선생님은 ××에서 올라오신⋯⋯."

옥순이는 내 목소리를 못 알아듣고 미아처럼 울먹이고 있었다. 늘씬하고 풍만한 몸매에 안 어울리게 생전 애송이티를 벗을 것 같지 않은 가련한 얼굴에 당장 굵은 눈물방울이 뚝뚝 떠는 것을 보는 것처럼 나는 어쩔 줄을 몰랐다. 대머리 눈치 같은 것 살필 계제가 아니었다. 나는 다급하게 악을 썼다.

"나야 나, 바보 같으니라구, 그새 벌써 내 목소리까지 잊어먹었어?"

"몰라, 몰라. 누가 선생님 아니랄까 봐, 티를 내느라구 어울리지도 않게 점잔은 빼가지고 남 골 올리고 있어."

"그래그래 미안하다. 언제 올라왔어?"

"어제."

"근데 인제 신고하기야?"

"어젯밤에 도착한걸. 아침엔 늦잠 자고."

"그래 언니 집이 있을 만하겠어?"

"대환영이야. 언니는 물론 조카들까지."

"부엌데기 삼으려고 그러는 거 아냐?"

"아냐. 형부 대신 삼으려고 그러나 봐."

그녀의 형부는 중동에 기술자로 파견돼 집을 비우고 있었다.

"형부 대신? 네까짓 걸?"

나는 거침없이 낄낄댔다. 옥순이도 낄낄댔다. 대머리는 딴전을 보고 있었다. 대머리엔 털도 없지만 표정도 없으니 얼마나 다행인가.

웃음이 뚝 그쳤다. 나도 낄낄대기를 그만두고 숨을 죽였다. 젖비린내처럼 간지러운 입김을 쐴 수 있을 것처럼 그녀의 숨결이 가깝게 느껴졌기 때문이다.

"이렇게 빨리 영길 씨 가깝게 올 수 있을 줄은 몰랐어. 엄마 속 안 썩이고 순리로……."

그녀의 목소리가 비로소 차분해지고 성숙한 여인다운 정감이 담겼다. 옥순이와 나는 아직 정식 약혼은 안 했지만 양가의 부모가 거의 허락해준 사이였다. 그렇지만 지방에선 행세깨나 하는 집안에서 딸을 성례하기 전 남자 곁으로 무작정 보낼 리는 없었다.

그녀는 편지할 때마다 그까짓 거 가출이나 할까 봐, 하고 응석을 부렸었고, 나는 엄마 속 썩이지 말고 신부 수업이나 착실히 하고 있으라고 달랬었다. 그런데 뜻밖에 그녀의 큰언니가 집이 적적하니 그녀를 좀 올려보내 달라고 친정에 부탁을 한 모양이다. 우린 다시 만나고 싶으면 언제든지 만날 수 있는 가까운 곳에 살게 된 것이다.

"우리 일이 너무 순조로와 약간 켕기는데."

내가 말한 우리 일엔 그녀가 내 곁으로 오게 된 것은 물론, 지방의 시시한 대학 출신으로 쉽게 서울에서 일자리를 얻게 된 것 등, 근래의 나의 이런저런 신변 변화가 모두 포함되어 있었다. 나는 내가 얻은 K중학교 사회 교사직에 지극히 만족하고 있었다.

"켕길 것 없어. 영길 씨가 좋은 사람이니까 일이 잘되는 거니까."

"아냐, 네가 착한 애니까 일이 잘 풀리나 봐."

"아냐, 너 때문이래두."

"글쎄 영길 씨 때문이라니까."

"글쎄 너 때문이라니까."

쓰으, 쓰으, 소리가 나고는 전화가 끊겼다. 아마 공중전화가보다. 나는 나쁜 수를 놓는 것처럼 아쉽게 아껴가며 수화기를 놓았다.

미처 내가 자리로 돌아오기도 전에 다시 전화벨이 울렸다. 나는 뛰어갔다. 미스 백과 나는 동시에 수화기를 잡았다.

"내 전화 거야."

필요 이상으로 단호하고 험악하게 말하고 수화기를 빼앗았다. 미스 백이 팽하고 코 푸는 소리를 내고는 돌아섰다.

"저어 김영길 선생님 좀……."

"옥순이지? 나야."

"싸움은 됐다 하고 빨리 용건 먼저 말해야 할까 봐. 나 이게 마지막 동전이거들랑."

"뭐라구? 그렇게 돈이 없어?"

"동전이 마지막이랬지, 누가 돈이 마지막이랬어. 종이돈은 있어. 많아. 그러니까 바꾸면 되지만 암것도 안 사고 돈만 바꾸려면 미안하잖아. 빨리빨리 말할게, 빨리빨리 대답해야 돼."

"어서 말해봐."

"보고 싶어. 지금 학교로 찾아갈까?"

"학교로?"

나는 대답을 망설였다. 그랬다 만나면 다짜고짜 가슴을 쾅쾅 두 들겨본다든가, 귀를 잡아당겨 본다든가, 코를 비틀어본다든가 하는 그녀의 고약한 버릇을 알고 있었기 때문이다. 그녀도 나의 이런 망설임을 눈치챘는지 단도직입적으로 말했다.

"교무실까지 들어가진 않을게. 교문 밖에서 기다리고 있으면 되 잖아?"

창밖의 햇살은 도타웠지만 황사까지 몰고 온 꽃샘 바람은 어제는 교실 유리창을 깨뜨렸고, 오늘은 동해 해상에 폭풍주의보를 내리고 있었다. 흉흉한 날씨였다.

"그러지 말고 하숙에서 기다려. 그러는 게 좋겠어. 내가 하숙집 아주머니한테 전화 걸어놓을 테니까."

"하숙을 알아야지."

"지금부터 가르쳐줄 테니까 잘 들어. 눈 감고 내가 말하는 대로 따라오는 거야. 알았지?"

"응, 알았어."

"몇 번 버스 타면 우리 학교까지 온다는 건 알지? 하숙도 그 버스 타면 돼. 그렇지만 학교 앞이라는 정류장에서 내리지 말고 종점에 서 내려, 종점……, 사람들이 다 내리는 데 말야."

"누굴 어린앤 줄 알아. 빨리빨리 그 다음이나 말해."

"종점은 골짜기야. 양쪽이 산이거든. 양쪽 산이 지금은 다 동네야. 한쪽은 남향의 밝은 동네고, 한쪽은 북향의 어두운 동네야. 우리 하숙은 남향의 밝은 동네에 있어. 그러니 종점에서 내려서 오른쪽 동네가 우리 동네야. 듣고 있는 거야?"

"듣기만 하는 줄 알아. 눈 감고 따라가고 있단 말야."

"좋았어. 오른쪽 동네로 들어오는데 어느 골목으로 들어오느냐하면 꽃가게 골목으로 들어와. 아주 큰 꽃가게야. 한길까지 묘목이랑 꽃모종을 늘어놓고 유리창 속엔 영산홍이 만발해 있어. 분홍, 노란, 하얀 영산홍이……."

"거짓말. 노란, 하얀 영산홍이 어디 있어?"

"있던데."

"없어."

"난 봤다니까, 있다면 있는 줄 알아."

"없다니까."

"요게 그냥…… 마지막 동전이라면서 아직도 고집을 피우고 있어."

"그래그래, 나중에 보면 되니까. 어서 집이나 가르쳐줘봐."

"꽃가게 골목으로 해서 주택가로 50미터쯤 들어가면 네거리가 나와. 그리고 어마어마하게 큰 집이 보이지. 대문은 쇠대문인데 늘 굳게 닫혔고. 담은 높고 긴데 창 같은 쇠꼬챙이가 하늘과 안과 밖을 향해 촘촘히 꽂혀 있는 대궐 같은 집이야."

"그러니까 그 집이 영길 씨 하숙집이란 말이지?"

"아냐, 그 집을 끼고 오른쪽으로 방향을 바꾸란 말야."

"아이고 살았다. 난 또 그 집이 영길 씨 하숙집이면 어쩌나 해서 가슴이 다 두근두근했잖아."

"바보. 거기서 방향을 바꾸어서 다시 50미터쯤 가면 또 네거리가 나오지. 그리고 벽은 대리석이고 지붕은 파랗고, 창마다 완자무늬 창살이 달린 집이 보여. 그 집 근처에서 인기척만 났다 하면 즉각 안에서 무서운 세파트 짖는 소리가 날 테니까 조심해야 돼."

"그러니까 그 집이 영길 씨 하숙집이란 말이지?"

"이런 겁쟁이. 누가 거기랬어. 그 집을 끼고 이번엔 왼쪽으로 꺾으란 말야. 왼쪽으로 꺾어서 50미터쯤 가면 아주 마음에 쏙 드는 2층 양옥집이 나오지. 그 집엔 창에 창살도 없고 담에 꼬챙이도 없어. 벽도 창도 새하얀 집이야. 아주 찾기 쉬워. 바로 그 집이야. 문패는 편지 겉봉대로니까 곧 찾을 수 있을 거야.."

"그 집 지붕이 하얗지? 그치?"

"글쎄 잘 모르겠는데. 그렇지만 지붕까지 하얀 집이 어디 있을라구?"

"있어. 바로 그 집이야."

"언제 나 몰래 와본 것 같구먼."

"안 가봐도 알아."

그녀는 즐거운 듯이 자신 있게 단정을 했다. 나는 별로 놀라지 않았다. 그녀에겐 좀 그런 데가 있었다. 어린애 같은 몽상과 현실을 아무런 망설임도 없이 제멋대로 혼동하는 유아스러운 데가.

다시 쓰으, 쓰으, 소리가 나더니 전화가 끊겼다.

나는 그 자리에서 아주 하숙집에다 전화를 걸어, 나한테 오는 시골 손님한테 친절하게 해줄 것을 부탁했다.

나의 하숙집은 직업적인 하숙집이 아니라 내가 담임 맡고 있는 부반장네 집이었다. 하숙집을 구해서 복덕방 영감님하고 그 동네를 오르락내리락하다가 석민이 어머니를 만나 얼떨결에 석민이네 집에 들게 되어 과분한 대접을 받고 있었다.

"어머머, 하숙을 구하신다구요? 그럼 선생님은 서울이 객지시로군요. 그럼 저희 집에 와 계시면 어떻겠어요? 가족적인 분위기에서 석민이 공부도 좀 봐주시고 버릇도 좀 가르쳐주시고, 애가 워낙 어려운 사람 없이 귀엽게만 자라놔서……."

석민이 어머니는 누님처럼 붙임성 있게 말했고, 온종일 하숙을 구해 쏘다니느라 지친 몸에 가족적인 분위기란 통속적인 말이 각별한 매력을 지니고 어필해왔다.

나는 내 자리로 돌아와 다시 가정환경 조사서를 뒤적이기 시작했다.

똑같이 빡빡대가리에 까마귀 같은 제복을 입고 있지만 환경의 격차가 심했고, 담임으로서 아이들의 이름과 함께 그것을 정확하게 파악하고 있을 필요가 있다고 나는 생각했다.

수업 시간에 꾸벅꾸벅 조는 애 중에는 간밤에 과외 공부에 시달려 조는 애가 있는가 하면, 꼭두새벽에 신문 배달을 하고 등교해서 조는 애가 있었다. 조는 모습이 똑같다고 해서 똑같이 다룰 수는 없는 일이었다.

그러나 무엇 때문인지 담임의 가정방문은 엄격하게 금지되어 있었다. 환경 조사서가 유일한 단서였다.

옥순이에게 일러준 대로 K중학은, 마주 보고 있는 두 개의 고지대 사이의 협곡에 자리잡고 있었다. 남향의 밝고 아름다운 고급 주택가와 북향의 더럽고 음산한 판자촌 사이에 자리 잡은 특수한 입지적 조건은 자연히 수용한 아이들의 환경의 격차로 나타났다.

아직 2학년인데 벌써부터 어마어마한 고액의 과외 공부에 동분서주하는 아이가 3분의 1이 된다면, 신문 배달하는 아이도 3분의 1은 되었다.

석민이 환경 조사서가 나왔다. 외아들에 양친이 다 대졸의 학력이고, 아버지는 사장이고, 없는 게 없는 좋은 환경이다. 같이 살면서 보고 느낀 대로다.

그런데 부모의 나이 차이가 20년이 넘는다. 그러니까 석민이 아버지는 시골의 나의 아버지보다 열 살은 더 한 셈이다. 아직 소녀같이 앳된 석민이 엄마의 남편이 머리가 희끗희끗한 나의 어머니의 남편보다 열 살이나 더 먹은 노인이라는 게 나는 상상이 안된다.

그러나 나의 이런 궁금증을 풀 기회는 오지 않았다. 석민이네 집에 있게 된 지도 일주일이 넘었지만 아직 한 번도 석민이 아버지를 본 적이 없다. 그렇다고 가장이 집을 잠시 비운 집다운 기다리는 낌새나 허전한 눈치도 없었다.

아버지는 어디 가셨느냐는 물음조차 거부하는, 아버지를 제외한 질서가 확고하게 자리 잡혀 있음을 느낄 수 있을 뿐이었다.

교무실의 점심시간은 전화 러시의 시간이다. 간단없이 전화벨이 울렸다. 나는 이제 거기 신경쓸 필요가 없었다.

그러나 미스 백이 표독한 소리로 또 한 번 나를 불렀다.

"김영길 선생님, 전화예요. 아까 그 여자예요."

아까 그 여자란 소리에 교무실의 시선이 일제히 나에게 집중된 것처럼 느꼈다. 나는 전화기 앞으로 가면서도 내 뒤통수가 갑자기 대머리가 진 것처럼 민감하게 여러 시선을 받아들이고 있었다.

"나야. 할 이야기가 있으면 이따 만나서 하면 될 걸 왜 또 전화는 걸고 있어. 동전도 없다더니만."

"바꿔 왔어. 껌 한 통 사고 동전을 한 주먹이나 바꿨단 말야."

정말 방금 어디서 급히 달려온 것처럼 그녀는 숨차고 있었다.

"맙소사. 그래 동전 한 주먹을 다 전화를 걸겠단 말이지?"

"아냐, 꼭 한마디만 하면 돼."

"말해봐, 어서."

나는 약간 짜증스럽게 말했다.

"하얀 집 말야……."

"하얀 집이라니?"

"영길 씨 하숙집 말야. 그 집은 꿈을 찍는 사진관이야."

"꿈을 찍는 사진관?"

"응, 꿈을 찍는 사진관. 그러니까 영길 씨는 꿈을 찍는 사진사지. 안 그래?"

"무슨 잠꼬대야? 정말 꿈꾸고 있어?"

"잠꼬댄. 그 집 가는 길은 꿈을 찍는 사진관 가는 길하고 똑같아. 아까 영길 씨가 집 가르쳐줄 때 눈 감고 따라가면서 보니까 어느 틈에 꿈을 찍는 사진관 가는 길이 되잖아. 아아. 멋있어."

그녀는 새소리처럼 즐겁게 조잘댔다.

"그게 도대체 어디 있는 사진관인데?"

"강소천의 동화 속에 있는 사진관이야. 아주 아름다운 동화야."

나는 맥도 풀리고 짜증도 나고 기분이 엉망이 되었다. 장차 장모 될 분이 가끔 혀를 차며 한 말이 불현듯 생각났다.

"자네도 참 딱하네, 딱해. 언제 저 철부지를 길러서 색시를 삼으려고 그러나?"

길러서 색시를 삼는다는 말이 새삼 난감한 일로 실감됐다.

나는 나의 이런 낭패감이 솔직히 드러난, 축 처진 불친절한 소리로 핀잔을 주었다.

"옥순아, 너도 이제 철날 때가 됐잖니. 부모님 슬하도 떠났겠다."

"어머, 그게 철하고 무슨 상관이야? 그럼 이따 하얀 집에서 만나. 참 하늘빛 가운을 입고 있을래?"

"하늘빛 가운은 또 왜?"

"그 동화 속에 나오는 꿈을 찍는 사진사의 복장이야."

"이제 잠꼬댄 그만해둬. 하늘빛 가운도 없지만……"

나는 내가 정말 화났다는 걸 보여주기 위해 내 쪽에서 전화를 끊었다.

그러나 자리로 돌아온 나는 혼자 빙글대고 있었다. 누가 보면 미친놈이랄까 봐 고개를 깊게 숙이고 빙글댔다.

어머머, 저 아저씬 해적 후크 같아. 어머머, 저 개구쟁이는 영락없이 피노키오야. 영길 씨는 왕자님, 잠자는 공주님의 왕자님, 신데렐라의 왕자님, 나의 왕자님……. 옥순이의 이런 천진한 동화적인 시선이 나의 하숙집을 그냥 평범한 하숙집으로 놓아둘 리가 없었다. 덕택에 나는 왕자님에서 꿈을 찍는 사진사로 강등이 됐지만, 이런 옥순이에게 마음으로부터 화가 나지는 않았다.

"김영길 선생님, 수업에 안 들어가십니까?"

어느 틈에 오후 수업이 시작된 뒤였다. 나는 교감으로부터 주의를 받았다. 출석부를 빼어 들면서 무안한 김에 여지껏 맞장구를 쳐주고 때로는 귀여워서 부추기기도 한 옥순이의, 동화적인 몽상과 현실을 함부로 혼동하는 버릇을 앞으로는 엄히 다스려야겠다고 마음먹었다.

하숙집 지붕은 초록색이었다. 나는 그걸 처음으로 확인한 것이다. 그러면 그렇지 하얀 지붕이 어디 있담, 싶으면서도 옥순이가 실망했을 것 같아 나도 가볍게 실망했다.

"시골 손님 왔니?"

대문을 열러 나온 심부름하는 소녀에게 우선 그것부터 물었다. 소녀는 괜히 뾰루퉁해서 눈을 곱잖게 떴다.

"선생님도 여간 아니셔. 시골 손님, 시골 손님 하시길래 두루마기 입은 시골 영감인 줄 알았더니 너무나 멋쟁이 아가씨데요."

시샘이 다분히 섞인 소녀의 이런 태도도 싫지 않았다.

나는 폭발할 것 같은 기쁨을 안고 계단을 두 층씩 뛰어올라 2층 내 방문을 열었다.

흰 스웨터 위로 노란 바바리코트를 어깨에 걸치고 앉아 책을 읽고 있는 그녀는 물기가 채 마르지 않은 수채화처럼 밝고 싱그럽고 전체적으로 촉촉이 젖어 있는 것처럼 보였다.

그녀는 나를 보자마자 발딱 일어나 두 팔로 내 목을 감았다. 어깨에서 노란 바바리가 방바닥으로 스스로 미끄러져 떨어졌다.

희고 상큼한 목에 비스듬히 맨 하늘색의 작은 머플러가 마치 커다란 나비가 앉은 것처럼 보였다. 나는 또 하나의 나비가 되어 그곳에 코를 묻었다. 꽃가루 냄새가 났다.

나는 그녀의 유연한 허리를 안았다. 품 안 가득 그녀의 풍만한 가슴이 파도처럼 부딪쳐 왔다. 나는 참을 수 없는 기분으로 그녀의 입술을 덮쳤다.

그러나 그녀의 입술은 익을 날이 아직아직 먼 자두처럼 떫고 미숙했다. 그리고 건강하고 새하얀 이빨은 단단하게 닫혀 있었다.

그녀는 한 번도 나의 입술을 거부한 적이 없었지만 늘 그 모양이었다. 단단하게 맞물린 그녀의 이빨은 나에게 미제 지퍼를 연상시켰다.

어렸을 때 내 싸구려 잠바의 앞지퍼는 자주 고장을 일으켜 잠갔는데도 열려 있기가 일쑤였다. 이런 나를 얕보듯이 내 짝은 자기 잠바의 지퍼는 얼마나 유연하게 오르내린다는 것과, 또 한 번 잠그면 아무리 양쪽에서 잡아당겨도 절대로 벌어지지 않는다는 것을 시험해 보여주고 나서는 으스대며 덧붙였었다.

"내 잠바 지퍼는 미이제거든."

그녀의 견고하게 맞물린 이빨이야말로 미제 지퍼였다. 나는 한 번도 그녀의 미제 지퍼를 돌파해본 적이 없었다. 나는 이 미제 지퍼의 저지에 부딪힐 때마다 내 품속에 던져진 유연하고 성숙한 육체가 아직은 그 쾌락을 굳게 굳게 단속하고 있음을 느꼈다. 그러나 그것은 결코 기분 나쁜 느낌은 아니었다.

나는 아기 달래듯이 부드럽게 그녀의 등을 토닥거렸다. 실은 그런 몸짓을 통해 나 자신의 욕정을 달래고 있었다.

"어머머, 신사복 입고 넥타이까지 매고 있잖아."

그녀는 나를 밀치더니 넥타이도 잡아당겨 보고 신사복 깃도 쓰다듬어보는 것이었다.

"그럼 어엿한 선생님인데."

"어색하지 않아. 하나도 안 어색하고 아주 잘 어울려."

"미안해, 하늘색 가운을 입고 있지 않아서."

"그래도 영길 씨는 내 꿈을 찍는 사진사야."

"네 꿈은 뭐니?"

"영길 씨가 이 세상에서 제일 훌륭한 선생님이 되는 것, 만약 영길 씨가 딴 학교로 갈려 가면 아이들이 엉엉 울면서 10리는 따라올 만큼 좋은 선생님이 되는 것. 그리고 나는 좋은 사모님이 되는 것. 선생님한테 아침저녁 맛있고 영양 많은 것을 해주고, 제일 맛있는 도시락도 싸주고, 그리고 밤에는 선생님이 그 다음 날 아이들에게 들려줄 재미있는 동화를 밤새도록 들려주는 좋은 사모님이…….”

“바보, 난 국민학교나 유치원 선생님이 아냐. 지금 한창 여드름이 꽃망울지기 시작하는 중학교 선생님이야.”

“암튼.”

그런 말을 할 때의 그녀의 얼굴은 선생님은 똥도 안 눈다고 믿는 일곱 살짜리 시골 국민학교 신입생과 완벽하게 닮아 있었고 그러면서도 잘 발달한 아름다운 몸매와도 썩 잘 어울렸다

나는 그런 그녀의 모습에서 아, 하고 신음소리라도 낼 것 같은 고통스러운 감동을 맛보았다. 그리고 우울해졌다.

마치 그런 그녀의 모습이 새로운 조명이라도 되는 것처럼, 내가 교사가 되고 나서 무심히 겪은 어떤 일들이, 훌륭한 선생님상에 선명한 먹칠을 하며 비쳐졌기 때문이다.

신학기가 되어서 그런지 인사 오는 학부모들이 거의 매일 한두 명씩은 있었다. 아버지는 어쩌다가 있고 대개 어머니들이었다. 어머니들은 인사 이상의 긴 이야기를 하려 들었고, 이야기 중간이나 끝나갈 무렵에, 아부와 경멸이 반반씩 섞인 야릇한 미소가 스치는가 하면 영락없이 촌지라는 걸 밀어 넣었다.

엄마들이 그것을 반으로 접은 흰 봉투 핸드백에서 꺼내서 내 주머니나 서랍, 혹은 책갈피에 밀어 넣는 동작은 어찌나 민첩하고 전혀 소리가 없는지, 눈 깜빡하면서 본 백주의 환각 같았다.

어쩐지 나는 흰 꽃을 문 뱀의 환상 같은 어머니들의 이런 절묘한

손놀림에 대해 알은체해서는 안 될 것 같았다.

그래서 나는 모르는 척하고 하던 얘기를 계속하고 어머니들도 언제 그녀의 손이 한 마리의 간사한 뱀이 되었더냐 싶게 점잖고 진지하게 우리 애는 머리는 좋은데 노력을 안 해서 탈이라든가, 우리 애는 IQ는 높은데 등수가 안 나와서 걱정이라든가 하는 알쏭달쏭한 불평을 계속했다.

그중에는 서투른 어머니가 아주 없는 것도 아니었다. 비슷한 이야기를 두어 번도 더 되풀이하고, 다음 수업 시간 시작종이 날 때까지도 봉투를 들이밀 마땅한 기회를 못 잡아, 똥 마려운 얼굴로 쩔쩔매는 순진한 어머니인 경우 나는 도와주고 싶은 마음이 저절로 생겼다. 그래서 별로 찾아낼 것도 없는 서랍을 열고 괜히 헛손질을 하고 있으면 영락없이 흰 봉투가 서랍 속으로 날쌔게 날아들었다.

나는 어느 틈에 학부모와의 이런 면담을 좋아하고 있었다.

길을 혼자 걸을 때나, 방에 혼자 심심하게 앉아 있을 때, 흰 꽃을 문 유연하고 민첩한 뱀의 환각은 항상 나를 즐겁게 했다. 그것 때문에 혼자서 벙실벙실 웃을 때도 있고, 배꼽을 쥐고 데굴데굴 구를 때도 있었다.

거기 대해서 아무런 가책도 없었고, 수치감도 없었다. 다만 즐거웠다.

나는 다만 학부모와의 면담의 클라이맥스를 이루는 절묘한 주고받음의 미학을 사랑했을 뿐, 촌지의 액수엔 그다지 큰 관심이 없었다. 더군다나 그것을 어떻게 써야겠다는 것을 생각해본 적은 한 번도 없었다. 아직 나는 그 촌지를 한 푼도 축내지 않고 있었다.

거기까지는 정말 부끄러울 건 하나도 없었다. 큰 소리로 옥순이에게 그 얘기를 들려주고 같이 재미나 하고 싶을 지경이었다.

그러나 그 다음이 문제였다.

그런 주고받음이 감쪽같이 이루어진 후, 학부모와 헤어질 때라든가 그 후 다시 새롭게 만났을 때라든가 학부모의 얼굴엔 새로운 표정이 있었고, 그 새로운 표정은 말없이 그러나 강력하게 나를 압박했다.

그것은 그런 주고받음이 있기 전엔 없었던 전혀 새로운 표정이었으니, 학부모의 표정이라기보다는 그런 주고받음의 일반적인 흔적 같은 거였다.

그 새로운 표정은 자기가 주었다는 사실을 주장하고 확인하고픈 당당하고도 성급한 표정이었다.

그러니까 그들은 당연한 권리처럼 나에게 영수증을 요구하고 있었다. 내가 온몸으로 영수증이 되기를 바라고 있었다.

나는 어쩔 수 없는 의무처럼 영수증 같은 얼굴, 영수증 같은 태도를 갖지 않으면 안 되었다.

학부모뿐이 아니었다. 그런 학부모의 아들인 우리 반 애도 문득문득 나에게 영수증을 요구하는 태도를 취할 때가 있었다.

공평하게 벌을 받을 때라든가 공평하게 혼식 도시락이나 빡빡대가리 검사를 받아야 할 때, 이런 영수증 제시를 요구하는 당돌한 태도와 만나면 나는 별수 없이 은밀히 영수증을 내밀어 보일 수밖에 없었다.

그뿐이 아니었다. 나는 자신이 좀 더 정확한 영수증이 되기 위해 촌지의 액수를 세어보고 그것을 개별적으로 기억하기에 힘쓰기조차 했다.

나의 영수증 같은 얼굴은 어떤 모습일까? 무엇을 닮았을까? 아직 나는 거울로 그걸 확인해보진 않았지만 똥 묻은 개 같은 얼굴일지도 모르겠다.

아무튼 훌륭한 선생님의 얼굴이 아닌 것만은 확실하지 않은가.

옥순이와 나 사이의 침묵이 탁해졌다. 나는 서둘러 담배 연기를 비벼 껐다. 그러나 그녀와 나 사이를 감도는 탁한 것은 담배 연기만이 아니었다. 그것은 나의 탁한 상념이 우러난 것이었다. 훌륭한 선생님상에 떨어진 오점이 우러난 것이었다.

나는 그녀에게 내가 받은 촌지에 대해 당분간은 말하지 않기로 했다.

하숙집 소녀가 커피하고 과일을 들여왔다.

"뭘 이런 것까지……."

나는 엉덩이를 반쯤 들고 두 손을 비비며 미안해했다.

"아주머니가 올려보내시는 거예요."

소녀는 아직도 뾰루퉁해서 옥순이를 힐끔 곁눈질해 보며 말했다.

"잘 먹겠습니다고 여쭤요."

나는 돌아서 나가는 소녀에게 이런 인사치레를 했다. 소녀는 돌아보지도 않고 대답도 안 했다. 소녀의 뒤통수에 난 가랑머리를 위한 흰 가르마가 삐뚤삐뚤한 게 문득 안쓰러웠다.

커피잔은 크고 두툼하고, 과일은 깎지 않고 알 채 작은 소쿠리에 담고, 과도가 곁들여져 있었다. 나는 이런 소탈한 대접을 해주는 석민이 엄마에게 처음으로 친밀감을 느끼면서, 처음 만난 날 그녀가 말한 가족적인 분위기라는 것이 바로 이거로구나 생각했다.

실상 그녀는 가족적인 분위기라는 말로 나를 꼬셨겠지만 내가 이리로 오고 나서 한 번도 그 가족적인 분위기란 것을 맛보게 해주지는 않았었다.

과분하게 융숭한 대접을 해주었지만 손님과 주인이라는 예절에서 한 치도 어긋나지 않는 냉담한 대접이기도 했다.

나는 흐뭇한 마음으로 빛깔 고운 홍옥을 바지에 쓱쓱 문질러서 윤을 내가지고 옥순이에게 내밀었다.

미제 지퍼처럼 단단히 맞물렸던 옥니가 새빨간 사과에 흠집을 내는 감각적인 소리를 듣고 싶었다.

그러나 옥순이는 두 손으로 뒷짐까지 지면서 막무가내 사과를 받지 않았다.

"싫어, 안 먹을래."

"왜, 사과 좋아하잖아."

"사과 좋아하지만 이 집 주인아줌마가 기분 나빠서 싫단 말야."

"왜, 옥순이한테 뭐라고 그랬게?"

"뭐라고 그러긴, 아무 소리도 안 하고 아래위로 한 번 짝 째려보는데 꼭 찬물을 끼얹는 것처럼 소름이 끼쳤어."

"별 소리 다 듣겠네."

"정말이야. 그 여잔 첫눈에 날 싫어하던데."

"싫어하고 좋아하고가 없잖아. 오늘이 초면인데."

"그러니까 기분 나쁘지."

"뭐가 기분 나빠? 어서 기분 풀고 사과나 먹어."

"안 먹을 거야, 절대로."

"사과가 무슨 죄니. 백설공주 꾀는 마귀할멈의 사과도 아니겠다."

"아첨 떨지 마. 징그러워."

그녀는 내가 그녀의 흉내를 내 동화나 옛날얘기를 우리들의 화제에 끌어들이는 걸 질색을 했다. 그녀에게 아첨을 떤다는 거였다.

나는 일부러 맛있음을 과장하면서 사과를 혼자서 두어 개 먹었다. 커피도 두 잔을 다 내가 마셨다.

"차라리 처음 네거리의 그 대궐 같은 집이었으면 오죽이나 좋아. 아무리 높은 담에 쇠꼬챙이가 산지사방으로 뻗쳤어도 이 집보다는 나을걸."

"그런 어마어마한 집에서 하숙을 쳐야 말이지."

"그럼 다음 네거리의 대리석 벽에 창마다 완자무늬 창살이 달리고 인기척만 났다 하면 무서운 셰퍼트가 짖는 집으로 하든지."

"너는 셰퍼트를 제일 싫어하잖아."

"아무리 셰퍼트가 싫어도 이 집 주인 여자보다 덜 싫어."

"오오라, 이제 보니까 주인아줌마가 옥순일 첫눈에 싫어한 게 아니라, 옥순이가 주인아줌마를 첫눈에 싫어했구나. 그지?"

"동시에 싫어했을 거야. 동시에, 운명적으로."

"뭘 운명씩이나 갖다 붙이니, 이제 그만 그 여자에 대해선 잊어버려. 나는 우리 옥순이가 일껏 우리 하숙에 고운 이름을 붙여줘서 좋아했었는데."

"꿈을 찍는 사진관? 참, 마음에 들어?"

"들고말고. 꿈을 찍는 사진사도. 나는 네 꿈만 찍을 거야. 그러니까 너의 전속 사진사지."

"또 아첨 떤다. 꿈을 찍는 사진관이 뭐 하는 덴지도 모르면서."

그러면서도 그녀는 배시시 웃었다. 이렇게 겨우겨우 그녀를 달래 가지고 저녁은 밖에서 먹기로 했다.

모든 살림을 소녀에게 맡기다시피 한 석민이 엄마는 사람이 드나드는 데도 전혀 무관심했었는데 어쩐 일인지 대문 밖까지 배웅을 나왔다. 야한 빛깔의 한복에 곱게 화장을 한 얼굴 가득히 잔물결 같은 미소를 띠고.

"아유 귀한 손님이 이렇게 섭섭하게 가시면 어떡하나. 지금 부랴부랴 저녁 준비를 시키고 있는데 저녁 드시고 가시지 않고……."

"귀한 손님은요. 앞으로 귀찮을 만큼 자주 올걸요."

옥순이 역시 내가 한 번도 본 적이 없는 사교적인 웃음을 만면에 띠고 능숙하게 받았다.

"하루 열 번을 와도 귀한 손님은 귀한 손님이죠. 우리 김 선생님한테 귀한 손님은 저한테도 역시 귀한 손님이니까요. 안 그래요, 김 선생님?"

"아아, 네."

나는 돌연 나에게로 겨냥한 화살을 어떻게 받아넘겨야 할지를 몰랐다. 괜히 얼굴이 화끈했다.

이런 나에게 아랑곳없이 석민이 엄마와 옥순이는 몇 마디 더 정다운 말을 주고받았다.

석민이 엄마는 마지막으로 옥순이의 바바리에 묻은 실밥을 한 오라기 떼어내 주고 목에 맨 하늘색 머플러를 더 예쁘게 보이도록 고쳐 매주었다. 이런 손길이 막냇동생을 향한 큰언니의 손길처럼 자연스럽고 다정했다.

옥순이의 말을 액면 그대로 받아들였던 것은 아니지만, 동시에 운명적으로 미워하기 시작한 여자끼리답지 않은 이런 친절한 모습에 나는 안도의 숨을 내쉬었다.

"어때, 이제 오해는 풀린 거지?"

골목을 빠져나오면서 나는 옥순이에게 자신 있게 물었다.

"무슨 오해?"

"그 여자가 너를 첫눈에 싫어했다는 오해."

"천만에 더욱 확신을 얻었을 뿐이야. 그 여잔 보통내기가 아냐."

그녀는 이를 악물면서 방금 석민이 엄마가 고쳐 매준 머플러를 풀어, 코라도 풀어버릴 듯이 구겼다가 다시 아무렇게나 맸다. 그런 동작이 거칠고 표독했다.

"나는 둘이서 하도 정답게 굴길래 화해한 걸로 알았는데……"

"화해? 어림도 없는 소리 말아. 우린 서로 죽도록 미워할걸."

"맙소사. 아무리 여자이지만 어떻게 그렇게 생글대며 미워할 수
가 있니?"

"우린 둘 다 보통내기가 아니니까. 왜, 정떨어져?"

"아니."

나는 애써 부인하며 문득 여자들의 이런 괴상한 미움의 관계에 내
가 개입된 것처럼 느꼈다. 그런 느낌은 야릇한 흥분과 쾌감을 동반
했다. 옥순이의 새로운 얼굴을 보는 것도 즐거웠다.

그러나 짐짓 떨떠름한 얼굴을 하고 택시를 잡았다. 옥순이는 내
가 밀어 넣는 대로 순순히 택시를 타면서 종알댔다.

"이 동네에서 짜장면이나 한 그릇 사주잖구."

"한턱내고 싶어. 취직도 했것다. 너도 내 곁으로 왔것다. 앞으로
우리에겐 좋은 일만 있을 것 같지 않아? 자축을 해야지."

"벌써 월급 탔어?"

"응, 아니, 아무튼 돈은 있으니까 염려 말어."

나는 내 가난에만 너무 익숙해진 옥순이의 검고 맑은 눈을 지그시
바라보며 제법 부자처럼 의젓하고 기름진 목소리로 속삭였다.

내 안주머니엔 오늘 받은 촌지가 들어 있었다. 나는 아직 반으로
접은 하얀 봉투 속의 내용물을 꺼내 보진 않았지만 알고 있었다.

얄팍하면서도 뼈대는 못 속일 것 같은 기품 있는 감촉으로 봐서
틀림없이 큰 거 한 장은 들어 있을 터였다.

그거 한 장만 가지면 깨끗하고 조촐한 집에서 양식을 먹고 맥주
두어 병쯤 마시고 나면 아마 택시값 정도는 떨어질까 몰라, 우리의

오붓한 자축을 위해 넘치지도 모자라지도 않는 맞춤한 액수였다.

촌지를 간직하고 있는 앞가슴이 풍선처럼 부풀었다.

사랑하는 여자를 데리고 읍의 더러운 중국집이 아닌, 분위기가 있는 도회의 양식집에서 고상한 음악을 들으며 식사를 한다는 건 얼마나 즐거운 일이 될 것인가?

문득 촌지를 받아보긴 여러 번이지만 지금 처음으로 소비하려고 하고 있다는 데 생각이 미쳤다.

촌지를 어떻게 써야겠다고 구체적으로 계획하고 있는 건 없지만 이렇게 써서는 안 될 것 같았다.

물론 그것을 받았다는 것부터가 결코 떳떳한 일이 아니라는 것도 처음부터 알고 있었다. 그러나 교무실 분위기나 딴 교사들의 거동으로 미루어 짐작건대 그것을 사양해봤댔자 우스꽝스러운 쇼로 비쳐질 건 뻔했다. 마치 조화 사절이라고 써 붙인 상갓집처럼.

요컨대 나는 뱀처럼 민첩하고 소리 없는 손길을 보고도 못 본 척할 수밖에 없었던 것이다. 이왕 그걸 거절하지 못한 바에야 좋은 일에 씀으로써 그 떳떳지 못함을 정화할 궁리나 하는 게 상책이었다. 다만 아직은 그 좋은 일을 발견 못 한 것뿐이었다.

그렇다고 이렇게 쓰는 것을 변명할 수는 없으렷다. 내 속의 준엄한 목소리가 나무랐다.

그까짓 거 월급 타서 보충해놓으면 될 거 아냐? 간교한 목소리가 부추겼다.

나는 어느 틈에 간교한 목소리의 편이 되어 사랑하는 여자를 데리고 저녁 식사를 하러 가는 행복에 거리낌 없이 도취했다.

나도 옥순이도 서울의 번화가엔 서툴렀기 때문에 몇 번 이 집 저 집을 기웃대다가 너무 크지도 너무 작지도 않은 양식집을 택했다.

분위기가 깔끔하고 식탁으로 늘어진 등이 은은하고 아름다운 집이었다. 무엇보다도 그런 도회적인 분위기하고 썩 잘 어울리는 옥순이가 나를 즐겁게 했다.

나는 편안했고 행복했다. 옥순이는 우리 고장에선 행세깨나 하는 유복한 집의 막내딸이었고, 언니 오빠가 모두 도회에 나가 자리 잡고 사느니만큼 그 고장에선 파격적인 멋쟁이였다.

그런 멋쟁이 아가씨에게 나는 그 고장에서도 제일 더럽고 값싼 중국집에서 짜장면 사주기를 좋아했었다. 그건 학대의 쾌감 같은 거였다. 동시에 그런 학대에 고분고분 순종하는 모습을 통해 그녀의 사랑을 확인하고, 내 열등감을 무마시켰던 것이다.

그러나 이제 그럴 필요는 없다. 그녀와 나는 동등하다. 나도 행복했지만 그녀도 행복해 보였다.

우리는 거품이 넘치는 맥주잔을 짤깍 부딪치면서 피차의 가슴속에서 사는 기쁨이 거품을 일으키며 팽배하는 걸 느꼈다.

내가 한 병 넘어, 옥순이가 반 병 넘어, 아마 그런 비율로 마셨을 게다.

"한 병 더 할까?"

"아니, 그만. 지금이 딱 알맞아."

"딱 한 병만 더."

"안 된대도."

그녀는 상냥하게 그러나 단호하게 말했다. 벌써 여편네 티를 낸다고 나는 생각했다. 속으로만 그렇게 생각했다.

그녀의 볼은 정말 딱 알맞게 상기해 있었고, 나 역시 약간 모자라는 듯한, 그 감칠맛 있는 상태를 아끼고 싶었다.

포크로 비프스테이크를 품위 있게 집어 먹는 그녀의 입은 정말 아름다웠다. 껄끄러운 나무젓가락으로 짜장면을 꾸역꾸역 먹는 입보다 훨씬 보기 좋았다.

나는 그녀에게 다시 뽀뽀하고 싶었다. 그 바람은 상당히 절실해서 온몸이 비틀거리는 것 같았다. 하숙방에서 뽀뽀한 지 세 시간도 안 됐지만 그동안 그녀의 입술의 떫은 맛이 새콤한 맛으로 익어 있을 것 같고, 미제 지퍼처럼 단단하게 맞물린 이빨도 국산 지퍼처럼 헐거워져 있을지도 모른다는 생각도 들었다.

"언제 저 철부지를 길러서 색시를 삼으려고 그러나?" 하고 장차의 장모는 나를 딱해했지만 옥순인 이제 어린애가 아니다. 아니 진작부터 어른이 되어 있었던 것이다.

다만 상당히 어려운 어른의 책을 읽으면서도 아직은 거기에 대해 알은체하기를 꺼리고, 이미 안 읽은 지 오래된 동화의 세계에만 집착하는 그녀 나름의 고집, 아니 어른 세계의 망설임이 있을 뿐이다.

그러나 그녀에게서 그런 망설임을 떨구게 하는 것은 앞으로 시간문제라는 자신이 생겼다.

"일찍 가야 돼."

그녀가 냅킨으로 입 언저리를 닦으면서 미안한 듯이 말했다. 시골에서 짜장면 먹고 한 소리와 똑같은 소리에 똑같은 표정이었다.

"시골집에서보다 조금쯤 자유로워져 있을 줄 알았는데."

"안 그래. 언니가 엄마보다 더 까다롭게 굴어. 나는 홀몸으로 온 게 아니거든."

"홀몸이 아니라니?"

"엄마가 만지장서를 딸려 보냈어. 만지장서가 나한테 딸린 건지, 내가 만지장서한테 딸린 건지 하여튼 당분간은 그 위력이 대단할 모양이야."

"무슨 만지장서인데."

"온통 안 된다 만지장서야. 큰 제목이 서울 계집애 본뜨면 안 된다고, 그 밑에 소제목은 밤늦게 다니면 안 된다, 영길 씨 하숙에 자주 드나들면 안 된다, 취직하면 안 된다 등등 열 가지도 넘어. 그리고 그 숱한 안 된다를 잘 지키도록 언니가 철저히 감시하지 않으면 안 된다가 결론이야."

그녀는 불평스럽게 말했지만 나는 나의 장모될 분의 안 된다는 대체로 동의했으므로 그녀를 일찌거니 그녀의 언니네까지 바래다주기로 했다.

"여기까지 온 김에 아주 언니한테 인사하고 갈까?"

"나중에 해."

"왜?"

"언니는 너무 고독하거들랑. 형부가 너무 오래 집을 비우고 있어서. 우린 지금 행복하고. 언니가 우릴 질투하면 어떡해."

"그럼 생전 인사도 못 하게?"

"우리가 좀 덜 행복한 날 해. 어느 날 불쑥 혼자 와서 하든지."

"인사 한번 하기 되게 까다롭네."

그녀의 뽀뽀가 떫은 맛에서 새콤한 맛으로 변해 있을 것 같은 예감을 적중시키고 싶었지만 참았다. 앞으로도 기회는 얼마든지 있을 테니까.

하숙집에선 심부름하는 소녀가 아닌, 석민이 엄마가 직접 문을 열어줬다. 처음 당하는 일이었다.

방금 감은 듯 촉촉히 젖은 머리를 길게 늘어뜨리고 화려한 홈웨어를 입고 있는 그녀는 덥고 숨 막히는 훈향을 지니고 있었다. 나는 당황했다.

"미안합니다, 늦어서. 아가씬 벌써 자나 보죠?"

나는 심부름하는 소녀를 아가씨라 부르고 있었다.

"아아뇨, 드릴 말씀이 있어서 일부러 기다리고 있었어요."

그러면서 그녀는 2층 내 방까지 따라 들어왔다.

"재미 좋으셨어요?"

"아, 네."

"아주 예쁜 아가씨던데요."

"아, 네, 뭘요."

나는 소년처럼 뒤통수를 긁적거렸다.

"약혼한 사이신가요?"

"아직은, 그러나 한 거나 마찬가집니다. 양가의 어른들께서도 허락해주신 사이니까요."

나는 왠지 단호해야 될 것 같아 그렇게 말했다.

"대학은 나왔나요?"

"아아뇨, 시골 고등학교 출신입니다."

"그래요……."

석민 엄마는 필요 이상으로 심각하게 고개를 끄덕였다. 나는 모욕감 비슷한 걸 느꼈다. 앞으로 자주 드나들게 될 옥순이가 행여 그런 일로 이 여자로부터 무시당하면 안 된다고 생각했다. 그래서 정색을 하고 묻지도 않는 말을 덧붙였다.

"우리 고장에선 알아주는 토박이 부잣집 막내딸이죠. 시골 토박이들에겐 아직도 구습이 많이 남아 있어서요. 그 집에서도 아들들은 지방 대학이건 서울의 대학이건 제 가겠다는 데까지 다 보냈는데, 딸들은 고등학교까지만 가르쳐서 집에서 살림 익히게 한 뒤 시집보내는 걸 원칙으로 삼고 있죠. 저도 쩨쩨하게 여자의 학벌 같은 걸 문제 삼을 마음은 없구요."

"그야, 지금은 없으시겠죠."

"네?"

"아네요. 그저 사람의 마음이란 살아가노라면 변할 수도 있다, 이 말씀이죠. 참, 내 정신 좀 봐. 중요한 의논을 드리러 들어와갖고 쓸데없는 소리만 하고 있네. 우리 석민이 말예요. 우리 석민이를 앞으로 선생님이 좀 돌봐주셔야겠어요."

"글쎄올시다. 처음에 하신 말씀도 있고 해서 저도 그런 각오를 안 한 건 아니었는데요, 막상 같이 지내고 보니까 석민이가 저보다 훨씬 더 바쁘더군요. 걔가 과외 공부 마치고 집에 오는 시간은 제가 잠들려는 시간이니. 그렇다고 제가 꼭 그 시간에 자야겠다는 소리가 아닙니다. 그 시간에 또 뭘 시킨다는 게 아이한테 너무 잔인하다 이 말씀이죠. 더군다나 제 과목은 사생인데 사생까지 과외 공부를 할 것까지야……."

"그러니까 꼭 사생 아니더라도 그냥 후뚜루 봐주십시사는 거죠."

"후뚜루라뇨?"

"과외 숙제가 여간 많아야죠. 과외 갔다 와서 숙제하려면 어찌나 꾸벅꾸벅 조는지. 또 학교 공부 예습 복습도 해야죠. 옆에서 애처로워서 못 본다니까요. 그러니 선생님이 옆에서 말동무도 좀 해주시고, 모르는 것도 가르쳐주시고, 아무짝에도 쓸데없는 참고서 베끼기 숙제 같은 건 대신 해주시기도 하고……. 선생님 과목 아니라도 그쯤은 해주실 수 있잖겠어요? 아무튼 잠만 좀 안 자게 해주십사는 거죠."

"그렇게까지 해서 공부를 시킬 필요가 있을까요. 아직은 중2인데."

"아직 중2가 뭐예요. 기초가 튼튼해야죠. 불똥이 눈썹에 붙은 연에 서두르면 때는 이미 늦는다구요. 더군다나 우리 애는 국민학교 적부터 과외에 이골이 난 애라, 옆에서 누가 자꾸 부추겨주지 않으면 제 소견으론 손끝 하나 까딱 못 한다구요. 아무쪼록 부탁해요,

선생님."

"글쎄요. 석민이 잠을 못 자게 한다? 저도 워낙 잠꾸러기라……."

나는 적이 자존심이 상했으므로 완곡하게 거절할 말을 생각하고 있었다.

"그건 염려 마세요. 제가 있잖아요. 제가 옆에 지키고 있다가 선생님이 졸면 사정없이 꼬집어드릴 테니까요."

나는 기가 막혔다. 그러나 그녀는 농담, 진담 그런 것과는 상관없는 미묘한 육감이 잔물결치는 유혹적인 미소를 띠고 나를 빠안히 바라다봤다. 나는 내 속에서 관능이 깊이 전율하는 걸 느꼈다.

그녀의 입술은 어떤 맛일까? 떫을 리도 새콤할 리도 없다. 농익은 과일처럼 향기롭고 달 것 같다. 떫은 자두가 새콤해지기만이라도 목마르게 기다리다 지친 나는 꼴깍 군침을 삼켰다.

"그럼, 그렇게 알겠어요."

고개를 까딱하고 그런 말을 남기고 그녀는 내려갔다. 뭘 그렇게 알겠다는 건지. 나는 그녀의 청을 받아들였는지, 안 받아들였는지 그것조차 기억할 수가 없을 만큼 얼떨떨했다.

나는 창문을 열었다. 그리고 심호흡을 했다. 잔다란 불빛이 무수하게 박힌 시커먼 앞산이 바라다보였다.

낮에 보면 밝고 아름다운 우리 동네와 민망하도록 심한 대조를 이루는 음침하고 더러운 동네가 밤에 보니 그런대로 아름다웠다.

방 안의 공기가 완전히 환기되었다고 생각될 즈음 창을 닫았다. 아무 장식도 없는 방에 딱 하나 있는 거울 속에 내 얼굴이 비쳤다.

여지껏 낯익은 내 얼굴이 아니었다.

너는 뭐냐? 그렇게 묻는 내 소리 없는 물음에 거울 속에서도 너는 뭐냐? 하는 건방진 물음을 보내왔다.

나는 한참 만에 꿈을 찍는 사진사라는 대답을 생각해낼 수가 있었다. 그 말을 해줄 때의 옥순이의 맑고 검은 눈이 생각나면서 내 기분은 빠르게 회복됐다. 나는 기분이 썩 좋을 때 하는 버릇으로 휘파람을 불었다. 밤에 휘파람을 부는 건 사위라고 질색을 하던 어머니의 생각이 났지만 그대로 획획 불었다.

옥순이가 바라는 대로 훌륭한 선생님이 돼야지, 이렇게 마음을 다져먹으려고 하는데 또 그놈의 촌지 생각이 났다.

나는 받아서 모아만 놓고 아직 어떻게 쓸지를 모르고 있는 촌지를 꺼내서 그 총액을 셈해보기 시작했다. 무엇 때문인지 나는 개별적인 액수는 외다시피 하고 있으면서 총액을 셈하기는 피하고 있었던 것이다. 그건 촌지라는 걸 그만큼 경시하고, 촌지의 영향을 절대로 안 받겠다는 내 심리적인 제스처였는지도 모른다.

그런데 내가 교사가 된 지는 20일밖에 안 되는데 내가 받은 촌지의 총액은 나의 한 달 월급보다 많았다. 앞으로 촌지가 더 들어올 것을 예상한다면 월급의 배가 될 수도 있을 것이다.

나는 길에 가다 호젓한 곳에서 돈뭉치 비슷한 걸 발견하고 집을까 말까 망설일 때처럼 가슴이 두방망이질하는 걸 느꼈다. 이걸 어쩐다, 이걸 어쩐다.

나는 서성대고, 끙끙댔다.

촌지, 그야말로 작은 뜻이 한 달을 일한 정당한 보수보다 많다는 건, 크나큰 횡재 같으면서도, 한 달의 신성한 수고에 대한 얼마나 엄청난 모욕인가.

더군다나 처음부터 나는 내가 얻은 일자리뿐 아니라 거기 따른 보수에 대해서도 만족하고 있었거늘, 이게 무슨 꼴이란 말인가.

월급보다 많은 촌지를 뒤집으면 촌지보다도 적은 월급이 된다. 이게 무슨 꼴이람, 이게 무슨 꼴이람. 나는 분개하고 또 분개했다. 촌지보다 적은 내 월급에 분개하고, 중2의 불침번 노릇을 해야 하는 내 하숙 생활에 분개했다.

아무리 옥순이가 근사한 이름을 붙여줬어도 촌지보다 적은 월급을 받는 내 직업은 초라할밖에 없었다.

그러면서도 그것 참 괜찮은데, 하고 슬며시 입맛이 동하는 것 또한 어쩔 수 없었다. 그런 의미로 촌지는 나에게 염불보다는 잿밥의 잿밥이 될 수도 있을 것이다.

나는 혼란을 거듭했다. 거듭하다 못해 아래층으로 내려가 세수를 하고 마당으로 나갔다. 혼란을 수습하기 위해 우선 머리를 식혀야 할 것 같았다.

마당엔 푸른 수은등 불빛이 달빛처럼 넘치고 있었고 아직 앙상한 나뭇가지들이 그 섬세한 선을 잔디 위로 떨구고 있었다.

아직 추운 날이었지만 나무들이 봄을 위해 설레는 야릇한 낌새가 느껴졌고, 그런 낌새는 전염병처럼 나에게로 옮아 붙었다.

나는 옥순이는 지금 뭘 하고 있을까를 생각하고, 석민이 엄마는 어떤 모습으로 잠들었을까를 생각하면서 피가 더워지는 걸 느꼈다.

그러나 그런 야릇한 낌새는 나무들한테서 옮아온 게 아니었다. 석민이 엄마한테서였다.

그녀는 땅에서 솟은 것처럼 인기척도 없이 내 앞에 서 있었다. 나는 두어 걸음 뒷걸음쳤다.

"웬일이십니까? 아직 안 주무시고."

"선생님은요?"

"저는, 저는 저어 잠이 안 와서요."

나는 죄지은 것처럼 더듬댔다.

"저는 석민이를 기다리고 있었어요."

그녀가 나보다 훨씬 떳떳했다.

"아직도 과외에서 안 돌아왔나요?"

"네, 곧 돌아올 시간이에요."

"매일 밤, 이렇게 밖에서 기다리시나요?"

"네, 어떤 때는 저만치 마중을 나가기도 하죠."

"석민이 아버진 왜 안 기다리십니까?"

나는 그 말을 불쑥해놓고는 아차 했지만 이미 주워 담을 수는 없었다.

"네?"

그녀가 놀란 듯이 눈을 크게 떴다.

"석민이 아버지 말입니다. 전 한 번도 그분을 뵌 적이 없습니다."

"뵐 수가 없죠. 가끔, 그것도 낮에만 잠깐씩 오시니까요."

"낮에만?"

"네, 낮에만."

"왜요?"

"그게 궁금해요?"

그녀의 얼굴에 공깃돌을 놀리는 소녀 같은 장난스러움이 서렸다.

"네, 궁금합니다."

"그건 비밀인데."

"비밀이오?"

"그렇지만 가르쳐드릴게요. 우린 친하니까. 귀 좀 빌리세요."

그녀는 내가 뒷걸음칠 새도 없이 성큼 다가왔다. 부드럽고 향기
로운 입김이 귓바퀴를 간지럽혔다.

"저는 요거거든요. 요거."

내 눈앞의 그녀의 주먹 쥔 손에서 새끼손가락이 하나 까딱까딱 인
사를 했다. 빨간 손톱도 보였다 말았다 했다.

"요거라니요?"

나는 머리가 멍한 채 바보같이 되물었다. 다시 한 번 그녀의 더운
입김이 귓바퀴를 간지럽혔다.

"바보, 요것도 몰라요? 작은집, 소실, 첩……."

그리고 날카로운 웃음소리가 들렸다. 잘 익은 종기에 메스를 꽂
듯이 그녀의 웃음은 나의 불결한 호기심을 산뜻하게 찔렀다.

수업이 없는 시간에 성적표에 중간고사 성적을 매기면서 나는 우
울했다. 2학년 전체 수석이 우리 반에서 나와 체면은 섰지만 반 평

균은 꼴찌였다.

성적순으로 공평하게 학급 편성을 했을 터인데도 칠팔십 점대의 중간층이 귀하고 아주 잘하는 애와 아주 못하는 애의 두 층이 두드러지는 반이었다.

교사로 취직해서 처음 맡은 담임에, 처음 나오는 성적이니만큼 마음이 언짢았다.

성의껏 아이들을 보살폈지만 시험 점수에 집착하는 마음은 없었다. 상위 그룹에 속하는 애들 중에는 점수에 과도하게 집착하는 애가 꽤 있어서 눈치껏 발발대며 선생님 뒤를 쫓아다니며, 시험 범위 점수배당 등을 알아내려고, 또는 정답에 대한 의문, 항의 같은 걸 하려고 안달을 하는 모습을 볼 수가 있었다. 나는 이런 애들에 대해서도 별로 호감을 못 느끼고 있었다.

점수벌레는 큰사람 못 된다고 은근히 나무라기를 서슴지 않았다. 그러나 15반 중에서 12, 13등이면 또 몰라도 15등인 건 역시 유쾌한 일이 못 되었다. 상당히 충격적이었다. 담임으로서 책임을 안 느낄 수가 없었다.

반 등수가 상위권에 드는 반의 담임일수록 아이들을 하나하나 교무실로 불러다가 개인 면담을 하며 잘하는 애는 더 잘하도록 격려하고, 못하는 애는 나무라고 매질도 하고, 성적이 많이 떨어진 애의 경우는 학부모를 부르기도 하고 있었다.

나는 이런 악착 같은 교사의 흉내를 내야 옳을 것인가 뭔가 초연한 척해야 옳을 것인가 그것도 문제였다.

이런 저런 잡념 때문에 잘못 기입한 숫자에 도장을 누르는 일을 서너 번이나 하고 나서, 나는 펜대를 놓고 담배를 피워물었다.

"김 선생님, 한턱 내셔야죠."

옆자리의 송 선생이 역시 담배를 피워 물며 나에게 말을 걸었다.

송 선생과 나는 서로 싫어하지도 좋아하지도 않는 사이였다. 여지껏 그럴 수 있는 계기가 한 번도 없었으니 이를테면 서먹한 경원하는 사이쯤 될 것이다. 그런데 지금 담배를 피워 문 여유만만한, 어딘지 사람을 얕잡는 듯한 송 선생의 태도에 나는 울컥 모욕감을 느꼈다. 아마 그의 반이 2학년에서 반평균 1등을 했다는 걸 염두에 두고 있었기 때문일 것이다.

"왜요?"

나는 영문을 모르는 채 도전적으로 물었다.

"김 선생님은 부임하신 지 얼마 안 돼서 모르시는군요. 전체 수석이 나온 반에선 담임이 한턱내기로 되어 있는데."

"그렇습니까? 그렇지만 반평균 1등한 담임을 제쳐놓고 개인 수석인 나온 반 담임이 한턱을 내는 법이 어디 있습니까?"

"어디 있긴요. 바로 우리 학교 법이죠."

송 선생은 뭐가 그렇게 재미있는지 뱅글뱅글 웃으며 말했다. 나는 이런 그에게 악의에 찬 희롱을 당하고 있는 것처럼 불쾌하고 초조했다.

"못 하겠습니다."

그가 뱅글댈수록 나는 딱딱하게 굳은 정색을 하고 단호하게 말했다.

"김 선생, 재미는 혼자서 톡톡히 보면서 불우한 동료들한테 술 한 잔 사기가 그렇게 아까워요?"

"제가 재미를 혼자 보다니요? 그리고 불우한 동료라니? 그게 무, 무슨 뜻이죠?"

그는 아직도 여유만만했고 나는 영문을 모르는 채 다만 가슴이 파르르 떨렸다.

"그걸 몰라서 물어요? 김 선생님 반에 짭짤한 애들이 몰킨 건 다 아는 사실인데."

"짭짤한 애들이 몰키다니요. 누굴 약을 올리시는 겁니까? 우리 반 성적이 꼴찌라는 걸 꼭 이런 방법으로 비꼬셔야 속이 시원하시겠느냐 말예요?"

나는 벌떡 자리에서 일어났다. 송 선생은 아직도 뱅글대며 여유 있게 담배 연기를 뿜어대고 있었고 나는 그의 멱살을 잡고 쥐새끼 같은 상판에 따귀를 한 대 올리고 싶은 충동을 억제하느라 어깨로 숨을 쉬었다.

"김 선생, 김 선생이야말로 그렇게 시침을 떼야만 속이 시원하시겠습니까?"

"제가 무슨 시침을 뗐단 말입니까?"

"도대체가 학급 편성 방법이 글러먹었단 말야."

그는 별안간 나를 무시하고 성적표에 점수를 매기는 일을 계속하면서 혼자말처럼 지껄였다.

"그건 나도 동감이오. 도대체 어떻게 학급 편성을 했길래 우리 반은 IQ 100 이하짜리가 과반수에다 한글 모르는 애가 다 있으니."

"한글 모르는 애는 어느 반에고 한두 명은 있어요. IQ만 해도 성적순으로 고루 안배해놓고 보면 자연히 IQ로도 고루 안배돼 있게 마련이에요. 그런 면으로 봐서 학급 배정은 공평했어요."

"그럼 뭐가 틀려먹었다는 거죠?"

"성적만을 표준 삼아 공평하게 배정하려는 학급 편성 방법이 틀려먹었단 말요."

내가 초조해질수록 송 선생은 여유만만해졌다. 그러나 입가에 뱅글대는 웃음을 거두고 악의를 보다 노골적으로 드러내고 있었다. 나는 진땀을 흘리며 볼펜 꼭지를 송곳니로 짓씹었다.

"그럼 어떻게 배정을 해야 한다고 생각하시는데요?"

"애들 가정의 생활 정도와 부모의 관심도에 점수를 매겨서 공평하게 안배하는 방법이 제일 바람직하지만 그건 현실적으로 불가능하고……. 빤하잖아요, 우리 학교에 아이들을 보내고 있는 부자 학부형의 수효는. 그런 부자 학부형이 어느 한 반으로 몰키지 않게 골고루 나누어 갖도록 하자 이거죠. 호봉이나 실력에 관계없이, 얻어걸린 반에 따라서 담임 간의 엄청난 수입의 차별이 생긴다는 건 학원 부조리의 문제도 되고 교사의 사기에도 관계되는 문제니까."

송 선생의 의도가 이제야 분명해졌다. 나는 얼굴이 화끈대려고 그랬다. 흰 꽃을 문 뱀처럼 유연하고 민첩한 학부모의 손길이 흰 꽃 대신 가시를 물고 내 수치심을 찔렀다. 나는 나의 이런 민감한 수치심을 섣불리 송 선생에게 노출시켜서는 안 된다고 생각했다. 나는 짐짓 능청을 떨었다.

"송 선생님, 그 남의 속 모르는 말씀 그만하세요. 우리 반은 성적만 꼴찌가 아니라 1기분 납입금 낸 성적까지 꼴찌라는 걸 모르시나요? 극빈자의 자녀가 우리 반만큼 많은 반도 드물걸요."

송 선생이 그걸 모를 리가 없었다. 교무실엔 각 반의 납입금의 수금 상태가 그래프로 되어 게시되어 있었다. 어찌자는 그래프인지 교사가 세리가 아닌 바에야 그런 것으로 능력 평가를 받아야 할 까닭이 없는데도 그것이 강박관념이 되어 작용하고 있는 것만은 사실이었다.

내가 교직 생활 3개월 미만에 벌써 싫증을 느끼고 있다면 그놈의 그래프 때문이기도 했다. 퇴근 무렵에 서무실을 다녀와서 그래프의 높이를 꼼꼼히 쌓아올리고 있는 교감의 대머리를 볼 때처럼 교직에 환멸을 느낄 때는 없었다. 실제로 벽돌을 쌓는 막노동하고라도 바꾸고 싶은 신선한 충동을 느꼈다.

그런데 지금 나는 궁색한 나머지 그 그래프로 변명의 여지를 만들려고 하고 있었다.

"엉뚱한 변명하지 말아요."

쥐처럼 옹졸한 얼굴에 남의 속의 약점만을 꿰뚫어보는 것 같은 송 선생의 소인스러운 눈이 빤히 나를 쳐다봤다.

"엉뚱한 변명이라뇨?"

"그럼 엉뚱한 변명 아니면? 납입금 못 내는 아이들 때문에 김 선생의 짭짤한 부수입이 손해날 건 하나도 없잖아요. 아무도 김 선생님한테 소득을 분배하라고는 하지 않았어요. 다만 한턱내라고 했지. 한턱내는 비용이 행여 김 선생 소득을 축낼까 봐, 그런 걱정도 안 해도 돼요. 그건 전체 수석한 애의 학부모가 다 알아서 해주게 돼 있으니까."

"그건 또 무슨 말씀이죠?"

"두고 보면 알아요. 그것이 여지껏의 관례였으니까. 하긴 수석하고도 내 아들이 잘나서 수석했거니 하고 이런 인사치레에 눈 딱 감는 학부모가 없는 것도 아니지만, 이번에 수석한 이광훈이 어머니쯤이면 그런 관례를 충분히 존중해줄 만한 분이니까 곧 치맛바람이 불 거요. 당신이나 나나 치맛바람에 덩실덩실 춤이나 춥시다."

송 선생의 마지막 소리가 유난히 자포자기적으로 들렸다. 특히 연령이나 선후배 관계에 상관없이 깍듯이 선생님이란 칭호를 주고받는 데 익숙해진 나에게 당신이란 호칭은 충분히 모욕적이었다.

그러나 그때는 이미 수업이 끝난 시간이어서 수업에 들어갔던 교사들이 속속 교무실로 모여들고 있었다.

송 선생도 나도 그 치사한 언쟁을 남에게까지 눈치채게 하고 싶지 않았다.

"2학년 9반 권수돌, 김영길 선생님께 용무가 있어 왔습니다."

변성기의 갈라진 목소리가 귀에 거슬리면서 교무실을 찌릉찌릉 울렸다. 학생이 교무실에 볼일 보러 들어오려면 큰 소리로 신고를 하게 돼 있었다. 쉬는 시간이면 연이은 고성의 신고 소리로 귀청이 떨어질 지경이었다.

누가 만든 법인지는 몰라도 악법임에는 틀림이 없는데 아무도 고칠 엄두를 못 내는 걸 보면 교장 선생님이 만든 법인지도 몰랐다.

권수돌은 누런 이를 드러내고 씩 웃더니 노트장을 찢어서 꼬깃꼬깃 접은 걸 불쑥 내밀었다.

"뭐냐?"

"우리 아버지가 선생님 갖다 드리랬어요."

권수돌도 아직 납입금을 못 내 며칠 전에 오늘까지 내마고 다짐을 받은 우리 반 학생이었다.

"가 봐. 아침엔 이나 좀 닦고……."

나는 그 꼬깃한 것을 그 자리에서 펴지 않고 수돌이 먼저 보냈다. 그것은 볼펜으로 또박또박 눌러 쓴 편지였다.

선생님 전상서

소생 수돌이 애비 삼가 선생님께 문안드립니다. 소생은 공사장에서 허리를 삐어 누워 있는 지가 벌써 반년이 넘는 몸이올씨다. 다행히 우리 식구를 불쌍히 여긴 공사감독이 여편네를 대신 써주어서 간신히 입에 풀칠을 하고 사는 불쌍한 목숨이올습니다. 여편네를 대신 내보내고 누워 있는 심정이 얼마나 착잡하겠습니까. 게다가 자식놈은 아침마다 월사금을 조르고 하여 여편네한테 의논을 하였던 바 여편네 말이 한 달만 있으문 조그만 계를 하나 탄다고 합니다. 절대코 틀림없는 계라고 합니다. 선생님 그러니 제발 퇴학만 시키지 마시고 그때까지만 봐주십시오. 정말이지 마음적으론 안 그런 사람인데 웬수 돈 때문에 사람 노릇 못 하고 삽니다. 용소해주십시오. 애비 노릇 못 하는 이 못난 놈을 용소해주십시오. 선생님 기체일향만강하심을 빌겠습니다.

나는 봉투도 없는 이 초라한 편지를 주머니에 밀어 넣으며 왠지 송 선생이 야유한 소득의 분배라는 말에 대해 생각했다.

그날 종례 때 2기분 납입금 고지서를 나누어 주지 않으면 안 되었다. 2기분 고지서를 나누어 주면서 1기분도 아직 안 낸 사람 손 들어보라고 했다. 권수돌이 호기 있게 손을 들자 대여섯 명이 더 쭈뼛쭈뼛 손을 들었다. 나는 그 애들을 남으라고 할까 하다가 그만두었다. 그 애들을 따로 남게 해서 무슨 말을 할 수 있을 것 같지가 않았다.

교무실 그래프는 오늘 두 눈금이 올라 미납자는 여덟 명이 남아 있었다.

송 선생 반을 위시해서 완납된 반이 과반수가 되고, 미납자가 있는 반도 기껏 한두 명이었다. 이미 2기분 고지서가 발부되었으니 당연했다. 나는 또 한 번 소득의 분배라는 말을 생각했다.

청소 검열을 마치고 기남이와 태식이는 남게 했다. 아직 한글을 못 깨친 우리 반 아이들이었다. 그러나 저능아 같진 않았다.

글씨 한 자 한 자는 아는데 그것을 붙여서 읽지는 못했다. 도대체 그들이 알고 있는 무의미한 음을 붙여서 뜻이 있는 말을 만들 의욕이 전혀 없는 아이들이었다.

나는 이 아이들을 볼 때마다 이 아이들을 여지껏 거쳐간 국민학교, 중학교의 담임에게 심한 분노를 느꼈다. 그리고 어떡하든 이 애들에게 읽게 할 의무 같은 걸 느꼈다.

그러나 남으라고만 했지 정작 교재를 준비하고 있진 않았다. 그 애들도 남들과 똑같이 몸이 휘어지게 무거운 책가방을 가지고 있지만, 그 중 한 권의 책도 그들의 닫혀진 호기심을 자극하진 못했던 것이다.

앞으로 교재 선택에 따라 그들에게 음을 연결해서 뜻을 만들 의욕을 불어넣을 수 있느냐 없느냐가 달렸을 것 같았다. 재미있는 동화책이 좋을 것 같았다.

나는 그 애들을 기다리게 해놓고 도서실로 내려갔다. 도서실은 있지만 사서가 없어서 학생들에게 도서대출은 안 하고 있었다.

대출을 하지 않는 까닭으로 많은 책이 있었고 대개는 전집류였다. 서가엔 중복에 중복을 거듭한 전집류가 즐비하고『대망』이니『세계퍼스트 레이디 전집』까지 있는데도 동화류는 한 권도 없었다. 하긴 중학생이니까 동화 읽을 나이는 지났을지도 모르겠다.

교재가 될 동화는 옥순이와 의논해서 정하고 오늘은 그냥 재미있는 옛날얘기나 하나 들려줘서 보내야겠다고 마음먹었다. 그러나 교실에는 기남이 혼자 남아 있었다.

"태식인 어디 갔니?"

"그냥 갔어요. 선생님한테 혼난다고 해도 그냥 갔어요. 선생님한테 혼나는 것보다 보급소 소장님한테 혼나는 게 훨씬 더 무섭대요."

"보급소 소장님?"

"네, ××신문 보급소 소장님이오. 태식인 ××신문 배달인데 늦게 배달하면 단골 떨어진다고 보급소 소장님한테 혼난대요."

"그래, 알았다. 그럼 앞으론 너 혼자 남아서 공부해야겠구나."

"저도 늦으면 혼나요."

"넌 또 누구한테 혼나니?"

"엄마한테요. 엄만 남의 집에 일하러 다니시느라 늦게 늦게 오시거든요. 제가 동생들 밥을 지어서 먹여야 돼요. 안 그러면 엄마는 너희들 공부시키느라고 뼛골이 빠지게 일하는데 그까짓 밥도 못 지어놓느냐고 막 화를 내요."

"거봐라. 어머니는 너 공부시킬려고 그렇게 애를 쓰시는데 너는 여지껏 한글을 모른대서야 말이 되니. 어머니가 그걸 아시면 아마 더 화를 내실걸."

"우리 엄마는 그런 건 상관도 안 해요. 내가 큰아들이니까 어떡하든 중학교 졸업장까지는 따놔야 한다고 그것만 상성이죠, 뭐. 중학교 졸업장이 있어야 어디 기술이라도 배우러 들어갈 수 있다나 봐요."

나는 맥이 빠져 기남이도 집으로 돌려보냈다.

오늘쯤은 아마 옥순이가 하숙에 와 있을 것 같다.

그런데도 나는 혼자 텅 빈 교실에 남아 서너 개비의 담배를 연달아 태웠다.

송 선생으로부터 돌연 내 의식 속으로 돌팔매질하듯이 던져진 소득의 분배의 문제는 계속 내 의식의 흐름 속을 부침하고 있었다.

나는 아직 내가 받은 촌지를 한 푼도 축내지 않고 있었다. 옥순이와 함께 저녁을 먹느라 써버린 만큼은 후에 월급을 타서 보충해놓았다.

집에 가서 밥을 지어야겠다던 기남이가 학교 앞 튀김집 앞에서 손가락을 빨고 있었다.

나는 못 본 체하고 지나치려다 "인마" 하고 뒤통수에다 알밤을 한 대 먹였다. 화들짝 놀라 멀찍하니 도망치더니 다시 두리번두리번 한눈을 팔며 걸어가는 모습을 보고도 진심으로 화가 나지진 않았다.

그렇다고 그애가 사랑스럽다든가 불쌍하다든가 하는 마음이 손톱만큼이라도 있었던 건 아니다. 그냥 그애가 싫었을 뿐이다. 밉지도 않고, 싫었을 뿐이다. 미움은 적어도 정열의 일종이지만 싫증에는 그런 열기조차 없다.

아이들에게 심한 매질을 하는 교사가 더러 있다. 여교사 중에도 그런 모진 여자가 있다. 나는 그런 동료 교사를 별로 좋아하지 않았다.

때리고 나서 교사들은 으레 내가 너희들을 미워서 때렸겠니, 사람 되라고, 사랑하는 마음으로 때렸지, 때릴 때의 내 마음은 너희들 육신보다 더 아팠단다 어쩌구 하는 변명으로 발뺌을 한다. 나는 그런 말을 믿지 않았었다. 아이들 상대로 실컷 가학 취미를 만족시키고 나서 뭐 사랑? 사랑 좋아하네, 할 정도로 냉소적이었다.

그러나 별안간 그 말을 믿을 수밖에 없다. 궁지에 몰린 것처럼 어쩔 수 없이 그 말을 믿을 수밖에 없다.

때리는 것도 정열인데 나에게 도대체 아이들을 향한 그런 정열이 한 번이라도 있었던가.

기남이만 해도 그냥 지나치려고까지 했다. 알밤이라도 먹인 것은 교사로서의 어쩔 수 없는 의무감 때문이었다. 그러고도 뭐 한글을 가르쳐보겠다고? 나야말로 얼마나 구역질 나는 위선자인가.

학교에서 하숙까지는 한 정거장밖에 안 된다. 학교는 두 개의 고지대, 아름다운 고급 주택가와 더러운 판자촌 사이 협곡에 있다.

나에겐 지금 우리 반 미납자 여덟 명의 납입금을 다 내주어도 남을 돈이 있다. 그 돈은 저 더러운 판자촌 사람들에겐 그렇게 큰돈이 된다. 나에게도 큰돈이다. 그러나 주는 쪽에선 그야말로 촌지였다. 나는 촌지를 크게 보람 있게 쓰려고 하고 있다.

그건 좋은 일이다. 그런데도 나는 마음을 선뜻 정하지 못하고 있다. 뭐가 뒤꼭지를 잡아다니는 것처럼 망설이고 있다.

돈에 대한 욕심 때문일까? 그것도 아주 없지는 않겠지만 나의 소득을 분배해줄 대상의 자격에 대한 내 나름의 불만이 더 컸다.

모든 장학금은 불우한 수재에게 주어지기를 꿈꾸는 것처럼 내가 간직하고 있는 촌지도 어느 틈에 그런 아니꼬운 꿈을 꾸고 있었나 보다.

그러나 수재까지는 못 바라더라도 최소한 총명한 눈동자, 배움에 대한 순수한 갈망과 만나지기를 꿈꾼다고 해서 나쁠 것도 없지 않은가.

"선생님!"

생각에 잠겨 느리게 걷고 있는 내 앞으로 옆 골목에서 소년이 뛰어나와 90도 각도의 절을 한다. 그는 뛰어나왔다기보다는 갑자기 굴러나온 공처럼 돌연 내 발밑에 있었다.

"넌 1번, 아니 철이 아니냐?"

"네 선생님."

처음 나를 부를 때도 그랬지만 나는 그렇게 솔직한 반가움과 정이 담긴 선생님 소리를 처음 듣는 것처럼 느낀다. 교복이 아닌 줄무늬의 티셔츠를 입고 있어서 더 어리고 더 작아 보인다. 키 순서로 매기는 출석번호가 1번인 우리 반 제일의 꼬마였다.

철이의 왼쪽 겨드랑 밑에 배달해야 할 신문 뭉치가 아직도 남아 있다.

"배달 끝나려면 아직 멀었니?"

"아아뇨, 곧 끝날 거예요."

그는 남은 신문의 부피를 나에게 내보이며 착한 소년다운 수줍은 웃음을 웃었다. 눈이 어린 비둘기의 눈처럼 유순해 뵌다.

나는 문득 그와 친해지고 싶다.

"그럼 선생님, 안녕."

그는 나를 보고 반가워서 뛰어나온 골목으로 다시 뛰어들어갈 태세를 취한다. 나는 구르는 공을 잡듯이 황급히 그의 어깨를 잡으며 물었다.

"빵 사줄까?"

"안 돼요, 선생님. 제시간에 신문이 들어가야 돼요."

"그럼 선생님이 먼저 빵집에 가서 기다릴게 다 돌리고 올래?"

"네 선생님."

철이의 눈이 감격으로 빛났다. 나는 철이에게 빵집이 있는 곳을 자세히 일러주고 먼저 가서 기다렸다.

철이는 우리 반 미납자 중에서 유일하게 성적이 상위권에 드는 학생이었다. 나는 철이를 통해서나마 내가 하려는 일에 대한 자신과 보람을 가져보고 싶었다.

철이는 곧 왔다. 몹시 숨을 헐떡이고 있었고 볼이 능금처럼 고왔다.

"녀석, 얼마나 급하게 뛰어왔길래."

"선생님을 너무 오래 기다리시게 할 순 없잖아요."

"이렇게 배달 끝내고 집에 돌아가면 피곤해서 공부도 못 하고 쿨쿨 잠만 자는 거 아니니?"

"피곤하긴요, 한창 자랄 나인걸요."

"녀석도, 남 다 자라는데 제대로 자라지도 못해가지고 말은 넙죽넙죽 어른같이……."

나는 그의 어깨를 안고 머리를 쓰다듬었다. 빡빡대가리의 감촉이 손바닥에 쾌적했다.

우선 우유를 한 병 마시게 한 후 빵을 한 접시 수북하게 시켰다. 철이는 왕성하게 먹었다.

"이 다음에 뭐 될래?"

"기술자요."

"무슨 기술자?"

"무슨 기술자든지, 그냥 제일가는 기술자요. 기능올림픽에 나가서 금메달도 따오고 돈도 많이 버는……."

"그래, 그거 참 잘 생각했다. 그런데 그런 생각은 네가 한 거니, 누가 정해준 거니?"

"엄마하고 저하고 같이 정했어요."

"참, 아버진 안 계시던가?"

"네."

철이가 시무룩해지는 것 같아 나는 화제를 돌렸다.

"참, 이번 철이 성적 아주 잘 나왔던데."

"시험 잘 못 쳤는데."

철이가 다시 착한 소년다운 귀엽고 수줍은 미소를 지으며 뒤통수를 긁적거렸다.

"조금만 더 노력하면, 출석 번호뿐 아니라 석차도 1번이 되겠는데."

"그건 안 돼요."

철이가 뜻밖에 천부당만부당하다는 얼굴을 했다.

"왜 안 돼?"

"우리 반 1등은 보나마나 이광훈이죠?"

"그래, 그뿐인 줄 아니? 학년 전체 수석이란다. 참 이건 성적표 나누어 주기까지는 비밀인데 어쩐다? 선생님은 너만 믿는다. 사나이답게 비밀 지켜. 알았지?"

나는 짐짓 난처한 척, 빌붙는 척했다.

"네, 그렇지만 다 아는 사실인걸요, 뭘."

"이광훈이 1등은 떼어논 당상이다 이거지? 그래서 딴 애는 주눅이 들어서 아예 1등은 꿈도 못 꾸고……. 너도 그렇지?"

나는 성적 얘기를 할 작정은 아니었는데 어느 틈에 성적 얘기를 하면서, 이 귀여운 녀석과 고작 할 얘기가 성적 얘기밖에 없단 말인가 하고 짜증이 났다.

"이광훈이 걘 머리도 좋지만 얼마나 비싼 과외를 한다구요. 뭐든지 도사예요. 영어회화는 미국 사람한테 하기 때문에 영어 시간엔 선생님 발음까지 걔가 고쳐주는걸요. 그래서 영어 선생님은 우리 반에만 들어오시면 미리 언다구요, 얼요."

철이는 영어 시간을 회상하는지 혼자서 낄낄댔다.

"선생님도 비밀 지켜주셔야 돼요. 사나이답게."

"무슨 비밀?"

"영어 선생님 얘기요. 아무한테도 말하지 마세요."

"원 녀석도. 그건 그렇고 이광훈한테 주눅 들면 바보야. 과외 안한다고 1등 못 하란 법 없으니까 말이야. 바른대로 말이지, 과외 안하고, 학교에서 수업시간에 잘 듣고 집에 가서 예습 복습 잘해서 하는 1등이 그게 진짜 1등인 게야, 알았지?"

"알아요, 선생님. 그렇지만 전 1등을 못 하는 게 아니라 안 할 거란 말예요."

철이가 갑자기 당돌하리만큼 도전적으로 말했다.

"안 하다니? 왜?"

"엄마가 슬퍼해요."

"네가 1등을 하면 엄마가 슬퍼해?"

"전 한 번도 못 해봤지만 형은 가끔 가다 한 번씩 했어요. 그럴 때마다 엄마는 한숨을 쉬면서 슬퍼했어요. 1등 하는 자식 대학도 못 보내는 에미가 살아서 뭐 하냐고요?"

철이는 그 또래의 소년답지 않은 슬픈 얼굴로 말했다.

"형은 지금 뭘 하니?"

"실업계 고등학교에 다녀요. 저도 어떡허든 실업계 고등학교까진 엄마가 보내준댔으니까 그만큼만 공부하면 돼요. 참, 선생님 미안해요."

"뭐가?"

"여지껏 수업료 못 냈거든요. 엄마가 곧 해주신댔어요."

"어머니께 너무 애쓰시지 말라고 그래, 알았지?"

"선생님도 참, 그렇게 순하게 하시니까 우리 반이 꼴찌하는 거라구요."

철이가 노숙한 얼굴로 나를 훈계하려 들었다. 나는 기가 막혔다.

"순하게 하잖으면?"

"들볶고, 때리고, 창피주고, 그러셔야 돼요. 1학년 때만 해도 수업료는 제가 형보다 먼저 타냈었는데, 선생님이 미적지근하게 말씀하시니까 저도 집에 가서 미적지근하게 말하게 되고, 그러다 보니 형에게 빼앗겼지 뭐예요. 형 선생은 아주 독종인가 봐요."

철이는 말을 하다 말고 계집애처럼 혀를 날름 하고는 뒤통수를 긁었다. 아마 독종이란 소리를 무심히 하고는 괜히 했다 싶은가 보다. 나도 듣기 거북했지만 탓하진 않았다.

"그래서 선생님도 독종이 되라, 이 말이냐?"

"아, 아녜요."

그러더니 슬그머니 궁둥이를 들먹거렸다.

"집에 가봐야 돼요. 늦으면 엄마가 걱정하세요."

"어머니께선 뭘 하시지?"

"장사요."

"어데서."

"집에서요. 집에서 가게를 하세요. 과자랑 라면이랑 뽑기랑 파는……."

나도 같이 일어섰다. 헤어질 때 철이는 불쑥 신문을 한 부 내밀었다.

"이게 뭐냐?"

"오늘 석간신문이에요. 선물이에요."

"고맙다."

나는 다시 한 번 그의 빡빡대가리를 쓰다듬고 그는 깨끗한 눈을 깜박거리며 조용히 내 가슴으로 몸을 밀착해왔다.

철이와 헤어진 후 나는 기분이 썩 좋았다. 소득의 분배 대상 중에 철이를 포함시킬 수 있다는 게 나를 그렇게 즐겁게 했다.

그러고 보니 오늘 나는 송 선생으로부터 소득의 분배에 대한 암시를 받은 후 우리 반의 여덟 명의 미납자 중 반수인 네 명을 만나본 것이다. 수돌이, 태식이, 기남이, 철이. 이들을 제외한 남은 네 명에 대해서도 궁금하지 않은 건 아니다. 그러나 지금까지 명확하게 드러난 사실 중 가장 중요한 건 여덟 명이 다 더럽고 음습한 북향 동네에 사는 가난뱅이라는 데 있다.

물론 그 동네에 사는 애들이 다 납입금을 안 낸 것도 아니고, 그 동네에 사는 것이 납입금 안 낼 자격이 되는 것도 아니다. 다만 여지껏 안 냈다는 걸로, 그만큼 더 가난한 것으로 보아도 무방할 것 같았다. 그것으로 촌지의 분배에 참여할 자격은 충분하지 않을까.

그 이상의 까다로운 자격을 따질 생각일랑 말자. 그런 생각이란 하면 할수록, 결국에 가선 그 소득을 내 것으로 하고픈 욕심을 합리화시키려는 간계와 만나게 될 것은 뻔하다.

다만 소득의 분배에 대해서만 생각하자. 나의 소득이 아니라 남향동네의 소득을 북향 동네에 분배하는 거다.

비록 그런 티끌만 한 분배에 의해 남향 동네와 북향 동네 사이의 깊고 깊은 협곡을 메울 수는 없다손 치더라도 나는 정직하고 깨끗한 분배의 손이 되리라.

세금, 기부, 자선사업이란 명목으로, 국가적 개인적으로 소득의 분배는 끊임없이 시도됐었고, 또 현재도 열심히 행해지고 있지만 복잡다단한 분배의 과정에서 정당하게 혹은 부정하게 그건 얼마나 많이 축났던가.

마치 목마른 고지대 주민에게 아랑곳없이 노후한 수도관에 의해 땅속에서 몰래몰래 엄청난 수도물이 새는 것처럼.

나는 한 푼도 새지 않는 분배의 손이 되리라. 나는 마치 표창받는 선행소년처럼 천진하게 가슴이 설레었다.

하숙엔 아마 옥순이가 와 있으리라. 나는 여지껏 옥순이에게 내가 보관하고 있는 촌지에 대해 숨겼지만 오늘은 얘기해야겠다. 내 계획에 대해서도.

내 계획에 의해 비로소 떳떳한 것이 된 촌지에 대해 이젠 숨길 필요가 없을 것 같았다.

집집마다 널찍한 정원이 있는 우리 동네 오월은 아름다웠다. 달콤한 꽃 냄새, 풋풋한 잎의 냄새 그리고 선물받은 신문의 싱그러운 잉크 냄새를 함께 깊이 호흡했다. 휘파람이라도 불고 싶게 마음이 가벼웠다.

내 방에서 옥순이는 엎드려서 책을 보고 있었다.

"오래 기다렸어? 심심했지? 뭐 하고 놀았어?"

나는 기분이 좋은 김에 옥순이를 어린애처럼 얼렀다.

"숨은그림찾기 하고 놀았어."

"어디서?"

"이 책에서."

그녀는 보고 있던, 서점 포장지로 겉장을 싼 술이 두꺼운 책을 가리키며 말했다.

"세상에 종이도 흔하지, 그런 게 다 단행본으로 나오다니."

숨은그림찾기란 어린이 잡지나 신문에서 취급하는 것으로, 확실한 선으로 된 그림 속에 교묘히 숨겨진, 불확실한 선으로 된 또 다른 그림들을 찾아내는 놀이이다.

옥순이는 다 큰 처녀가 된 후에도 그런 놀이를 좋아해 곧잘 나에게 내기를 걸었다.

확실하고 단순한 선으로 된 숲속의 백설공주와 일곱 명의 난쟁이 그림이 있다고 치자. 공주의 옷갈피에서 주전자나 방울모자를, 숲속에서 촛불이니 접시니 자전거를 찾아내는 일에 나는 서툴렀고 재미도 못 느꼈지만 옥순이의 비위를 맞추기 위해 내기에 응했었고 번번이 졌었다.

나는 그녀가 또 숨은그림찾기 놀이를 하자고 조를까 봐 얼른 그녀를 안았다. 그리고 뽀뽀했다. 나는 좀 더 어른다운 놀이를 갈망하고 있었다.

그녀의 입술은 이제 갓 열매 맺은 자두처럼 단단하고 떫지만은 않다. 제법 말랑하고 새콤달콤하다. 그러나 건강한 옥니는 아직도 미제 지퍼다.

그래도 제법 새콤달콤한 입술을 가진 여인답게 보챈다.

"우리 빨리 결혼해."

"또 그 소리, 몇 달만 기다리래두."

"취직하면 곧 결혼하자더니."

"그야 결혼식이야 지금이라도 하려면 하는 거지. 뭣하면 시골집에 내려가서 해도 되고. 그렇지만 결혼하면 첫째, 방이 있어야잖아. 옥순이가 마음 놓고 맛있는 반찬도 만들고, 도시락도 쌀 수 있는 부엌 딸린 방이."

"알았어. 그럼 우선 하숙이라도 옮겨. 이 집 주인 여자 기분 나빠. 불결하고, 불길하고……, 불친절하고……, 한마디로 불쾌해."

"그 여자 불자 빼면 쓰러지겠네. 그렇지만 불쌍한 여자야. 봐줘."

"거봐. 저러니까 내가 불안할밖에."

우리는 석민이 엄마에 대한 불투명한 느낌을 이런 말장난으로 얼버무리고 안이하게 킬킬댔다.

내가 먼저 정색을 하고 옥순이를 타일렀다.

"말이 하숙이지 여기 있으면 하숙비가 안 들잖아. 내가 석민이 가르치는 걸로 하숙비 몫을 넉넉히 하고 있으니까. 그러니까 여기 있으면 그만큼 우리가 결혼할 수 있는 날짜가 앞당겨지게 되는 거야. 알았지?"

"응 알았어. 영길 씨 고단하겠다. 낮에 온종일 아이들한테 시달리고 밤에도 쉬지 못하고 또 가르쳐야 되니."

"견딜 만해. 다 옥순이를 위해서니까."

"알았어. 요새로 부쩍 말랐어. 가엾어라."

옥순이가 내 볼을 쓰다듬었다. 나는 뭔가 뜨끔했다.

아닌 게 아니라 밤마다의 불침번 노릇은 정말 지겨웠다. 나는 석민이를 잠 못 들게 하고 석민이 엄마는 나를 잠 못 들게 한다는 세 사람의 기묘한 관계와 이런 심야의 세 사람을 에워싼 면학 분위기와는 딴판인, 여인의 짙은 화장 위를 흐르는 땀처럼 *끈끈하고 향기로운 점액질*의 분위기에는 젊은놈의 살을 깎는 지옥의 고통이 있었다.

"어디 오래간만에 숨은그림찾기나 할까."

나는 옥순이가 무슨 눈치라도 챌까 봐 짐짓 명랑을 꾸미고 책을 집어 펼쳤다. 소설책이었다.

"그러면 그렇지, 아무리 책이 흔해 빠져도 숨은그림찾기 책이 있을라구. 소설책이라면 누가 뭐랄까 봐, 왜 거짓말을 시켜?"

"난 무식한가 봐. 고등학교밖에 못 나와서."

옥순이는 슬픈 얼굴을 하고 딴청을 부렸다.

"왜? 이 책을 이해 못 하겠어?"

"응, 숨은 그림을 못 찾겠어."

"무슨 잠꼬대야. 이 책은 그림책이 아니라 소설책이래두. 소설책 중에도 요새 한창 잘 팔리는 인기 작가의 베스트셀런데. 그림이라곤 삽화 한 장 없잖아?"

"영길 씨도 알지? 내가 요새 나온 소설책 별로 읽은 게 없다는 것."

"그래도 세계명작 같은 거 꽤 읽었잖아. 시골에 있을 때 말야."

"오빠나 언니들 보던 것이 굴러다니니까 좀 보긴 봤지. 그렇지만 동화 말고 신간을 사본 적은 한 번도 없었어. 간혹 친구들한테 빌려 봐도 별 재미를 못 느꼈거들랑. 그런데 오늘 여기 오다가 서울의 큰 책방엘 처음 들어가 봤는데 사람들이 어떻게 많은지. 특히 대학생들이. 신간의 문학서적이 진열된 곳엔 대학생들이 첩첩이 성을 쌓고 있어서 넘겨다보기도 힘들 지경이었어. 책을 고르고도 있었지만 대개는 그 자리에서 읽고 있었는데, 그 읽고 있는 사람들의 표정을 보고 있으려니 별안간 가슴이 찡했어. 그 사람들 어떤 표정이었는지 알아?"

"그야 사람이나, 읽는 책에 따라 표정은 다 달랐겠지."

"공통의 표정 말야."

"글쎄."

"숨은 그림을 찾는 표정이었어."

"뭐라구?"

"왜 있잖아. 숨은그림찾기할 때의 그 걸신들린 것도 같고 천진난만한 것도 같은 빛나는 표정 말야. 그런 표정을 보니까 가슴이 찐하면서 한편 서울 온 보람 같은 걸 느꼈어. 영길 씨 가까이 왔다는 것 말고 서울 온 보람을 느끼긴 처음이었어. 그래서 나도 요새 제일 잘 팔리는 책이 무어냐고 물어가지고 그걸 샀지 뭐."

"바보같이……. 숨은 그림을 찾으려고?"

"근데 참 어려워. 아직 하나도 못 찾았어, 영길 씨도 알지? 내가 그림 찾기라면 도사라는 거."

"아무리 도사라도 이 속에서 그림을 찾진 못해. 아무도 찾고자 하지도 않았을 테고."

"틀림없다니까. 그 사람들은 분명히 숨은 그림을 찾고 있었어."

"이 새카만 글씨 사이에서 방울모자나 촛불이나 세발자전거 따위를 찾고 있더란 말이지?"

나는 옥순이의 머리를 그녀의 책으로 찰싹 소리가 나게 때리며 신경질을 부렸다. "언제 저 철부지를 길러서 색시를 삼으려고 그러나" 하던 장차의 장모의 탄식이 내 탄식이 되어 절실해졌다.

옥순이는 매까지 맞고도 말대답을 멈추지 않았다.

"누가 그런 걸 찾고 있었댔나. 대학씩이나 다니는 다 큰 어른들이……."

"그럼 벌거벗은 계집애 그림을 찾고 있니?"

"아냐, 함부로 그 사람들을 모함하지 마."

"그럼?"

"그들이 찾는 숨은 그림은 여러 모습의 지, 진실이었을 거야."

그녀는 불쌍하리만큼 위축돼서 더듬대며 말했다.

"난 못 찾았지만 그들은 찾았을 거야. 영길 씨도 찾을 수 있을 거야. 내가 못 찾는 건 당연해. 난 무식하니까. 진실은 방울모자보다 훨씬 귀하니까."

글래머에 가깝게 성숙한 몸매와 소학생 같은 얼굴이 그 모순을 선명하게 드러내 밉게 보였다.

나는 문득 그녀의 이런 모순을 통일해 내 것으로 만들 자신이 없어졌다.

그녀의 기분을 돌리기 위해선지, 내 기분을 돌리기 위해선지, 나는 앞으로 내가 하려는 소득의 분배라는 것에 대해 옥순이에게 신이 나서 설명을 하기 시작했다.

그러나 말로 하니까 내 속에 있을 때만큼 그 일은 훌륭한 일이 못되었다.

이에 초조한 나머지 나는 허풍을 떨기 시작했다. 내 말이 내 귀에 시시하게 들릴수록 내 허풍은 눈덩이처럼 불어났다.

앞으로 수단 방법 가리지 않고 촌지를 긁어모아 적어도 우리 반의 가난한 애만큼은 수업료 없이 학교 다니게 할 거라는 포부, 세상에 하고많은 장학금이니 구호금이니, 자선이니 하는 게 중간에서 야금야금 축나 얼마나 실낱같이 되어 그것을 필요로 하는 사람들에게 돌아가거나 아주 안 돌아가고 만다는 분개, 이런 의미에서도 내가 하려는 식의 소득의 분배는 획기적인 일이 될 거라는 자랑 등을 늘어놓았다. 그러나 허풍은 떨면 떨수록 거짓말다워질 뿐이었다. 나는 초조했고 더욱 웅변 조가 심해졌다.

옥순이는 이런 내 웅변 조에 처음부터 냉담했다. 감동을 잘하는 그녀답지 않게 도무지 감동을 해줄 척도 안했다.

"뭐라고 좀 그래 봐."

드디어 나는 그녀의 어깨를 잡아 흔들며 칭찬과 격려를 애걸했다.

"모르겠어. 그게 옳은 일인지 그른 일인지 정말 난 모르겠어."

그녀가 눈을 아둔하게 깜박거리며 말했다.

"바보 같으니라구. 내가 여지껏 설명해줬잖아? 그것보다 더 명확하게 훌륭한 일이 어디 있겠니?"

"맞아, 그건 엄청나게 훌륭한 일이야. 만일 영길 씨가 그 일을 계속해서 성공적으로 할 수만 있다면 훗날 온 인류도 구원할 수 있을 거야."

그녀는 여전히 아둔한 얼굴로 그러나 두 손을 벌려 제스처까지 써가며 말했다. 아마 그녀가 생각해낸 최고의 찬사였으리라.

그러나 내 귀엔 신랄하고 가시까지 돋친 논평으로 들렸다.

여지껏 내 가슴속에서 풍선처럼 부풀어 올랐던 게 가시에 찔린 것처럼 픽 소리를 내며 오므라들었다.

"재수 나쁜 계집애 같으니라구."

나는 그 소리를 차마 입 밖에 내진 못하고 가슴에 앙심처럼 간직했다.

일하는 소녀가 잘 차린 저녁상을 들여오고 한복으로 곱게 단장한 석민이 엄마가 호스티스처럼 요망을 떨며 따라 들어왔다.

옥순이가 오는 날이면 석민이 엄마가 한층 무르익어 뵈는 것은 이상한 일이었다.

"찬은 없지만 많이 드세요."

옥순이를 의식하고 보통 때보다 많은 찬을 차렸는데도 석민이 엄마는 이런 소리를 하며 잔물결 같은 눈웃음을 쳤고 옥순이는 가뜩이나 작은 입술을 병의 주둥이처럼 뾰족하게 오무리고 새침했다. 그래도 사과 한 쪽도 안 먹으려고 할 때보다 많이 나아진 거였다.

"여기 와서 가끔씩 영양보충 하지 않았으면 나 예전에 영양실조 걸렸을 거야."

석민이 엄마가 나가자마자 이러면서 옥순이는 잘 먹었다. 나는 이런 옥순이가 측은했다.

"중동에 간 형부가 돈 많이 부쳐온다며, 언니넨 그렇게 반찬을 안 해먹어? 아이들도 있다며."

"언니는 요새 증권에 재미를 붙여서 형부가 송금해오는 족족 모조리 증권투자를 해. 형부가 돌아올 때까지 형부가 번 돈의 두 배나 세 배쯤 불려놓는 것은 문제도 없다나 봐. 신문도 다 떼버리고 증권 시세가 자세히 나는 경제신문 하나만 본다면 말 다 했지."

"그래? 옥순이 언니가 그렇게 대단한 여잔 줄은 몰랐는데."

"처음엔 안 그랬어. 형불 보내고 얼마간은 고독해서 달이 떠도 한숨, 꽃이 펴도 한숨, 오죽해야 나를 다 불러 올렸겠어. 그러다 그 고비가 지나니까 돈독이 오르면서 고독이 다 뭐야. 그저 돈밖에 몰라. 아마 나 먹는 것도 아까울걸. 쌀이니 메주니 고추니 엄마가 다 부쳐주는 생각은 하지도 않고. 돈독이 오르니까 제일 먼저 눈빛이 달라지던데."

"어떻게?"

"봐야 알지 그건 설명할 수도 없어. 아무튼 정떨어져. 돈이나 돈 될 거 외에는 모조리 경멸하고 밀어내는 눈이야. 우거지만 먹고도 어디서 그렇게 기운이 뻗치는지 마치 출전을 앞둔 운동선수처럼 원기와 의욕에 넘쳐 동분서주, 그러니 고독할 새가 어디 있겠어?"

"잘됐잖아. 독수공방하는 분이 맨날 눈물이나 흘리고 한숨짓고 해 봐? 옆에 있는 사람이 못 견딘다구."

"다들 그러대, 잘됐다고. 남편이 돈 벌러 외지에 나가 있으면 여잔 돈독이 오르든지 바람이 나든지 둘 중의 하나래."

"그렇다면 정말 잘됐군."

"바람난 것보다 낫단 소리지?"

"그야 물론 아냐?"

"나도 처음엔 그렇게 생각했는데 차차 그 반대의 생각이 들어. 남편이 없을 때 바람나는 거 얼마나 자연스러워? 나라면 바람이 나겠어."

"요게 그냥."

나는 그녀를 때리는 시늉을 하고 그녀는 혀를 내밀며 고개를 움츠렸다.

"아냐, 조금만 날 거야. 고독을 견딜 수 있을 만큼만. 바람난 여자 얼마나 귀여워? 바람난 건 남편이 돌아오면 잡을 수 있지만 돈독은 안 그래. 그놈의 독은 중화시킬 해독제가 없거든. 지금 우리 언니의 목표는 3천만 원을 모으는 거지만 아마 그 목표 달성을 하고 나면 형부의 체류 기간을 연장시켜서라도 1억 원 목표를 세울걸. 돈 때문에 떨어져 있으면서 보고 싶어하지 않는 부부, 아유 끔찍해."

그녀는 진저리까지 치면서 끔찍하다는 소리를 되풀이했다.

그녀를 바래다주고 헤어질 때 나는 다정하게 말했다.

"우리 될 수 있는 대로 빨리 결혼하자. 옥순이가 언니네를 빨리 면하고 내가 석민이네를 빨리 면하기 위해서라도."

그녀는 고개를 크게 끄덕였다.

"그렇지만 훌륭한 선생님 되는 것도 잊지 마."

그녀와 헤어져 밤길을 혼자 걷는 동안 다시 가슴이 텅 비어왔다. 텅 빈 가슴속을 두 개의 목소리가 메아리쳤다.

아무도 김 선생님한테 소득을 분배하라고는 하지 않았다는 송 선생의 야유의 소리와 만일 영길 씨가 그 일을 성공적으로 할 수만 있다면 훗날 온 인류도 구원할 수 있을 거라는 옥순이의 목소리가 그거였다. 그 두 개의 목소리는 음색이 전혀 다르면서 똑같이 음흉했다.

나는 주먹을 불끈 쥐며 다짐했다.

"흥, 누가 못 할 줄 알구, 누가 못 할 줄 알구."

그리고 다음 날부터 곧 나는 그 일을 했다. 아무도 눈치채지 못하게 조용히 했다.

선행은 어디까지나 오른손이 한 일을 왼손이 모르게 해야 하므로.

그렇다고 당사자에게까지 알리지 않을 수는 없는지라 당사자끼리도 서로 모르게 개별적으로 불러, 너만 알고 있으라는 식으로 그의 납입금을 내가 대납한 걸 알렸다.

"그러니까 부모님께 살짝 말씀드려 걱정 덜어드리고 너도 마음 놓고 공부 잘하고, 그리고 아무한테도 이런 소리 하면 못쓴다. 선생님은 이런 사실이 너와 나 외에 누구에게도 알려지는 걸 원치 않아. 알았지?"

여덟 명 중 눈물이라도 흘리며 고마워하는 놈은 어쩌면 한 놈도 없었다. 충분히 그럴 수 있게 축축하고 조용한 분위기까지 마련해 놓았거늘.

철이만 빼고는 하나같이 뻔뻔스럽지 않으면 무표정했다.

철이는 갑자기 얼굴이 홍당무가 되더니 그의 맵시 있는 빡빡대가리를 내 가슴에 기댔다. 나는 그의 머리로 해서 볼과 턱을 쓰다듬었다. 수염이 나려면 아직아직 먼 유아처럼 보드라운 볼과 턱이었다.

다음 날 철이 어머니가 복숭아를 한 봉지 가지고 왔다.

433

"뵐 낯이 없구먼요, 뵐 낯이 없구먼요."

수도 없이 머리를 굽신대며 그 소리만 하다가 갔다.

복숭아는 2학년 담임끼리 나누어 먹었고 맛이 괜찮았다.

그날 밤, 학년 수석을 한 이광훈의 어머니의 초대로 교장, 교감, 2학년 담임 전원이 요정에서 실컷 한턱을 얻어먹었다.

요정은 내가 난생 처음 보는 누각같이 생긴 으리으리한 기와집이었고, 방 안에는 비단 보료에 자개 장롱, 수병풍 등 한국식 구색을 갖추고 있었지만 음식은 어느 나라 음식인지 국적이 분명치 않은 산해진미였다.

짙은 화장에 한복을 입은 미녀들이 교사 하나에 한 명씩 붙어서 시중을 드는 가운데 이광훈이 어머니도 교장, 교감, 교사들 사이를 공평하게 누비고 다니며 미녀들 못지 않은 프로급 웃음에 프로급 솜씨로 술과 음식을 권했다. 여교사들은 일찍 자리를 떴지만 아무도 말리지 않았다.

"아이고, 이제부터 술맛 나게 생겼다."

이러면서 허풍스럽게 기죽 펴는 시늉을 하고 새롭게 술을 마셨고 미녀들을 주물렀다.

송 선생은 여자의 어디를 어떻게 주물러 터뜨리는지 여자의 교성이 날카로운 비명으로 변했다.

나도 점점 시야가 흔들흔들 출렁이도록 취했다. 내 옆에서 말없이 시중을 드는 여자가 석민이 엄마로 보였다가 옥순이로 보였다가 했다.

여자가 나에게 음식이나 술을 권할 때마다 비정상적으로 짧은 저고리 밑으로 겨드랑 밑의 속살이 그대로 드러났다.

"당신을 좀 만져도 됩니까?"

정신은 말똥말똥한데 혀 꼬부라진 소리가 나오는 걸 이상하게 생각하며 나는 여자에게 물었다.

"마음대로 하세요. 남자들이란 특히 훈장님네들이란 밑천 이상으로 빼먹어야 떨어지게 돼 있으니까요."

여자는 담담하게 그러나 못을 박듯이 또박또박 말했다.

나의 몽롱한 시야에서 여자의 표정은 물결에 잠긴 것처럼 출렁여 웃는 것도 같고 우는 것도 같았다.

그러나 경멸하는 듯한 두 눈만은 해 박은 것처럼 고정된 채 깜박도 안 했다. 나는 여자를 만지지 않았다.

어느 때쯤인지 나는 택시에 밀어 넣어지고, 취중에도 흰 꽃을 문 뱀처럼 간교한 손길이 내 양복 주머니에 기어드는 걸 느꼈다.

이광훈이 어머니는 흰 봉투를 밀어 넣으며 "차비예요" 했다. 그러나 집 앞에서 운전수한테 차비를 내미니까 미리 받았노라고 했다.

"여봐, 운전수, 사람이 그러면 못써. 사람이 그렇게 고지식해 빠져서 뭘 해. 생전 운전수밖에 못 해먹을 벼엉신 같으니라구."

나는 운전수한테 주정을 한바탕하고 내렸다.

문 뒤에 누가 기다리고 있던 것처럼 문은 당장 열렸다. 석민이 엄마였다. 나는 정신을 가다듬었다.

"석민이, 아직도 과외에서 안 돌아왔습니까?"

"지금이 몇 신데요. 벌써 와서 혼자 공부하고 있어요."

"그럼 절 기다리셨습니까?"

나는 흐물흐물 웃으며 적당히 비틀댔다.

집에 돌아왔다는 안도감 때문이기도 했지만, 그녀가 내가 주정을 안하면 실망할 것 같은 얼굴을 하고 있었기 때문이었다.

"왜 안 되나요?"

그녀는 비틀대는 내 몸을 능숙하게 직접 자기 몸으로 지탱해주며 낮고 부드럽게 속삭였다.

"안 되다니오. 영광입니다."

이미 초여름이었다. 그녀가 입고 있는 얇은 홈웨어 밑의 부드럽고 탄력있는 살집의 감촉은 벌거벗은 것처럼 확실했다.

나는 그녀의 얼굴에 내 얼굴을 가져갔다.

"아이 따가워요."

얼굴은 비키지 않고 짓눌린 것처럼 선정적인 목소리를 냈다. 그리고 어디를 어떻게 조작했는지 찰깍하는 소리가 나더니 푸른 정원 등이 꺼졌다.

향기로운 어둠 속에서 그녀가 작은 새처럼 몸을 떨며 내 품에 안겨 왔다.

그녀의 입술은 촉촉했고 달콤했고 집요한 흡인력을 갖고 열려 있었다.

이러면 안 되는 건데, 이러면 안 되는 건데 싶으면서도 그 흡인력이 밑바닥까지 도달하고 말듯이 나는 그녀의 입술에 깊이깊이 탐닉

했다.

겨우 나를 놓아준 여자는 뜨겁게 속삭였다.

"가뜩이나 외로운 여자, 이러다가 바람나겠어요."

"외로워서 바람나는 여자는 안 나는 여자보다 훨씬 자연스럽고 귀엽습니다."

그리고 다시 그녀의 입술 속으로 빠져들었다.

"엄마아, 나 졸려 죽겠어, 커피 좀 타줘."

석민이의 하품 섞인 목소리가 안에서 들렸다.

나는 찬물을 뒤집어쓴 것처럼 정신이 나면서 그녀를 밀어냈다.

"녀석도, 잠이 저렇게 많아가지고 언제 전체 1등을 한번 해본담."

석민이 엄마가 종알댔다. 나는 일부러 더 몹시 비틀대며 계단을 올라 내 방에서 옷 입은 채 잠이 들었다.

아침상은 늘 그렇듯이 석민이하고 겸상이었다. 이 집에서의 나의 일은 석민이를 잠 안 자게 지키는 것과 더불어 석민이를 편식 안 하도록 돌보는 것도 포함돼 있었다.

숭늉을 갖고 들어온 석민이 엄마에게 나는 슬며시 능청을 떨었다.

"어젯밤엔 못 마시는 술을 어찌나 마셨던지, 아무것도 생각나는 게 없어요. 그러고도 어떻게 집은 찾아왔는지 모르겠어요."

아침부터 짙은 화장을 한 석민이 엄마는 말없이 양귀비 꽃처럼 짙고 불길하게 웃었다.

우울한 여름방학이었다. 늙으신 부모님은 나를 서울 가서 성공한 걸로 취급해주셨다.

이제 네가 이렇게 성공을 했으니까로 시작해서 부모님은 나에게 이것저것 기대하는 게 많았다.

본디는 안 그랬었다. 가업을 이어 부모님 모시고 농사짓는 형님이 있기 때문이기도 했지만 부모님은 나 하나는 대처에 나가 남부럽지 않게 살기를 소망할 뿐 내 덕을 보고 싶은 눈치를 보인 적은 없었다. 그저 설날하고 추석날하고 1년에 두 차례쯤 신사복 입고 고기 근이나 사들고 고향을 찾아주길 바라는 소박한 소망을 가진 선량한 노인네들이었다.

그러나 여름방학에 내려가니 형수 눈치부터 다르고 형님 눈치 다르고 부모님 눈치도 덩달아 달랐다.

맏이가 둘째 공부시켜 저만큼 성공을 시켰으니 이제 셋째 넷째 공부는 둘째가 시켜야 게 아니냐는 게 대소가의 공론이라는 거였다.

"거긴 나도 공갬이다. 제일 느그 형수 눈치가 뵈어서 말이여."

그리고 아버지는 연방 성공이니 금의환향이니 하는 말로 나를 추켜세웠다. 셋째는 숫제 노골적으로 지방대학은 싫고 대학을 서울 가서 다닐 테니 그렇게 알라고 나를 협박했다.

옥순이네서는 그쪽대로 보챘다. 서울 가서 성공하면 대개 마음 변하게 마련이니 올가을쯤 성례를 치르자는 거였다.

학비도 좋고 성례도 좋지만 성공한 사람 취급은 듣기에 낯간지럽고, 두고두고 우울했다.

나는 동생 문제에 대해서나 결혼 문제에 대해서나 시종 애매한 태도를 취하다가 개학을 앞두고 슬그머니 시골을 떠났다.

2학기가 시작되었다. 3기분 납입금 고지서가 발부되고 나는 2기분을 아직도 내지 못한 우리 반 아이들에게 다시 소득의 분배를 하지 않으면 안 되었다.

그 짓은 처음보다 훨씬 마음이 내키지 않는 괴로운 일이었다. 어떻게 된 게 촌지는 줄어들고 미납자는 늘어나 있었다. 1학기 때 남은 걸 찔러넣어도 모자랄 것 같았다.

미납자 중에서 내가 유일하게 애정을 느낀 철이가 2기분 미납자 중에서 빠져 있는 것은 흐뭇하면서도 나의 일을 더욱 내키지 않게 했다.

나는 모아놓았던 촌지를 내어놓기가 정말이지 아까웠다. 그것만 있으면 내 동생 대학 공부시키는 데도 큰 도움이 됐을 것이다.

아마 내가 그 일을 그만두지 못하고 두 번씩이나 한 것은 촌지가 보장된 고정수입이 아니라는 데 있었을지도 모른다. 내가 운수 좋게 송 선생 말짝으로 짭짤한 애들이 몰킨 반에 걸렸기 망정이지, 그렇지 않은 반의 촌지란 여교사의 화장품값, 남교사의 담뱃값 정도였다.

만약 지금 같은 촌지가 나에게 오래오래 보장될 줄만 안다면 나는 좀 더 내 자신이나 내 식구들을 위한 낭탁을 했을지도 모른다.

나는 이미 납입금을 은밀히 대납하는 일에 아무런 보람도 못 느끼고 있었고, 허황된 수입을 낭비나 하자는 식의 오기밖에 남은 게 없었다.

어쩔 수 없이 그만두게 될 계기 같은 걸 기다리고 있는지도 몰랐다.

그 일은 이미 나에게 있어서 선행이 아니라 무의미한 고행이었다.

내가 그 일에 그렇게 쉽게 싫증이 난 이유는 그 일이 아무에게도 알려지지 않은 데도 있었다.

선행은 오른손이 한 일을 왼손이 모르게 해야만 비로소 선행답다고 생각했었다. 그러나 왼손은 몰라줘도 알 만한 사람은 좀 알아줘야 신명이 날 게 아닌가. 너무 안 알려지고 너무 감사를 못 받으니 쉽게 진력이 날밖에.

은혜에 감사할 줄 모르는 자는 이미 은혜를 받을 자격이 없는 자들이란 생각이 쓸개즙처럼 쓸쓸하게 치밀었다.

좋은 일을 하고 감사도 못 받고, 남에게 알려지지 않는다는 건 나는 정말 참을 수가 없었다.

동료교사들과도 차라도 한잔씩 같이 나누게 되면 찻값은 으레 내가 낼 것으로 알았다.

짭짤한 반에 걸려서 재미 볼 때 인심 쓰지 언제 쓰냐는 게 그들의 공통된 의견이었다.

나는 실속은 한 푼도 없이 선망과 질투만 받고 있었다.

촌지는 점점 줄어들고 있었다. 촌지가 줄어드는 건 학년 초가 아니기 때문이기도 했지만, 시험 볼 때마다 우리 반 학급 평균이 번번이 꼴찌라는 데도 그 이유가 있었다.

극성맞은 학부모들은 그것을 담임의 능력이나 성의 부족으로 판단하는 것 같았다.

지진아가 많아서 학급 평균이 떨어지고 학급 평균이 떨어져서 나의 신임도가 떨어지고, 나의 신임도가 떨어져서 촌지의 액수가 떨어지고, 그런데 그 촌지를 지진아가 대부분인 미납자에게 아무 생색도 안 나게 어두운 밤에 도리질하듯이 나누어 준다. 이런 기묘하고도 우매한 순환에 이제 나는 넌더리가 났다.

그러면서도 나는 그걸 멈출 용기가 없었다. 돌부리 같은 계기가 있어 저절로 넘어질 수 있기만을 바라고 있었다. 옥순이에게 핑계 대기 위해서라도 꼭 돌부리는 필요했다.

이런 우울한 가을 날, 제법 바람이 찬 저녁나절 나는 길에서 다시 철이를 만났다.

그때처럼 신문을 돌리다가 멀리서 나를 알아보고 공처럼 굴러왔다.

"선생님!."

나는 웃으며 그의 머리를 쓰다듬었다. 피곤했기 때문에 나는 그것으로 그냥 철이와 헤어지고 싶었다.

"선생님, 저어, 앞으로 10분도 안 걸려서 배달 끝날 건데요."

내가 묻지도 않는 말을 철이는 했다. 나는 그의 그런 태도가 흡사 또 빵을 사달라고 조르는 것 같아 싫었다.

가난한 집 아이들이란 별수가 없다니까, 나는 속으로 이런 생각을 하며 눈살을 찌푸렸다.

"응 그래? 그럼 빨리 배달 끝내고 집에 가보아야지, 어머니가 기다리실 텐데."

"괜찮아요. 조금 늦는 건."

그는 아직도 내 앞에서 머뭇거렸다.

"선생님은 지금 좀 바빠서."

나는 냉담하게 말했다.

"5분이면 돼요. 선생님께 드릴 말씀이 있어요."

"그래? 그럼 또 빵집에서 기다릴까?"

나는 나도 모르게 빈정대는 투로 말했다.

"아니에요. 여기서 지금 말씀드리겠어요."

몇백 원어치 빵 때문에 경멸당하고 있다는 걸 이 어린 소년은 눈치챘나 보다. 아무리 어려도 자존심이란 경멸에 민감한 법이니까.

나는 아차 하는 뉘우침과 철이가 하고 싶어하는 말에 대한 궁금증 때문에 굳이 빵집에 가서 기다리겠다고 고집했다.

빵집에 가서 앉은 지 10분도 못 돼 철이는 왔다. 나는 전처럼 빵과 우유를 시켰다. 철이는 먹을 것은 거들떠도 안 보고 이야기부터 했다.

"저어, 선생님 우리 반의 권수돌이 있잖아요."

"응 권수돌이가 요새 며칠째 결석이지, 아마."

"네, 나흘이나 학교 안 갔어요. 우리 동네 살거든요."

"어디가 많이 아프다던?"

나는 중병이나 아니길 바라며 물었다. 납입금도 못 내는 주제에 중병이 들면 골칫거리기 때문이다.

"아니에요. 집에선 학교 가는 줄 알아요."

"뭐라구?"

"아침마다 학교 간다고 나가서 어디서 실컷 놀다가 저녁 때면 학교 갔다 온 척하고 집에 들어가나 봐요."

"저런 못된 녀석이 있나. 그런 일을 왜 선생님한테 진작 일러주지 않았니?"

"고자질하면 죽여논다고……."

철이는 뒤끝을 얼버무리며 얼굴이 빨개졌다.

"나하고 지금 수돌이네 가보지 않을래?"

"내일 선생님 혼자 가세요. 지금 같이 가면 제가 고자질한 거 탄로나잖아요."

"걔가 그렇게 무섭니."

"걔 우리 반에서 둘째로 힘센걸요."

나도 소년세계의 그런 힘의 질서에 대해 아주 모르는 바가 아니었으므로 그대로 하기로 했다.

"수돌이 아버지는 좀 나으시니?"

"수돌이 아버지가 어디가 아픈데요?"

"한동네라면서 그것도 몰라. 공사판에서 허리를 다쳤다며?"

"주정을 하다가 허리를 다쳤다면 또 몰라도 그 주정뱅이를 공사판에서 누가 붙여줘요. 술집에서도 안 붙여준다던데요."

나는 권수돌의 아버지 편지 사연처럼 내 심정이 착잡을 지나 참참했다. 권수돌은 내가 두 번씩이나 납입금을 내준 학생이었다.

철이도 고자질을 했다는 죄책감 때문인지 전날처럼 빵을 먹지 않았다. 싸 주마고 해도 의외로 고집스럽게 거절을 하는 거였다.

"철아, 네가 한 일은 고자질이 아냐. 친구를 위한 좋은 일이야. 나쁜 길로 빠지려는 친구를 우리가 힘을 합해 올바른 사람으로 만드는 일이니까."

그래도 철이는 끝내 겁에 질린 표정을 못 풀었다.

다음 날 나는 혼자서 수돌이네를 찾았다.

생각했던 것보다 훨씬 더 더러운 동네였고 골목길이 꼬이고 꼬여서 집 찾기가 아주 망했다. 약도도 엉터리였다.

가까스로 찾은 수돌이네는 빈지문을 열자 토방 겸 부엌이었다. 저녁땐데도 밥 짓는 기색은 없고 연탄가스 냄새로 단박 목이 따가웠다.

한구석에서 연탄불을 열고 시커먼 냄비에 물 없이 라면을 볶으면서 오드득오드득 씹어먹고 있는 건 수돌이였다.

수돌이는 나를 보자 말 붙일 새도 없이 도망을 가버렸다. 냄비 속에서 라면이 검은 연기를 피워올렸다.

"저어, 실례합니다."

토방으로 난 방문이 열렸다. 내의 바람으로 처덕처덕 화장을 하고 있던 여자가 나보다는 타는 라면이 더 급한지 뛰어나와 냄비를 들어내면서 욕을 했다.

"이 우라질 놈이 이 지랄을 해놓고 또 어디로 싸질러 갔을까?"

나는 큰기침을 하고 "수돌이 어머님 좀 뵈러 왔는데요" 했다.

"난데요."

여자가 수상쩍다는 듯이 내 아래위를 훑었다.

방에 큰 대자로 나자빠졌던 사내가 자는 줄 알았더니 눈을 번쩍 뜨고는 큰 소리로 지껄였다.

"꼴 조오타, 꼴 좋아. 이제 놈팡이가 집까지 찾아오는구나. 그래도 네년이 아무 놈한테나 가랑이 안 벌렸다고 큰소리칠 테야?"

그러면서 눈을 희번덕댔다. 여자는 이런 일은 많이 당해본 듯 대꾸도 안 하고 나한테만 사뭇 도전적으로 대들었다.

"당신은 도대체 누구요?"

짙은 화장 밑에 거칠고 탄력 없는 피부가 처참해 보였다.

"저는 수돌이 담임인데요. 수돌이가 며칠째 결석을 하길래……."

"네, 담임선생님이시라구요?"

방의 남자가 멋쩍은 듯이 웃으며 몸을 일으켰다.

"수돌이가 결석을 했다구요? 맨날 변또 싸가지고 학교 갔는데, 오늘도 학교에서 지금 막 왔는데. 아니 이 우라질 놈을 그냥 그냥……. 내 당장 잡아다가 박살을 내놓고 말 테다."

화장 짙은 여자가 거기 있는 연탄집게를 집어들더니 쏜살같이 빈지문 밖으로 뛰어나갔다.

"수돌이 아버님 되십니까?"

"네, 우리 사는 게 이꼴입니다요."

"원 별말씀을."

밖에선 수돌아, 수돌아 하는 여자의 악에 받친 고함소리가 들렸다.

"저 여편네가 워낙 성질이 지랄 같아서요. 수돌이 녀석 잡히기만 해봐라. 반쯤 죽어날걸."

남자는 뭐가 그렇게 재미있는지 어깨를 들들들 들까불며 웃어댔다.

철이 말대로 허리를 다친 것 같지는 않았지만 누런 살갗이 붕 뜬 게 어딘지 폐인 같았다. 나는 비로소 술 냄새를 맡았다.

수돌이 엄마가 연탄집게만 갖고 빈손으로 들어왔다. 눈이 미친 여자처럼 번들대고 있어 나는 섬칫했다. 차라리 수돌이가 지금 안 잡힌 게 다행이다 싶었다. 남자도 같은 생각인지.

"그 녀석이 뭐 당신 성미를 몰라서 이 근처에서 어물쩡대고 있겠어? 오늘 밤엔 보나 마나 안 들어올 거구먼. 그놈의 지랄 같은 성미 때문에 큰 자식 내쫓았으면 됐지 뭐가 부족해서 작은 자식마저 내쫓으려고 그래."

여자는 표독하게 눈을 흘겼을 뿐 말대답은 안 했다. 멍하니 어깨로 숨을 쉬고 앉았던 여자가 무릎을 탁 치면서 다급하게 물었다.

"그 녀석이 언제부터 학교 안 갔죠?"

"월요일부텁니다."

"맞았어요. 맞았어. 그게 어떻게 번 돈인데."

"무슨 말씀이시죠?"

"그날 겨우 월사금을 마련해 보냈거든요. 그런데 그날부터 안 갔다니 알조 아녜요? 아이고 그 돈이 어떻게 번 돈이라구."

"그럼 2기분을 이번 월요일에 보내셨다 이 말씀이죠? 그럼 1기분은요?"

"1기분도 제때엔 못 냈어도 벌써 냈잖아요? 여름방학 전에……."

"아, 참 그랬던가요."

"아이고 이년의 팔자야. 그게 어떻게 번 돈이라고 제 놈이 학교도 안 가고 그걸 까먹고 돌아다녀 돌아다니길. 아이고 내 팔자야. 내가 누굴 믿고 고생을 하면서 산다고, 하라는 공부는 안 하고 못된 바람만 불어가지고. 아이고 이년의 팔자야. 콩 심은 데 콩 나고 팥 심은 데 팥 난다고 그 아범에 그 새끼라니까, 아이고 이년의 팔자야······."

여자의 볼을 타고 눈물이 하염없이 흘렀다.

"이년이 입 닥치지 못해. 말이면 다하는 줄 알아. 그럼 이년아, 가랑이 벌려 번 돈으로 월사금이 아랑곳이더냐?"

"그래 좋다. 이제 가랑이 안 팔게 네가 나가 벌어라, 벌어. 나도 네놈의 밥 좀 얻어먹고 살아보자."

두 남녀가 엉겨붙었다. 여자는 일어선 남자의 사타구니를 잡고 남자는 여자의 머리채를 잡았다. 욕지거리와 비명이 뒤범벅이 돼 차마 못 들어줄 악다구니가 됐다.

나는 그 자리를 피할 수밖에 없었다. 빈지문 밖에선 수다스럽게 생긴 여편네들이 구경났다는 듯이 안을 기웃대고 있었다.

나는 줄담배를 태우며 미로 같은 골목길을 목적도 없이 방황했다.

그 근처에 살고 있을 나의 선행의 대상이 된 우리 반 애들 집을 몇 집 더 방문하고 싶단 생각도 들었으나 두려움이 앞섰다.

나는 나의 선행에 대한 죄의식으로 거의 전전긍긍하고 있었다.

그리고 또 내가 방금 본 가난의 모습은 얼마나 추악했던가.

나는 내가 가난하게 자랐으니만큼 가난에 대한 호감이랄까 이런 동류의식 때문이었을 것이다.

그러나 내가 목격한 가난의 모습은 나를 길러준 가난의 모습하고는 너무도 달랐다.

먹고 입는 것만 갖고 따질 때 나는 수돌이만도 못하게 자랐을지도 모른다. 지금 현재 시골의 부모님만 해도 수돌이 부모보다 못 입고 못 먹고 있을지도 모른다.

그러나 나를 길러준 고장의 가난에는 원형이정이랄까, 인두겁을 썼으면 마땅히 지켜야 할 기본적인 도덕이랄까, 그런 게 침범할 수 없는 생활의 맥락이 되고 있었다.

나는 그게 빠진 가난의 모습을 방금 생생하게 목격했다고 생각했고, 그 추악상에 몸서리를 쳤고, 이제 그만 그것과의 관계를 청산해도 양심의 가책을 받을 건 없다고 생각했다.

마침내 나는 돌부리를 발견한 것이다.

한동안 더 미로를 방황하다가 이제 그만 벗어나려는데 체육 교사인 최 선생을 만났다.

체육 교사다운 건강한 체구에 소아마비로 보행이 불편한 학생을 업고 있었다. 그는 1학년 담임이었다. 등이 워낙 실팍해서 그런지 업힌 학생이 아기처럼 작아 보였다.

나를 만난 최 선생은 마치 나쁜 짓을 하다가 들킨 것처럼 무안한 얼굴을 했다. 나는 최 선생하고도 친하진 않았지만 은근히 관심은 있었다.

그는 아이들을 무지무지하게 잘 때렸는데도 아이들한테 가장 인기있는 교사였다.

단순한 힘에 대한 선망과 외경일까, 그 이상의 뭐가 있을까? 나는 그를 볼 때마다 묘한 열등감과 궁금증을 함께 느꼈다.

"최 선생님 반 아입니까?"

"네."

그는 퉁명스럽게 말하고 그냥 지나치려고 했다.

"매일 이렇게 업어다 주십니까?"

"아뇨, 어머니든지 동생이든지 데리러 오는데 오늘은 안 와서……."

"그럼 어머니나 동생도 이렇게 업어다 주나요. 이 비탈길을?"

"아뇨, 책가방만 들어주면 목발 짚고 곧잘 걸어요."

아닌 게 아니라 등의 아이는 목발을 가로 안고 있었고 책가방은 뒷짐진 최 선생 손에 있었다.

"그럼 선생님도 그럴 것이지."

"좀 걸리다가 차마 볼 수가 있어야죠. 기운은 됐다 뭘 합니까."

그러고는 더 이상 나를 상대하지 않고 가버렸다.

나도 가던 길을 가려다가 서서 그가 돌아나오길 기다렸다. 그와 친해지고 싶었다. 곧 그가 내려왔다.

"집을 찾으십니까?"

그는 내가 아직도 그 자리에 있는 게 이상하다는 듯이 물었다.

"아아뇨, 최 선생님을 기다리고 있었죠."

"왜요?"

"왜 그렇게 놀라십니까? 소주나 한잔 같이할까 해서 기다렸을 뿐인데요."

"좋습니다. 제가 안내하죠."

그가 그 동네다운 더러운 술집으로 나를 안내했다. 그는 시종 무뚝뚝했다. 말없이 소주와 빈대떡만 먹었다.

그가 말이 없을수록 나는 말이 하고 싶었다.

"우리 반 소문 들으셨어요?"

"무슨 소문요?"

"짭짤한 애만 모였단 소문 말예요."

"짭짤한 애라뇨? 싱거운 애는 어떤 앱니까?"

"괜히 시침 떼지 마세요. 다 아시면서."

이렇게 서두를 꺼내서 내가 짭짤한 반의 담임이 되어 적지 않은 촌지를 받은 얘기부터 시작해서 권수돌네서 방금 겪은 일까지를 두서없이 지껄였다.

말없이 듣고 난 그가 빙긋 웃으며 손을 내밀더니 악수를 청했다. 나는 멋 모르고 그의 두툼한 손에 내 손을 내맡겼다. 그가 말했다.

"나도 처음 부임했을 때 김 선생님 비슷한 짓을 했더랬죠. 파탄에 이르는 경로도 거의 비슷하구요. 아마 특수한 두 동네 사이 협곡에 자리잡았다는 우리 학교의 특이한 입지적 조건에서 오는 풍토병, 딜레마, 그런 거였겠죠."

"병이라구요?"

나는 천부당만부당하다는 듯이 항의를 하려고 했다.

"네, 병이오. 풍토병 말예요."

그는 의젓하고 당당하게 같은 주장을 되풀이했다. 조금도 자조의 티 없이.

"병이라뇨. 젊은 시기의 소중한 경험이었다고 생각하는데요. 젊음의 양심과 결부된."

"그게 양심이었다고 생각하지 마세요. 그건 병이었어요. 풍토병, 그야 체질상 걸리는 사람도 있고 안 걸리는 사람도 있지만 그것조차도 양심과 어떤 관계가 있다고 생각하진 말아요. 양심이 책임지고 감당해야 할 문제는 앞으로도 얼마든지 있으니까. 고작 그게 양심이었다고 생각하면 양심은 벌써 거기서 끝장난 거예요."

내가 얼떨떨한 사이에 그가 자리를 뜨더니 술값을 치렀다. 나는 내가 사겠다고 한 것도 잊어버리고 그의 떡판처럼 듬직한 등을 부럽게 바라다봤다.

나는 그 후에도 혼자서 술집을 서너 군데나 더 헤맸다. 술집의 작부란 작부가 다 수돌이 어머니로 보일 때까지 마셨다.

그러나 우리 동네로 접어들면서 나는 내가 조금도 취하지 않은 걸 느꼈다.

하숙엔 옥순이가 와 있었다. 처음 하숙을 찾아온 날처럼 노란 바바리는 벗어서 어깨에 걸치고 목엔 하늘색 작은 머플러를 나비처럼 매고 단정히 앉아 있었다.

그녀는 여전히 아름다웠지만 퇴색한 그림처럼 생기 없고 피곤해 뵀다. 이미 물기가 채 마르지 않은 싱그럽고 촉촉한 수채화는 아니었다.

하긴 그때가 벌써 언젠가, 그때는 봄이었고 지금은 이미 가을이다.

"오래 기다렸어? 미리 전화하고 오잖구."

"작별하러 왔어."

"작별?"

"응, 내일 시골 내려가려고……."

"갑자기 시골은 왜?"

"그냥, 엄마 아빠도 보고 싶고. 그렇지만 영길 씨에 대한 사랑이 변한 건 아냐. 사랑해. 사랑해. 정말이야. 정말이야."

그녀는 부자연스럽게 들릴 만큼 여러 번 사랑해를 강조하고는 내 품에 몸을 던졌다. 나는 그녀의 등을 부드럽게 토닥거리며 물었다.

"왜 무슨 일이 있었어? 응 알았다. 언니하고 싸웠군. 그치?"

"싸우진 않았지만 언니가 미워."

"바보 같으니라구. 우리 큰애기 언제나 철이 나나."

"영길 씨가 뭘 안다구 그래?"

"왜 몰라. 뻔하지. 언니가 돈 모으느라고 옥순이한테 맛있는 것도 안 해주고 관심도 없으니까 별안간 부모님 생각이 나서 그러지? 그래, 갔다 와. 가서 엄마한테 맛있는 거 많이 해달래서 실컷 먹고 와."

"영길 씨야말로 바보, 바보야. 그게 아냐. 언니가 영길 씨를 얼마나 무시하는 줄이나 알아?"

"언니가 나를 언제 봤다고 무시를 해. 여지껏 인사도 못 했는데."

"보나 마나래. 그까짓 선생질 하는 남자. 쩨쩨하게 하필 선생하고 연애를 하느냐고 나를 나무라고 타이르고 야단이야. 언니는 나를 꼬셔서 끗발 좋은 남자한테 시집보내려고 요새로 부쩍 서두르고 있어. 선생 부인은 고생문이 훤하대. 그리고 막냇동생이 고생하는 꼴을 어떻게 보냐는 거야. 돈도 잘 벌고 인물도 잘난 남자를 언니는 매일 줄줄이 꼽고 앉았어. 언니가 중매를 서겠다나. 내가 듣기 싫어하면 언니는 뭐래는 줄 알아. 흥 두고 보자, 두고 봐. 열 번 찍어 안 넘어가는 나무 있나. 그래서 시골로 내려가려는 거야. 언니한테 찍히기가 싫어서, 내가 나무가 되기가 싫어서. 그러니까 영길 씨가 이해해줘. 영길 씨가 우리가 살 방 마련할 때까지 우리 매일매일 편지하면서 떨어져서 살아. 방 생기면 우리 곧 혼인해. 시골서 해. 영길 씨는 사모관대하고 난 쪽도리 쓰고 구식으로 해."

그녀는 나에게 폭 안겼고, 나는 그녀를 으스러지게 안았는데도 그녀가 곧 날아갈 것 같았다. 작은 새로 변신해서 푸드득 날아갈 것 같았다.

분노와도 같고 불안과도 같은 게 나를 난폭하게 했다.

못 날아가게, 영원히 못 날아가게 날갯죽지를 부러뜨려 놓아야 한다고 생각했다.

나는 그녀를 방바닥에 쓰러뜨렸다. 온몸으로 발기해서 그녀에게 덤볐다.

불의에 기습을 당한 그녀는 공포에 질린 얼굴을 하고 애걸을 했다.

"영길 씨, 왜 이래. 제발 이러지 말아. 무서워. 무서워."

그녀의 몸은 옥니뿐 아니라 도처에 미제 지퍼 같은 단단한 방어선을 갖고 있었다.

이런 방어선에 부딪칠 때마다 나의 분노는 부채질을 당한 것처럼 타올랐다.

"넌 날 사랑하지 않지? 그치? 못 이기는 척 언니가 중매 서는 남자한테 시집갈 거지."

"아냐 사랑해, 사랑해. 사랑해."

"거짓말, 거짓말, 거짓말."

"정말이야, 정말이야, 정말이야……."

"좋아. 그럼 증거를 보이란 말이다. 증거를."

나는 사납게 날치며 다시 그녀를 공격했다.

"무서워. 무서워. 무서워."

그녀가 흐느꼈다.

이때 밖에서 인기척이 났다.

"선생님, 저녁상 가져왔는데요."

석민이 엄마 목소리였다. 저녁 시간이 훨씬 넘은 열 시경이었다.

옥순이는 그 사이에 날쌔게 없어져 버렸다. 새처럼 날아가 버린 것이다.

대신 석민이 엄마가 생글대고 있었다.

"나빠요. 순진한 아가씨를 유혹하면."

"우린 앞으로 결혼할 사이입니다."

"혼전순결이란 소리도 모르시나 봐."

"석민이는 과외에서 돌아왔습니까?"

나는 혼신의 힘을 다해 내 입장, 석민이 선생이란 입장을 지키고

자 했다.

그러나 그게 도리어 도화선이 됐다.

"석민이는 오늘 몸이 불편해서 과외에 안 갔어요. 약 먹고 지금 한잠 깊이 들었답니다."

"그, 그럼 아, 아가씨는요."

나는 입속이 타들어가는 느낌으로 더듬댔다.

"아유 그 기집애 잠 많은 건 말도 마세요. 누가 업어 가도 모른다니까. 이 넓으나 넓은 집에 우리만 깨 있어요."

그녀는 그녀 특유의 육감이 잔물결치는 유혹적인 미소를 띠고 나를 빤히 쳐다봤다. 눈도 입술도 젖어 있었다.

젊은 몸속엔 옥순이를 통해 못 푼 욕정이 아직도 사납게 돌파구를 찾고 있는데, 바로 눈앞엔 한 번 맛본 그녀의 입술이 꽃잎처럼, 심연처럼, 열려 있었다.

이 무방비 상태로 열려 있는 쾌락의 입구를 무슨 수로 외면할 수 있단 말인가.

쾌락의 시간이 지나고 미처 뒷수습도 하기 전에 방문이 열렸다. 옥순이였다.

옥순이는 외마디 비명을 지르더니 두 손으로 얼굴을 가렸다.

계단을 뛰어내리는 소리가 들렸다. 석민 엄마는 누운 채 하얗게 웃었다.

사랑한다는 증거를 보일 각오를 단단히 하고 돌아왔으리라.

다음 날, 나는 옥순이 언니로부터 옥순이가 전날 밤에 교통사고를 당했단 전갈을 받고 병원으로 달려갔다.

차가 인도로 뛰어올라 행인을 한꺼번에 서너 명이나 치었다는 것이다.

순전히 운전수의 과실이었고, 과실 중에도 중과실이었다.

치인 사람 중에는 아직 살아 있는 사람도 있었고, 이미 죽은 사람도 있었다.

옥순인 이미 죽어 있었다. 외관상 상처 하나 없이 고운 얼굴로 죽어 있었다.

파란 입술을 가만히 들추어 보니 하얀 옥니가 가지런히 맞물려 있었다. 미제 지퍼처럼 단단하게.

다시는 열리지 않으리라. 나는 그것을 영원히 열 수 없게 된 것이다.

결혼하자고 조르면서도 맨날 동화나 읽고 숨은 그림이나 찾던 애어른은 영원히 애어른인 채 잠들어 있었다.

나는 그녀 곁에 놓인 그녀의 소지품 중에서 노란 바바리를 집어들었다.

가슴에 검붉은 핏자국이 비로소 그녀의 죽음을 실감케 했다.

나는 그녀의 언니에게 허락을 받아 그것을 내 것으로 거두었다.

서울 와서 취직하고, 봄 가고, 여름 가고, 가을을 보내는 동안 나에게 남겨진 확실한 건 오직 피 묻은 바바리가 전부였다.

창밖은 봄

길례하고 정 씨는 공교롭게도 같은 날 쫓겨났다.

같은 날 쫓겨날 수밖에 없는 게, 길례가 식모로 몸담고 있던 교수 댁 사모님은 길례를 내쫓고 나서, 한동안 여기저기 전화질을 하더니 쭈루루 물역상회로 가서 물역상회 주인 여자를 충동질해서 정 씨까지 쫓아내게 한 것이다.

그리고 나서 교수 댁 사모님이 맛본 도덕적 쾌감은 대단한 것이었다.

길례가 정 씨를 알고 지내게 된 것은 교수 댁이 이곳 신흥주택가로 이사를 오면서 집의 잔손질을 할 때, 정 씨가 물역을 운반도 하고 수금도 하느라 드나들 때부터였으니 3년 가까이나 되는 셈이었다.

3년 가까이 밀회를 즐기느라니, 조년이 바람이 나도 단단히 났다고 의심도 여러 번 받았고, 어딜 쏘다니냐는 잔소리도 많이 들었지만 직접 꼬리가 잡히긴 이번이 처음이었다.

그것도 하필 중국집 후미진 뒷방에서 영양보충을 하고 나서 앞서거니 뒤서거니 기름진 입술을 손수건으로 누르며 슬리퍼를 꿰차다 말고, 웬 계집애를 데리고 역시 후미진 방을 찾아들던 교수 댁 장남과 맞닥뜨린 것이다.

길례하고 정 씨가 후미진 방에서 한 짓은 정말로 영양보충이 전부였다.

정 씨는 월급이라고 받을라치면 곧 길례한테 영양보충을 시키지 못해 했다. 정 씨는 자기나 길례처럼 몸 하나가 밑천인 인생에게 있어선 뭐니 뭐니 해도 영양보충이 제일이라고 믿고 있었고, 자신의 그 문제는 이 신흥주택가에 번번이 있는 상량잔치에 부지런히 쫓아다니는 걸로 훌륭하게 해결을 하고 있었다. 한창 건설 붐이 일고 있는 변두리 물역상회 배달꾼이란 그의 위치 때문에, 술에 떡에 돼지고기를 배불리 얻어먹을 수 있는 상량식을 놓치는 일은 거의 없었다.

정 씨는 길례가 몸담고 있는 댁 주인의 직업이 교수라는 것을 하늘같이 존경했지만, 그 댁 부엌데기야 뭐 얻어먹을 게 있겠느냐는 그 나름의 편견을 교수직에 대해 갖고 있었다.

그래서 비쩍 마른 길례를 불러내어 기름진 중국음식을 두어 접시 시켜서 먹이는 걸 큰 낙으로 삼았다. 행여 딴생각이 있었다면 벼락을 맞을 노릇이었다.

번번이 후미진 방만 골라서 든 것도 엉큼한 속셈 때문이 아니라 아는 사람의 눈에라도 띄면 행여 길례한테 나쁜 소문날까 봐였다.

정 씨는 그만큼 길례를 아꼈다. 그렇다고 외로운 남남끼리이면서 아울러 육신이 멀쩡한 남자 여자끼리이기도 한 그들이 무슨 도사라고 남자 여자 문제를 아주 초월할 수 있었던 것은 아니다.

"길례, 내가 꼭 열 살만 젊었어도 그까짓 거 미친 척하고 길례한테 한번 청혼을 해보는 건데 말이야……."

정 씨가 은근히 숨이 가빠지면 길례는 얼굴이 홍당무가 되면서도 몸을 매섭게 사렸다.

"어머머…… 아저씨는 아무리 나이가 많아도 버젓한 총각이고, 저는 팔자 사나운 과분데 청혼이라니 될 뻔이나 한 소리예요?"

때로는 길례가 먼저 꼬리를 칠 때도 있었다.

"아저씨, 아저씬 제가 과부라고 정말 이렇게 무시하시기예요. 맨날 소 닭 보듯이 점잖게 바라다만 보시기냔 말예요."

그러면 정 씨는 쩔쩔매면서도 용케 엄격한 얼굴을 했다.

"길례, 길례는 앞길이 구만리 같은 청춘이고 난 길례 아버지뻘은 되는 늙은이야. 내가 벼락을 맞자고 길례 전정을 막는 짓을 하겠어?"

요컨대 그들은 서로 깊이 좋아하고 있었고, 좋아하기 때문에 스스로의 약점으로 상대방을 욕 주거나 폐 끼치게 할 수 없다는 순정에 철저했다.

상대방의 약점으로 자기의 약점을 비기게 할 수 있을 만큼만 약았더라도 그들의 결합은 훨씬 수월했을 것을.

그러나 그런 어리석은 순정 때문에 누가 보아도 만만하고 구질구질한 그들이었지만, 저희들끼리의 눈엔 서로 상대가 귀한 보석처럼 소중하고 빛나 보였던 것이다.

길례가 물역가게 정 씨하고 중국집 후미진 방에서 나오는 걸 봤다는 아들의 고자질을 들은 사모님은 당장 길례를 내쫓을 결단을 내릴 수 있었던 것은 아니었다. 그런 결단을 쉽게 내리기에는 사모님은 너무 살림을 길례에게 떠맡겨온 터였다.

그렇다고 덮어둘 아량도, 당분간은 관망을 할 여유도 없었다. 그녀는 교수의 사모님다운 체통을 TV 연속사극 중의 중전마마 체통 이상 가게 잘 지키며 살았지만, 남자 여자 문제에 얽힌 스캔들을 들었다 하면 들입다 풍기고 싶어 못 견디는 비속한 취미를 갖고 있었다. 사모님은 곧 그런 공통의 취미를 가진 친구한테 전화를 걸었다.

"아이고 속상해 죽겠다. 너 나보고 식모 복 있다고 늘 부러워하더니 말도 말아라 말도 말아. 우리 집 길례 그 못생긴 게 글쎄 꼴값 하느라고 바람이 났지 뭐니. 못생긴 게 눈깔까지 멀어서 동네 늙은 막벌이꾼하고. 하긴 제대로 된 놈팡이가 어디 계집이 없어 그깟 년을 건드리겠냐만, 그년이 나인 어려도 남자 맛을 아는 과부거든."

아들딸이 조숙해서 고등학교 적부터 이성 문제로 속을 썩인 경험이 있는 친구는 도둑이 제 발이 저려서인지 불결해라, 소리를 실로 실감나게 발음할 줄 알았다.

사모님은 친구의 불결해라에 당장 압도당하면서 공감했다. 자기가 먼저 길례를 불결해하지 못한 걸 수치스럽게 생각하기도 했다. 교수의 사모님다운 체통에 어긋나는 짓이 아니었나 하는 회의마저 품었다.

그녀는 재빨리 딴 친구한테 또 전화를 걸었다.

"글쎄 이럴 수가 있니. 아유 불결해. 생각할수록 불결해. 너무 너무 불결해서 미치겠어."

그녀는 우선 먼저 친구의 말투를 그대로 흉내 내려고 애쓰면서 불결해를 남발했다.

길례를 불결해하는 걸로 자기의 아들딸에게 목욕이라도 시키고 있는 것처럼 그녀의 의식 속에서 아들딸들은 청결해지고 있었다.

한참 불결해만 남발하고 나서 길례가 바람난 얘기를 하고 아주 곁들여서 새 식모를 하나 구해줄 것까지 부탁했다.

"왜 내쫓을려고?"

"그럼 그걸 당장 내쫓아야지. 나도 천금 같은 아들딸을 기르는데 그걸 불결해서 어떻게 한 지붕 밑에서 재울 수가 있니. 순결 교육상 말도 안 되지."

"잘 생각했다. 그렇지만 고린전 한 푼 주어서 내쫓으면 못 쓴다. 그년이 그렇게 바람을 피웠으면 그동안에 너의 집에 남아나는 게 뭐 있었겠니?"

"설마……."

"얘 좀 봐, 아직도 정신 못 차리고 얼뜬 소리 하고 있어. 계집이고 놈팡이고 바람이 나면 눈에 보이는 게 있는 줄 아니? 생각해봐라. 요릿집은 거저 가고 여관엔 거저 가나. 이제라도 정신 차리고 이것저것 챙겨봐. 없어진 게 한두 가지가 아닐 테니."

못되게 둔 아들한테 패물을 몽땅 도둑맞은 일이 있는 두 번째 친구는 자신 있게 말했다.

사모님은 가슴이 덜컥 내려앉았다. 부랴부랴 패물상자부터 살펴보았으나 없어진 게 없었다. 하다못해 이미테이션 귀걸이가 하나쯤은 없어졌으면 좋았을 걸 모두 다 그대로 있었다. 사모님은 일단은 안심이 되면서도 뭔가 직성이 풀리지 않아 속이 부글댔다.

바람이 났으면 국으로 바람난 행세를 할 것이지, 같잖은 것 같으니라구, 같잖은 것 같으니라고……. 참 내 정신 좀 봐. 당장 도망을 갈 것도 아니겠다 긴 목으로 재미를 볼 작정이었을 텐데 패물부터 손댔을 리는 없지.

그러고 보니 매일 찬거리로 천 원씩을 주었는데 실제로 식구가 얻어먹은 건 5백 원어치밖에 안 됐으렷다 싶고, 쌀 한 가마 가지면 두 달은 먹어야 하는데 달 반밖에 못 먹은 것도 수상했다. 그뿐일까, 설탕은, 밀가루는, 깨소금은, 참기름은 또 얼마나 헤펐던가.

바람난 식모를 부리면 불결할 뿐 아니라 집에 남아나는 게 없다는 게 사실이었던 것이다.

사모님도 화도 나고 신도 나, 또 딴 친구한테 전화를 걸었다.

"애야 글쎄 이런 일도 있니. 믿는 도끼에 발등을 찍혀도 분수가 있지. 우리 길례 년 말이다. 그년이 못생긴 것 하나만 믿고 살림을 온통 내맡기다시피 했더니 글쎄 웬 놈팡이하고 놀아나갖고, 반찬값은 반찬값대로 떼어먹고 쌀을 안 퍼냈나, 설탕을 안 퍼냈나, 심지어는 미원, 참기름까지 퍼냈으니. 아무리 서방에 눈깔이 뒤집혔어도 그래, 제년이 나한테 그럴 수가 있니? 바람난 놈팡이야 으레 그렇다고 쳐, 이건 계집 쪽에서 그 짓이니, 아무리 과부라지만."

"뭐 하는 놈팽인데?"

"순 건달이야. 게다가 나이는 제 년의 애비뻘은 되고. 우리 동네 물역가게에서 숙직도 하고, 운반도 하고, 돈 셈도 하는."

"그게 왜 건달이니. 제법 월급쟁인데. 얘 느이 집뿐 아니라, 그 물역가게도 거덜났겠다."

"앤, 그 물역가게가 왜 거덜이 나니."

"계집이 너희 집 거덜냈는데, 놈팡이라고 그 집을 거덜 안 냈을 성싶어? 그래도 명색이 놈팽인데 계집이 한 푼 쓰면 저는 두 푼 썼겠지."

"정말 그랬을까?"

"얘 순진한 것 좀 봐. 그래도 일찌거니 들통이 나기가 다행이다. 참, 너 계집년만 내쫓으면 안 된다."

"계집년만 내쫓지 않으면?"

"앤 그걸 몰라서 묻니? 빨리 물역가게에다 연통을 해서 놈팡이도 당장 밥줄을 끊어놓아야 한단 말야. 누구 좋은 일 하려고 한쪽만 내쫓니? 그런 것들은 그저 조석이 간데없는 알거지가 돼봐야 정신을 차린다니까."

"참 그렇구나. 너 아니었더면 하마터면 길례 년이 가만히 앉아서 서방 밥 얻어먹는 꼴을 볼 뻔했잖아."

"요런 맹꽁이, 이제야 알아들었구나. 그러니까 사람 부리는 사람끼리는 서로서로 의리를 지켜가며, 정보를 교환해가며 드난꾼들을 다스려야 한다니까."

셋째 번 친구는 남편이 난봉꾼이었기 때문에 계집보다는 놈팡이 쪽에 더 관심이 많았고, 자기가 유도한 그런 결말을 통해 앙갚음의 쾌감 같은 걸 맛보고 있었다.

사모님은 물역가게 주인 내외를 경멸하고 있었다. 첫눈에 상종할 만한 값어치가 있는 인간이 아니었다. 자기네보다 돈은 더 많을지 몰라도 막벌이꾼 출신이라는 건 의심할 여지가 없었다. 여자 역시 솥뚜껑같이 크고 상스러운 손에, 늘 상소리가 주렁주렁 매달린 뻐드렁니의 커다란 입만 보아도 시골서 무작정 상경한 식모 출신 아니면 가변두리 은근짜 출신이 뻔했다. 박사 남편을 가진 신분하고 상종할 여자가 못 됐다.

그렇지만 셋째 번 친구가 말한 대로 치면, 같은 사람 부리는 처지끼리가 아닌가.

그때의 사모님의 즉흥적인 감정에 의할 것 같으면, 사람 부리는 처지끼리란 모든 타락과 싸워 끝내 도덕을 지키기 위해 단결해야 할 가장 고상한 공동운명체를 의미했다.

그래서 물역가게까지 손수 찾아가 그 입이 큰 여자를 상대로 길례하고 정 씨하고 놀아난 자초지종을 얘기하는 걸 조금도 교수 사모님 체통에 어긋난 일이라고 생각하지 않았다.

그 얘기를 시종 흥미진진하게 듣고 난 입이 큰 여자는 어깨를 육감적으로 흔들면서 킬킬댔다.

"아유 우스워 죽겠네. 댁의 식모하고 우리 집 정 씨하고 배가 맞았다구요? 세상에, 짚신짝도 짝이 있다더니 그 사람 생전 총각귀신 못 면할 줄 알았더니 그래도 어디서 짝을 찾았나 뵈. 좀 좋아요. 실컷 놀아나라죠 뭐. 저나 사모님이나 굿이나 보고 떡이나 먹읍시다. 참 떡이 아니라 국수를 먹어얍죠. 안 그래요? 사모님."

과연 입이 큰 여자는 사모님이 그 출신을 짐작한 대로 남녀의 성도덕에 대해 대단히 너그러운 데가 있었다.

그러나 사모님은 이에 굴하지 않았다.

"참, 딱도 하십니다. 딱도 하셔."

"딱하다니요?"

사모님은 그들이 요릿집으로 여관으로 다닐 비용을 마련하느라 집에서 돈 될 만한 걸 얼마나 많이 빼돌렸나를 실감나게 설명했다.

계집도 서방에 눈이 어두우면 그렇게 되거든 서방쪽은 오죽했겠느냐는 걸 눈치 못 챌 여자가 아니었다.

모자라는 듯하면서도 잇속에 밝은 눈이 한꺼번에 몰려든 의혹으로 복잡하게 번들댔다.

창고에 쌓인 양회, 한데 쌓인 벽돌 블럭, 기와, 슬레이트, 시새, 진흙……. 그저 힘들여 장소만 옮겨놓으면 현금 될 것 천지였다. 그뿐인가. 믿거라 하고 맡겨놓은 미수금 장부는 또 어떡허고……. 여지껏 도둑놈에게 광 열쇠를 맡겨놓고 산 꼴이 됐으니. 여자는 뻐드렁니를 무섭게 갈았다.

그날로 정 씨와 길례는 알몸으로 쫓겨났다. 네 죄를 네가 알렷다,

하는 주인의 서슬 푸른 호통에 밀린 월급, 맡겨놓은 돈을 달라고 할 엄두도 못 내고 눈물을 머금고 쫓겨났다.

물역가게 여자는 일부러 사모님을 찾아와 도둑놈을 귀뜀을 해주어서 고맙다는 인사까지 치르고 갔다.

"뭘요, 피차 사람 부리는 처지인걸요."

사모님은 일의 결과에 만족했다. 그것은 사람 부리는 처지끼리의 단결의 승리일 뿐 아니라 사필귀정이기도 했기 때문이다.

사모님은 한동안 이런 도덕적 쾌감에 도취해서 식모 없이 사는 게 고된 줄도 모를 지경이었다.

무일푼으로 쫓겨난 정 씨는 그래도 매달 월급이랍시고 몇 푼씩 타다 쓴 게 있으니 도둑 누명 외에는 그닥 억울할 것도 없지만, 길례는 사모님이 월급 대신 계를 부어주고 있었는데, 그간 빼돌린 건 다 어떡허고 감히 그 돈을 물어달래느냐고 호통만 맞았다. 그녀는 너무 억울해 엉엉 울면서 쫓겨났다.

눈이 퉁퉁 부은 길례를 본 정 씨는 자기가 당한 수모를 잊고 순전히 길례가 당한 억울함에 분노했다.

그는 다시는 길례가 식모살이를 해서는 안 된다고 생각했다. 다시는, 다시는.

길례에게 다시는 식모살이를 시키지 않기 위해서라도 그는 용감해지지 않으면 안 되었다.

정 씨는 우선 길례를 값싼 여인숙으로 데리고 갔다.

"아저씨, 미안해요. 아저씬 어엿한 총각인데 전 과부라 미안해요."

정 씨의 품 안에서 길례는 흐느꼈다.

"미안하긴. 되레 나한테 길례는 너무 과분해. 길례는 이렇게 앳된데 내가 너무 늙어서⋯⋯."

그들은 여지껏 움켜쥐고 있던 그들의 약점을 스스럼없이 상대방에게 다 내맡겼고, 상대방은 그것을 소중하게 거두었다. 그래서 그들은 비로소 그들이 지닌 열등감으로부터 놓여났다.

그들의 첫 결합은 누추한 여인숙에서 이루어졌지만 황홀한 것이었다.

다음 날 정 씨는 길례 혼자 여인숙에 남겨 놓고 막벌이라도 얻기위해 밖으로 나갔다.

물역가게에 있었으니만큼 막벌이를 얻을 수 있는 연줄을 만나기는 어렵지 않을 것 같았다.

"미안해요. 저 때문에 그 좋은 월급자리를 내놓게 돼서."

길례는 정 씨가 얼마나 오랫동안 불안정한 막벌이로 전전하다가 겨우 물역가게에서 안정을 얻을 수 있었나를 알고 있기 때문에 또다시 고달픈 막벌이를 나가는 정 씨가 안쓰러워서 바로 보지를 못했다.

"바아보, 월급자리 대신 길례 남편 자리를 얻었잖아."

아닌 게 아니라 정 씨는 생전 처음 얻어 가진 한 여자의 남편 자리가 꿈처럼 즐겁다. 어린 아내를 위해 막벌이를 얻으러 나가는 그의 발밑에서 땅바닥조차 매트리스처럼 기분 좋게 출렁인다. 그래서 그는 나잇값도 못하고 아녀석처럼 우쭐우쭐 걷는다.

그날, 저녁때도 되기 전에 정 씨는 나갈 때보다 더 우쭐우쭐 돌아왔다.

"월급자리를 얻었어. 월급자리를."

온종일 불안에 떨었을 길례의 마음에 월급자리라는 말이 얼마나 큰 위안이 되리라는 걸 알고 있기 때문에 정 씨는 다짜고짜 그 소리 먼저 외쳤다.

"월급자리요? 정말?"

"그럼 정말이고말고. 사람이 죽으란 법은 없다지만 우린 그 정도가 아냐. 우린 금시발복을 했다구. 알겠어? 월급자리 생기고, 집 생기고. 길례, 아마 당신이 복이 많은가 봐."

정 씨의 억센 포옹 속에서 길례는 거의 숨이 끊어질 것처럼 황홀해서 헛소리처럼 지껄였다.

"집까지요? 거짓말, 거짓말."

"정말이야."

"그래도 누가 아저씨한테 월급 자린 또 몰라도 단박 사택까지 준대요?"

"사택? 아 참, 사택이고말고. 사택이고말고."

정 씨는 길례를 안은 채 방바닥을 데굴데굴 구르며 즐거워한다.

"아저씨 제발 바른 대로 말해줘요. 어떤 월급자린데 사택까지 주나."

"우리 물역가게 단골이던 큰 집장수로 황 사장이라고 있거든. 글쎄, 그 황 사장이 내가 쫓겨났단 소리를 듣고 나를 찾는다지 뭐야.

468

그래서 현장으로 달려가 봤더니 아, 글쎄 나더러 야방을 봐달라지 뭐야. 내가 그렇게 쫓겨났는데도 말야. 야방이 그게 어떤 자리라고 글쎄 나더러 야방을 봐달래더군."

"야방이 뭔데요?"

"이런 바보, 야방도 몰라. 집 짓는 현장을 밤이나 낮이나 지켜주는 걸 야방이라고 하지. 집 하나 질려면 드는 게 좀 많아. 철근도 집 더미만큼, 벽돌도 집 더미만큼 있어야, 양회도 집 더미만큼, 재목도 집 더미만큼, 기와도 집 더미만큼, 시새도 집 더미만큼 있어야 집이 한 채 들어서거든. 그런 물자를 현장에다 쟁여놓으면 알게 모르게 도둑을 좀 많이 맞나. 그래서 두는 게 야방이니까 야방이야말로 주인이 믿거라 하는 사람 아니면 안 되지. 월급자리도 월급자리지만 난 그게 기뻐. 내가 도둑 누명 쓰고 쫓겨났는데도, 아무도 날 도둑 취급 안 하는 걸 알게 된 게."

"그러문요, 아저씨 고지식한 건 세상사람들이 다 아는걸요. 그건 그렇고 참 월급은 얼마나 준대요?"

"자그만치 6만 원씩이나 준다지 않아? 밤잠 좀 덜 자고 낮엔 그저 허드렛일이나 거들어주는 것 갖고."

"그러니까 사택은 거짓말이었군요?"

"거짓말은. 사택도 있지. 헌다허는 벽돌집으로 말야."

아닌 게 아니라 기초 파고 양회 바르고 쌓지는 않았을망정 벽돌집은 벽돌집이었다.

고만고만한 집이 네 채 나란히 들어서게 돼 있는 집터 한 구석에 벽돌을 두 겹으로 쌓고 창구멍도 하나 있고 비를 막게 슬레이트를 덮은 오두막에서 그들은 신혼 사흘째를 맞이했다.

"이 집은 참 좋아요."

"마음에 들어? 하루 꼬박 걸려 나 혼자서 지은 집이야."

"그럼 헐어버리는 데도 하루밖에 안 걸리겠네요."

"뭘 하루씩이나, 반나절이면 족하지."

길례는 나직이 한숨을 쉬었다.

"왜 섭섭해? 그렇지만 야방 보는 집인 걸 별수 없잖아. 저 집들이 완공되는 대로 우리 집은 헐어낼 수밖에."

"저 집들이 늦게 늦게 됐으면 좋겠어요."

"큰일 날 소리. 일꾼들이 말썽 안 부리고 날씨 좋아, 남이 두 달에 질 거면 우린 한 달에 짓게 해달라고 황 사장이 쓱쓱 빌면서 고사까지 지냈는데, 그런 방정맞은 소리가 어디 있어?"

"우리 집 때문에 그러죠, 뭐."

"걱정 마. 우리 동네엔 빈터가 얼마든지 있고, 황 사장은 우리 동네에서도 제일 실력 있는 집장수야. 내가 황 사장한테 신용을 잃지 않는 한 야방 일은 그치지 않을 거야."

"아저씨, 신용 떨어지는 짓 하면 안 돼요."

"장가까지 들었는데 신용 떨어지는 짓 할 게 뭐가 있겠어. 길례는 아무 걱정 말고 그저 두 달에 한 번씩 이사 다닐 걱정만 하면 되는 거야."

"두 달 아니라 한 달에 한 번 다녀도 좋아요. 집이 있고 살림이 있으니까 이사도 다닐 수 있는 거니까. 그렇지만 이 동네에 다 새 집이 들어서고 나면 그땐 어떡허죠?"

"바보, 그동안에 우리도 돈을 모으면 되잖아. 참 황 사장이 그러는데 당신더러 일꾼들한테 밥을 해서 팔게 하면 어떻겠냐는 거야. 워낙 일꾼들이란 양이 커서 밥집에서 사먹는 게 신에 붙지 않는 모양이야. 그렇지만 난 승락하지 않았어. 당신한테 그런 고생까지 시킬 순 없잖아?"

"어머머, 이 아저씨 좀 봐? 어쩌면 굴러들어온 복을 그렇게 내칠 수가 있어요? 누구 맘대로……."

길례는 암팡지고 안타까운 얼굴이 돼서 발을 동동 구른다.

"내일이라도 승낙하면 돼. 의논해보겠다고 했으니까."

"의논 안 하셔도 되는데."

"나는 뭐든지 당신하고 의논하는 게 좋아. 장가들어 좋은 게 뭐겠어. 바로 그런 거지. 그럼 힘들겠지만 밥장사를 해보겠어?"

"해보다마다요. 잘해보겠어요. 황 사장이 집장사 하는 동안은 계속해서 해먹을 수 있게 잘할 거예요. 아저씨, 우린 정말 앞으로 운수가 트이려나 봐요."

"그게 다 당신 복이라니까."

길례는 정말 자기가 복이 많은 여자가 된 것처럼 느꼈다. 자기를, 둘레에 행복을 끼칠 수 있는 소중한 것으로 자각하는 것, 그것은 그녀가 평생 처음 느껴본 느낌이었기 때문에, 마치 새로 태어나 새 세상을 보는 것처럼 전율했다. 또한 정 씨의 애무를 기죽을 펴고 받아들일 수가 있었고, 사랑의 행위에 거침없이 기쁨을 느낄 수가 있었다.

정 씨는 곧 황 사장한테 밥장사를 할 뜻을 밝히고, 거기 소용되는 기물을 사기 위해 한 달 치 월급을 가불해왔다.

길례는 밥장사도 밥장사지만, 남편이 벌어온 돈을 쓰는 게 좋아서 어쩔 줄을 몰랐다. 그녀는 신바람이 나서 솥도 사고 그릇도 사고 주전자도 사고 숟가락도 사고 아주 캐시밀론 이불도 한 채 샀다.

그러나 정 씨는 셰퍼드처럼 밤새 사로잠을 자며 물역을 지키고, 낮에는 온갖 허드렛일을 거들고, 길례는 밥장사하는 행복한 나날은 두 달밖에 가지 않았다.

네 채의 집이 완공되고 황 사장이 새로운 집터를 물색하는 동안 겨울이 왔기 때문이다.

겨울은 눈 깜박할 새에 왔다. 겨울치고도 대단한 추위였다. 30년 만의 추위라커니 관상대 생긴 이래의 혹한이라커니 했다.

황 사장도 집터만 사놓고 내년 봄을 기약하고 손을 떼었다.

비둘기장처럼 예쁘게 완공된 네 채의 새 집은 곧 작자를 만나 팔렸으니 새 집 마당에 위치한 길례네 오두막도 철거를 하지 않으면 안 되었다.

그래도 인정 많은 황 사장은 그가 새로 사놓은 집터에 오두막을 옮겨 지어도 좋다는 허락을 해주었다. 내년에 야방을 볼 때면 어차피 지어야 할 거 미리 짓는 셈만 치지 조금도 어려워 말라는 위로의 말까지 해주었다.

그러나 아무리 마음씨 좋은 황 사장이기로서니 땅덩이를 누가 들어갈 것도 아닌데, 빈 땅만 지키는 정 씨에게 월급을 줄 리는 없었다. 길례도 정 씨도 겨울 동안 놀고 먹을 일이 난감했다.

길례가 밥장사해서는 겨우 두 식구 밥이나 얻어먹은 게 고작이었고, 월급은 한 달 치는 미리 타서 기물을 사는 데 쓰고, 긴긴 겨울을 앞두고 손에 남은 건 한 달 치 월급이 고작이었다.

새 집에 이삿짐이 들어오는 날, 그들은 말없이 집을 옮겨 지었다. 길례는 집을 허물고 정 씨는 그것을 옮겨다 새 집을 지었다. 다시 두 겹으로 벽돌을 쌓고 액자만 한 틀을 끼워 창문도 만들고 기둥을 세워 문도 만들었다. 사면의 벽이 생기자 슬레이트를 얹고 날아가지 않게 남은 벽돌이랑 돌멩이로 눌렀다.

둘이서 짓는 데도 하루가 꼬박 걸렸다. 해도 짧았지만 신명이 나지 않아서였다. 한 달 치 월급으로 나기에는 겨울이 너무 길었고, 길례는 아기를 가지고 있었다.

온돌이 없이 널빤지를 깔았을 뿐인 오두막에서 겨울을 나려면 연탄도 있어야 하고 난로도 있어야 하고 두둑한 이부자리도 있어야 하고 따뜻한 겨울옷도 있어야 했다.

옷가지 하나 변변히 못 가지고 맨몸으로 쫓겨난 게 새삼 억울했지만 지금 어디 가서 하소연할 길이 있는 것도 아니었다.

시멘트도 바르지 않고 그냥 쌓아올린 벽돌집은 모진 겨울바람에 불안정하기도 했지만 틈서리로 바람이 사정없이 들어와 한데 같았다. 정 씨는 열심히 공사판을 돌아다니며 널빤지를 주워다가 바람막이를 쳤지만 바늘 구멍으로 황소바람이란 말도 있듯이 오두막 속엔 늘 풍구가 돌았다.

정 씨는 홀몸이 아닌 길례에게 두툼하고 폭신한 겨울옷을 사 입히고 싶었지만 길례는 돈주머니를 꽉 움켜쥐고 내놓을 척도 안 했다. 그 작은 돈을 갖고 겨울을 굶어 죽지도 않고, 거지 짓도 안 하고 나려면 절대로 헤프게 써서는 안 된다는 거였다.

정 씨는 버럭 화를 냈다.

"이 바보야, 굶어 죽는 것만 죽는 건 줄 알아. 얼어 죽는 건 어떡허고. 돈주머니 움켜쥐고 얼어 죽어봤댔자 누가 불쌍해하지도 않아."

"세상에 굶어 죽은 귀신은 있어도 얼어 죽은 귀신은 없대요."

길례는 자신있게 말대답을 했다. 얼어 죽은 것 같아도 실은 굶어 죽은 것이지, 배부르게 먹기만 하면 사람이 얼어 죽진 않는다는 게 길례의 확고부동한 월동 철학이었다.

이렇게 한 푼에 치를 떨면서도 길례는 정 씨를 위해선 내복도 사고 싸구려나마 속에 밍크털이 달린 잠바도 사 왔다.

막벌이꾼에게 겨울은 길고도 길었다. 정 씨는 밤마다 길례를 가슴에 품고 속삭였다.

"길례, 조금만 더 참으라구. 봄만 되면 야방 자리는 떼어놓은 당상이니까."

"아저씨, 미안해요. 저 때문에 그 좋은 월급자리까지 빼앗기고 이 고생을 하시게 해서."

"왜 야방은 뭐 그만 못한 월급자린가 뭐."

"그래두요. 야방은 겨울을 타지 않아요? 아마 여름 장마도 탈걸요."

"마찬가지야. 물역가게도 겨울 타고 장마 타긴 매일반이야. 겨우내 눈칫밥이나 얻어먹는 게 고작이지 어디 월급이나 제대로 주는 줄 알아?"

"그래도 눈칫밥이 어디예요. 그리고 그땐 혹이 없었잖아요?"

"혹이라니?"

"저 말예요. 그땐 홀가분한 홀몸이셨잖냐 말예요."

"난 홀몸은 싫어. 생각만 해도 지긋지긋해."

"저도요."

두 사람은 기갈 들린 것처럼 홀몸이 아니란 사실을 확인하고 또 확인하려 들었다. 홀몸이 아니란 사실만이 그들을 녹여주는 유일한 열원이었다.

밖에선 여전히 혹한이 계속됐다. 천심도 삼한사온이란 자비로운 질서를 망각하고 한 달이 넘게 영하 15도의 강추위를 고집하고 있었다. 거지 빨래한다고 예로부터 일컬어지는 눈 오는 날조차 없었다.

거지보다 더 가진 거라곤, 어떡하든 거지 짓은 안 해야겠다는 손톱만한 자존심밖에 없는 정 씨와 길례는 오두막집에서의 첫추위를 이겨내고 봄까지 살아남기 위해 안간힘을 썼다.

정 씨는 매일 오두막을 나서서 안면이 있는 막벌이꾼들을 찾아다녔다. 겨울에도 막벌이가 아주 없으란 법은 없으니까 누구든지 한 건 걸릴 눈치면 염치 불고하고 한 다리 낄 작정이었다. 막벌이꾼의 세계란 가긍한 세계였으나 아직 그만한 인정이 남아 있는 유일한 세계이기도 했다.

그러나 워낙 지독한 추위라 연탄아궁이 손보는 정도의 일조차 얻어걸리지 않았다. 막벌이꾼들의 겨우살이란 너나없이 궁색한 것이었으나 그런대로 겨울을 위한 저축을 갖고 있거나, 겨울을 타지 않는 딴 벌이를 가진 여편네나 자식들을 갖고 있어, 굶어 죽거나 얼어 죽지 않을 만큼은 지내고 있었다.

내년 겨울만 돼도 우리도 그렇게 지낼 수 있을 거야. 우리가 지난봄에만 만났어도 올겨울이 지내기가 이렇게 어렵지는 않았으련만⋯⋯.

정 씨는 길례의 깡마른 몸을 안고 녹여주면서 길례를 진작 못 만난 걸 한탄할지언정, 만난 걸 후회하는 마음은 조금도 없었다.

강추위는 한 달을 넘고 두 달째로 접어들었다.

신문의 만화란에선 삼한사온을, 석 달 춥고 넉 달 따뜻하기로 새롭게 풀이했다. 이런 방정맞은 말장난은 뜨뜻한 구들목에서 자고 난 사람들이나 읽고 좋아할 것이지 신문을 보지 않는 정 씨나 길례하곤 상관 없는 일이었다.

자고 깨면 춥고, 자고 깨면 여전히 춥건만 설마 내일은 풀리겠지, 설마 겨울 다음엔 봄 안 올까, 하는 끈질긴 낙천성만이 그들의 것이었다.

신문에는 또 시내 곳곳에서 수도관이 동파되어 물난리를 겪고 있단 보도와 함께 수도국에선 쇄도하는 고장 신고의 반의 반도 나와

봐 주지 못할 뿐더러, 기껏 나와봤댔자, 한다는 소리가 봄을 기다리는 하느님 같은 소리가 고작이라는 비꼬는 기사도 났다.

그러나 신문을 보지 않는 정 씨나 길례가 알 바 아니었다.

어느 날 밖에 나간 정 씨는 어두워서야 돌아왔다. 정 씨의 손엔 보기에도 따뜻한 털스웨터와 솜을 둬서 누빈 월남치마와 동태가 두 마리 들려 있었다. 희색이 만면했다.

"여보, 사람이 죽으란 법은 없나 봐. 추울수록 잘되는 막벌이가 있을 줄이야."

"아저씨 그럼 이걸 다 오늘 벌어서 사 오셨단 말예요?"

"그럼, 벌어서 사 왔잖음, 어디서 도둑질이라도 했을까 봐?"

"사흘 굶어 도둑질 안 하는 사람 없대요."

"우리가 언제 사흘을 굶었나. 단 한 끼도 안 굶었는데. 다 길례 알뜰한 덕택이지만 말야."

정 씨는 여유 있게 능글댄다.

"어떻게 돈을 벌었나 그거나 빨리 말해줘요."

"얼어붙은 수도를 녹여주고 번 돈이야. 요새 사방에서 수도가 얼어붙어 법석들이거든. 오늘 마침 안면이 있는 수도 기술자를 만났는데, 공 기사라고, 그 친구 아주 그 길로 나섰더군. 나를 보더니 반색을 하며 같이 일하재잖아. 일거린 얼마든지 있다는 거야. 오늘도 몇 건을 했는지. 여 봐 손 부르튼 거. 그새 놀았다고 손바닥이 여자처럼 얇아졌으니 내 한심해서."

길례는 정 씨의 부르튼 손바닥에 호호 입김을 불어넣는다.

"그렇지만 당신이 수도에 대해 뭘 안다고 어떻게 수도를 녹여요?"

"난 순전히 땅만 파주고 기술은 공 기사가 부리는 거야. 땅을 파서 아직 얼지 않은 본선을 찾아내면 그 친구가 전깃줄을 갖고 전봇대에 올라가 한 가닥을 언 수도꼭지에 대고 한 가닥은 본선에다 대고 나서 트랜스를 갖고 전기를 흐르게 하면 한참 있다가 콸콸 수돗물이 나오는 거야. 생각만 해봐. 얼마나 좋은 일인가. 5천 원이고 만 원이고 달라는 게 값이라니까. 힘이야 내가 더 많이 들지만 정작 기술은 그 친구가 부리니까, 그 친구는 3분의 2를 먹고 나는 그 나머질 먹기로 약조를 했지. 길례, 오늘 내가 얼마 번 줄 알아? 글쎄 거진 큰 거 한 장이 내 몫으로 돌아오더라니까. 당신 이제 봄이 오기만을 축수 안 해도 돼. 이제부터 연탄도 하루 두 장씩 때라구. 아니 석 장은 때야 좀 훈훈할 거야. 그래봤댔자 연탄값이 하루 백 원밖에 더 되냐 말야."

"아저씨 어째 무서워요."

"뭐가?"

"우리 아저씨가 돈을 너무 많이 버는 게."

"이런 바보 같으니라구."

정 씨는 길례를 안았다. 갈비뼈가 앙상한 작은 가슴이 놀란 참새처럼 심하게 할딱이고 있었다. 바보, 바보, 정 씨는 더욱 세차게 길례를 안았다.

강추위는 계속되고 길례의 오두막은 하루하루 아늑해졌다. 연탄도 석 장씩이나 때고, 비닐을 필로 사다가 벽에다 방장처럼 둘러 외풍도 없어졌다.

연탄난로 위에선 밤이나 낮이나 물이 끓어 즐거운 소리를 냈고 작은 창에 아름다운 성에를 수놓았다. 어디메쯤 봄이 왔나 그게 궁금해 손톱으로 성에를 긁고 밖을 내다보는 짓을 길례는 다시는 하지 않았다. 정 씨는 야방 보고 자기는 밥장사할 때보다 몸은 몇 배 편한데도 돈은 더 잘 모이는 게 신기해서 죽을 지경이었다.

정 씨는 길례를 안을 때마다 아직은 홀쭉한 배를 더듬으며 말했다.

"여보, 이 속에 있는 녀석이 복뎅인가봐."

길례는 자기 보고 복뎅이라고 할 때보다 더 기뻤다.

배 속의 복뎅이가 소중하다 보니 자기 몸이 소중하고 그래서 생전처음 누리는 놀고 등 따습고 배부른 생활이 조금도 과람하지 않고 당연했다.

길례는 밤이면 정 씨의 팔을 베고 누워서 가만가만 노래를 불렀다. 밤, 밤, 겨울 밤은 추워도 우, 우, 우리들은 즐거워…….

추위가 석 달째로 접어들었다. 아무도 겨울 다음엔 봄이라는 걸 믿으려 들지 않았다.

수도관은 사방에서 매일매일 얼어 터지고, 수도국만이 봄에의 믿음으로 겨우겨우 그 체면을 유지하려 들었다.

어느 날 정 씨는 길례에게 그동안 모아 놓은 돈 중에서 5만 원만 달라고 했다.

"트랜스를 하나 사야겠어. 굵은 전깃줄하고……."

"그건 뭘 하시게요?"

479

"나도 이제 죽도록 땅만 파고, 남 좋은 일만 시키긴 싫어. 내가 직접 수도관을 녹이는 일을 해야겠어."

"당신이 어떻게……, 기술도 없으면서."

"흥, 기술? 알고 보면 그까짓 거 기술이랄 것도 없어. 전기를 쇼크시켜 높은 열만 내게 하면 되는 일이니까 누워서 떡 먹기야. 요샌 글쎄 내가 땅 파고, 내가 전기 일까지 한다니까. 그동안 공 기산지 공가 녀석인지는 양지짝에 앉아서 담배나 빨다가, 수금은 제가 해갖고 나한테 제 몫의 반을 떼어 주는데, 내 아니꼽고 드러워서. 그러니까 그게 기술값도 아니고 순전히 연장값이라구. 그까짓 연장 누군 못 살 줄 알구."

"여보 그렇지만 그렇게 되면 그 사람하고 웬수 지는 게 아뉴? 사람이 어떻게 은혜를 웬수로 갚아요?"

"듣기 싫어. 그까짓 게 은혜랄 건 뭐 있구 원수 질 건 또 뭐 있다구, 얼어 터진 수도는 쌔고 쌔버렸어. 우리 같은 기술자를 몇천 명 양성해서 서울 장안에 부려도 다 제 밥벌이는 할걸. 생각해봐. 적선 중에도 물 적선이 제일이라는데 꽉 막힌 수도에서 물이 콸콸 흐르게 하는 일이 얼마나 좋은 일이야. 달래는 게 돈이라구."

"암튼 원수만 지지 말아요. 누구도 당신한테 앙심 먹는 거 나 싫단 말예요."

"나도 다 생각이 있어. 그 작자가 다니는 동네는 안 다닐 테니까. 서울은 넓고도 넓어. 벌써 내 시중 들어줄 데모도까지 구했으니까 내일부턴 몸은 편해지고 돈은 곱절이 들어올 판이지. 아무리 생각해도 우리 애기가 복뎅인가 봐."

우리 애기가 복뎅이란 바람에 길례는 슬그머니 돈주머니를 풀었다.

정 씨가 목돈을 갖고 나간 날 길례는 낮잠을 자다가 정 씨가 전봇대에 매달려 새까맣게 타 죽는 꿈을 꾸다가 소스라쳐 깨어났다.

그녀는 황급히 손톱으로 창의 성에를 긁어내고 밖을 내다보며 정씨가 돌아오길 기다렸다. 어지간히 추운 날이었다. 성에는 긁어내기가 무섭게 다시 앉아 시야를 흐려 놓았다.

집보다 빈터가 더 많은 신흥주택가. 널찍널찍한 골목엔 사람의 그림자라곤 없었다. 불길한 예감이 그녀의 작은 가슴을 옥죄었다.

날이 어두워도 정 씨는 돌아오지 않았다. 돈 많이 벌어 돼지고기 사가지고 오마던 정 씨는 돼지고기 굽기 좋으라고 점심 먹고 미리 갈아넣은 연탄이 다 사위어 다시 갈게 될 때까지 돌아오지 않았다.

다음 날도, 또 다음 날도 돌아오지 않았다. 어디 가서 알아볼 만한 친척도 의논할 친구도 길례는 알고 있지 못했다. 그는 오로지 공중전화통보다 약간 큰 오두막집에만 뿌리를 내리고 있었던 것이다.

전봇대에 매달려 새카맣게 타 죽지 않고는 이럴 수는 없는 일이었다.

길례는 남편에 대해 타 죽었다는 상상밖에 할 수 없는 것에 절망했다. 여자라면 누구나 할 수 있는 상상, 어디 딴 계집에 미쳐서 돈을 들어내가지고 가서 안 들어온다고 생각할 수 있었으면 얼마나 좋았을까.

그러나 그들의 사랑은 그런 배신의 여지를 둘 수 없는 완벽한 것이었기에 길례의 절망 역시 완벽했다. 그녀는 낮이면 전봇대만 쳐다보며 거리를 정처없이 헤매다가 밤이면 오두막으로 돌아와 새우잠을 잤다.

그녀는 고독했다. 아무도 그녀의 절망에 대해 알고 있지 못했고 따라서 아무도 그녀를 위로하지 않았다. 정 씨의 행방에 대해 아무도 알고 있지 못하는 것처럼.

사흘 동안 실성한 여자처럼 거리를 헤맨 끝에 길례는 스스로 한 가닥 희망을 찾아냈다. 그것은 그녀의 의지의 힘이라기보다는 목숨을 부지하기 위한 인체의 자동장치 같은 거였다.

용한 점쟁이한테 가서 점을 쳐보리라. 그녀가 교수 댁에 있을 때 사모님이 친구들과 제일 정열적으로 주고받던 얘기는 서울의 용한 점쟁이에 관한 얘기였다.

그래서 길례는 서울 장안엔 얼마나 신통한 점쟁이가 많다는 것에 대해 제법 알고 있었다.

학교 점을 잘 치는 점쟁이, 궁합을 잘 보는 점쟁이, 시앗을 족집게처럼 집어내는 점쟁이, 천리안을 갖고 있어서 앉아서 점 치러온 사람 집안의 장독대의 항아리 수효로부터 부엌의 냄비 수효까지 알아맞히는 점쟁이, 별의별 점쟁이에 대해 알고 있었다.

그중 사모님이 홀딱 반해서 단골로 다니며 친구마다 소개해준 대학까지 나왔다는 청년 점쟁이, 백봉선생의 운명철학관은 길례도 사모님 따라 한 번 가본 일이 있었다.

백봉선생은 앞일을 귀신같이 맞힐 뿐 아니라, 길흉을 마음대로 조절할 수 있는 여러가지 묘방을 알고 있어 더욱 인기였다. 그에겐 정해진 복채가 따로 없고 형편대로 내면 되는데, 행운의 점괘를 뽑은 부자는 만 원, 10만 원 아까운 줄 모른다는 소문도 있었다. 그 역시 배짱이 대단해서 아무리 많은 복채를 내도 외눈 하나 까딱 안 하지만, 낼 만한 사람이 인색하게 굴면 여러 사람 앞에서 망신을 톡톡히 줘서 내쫓지만, 불쌍한 사람이나 점괘가 안 좋은 사람에겐 복채를 한 푼도 안 받는 인정스러운 면도 있다는 것이다. 그런 기벽에 의해 그는 자꾸만 더 유명해지고 있었다.

길례는 또 백봉선생이 오전 중만 손님을 받는다는 걸 알고 있었지만 그 으리으리한 응접실에서 폭신한 밍크 슬리퍼를 신고 소파에 앉아 잡담을 주고받는 귀부인들하고 섞여서 차례를 기다릴 자신이 도저히 없었다. 생각만 해도 주눅부터 들었다.

그렇지만 정 씨가 죽었나 살았나를 백봉선생한테 묻고 싶은 걸 단념할 수는 없었다. 인력을 초월한 신령의 힘에 의하지 않고 정 씨를 찾아내기엔 길례에게 도시는 너무도 거대하고 켯속이 복잡했다.

그녀는 일부러 오후 늦은 시간에 백봉선생의 운명철학관을 찾아갔다.

손님을 안내하던 소녀까지 퇴근하고, 홀로 이글이글 닳는 오일스토브 옆에서 주간지를 뒤적이고 있던 백봉선생은, 고관대작이 청을 해도 절대로 점을 보는 시간이 아님에도 불구하고 그녀를 내쫓지 못한다.

그의 손님답지 않은 남루한 차림도 차림이려니와, 그렇게 무욕하고 순한 눈을 가진 여자는 생전 처음 보는 것처럼 느낀다.

그러나 그 무욕하고 순한 눈엔 애처롭게도 절망이 하나 가득 넘치고 있다.

가엾어라……. 백봉선생은 생각한다. 점쟁이는 고객의 문제를 끄집어내면 그만이지 가엾어한다는 건 주제넘은 짓이다. 명점쟁이답게 주제넘은 짓 같은 건 절대 안 하던 백봉선생이건만 무심결에 그 짓을 하고 만다.

길례가 담배 개비처럼 돌돌 말은 천 원짜리를 펴더니 그의 앞에 밀어놓았다.

"너무 적어요. 그리고 지금 쉬시는 시간이라는 것도 알고 있어요. 용서해주세요. 눈에 뵈는 게 없어 뛰어들었어요."

백봉선생은 탓하지 않는다. 마치 물에 빠진 사람 우선 건져놓고 봐야겠다는 것만큼이나 다급하게 어서어서 그녀의 눈에 넘치는 절망을 덜어주고 싶다.

그러나 그녀의 절망에 대해 질문하면 안 된다는 점쟁이로서의 직업의식이 곧 발동한다. 몇만 원짜리 손님이건 공짜 손님이건 똑같이 손님이 원하는 건, 자기가 지닌 고통을 점쟁이가 꼭 집어내서 자기에게 다시 보여주는 거다.

무엇 때문에 이 여자는 절망하고 있을까. 계가 깨지거나 돈을 뜯기고 저렇게 절망하는 여자를 흔히 봐왔다. 그러나 그런 절망과는 인연이 멀게 이 여자의 눈은 무욕하다. 그걸 빼놓으면 문제는 한결 간단해진다.

이 여자는 지금 누군가의 생사에 관한 근심을 하고 있다. 누군가는 부모일까? 애인이나 남편일까? 자식일까?

그것까지 알아맞히려 들면 현명한 점쟁이가 못 된다. 그런 것은 본인의 입을 통해 불게 해야 비로소 현명한 점쟁이인 것이다.

"안 죽었다. 걱정 마라."

백봉선생은 퉁명스럽게 한마디 한다. 퉁명스럽고도 간결한 점괘야말로 실로 백봉선생의 백봉선생다움이다.

백봉선생은 고관의 부인, 재벌의 부인, 학자의 부인 등 수많은 귀부인을 단골로 갖고 있지만 점을 볼 때는 공평하게 퉁명스럽고, 깍듯이 해라를 한다. 그리고 절대 긴말을 안 한다.

딱 한마디로 손님이 가슴 깊이 품고 온 문제성을 명중시킨다. 명중시키기만 하면 문제성은 저절로 와해되어, 손님의 입을 통해 그 앞에 쏟아진다.

수다는 고객의 것이지 결코 점쟁이의 것이 아니다. 그 요령만 잘 알고 지키면 명점쟁이요, 그렇지 못하면 돌팔이일 뿐이다.

아니나 다를까 길례의 눈에서 눈물이 철철 흐르면서 순식간에 절망이 씻겨내리는가 했더니, 줄줄이 불기 시작했다.

"정말 그인 살았을까요? 전봇대에서 전기를 잘못 끌다 꼭 타죽은 줄 안 그이가 살아 있다니, 선생님은 정말이지 그이의 생명의 은인이십니다. 그인 죽었어요. 근데 살았다니, 정말 고맙습니다……."

이렇게 시작해서 그녀는 정 씨하고 어떻게 연애를 하다가, 어떤 누명을 쓰고 쫓겨나서 어떻게 재미나게 살다가, 어떤 고생을 하고, 다시 새로운 벌이를 시작해서 살 만하다가 이렇게 되고 만 경위를 소상하게 불었다.

길례의 말을 다 듣고 난 백봉선생은 정 씨가 술을 과하게 하고 통금에 걸렸거나, 수도 고친다고 불법적인 일을 서툴게 하다가 경찰 신세를 지고 있는 게 아닌가 하는 심증을 얻는다.

"정말 그인 안 죽었을까요?"

"난 여러 말은 안 해."

"그럼 틀림없이 살아 있단 말씀이죠. 근데 왜 안 들어올까요? 그인 집밖엔 올데갈데없는 외로운 사람이에요."

"관재구설이 끼었구먼."

"관재구설이라뇨?"

"관청 신세를 질 액도 몰라?"

"막벌이꾼이 무슨 관청 신세를……."

길례는 쉽사리 믿지 못하면서도 역력한 공포가 떠오른다.

"그걸 내가 아나. 난 관재구설괘가 나오니 나온달밖에."

백봉선생은 핀잔을 준다. 백봉선생은 길례뿐 아니라 어떤 귀부인 한테도 핀잔을 잘 주기로도 유명하다. 그는 이런 적절한 핀잔으로 명백한 회답을 해야 할 고비를 교묘하게 피할 줄 알았다. 그러나 그의 단골들은 그것조차 명점쟁이의 기벽쯤으로 이해하고 되레 좋아했고, 그를 더욱 유명하게 해주었다.

"그럼 어떡하죠. 선생님 제발 그 구설 좀 빨리 면하게 해주세요. 네? 선생님. 선생님은 하실 수 있잖아요? 은혜는 두고두고 갚을게 요."

"젠장, 물에 빠진 놈 건져주니까 보따리 내놓으란 격이군."

"네?"

"그렇잖아. 당장 죽어가는 사람 살려줬잖아."

"그러문입쇼. 그러문입쇼. 여부가 있나요."

"그런데 또 구설수까지 면하게 해달라고? 딴 구설도 아니고 관재 구설을?"

"전 홀몸이 아녜요. 제발 두 사람 목숨을 더 구해주시는 셈치고 예방을 가르쳐주세요."

"욕심도, 한 사람을 기껏 살려주니까 두 사람을 더?"

백봉선생은 길례의 무욕한 눈을 지그시 바라보며 푸듯이 뇌까린 다. 그는 자기가 영한 점괘보다, 액운을 물리치는 예방을 잘해주는 것으로 더 잘 알려진 걸 알고 있다. 그러나 특별한 보안 조치를 한 바도 없건만 구체적으로 어떤 비법을 그가 써먹고 있는지는 전혀 알려지고 있지 않았다.

그도 그럴 것이 그의 비방은 미신적인 예방도 있었지만, 대개는 남이 못되게 비는 방자의 술과 관계되는 것이었기 때문에 그걸 써 먹은 사람이 남에게 풍길 리가 없었기 때문이다.

물론 처음부터 남 못되게 하는 방자를 배워 가려고 점치러 오는 사람은 없었다.

언제 부자가 되나, 언제 승진을 하나, 이번엔 당선이 될까, 이번엔 합격이 될까 대개 이런 문제들을 안고 온다.

그러나 경쟁사회에서 남보다 빨리 돈을 벌거나 빨리 출세하고픈 욕망을 채우기 위해선 자기하고 대등하거나, 자기보다 우월한 경쟁자를 무슨 수를 써서라도 앞질러야 한다. 이 무슨 수를 써서라도,라는 비장한 각오야말로 경쟁자를 감쪽같이 해치고 싶은 해악의 의지라는 걸 백봉선생은 알고 있었다. 그거야말로 백봉선생의 인간에 대한 해석의 정답이요, 결론이었다.

어떤 고상한 귀부인도 배 속에 똥집이 있는 것처럼 마음속엔 해악의 의지가 있다. 욕심과 해악의 의지는 같은 심장을 가지고 숨 쉬고 있다. 그것이 백봉선생의 철학의 핵심이었다.

그는 그의 이런 철학을 끊임없이 그의 단골들한테 시험해봄으로써 날로 자신을 얻어가고 있었다.

특히 도덕적으로 고상해 보이는 손님만 보면 자기의 이런 개똥철학으로 장난질을 해보고 싶은 충동을 억제하지 못했다.

이번에 승진 발령이 날까 말까, 이번에 막대한 이권이 굴러떨어질까 말까, 이런 조바심에는 반드시 승진과 이권을 에워싼 라이벌이 있게 마련이었다.

그 라이벌네 집 대문에다 보기에도 흉칙한 제웅을 만들어다 걸어놓으라든가, 라이벌의 신을 훔쳐다가 삶아 먹으라든가, 이런 방자술을 가르쳐주는 것이었다.

그런 방자술을 감지덕지 전수받은 귀부인의 얼굴이라니. 산해진

미에 물린 고상한 부인이 단박 남의 신발 삶은 국물이 먹고 싶어 군침을 삼키는 모습을 보며 느끼는 백봉선생의 쾌감은 짓궂다 못해 차라리 천진한 것이었다.

그는 모든 직업인들이 그 직업의 권태로운 반복에 넌더리를 내는 것만큼, 그의 점치는 일을 혐오했다.

모든 직업인들이 심한 음주나, 아니꼬운 취미 생활로 직업적인 권태로부터의 일탈을 꾀하는 것처럼 그 역시 그런 못된 장난질로 그의 직업적인 권태에 반항을 시도하고 있다고 그는 스스로 변명한다.

가끔 이런 재미도 없이 무슨 맛에 이 짓을 해먹는담. 그는 이렇게 가볍게 생각한다.

그러나 그에겐 자기가 이 사회의 욕망의 질서로부터 소외된 위치에 있다는 아웃사이더로서의 열등감이 지글대고 있고, 이런 열등감은 그 따위 악희가 되어 그가 참여 못 한 욕망의 질서를 조소하고, 더러운 욕망을 포장한 도덕적인 얼굴을 능멸하는 것으로 복수를 꾀하고 있는 것이다.

"제발 선생님."

비법을 가르쳐주기를 계속 조르는 길례의 간절한 시선을 피하면서 백봉선생은 비법에 대한 영감은커녕 자기의 직업에 가책 같은 걸 느낀다. 그건 아주 고약한 느낌이었다. 그러나 거절하진 못한다.

"대주가 몇 살이지?"

"마흔세 살이오."

"그럼 백지에다 사람 얼굴을 그리고 거기다가 바늘을 마흔세 개를 꽂아서 하룻밤 하룻날을 집에 두었다가, 집에서 서쪽 방향에 있는 나뭇가지에다 갖다 걸어. 걸어놓고 뒤도 돌아보지 말고 집으로 오면 돼."

"그럼 그 액을 면할까요?"

"해보면 알 게 아냐."

"고맙습니다. 고맙습니다. 우리 그이가 무사하게 돼서 다시 돈벌이를 하게 되면 꼭 선생님 은혜 갚으러 올 겁니다."

"안 와도 좋아."

백봉선생은 자기의 엉터리에 몰래 넌더리를 내면서 씹어뱉듯이 말한다.

길례는 집으로 돌아오는 길에 백지도 사고, 먹글씨처럼 써지는 사인펜도 사고, 바늘도 샀다.

백지에 정성껏 얼굴을 그린다. 크게 동그라미를 그리고 눈, 코, 입, 귀를 그리고 머리털을 그린다. 3학년까지 다녀본 국민학교 때 그려보고 처음 그려보는 그림이다.

백봉선생이 일러준 건 아니지만 길례는 어쩐지 얼굴을 흉하게 그려야 할 것 같다. 액을 담아 갈 얼굴이니까.

그러나 그려놓고 보니 어딘지 정 씨를 닮은 것 같다. 모진 구석이라곤 하나도 없는 어리숙한 얼굴이다. 거기다 바늘을 꽂는 일은 차마 못 할 것 같다. 그렇지만 비방을 하다 말면, 더 큰 벌을 받을지 누가 아나.

길례는 살아 있는 사람의 얼굴에 바늘을 꽂는 것만큼이나 마음 독하게 먹고 바늘을 꽂는다. 진땀까지 흘려가며 마흔세 개의 바늘을 꽂는다.

과연 바늘을 다 꽂고 나니 그림의 얼굴은 이 세상의 온갖 액운이 옮아 붙은 것처럼 무시무시한 얼굴이 된다. 길례는 새삼 백봉선생이 영검한 것에 감탄을 한다.

귀신과 더불어 지새우는 것처럼 전전긍긍한 하룻밤을 지새우고 하룻낮을 보낸다. 그리고 어둑어둑해지기 시작할 무렵 집을 나서서 서쪽을 향해 걷는다.

그 끔찍한 액운을 어서어서 갖다 버려야 하는 것이다. 그걸 버리고 돌아설 생각만 해도 날듯이 가볍다. 어쩌면 그걸 버리고 집에 오면 정 씨가 돌아와 있을지도 모르겠다. 가슴이 두근댄다.

다행히 집에서 서쪽엔 나무가 많은 동네다. 여름엔 빨갛고 파란 지붕들이 우거진 녹음 사이로 드문드문 보일 만큼 나무가 많은 동네다.

길례는 그 동네를 향해 걷는다. 그러나 좀처럼 그 흉악한 것을 걸 나무를 찾아내지 못한다. 모든 나무들은 담 속에 서 있지 길에 서 있지 않았기 때문이다. 모두 임자 있는 나무뿐이지 임자 없는 나무가 없었기 때문이다. 어쩌면 단 한 그루도 임자 없는 나무를 만나지 못했다.

그녀는 모신 추위에 떨면서 골목골목을 헤맨다. 그래도 길에 서 있는 나무를 찾아내지 못한다. 가장귀는 길로 뻗었어도 기둥은 담 속에 있다. 그녀는 몇 번이나 그 액운이 담긴 물건을 남의 집 나무에라도 걸까 싶었으나 차마 못 한다. 나무 임자가 그걸 보고 놀랄 생각을 하고, 그녀가 먼저 깜짝 놀란다.

길례는 그녀를 내쫓은 교수 댁 앞도 지났다. 교수 댁 마당에도 나무가 많다. 길로 가지를 뻗은 나무도 있다. 그녀는 교수 댁 나무에 걸고 싶을까 봐 빨리빨리 그 앞을 지나간다.

평지가 끝나고 길이 오르막길이 된다. 그녀는 춥고 배고프다. 그러나 희망을 잃지 않는다. 언덕 위 꼭대기에 나무가 있는 것을 그녀는 멀리서 본 것 같다. 그 꼭대기의 나무들이야 설마 임자 없는 나무겠지.

언덕 중턱까지는 나무 한 그루 없는 작은 집들이고 정상에 드디어 나무가 있다. 길례는 비로소 안도의 숨을 내쉰다.

푸른 달빛 속에 어린 나무들이 유치원 학생들처럼 서툴게 줄을 맞춰 서 있다. 너무 어려 살아 있는 나무 같지를 않고 가장귀를 언 땅에 꽂아 놓은 것 같다.

그녀는 아무 나무에나 그 끔찍한 걸 걸까 하다가 화들짝 놀란다. 그곳의 어린 나무도 결코 임자 없는 나무가 아니란 걸 깨달았기 때문이다.

꼭대기에 다닥다닥 붙어 있는 사람 사는 집들을 나라에서 철거하고 그 자리에 심은 나무들이다. 철거당하는 사람들은 억울해서 울고불고 했지만, 나라에서는 적지 않은 돈을 들여서 그 일을 했다. 그리고 대신 나무를 심었다. 그러니까 나라 나무다. 나라 나무에다 그런 걸 걸었다가 무슨 화가 미칠지 그녀는 겁이 더럭 난 것이다.

그녀는 어린 나무 사이를 그대로 지나 산을 넘는다. 다시 집들이 나오고 나무가 나왔지만, 나무는 다시 임자 있는 나무다. 어두운 겨울 밤, 담 밖으로 뻗은 나뭇가지에 그걸 건대도 누가 볼 사람은 없다. 그런데도 그녀는 그 짓을 못한다. 그 끔찍한 액을 남에게 떠맡긴다는 것은 나쁜 짓이고, 나쁜 짓을 해서 입을 화가 비방을 안 써서 입을 화보다 그녀는 더 두렵다.

결국 길례는 임자 없는 나무를 찾지 못하고 오두막으로 돌아온다. 돌아오면서 몇 번이고 추위와 굶주림과 낙담으로 길바닥에 무릎을 꿇을 뻔한다.

가까스로 당도한 오두막 앞에서 그녀는 그 끔찍한 걸 집으로 가지고 들어갈 수밖에 없다는 데 새로운 공포와 절망을 느낀다. 액 때우려고 만든 물건이 천근의 액이 되어 그녀를 짓누른다. 그녀는 지칠 대로 지쳤다. 도저히 그녀 혼자의 힘으로 액을 벗어날 기력이 없다.

그녀는 그것을 들고 다시 방황한 끝에 자기도 모르게 백봉선생의 운명철학관 앞에 와 있었다.

깊은 잠이 든 백봉선생은 가냘프지만 필사적인 비명 소리에 잠이 깼다. 그 소리는 문밖에서 들리고 있었다. 문을 여니 조그만 여자가 꺾이듯이 무릎을 꿇는다. 얼떨결에 여자를 일으켰다. 여자의 몸은 가볍고도 차가웠다. 우선 방으로 끌어들였다. 급히 오일 스토브에 불을 켰다. 여자는 어제 점을 치러 왔던 여자였고, 무수한 바늘이 꽂힌 끔찍한 얼굴이 그려진 백지를 받쳐 들고 울고 있었다.

"선생님, 제가 죽을죄를 지었어요. 어떡하면 좋죠."

"무슨 죄?"

"이걸 걸 나무가 없었어요."

"나무가 없다니?"

"우리 집에서 서쪽으로 아무리 가도, 집 속에 있는 나무밖에 임자 없는 나무는 없었어요."

"누가 꼭 임자 없는 나무라야 된다 했나. 아무 나무라면 어때서."

"그래도……."

"그래도라니?"

"차마 그 짓은 할 수가 없었어요. 액을 나무나 돌한테 떠맡기는 짓은 할 수 있어도, 그 짓은 사람한테 떠맡기는 짓 같아 차마 못 했어요."

"그러니 날더러 어쩌란 말인가?"

"이걸 어떻게 처분해야 될지 몰라서."

그녀는 말끝을 흐리고 추위 때문인지 두려움 때문인지 아직도 떨고 있다.

"놓고 가. 놓고 가면 될 거 아냐."

백봉선생은 자기가 들어도 깜짝 놀라게 큰 소리를 지른다.

그는 처음으로 상대해본 밑바닥 인생에 측은함을 지나 분노를 느낀다. 밑바닥 인생이 왜 죽도록 밑바닥 인생일 수밖에 없나, 그 운명적인 결함을 들여다본 느낌이다. 그런 의미로도 사람이 어느만큼 잘사느냐는 각자가 지닌 타인에 대한 해악의 의지의 강도에 달렸다는 그의 철학을 역으로 증명한 셈도 되었다.

이런 착잡한 백봉선생의 속을 알 리 없는 길례는 그저 놓고 가란 소리만 반가워 감지덕지한다.

"고맙습니다, 선생님. 고맙습니다. 선생님이 하도 인자하시니까 염치 없는 말씀 하나만 더 드리겠는데, 제발 딴 예방을 하나만 더 가르쳐주세요. 이것보다 덜 신통해도 좋으니까 이것보다 덜 어려운 걸로, 제발 우리 집 그이가 관재구설수를 면하게만 해주세요."

"가만 있어도 풀릴 테니까 염려 말아. 좀 늦긴 하겠지만."

"늦으면 언제쯤에요?"

"봄이면 풀려."

그는 봄이면 얼음이 풀린다는 예언만큼이나 자신 있게 말했기 때문에 길례의 얼굴에 비로소 화색이 돈다.

길례가 백 배 사례하고 떠나간 후 백봉선생은 그녀가 놓고 간 걸 펴놓고 자세히 본다.

거의 유아의 그림처럼 단순한 선으로 된 얼굴에 꽂힌 마흔세 개의 바늘이 섬칫하다. 어릴 때, 지옥에 있다는 바늘산 얘기를 들으며 맛본 원시적인 공포를 다시 한 번 맛본다.

그는 그것을 방 속의 쓰레기통에 던지고 자리에 눕는다. 잠이 오지 않는다. 그의 의식 속에서 그놈의 것은 그렇게 간단히 처리가 되지 않는다. 그놈의 걸 어디다 멀리 갖다 버리고 와야 잠이 올 것 같다. 그러나 다시 일어나서 밖으로 나가긴 싫다.

그러면서 계속 그놈의 것에 대한 불안스러운 혐오감에 시달린다. 마치 마흔세 개의 바늘이 그의 잠자리에 꽂혀 있는 것처럼 이렇게 누워도 불안하고, 저렇게 누워도 거북하다.

그러나 그런 불안이 전혀 새로운 것은 아니다. 그는 알고 있다. 그의 이런 불안이 결코 잠자리에 대한 불안이 아니라 그의 직업에 대한 불안이라는 것을.

그는 과거에도 종종 이와 비슷한 고약한 불안감에 시달린 경험이 있다. 다만 길례의 경우와 달리, 그의 손님이 너무 그의 말을 잘 들었을 때 그런 느낌은 왔었다.

이런 일도 있었다. 그의 단골 손님 중 벼락부자의 부인이 있었는데, 그녀는 남편이 돈을 왕창왕창 버는 것을 순전히 백봉선생이 가르쳐준 방자의 덕인 걸로 믿고 있었다.

하루는 그녀가 와서 임신을 했다면서 아들을 낳을 수 있는 비법을 가르쳐달라고 했다. 뉘집에도 한 가지 근심은 있으란 법인가, 그녀는 딸만 있어 어떡하든 아들을 갖기가 소원이었고 그 소원을 백봉선생이 풀어줄 수 있을 것을 믿어 의심치 않고 있었다.

이런 일은 남을 해치는 방자의 술을 쓸 일도 아니었다. 결과가 빤한 일에 황당한 비법을 가르칠 백봉선생이 아니었다. 백봉선생이 그랬더라면 백봉선생은 이미 명점쟁이가 아니었을 것이다. 그러나 이런 일을 서툴게 피해도 명점쟁이는 못 된다.

그는 그가 심심할 때면 들여다보는 만방비법이란 책에서 읽은 여태가 남태되는 법을 생각해냈다. 모든 비법이 다 그렇듯이 그 비법 역시 황당한 것이었으나, 도저히 실행 불가능한 것이었다.

그 비법은 가라사대, '호랑이 코를 베어다가 임부가 드나드는 방문에 걸어 놓을지어다' 로 되어 있었다.

여태가 남태되기는 불가능하다는 소리를 조금도 야박하지 않게, 한 가닥 숨구멍을 터놓는 유머를 보이며 말하고 있었다.

백봉선생은 외눈 하나 까딱 안 하고 그 소리를 그 부인에게 했던 것이다. 부인이 실망을 하든지 하다못해 얼떨떨한 얼굴을 하기라도 할 줄 알았는데 뜻밖에 희색이 만면해서 믿을 수 없을 만큼 두둑한 복채를 놓고 갔다. 백봉선생은 부인의 뒤통수에다 대고 고양이 코가 아니라 호랑이 코라는 소리를 비명처럼 복창했다.

그리고 1년쯤 지나 그 부인은 떡두꺼비 같은 아들을 안고 왔다. 선생님이 가르쳐준 비방을 써서 얻은 아들이라고 좋아하면서 두둑한 사례금까지 갖고.

그런 일을 통해, 그가 있는 사람들 사회의 막강한 실력에 압도당하는 거나, 지금 길례를 통해 밑바닥 인생의 무공에 압도당하는 거나 거의 비슷하게, 자기의 직업에 대한 불안스러운 혐오감을 후유증으로 남기는 건 참 이상한 일이었다.

그런 직업적인 불안을 느낄 때마다 그는 내일이라도 당장 이 짓을 그만둬야지 하고 별렀지만 내일 내일이야말로 가장 가까운 것 같으면서도 영원한 유예였다.

그러나 지금의 그는 그런 한가한 유예를 하고 있을 기분이 아니었다. 마치 길례가 놓고간 그 끔찍한 게 지닌 액이 그의 직업에 옮아붙은 것처럼 그는 그의 직업을 팽개치고 싶었다.

올봄엔 이 짓에서 손을 떼리라. 그는 단호히 마음을 굳혔다. 손을 떼고 무엇을 할 수 있으리란 구체적인 생각까진 없었지만 아웃사이

더는 면할 수 있을 것 같았다. 언 땅처럼 저희끼리만 단단히 뭉쳐 그를 따돌리던 끼리끼리의 질서 속으로 온몸을 곡괭이 삼아 파고들 결심을 했다. 길례도 정 씨도 밑바닥이나마 그 질서에 끼어서 살고 있지 않은가.

올봄엔 손을 떼자. 올봄은 내일보다는 멀지만 착실히 다가오고 있다. 내일처럼 영원히 도망치지는 못한다.

그는 그의 직업에서 손을 떼는 게 실상은 두려웠지만, 미신적인 믿음으로 이제부터 점쟁이 짓에는 재수 옴 붙을 것처럼 느꼈기 때문에 계속하는 건 더 두려웠다.

올봄엔 손을 떼리라. 그 느낌은 섭섭하고도 상쾌했다.

길례는 백봉선생의 말을 신앙처럼 믿으며 조용히 봄을 기다렸다.

어느 날부터인가 길례의 창에 성에가 안 끼더니 창밖에 저만치 봄이 오고 있었다.

정 씨 역시 길례가 있는 오두막과는 정반대의 도시 가변두리 땅에서 봄을 기다리고 있었다.

정 씨가 처음으로 새로 장만한 공구를 갖고 데모도까지 한 사람 대동하고 언 수도를 녹여주는 일을 맡으러 나간 날, 그래도 의리상 공 기사가 다니던 구역을 피해 낯선 동네로 갔다. 추위는 전국적이었으니 같은 도시에서 이 동네 저 동네 가릴 게 없었다.

"얼어붙은 수도 고치려. 얼어붙은 수도 고치려."

정 씨는 복음이라도 전도하듯이 의젓하게 외쳤다.

아침나절에 벌써 한 건수가 걸려 그는 전에 공 기사가 하듯이 유유히 담배를 빨고 데모도 혼자서 땅을 팠다.

땅은 바위처럼 단단히 언 데다가 데모도는 기운이 시원치 않아 좀처럼 수도관은 나타나지 않았다. 참다 못한 그가 합세해서 뿔괭이를 힘껏 내리친 찰나 수도관이 파열하며 물기둥이 솟았다. 한아름도 넘는 본선은 하필 PVC 수도관이었던 것이다. PVC 수도관이 묻힌 동네는 전기로 녹일 수 없다는 것도, 어느 동네는 그게 묻혔다는 것도 그는 몰랐던 것이다.

삽시간에 물은 온 동네로 범람하면서 비스듬한 비탈길을 따라 은백색의 빙하를 이루었다.

공사를 맡긴 주인은 물론 동네 사람들이 뛰어나왔다.

정 씨의 판단력으로 알 수 있는 건 수습할 수 없는 큰일을 저질렀다는 것뿐이었다.

"저놈을 잡아라."

누군가가 성난 소리로 외쳤다. 정 씨는 괭이나 삽은 내던지고 값나가는 트랜스만 갖고 뛰기 시작했다. 데모도는 벌써 없어진 뒤였다.

뛰고 뛰고 또 뛰어, 겨우 저놈 잡아라 하는 고함 소리가 미치지 못하는 지점까지 와서 숨을 돌리자마자, 그를 엄습한 건 성난 사람들로부터 쫓기는 몸이 됐다는 엄청난 두려움이었다.

겁에 질린 그의 의식 속에서 성난 사람들은 법, 경찰 그런 걸로 비약했다.

법에 쫓기는 일이 감히 자기에게 일어나리라곤 일찍이 상상도 해본 적이 없기 때문에 백주에 호랑이에게 쫓기고 있는 것만큼이나 어처구니없는 공포감을 느꼈다. 꿈이었으면, 꿈이었으면……, 그는 가위에 눌린 것처럼 괴롭게 신음했다.

가위눌린 것 같은 의식 속에서 그가 겨우 생각해낼 수 있었던 것은 염치 불고하고 공 기사한테 찾아가 의논해보리라는 거였다. 공 기사는 그런 일을 오래 해왔으니 그런 유의 사고가 어떤 죄가 되는지 알고 있을 것이다. 또 공 기사를 배반한 천벌을 받고 있다는 순진한 죄의식은 더욱 공 기사를 만나 사과하고 싶은 마음을 다급하게 했다.

정 씨의 배반 소식을 듣고 괘씸하게 여기고 있던 공 기사는 당일로 초주검이 되어 자기 앞으로 기어든 정 씨를 보자 회심의 미소를 지었다.

"쯧쯧, 일은 컸구먼, 일은 컸어. 어쩌다 그런 일을. 보나 마나 본선을 터뜨렸을 테니 수도국에서 고발해서 구속영장이 떨어졌을걸. 당분간 우리 집에 숨어 있게. 자네 한 짓을 봐선 내가 나서서 고발을 하고 싶지만 난 자네 같잖아서 그래도 의리라는 걸 알거든. 어떡허겠나. 내가 나서서 교제를 해서 자네 일을 잘 무마시켜줄 수밖에. 나란 놈은 이렇게 의리에 약해 탈이란 말야."

공 기사는 자기를 배신하고, 영업을 훼방 놀려던 괘씸한 작자를 톡톡히 골려주기로 마음먹었다.

우선 교제비 조로 트랜스 먼저 빼앗았다. 그러고는 멀리 떨어진 가변두리에서 연탄가게를 하는 형한테로 정 씨를 보냈다. 형은 마침 배달꾼이 나가 쩔쩔매던 중이라 밥이나 먹이고 부려먹으란 소리에 좋아했고, 정 씨 역시 공밥을 먹지 않아도 되는 걸 좋아했다.

다만 집에 잠깐 들러 길례를 한 번 만나보고 떠나길 소원했지만, 공 기사는 자기가 안부 전하고 안심시킬 테니 그냥 떠나라고 했다. 경찰이 집 근처에 잠복해 있을지 누가 아느냐는 거였다. 정 씨는 더욱더 자기를 대역 죄인처럼 느낄밖에 없었고 공 기사는 지옥에서 만난 부처님처럼 고마웠다.

공 기사도 정 씨를 봄까지만 골려먹을 작정이었다. 봄이면 언 수도 녹이는 일거리도 끊길 테고, 또 아무리 어리숙한 정 씨지만 그만 일로 더 오래 속여먹을 수는 없을 것 같아서였다.

연탄가게에서 일하고 있는 정 씨에게 어느 날 공 기사로부터 희소식이 왔다.

길례도 잘 있고, 교제하는 일도 잘돼서 흐지부지 덮어두기로 합의를 보았지만, 남의 눈도 있고 하니 봄까지는 숨어 있는 게 좋겠다고 하더라는.

정 씨는 고개를 갸우뚱하며, 자기가 남들이 알아줄 만큼 큰 죄를 정말 저질렀을까 하고 의심하는 마음이 비로소 생겼지만 연탄 구루마 밑에서 땅이 이미 해토를 시작하고 있었기 때문에 탓하지 않기로 했다.

길례는 밥장사하고 자기는 야방 보는 즐거운 시절이 다시 오고 있다고 생각하며 그는 소년처럼 설렜다.

우리들의 부자

    순복이하고 희망원에 같이 가주기로 세 번째 약속한 날 아침부터 비가 내렸다. 비를 핑계로 또 약속을 어겨도 무방하려니 생각하고 있는데 순복이로부터 전화가 왔다.

    "비가 오는데도 가줄 수 있겠니?"

    그녀의 목소리는 젖어 있었고 거의 애원하는 투였다. 그녀의 집엔 전화가 없다. 아마 비를 맞고 당고개까지 나와서 걸고 있을 것이다. 그래서 나는 그녀와 약속을 할 때마다 예고 없이 약속을 어길 수도 있도록 미리 뒤를 두는 걸 잊지 않았었다. 몇 시까지만 기다려봐서 안 나가면 딴 볼일이 생겨서 못 가는 줄 알라는 식의 허술한 약속을 했었기 때문에 그것을 두 번씩이나 연거푸 안 지키고도 별로 미안해할 필요가 없었다. 그러나 그녀의 열심히 매달리는 것 같은 전화 목소리를 들으며, 나는 이번 약속만은 지킬 수밖에 없겠다는 체념과 함께 지난번의 나의 실없음까지가 뒤늦게 부끄럽고 미안해지는 것이었다.

"그럼 갈 수 있잖구? 내가 뭐 종이 인간이라던?"

비를 핑계로 지각을 하거나 노천행사를 빼먹고 싶어하는 우리를 종이 인간이라고 호통치던 여고 시절의 훈육주임 선생님 생각이 나서 나는 웃으면서 그렇게 말했다. 그것은 본의 아니게 썩 좋은 대답이 된 것 같았다. 왜냐하면 약속을 지키겠다는 뜻과 함께 그녀와 내가 여고동창 사이라는 것까지를 자연스럽게 일깨워준 결과가 됐기 때문이다.

"고맙다 얘. 우리 혜나가 얼마나 좋아할까. 그럼 이따 거기서 만나."

순복이가 그렇게 명랑하고 스스럼없이 굴긴 처음이었다. 나는 수화기를 놓으며 나도 모르게 불쾌감 같은 걸 느끼고 있었다. 요컨대 그녀가 처음으로 나하고 대등하게 구는 게 내 비위에 생소했던 것이다.

차장 아가씨는 졸고 있었다. 시내서부터 꽉 찬 승객은 조금도 줄지 않았는데 차창 밖으로는 갑자기 서울특별시가 끝나버린 것처럼 푸른 들판과 언덕 규모의 야산과 나무마다 종이봉지를 주렁주렁 매달고 있는 과수원이 펼쳐졌다.

나는 다시 불안해졌다. 당고개를 지나친 게 아닌가 물어보고 싶었지만 차장은 너무 달게 졸고 있었다. 그리고 나는 너무 여러 번 그것을 물어보았었다. 나는 승객이 조금도 줄지 않았다는 것으로 당고개가 아직아직 멀었으려니 하고 스스로의 불안을 달랠 수밖에 없었다.

나에게 당고개 마루턱 동네의 삯바느질 집을 가르쳐준 친구는 그 고장의 사람 사는 모습을 똥물로 키우는 콩나물시루 같다고 말했었다. 친구는 아마 콩나물시루만 갖고는 그 청결함 때문에 그 고장의 밀집과 불결을 함께 표현하기에 부족하다고 생각했던 것 같다.

곧장 달리던 버스가 방향을 바꾸면서 앞창으로 수려한 산봉우리가 보였다. 산봉우리에 정신이 팔려 있는 사이에 버스는 꽤 정돈된 시가지로 들어섰다. 들판을 한참 달렸기 때문인지 그 시가지는 서울특별시가 아니라 새로 생긴 서울의 위성도시 같은 인상이었다. 버스 속이 한결 헐렁해졌다. 그러나 차창 밖의 풍경은 똥물로 키운 콩나물시루와 비유하기엔 천부당만부당하게 깔끔해 나는 다시 안절부절못하기 시작했다. 이런 내 눈치를 챘는지 차장은 "다음다음이에요" 하고 내가 내릴 곳을 알려주었다. 차장은 이제 졸고 있지 않았고 뜻밖에 친절했다.

다음다음 정거장은 완만한 오르막길을 넘어선 곳에 있었다. 그곳에 내리자 나는 안도감을 느꼈다. 눈에 들어오는 마을 풍경이 내게 옳게 찾아왔다는 걸 말해주고 있었기 때문이다.

나는 친구가 자세하게 그려준 약도를 펴들고 산자락에 오막살이들이 암초에 따개비처럼 악착같이 달라붙은 비탈동네로 파고들었다. 집집마다 방문이 곧 대문이었다. 그리고 골목은 비오는 날 우산을 펴 들 수나 있을까 싶잖게 좁았다. 때마침 한여름이라 집집마다 대문 겸 방문을 활짝 열고 구더기 밑살처럼 보잘것없는 속사정을 염치없이 드러내고 있었다. 그 속에서 입을 벌리고 낮잠을 자는 여편네도 있었고 설익은 수박을 먹고 있는 노파도 있었고, 라디오를 크게 틀어놓고 배꼽 밑을 긁적대고 있는 살피듬 좋은 남자도 있었다. 무엇보다도 아이들이 많았다. 어떤 아이는 비닐주머니에 든 원색의 빙과를 쪽쪽 빨고 있었고, 어떤 아이는 그것을 뚫어지게 바라보며 군침을 삼키고 있었고, 전봇대 밑에선 한 떼의 남자아이들이 다방구를 하고 있었고, 쓰레기통 앞에선 계집애들이 째지는 소리로 패싸움을 벌이고 있었다.

나는 남의 동네의 이런 풍경들을 구경하고 있는 게 아니라 이런 풍경들이 넝마자루를 거꾸로 세운 것처럼 내 앞으로 쏟아져내리는 것처럼 느꼈다.

처녑 속처럼 첩첩하고 좁은 골목길은 오르막길이었고 날씨는 복중이었다. 나는 이 고장의 농축된 더위와 내가 하고 있는 궁상맞은 짓에 대한 혐오감으로 숨이 막힐 것 같았다.

나는 여섯 벌이나 되는 치마저고릿감을 갖고 있었고 그것은 종로의 이름난 주단가게에서 끊은 고급의 본견 은조사였다. 시어머님의 회갑잔치를 맞아 여러 동서와 시누이가 같은 계통의 한복을 해 입고 잔을 드리기로 합의를 보아 같이 모여서 한 벌씩 끊은 것까지는 좋았는데 주단가게에서 말하는 깨끼옷의 삯이 엄청나자, 나는 나도 모르게 내가 그 반값으로도 솜씨가 뛰어난 곳을 알고 있는 것처럼 말하고 말았다. 동서들은 얼씨구 하고 그들의 옷을 샀주는 일까지를 나에게 떠맡겼다. 나 역시 그곳을 직접 알고 있는 게 아니라 한복을 입을 일이 많은 친구로부터 들어서 알고 있을 뿐이었다.

그렇다고 내 성격이 특별히 오지랖이 넓은 건 아니었다. 다만 넉넉지 못한 집에 맏며느리로 들어가 여러 시동생 시누이 시집 장가 보내 자수성가하는 사이에 한 푼을 쪼개어 두 푼으로 쓰는 일에 도통하고 나니 일종의 권위마저 지니게 됐을 뿐이었다.

나보다 넉넉하고 씀씀이가 헤픈 동서까지도 내가 말한 값싸고 솜씨 좋은 데 모개로 맡기는 일에 말없이 따랐던 것도 나의 이런 권위를 감히 거스르지 못했기 때문이지 결코 돈을 아끼기 위해선 아니었을 것이다.

그러나 나는 땀을 뻘뻘 흘리며 삯바느질 집을 찾기 위해 그 이상한 동네의 갈피에 깊숙이 파고들수록 그 권위란 게 실상은 얼마나 구질구질한 궁상이었나를 어쩔 수 없이 깨닫고 있었다.

친구가 가르쳐준 삯바느질 집은 그 동네에서도 잘 알려져 있는 모양으로 약도가 불분명한 데선 동네 사람한테 물어보면 모르는 사람 없이 잘 일러주었다. 그 집은 이 동네에선 드물게 대문이 있는 집이었고, 대문엔 친절하게도 '삯바느질 집'이란 달필의 먹글씨가 붙어 있었다.

대문은 소리 없이 가볍게 열렸고 두 발자국도 못 되게 가까운 거리에 마루가 있었다. 마루의 구식 발재봉틀에 올라앉아 흰 모시 적

삼의 도련을 박고 있던 깡마른 여자가 흘긋 나를 쳐다보았다. 그 여자는 무표정했다.

나는 마루 끝에 보따리를 놓고 걸터앉아 땀을 씻었다. 마당에 있는 수도 고동은 한껏 비틀어 올려진 채였지만 꼭지는 습기조차 없이 메말라 있었다. 나는 심한 갈증을 느꼈다. 그러나 터무니없는 오기가 물을 얻어먹고 싶지 않게 했다. 나는 서둘러 보따리를 끌렀다. 여자가 동그란 나무의자에서 내려앉아 바느질거리를 하나하나 살폈다. 깡마른 손이 철사처럼 강인해 보였다.

"하나같이 고급 천이네요."

여자가 처음으로 말을 했다. 여자의 이미 체념해버린 듯한 선망의 빛이 나를 적당히 기분 좋게 했다.

"네, 시어머님 회갑 때 동서끼리 잔 드릴 때 입을 거라서요. 이 옥색은 시어머님이 입으실 거구요."

"참 복 많은 분이군요. 회갑이 언제신데요?"

나는 속으로 재빨리 그 여자가 간접적으로 바느질을 끝마쳐야 할 날짜를 묻고 있다고 판단하고, 일주일쯤 앞당겨서 말했다. 나는 장사꾼이나 삯일을 하는 사람들을 믿지 못했기 때문에 그들과의 흥정에 있어선 그들보다 한술 더 뜨게 약아야 된다는 교활성이 몸에 배었었다.

"그렇겐 안 되겠는데요. 워낙 일거리가 많이 밀려서요."

여자는 아주 섭섭한 듯 그러나 조금도 빌붙으려는 기색 없이 딱 잘라 말했다. 나는 당황했다. 그렇다고 당장 에누리한 날짜를 실토

507

하기도 자존심 상하는 일이었다.

"아, 날짜를 다투지 않는 옷은 좀 뒤로 미루면 될 거 아녜요."

나는 퉁명스럽게 말했다.

"이 복중에 한복 맞추는 사람치고 혼인이니, 회갑이니, 해외 나들이니 날짜 다투지 않는 사람이 있어야죠."

여자는 타이르는 것처럼 부드럽고 조심스럽게 말했다.

"이 구석까지 그런 일거리가 그렇게 많이 들어오나요?"

나는 한풀 꺾여서 그렇게 말하고 새삼스럽게 좁은 마루를 둘러보았다. 마주 바라뵈는 벽의 선반 위에는 색깔이 다른 보자기에 싸인 일거리가 차곡차곡 쌓여 있었고 마루 한가운데를 가로지른 나일론 줄엔 완성된 치마저고리들이 바람에 살랑이고 있었다. 나는 바람이 불어오는 방향을 따라 무심히 고개를 돌려 뒤를 돌아보았다.

나의 뒤쪽은 작고 침침한 방이었고, 방 속에선 신품의 작은 선풍기가 모터 소리도 내지 않고 약하게 돌고 있었으며 그 앞에 한 소녀가 그림책을 앞에 놓고 이쪽을 보고 있었다. 소녀는 공주처럼 성장을 하고 있었다. 어른이고 아이고 남루나마 꼭 가려야 할 데만 아슬아슬하게 가리고 사는 이 동네 풍습에 익숙해진 내 눈에 소녀의 성장은 매우 비현실적으로 보였다. 성장도 이만저만 성장이 아니었다. 비취빛 시폰의 원피스는 이야기 속의 공주님의 야회복처럼 가슴이 깊이 패이고 허리는 잘록하고 치마폭은 넓어 주름이 풍부하고, 역시 주름이 풍부한 통넓은 긴 소매끝은 같은 비취빛의 공단 바이어스로 마무리를 해 곧 푸드덕대며 날아오를 날개처럼 보였다.

깊게 패인 앞가슴엔 모조품이겠지만 진주목걸이를 늘이고 있었고, 날개 같은 소매끝으로 내민 병적으로 가냘픈 손끝엔 매니큐어까지 곱게 칠해져 있었다. 가슴은 풍만했지만 방심한 것 같기도 하고 천진한 것 같기도 한 표정 때문에 나이를 짐작할 순 없었다.

소녀가 먼저 웃었다. 꽃이 벌어지는 것처럼 아름답고 무의미한 웃음에 나는 섬찟하면서 얼른 고개를 돌렸다. 여자가 내 옷감을 차곡차곡 챙겨 보자기에 싸고 있었다.

"따님이세요?"

나는 어색하게 웃으면서 물었다. 여자가 나를 똑바로 쏘아보면서 전혀 엉뚱한 소리를 했다.

"강남여고 나오셨죠?"

나는 내기에 진 것만큼이나 억울하고 낭패스러웠다. 나도 그 여자가 강남여고 출신이란 걸 처음부터 알고 있었다. 너무 평범한 학생이었든지, 같은 반이었던 적이 한 번도 없었든지 이름은 생각나지 않았지만 동창이란 건 처음부터 긴가민가할 여지도 없이 확실했었다.

그러나 내 눈엔 그녀가 동창이란 것보다 그녀의 영락한 처지가 먼저 눈에 들어왔고 영락한 친구를 모르는 척해주는 걸 마치 크게 인심 쓰듯이 생각하고 있었던 것이다. 그러나 그녀는 당돌하게도 나의 이런 선심을 배반하게 나에게 정면으로 알은체를 하고 나섰다. 나는 그것이 불의의 도전처럼 당황스러웠다.

"그렇습니다만……"

나는 표정을 굳히고 시침을 떼었다.

"강남여고 25회 아니세요?"

"그렇습니다만······."

나는 속으로 뭔가 조바심하면서도 더욱 정중하고 더욱 냉담하게 시침을 떼었다.

"나 김순복이야. 오숙경이 아냐?"

"그래? 이를 어쩌지. 나는 아직도 잘 생각이 안 나네."

나는 약점을 감추듯이 한사코 내가 그녀를 알고 있었다는 걸 감추려 들었다.

"그럴 거야. 고생하느라 내 꼴이 말이 아니어서······. 숙경인 고 대로야. 하나도 안 늙고 어쩌면 그렇게 고와?"

순복이는 우리가 동창생끼리라는 걸 터놓고, 말까지 놓고 나서부터 오히려 아부하는 것처럼 비굴하게 굴었다. 나는 그게 싫지 않았다.

"아아 그래, 김순복, 생각나. 아마 미술반이었던가?"

순복이는 대답하지 않았다. 그리고 이미 꼭꼭 싸놓은 보자기의 매듭만 만지작거리더니 우울하게 말했다.

"어떡허지. 모르는 사이도 아닌데. 바느질을 해줄 수가 없게 돼서······. 깨끼는 손이 오죽 가야지. 밤을 새도 그때까진 힘들어."

"주단가게선 그전에라도 문제없이 해주겠다고 붙드는 걸 여기 단골인 친구가 하도 바느질 얌전하다고 선전하는 바람에 힘들게 찾아왔는데 낭패다 얘. 동창을 만나서 반갑긴 하다만."

"그런 큰 가게서야 일손이 여럿 있으니까 그럴 수 있지만 이까짓 데야 어디 그러니. 하루만 일찍 왔더라도 내가 저 혼수 바느질을 안 맡을 텐데. 미안해서 어떡하지."

"실은 말야……."

그제서야 나는 선심을 쓰듯이 아껴가며 말했다.

"실은 말야, 아까는 내가 일주일쯤 에누리를 했단다. 남의 일 하는 사람들이 어디 다 너 같아야 말이지. 기일 안 지키는 데 하도 속아서 말야."

"그래? 어쩌면 일주일씩이나……. 그렇지만 잘됐다 얘. 그 정도만 더 있으면 해줄 수 있어."

순복이가 난감하던 표정을 단박 누그러뜨리고 감지덕지했다.

나는 치수를 적은 쪽지를 꺼내 치수와 옷감과를 짝 맞춰주고 행여 헷갈리는 일이 없도록 당부했다.

순복이네 집은 매우 더웠다. 볼일은 끝났겠다, 일어날 차례였다. 20년 만에 만난 동창이라지만 현재의 처지가 다르고 회포를 풀 만한 공동의 추억도 없는 사이의 만남이란 아주 모르는 사이보다 더 어색하게 마련이다. 그러나 나는 선뜻 일어나질 못했다. 내 등 뒤의 작은 방의 환상적인 소녀에 대한 궁금증 때문이었다. 돌아다보면 내가 본 게 감쪽같이 사라져버릴지도 모른다고, 자신이 터무니없이 못 미덥기조차 했다. 그럴 수밖에 없게 순복이의 태도는 내가 본 것을 완강하게 묵살하고 있었다.

"엄마아."

소녀의 목소리는 응석부리는 것 같으면서도 어딘지 절박했다. 나는 다시 소녀를 돌아다볼 수 있었다. 소녀는 웃고 있었다.

"알은체해주렴. 우리 딸이야. 혜나라고 널 좋아하나 봐. 혜나는 좋아하는 사람은 아주 좋아해, 싫어하는 사람은 아주 싫어하고. 가엾은 애야. 소아마비야, 뇌성. 팔다리가 다 부실해. 왼쪽만. 심하진 않아. 지능도 떨어져. 심하진 않아. 마음도 착해, 천사처럼."

순복은 마치 줄을 타고 흐르던 빗물이 한군데 모여 아래로 떨어지듯이 또박또박 일정한 간격을 두고 조용히 말했다.

"안녕, 혜나야. 예쁘기도 해라."

나는 마치 자선에 이골이 난 귀부인처럼 익숙하게 굴었다. 그리고 아직도 눈을 내리깔고 있는 순복이에게 물었다.

"여러 가지로 어렵겠구나. 몇 살이니?"

"열일곱."

"학교엔?"

"국민학교는 나왔어. 한글도 쓸 줄 알아. 한문도 많이 아는걸. 그렇게 바보는 아냐. 그렇지만 숫자에 대해선 아주 바보야. 아무리 해도 열 이상은 가르칠 수가 없어."

"아이는 저 애 하나뿐이니?"

"아니, 쟤 위로 아들이 있고, 쟤 밑으로 남매가 있어."

"그럼 모두 사 남매가 되겠구나. 아빠는?"

"죽었어."

잘 드는 칼로 무를 자르듯이 상쾌하게 말했다.

"저런 힘들겠구나."

나는 죄지은 것처럼 위축돼서 속삭였다.

"난 재 땜에 살아."

순복이가 느닷없이 서슬이 시퍼래지면서 대들듯이 말했다. 난 오한처럼 기분 나쁜 혐오감을 느꼈다. 그것은 순복이에 대해서도 혜나에 대해서도 아닌 그들 모녀의 관계에 대한 혐오감이었다.

나의 이런 최초의 혐오감이 그 후에도 그들 모녀의 관계에 어쩔 수 없이 영향을 끼치게 되었고 마침내는 혜나를 희망원에 보내는 데까지 순복을 설득할 수 있었는지도 몰랐다.

회갑 전날 바느질한 것을 찾으러 가면서 나는 시장에 들렀다. 혜나를 위해 뭔가 사가지고 가야 할 것처럼 생각했지만 그녀의 공주 같은 성장이 떠올라 흔한 과일이나 웬만한 과자부스러기는 눈에 차지 않았다. 나답지 않게 마음이 허황하게 돌아가고 있었다. 시장을 몇 바퀴 돌다가 수박, 참외 등 흔한 제철 과일 다 제쳐놓고 큰맘 먹고 바나나를 한 다발 샀다.

"혜나야, 잘 있었니?"

나는 순복이를 제쳐놓고 혜나한테 먼저 알은체를 했다.

순복이는 유약을 바른 것처럼 땀으로 번들대는 얼굴로 틀일을 하고 있었고, 혜나는 여전히 성장하고 선풍기 앞에 거품처럼 가볍게 앉아 가위로 노닥거리고 있었다. 여름 옷감에서 떨어진 것이라 종이처럼 빳빳하고 잠자리 날개처럼 섬세한 헝겊으로 오린 꽃도 아닌, 새도 아닌, 곤충도 아닌 자유롭고 정교한 모양들과, 어쩔 수 없이 드러난 어줍은 왼손놀림을 나는 감동스럽게 지켜보았다.

"어쩌면 우리 혜나는 재주도 좋네!"

나는 마음으로부터 감탄했다. 그러나 순복이는 내 앞에서 야박스럽게 혜나의 가위를 빼앗았다. 혜나가 울상이 되자 나는 부랴부랴 사가지고 간 바나나를 혜나에게 내밀었다. 그러나 순복이는 그것까지 빼앗더니 껍질을 까서 혜나의 바른손에 쥐어주는 것이었다. 무엇을 하든 왼손도 거들어야 되고 그때마다 드러나는 왼손의 약점을 남이 보는 걸 순복이가 지나치게 꺼리고 있다는 걸 비로소 나는 눈치챘다.

상식에 어긋나게 거추장스럽고 화려한 혜나의 옷도 수치감을 은폐하기 위한 거였구나 하는 생각은 순복이에 대한 연민보다는 분노가 됐다. 나는 짓궂게, 까지 않은 또 하나의 바나나를 혜나에게 내밀었다. 순복이가 다시 중간에서 가로채려고 했다.

"내버려둬. 우리 혜나는 바나나쯤 혼자서 벗겨먹을 수 있어."

나는 엄격하게 말했다.

"우리 혜나, 우리 혜나 하지마. 쟨 내 혜나야."

순복이는 뜻밖에도 애원하는 것처럼 가냘프고 슬프게 말했다.

"그래, 네 혜나다. 제발 네 혜나를 병신 만들지 말아."

"우리 혜나 듣는데 병신 소리 하지마. 큰아들도 툭하면 동생한테 병신 소리를 해서 내쫓아버렸어. 알겠니? 내가 혜나를 병신 만들었다고? 남의 가슴에 못 박는 소리 작작해. 혜나는 병신으로 태어났어. 뇌성이야."

순복이는 침착하게 말했지만 히스테리로 세포 하나하나 떨고 있는 것처럼 위태로워 보였다.

"미안해."

나는 위기를 넘기듯이 눈 딱 감고 사과를 먼저 했다.

혜나는 우리들의 언쟁에 아랑곳없이 바나나 껍질을 익숙하게 벗겼다. 오른쪽 손놀림은 정상적이었고, 바나나를 쥔 왼손도 약간 불확실해 보일 정도로 미리 알고 눈여겨보지 않으면 불구를 눈치챌 것 같지 않았다.

나는 순복이가 혜나를 병신 만들고 있다는 심증을 한층 굳혔다.

순복이의 바느질 솜씨는 듣던 바와 같이 빼어났다. 전체적인 맵시도 우아했지만 은은하게 비치는 솔기는 세필로 그은 것처럼 가냘프고도 유려했다.

나는 찬사를 아끼지 않았고 친구로부터 미리 들어서 알고 있는 것보다 후한 바느질삯을 아낌없이 내놓았다. 순복은 구태여 사양하지 않았다. 삯을 덜 주었어도 그랬을 것 같은 일종의 무관심한 태도가 비위에 거슬렸지만 돈에 대한 그런 무관심이 나에 대한 그녀의 마지막 자존심이려니 봐주고 싶은 나의 우월감은 여전했다.

나는 여섯 벌의 깨끼 한복을 싸고 나서 혜나에게 말했다.

"혜나야, 아줌마에게 오리기 한 것 몇 개만 주지 않을래? 아줌마네 아이들한테 갖다 보여주면 좋아할 거야."

혜나는 밝게 웃으면서 약간 혀 짧은 소리로 다 가져도 좋다고 또렷하게 말했다. 나는 좀 과장해서 고마워하면서 그것들을 조심스럽게 챙겼다. 나는 혜나가 만들어낸 아름다운 여러 모양을 통해 그녀의 풍부한 상상력을 생각하면서, 기를 못 펴게 하는 순복의 태도에 지글지글 화가 났다. 그러나 실제로 화를 낸 건 내가 아니라 순복이었다. 그녀는 내가 챙기려는 혜나의 오리기를 와살스럽게 빼앗았다.

"혜나를 귀여워해주는 건 고맙지만, 쟤 손재주를 치켜세우진 말아줘."

와살스러운 몸짓과는 다르게 그녀의 말씨는 곧 울 것처럼 흔들리고 있었다.

"왜, 그러면 안 되는 거지?"

나는 싸울 각오 같은 걸 하고 만만찮게 대들었다.

"넌 이걸 정말 잘했다고 생각하고 있는 게 아냐. 병신이 한 것치곤 제법이라고 생각하는 거지. 넌 이걸 갖다가 네 성한 아이들한테 보여주면서 병신 솜씨라는 걸 강조하고 싶은 거지. 그래야만 약간이나마 너희 아이들이 신기해할 테니까."

"너 정말 왜 이러니?"

나는 순복에 대한 혐오감을 구태여 감추기 싫어 얼굴을 일그러뜨리고 말했다.

"내가 지나쳤으면 미안해. 그렇지만 나 우리 혜나가 손재주 있는 게 싫어."

순복이 쉽게 풀이 죽어 쓸쓸하게 말했다.

"왜?"

"바느질 배울까 봐."

"하필 왜 바느질에 대해서만 생각하니?"

"맨날 보는 게 그 짓뿐이니까."

"그걸 배우면 왜 안 되니?"

"뭐라구? 그럼 넌 우리 혜나가 바느질품이나 팔아먹게 되길 바라니?"

순복이 이빨을 허옇게 내밀었다.

"혜나도 뭘 할 수 있어야 된다고 생각해. 바느질이든 딴 일이든."

"안 돼. 우리 혜나는 손끝 하나 까딱 안 하고 호강하고 살아야 돼."

"정말이지 넌 한심한 애로구나."

"내가 누구 때문에 이 고생인데."

"네 가슴에 못 박을 소리 또 한 번 하고 싶어 입이 근질대서 죽겠다. 혜나는 네가 병신 만들고 있어."

"혜나는 병신으로 태어났어."

"병신이 별거니. 제 힘으로 아무것도 할 수 없으면 병신이지."

"병신 아닌 것들도 아무것도 안 하고 호강하고 잘만 살더라."

나는 순복의 참혹한 열등의식과 그것을 필사적으로 엉구고 있는 모성애와 그런 것에 넌더리가 났다. 나는 보따리를 들고 일어섰다. 그리고 전혀 엉뚱한 짓을 했다.

"혜나야, 안녕. 아줌마 가는데 마루까지 나와서 배웅해줘야지."

혜나가 말없이 일어났다. 약간 긴 듯한 원피스 밑으로 크기가 완연히 다른 두 개의 종아리가 드러났다. 혜나는 티 없이 웃으며 부실한 쪽 다리를 작대기처럼 끌고 마루로 나왔다. 엄마가 그렇게 은폐하려는 수치감을 깨끗이 체념한 상태가 나에겐 도리어 아름답게 보였다. 나는 혜나에게 애정을 느꼈다. 그동안 나를 노려보고 있는 순복의 적의의 낌새가 더욱 내 애정을 절실하게 했다.

"아줌마, 나 그림도 잘 그린다."

혜나가 인사 대신 그렇게 뽐냈다.

"저런, 우리 혜나는 재주도 가지가지네. 아줌마가 요다음에 올 땐 꼭 그걸 보여줘야 된다. 알았지?"

나는 일부러 순복을 무시하고 혜나하고만 수작을 하고 그 집을 물러났다.

그 후 나에겐 순복이네를 자주 드나들 일이 잇따랐다. 그것은 순복이의 바느질 솜씨가 누구 눈에라도 들게 빼어나고 또 우리 집안 내가 번족한 때문이었을 것이다. 순복이한테 처음으로 해간 여섯 벌의 한복이 좋은 본보기가 돼서 동서의 친정, 시누이의 시댁 등 사돈댁은 물론 사돈의 사돈, 외가의 외가에서까지 그 삯바느질 집을 가르쳐달라는 문의가 쇄도했다. 나 역시 한가한 몸도 아니고 순복이네가 가까운 것도 아니어서 나에게 그 집을 일러준 친구처럼 약도나 그려줄 수도 있었으련만 나는 그러지 않고 꼭 앞장을 섰다. 아무리 바쁠 때라도 그렇게 해야만 직성이 풀렸다.

불원천리 특별히 잘하는 삯바느질 집을 취하는 사람은 한두 벌의 나들이옷이나 해 입으려는 사람보다는 혼인이나 회갑, 해외 이주 등으로 여러 벌의 한복을 한꺼번에 맞추려는 사람이 대부분이어서 그런 사람을 데리고 갔을 때 여간 생색이 나는 게 아니었다. 더군다나 나는 순복이한테 사전에 한마디 의논도 없이 바느질삯을 시내 중심가 수준으로 올려놓고 있었다. 나를 만난 후 순복이의 영업은 급속히 번창하고 있다고 봐도 틀림없었다.

그러나 내가 마치 윤락가의 뚜쟁이 소년처럼 손님만 붙잡았다 하면 어떡하든 목적지까지 앞장서서 인도해야만 직성이 풀렸던 것은 순복이한테 생색을 내기 위해서만은 아니었다. 혜나 때문이었다. 혜나를 조금씩 조금씩 밖으로 끌어내는 재미 때문이었다. 어쩌면 그것은 재미 이상의 것이었다. 내 나름의 휴머니즘 같은 거라고나 할까. 그러나 실상 나는 내 휴머니즘을 가장 믿지 못했다. 나의 사람됨을 엉구고 있는 잡다한 것들 중에서도 그거야말로 개떡 같은 거였다.

나는 꽤 괜찮은 지방대학의 특수아동교육과를 나왔지만 특수아동교육에 종사할 기회를 스스로 포기한 경력을 갖고 있었다. 실습삼아 한 달 간 특수아동교육의 현장을 본 게 전부였다. 그러고 나서 그것은 전공한 것만 가지고 그것에 종사할 수 있는 게 아니라고 판단했고, 그런 판단이야말로 내 나름의 휴머니즘이라고 생각했었다.

그런 과를 나왔다는 학력만 남고 그런 과에서 배운 것에 대해선 아무것도 남아 있지 않을 만큼 세월이 흐른 뒤에 혜나를 만난 것이다. 혜나를 만나자 엉뚱스럽게도 나는 내가 그런 과를 나왔기 때문에 그녀를 공주의 가면 속에서 끌어내는 일을 하지 않으면 안 될 것처럼 느끼고 있었다.

그렇다고 혜나를 한 발자국이라도 마루 끝보다 더 밖으로 나오게 할 수 있었던 것은 아니다. 나는 혜나를 벽장 속의 공주로부터 넓으나 넓은 성한 사람들 세상에서의 불구아로 끌어내는 일을 몰래몰래 진행시키고 있었다.

눈치가 빠르고 또 오로지 혜나를 공주처럼 대접하고 가꾸기 위해 사는 순복이 앞에서 그런 일이란 음모처럼 조마조마한 일이었다. 그러나 순복이에겐 그런 음모를 알고도 모르는 척할 수밖에 없는 약점이 있었다. 순복은 혜나를 위해 돈을 많이 벌 필요가 있었고 나도 순복이로 하여금 돈을 어느 때보다도 많이 벌게 할 수 있는 행운의 사자였다. 순복이는 나를 괄시할 수가 없었다.

나는 혜나가 방 속에서 손재주 부린 것을 순복이 알게 모르게 조금씩 얻어 가질 수가 있었고 그것은 내 아이들이나 조카들한테 보이고 들은 칭찬을 혜나한테 전해줄 수도 있었다. 칭찬만 아니라 못했다고 흉보는 소리도 그대로 전했다. 불구아의 솜씨치곤 괜찮더라는 평도 감추지 않았다.

나는 혜나가 공주의 환상에서 벗어나기 위해선 우선 자기가 할 수 있는 일을 찾아야 한다고 생각했지만, 자기의 능력에 대해 환상을 갖는다면 그게 그거라고 생각했다. 그래서 나는 혜나하고 얘기할 때 불구라는 말도 서슴지 않고 썼다. 남 듣기엔 힘 안들이고 예사롭게 그 소리를 써먹는 것 같았지만 실은 내 아이 중의 하나는 근시라는 말을 할 때처럼 예사롭게 들리도록 그 말을 하기란 세심한 기술을 요하는 일이었다.

그래 그런지 순복이도 그런 소리를 듣고도 불쾌해하는 기색만 보였지 그 자리에서 대들진 못했다. 순복이의 처지는 이제 나한테 꼼짝 못 하게 돼 있었다. 그녀는 이미 삯이 비싼 고급의 일거리가 그칠 걱정이 없는 생활에 길들여져 있었고, 나하고 친해지고 나서 하루하루 생기가 돋보이는 혜나를 봐서도 나 하는 짓을 못 본 척할 수밖에 없었다.

그러나 거의 1년을 넘어 걸려서도 나는 순복과 혜나를 그 이상 변경시키진 못했다.

순복의 수입은 나 때문에 많이 늘어나고 신역도 편해졌건만 혜나의 옷과 먹을 것이 사치스러워졌을 뿐 혜나 외의 자녀들에 대한 무관심은 조금도 나아지지 않았다.

혜나를 병신이라고 구박했대서 내쫓겼다는 큰아들은 가끔 들러서 행패를 부리고 다시 훌쩍 떠나갔지만 순복은 냉담했다. 혜나 밑의 동생들도 혜나와는 대조적으로 남루했고 늘 못 얻어먹은 것처럼 걸근거렸고, 엄마와 누나에 깊이깊이 앙심먹은 것처럼 이지러지고 귀염성스럽지 않아 보였다. 보나마나 쟤네들도 자라면 맏아들 꼴이 될 게 뻔했는데도 순복이가 쟤네들에 대해 걱정하는 걸 한 번도 듣지 못했다.

내가 기회 있을 때마다 그녀의 편애가 아이들을 삐뚜로 나가게 하는 데 대해 충고를 하면 그녀의 대답은 늘 일정했다.

"삐뚜로 나가봤댔자야. 쟤네들은 몸이 성한데 어디 가서 제 한 몸 못 살라구."

그녀의 편애는 이렇게 자신만만했다. 다소나마 남의 말이 받아들여지는 것도 혜나의 문제에 한해서였다.

그러나 내가 벼르고 별러 혜나의 문제의 핵심을 건드렸을 때 순복의 반발은 생각보다 더 드셌다.

내가 혜나를 집으로부터 떼어내어 신체나 정신이 남만 못한 아이만 모아서 교육시키는 특수교육기관에 보내야 된다는 말을 처음 한 날, 순복의 발작은 거의 광적이었다. 그랬으면 좋겠다고 조심스럽게 운만 떼었을 뿐인데도 그녀는 나를 흉칙한 납치범 노려보듯 살기등등하게 노려보며 혜나를 와락 껴안았다. 그리고 입에 게거품을 물고 부들부들 떨면서 덤볐다.

"아무리 남의 자식이라도 어쩌면 그렇게 모질게 말할 수가 있니?"

과장된 몸짓과는 판이하게 목소리가 너무 가냘퍼서 도리어 측은했다.

"남의 자식이라서 그러는 게 아냐. 나도 자식 기르는 사람이 왜 네 마음을 모르겠니?"

나는 될 수 있는 대로 차근차근 타이르려고 했다.

"네가 병신 자식 둬봤어? 네가 병신 자식 둬봤어?"

순복은 눈을 꼭 감고 목에 힘줄을 세우고 째지는 소리로 악착을 떨었다. 그녀가 그렇게 나오는데 나도 호락호락할 수만은 없었다.

"병신 자식 둔 거 가지고 너무 세도 부리지 마."

나는 경멸하는 것처럼 거만하게 말했다.

"세도? 이 비참한 걸 세도라고?"

순복이 핏발 선 눈을 부릅떴다.

"그래 세도다. 그런 비참한 걸 자기니까 겪고 견딜 수 있다고 생각하는 것이 세도 아니고 뭐니? 너 말고도 병신 자식 둔 사람도 얼마든지 있어. 혜나를 위해서보다는 네가 그것을 알기 위해서라도 혜나를 그런 아이들을 모아놓은 데로 보내야 돼."

"그건 네가 혜나에 대해서 아무것도 몰라서 하는 소리야."

순복이 자제하는 것처럼 가쁜 숨을 삼키더니 한결 가라앉은 소리로 말했다.

"뭘 모른단 소리니?"

"우리 혜나는 한시도 나를 떠나서 사회생활을 할 수 없는 아이야."

"그걸 네가 한 번이라도 시켜나 보구?"

"시켜봤어. 난 애를 일곱 살 되던 해에 국민학교에 보냈어."

"그래, 그건 나도 알아. 혜나는 국민학교를 졸업했다며? 그것만으로도 혜나는 자기가 사회생활을 할 수 있다는 걸 증명한 셈이 되지 않을까?"

"너한테는 미안한 얘기지만 혜나는 그때 사회생활을 할 수 없는 아이라는 걸 증명했을 뿐이야. 쟨 6년 동안 아무하고도 안 사귀고 내 무릎 위에서 공부했거든. 선생님 말씀도 내가 듣고 다시 전해줘야 알아듣지, 직접은 한마디도 알아들으려 하지 않았어. 나는 6년 동안 모든 집안일을 전폐하고 쟤한테만 매달려 살았댔지. 그때만 해도 애아빠가 살아 있었게 망정이지 지금 같으면 떼거지 날 뻔했지. 그때 내 정성은 세상이 다 알아. 여북해서 졸업식날 개근상, 공로상, 장한 어머니상, 상이란 상은 모조리 내가 휩쓸어 탔겠어. 공부 배울 때 혜나를 무릎에 앉히고 배웠지만 상 탈 땐 혜나를 등에 업고 탔어. 그동안도 나하고 떨어져 혼자 있질 못했으니까."

순복이가 창백한 얼굴로 곧추세우듯 자랑스럽게 술회했다.

"그건 네 탓이야. 네가 처음부터 그렇게 그렇게 길들였기 때문이야."

나는 그 끔찍한 여자를 노려보며 치를 떨었다.

"아냐. 절대로 아냐. 난 처음부터 혜나가 학교 가는 데 대해 너무 많이 기대했었어. 그래서 남들이 신입생 따라다니는 것만큼만 따라다니다가 혼자서 보내기 시작했지. 그랬더니 웬걸, 허구한 날 얻어맞고 놀림감이 되는 거야. 병신이니 못난이니 하고. 그러니 그 어린 게 학교에 가려 들겠어? 그래도 난 마음 모질게 먹고 아침이면 그 병신다리까지 사정없이 회초리로 때려가며 학교로 쫓았지. 생각해봐? 그 얼뜨고 약한 게 집에서 맞고 학교에서 맞고⋯⋯."

말끝을 흐리며 순복의 핏발 선 눈이 반짝거렸다.

"어느 날, 밤새도록 헛소리를 하면서 경기를 하더라. 그날 밤 우리 혜나 꼭 놓치는 줄 알았어. 만일 그때 우리 혜나 놓쳤으면 나도 살아 있지 않았을 거야. 다음 날부터 졸업시킬 때까지 꼬박 내가 붙어 있게 된 거야. 그래도 넌 내가 잘못했다고 할 수가 있니?"

나는 아무 말도 할 수가 없었다. 그러나 지난 일을 나무랄 수가 없었을 뿐, 앞으로 하고 싶은 일에 대해선 아직도 할 말이 많았다. 나는 잠자코 순복이가 평정을 회복할 때까지 기다렸다가 부드럽게 말했다.

"그런 일이 너나 혜나에게 얼마나 큰 충격이 되었다는 건 이해하고도 남는다. 그렇지만 그런 일로 혜나를 사회생활을 할 수 없는 아이로 단정해버린 건 옳지 못했어."

"네가 뭘 안다구. 쟤한테는 사회생활 같은 거 필요없어. 쟤는 나만 있으면 돼."

"아냐, 쟨 사회생활을 원하고 있어. 자기 손으로 만든 잡다한 것들을 나한테만 보이는 것만 갖고는 모자라서 나를 통해 딴 사람들한테까지 보이고 싶어했어. 너도 봤지? 쟤가 그런 방법으로 자기를 조금씩 바깥세상으로 흘려보내면서 얼마나 생기가 있어졌나를. 그건 바로 쟤가 제대로 사람 구실을 하기 위해 사회생활을 원하고 있다는 표시야."

"흥, 그까짓 병신들끼리의 사회생활? 난 싫어."

"너보고 하라는 게 아냐, 혜나보고 하라는 거지. 혜나는 불구야. 넌 그걸 인정해야 돼."

"병신으로 태어난 것도 분한데 뭣하러 병신들하고만 섞여 살라 해? 안 돼."

"제발, 이건 중요한 문제야. 그렇게 감정적으로 벽창호같이 굴지 마. 우선 끼리끼리 사귀는 일에 익숙해져야 끼리끼리를 떠나서 사귀는 일도 해낼 수가 있어. 혜나가 생전 불구자들끼리만 살란 법은 없어. 그리고 또 생전 불구자들끼리만 살면 또 어떠니?"

"악담하지 마."

순복이 다시 살기등등해졌다.

"넌 어쩌면 혜나의 불구만 장하고 남의 불구는 경멸하니? 네가 남의 불구에 대해 그렇게 폐쇄적이면서 어떻게 혜나의 불구는 정상인에게 받아들여지길 바라니?"

"내가 언제 그걸 바랐어? 난 안 바라. 난 혜나의 불구가 아무의 신세도 지길 바라지 않아. 혜나에겐 나만 있으면 돼."

"아니, 혜난 네 신세도 안 지게 되는 게 좋을걸."

"왜? 내가 누구 땜에 사는데……"

"아무리 그래도 넌 마흔 살이고 혜난 열일곱 살이야. 혜난 혼자힘으로 살 수 있어야 되고, 엄마 아닌 남들과 어울려 살 수도 있어야 돼."

"나하고 혜나는 한날한시에 죽을 거야."

순복인 그렇게 모질게 말했지만 완연히 풀이 죽었다. 나는 그때를 놓치지 않고 내가 그동안 알아본 신체 및 정신장애아를 위한 특수기관에 대해 친절하게 설명하기 시작했고 순복인 말없이 귀없이 귀를 기울였다. 내 말이 끝나자 그녀는 비시시 웃으면서 이런 인사치레까지 하는 것이었다.

"어쩌면 그동안에 그렇게 많이 알아봤니? 나하고 혜나하고 갈라놓으려고 수고 많이 했다."

그렇지만 내가 그걸 알아보기 위해 순복이 생각한 것처럼 그렇게 많은 수고를 한 건 아니었다. 그런 교육기관이 서울에 여럿이 있는 것도 아니었고, 그중에서도 어느 정도 마음 놓고 맡길 만한데는 서너 군데밖에 안 됐다. 내가 특수아동교육과 출신이니만큼 그 서너 군데엔 나의 동기 아니면 후배들이 한두 명씩은 퍼져 있어서 가만히 앉아서 전화 몇 통으로 그 방면의 정보를 소상히 얻어낼 수 있었다.

그렇다고 혜나를 그런 교육기관 중의 하나에 수용시키는 걸 낙관할 수는 없었다. 순복이를 설득시키는 것보다 더 어려운 문제가 수용기관마다 가로놓여 있었다. 그런 기관으로 크게 신체장애자를 수용하는 기관에는 신체장애자와 지능미달을 겸한 아동이 많아 혜나의 경우가 크게 문제되지 않았지만 그런 기관의 지능미달아는 거의 백치 수준이어서 숟갈로 밥 먹고, 변소에서 똥 누는 것부터 가르치고 있는 형편이었으니 혜나를 보낼 수는 없었다. 혜나는 수에 대한 관념만 저능하지 읽고 쓸 정도의 기억력이 있었고 수준급의 손재주와 특이한 미적 감각이 있었다.

내가 혜나를 위해 처음부터 마음에 두고 있는 것은 '희망원'이었다. 그곳에선 비교적 친하게 지냈던 대학 후배가 결혼에 실패하고 기숙사 사감으로 일하고 있어서 구경 삼아 가본 적이 있는데 주로 농아, 지체부자유자를 모아 직업교육을 시키고 있었다.

설립자인 이사장이 워낙 국내외에 덕망이 높은 종교계 인사라서인지 세계 각국의 종교 기관을 통해 기증받은 좋은 기재로 철저한 직업교육을 시키고 있는 모습이 퍽 믿음직스러워 보였고, 그 밖의 오락 시설이나 기숙사 시설, 의료 시설도 수준급이었다. 기술도 가르치고 공부도 가르치고 먹여주고 입혀주고 재워주고 병나면 치료까지 해주면서 각자의 한 달에 부담하는 비용은 1만 5천 원 정도였다. 그 1만 5천 원도 한 가지 기술을 익혀 그 제품이 팔려 수입이 생기면 그 수입에서 제하게 돼 있고, 넘치는 수입은 각자에게 지급하게 돼 있었다.

그렇게 뒷받침을 잘해주니까 졸업해서 사회에 나갈 무렵엔 1급 기술자가 돼 있고, 수업료를 제한 알토란 같은 수입만도 4, 5만 원씩은 된다는 거였다. 이렇게 원생의 수입을 원생에게 돌려준다는 것은 원생의 자활 의욕을 높이는 데 매우 효과적인 방법이라는 것은 누구나 다 알 수 있었지만 누구나 다 할 수 있는 일은 아니었다. 그것 한 가지만 봐도 희망원이 재정적으로 얼마나 튼튼하다는 걸 짐작할 수 있었다.

그러나 사감인 내 후배 말에 의하면 유형의 재원은 아무것도 없고, 오로지 무형의 재원인 이사장 개인의 인덕과 사교적인 수완에 의지하고 있다고 했다. 이사장이 1년이면 7, 8개월을 해외 나들이로 보내는 것도 남보기엔 화려해 보일지 모르지만 실속은 희망원생 잘 먹이고 잘 가르치기 위한 국제적 거지 행각이라는 거였다.

그러나 희망원도 지능미달아는 꺼리고 있었고 또 한 가지 입교할 수 있는 연령 제한을 열다섯 살 미만으로 못 박아놓고 엄격하게 지키고 있는 것도 문제였다. 혜나는 열일곱 살이란 실제의 나이보다 육체적으로 훨씬 조숙했다.

다행히 새로 여자 원장이 취임했는데 그분이 대학 선배여서 사감을 통해 미리 청을 드리는 한편, 순복이 최종적인 결정을 내릴 수 있도록 희망원을 선전하는 일도 게을리하지 않았다.

그렇게 하기를 다시 반년이나 끌고 나서 희망원이 교외에 신축한 넓은 새 교사로 옮기게 된 계기로 혜나의 입학이 허락됐고, 좋은 일이 겹치느라 순복이도 혜나 일은 나에게 일임하겠다는 식으로 나왔다.

그만하면 만사가 다 잘된 셈인데도 나는 어딘지 흡족하지가 않아 순복이하고 또 한바탕 옥신각신했다. 모로 가도 서울만 가면 된다는 식으로 생각하며 혜나를 희망원에 보내게 된 것으로 내 일은 끝난 거나 마찬가지였다. 그러나 나는 혜나를 희망원에 보내기로 결정할 때의 순복이의 태도가 매우 마음에 안 들어 트집을 안 잡을 수가 없었다. 그녀는 말끝마다 혜나를 위해서가 아니라 내 소원을 풀어주기 위해 혜나를 희망원에 보내는 것처럼 말하면서 엉뚱스럽게 나에게 생색까지 내려고 들었다.

나는 순복이의 그런 병신 자식 둔 세도인지 어리광인지에 멀미가 날 지경이었다. 여북해야 혜나가 희망원에 들어가는 날, 여지껏의 정리로 봐선 동행해서 축복해줄 만도 했지만 모르는 척했다. 희망원에 걸어들어가는 마지막 행동이나마 남에게 업혀 들어가는 게 아닌 그들의 자발적인 것으로 하고 싶어서였다. 그 후 사감으로 있는 후배인 현 선생으로부터 혜나가 순조롭게 희망원 원생이 됐다는 연락을 받았고 그 후 나는 의식적으로 순복이네하고 멀리하려 들었다.

이제 내가 손님을 데리고 앞장서지 않아도 일거리에 궁색하진 않을 만큼 순복이네 삯바느질 집이 자리가 잡힌 때문이기도 했고, 어려운 일을 끝냈으면 됐지 뭐 뒤치다꺼리까지 하고 싶진 않기 때문이기도 했다. 내가 꺼리는 뒤치다꺼리란 순복이가 혜나 보고 싶어 상성하고, 울고 짜는 걸 달래는 일이었다. 시간이 지나면 만사가 잘 되려니 믿고 순복이네 일엔 그만 관여하는 게 피차를 위해 좋을 성싶었다. 혜나 때문에 가까스로 참았기 망정이지 순복이는 나에게 뭔가 지긋지긋했다.

그러나 나의 이런 무관심은 오래 가지 못했다. 내가 관심을 가질래서가 아니라 순복이가 사흘 멀다 하고 희망원과 혜나에 대한 보고를 해오기 시작한 것이다. 처음엔 단순한 보고에 지나지 않았지만 차츰 비난으로 바뀌기 시작했다.

"이사장이 원조받아오는 걸 중간에서 누가 다 떼어먹나 봐. 원장도 떼어먹고 서무과장도 떼어먹고, 사감도 떼어먹고, 아래로 내려오면서 차례차례 떼어먹으니 아이들한테 돌아가는 게 뭐가 있겠니?"

이렇게 시작해서 이 엄동설한에 기숙사에 불을 한 시간밖에 안 때준다느니, 부식은 맨날 냉동태국 아니면 콩나물국이라느니, 밥은 통일미 반 보리쌀 반이라 꼭 굵은 모래알 같다느니 희망원 살림까지 하나하나 간섭하고 나섰다.

그러나 그것뿐이면 못 참아줄 것도 없었다. 애지중지 끼고 돌던 자식일수록 그 자식을 처음으로 단체생활에 맡길 때, 비록 그 자식이 병신 자식이 아니더라도 부모는 그 정도의 거부 반응을 단체생활에 나타낼 수 있다는 것쯤은 알고 있었다. 그런 보편적인 거부 반응은 대개 고비가 있어 그 고비만 넘기면 가라앉게 마련이었다. 그러나 순복은 그 고비를 못 넘기고 마침내는 혜나를 데려와야겠다고 벼르기 시작했다.

"암만해도 혜나를 데려와야겠어. 애가 아주 못쓰게 됐어. 뭘 얻어 먹어야 살지. 걔가 생전 그런 악식을 어디 해보던 애니? 게다가 그 까짓 것도 단체생활이라고 아침에 늦잠을 자게 하나, 낮에 낮잠을 자게 하나, 비쩍 말라서 눈만 남은 커다란 눈에 눈물이 글썽해가지고 내 치마꼬리를 붙들고 놓질 않는 걸 억지로 떼어놓고 돌아서는 내 심정이 어떻겠니? 네 체면을 봐서 여지껏 참았다만 안 되겠어. 요다음엔 꼭 데려오고 말 거야."

데려갈 때도 내 핑계더니만 못 데려오는 것도 내 핑계였다. 데려오건 말건 네 딸 네 마음대로 하라고 딱 잘라 말해줬건만 그 후에도 데려왔단 소식은 없고, 데려올 거라는 공갈조의 하소연만 계속됐다. 보낼 때도 반년을 넘어 끌더니 데려올 때도 그만큼은 끌 모양이었다. 아무튼 내가 순복이네와 발을 끊은 후에도 그녀와의 관계는 끈끈이처럼 이어지고 있었다.

그 무렵 현 선생으로부터도 연락이 오기 시작했다.

"언니, 혜나 어머니 때문에 큰일이에요. 한 달에 한 번 면회날도 있고 외박날도 있는데 그분은 그런 걸 무시하고 무상 출입을 하니 말예요. 사흘이 멀다 하고 교실이고 실습실이고 기숙사고 혜나가 있는 데는 아무 데나 들이닥쳐서 옆에 붙어 앉아 뭐가 먹고 싶지 않느냐, 일이 고되지 않느냐, 선생님이 차별하지 않느냐, 온갖 것을 다 물어보고 나서 맨 나중에 집에 가고 싶지, 응? 너 집에 가고 싶지? 바른대로 말해야 한다고 귓속말을 해대니 혜나가 무슨 수로 취미를 붙이겠어요? 언니가 좀 혜나 어머니를 타일러주세요. 이왕 믿고 맡긴 김에 마음 모질게 먹고 혜나를 좀 내버려두라고요."

그 다음 순복이가 혜나를 데려오겠다고 하길래 넌지시 그 얘기를 꺼냈더니 그녀는 길길이 뛰면서 현 선생 욕을 퍼부었다.

"내가 혜나를 더 놓아둘려도 현 선생 꼴 보기 싫어 못 놔두겠다니까. 사감 노릇은 에미 노릇이나 마찬가진데 생전 자식 한 번 못 낳아본 주제에 제가 사감이라고, 자식 못 낳아본 여자는 어디가 달라도 다르더라니까. 아이들 대하는 태도가 근본적으로 틀려먹었어. 인정은 손톱만큼도 없고 그저 규칙밖에 몰라. 우리 혜나를 팔다리 멀쩡한 애들하고 똑같이 방청소시키고, 빨래시키고 실수하면 야단치고. 난 그런 독종은 세상에 처음 봤다니까. 너도 생각해봐라. 내가 우리 혜나를 어떻게 길렀다고. 생전 자식 한 번 못 낳아본 독종한테 맡기고 모르는 척할 수가 있겠니? 제가 아이들을 그렇게 모질게 다루면서도 모르는 척하라는 게 벌써 틀려먹은 수작이야. 자식을 못 낳아봤으니까 그런 말이 나오는 거라구. 너만 해도 그래. 너도 거기 가서 직접 눈으로 보면 절대로 나 나무라지 못한다."

순복이뿐 아니라 현 선생도 내가 한 번 희망원에 와주길 바라는 눈치였다. 이런 일도 있었다.

"언니, 혜나 어머니 땜에 정말 속상해 미치겠어요. 언니의 부탁도 있고, 또 혜나처럼 집에서 너무 응석만 부리고 자란 애는 단체생활에 적응하기가 어려운 예를 많이 봐왔기 때문에 처음엔 혜나를 좀 특별 취급을 했었거든요. 걘 지체가 부실하니까 청소당번이라든가 식당당번 때는 몸 성한 농아 아이들이 대신해주거나 도와주도록 말예요. 원칙적으론 안 되게 되어 있는 거지만 여기선 기숙사가 가정과 마찬가지니까 제 권한으로 그 정도의 융통성은 허락했던 거죠. 기숙사에 먼저 정들게 하지 않으면 새로 들어온 아이들 제대로 길들일 수가 없어요. 그랬더니 혜나는 실습실에서 연장을 떨어뜨리면 제가 줍지 않고 농아들한테 시키고 심지어는 생글대면서 구경을 한다지 뭐예요. 보다 못해 젊은 편물선생이 제 일을 제가 하라고 야단을 치고, 딴 아이들한테도 도와주지 않는 게 도와주는 거라고 엄하게 타일렀대요. 그랬더니 혜나가 말도 못하게 난동을 피운 모양이에요. 기물을 집어던지고 선생들한테 막 욕지거리를 하고 제 분을 제가 못 이겨 제 옷을 갈기갈기 찢어대기까지 했대니까요. 여북해야 원장 선생님이 당장 긴급 직원회를 소집해서 대책을 논의했겠어요. 저는 그 자리에서 다 제 잘못이라고, 제가 기숙사에서 버릇을 잘못 들여놓은 때문이라고 제 잘못을 인정했죠. 그랬더니 선생님마다 입을 모아 그게 아니라, 걘 어머니 때문이라는 거예요. 사흘이 멀다 하고 나타나서 걔 옆에 붙어서 온갖 시중을 다 들고 섬기다시피 하는 걔 어머니 때문이라는 거죠. 결국 혜나 어머니의 도움 없인 혜나의 그 버릇을 고칠 수 없다는 결론들을 내리고 혜나 어머니한테 정식으로 금족령을 내리기로 했죠. 이런 일은 희망원이 생기고 나서 처음 있는 일이었어요. 못 믿으시겠지만 불구아를 갖다 맡긴 부모들 정말 너무한다 싶게 안 들여다보거든요. 한 달에 한 번 소집 일을 둔 것도 너무 안 들여다보니까 한 달에 한 번이라도 들여다보 게 하려고 둔 거지, 자주 와서 덜 오게 하려고 둔 게 아니었으니까 요. 병신 자식이란 데리고 있으면 귀찮고 부끄럽고, 떼어놓고 안 보 면 아주 없는 척하고 싶은 애들 아녜요? 혜나 어머니의 경우를 빼고 말예요. 혜나 어머니가 오셨길래 요즘 더 자주 오시니까요 직원 몇 이서 함께 우리 애로를 털어놓고 알아듣도록 도움을 청했죠. 즉시 도움을 주긴 줬는데 어떤 도움을 줬겠어요? 생각할수록 기가 막혀 서……. 글쎄 과자하고 사탕을 사서 일일이 따로따로 포장을 해서 원생들한테 몰래 나누어주면서 앞으로도 혜나 시중 잘 들어주고 혜 나가 잘못한 거 선생님한테 고자질하지 말라고 부탁한 거예요. 그 순진한 아이들한테 소위 '와이로'를 쓴 거죠. 이런 형편이니 언니 어떡하면 좋겠어요? 한 번 만나 뵙고 이런저런 상의 드리고 싶은데 한 번 안 나오시겠어요? 여기 신축 교사는 공기도 좋고 경치도 그만 이에요."

순복이가 원생들한테 소위 '와이로'를 썼다는 얘기는 나를 더 이상 참을 수 없게 했다. 그렇지만 분풀이를 위해 순복이네를 찾아 갈 만한 성의도 남아 있지 않았다. 혜나를 희망원에 보낸 후 나는 순복이와 한 번도 만난 적이 없고 여지껏 들은 얘기는 다 전화질을 통한 그녀의 일방적인 하소연이었다. 그건 현 선생의 경우 마찬가 지였다.

나는 뱃속에서 지글지글하는 울화를 전화를 기다리는 것으로 달랠 수밖에 없었다.

오래 기다리지 않아 순복이로부터의 전화는 있었고 나는 그녀의 용건은 듣기도 전에 그녀가 한 잘못에 대한 비난을 퍼붓기 시작했다. 그녀는 내가 제풀에 가라앉을 때까지 듣기만 했다. 그러고 나서 핑하고 코웃음을 치고 나서 말했다.

"희망원은 다 좋은데 그게 틀려먹었다니까. 원장 이하 나이 많은 것들은 한 번도 자식새끼 못 낳아본 것들이고 공부나 기술 가르치는 젊은 것들은 시집도 안 간 애송이들이니 한심하고 답답할 수밖에. 우리 혜나처럼 팔다리 부실한 애를 사지가 멀쩡한 벙어리들이 시중 좀 들어주면 또 어때? 우리 혜나가 얼마나 눈치 빠르게 벙어리들 혓바닥 노릇을 해주고 있는데, 그건 왜 못 하게 하지 않누. 그리고 명색이 학부형이 제 자식 친구한테 과자 좀 사서 나눠줬기로서니 그게 무슨 대역죄나 되는 것처럼 몇 시간씩 회의를 할 건 또 뭐람. 희망원보다 더 무서운 감옥소에서도 사식 들이려면 인정상 여럿이 나눠 먹을 만큼 들이지, 혼자 먹게는 못 들인다던데. 아무튼 자식 하나 못 낳아본 것들 인정 없고 융통성 없는 건 알아줘야 한다구. 그나저나 숙경아, 어쩌면 그렇게 우리 혜나를 모르는 척하니? 한 번만 같이 가봐 줘라, 애. 네가 우리 혜나를 얼마나 귀여워했니? 그러다가 별안간 모르는 척하니까 혜나가 뭐래는 줄 아니? 집에 나가 있으면 그전처럼 아줌마 만날 수 있을까 하고 물어보는 거야. 까딱하단 아줌마 보고 싶단 핑계로 희망원에 안 있으려고 할지도 몰

라. 꼭 한 번만 나하고 같이 가봐 줘라 애."

순복이 나중 말이 정말인지 거짓말인지는 알 수 없었지만 공갈과 애원을 겸하고 있다는 것을 알 수 있었다. 또 내가 희망원에 같이 가주는 게 혜나를 위한 일에 도움이 될지 안 될지는 몰라도 순복이가 병신 엄마 노릇을 혼자서 하기가 벅차고 외로워 간섭받고 싶어한다는 것도 알 수 있었다.

현 선생의 부탁도 있고, 혜나가 어떻게 지내나 마음으로부터 궁금하기도 해 마침내 희망원에 같이 가주기로 약속을 하고도 두 번이나 순복이를 허탕치게 한 것이었다.

만나기로 한 개봉역에 내렸을 때는 비가 이슬비로 바뀌고 먼 산 위의 구름은 누더기처럼 해져서 하늘이 그 청자빛 속살을 드러내고 있었다.

순복이가 먼저 와 기다리고 있었다. 젖은 합섬의 원피스가 몸에 감겨 깡마른 어깨의 선이 그대로 드러난 중년의 여인이 보기 싫고 가여워 나는 짐짓 시무룩해졌다.

"길이 나빠 어떡허지?"

그녀는 앞서 계단을 내려가며 말했다. 역시 바로 앞에 시외버스 정류장이 있어서 그런지 그 근처가 제법 번화가이건만 포장이 안 돼 시뻘건 황토에 발이 빠진 사람들이 쩔쩔매는 게 내려다보였다.

"괜찮아."

난 좀 철 이르게 맨발에 샌들을 신은 발을 쳐들어 보이며 무뚝뚝하게 말했다. 순복은 스타킹을 신고 굽 낮은 비닐 구두를 신고 있었다.

시외버스를 타려고 진흙탕으로 들어서려는 순복을 만류하며 말했다.

"택시를 타자꾸나."

"길이 나빠서 운전수들이 싫어해."

순복인 죄지은 것처럼 쩔쩔매며 말했다. 나는 별수 없이 진흙탕에 빠져가며 순복을 따라가 버스에 올랐다.

버스에 흔들리는 동안 순복이는 쉬지 않고 희망원 욕을 했다. 욕이래야 별것도 아니었다. 자식 낳아보지 않은 것들이 남의 자식, 그것도 병신 자식을 거두니 오죽하겠느냐는 귀에 못이 박히도록 들었던 그 얘기였다. 나는 차마 귀를 틀어막을 순 없었지만 못 들은 척했다. 순복이 말대로라면 희망원의 원장도, 사감도, 교사도 다 순복이 혼자밖에 해먹을 사람이 없을 것 같았다.

자식 문제를 떠나서도 일의 분업에 대해 그런 막힌 생각을 갖고 있는 사람이 왕왕 있고, 그런 사람을 상대하긴 고역스러운 일이었다.

저만치 황량한 들판 가운데 짓다 만 아파트의 골조가 빗속에 방치된 게 중세의 유적처럼 이국적으로 을씨년스러워 보이는 곳에서 우리는 내렸다.

이슬비는 한층 가늘어져 먼지 같은 물방울이 되어 공기 중에 차 있어서 우산을 받으나 마나 후줄근하게 옷을 적셨다.

버스는 떠나고 우리 두 사람 외엔 아무도 눈에 띄지 않았다. 나는 상계동 지나 당고개 마을에서 여기까지 머나먼 거리를 사흘이 멀다

하고 드나든 순복이의 극성에 연민과 혐오감을 동시에 느꼈다.

순복인 버스길을 버리고 푸성귀가 자라고 있는 밭 사이로 난 오솔길로 접어들었다. 오솔길은 길지는 않았지만 매우 미끄러웠다. 아마 거기서부터가 운전수가 싫어한다는 나쁜 길인 모양이었다.

낡은 초가집 몇 채와 슬레이트지붕의 창고 같은 건물이 있는 퇴락한 마을을 지나 민둥산으로 뻗은 오르막길로 접어들었다. 고개를 넘자 바로 희망원이 보였다. 희망원은 여지껏 민둥산에 가려져 있었기 때문에 갑자기 나타난 것처럼 보였다.

제법 견고해 보이는 두 채의 2층 건물이 T자로 배치된 여백의 한쪽은 잔디밭이고 한쪽은 여러가지 운동틀이 오밀조밀 들어앉은 운동장이었다.

때마침 만개한 라일락이 농아들의 아우성처럼 소리 없이 시끄러워 보였다.

순복은 긴 건물의 추녀 밑을 말없이 통과해서 그 건물이 새로운 건물과 만나는 데 있는 현관으로 들어섰다.

"여기가 기숙사야."

"이렇게 막 들어가도 되니?"

나는 따라 들어가면서도 뒤가 켕겨 이렇게 중얼댔다. 순복은 대답하지 않았지만 마치 주인처럼 당당하게 행세했다. 기숙사 안은 비어 있는 것처럼 썰렁했다. 현관을 지나 긴 복도 쪽으로 꺾이는 모퉁이의 방문이 열리고 현 선생이 나왔다. 현 선생은 순복이한테 노골적인 경멸의 일별을 던지고 내 손을 잡았다.

"여러가지로 수고를 너무 끼쳐서 어떡하지."

나는 여러가지 뜻을 함께 포함시켜서 애매하고 무난한 인사를 했다.

밖에서 가끔 만날 때는 몰랐는데 막상 일터에서 만나본 현 선생은 순복이의 상투어린 '자식 한 번 못 낳아본 사람' 답게 차고 편협해 보여 속으로 고소를 금치 못했다.

순복이가 서슴지 않고 어떤 방문을 열고 들어갔다. 나하고 현 선생도 따라들어갔다. 현 선생은 시종 입가에 비웃는 듯한 웃음을 띠고 있었고 순복은 아예 현 선생은 안중에도 없다는 듯이 행동했다. 서로 경멸하고 있다는 것을 과시하고 싶은 두 사람 사이에 낀 내 입장이 난처했지만 둘의 화해를 주선해야 된다고는 생각하지 않았기 때문에 나는 나대로 무관심하게 굴었다.

열 평 정도의 기숙사 방은 한가운데 신 신고 드나들 수 있는 양회 바닥의 통로가 있고 양쪽에 신 벗고 올라가게 돼 있는 서너 평 정도의 온돌방이 있었다. 온돌방의 장판은 얼굴이 비치게 미끄럽고 정갈했고 한쪽 벽은 옷장 겸 이불장 겸 책장을 겸하게 기능적으로 설계된 붙박이장이 있었다. 책장으로 설계된 벽은 책이니 인형이니 라디오니 스탠드니 꽃병이니 책상시계니 아기자기하게 꾸며놓은 게 여느 꿈 많은 소녀들의 방과 다르지 않았다.

순복이 이불장을 열고 여러 채의 이부자리 중의 한 개를 꺼내 다시 개켜서 얹고 옷장 서랍 중의 하나를 열어 내복과 양말을 애무하듯이 검사하고 반듯이 개켜서 다시 집어넣었다. 나는 혜나의 소유

물에 대한 순복의 병적인 점검이 민망해 외면하고 현 선생과 마주 보게 걸터앉았다.

"참 좋은 방이야. 한 방에서 몇 명씩이나 자지?"

"여덟 명이에요. 한쪽에 네 명씩이니까요."

"이런 방이 몇 개나 되는데."

"부대시설 말고 방만은 동쪽으로 열 개, 서쪽으로 열 개 도합 20실인데, 동관은 여자용이고 서관은 남자용이에요."

"그 여러 식구를 혼자서 돌보나?"

"아뇨. 전 동관 사감이고, 서관 사감은 남자분이죠. 제 방을 같이 쓰는 여선생이 두 분이나 있으니까 동관도 저 혼자 돌본달 순 없어요."

우리가 이런 사무적인 화제를 떠나서 정말 하고 싶은 이야기로 좁히기도 전에 순복은 제 볼일 다 봤다는 듯이 우리를 무시하고 방을 나가려고 했다. 그녀는 얼마 안 되는 빨랫거리를 뭉쳐 들고 있었다.

"안 됩니다. 혜나 어머니."

현 선생이 심상치 않은 기색으로 벌떡 일어서면서 말했다.

"아유 선생님도 뭘 그러셔, 여지껏도 잘 봐주시고……."

순복이 뜻밖에도 비굴하게 웃으며 빨래 뭉치를 뒤로 감추었다.

"이제부턴 봐주지 말라는 원장 선생님의 엄명이십니다."

"혜나는 딴 건 몰라도 빨래는 못 해요. 생각해보세요. 그 손으로 빨래를 어떻게 주무르겠어요?"

"혜나는 빨래를 아주 잘합니다."

"선생님이 그걸 어떻게 아세요? 혜나는 빨래를 한 번도 안 해봤을 텐데요. 제가 제때제때 빨아줬거든요."

"빨래하는 날 혜나만 할 일이 없길래, 정말 제 빨래도 주무를 수 없이 불편한 애의 빨래를 혜나한테 시켜봤습니다."

"뭐라구요? 우리 혜나한테 남의 집 아이 빨래를 시켰다구요?"

순복이 얼굴이 무섭게 일그러졌다.

"정말 참자 참자 하니 누군 배알도 없는 줄 아나? 선생님, 사람을 이렇게 차별해도 되는 겁니까? 남의 애가 우리 혜나 시중 좀 들어줬다고 우리 모녀를 망신주고 직원회의를 열고 법석 떨 땐 언제고, 우리 혜나한테 남의 새끼 빨래를 시키다니요? 병신들 모아놓고 사람 만들어준다고 꼬시고 나서 한다는 짓이 겨우 그겁니까?"

"우린 혜나를 위해 옳다고 믿는 대로 하고 있을 뿐입니다."

"어째서 그게 옳은 일이에요? 길을 막고 물어보세요. 보통애들하고 같이 배우는 학교 다닐 때도 이런 차별 대우는 안 받아봤는데 병신들만 모아놓은 데서 이런 억울한 대접을 받을 줄이야. 우리 혜나 어디 미운털이 박혔담."

말끝을 제대로 맺지 못하고 순복이의 일그러진 얼굴이 눈물로 얼룩졌다.

"혜나 어머니, 너무 흥분하지 마시고 마음 좀 가라앉히세요. 그리고 제 부탁 좀 들어주세요. 이왕 혜나를 우리한테 맡기신 이상 우리가 혜나의 교육을 위해 옳다고 믿는 대로 하도록 내버려두세요. 부탁입니다."

현 선생이 침착하고 열의 있게 말했다. 순복이의 흐트러진 모습과는 대조적으로 현 선생의 이런 태도는 매우 훌륭해 보였다.

"당신들끼리 짜고서 우리 혜나를 종노릇을 시켜도 내버려둔단 말인가요?"

순복이가 분노로 새로운 전의를 가다듬는 것처럼 시비조로 나왔다.

"그렇게 감정적으로 말씀하시면 어떡해요."

현 선생이 가까스로 지탱하고 있던 것을 포기해버린 것처럼 맥없이 말했다.

"사감 선생한테 말해서 될 일이 아니죠. 원장 선생을 만나봐야겠어요."

순복이 좀 더 기승스러워져서 선언하듯 말했다.

"네, 참 그러시는 게 좋겠어요. 그렇잖아도 원장 선생님께서 꼭 한 번 혜나 어머니를 봐야겠다고 벼르고 계신 중이랍니다."

현 선생이 어려운 일에 뜻밖에 돌파구가 생겼다는 듯이 다행스러워했다.

"같이 가요, 언니도. 우리 원장 선생님 아시죠?"

"그럼 우리한텐 대선배시잖아. 그렇잖아도 뵙고 가려고 했어."

우리 세 사람은 기숙사를 나와 본관 건물로 향했다.

"홍, 원장이 보겠다고 누가 겁낼까 봐."

순복이 우리보다 앞서가며 이렇게 으스댔다.

아담하고 정갈한 원장실에서 원장은 어떤 귀부인과 담소를 즐기고 있었다. 나는 순복이보다 먼저 자기소개를 했다.

"저 58학번의 오숙경이에요. 전번에 혜나 좀 맡아주십사 하고 현 선생을 통해 떼만 쓰고 한 번 찾아뵙지도 못하고……. 여지껏 혜나 일로 심려만 끼쳐드려서 어떡허죠."

그리고 나서 순복을 소개했다. 제발 순복이 원장한테만은 무례하게 굴지 말았으면 하는 마음으로 나는 입술이 탔다.

이때였다. 방안 가득 은은한 향기를 채우고 있는 것처럼 우아한 귀부인이 우리에게 알은체를 했다.

"어머머, 너희들 강남여고 25회 아니니? 나 윤혜림이야. 대대장 하던 윤혜림."

대대장하던 윤혜림을 모른다면 강남여고 25회가 아니었다. 윤혜림은 그만큼 유명한 재원이었다. 학교 때만 유명했던 게 아니라 그후 우리나라에서 열 손가락 안에 드는 큰 부잣집으로 시집을 가서 잘사는 것으로 계속 우리들 사이에서 화제가 됐다. 그러나 그저 그만그만 밥걱정이나 안 하고 사는 우리들하곤 처지가 달라 만날 기회가 없었다.

"몇 년 만이니? 반갑다 얘, 정말 반갑다."

우리는 혜림이가 반갑다는 말을 되풀이하는 데 따라 시름없이 맞장구를 쳤지만 정말은 반가운지 만지 했다. 동창을 만난 기쁨보다는 그 화려한 동창 앞에서 펼쳐놓아야 할 우리의 구질구질한 용건에 대한 열등감 때문에 위축되고 있었다.

"윤 여사님하고 여기 이분들하고 여고동창이시라구요? 그럼 어떻게 되나? 우리 세 사람은 대학동창, 여기 세 분은 여고동창 사람은 모두 다섯 사람인데 셋씩이니. 아 참 오숙경, 네가 여고동창, 대학동창을 다 해먹어서 그렇게 되는구나."

원장이 별로 복잡할 것도 없는 다섯 사람의 관계를 복잡하게 꼬다가 풀면서 너털웃음을 웃었다. 나는 원장의 해석에 따라 내가 갑자기 중요한 인물이 된 것처럼 느꼈다.

"혜림이가 이런 데 웬일이니?"

나는 원장이 윤 여사님으로 공대하는 혜림의 이름을 부를 수 있는 것에 약간의 쾌감 같은 걸 느끼며 물었다.

"윤 여사님은 우리 희망원의 은인이시랍니다. 다달이 막대한 금액을 희사해주시죠. 아마 국내 분 중에선 윤 여사님이 우리 희망원에 가장 큰 도움을 주시고 계실 겁니다."

원장이 엄숙하고 자랑스럽게 말했다. 혜림은 다만 우아할 뿐 잘난 척하는 기색도 겸손해하려는 기색도 없었다. 그런 태도가 한결 그녀를 돋보이게 했다.

"너희들은 웬일이니?"

이번엔 혜림이가 물었다. 나는 뭐라고 대답해야 될지 몰라 우물쭈물 순복의 눈치부터 봤다. 고맙게도 그 대답은 순복이가 해주었다.

"우리 딸이 여기 와 있어. 가엾은 애야. 소아마비야, 뇌성. 팔다리가 다 부실해, 왼쪽만. 심하진 않아. 지능도 떨어져. 아주 바보는 아냐. 마음은 아주 착해, 천사처럼."

순복이 나를 처음 만나 혜나에 대해 말해줄 때처럼 또박또박 일정한 간격을 두고 조용히 말했다. 그리고 어깨를 늘어뜨리고 눈을 내리깔았다. 제발 울지만 말아다오. 나는 기도하는 심정으로 이렇게 빌었다.

이때 뜻밖의 일이 생겼다. 순복이가 아니라 혜림이가 눈물을 보인 것이다. 혜림의 우는 모습은 조용하고 고상했다. 이윽고 눈물을 닦고 난 혜림은 순복이한테로 다가가 그녀의 깡마른 어깨를 안았다.

"네 마음 내가 안다. 네 마음 내가 안다……"

그건 위로의 말치곤 좀 특이해서 나는 어리둥절했다.

"내 마음은 아무도 몰라. 병신 자식 둬보지 않은 사람은 아무도 몰라."

순복이 혜림을 퉁명스럽게 밀치면서 그녀의 못된 버릇인 병신 자식 둔 세도를 부리기 시작했다.

"나도 병신 자식 둬봤단다. 우리 애도 뇌성소아마비였어. 천사 같았지. 몇 년 전에 잃고 말았지만."

혜림이 담담하게 말했다.

"그 후부터 윤 여사님은 불구아들을 도울 수 있는 사업에 이렇듯 열성적이시랍니다. 물질적으로뿐만 아니라 정신적으로 걔네들을 위해서라면 아낌없이 주시죠. 그 바쁘신 중에도 시간 나시는 대로 우리 원아들을 방문해서 놀아주시고 격려해주시고…… 크고 작은 행사 때마다 꼭 참석해 빛내주시고……. 돈이 있다고 누구나 그럴 수 있는 것도 아니고, 불구 아들 둬봤다고 누구든지 할 수 있는 일도 아니죠. 모성애를 박애 정신으로 승화시킨 윤 여사님의 거룩한 마음씨에 우린 그저 감격하고 있을 따름이죠."

원장이 장황하게 보충 설명을 했다. 순복이 혜림의 가슴에 몸을 던졌다. 그리고 격렬하게 흐느껴 울기 시작했다. 나는 그녀가 통곡하는 걸 보면서 봇물이 터진 것을 보는 것 같은 일종의 통쾌감을 맛보았다.

그로부터 우리가 안고 간 문제들은 저절로 해결되고 모든 사태는 급격하게 호전됐다.

순복은 구태여 혜나 문제로 원장한테 항의하거나 애걸할 필요가 없었다. 사감은 순복의 비협조적인 태도에 대해 원장한테 고자질할 필요가 없었다. 원장도 순복을 나무라거나 충고할 필요가 없었다. 나 역시 이 세 사람을 원만하게 화해시키기 위해 서툴게 설득하고 사과하고 눈치 보고 할 필요가 없었다.

"어쩌면 네 딸이 우리 희망원생이라니, 이건 정말 보통 인연이 아니다. 너도 그렇겠지만, 나도 희망원을 만났다는 건 큰 행운으로 알고 있어. 돈을 아무리 유용하게 쓰고 싶어도 유용하게 써줄 사람은 만나기란 쉽지 않은 일이거든. 내 돈이 희망원을 만난 게 큰 복인 것처럼 네 딸이 희망원을 만난 것도 큰 복이야. 좋은 일을 하려도 돈이 없어 못 한다고들 말하지만 나 보기엔 사람 부족이 더 심각해. 자선 사업 한답시고 제 뱃속이나 채우는 엉터리 기관이 얼마나 많다구. 우리 아이들이 왜 병신이니? 우리 아이들은 천사야. 천사는 천사끼리 모여사는 데 있어야 하고 이용당하지 않고 보호받아야 해. 천사들은 천사 대접해 제대로 돌보는 데 희망원밖에 없어. 너도 여기저기 알아보고 나서 여기다 맡겼겠지만 나도 적지 않은 돈을 다달이 아무 데나 내던질 수 있니? 더구나 애 잃고 나서 애 대신 정 붙일 곳을 찾으려니 오죽하겠니. 여긴 정말 좋은 곳이야. 시설도 좋지만 이 사장님 이하 전 직원이 어쩌면 그렇게 한결같이 헌신적이고 신념과 사랑에 넘치고 있는지. 그뿐이냐, 이런 특수교육 분야에 전문적인 지식까지 갖추고 있으니 그야말로 금상첨화지. 애를 떼어놓은 지 얼마 안 되는 것 같으니까 아직은 잘 모르겠지만 곧 너도 알게 될 거야. 아이를 여기 맡긴 게 얼마나 잘한 일인가를. 애가 눈에 보이게 달라질 테니까. 그동안 견디기를 아이도 힘들어하지만 부모들이 더 힘들어하지. 왜 안 그렇겠니. 난 그 마음 알아. 그렇지만 더 큰 사랑으로 참아야지 어쩌겠니."

혜림의 부드러운 손길이 순복의 철사처럼 깡마른 손을 어루만지면서 이렇게 위로했다. 이 따뜻한 위로의 말은 우리 모두가 혜나를 위해 해야 할 어려운 일을 대신해주고도 남았다.

순복이 우는 것도 같고 웃는 것도 같이 입가를 씰룩대며 말했다.

"나도 알아. 나도 다 알아. 알면서 괜히 그랬어. 괜히 한 번 그래 봤어. 이제 안 그럴 거야."

원장이 고개를 끄덕이며 의미심장하게 웃었다. 천층만층의 인간을 천층만층으로 대접할 수 있을 것같이 능수능란한 원장이 잘돼가는 일의 결말을 한층 행복하게 할 수 있는 적시를 놓치지 않고 나서 주었다.

"자아, 이제들 일어나시죠. 윤 여사님이 아이들을 만나보실 시간

547

인데 우리 모두 같이들 가십시다요. 제가 특별히 우리 희망원을 구석구석 보여드리죠. 혜나 어머님이 아무리 자주 우리 희망원을 드나드셨대도 제대로 희망원에 대해 알고 계신 건 아마 아무것도 없을걸요."

이렇게 해서 우리는 과람하게도 원장의 안내로 희망원의 시설과 아이들이 받고 있는 직업교육의 현장을 참관할 수가 있었다. 그동안 시종 혜림은 순복과 팔짱을 끼고 친밀감을 과시해 모든 교직원으로부터 구박받던 순복의 신분을 갑자기 돋보이게 했다.

아무리 심한 불구아나 휠체어도 오르내리기 편하도록 한껏 경사를 완만하게 한 회랑을 통해 지하로 내려가면 실습실이 있었다. 실습실은 목공실, 전자실, 편물실로 나뉘어져 있고 목공실과 전자실에선 주로 소년들이 일하고 있었고 나머지는 소녀들 차지였다.

목공을 가르치는 교사 중 한 사람은 외모가 성하고 나머지는 목발을 짚고 있었고 전자실에는 휠체어에 앉아 가르치는 교사도 있었다.

일의 종류에 따라 교실을 분류하고 있을 뿐 기능의 숙련도에 따른 분류는 없이 뒤섞여 있어 실습실의 분위기는 산만했다. 끌하고 나무토막하고 들고 앉았다 뿐, 나무토막에보다는 자기 손에 생채기를 내는 데 여념이 없는, 두 손이 다 어줍은 소년이 있는가 하면 남대문을 그대로 축소해놓은 것 같은 정교한 조각물에 페이퍼질을 하고 있는 청년도 있었다.

이런 뒤죽박죽의 현상은 전자실에서도 곧장 눈에 띄었다. 어디서 그렇게 많이 모아들였는지 구식 라디오와 텔레비전의 내장인 듯싶은 진공관, 쇠붙이, 나팔 등이 고물 리어카를 뒤엎은 것처럼 함부로 산적해 있는 사이에서 쩔쩔매고 있는 것처럼 뭔가를 하고 있는 교사와 원생이 있는가 하면, 작은 모터를 하나씩 차지하고 코일을 감는 단순 작업을 하고 있는 소년은 일당에 쫓기는 소년들처럼 일사불란했다.

놀고 있거나 일하고 있거나 간에 소년들은 갑자기 들이닥친 손님에 한눈 팔지 않고 제 할 일만 하고 있는 것 같았지만, 우리도 왕년에 겪어본 장학관이 나오던 날, 수업시간처럼 어딘지 어색해 보였다.

혜림은 지도교사들과 일일이 악수를 나누어 그 수고를 위로했고 몸의 불구가 특별히 눈에 띄는 원생한테는 개별적으로 말을 시켰고 농아와는 수화도 몇 마디 했다.

목공실과 전자실을 돌보고 나오면서 나는 원장에게 물었다.

"지도교사들이 대개 몸이 불편한 분들이더군요?"

"네, 거의 우리 희망원 출신들이니까요. 과부 사정은 과부가 안다지 않아요? 어떻게나 아이들을 아끼고 사랑하고 또 열심히 가르치는지……. 또 아이들 편에서 보더라도 저희들도 잘만 하면 선생님처럼 될 수 있다는 희망을 갖게 되고, 이래저래 좋은 학습 효과를 올리고 있죠."

혜나는 편물실에 있었다. 초보자와 숙련공이 섞여 있기는 편물실도 마찬가지였다. 10여 대의 편물기 앞에 앉은 소녀들은 우리들이 들어가도 거들떠도 안 보고 색깔만 다르고 질이 같은 털실로 쓰윽 싸악 쓰윽 싸악, 경쾌한 소리를 내며 널빤지 모양을 직조해내고 있었고, 또 소녀들은 그것을 뜯어 맞춰 바늘로 꿰매 스웨터 모양을 만들고 있었다. 어떤 소녀는 조는 것처럼 느리고 맥없이 코바늘을 놀려 빨랫줄처럼 한없이 긴 끈을 뽑아내고 있었다.

눈부시게 빠른 코바늘뜨기로 우아한 끈을 뜨고 있는 소녀 옆에서, 굼뜨게 작은 모티프를 얽고 있던 혜나가 나를 보자 반색을 하며 일어섰다. 아기의 눈처럼 맑은 눈에 눈물이 고이는 걸 보면서 나는 혜나를 끌어안았다.

"아줌마, 나 집에 가고 싶어."

혜나가 나만 들을 수 있게 작은 소리로 속삭였다.

"그럼 쓰나. 여기 있으면 친구도 많고 좋은 기술도 배울 수 있는데."

이때 내 품의 소녀가 순복이 딸이라는 걸 눈치챈 혜림이 가로채듯이 혜나를 빼앗아 자기 품에 안았다.

"네가 혜나니? 반갑다 혜나야. 세상에 귀엽기도 해라. 아줌마는 너희 엄마하고는 제일 친한 친구란다. 앞으로 친하게 지내자, 우리."

혜림은 우선 이렇게 혜나에 대한 특별한 관심을 나타내고 나서 교직원들한테 혜나를 각별히 돌봐줄 것을 부탁했다. 교직원들은 황공해하면서 모두 한마디씩 혜나에 대한 칭찬을 해서 혜림을 즐겁게 해주었다. 혜림은 또 일에 열중하고 있는 소녀들한테까지 일일이 혜나의 좋은 친구가 돼달라고 당부했고, 농아들한테는 수화로 같은 부탁을 하는 등 그녀가 그들 한 사람 한 사람과 얼마나 마음이 통하는 사이인가를 과시했는데 그게 조금도 어색하지 않았다.

그동안 신통하게도 순복은 한마디도 거들지 않고 멀찍이서 구경만 하고 있다가 편물실을 나올 때 딱 한마디, "엄만 이제 소집일 날에나 올 거다. 알았지?" 하고는 뒤도 안 돌아보고 앞을 섰다.

수예실에서는 역시 솜씨의 정도가 판이한 소녀들이 제각기 뭔가를 하고 있었다.

백날 그래 봤댔자 생전 뭐가 될 성싶지 않게 어줍잖고 심란한 솜씨로 동그란 수틀에 건 나일론 천에 괴발개발 수실을 소모하고 있는 소녀가 있는가 하면, 대문짝만 한 수틀의 비단 천에 난만한 꽃밭을 수놓고 있는 소녀의 솜씨는 꽃의 훈향까지 재현할 것처럼 신묘했다.

전통적인 자수도 상업성이 있으련만 기계화될 수밖에 없었던지 미싱자수를 하는 쪽은 훨씬 활기가 있었고 기업적인 분위기였다. 열 대가 넘는 미싱이 비로드 비슷한 천에 환상적인 꽃무늬를 수놓고 있었고 이미 일을 끝낸 같은 천이 산적해 있었다. 중동에 나갈 보세 가공이라고 했다.

"요즈음 이사장이 외국 다니시면서 하시는 일은 구걸이 아니라 주로 이런 것을 주문 맡으시는 일이랍니다. 이제 우리나라도 경제 대국으로 알려져서 거저 달래긴 염치가 없으시대요. 또 주지도 않구요."

원장이 바삐 돌아가는 미싱자수반을 대견한 듯이 돌보며 말했다.

"우리의 불쌍한 아이들을 남의 나라에서 구걸해다 먹이다니 말이나 됩니까. 잘살고 재벌 많기로 소문난 나라에서……."

혜림이 분개했다.

"글쎄 말예요. 재벌이 모두 윤 여사님만 같다면야 무슨 걱정이 있겠어요. 우리가 국내의 유명한 호텔 중 몇 군데에 우리 아이들이 만든 것을 팔기 위한 매장을 갖고 있는데 거기서도 고객은 대부분 외국관광객이랍니다. 우리나라 사람은 불구아들이 만든 물건이라면 신통해하기는커녕 이크, 바가지 쓰겠군 하고 도망가기 일쑨데 외국 사람들은 안 그렇대요. 딴 물건 사는 덴 그렇게 똑똑하고 영악하다가도 우리 희망원 물건이라면 단박 대견해하고 후해진다지 뭐예요."

나는 괜히 미안해져서 어설프게 웃을 수밖에 없었다.

지하에는 실습실 말고도 양호실, 오락실, 특별활동실과 대식당이 있었다.

"시간이 좀 늦었습니다만 점심을 함께하시죠."

원장은 대식당을 보여주고 나서 이렇게 말하더니 우리의 승낙도 받지 않고 주방으로 들어갔다.

"이래도 되는 거니?"

순복이 몸둘 바를 모르게 황공해하며 나에게 물었다.

"괜찮아. 나는 올 때마다 여기서 원장님하고 식사하는 게 관례로 돼 있는걸."

혜림이 대신 대답하고 우리를 자리에 앉게 했다. 원장님이 주방에서 나와 합석하자 곧 주방아줌마가 식사를 날라왔다. 1인분 반찬과 밥을 함께 담을 수 있는 양은 식기에 보리밥과 시금치나물과 동태조림과 짠지가 심란스럽게 꾸드러져 있었다.

"여기 밥은 왜 이렇게 맛있나 몰라."

혜림이 먼저 수저를 들면서 말했다. 나는 깜짝 놀라면서 의무적인 의식을 느꼈다. 형편없는 조식이었으나 혜림이 그렇게 말함으로써 그건 성찬이었다. 혜림이 짠지쪽 하나 안 남기고 1인분의 식사를 깨끗이 비우는 걸 곁눈질하며 나와 순복이도 그렇게 했다.

혜림이 식사하는 태도는 아이들의 실습실을 참관할 때와는 또 다른 소탈한 모습으로 우리에게 친근감을 주었다. 죽자꾸나 하고 돈을 모았댔자 2년에 백만 원짜리 계 하나 붓기가 고작인 겨우겨우 사는 살림 형편에 혜림이 같은 부자는 실로 아득했다. 친히 접촉해볼 기회도 없이 막연히 느낀 아득한 거리감은 때때로 울컥 치미는 난폭한 적의가 되기도 했었다.

우리가 2년 동안 꼬박 식구들의 건강과 즐거움을 희생해가며 모은 돈을 하룻밤의 유흥비는커녕 한 계집의 팁으로도 모자란다는 족속에 대해 어찌 적의라도 품지 않을 수 있으랴. 그러나 적이 워낙 적수가 아니게 어마어마했기 때문에 그 적의는 허황하고 막연한 것일 수밖에 없었다. 실상 막연한 건 적의가 아니라 그 자린지도 몰랐다. 우린 한 번도 우리가 적의를 품고 있는 대상을 만나보지 못한 채 소문으로만 알고 있었기 때문이다.

그런 막연한 적 중의 하나가 갑자기 친구로 나타났고 친구로 접촉해본 그는 소문으로 듣던 바와는 딴판으로 돈을 유용하고 아름답게 쓰고 있었고 식은 꽁보리밥을 우아하게 맛있게 먹고 있었다. 나는

553

내심 혼란을 겪었고, 곧 혜림을 경애하는 마음이 우러나고 있었다.

오히려 순복에겐 나만큼의 거부 반응도 없어 보였다. 그녀가 남하고 화합하지 못하도록 굳은 장벽을 만들었던, 병신 자식 둔 열등감과 오기를 수월하게 무너뜨리고 혜림은 나타난 것이다. 순복은 처음 맛본 동료 의식에 도취해서 그들 사이에 가로놓인 천양지차의 빈부의 차 같은 건 아예 느끼고 있는 것 같지도 않았다.

식사를 끝마치고 1층으로 올라와 이사장실 직원실 서무실 상담실 등을 둘러보고 원장의 정중한 배웅을 받으며 현관을 나섰다.

"그렇게 자주 드나들었어도 여기 이런 게 있는 걸 오늘 처음 보네."

순복이는 혼자서 처지면서 현관 안쪽의 한쪽 벽면을 장식한 것들 앞에서 발을 멈추었다. 우리도 돌아와서 그것을 구경했다.

방문객의 눈에 잘 띄도록 벽면을 장식하고 있는 것들은 학교의 행사 때마다 찍은 기념사진들과 원생 작품인 그림들이었다. 그 위 높직한 곳엔 알 만한 기업체나 명사의 명의가 희망원 신축교사 낙성을 축하하는 쟁반 모양의 놋쇠 장식품이 훈장처럼 주렁주렁 달려 있었다.

"우리 희망원이 여기 이렇게 훌륭한 건물을 갖도록 물심양면으로 큰 힘이 돼주신 기업체나 명사분들의 은혜를 감사하고 자랑하기 위한 기념품들이죠."

원장이 놋쇠 장식물에 대해 이렇게 설명했다.

"그런데 왜 윤혜림 건 없나요."

순복이 이상하다는 듯이 물었다.

"왜 없긴요. 맨 처음 거, 칠성물산 명의로 된 게 윤 여사님을 위한 거죠. 윤 여사님이야 워낙 겸손한 어른이라 이런 데 이름 내걸길 좋아하셔야죠. 그래서 저희가 함부로 부군의 사업체 명의를 도용했죠."

혜림은 못 들었는지 어떤 그림에 정신이 팔려 있었다. 나도 그리로 갔다.

"농아의 그림이야. 기막힌 재능이지?"

꽃잎마다 빛깔이 다른 이상한 꽃들과 호랑나비를 그린 크레파스화였다. 크레파스를 하도 두껍게 짓이겨 발라 그림이라기보다는 부조 같은 느낌을 주었다. 음향 대신 색채로 뭔가를 강렬하게 부르짖는 것처럼 시끄러운 그림에 나는 전율을 느꼈다.

행사 때마다 찍은 기념사진에는 원장과 함께 또는 이사장과 함께 혜림의 모습이 빠져 있는 게 없었다. 여북해야 순복이 윤혜림 명예 이사장님이라고 농을 할 지경이었다.

혜림이 자기 차로 우리를 시내까지만이라도 바래다주마고 했다. 우린 굳이 사양하지 않았다.

"희망원은 내 종교야."

혜림이 승용차의 안락한 시트에 깊숙이 파묻히며 정말 종교적인 얼굴로 말했다. 차는 우리가 걸어온 꼬부랑길과는 반대 방향의 포장도로로 빠져서 곧장 고속도로로 진입했다. 시내 적당한 곳에서 내리려는 우리를 혜림은 억지로 신문로에 있는 자기 집까지 데리고 갔다. 정원이 아름다운 아담한 저택이었지만 우리가 소문으로만 듣고 상상하던 재벌의 대저택은 아니었다. 우리가 지나다니면서 저 정도의 집에 한 번 살아봤으면 하고 감히 꿈꿔볼 수 있는 정도의 집이었다. 소문대로라면 재벌은 감히 우리가 꿈꿔볼 수도 없는 집에 살아야 했다. 돈이 많되 자기를 위해서 검약하고 어려운 남을 위해선 후한 혜림의 부자노릇에 대한 우리의 경애심은 한층 확고부동해졌다.

혜림은 문갑 위의 사진틀 속의 그녀의 죽은 딸을 우리에게 소개했다. 그리고 사진한테 말했다.

"미리야, 오늘은 네 덕에 엄마의 옛 친구들을 만났단다. 오늘도 네 덕에 기쁜 날이었단다⋯⋯."

우린 옆에서 몸둘 바를 몰랐다. 간단한 다과를 대접받고 곧 물러나려는데 혜림은 자기 차를 내주었다. 사양했지만 자기만의 전용차니 사양 말라고 했고 그때 마침 학교에서 걸어서 돌아온 아들에게 우리를 엄마의 동창으로 소개해 깍듯이 예의 바른 인사를 시켰다.

순복은 차 속에서 편안한 얼굴로 졸기 시작했다. 나는 순복이 혜나를 떼어낸 날이 혜나를 희망원으로 보낸 날이 아니라, 바로 오늘 혜림을 만난 날이 되리라고 생각했다. 지긋지긋한 일이 일단락진 것처럼 시원섭섭했다.

혜림과 우리와의 사연은 그날로 끝나지 않았다. 툭하면 차를 보내 순복이와 나를 만나고 싶어했다. 대개는 둘이 같이 초대되어 차는 먼저 우리 집에 들렀다 순복이네로 갔다. 당고개 마루턱에 차를 세워놓고 운전기사가 그 처녑 속 같은 골목 속으로 순복이를 모시러 들어가면 나는 차 속에서 패션잡지를 뒤적이며 기다리고 있었다. 더러운 철거민촌 어귀에 고급 승용차를 세워놓고 친구를 기다리는 맛은 잘못 맛들인 미제 드롭스의 맛처럼 거역할 수 없이 감미로웠다.

그렇게 해서 세 사람이 모이는 곳은 처음엔 혜림의 집이었다. 그리고 대개는 순복을 위한 삯바느질거리가 마련돼 있을 때였다. 혜림은 자주 한복을 한두 벌씩 해입었고 그럴 때마다 천을 뜨는 일은 내가 도와주길 바랐고, 바느질은 순복이가 해주길 바랐다. 또 자주는 아니었지만 가끔 친구를 소개하기도 해서 엄청난 바느질삯을 받아내 주기도 해서 순복의 얼을 뺐다.

이렇게 일이 있어 어울리다 보니 일이 없을 땐 서로 궁금해서 어울리기 위해 어울리기도 했다.

"너희들 왜 이렇게 따분해 뵈니? 내가 통풍 좀 시켜줘야 할까 보다."

이러면서 혜림은 우리를 승용차에 태워가지고, 차 가진 사람 아니면 감히 넘볼 수 없게 교통이 불편한 곳을 골라서 들어앉은 호사스런 호텔에 가서 커피도 사주고, 가끔 그런 데서 파는 불란서 요리나 중국 요리를 사주기도 했다. 또 그런 곳의 지하실의 양품점이나 귀금속 일용품을 파는 데에 동행해서 이것저것 살 것처럼 만져보고 입어보고 하는 데도 익숙해졌다. 그런 일이야 실상 땡전 한 푼 안 드는 일인데도 돈 없는 사람에겐 감히 엄두가 안 나는 일이었다.

혜림은 나의 근검절약도 순복의 가난도 얕잡지 않고 긍정해주었
지만, 가끔 그런 식의 통풍마저 없다면 너무 안됐다고 생각하는 눈
치였다. 혜림의 생각은 옳았다. 우린 오랫동안 응달에서만 살다가
양달에 나앉은 것처럼 처음엔 눈도 제대로 못 뜨다가 차츰 눈을 뜰
수가 있었고 눈 뜨니 새 세상 만난 것처럼 생기가 났고 한술 더 떠서
저만치 번쩍거리는 보석을 주렁주렁 달고 앉아 있는 여자가 귀부인
인가 갈보인가를 분간할 수 있을 만큼 여유만만했다.

그걸 분간할 수 있을 때쯤, 우리는 소위 매너라고 하는 돈 있고,
교양 있고, 외국물 먹은 사람들의 걸음걸이, 차 마시는 법, 담소하
는 법, 웨이터 다루는 법 등까지 웬만큼 흉내 내게 되었다.

혜림이 같은 부자 친구가 있다는 건 참 좋은 일이었다. 그녀의 차
로 그녀의 돈으로 서울서 내로라하는 돈 있는 사람들이 만나서 먹
고 마시고 시간 보내기에 쾌적한 호사스러운 장소는 대충 다 눈요
기를 하고 다녔건만 그녀를 모시고 다닌다거나 그녀의 신세를 진다
거나 하는 비굴감 없이 어디까지나 그녀와 동등한 입장에서 그런
분위기를 즐길 수가 있었다. 그것은 우리가 특별히 뻔뻔스러워서가
아니라 그녀의 인품 때문이었다. 부자 티 안 내고 악식을 감사히 받
을 줄 아는 그녀와 더불어이기에 우리도 가난뱅이 티 낼 것 없이 떳
떳하게 사치스러운 분위기를 즐길 수가 있었다.

그녀의 헤픈 씀씀이가 때로는 우리에게 양식에 어긋날 때도 있었
지만 그녀가 다달이 희망원을 위해 바치는 거액의 돈을 생각하면
얼마든지 용서할 수가 있었다.

그녀는 돈을 얼마든지 헤프게 써도 되는 신분이었고 때로는 헤프게 쓰기도 했지만, 결코 씀씀이가 심한 족속의 편이 아니라 그것을 야유하고 경멸하는 편에 서 있는 것처럼 보였다. 무엇보다 그녀의 이런 점 때문에 우린 그녀와 흉허물 없이 어울릴 수가 있었다.

그 무렵 우리하고도 자연히 친하게 된 운전기사의 입을 통해 혜림이 희망원에 다달이 기부하는 돈이 실은 그녀 단독의 지출이 아니라 그녀가 주동이 된 부잣집 마나님들끼리의 자선단체에서 다달이 추렴한 돈이라는 것과 그녀의 집이 재벌의 집답지 않게 조촐하고 아담한 것은 그 집이 복가집이니 그 복이 다할 때까진 이사를 가면 안 좋다는 단골 무당의 말을 따른 미신 때문이라는 것을 알게 됐다.

그렇다고 이미 철석같이 굳은 우리 우정에 금이 갈 리는 없었다. 그녀가 지닌 미덕에 그 정도의 약점이 있는 게 오히려 친밀감이 더했다. 완전하지 않은 인격이 바로 혜림이의 미덕이라고까지 우리는 생각했다.

이렇게 우리가 혜림의 모든 것에 반해 있을 때, 혜림이 순복이를 위해 놀라운 제안을 했다.

그것은 칠성물산의 방계회사인 칠성토건에서 건립한 아파트단지 내의 쇼핑센터의 특별히 좋은 자리를 순복이한테 분양해줄 테니 거기다 한복집을 차리라는 거였다. 순복이의 그 좋은 바느질 솜씨를 언제까지나 빈촌의 삯바느질 집이나 하게 두긴 너무 아깝다는 혜림의 의견엔 나도 전적으로 동감이었다.

같은 솜씨 가지고도 장소에 따라 얼마나 차이 나는 대접을 받는가는 미장원이고 양장점이고 비싼 값에 겁내지 않고 그저 중심가로 몰리는 것만 봐도 알 수가 있었다.

그동안 혜나는 희망원에 정을 붙이고 코바늘뜨기에도 특이한 솜씨를 보여 곧 자립할 수 있는 날도 머지않았겠다, 순복이도 초년 고생 중년 고생 다 끝나고 말년 복이 터질 차롄가 싶었다.

순복이는 이 감격을 "쥐구멍에도 볕들 날이 있다더니……"로 표현했다. 그러나 실제적인 문제는 그렇게 수월하지만은 않았다. 한 점포가 세 평 기준으로 보증금이 자그만치 1천만 원이라고 했다. 그러나 쇼핑센터의 위치가 워낙 고급 아파트단지의 중심부에 있어서인지 벌써부터 상인들끼리 좋은 자리다툼이 붙고, 권리금으로 거래되는 자리까지 있다는 소문이 나돌고 보니 분별없이 구미부터 동하는 건 당연한 이치였다.

더군다나 마음대로 골라잡으라니 혜림이 같은 친구를 둠으로써 누릴 수 있는 크나큰 특혜가 아닐 수 없었다. 특혜란 굴러들어온 좋은 기회였고, 좋은 기회를 호락호락 놓칠 수는 없는 일이었다. 말년 복이 저절로 올 리는 없었다. 기회는 오는 것이 아니라 잡는 거였다. 그러나 그동안 순복이가 혜나를 끝끝내 공주처럼 키우겠다고 이를 악물고 모은 돈은 고작 3백만 원뿐이었다. 그 돈도 혜나의 시중이 덜어지고, 또 나하고 혜림이가 열심히 비싼 바느질거리를 얻어댔기 때문에 그만큼이나 모였을 것이다. 거기다 집을 팔아서 보태기도 했지만 아직 불하가 안 나와 권리금으로 거래되는 철거민촌의 여덟 평짜리 집은 권리금을 받아봤댔자 큰 보탬이 안 될 것은 뻔

했다. 또 집을 팔면 당장 들어앉을 곳을 새롭게 마련해야 한다는 것
도 큰 문제였다. 어차피 오르지 못할 나문데도 쉽게 단념이 안 됐
다. 특혜를 놓친다는 건 어리석은 일이다. 이렇게 미련을 못 버리는
건 혜림이한테 기대는 마음뿐이었다.

드디어 내가 나서서 혜림이한테 통사정을 했다. 이왕 네가 친구
한번 봐주는 김에 조금만 더 밀어주라고.

며칠 후 혜림이한테서 복음이 왔다. 보증금을 반절로 접어 5백만
원으로 해주고 그 대신 나머지 반절의 이자를 월 2부씩만 계산해서
월세에 첨가할 수 있다는 거였고, 거처할 집 문제는 운전기사가 쇼
핑센터에서 가까운 서민 아파트단지의 열네 평짜리 아파트에 사는
데, 방 둘 중의 하나를 월세를 놓겠다니 거기 들면 여러가지로 편할
거라고 했다.

순복이와 나는 그렇게 하면 월세가 얼마나 불어나고 그걸 다 지불
하고 세금 내고 기타 비용 제하고도 수입을 올릴 수 있을 것인가 하
는 꼼꼼한 계산보다는 2부 이자에 현혹됐다.

"세상에 고맙기도 해라. 요새 세상에 2부 이자가 어디 있담. 이건
꼭 은행돈 쓰는 셈 아냐?"

순복이와 나는 미신처럼 사채가 아닌 은행돈 써서 사업하며 돈 벌
긴 땅 짚고 헤엄치기라고 믿고 있었다.

그래도 순복이 가진 돈이 모자랐다. 또 세 평의 매장의 시설비로
들여야 할 돈도 생각해야 했다. 고급 쇼핑센터답게 벌써부터 으리
으리한 장치들을 하는데 횃댓보나 하나 매고 한복 몇 벌 걸고, 구식

재봉틀이나 내다놓을 순 없었다. 적어도 1천만 원짜리 매장의 체면이라는 게 있지.

나는 또다시 순복이를 위해 혜림이하고 의논을 했고, 어찌어찌하다 보니, 내가 남편 모르게 모은 돈이 2백만 원쯤 있다고 실토까지하게 되어 결국은 혜림이가 2백, 내가 2백, 도합 4백만 원을 꾸어주기로 했다. 이자는 2부 5리만 받자고 혜림이가 말했다. 나도 아직부어야 할 곗돈도 있고 해서 4부, 5부까지도 받고 싶었지만 혜림이가 이왕 친구 도와주는 김에 그러자니 내 속셈이 슬그머니 부끄러워졌다.

"쥐구멍도 볕들 날 있다더니……."

순복은 이사를 하고 매장을 꾸미고 하면서 연방 그 소리를 하면서즐거워했다. 철거민촌을 떠나는 순복을 보고 이웃사람들이 자가용으로 데리러오는 친구 만나더니 금시 발복했다고 부러워하더란 소리도 했다.

나는 속으로 흥, 자가용 차 가진 친구만 제일인가, 애는 내가 더많이 썼는데, 하고 토라지는 마음이 없지 않아 있었지만 순복이 잘되는 게 누구보다도 즐거웠다.

그러나 순복이의 사업은 그 후 순조롭지가 않았다.

쇼핑센터를 전체적으로 볼 때 그런대로 번창하는 편이었지만 한복집은 순복이네 말고 또 있었고 그곳이 하도 요란스럽게 차려놓아순복이네는 처져 보였다. 순복은 우리의 전통적인 조촐한 한복에대한 고집이 대단했고 그쪽은 한복 치마에 페티코트까지 껴서 짓는 국적 불명의 새로운 의상을 고안해서 눈길을 끌었고 순복이네 두 배도 되는 넓은 점포에 궁중의상이니 혼례의상이니 하는 호사스러운 비단옷을 입은 마네킹까지 세워놓고 있었다.

나는 순복이 초조해지는 꼴이 불쌍했고 또 물린 돈이 있고 해서 그쪽의 상술을 흉내 내보도록 충고했지만 그것만은 막무가내였다. 그러다 보니 자주 언쟁을 하게 되고 이자도 밀려갔다. 자연히 나도 집에서 순복의 그 한심한 가게에서 집세와 이자를 합해서 한 달에 얼마나 빼내야 하나를 계산해보게 되었고, 가슴이 덜컥 내려앉을 수밖에 없었다.

나야 남의 일이니까 그럴 수도 있었지만 순복인 뭣에 홀려서 그런 기초적인 계산조차 안 해보고 쇼핑센터로 나앉으면 저절로 떼돈이라도 벌듯이 저금 털고 집까지 팔아 덤볐더란 말인가. 당고개 그 더러운 빈촌에서 삯바느질하던 주제에 쇼핑센터가 아랑곳인가. 뭐 '혜나의 집?' (그것은 순복이가 붙인 한복집 이름이었다) 웃기고 있네.

그나저나 순복인 분수를 모르고 날뛴 벌로 망해도 할 수 없고 또 혜림은 그까짓 2백만 원쯤 푼돈이지만 내 2백만 원은 어떡한다지? 나는 새삼스럽게 내가 그 정도의 돈을 남편 몰래 모으기까지 얼마나 고생고생 하루하루를 쥐어짜듯이 살아왔나를 생각하고 미칠 것 같았다.

나는 매일같이 순복이네 한복집을 드나들며 빚쟁이 노릇을 해왔지만 결국 의만 상하고 나가떨어질 수밖에 없었다. '혜나의 집'은 누가 보기에도 회생할 수 없을 지경에 이르러 있었다.

순복이도 그랬지만 나 역시 처음부터 너무 낙관한 것은 쇼핑센터가 칠성토건 것이라는 걸로 막연히 믿고 의지하는 마음이 있어서였다. 보증금을 절반으로 해줬던 것처럼 좀 밀려도 봐줄 수 있으려니, 장사가 안 되더라도 설마 망하게 해서 내쫓진 않겠거니 응석 부리는 마음에서였다. 그러나 대기업의 경영이 그렇게 허술하게 돼 있는 게 아니었다. 더군다나 칠성토건은 곧 쇼핑센터의 경영권을 딴데로 넘기고 말았다.

나는 곧 체중이 8킬로나 줄고 입속이 온통 부르트도록 빚쟁이 노릇을 하다가 결국 순복이로부터 손을 떼었다. 끝까지 지켜보았댔자 빚을 받기는커녕 내 눈앞에 떼먹히지 나는 꼴을 보고 한 푼이라도 보태주게 생겼으니 일찌감치 손을 떼는 게 현명할 것 같았다.

그동안 혜림이하곤 아무런 연락도 없이 지냈다. 셋이서 어울려 다니다가 순복이 그 꼴이 된 때문도 있었고 혜림이의 외아들이 건강이 좋지 않아서 시골 농장에 요양 가 있어 거기 따라가 있는 동안이 많은 때문도 있었다. 그러나 무엇보다도 내가 의식적으로 혜림을 피한 때문이었다. 만일 내가 순복의 사업의 부진을 혜림이한테 연락해서 둘이 같이 빚쟁이가 된다면 서로 힘은 되겠지만 몇 푼씩이나 받아내는 대로 반분해야 된다는 약아빠진 계산 때문에 나는 혜림이를 일부러 멀리했다.

나는 어떡하든 나만이라도 받아내고 싶었다. 나에겐 거액이지만 혜림이에겐 푼돈이기 때문에 조금도 양심에 가책을 받을 필요가 없었다.

빚을 받아내는 것을 아주 단념하고 나서야 동병상련 격의 위로라도 주고받기 위해 전화를 걸었다.

"어머나 그 돈을 아직 못 받았어? 난 벌써 받았는데, 어쩌면 그럴 수가 있니? 걔가 널 아주 우습게 봤구나. 순복이 걜 그렇게 안 봤더니 질이 아주 안 좋은 애로구나."

내 말을 다 듣고 난 혜림의 투명하도록 쌀쌀한 대답이었다.

세상에 이럴 수가! 온몸의 피가 머리로 역류하는 것처럼 일순 골치가 화끈하면서 아무 생각도 할 수가 없었다.

걔가 널 아주 우습게 봤구나, 겨우 그 한마디가 생각나면서 나는 순복이가 세든 아파트로 택시를 몰았다. 지금 거기 안 살지도 모르지만 어디로 이사간 것 정도는 알아낼 수 있으려니 싶었다.

가는 날이 장날이라고 마침 순복이네는 이사를 가려던 중이었다. 이삿짐을 다 내놓고 두 남매를 데리고 차를 기다리고 있었다.

"너 잘 만났다. 너 이래도 되는 거니?"

"뭘?"

그녀가 멍청하다 못해 해맑은 얼굴로 시침을 떼었다.

"남의 돈 떼어먹고 이대로 줄행랑을 쳐도 되는 거야?"

"나 아무 데도 안 가."

"그럼 이 이삿짐은 뭐니?"

"몰라, 집세가 너무 밀려서 내모니까 내쫓겼을 뿐이야."

"그럼 갈 데도 안 정했단 말이지?"

"갈 데가 어디 있어? 정말이야."

"거짓말. 날 너무 우습게 알지 마. 나도 이제 더는 안 속아. 방 한 칸 얻을 돈이 없는 애가 그 부잣집 돈을 갚았다구? 그건 말도 안 돼."

"보증금에서 집세랑 관리비랑 밀린 거 제하고 나니 겨우 혜림이 돈 갚을 거밖에 안 남았어. 정말이야. 그게 서로 딱 맞아떨어지고 난 무일푼이 됐어. 그뿐이야."

"거짓말, 거짓말. 이렇게까지 되고도 빚을 갚아야 한다면 혜림이 빚보다는 내 빚을 먼저 갚아야 옳았을 거야. 안 그래? 너는 걔 처지 와 내 처지를 빤히 알고 있잖아?"

"미안해, 어쩔 수가 없었어. 정말 어쩔 수 없이 그렇게 되고 말았 어."

"어쩔 수 없이 그렇데 되고 말았다니, 너 정말 끝끝내 날 이렇게 우습게 알 거니?"

나는 그녀의 머리채를 꺼들고 싶은 걸 참느라 부들부들 떨었다. 치가 떨린다는 말을 이때처럼 실감해본 적도 없었다.

"제발 그렇게 무서운 얼굴 하지 마. 제발. 내 다 얘기할게. 사실은 나중에 조금씩 갚아줄 작정하고 걔 돈이고 네 돈이고 다 떼어먹을 작정이었어. 차용증서 쓰고 빌린 돈도 아니겠다, 그만큼 친한 친구 겠다, 그 돈 떼어먹는다고 내 모가지 베어가진 않겠지 하는 배짱이 생기더라. 근데 어느 날 느닷없이 혜림이한테서 편지가 온 거야. 그 때 혜림이는 시골 농장에 있을 땐데 편지에 뭐라고 했느냐 하면 급 히 써야 할 일이 생겼으니 꿔준 5백만 원을 갚아달라는 거야. 이게 무슨 소리니? 청천벽력이더라. 내가 개한테 꾼돈은 분명히 2백만 원인데 편지엔 아무리 눈씻고 봐도 5백만 원인 거야. 차용증서 없이 꾼 게 후회되더라. 나는 당장 꾼돈은 2백만 원이란 편지를 썼지. 행여 걔가 뭘 착각하고 있으면 바로 깨우쳐주려고, 어느 날 몇 시 어디서 보수 몇 장과 현금 얼마로 받았다는 것까지 내가 기억할 수 있는 건 총동원해서 답장을 썼지. 아무런 회신이 없길래 착각을 깨달았거니 했더니, 얼마 후 혜림의 대리인이라는 신사가 찾아와 언제까지 빚을 갚지 않으면 소송을 하겠대. 물론 5백만 원이 아니라 2백만 원에 대해서지. 5백만 원은 2백만 원이라는 내 회답을 얻어내기 위한 트릭이었어. 내 회답이 차용증서의 구실을 해서 소송이 가능해진다는 거야. 잘은 모르지만 나는 떨렸어. 분하기도 했지만 부자하고 재판질하는 것도 겁났어. 우리 아버지가 생전에 엄히 경계하신 두 가지 말씀이 있는데, 빚보증 서지 말아라, 부자하고 재판질하지 말아라였어. 이 두 가지는 우리 가난한 집의 가훈 같은 거였어. 그래서 갚았던 거야. 너한테 정말 미안해. 어떡허던 죽기 전에 갚아줄게. 그렇지만 지금 난 아무것도 없어. 이 구질구질한 세간들은 다 버려도 그만이지만 이 어린것들하고 당장 밤을 드샐 방도 없어."

순복이 이상하도록 해맑은 얼굴로 말했다. 나는 그녀의 너무나 해맑은 얼굴 때문에 혜림의 간계에 대한 분노도 잠시 잊을 지경이었다.

"그걸 믿어도 되니?"

"응 믿어."

"그렇게 알거지가 된 애가 어쩌면 이렇게 태연할 수가 있니?"

"난 지금 아주 편안해. 신기하도록 편안해. 가난하게 살긴 했지만 이렇게 한 푼도 없어보기도 처음이야. 이렇게 편해보기도 처음이야. 혜림인 아마 모를 거야. 사람에게 이렇게 편안하고 정결한 경지가 있다는 걸. 이 기분을 모르는 인간에겐 이 기분을 베풀어주고 싶을 만큼 이 기분은 좋아. 혼자서 간직하기엔 아까운, 마치 신선같은 기분이야. 혜림이 같은 애에겐 이 기분을 세례라도 주고 싶어."

"너 미쳤구나, 가엾은 것. 정신 차려야지, 아이들하고 장차 어쩔 셈이니?"

"참, 나 아주 무일푼이 아냐. 요전에 혜나가 외출 나왔다가 2만 원 주고 갔어. 걔가 글쎄 돈을 벌어 날 주게 됐지 뭐니. 우리 혜나가 코바늘뜨기를 특이하게 잘해서 직영매장마다에서 인기가 대단하대. 아직 솜씨가 좀 느린 게 흠이지만 앞으로 나아질 테고 수입도 점점 오를 거래. 우리 혜나가 글쎄 자립을 하게 됐지 뭐야. 앞으로 교사가 될지도 모른대. 걔가 글쎄 나한테 2만 원을 주고 갔어. 제가 번 돈이라고. 나는 지금 2만 원이 있어."

목이 길고 눈이 크고 엄마 닮아 살결이 까만 계집애가 순복이 치마꼬리에 매달려 배고프다고 칭얼댔다. 사내애는 거리에 나앉은 세간을 뒤져 고물 트랜지스터를 찾아내서 틀었지만 약이 다 닳았는지 찍찍대는 소리만 크고 가냘픈 유행가 가락이 뚝뚝 끊기면서 흘러나왔다. 사내애는 몸을 흔들면서 따라 불렀다.

나는 그들을 빨리 안 보는 게 수다 싶어 도망치듯이 물러나 큰길로 나왔다. 큰길 건널목에서 몇 번이나 파랑불을 놓치고 그냥 서 있었다. 용달차가 빈 차 표시를 올리고 가까이 오고 있었다. 나는 손을 번쩍 들어 용달차를 세우고 올라탔다. 그리고 방금 떠나온 아파트 이름을 댔다.

우리 집엔 남아도는 빈방이 하나 있었다.

어머니의 이름과
신여성 이상

최경희 (시카고대학교 교수)

박완서의 소설은 근대 이후 우리 문학사에서 개념화하기 힘들다는 이유만으로 배제되었던 우리의 특수한 역사를 텍스트의 중심부로 끌어올린 문학사의 전환점이며, 한국문학사에서 거의 유일하게 우리의 특수성에 근거한 담론체계를 독자적으로 형성한 문학사적 사건이다.[1]

1. 들어가는 말: 어머니의 함자로

박완서의 작품들 중에는 다시금 곱씹어보고 싶은, 아리고 감칠맛 나는 문장들이 상당히 많다. 그중에서도 내게 유독 특별하게 느껴지는 문장이 하나 있다. "어머니의 함자는 몸 기己 자, 잘 숙宿 자여서 어려서부터 끝 자가 맑을 숙 자가 아닌 걸 참 이상하게 여겼었다"(174쪽)라는 「엄마의 말뚝」 연작[2] 마지막 편, 마지막 문장이다.

---

1) 류보선, 「개념에의 저항과 차이의 발견─박완서 초기 소설에 대하여」, 『어떤 나들이』, 박완서 단편소설 전집 1, 문학동네, 1999년. 385쪽.
2) 이하, 「말뚝」 혹은 연작으로 약칭하도록 한다.

그 문장을 읽으면 이상하게 눈알이 쑥 빠질 것 같은 통증과 함께 울컥 울음이 터졌다. 읽을 때마다 그러한 경험이 반복되자 갈수록 의아해질 수밖에 없었다. 그러다 1990년 초, 박완서 선생님을 독대할 기회가 있었다. 이야기가 한창 무르익어가던 중, 이 특별한 독서 경험에 대한 궁금증이 되살아났다. 계면쩍었지만 신체적 통증을 동반하는 그 독서 체험에 대해 말씀드리고, 혹시 그 구절이 어떤 구절인지, 짐작가는 구절이 있으시냐고 여쭈었다.

"그거, 「엄마의 말뚝」 3편 마지막 대목 아니에요?"

놀라웠다. 문제의 단 한 문장을 꼽으신 것은 아니었지만, 시간이 걸리리라 생각했던 것이 무색해질 정도로 대뜸 답변이 돌아왔다. 내가 소중히 품고 있던 그 특별한 문장이, 너끈히 그럴만한 문장이라는 것을 저자로부터 확인받고 나자 그 문장의 힘에 대해 더더욱 궁금증이 생겼다.

연작의 마지막 문장이 특별하게 느껴진 까닭은, 무엇보다도 「엄마의 말뚝」이라는 작품이 '엄마'의 이름으로 끝을 맺는다는 사실과 관계가 있다. 작가 연보를 통해 그분의 실명이 기記 자, 숙宿 자라는 사실을 알았을 때, 다시금 여진이 밀려오는 듯한 떨림을 느꼈다. 「말뚝」 연작이 문학적 재현의 차원 너머에 있는 어떠한 실천적 차원의 기획이라는 느낌을 받을 수 있었다. 그렇다면 이는 단지 자전적 체험이 작품에 반영되는 차원의 문제만은 아닐 터인데, 「말뚝」의 문학적 서사는 그럼 마지막에 어머니의 실명을 쓸 때까지 어떠한 종류의 실천과 깨달음을 준비해온 것일까?

2. 탈식민공부로서의 문학적 실천

「말뚝」 연작에는 식민지 경험, 전쟁과 분단, 도시화와 중산층, 개발과 자본주의 팽배, 여성과 어머니의 삶, 노년 문제, 변화하는 현실 속에서 통일의 과제 등 박완서 문학의 주요 주제로 회자되는 소재와 주제들이 거의 빠짐없이 망라되어 있다. 장편 연작으로 다뤄도 전부 담기 어려울 만한 주제들이 모두 중편소설 길이밖에 안 되는 한 작품에 담겨 있다는 것은 그 자체로도 경이에 가깝다.

「말뚝」 연작 전체를 아우르는 많은 주제들은 개성 근교 출신으로, 서울에 정착하다가 좌우 이데올로기의 소용돌이에 휩싸이는 박완서 가족만의 특수 상황을 토대로 하지만, 지난 세기 수많은 한국 사람들이 겪은 핵심적인 문제들을 조명해주기에 부족함이 없다. 한국이라는 특수한 울타리를 넘어 세계문학적 시각에서 「말뚝」 연작의 주제들을 살펴보면, 작품이 함축하고 있는 체험과 체험을 해석하는 방식이 식민지 경험, 해방 후 정치 · 종교 · 사회적 분열과 내전 및 국경 갈등 등 다양한 분쟁과 이산, 이주를 겪은 뒤 산업화와 도시화를 경험한 세계의 주변부에서 나온 작품들과 궤를 같이하고 있는 것을 알 수 있다. 박완서 작품들 중 친정의 가족사를 그린 자전적 작품은 주변부 여성들이 그들의 삶의 터전에서 체험한 거대사를 그리고 있기에 세계문학으로서 보편적 울림이 크다.

「말뚝」 연작이 지닌 보편성의 핵심에는 작가 어머니의 삶과 그 어머니로 인해 형성된 박완서 본인의 소설 세계에 대한 깊은 성찰이 있다. 역사적 개인으로서 식민지 치하에서의 근대화 경험, 이념 갈등으로 촉발된 전쟁과 냉전의 경험, 자본주의 사회의 모순 등 자신의 의지와 상관없이 외부로부터 강요된 체제주의적·개발주의적 경험들의 작동 양식과 궤적, 상처를 일상적 삶 속에서 직면하고 비판하며 극복하고 대안을 찾기 위한 실천적 방안을 마련하는데, 그녀에게 가장 절박하고도 직접적인 '공부'와 '학습'의 출발점이면서 대상이고, 길잡이면서 반면교사인 존재는 바로 자신의 어머니이다. 박완서는 근대화와 식민지 체험, 분단과 전쟁을 자신과 어머니의 특수한 관계를 형성시킨 궤적으로 파악하고, 어머니의 삶을 알고 실천함으로써 그 사이에 개입된 거대사를 대면하고 극복하려 한다.

이러한 역사적 경험들에는 공통점이 있다. 모두 본질적으로 강압과 폭력, 권위와 회유로서 개인의 주체적 판단과 의지를 조종하는 막강한 힘을 가졌다는 점이다. 강한 근지와 주체성을 지닌 홍기숙 여사는 이러한 제도적 힘들을 이용하기도 하고 파괴되거나 포섭되기도 하고 저항하기도 하며 역사적 경험들을 자기 삶으로 끌어안고 살아가는 인물이다. 어머니를 탐구하는 것이 그 전체 역사를 탐구하는 것과 동일한 실천 과제가 되는 것이다.

이러한 맥락에서 「말뚝」 연작은 식민지 체험과 이념 대립, 전쟁, 분단이 사적인 영역에서 무엇을 의미하였으며, 그 경험들이 남긴 유산과 유제를 개인들은 어떻게 극복해나가야 하는 것인가에 대해 하나의 실천적 모델을 제공한다. 이것은 넓은 의미에서 사적·주관적 영역에서의 탈식민지화라고 볼 수 있다. 주체성 상실과 식민화를 일상생활과 개인 관계에서 극복하려면, 작가는 기본적으로 치열한 학습이 필요하다고 보는 것 같다. 이 공부에는 분석적 차원과 실천적 차원이 포함된다. 분석적 차원이란, 바로 곁에 있는 타인과 이웃의 생활과 자신과의 관계에 각인되고 투영되어 있는 거대한 힘들, 즉 전통의 악습, 계급의식, 식민지적 근대성, 전쟁의 상처, 계속되는 분단의 체제적 효과 등을 탐구하여 현재에 존재하는 과거의 힘의 실제를 정확하고 심도 있게 파악하는 것이다. 실천적 차원이란 공감적이면서도 비판적인 주체성을 가지고 문제적인 과거가 현재의 개인의 삶과 개인들과의 관계에서 연속되고 반복되지 않도록 새로운 방도의 삶의 가능성을 모색하는 것이다. 박완서에게「말뚝」연작은 그 창작 과정 자체가 실제의 삶에서 자신의 어머니와 자신과의 관계에 함께 직조되어 들어가 삶의 날줄과 분리될 수 없게 된 '시대의 씨줄'을 섬세하고 예리하게 파악하고 그에 대한 실천적 대응을 모색할 필요가 있음을 스스로에게 증거해주는 삶과 문학의 동시적 장이다. 이 서사를 쓰면서 박완서는 어머니와 자신 사이의 과거를 끊임없이 분석하고 객관적인 현실에서 가능하지 않은 실천적 과제들을 소설적 서사와 장치로서 실현해낸다. 이 해설의 다음 절에서는 박완서가 자신의 어머니를 과제의 중심에 두고 소설의 서사를 통해 탈식민화 과제를 수행할 때 어떠한 원칙과 도구를 채택하는가에 대해 살펴보도록 하겠다.

3. '몸'과 '마음' : 어머니의 신여성관과 어머니의 이름에서

1) 신여성이 되면 머리도 엄마처럼 이렇게 쪽을 찌는 대신 히사시까미로 빗어야 하고, 옷도 종아리가 나오는 까만 통치마를 입고 뾰죽구두 신고 한도바꾸 들고 다닌단다. (중략) 신여성이란 공부를 <u>많이 해서 이 세상의 이치에 대해 모르는 게 없고 **마음**먹은 건 뭐든지 **마음**대로 할 수 있는 여자란다.</u>(「말뚝 1」, 33~34쪽)

2) 이상하게도 그 섬뜩한 느낌이 영험을 상실한 후에도 나는 계속해서 그것을 경험할 수 있기를 바랐다. 그것은 집을 비울 때마다 번번이 오는 헤픈 느낌이 결코 아니었다. 집을 비우되 반드시 **몸**과 **마음**을 함께 비울 것을 전제로 했다. **몸**을 비우는 일은 임의로 할 수 있지만 **마음**을 비우는 일은 그렇지가 않았다. 집 밖에서도 늘 집안일과 집 안 걱정에 쫓기는 게 여편네 팔자였다.(「말뚝 2」, 87~88쪽)

3) 삼우날 다시 찾은 산소에서 나는 어머니의 성함이 한 개의 말뚝이 되어 꽂혀 있는 걸 보았다. 정식 비석은 달포쯤 있어야 된다고 했다. 말뚝에 적힌 한자로 된 어머니의 성함에 나는 빨려들듯이 이끌렸다. (중략) 어머닌 부드럽고 나직하게 속삭이며 아직도 내 의식 밑바닥에 응어리진 자책을 어루만지는 것 같았다. 딸아, 괜찮다 괜찮아. 그까짓 몸 아무 데 누우면 어떠냐. 너희들이 마련해준 데가 곧 내 잠자리인 것을.(「말뚝 3」, 173~174쪽)

「말뚝」 연작에는 반복되는 단어들이 있다. "마음"과 "몸"이다.

"마음"은 어머니의 '신여성관'에 등장하는 단어이고 "몸"은 어머니의 이름에 포함되어 있다. 박완서의 어머니의 '신여성관'은 작가가 파악한 어머니의 주관적 정체성을 말하며, 어머니의 성함은 개인이 갖는 객관적 정체성을 가리킨다. "몸"과 "마음"이라는 단어로부터 파생되는 다른 어휘들 (손, 손목, 다리/마음먹다, 마음대로 하다 등)과 엄마의 '신여성관'에 담겨 있는 공부하다, 알다—모르다 등의 어휘 요소들이 서사의 결정적인 대목에서 자주 등장한다. 특히 지식과 자유를 요점으로 하는 어머니의 '신여성관'은 「말뚝」 연작이 궁극적으로 지향하는 방향을 가리킨다. 연작 서사의 무의식은 전반적으로, 숨겨지고 감춰지고 갇히고 함구당하고 억압당한 것들을 향한 지식과 전유 갈망이 담겨 있다.

작가가 의식적으로 표현해낸 것은 아닐 수도 있으나, 어머니의 몸에 대한 모티프만 가지고 보더라도 작품 서사의 논리 구조가 어느 정도 파악될 수 있을 만큼 「말뚝」 연작의 기저에는 어머니의 몸에 대한 관심이 그 저층을 형성한다. 예컨대 「말뚝 1」은 엄마가 자식들을 데리고 움직인 공간 이동의 서사다. 어머니가 이동함에 따라 집 또한 바뀐다. 개성 근처의 박적골에서 서울 사대문 밖 현저동으로, 현저동 셋집에서 기와집(괴불마당 집)으로, 종국엔 사대문 안 좋은 집으로, 문안에 들어가서도 좀 더 나은 집으로 여러 번 옮긴다. 어머니에게 집은 단순한 건축물이 아니라, 자식과 함께 탄 타임머신이라고 할 수 있다. 그 안에 기거하며居 그녀가 투신한 엄마 노릇은 전 세대라면 백 년에 걸쳐서도 이룩하지 못할 변화를 단 1년

안에 가능한 것으로 앞당길 수도 있는 근대의 통로였다. 어머니는 박적골이 상징하는 전근대, 문밖 과도기의 근대, 문안의 근대라는 시간적 차원으로 이동했다.

그런데 작가의 관심은 몸이 움직이는 것 그 자체가 아니다. 그 몸에 어떠한 마음이 담겨 움직이며, 지속적인 이동 속에서 이동 주체는 어떤 주관적 근거를 마련하고 그대로 따라 움직이는가 하는 점이다. 「말뚝 2」 서사 마지막 엄마의 몸은 서울 문안에 머물지만 마음은 자기 자신이 주체적 의지로 처음 장만한 삶의 터전 현저동이다.

「말뚝 2」의 중심 서사에서 어머니는 병원에 있다. 병원이라는 제도적 공간은 어머니에게는 치료도 제대로 해보지 못하고 세상을 뜬 아버지로 인해 한을 품고 자식을 근대 교육시키기 위해 서울로의 출분을 감행하게 한 근대의 공간이다. 낙상으로 인한 탈골로 병원에 누운 어머니의 몸은 응급실, 수술실, 회복실, 병실을 차례로 거치지만, 고통을 치료하는 치유의 공간에서 예상치 못했던 불상사가 일어난다. 역설적이게도 수술로 인한 몸의 고통을 매개로 하여 마음의 고통인 참척의 고통까지 경험하는 것이다. 과거로 진입하여 어머니의 정신이 옮겨간 장소는 바로 6 · 25 시점, 어머니의 마음의 근거가 되었던 현저동이다. 그런데 바로 그 장소에서 어머니는 자신에게 가장 중요한 자신의 존재의 말뚝을 잃는다.

「말뚝 1」의 몸의 서사가 단발 사건이나 바느질 일화처럼 어머니의 손과 수공의 세계로부터 거리를 갖는 방향으로 진행되었다면, 「말뚝 2」는 어머니의 몸과 몸이 간직하고 있던 어머니의 마음의 역사를 딸이 철저히 공부하고 이해해가는 서사이다. 「말뚝 2」의 서사는 전편에서 기초를 공고히 한 손의 서사를 기반으로 어머니와 서술자 간의 재결합을 이끌어간다. 어머니의 손목 치유와 관련된 이야기와 어머니의 다리와 아들의 다리를 동일시하는 새로운 차원의 몸의 서사를 창조해낸다. 서사 서술자가 패륜의 몸싸움을 하여 어머니를 현재 시간대로 구조해낼 때까지, 어머니는 수술 후 통증을 겪는 자신의 다리를 6 · 25 당시 정신적 고통을 겪던 아들과 동일시하고 엄호한다. 그리고 아들의 총상과 죽음 당시 충분히 분출하지 못한 분노와 광기를 괴력과 함께 표출한다. 서술자는 어머니의 난동을 "어머니의 전 생명력을 건 마지막 발언"(150쪽)으로 해석한다. 「말뚝 2」에서 '어머니'의 유언으로 제기되었던 질문, 사후에 어머니의 몸이 어디 어떻게 놓여질까,라는 질문은 「말뚝 3」으로 대답이 유보된다. 마지막 작품 분석의 절에서 밝히겠지만, 박완서는 어머니를 「말뚝」연작이라는 자신의 작품 속에 모신다.

어머니의 정체성과 관련된 표현들은 소설의 서사 방향을 결정하고 언어, 어휘를 제공할 뿐 아니라, 「말뚝」연작 전체 서사에 양식적인 특징을 부여한다. 서술자는 매 일화에서 맞닥뜨린 상황을 특유의 예리한 시각으로 분석해나가는 수사적 경향이 있는데, 이 스타일은 박완서가 어머니로부터 계승한 '신여성관'이 체화된 것이라 볼 수 있다. 즉 "공부를 많이 해서 이 세상의 이치에 대해 모르는 게 없"어야 한다는 어머니의 신여성 이상을 소설가가 내면화된 결과다. 두 번째의 실천적 차원(**마음**먹은 건 뭐든지 **마음**대로 할 수 있는 여좌)은 문학적 서사로서 현상하는 여러 상상력 표현에 잘 드러난다. 「말뚝 3」에서 어머니의 실제 목소리가 아닌 자상하고 부드러운 목소리를 상상해내는 것은 한풀이 서사를 지양하는 상징적인 실천이면서 동시에, 허구를 만들어낼 수 있는 예술 창조적 직업을 갖고 있음으로 다른 누구보다도 "**마음**먹은 건 뭐든지 **마음**대로 할 수 있는" 위치를 말하고 있다. 분석적 진술이든 허구적 진술이든, 박완서에게 「말뚝」의 창작은 과거 "어머니가 낯설고 바늘 끝도 안 들어가게 척박한 땅에다가 아둥바둥 말뚝을 박으시면서 나에게 제발 되어지이다.라고 그렇게도 간절히 바란 신여성"(81쪽)을 '글쓰기' 방식으로 실현할 기회를 갖는 것이었다.

1938년경, 박완서를 서울로 데리고 와 문안의 국민학교에 입학시킴으로써 본격적으로 시작된 엄마의 '신여성 기획'은 식민지적 교육 제도를 통해 시작되었다. 곧 이어 해방된 나라에서 고등교육을 받고, 해방 후 5년 뒤에는 문안 최고 명문 대학인 서울대학교 국문과에 입학을 하는 등 '엄마'의 신여성 기획은 성공일로를 달리고 있었다. 전쟁의 발발, 오빠의 죽음, 학업 중단은 형식적으로는 나라가 해방된 때 당한 것이나, 역설적으로는 가장 깊은 생채기를 낸 식민지적 효과를 낸다. '오빠'는 해방 공간에서 자신이 '마음먹은 대로' 이념을 선택하고 괴로움 속에서나마 선택을 전향하는 결정을 내릴 수 있었지만, 박완서와 그의 어머니는 그 오빠와 아들의 누이와 어머니로서 그가 한 이념적 결정의 결과에 끌려다니게 되는 것이다.

이러한 맥락에서 박완서가 자발적으로 결혼을 결정하는 것은 '출가외인'이라는 가부장적 관습법을 역이용하여 외부로부터 강요당하는 삶, 과거와 연결된 삶(냉전 체제에서 '빨갱이'의 동생으로 살아가는 삶, 딸의 정체성을 가지고 참척의 고통에서 벗어나지 못하는 어머니에게 여전히 매어 있어 생존자로서 죄의식을 품고 있는 삶 등)과의 연결 관계를 잠시 끊어내고, 전쟁의 트라우마를 치유한 뒤 새로운 현재를 만들어보려는 전략적 후퇴 성격을 지녔다고 해석된다. 엄마의 신여성 기획을 필두로 하여 시작되는 여성의 근대화 기획을 담은 「말뚝」 연작을 쓴다는 것은, 자신의 신여성 기획이 피상적으로나마 중단된 시점으로 거슬러 올라가, 자신과 어머니가 '마음먹은 대로' 사는 것을 중단시킨 총체적(식민지적·가부장적·분단체제적) 구조를 과거에는 없던 배가된 주체성을 가지고 정면으로 대면하는 탈 식민지적 계기가 되는 것이다.

그런데 문학 창작을 통해 '엄마'의 이상인 신여성을 서사로서 다시 살리는 일은 외부적 요인으로 인해 표면적으로는 잠시 중단된 것처럼 보이던 신여성 기획을 다시 전면적으로 재개한다는 의미가 있으며, 애초에 자신에게 근대화를 특징짓는 집단적 주체성—엄마에 의한, 딸을 위한 근대화—의 성격을 다시 대면해야 한다는 논리를 갖는다. 즉, 박완서에게 탈식민지적 기획으로서 「말뚝」 연작은 타인이면서도 자신의 연장이며, 자신의 근대적 주체성의 기반인 어머니를 탐구해야 하는 문학적 과제이다.

4. 문밖과 문안 사이의 몸의 서사

시골 소녀의 강요된 서울행을 묘사하는 연작의 첫 장면에는 손에 손을 잡고 가파른 오르막길을 오르는 여성 삼대가 등장한다. 근대 이행기 주변부 여성들의 근대적 열망을 담은 이 작품은, 이 첫 장면에서부터 개인주의적 성향의 서구형 모더니즘 작품과는 달리, 가족 집단적 주체성이 드러난다.

소녀가 엄마가 바라는 대로 신여성이 되기 위해서는, 구여성인 할머니 손에서 놓여나, 과도기여성인 엄마의 손으로 넘겨졌다가, 마침내 국민학교에 입학해서 여선생님의 손에 맡겨지는 구도가 설정되어 있다. 언뜻 일인칭 서술자는 엄마의 목표인 문안 학교로 파고들며, 엄마의 신여성 기획을 조속히 완성시켜줄 것 같은 인상을 준다. 그러나 소녀와 선생님의 관계를 보면, 신여성 공부 길이 단선적이고 예측 가능한 근대화 과정이 아니라 단절되기도, 굴절되기도 하는 복합적 패턴의 근대화 과정이 될 것임을 잘 보여준다. 특히 할머니가 손수 만들고, 엄마가 포장해 선생님께 갖다드리라고 들려 보낸 강정 선물, 즉 구여성과 과도기여성의 손공이 담긴 선물을 소녀가 신여성인 선생님께 전달하지 않는 장면에서 이는 극적으로 드러난다.

이때 소녀가 '이치'를 따지는 추론 과정에 엄마의 신여성관의 언어와 개념이 논리적 근거로 작용하고 있다는 점을 눈여겨볼 필요가 있다. 소녀는 "세상의 이치에 대해 모르는 것이 없"(34쪽)다는 신여성의 정의에 입각하여 "자기 반에 한 번도 자기 손을 못 잡아본 애가 있다는 것도 까맣게 모르고 있을 선생님"을 신여성으로서 실격시킬 뿐만 아니라, "골고루 다 귀여워하는 척"을, 알지 못하면서도 아는 척하는 것처럼 '위선'으로 파악한다.(76쪽) 그리고 강정을 건네주지 않음으로써 자기 나름의 '복수'를 한다.

조선과 일본의 식민지적 관계를 상징적으로 내포하는 지적 도구인 일본어 가나가 딱 한 번 서술자의 관심 대상으로서 텍스트 내에서 다른 표상과 대립하며 등장한다. 그런데 대립항이 한글이 아니라 신여성 이상이라는 점은 이미 식민지화가 본격화된 작품 내의 현실에서 중요한 의미를 지닌다. 취학 전 소녀는 가나의 음만 알고, 아직 음절을 이용해 말을 만들 능력이 없기 때문에 가나를 '단조롭고 무의미한' 기계적 모사 대상으로 느낀다. 여기 경합 상대가 신여성 사생이다. 주목할 것은 가나와 마찬가지로 신여성도 "날마다 똑같은 신여성을 그리는 일"(49쪽)임에도 불구하고, 싫증을 내지 않는다는 점이다. 소녀의 공책 위에서 가나와 신여성이 벌이는 경합은 소녀 내면의 주체성에서 벌어지는 식민지적 주체성과 해방적 주체성의 각축에 대한 복선이라고 볼 수 있다. 소녀가 "공책의 여백에 조그맣게 그리던" 신여성을 급기야 "온 장에다 크게 그리기 시작"함으로서 가나와의 관계에서 우위를 점한다.(49~50쪽)

이는 일본어의 기초인 가나를 충분히 습득하기 전부터 여덟 살 소녀의 의식엔 엄마의 신여성관이 굳게 자리 잡았음을 보여준다. 이는 내가 체화할 식민지적 근대의 길에 식민주의적 시각과 대치되거나 저항할 가능성이 있는 엄마의 신여성관 창조 가능성이 싹을 내렸음을 시사하는 것으로서, 신여성의 그러한 가능성은 "엄마가 나에게 무작정 주입한 신여성만이 할 수 있는 일"(49쪽) 즉, 세상 이치에 대해 모르는 것이 없고 마음먹은 것을 자유롭게 행한다는 해방적인 정의에서 기인한다.

'신여성'의 이상은 일본어 가나와 연계되는 모티프나 값비싼 종이로 이어지지 않고, 누추한 집밖 땅 사생으로 이어진다. 집안의 빈약한 재정 상태 때문에 결국 종이 연습장이 아닌 집밖 땅바닥에 신여성 그림을 그리다가 문밖 소녀의 대표 격인 땜장이 딸을 만나고, 그 만남을 기화로 자신의 얼굴과 성기 등 내 것이면서도 그려보지 못했던 그림을 그릴 기회를 갖게 된다. 이는 신여성 이상이 소녀에게 베푼 해방적 기능으로서, 남과 남의 세계로부터 눈을 돌려 자기 자신과 자신의 세계에 대한 인식을 정확히 할 것을 시사하고 있다.

5. 신여성 이상의 실종 가능성

어머니 주도하에 가족이 근대로 진입하는 과정을 재현한「말뚝 1」은 어머니의 대담한 근대적 이상이 전통의 힘과 근대적 힘들의 길항 관계 속에서 여러 모순과 갈등 속에 노출되다가 본격적인 근대화의 주체가 될 소녀가 학교 제도 속으로 안정적으로 진입함으로써 미래 신여성으로의 딸의 삶의 근저가 확보된 것을 시사하는 것으로 마무리가 된다. 이러한 안정 기조는 식민지 말기 대동아전쟁 위기를 온 가족이 외형적 피해 없이 넘길 수 있어서 가능한 것이었다. 「말뚝 2」에 나오는 한국전쟁의 파괴력에 비교하면 경미한 것으로 보이겠지만, 「말뚝 2」의 본 서사 마무리 부분에 서술되는 대동아전쟁기의 파괴력도 어머니의 근대 기획을 송두리째 무화시킬 수 있을 만한 것이었음을 '어머니'와 '나'에게 몰아칠 수 있었던 위기의 서사를 통해 여실히 드러난다.

한편으로 물자와 인력 총동원 체제 하에서 막대한 쌀 공출로 배를 곯아야 될지도 모르는 자식들을 위해 위험을 무릅쓰고 쌀을 얻으러 박적골을 오가는 엄마의 몸이 일본 경찰이 휘두르는 살인 연장의 목표물이 될 수 있음이 나의 극심한 우려를 통해 드러난다. 다른 한편으로 위안부 공출 압력 속에서 아직 충분히 성숙하지 않은 '나'의 여체가 '어머니'의 걱정 속에서 결혼 가능성에 노출된다. 결혼은 엄마의 신여성 기획에는 한 번도 언급되지 않은 여성의 존재 방식이다. 그런데 군위안부 동원을 위한 압력이 밀려오자 '나'를 전장으로부터 보호하기 위한 고육지책으로 이야기가 나온다.

결과적으로 엄마의 몸도, 나의 성적인 몸도 모두 실제적인 위기는 모면하지만, 이 두 전쟁기 삽화는 국가의 조직적 폭력 행위들 아래서 근대성을 향한 여성의 주체적 자기결정권이 한순간 무력화되는 것을 고발한다. 이는 해방 직전, 일제가 내린 소개령으로 절정에 달한다. 패망하는 일제의 압력으로 엄마는 말뚝을 내린 괴불마당 집을 포기하고 서울 문안을 목표로 떠나왔던 박적골로 되돌아가야 했다.

엄마가 자신의 근대의 터전을 든든히 확보한다는 것이 얼마나 지난한 본질의 것인지 보여준 일제 대동아전쟁 관련 삽화들은 「말뚝 2」의 엄마가 맞이할 비극적인 한국전쟁기 가족사의 전초전이라고도 할 수 있다. 「말뚝 1」 마무리 부분에도 엄마의 신여성 기획에 예기치 않은 방해가 생길 것을 예감하는 복선도 깔린다. 현저동을 향해 옛 통학로를 밟아보는 서술자는 상상꼭대기 부근에서 성벽과 성벽 문을 통해 처음으로 "어머니가 그토록 상상을 하시던 문안 문밖의 구체적인 모습"(81쪽)을 보게 된다. 그녀가 서 있는 등성이는 "어머니에겐 문안과 문밖을 가로막는 성벽"이었지만, 자신에게는 어머니는 들어갈 수 없던 문안으로 진입하던 "통학로"로서, 근대 중심부를 향한 진입 면에서 두 세대 여성들의 삶의 지평의 차이를 공간적으로 표상하는 곳이다.(80쪽) 주목할 부분은 등성이 정점에 선 서술자가 문안 학교 방향 등성이로 접어들려 하자, 가야 할 길이 "금단의 지역"(81쪽)이 된 듯 철조망이 나타나고 결국 그 방향으로 발길을 들여놓지 않게 된다는 점이다. 서술자는 "길은 없어지고 사람의 발길을 거부하는 것 같은 푸르름만이 충충하게 괴어" 있는 문안의 학교 길을 "바라다만" 보면서, 의미심장하게도 "한 번도 가보지 못한 휴전선"을 연상한다.(81쪽) 서술자는 철조망을 앞두고 "옛날의 등성이를 넘기를 단념하고 새로 쌓아 내려가고 있는 성벽"(81쪽)을 따라 내려온다. 서술자가 휴전 뒤에 학업을 계속하는 일을 단념하고 삶의 방향을 가정으로 돌린 내막이 이 부분의 서사 안에 잠재되어 있다. 휴전선에 대한 서술자의 언급이 신여성의 현재적 의미에 대한 성찰에 한

징검다리가 된다는 점에서, 작품은 독자들에게 '어머니'의 신여성 기획에 대한 총체적인 성찰을 한국전쟁 이후 고착된 분단 체제의 맥락 속에서 고려할 가능성을 내장한 것으로 보인다.

널리 알려져 있듯이 박완서는 대학에 입학하자마자 한국전쟁 발발로 학업을 중단하고 통상적 의미의 전통적 여성의 길, 즉 결혼의 길로 들어갔다. 박완서는 서울대학교 국문학과를 중단했지만, 문학 작품으로 이름을 날리게 된 것은 문안 학교로 향하는 길이 중단된다는 사건과 잘 어우러져 울림을 지닌다. 서울대 국문과는 특히 해방된 공간에서 문안 학교 중 가장 정점에 있었다. 그런 의미에서 학업을 중단한 박완서 자전사가 「말뚝 1」 후반부에 일정한 영향을 주었으리라 추측된다. 전업주부의 삶에 몰입하는 시절 이야기인 「말뚝 2」 초반부에는 그러한 자전적 사실과 유사하게, 신여성 이상을 실현하려던 엄마의 근대 기획 자체가 중지되고 망각된 것처럼 보인다.

6. 어머니의 몸의 서사를 통한 신여성 기획의 재개

그러나 표면적으로 보이지 않는다고 하여 부재를 단정 지을 수 없다는 것을 「말뚝 2」가 극적인 전개를 통해 보여준다. 박완서는 「말뚝 2」의 중심 서사를 추동하는 친정의 '불상사'를 제시하기 전, 어머니의 사고와 입원 소식을 듣고도 자기 자식에게 난 사고가 아니라고 오히려 안도하며 잠에 빠지는 서술자의 모습을 정면으로 조명한다. 이는 결혼을 통해 친정에서 떠난 것이 서술자의 몸뿐 아니라 마음도 함께였음을 보여준다. 「말뚝 2」는 '나'의 딸로서의 정체성에 강한 불연속성, 즉 일종의 '사고'가 있었음을 증거한다. 그리고 결혼과 엄마 노릇에 눌려 '어머니 딸'로서의 정체성을 망각하고 실종할 수 있다는 가능성을 독자에게 일깨운다.

'나'는 "어머니에게 나는 단지 하나 남은 일촌"(97쪽)이며, 내가 돌봐야 할 대상임을 마음으로 깨닫고 어머니한테로 달려간다. 병원에서 '나'는 온전히 '어머니 딸'이 된다. 주치의인 홍 박사를 비롯한 모든 담당의사와 간호원들로부터 어머니의 몸의 상황과 수술에 대해 알아볼 수 있는 모든 지식과 정보를 얻어낸다. 「말뚝 1」에서 어머니의 몸에 대해 알지 못하고, 그에 대한 앎을 추구하는 것이 '엄마'의 신여성 기획에 의해 억제되었다면, 「말뚝 2」에서 '나'는 '어머니'의 벗은 여체로부터 어머니의 상처에 이르기까지 '어머니'의 몸과 마음의 모든 것을 돌보는 상황을 만들어간다. 산골요법과 수술을 동일시하는 '어머니'의 마음을 세심하게 짚어 수술을 산골요법의 언어로 풀어내어 설명해준다. 그 뿐만 아니라 서술자는 어머니의 목소리를 옆에서 가장 가까이서 들었던 증인으로서, 자신이 온 존재를 바쳐서 척박한 땅에 박은 말뚝들을 지키고 튼튼하게 해주기는커녕, 그 말뚝을 송두리째 뽑아내는 데 어머니가 '도저히 이해할 수 없는' 체제들에 대한 비판과 절망을 어머니의 목소리로 전한다. "여보슈 백성들을 불구덩이에 버리고 도망간 사람은 누구유?(중략)그 죄나 한번 묻고 죽읍시다"(134~135쪽), "빨갱이란 사람들도 참 딱한 사람들이지. 여기 사는 가난뱅이들 인심도 못 얻고 무슨 명분으로 빨갱이 정치를 할 셈인고"(139쪽) 등이 그것이다.

그런데 수술을 마친 어머니는 이미 상실한 아들과 그로 인해 무효가 돼버린 아들의 어머니로서의 자신의 정체성을 찾아 과거로 돌아가 고착된 과거를 다시 산다. 수술한 자신의 다리를 어머니의 기억 속에 곧 총상을 당할 아들과 동일시하는 어머니를 단지 의술만을 가진 의사들과 간호원들이 어떻게 이해를 하겠는가. 어머니가 당신의 과거의 시간대에서 다시 살며 겪고 있는 상상도 못할 고통을 그 과거의 시간의 맥락에서 이해하고 해석하고 그에 대응하여 치유의 문턱으로 모셔오는 것은 전적으로 딸의 몫이 된다. 어머니의 사고 뒤처리는 이렇게 '나'로 하여금 고령의 어머니의 몸과 마음을 집중적으로 해석하게 함으로써 어머니의 몸에 대해 단순히 아는 것을 넘어, 어머니 몸속에 드러나지 않게 숨어 있던 분노와 상처의 역사와, 보이지 않는 '세상의 이치'를 모든 진정성을 다해 탐구할 수 있는 기회를 만들어준다.

딸로서의 정체성을 다시 찾아, 엄마가 그리도 되라고 기원한 신여성으로서 가장 감동적인 진면목을 발휘하는 곳은 「말뚝 2」의 마지막 대목이다. 여기서 '나'는 어머니가 오빠의 죽음 후에 선택했던 장례의 방식의 의미를 분단 체제라는 맥락 속에 놓고 문학어로서 가능한 최대치의 표현으로 분단 체제와 싸운다, "어머니를 짓밟고 모든 것을 빼앗아 간, 어머니가 도저히 이해할 수 없는 분단"(148쪽)에 대해 '어머니'가 선택했던 "싸움"의 본질을 밝히면서, 서술자는 그것을 "한 줌의 먼지와 바람으로" 하는 싸움이라 표현한다.(148 쪽) 분단은 "너무나 엄청난 것"이었지만 "한 줌의 먼지와 바람"이야 말로 군사 분계선이라는 경계선을 그 외 다른 어느 것의 힘을 빌지 않아도 넘어설 수 있는 "너무나 엄청난 것"이었음을 정확하게 짚어 줌으로써 '나'는 분단의 "이치" 자체를 간파해준다.

7. 다시 어머니의 이름으로

어머니의 몸은 「말뚝 2」에서와 같이 「말뚝 3」에서도 이동이라는 모 티프에서 자유롭지 않다. 수술 후 7년을 더 사신 어머니는 거동이 불편하기 때문에 간병하는 가족인 딸과 손자들 집으로 번갈아 옮겨 다닌다. 이 이동은 엄마가 주체성을 갖지 못한 채 하는 이동이라는 면에서 「말뚝 1」에서 엄마의 이동과는 반대의 의미를 지닌다. 그러 다 화장실 출입을 못 하게 되는 것을 기점으로 서서히 죽음의 과정 으로 들어간다. 어머니가 "비몽사몽간과 깊은 잠 사이를 오락가락" (158쪽)하는 동안, 어머니 묘지에 대한 실랑이가 전개된다. 그리고 장례 뒤 삼우제날 묘비 대신 임시로 세워진 말뚝에 어머니 성함이 한자로 적혀있는 것을 본 서술자가 어머니의 함자가 "몸 기르 자, 잘 숙宿 자"로 끝난다는 것을 밝히는 것으로 끝난다.

「말뚝 3」의 마지막에 나오는 작중 인물 '나'와 상상 속 어머니의 대화는 소설가가 삶에서 하고자 하는 실천적 행위를 어머니 이름의 한자 뜻을 가지고 만들어낸 창조적 변형이다. 장례식 날 영구차가 묘지를 향해 오르다 말고 멎게 되자, 영구차를 멎게 한 것이 어머니의 영혼이 아닐까 하여 두려움에 사로잡힌다. 그리고 "엄마 이제 그만 한 풀어. 그까짓 육신 아무 데 묻히면 어때"(173쪽)라고 말한다. 박완서는 죽어서 고향 박적골에도, 휴전선 근처 강화도 앞바다에도 갈 수 없던 어머니의 한을 서사의 끝 대목까지 집요하게 일깨워줌으로서, 전쟁 체험 세대가 사라지는데도 여전히 꿈쩍없는 분단 체제의 강건함을 일깨운다.

　작중 인물로서 엄마의 신여성 기획과 소설가로서 박완서의 신여성 기획의 차별성을 결론적으로 돌아보자. 「말뚝 1」에서 엄마는 "이상향과 당장 처한 현실과의 갈등을 부드럽게 하기 위해"(67쪽) 자식을 이용했다고 지적한다. 또한 서술자의 목소리를 통해 박완서는 여전히 강건한 이상과 현실 사이의 괴리를 인정했으며 엄마의 신여성관이 당시에도 당돌했지만 현재까지도 당돌하다고 짚은 바 있다. 어머니의 이상을 소설로서 계승한 박완서에게 현실과 이상의 차이를 좁힐 수 있는 것은 문학이다.
　현실에서 어머니의 유언을 받들지 못한 박완서는 자신이 알고 있던 어머니의 몸과 마음의 본질을 자신의 작품 속으로 모신다. 작가는 현실에 있을 수 있는 한의 서사를 위안의 서사로 변형하여 "딸아, 괜찮다 괜찮아. 그까짓 몸 아무 데 누우면 어떠냐. 너희들이 마련해준 데가 곧 내 잠자리인 것을"(174쪽)이라는 상상 속 어머니의 목소리를 창조해낸다.

앞에서도 이야기했다시피 인용문 속 단어들이 '몸'과 '자다'와 연관되어 있음을 알 수 있다. 어머니 이름을 구성하는 두 한자다. 이 사실을 의미 있게 만드는 것은, "간이 콩알만 해"진 딸의 조급한 간청에 "부드럽고 나직하게 속삭"여 답하는 어머니의 목소리다.(173~174쪽) 딸이 사용한 다소 딱딱한 한자어 '육신'이, 어머니의 말에서는 순 우리말인 '몸'으로 대치된다. 또한 딸이 사용한 동사는 '묻히다'라는 피동형 동작어인 데 반해, 어머니의 서사에서는 '눕다' 그 다음에는 '잠자리' '자는 자리' 속 자동사인 '자다'로 대치된다. 피동형에서 자동형으로 동사가 변환되는 것은, 「말뚝3」 마지막 부분 해석에 중요한 차이를 유도한다.

육신의 묻힘이라는 딸의 표현이 물리적 생명의 종결 과정, 즉 단절을 환유시킨다면, 자식들의 마음을 받아들여 '누워 잠자리'에 든다는 어머니의 표현은, 어머니의 죽음을 인정하면서도 어머니의 존재를 마음속에 살아있는 것으로 여기는 생명 연속을 향한 의지적 표현이라고 볼 수 있다. 작가는 상상 속 초혼 행위를 통해 돌아가신 어머니를 불러와 "한"과 실망과 배반의 서사로 끝날 수 있는 어머니의 죽음을 수용과 이해와 위무의 서사 속에 안치시킨다. 신천지 묘지공원에 '육신'이 묻힌 어머니를, 딸과 손자들과 가족들이 작중 인물로 등장하는 「엄마의 말뚝」이라는 딸의 작품 속에 다시 모셔다가 영원히 살게 하는 것이다. 이 문학적 재창조가 놀랍게도 말 그대로 어머니의 이름의 한자, 즉 '몸 기'와 '잘 숙'이라는 두 단어와 유사한 의미의 단어를 변주하며 서사를 엮어내는 것이 이 장면의 백미다.

어머니의 성함 중 '기숙'이라는 이름은 '엄마의 말뚝'이라는 집의 명패로서 기록된다. 이제 어머니는 작가인 딸이 지어준 '엄마의 말뚝'이라는 집에 영원히 기거하며, 어머니로서 그녀가 살아낸 식민지와 전쟁과 분단시기를, 그리고 무엇보다도 가장 비극적인 순간에서도 그녀가 성취한 주체성을 증거하고 있을 것이다. 그 어머니의 영원한 말뚝은 소설가 박완서다.

8. 마치는 말

박완서는 자신과 어머니에게 자신의 문학적 글쓰기가 삶의 연장으로서 신여성으로서의 삶의 또 다른 시작임을 증명하고 싶었을지 모른다. 박완서는 아내와 주부와 어머니로서의 삶을 통해 신여성 이상에 눌리고 감춰졌던 성인 여성의 몸을 배우고, 성과 모성에 대한 이치를 깨닫고, 그 모든 가려진 세상과 그 이치에 대해 모르는 것이 없는 자신을 만들고자 한 것이 아닐까? 그렇다면 그녀에게는 집이라는 공간이 학교와 그리 다르지 않은 공간이었을 것이리라. 오히려 어머니가 중시하지 않는 어머니의 몸과 어머니가 이웃으로 면하고 있었으면서도 "상종 못할 것들"이라고 배관시한 사람들의 세상에 대한 공부를 통해 역설적으로 어머니의 신여성 이상을 더 확실하게 실천했던 것은 아닐까? 이러한 의미에서 박완서의 늦깎이 데뷔는 주부와 어머니로서의 삶이 반드시 '엄마의 신여성'으로 가던 길을 중단한 것이 아니라 또 다른 단계의 시작임을 증거한다고도 볼 수 있다. 40세 이후 시작된 문학 창작인으로서의 박완서의 길은, 몸과 성을 지닌 여성으로서의 삶을 살아보느라 오랜 시간이 걸렸다 뿐이지 「말뚝 2」의 "어머니가 낯설고 바늘 끝도 안 들어가게 척박한 땅에다가 아등바등 말뚝을 박으시면서 나에게 제발 되어지이다,라고 그렇게도 간절히 바란 신여성"(81쪽)의 길과 그리 벗어난 길이 아니었다. 오히려 엄마의 신여성 이상에 의해 묻혀버렸을 수도 있던 보통 여성의 삶, 즉 중심부에 접해 있을 수는 있으나 언제나 주변부밖에 될 수 없는 여성의 삶의 이치에 대해 경험한 뒤 전업작가로의 삶을 살며 어머니의 이상을 지속적으로 실천한 것으로 볼 수 있다.

「말뚝」 연작은 어머니의 체험을 작품의 몸체로 하고, 어머니의 주관적 정체성인 신여성관을 작품의 정신적 생명으로 하며, 어머니의 객관적 정체성을 이루는 이름의 한자 뜻의 변이형들을 언어적 도구로 하여 직조한 특수한 자전적 문학적 서사이다. 「말뚝」이 주는 감동은 복잡하고 복합적인 작가의 삶의 과제로부터 자신이 걸머져야 할 문학적 과제를 도출하여 그 두 과제를 동시에 수행하는 엄격한 실천 의지에 기인한다고 생각한다. 자신과 가장 가까운 사람들이 속한 세상의 이치를 깊고 성실하고 정직하게 탐구하여 그들이 늘 사용하는 일상어를 통해 각자의 삶을 해석할 수 있는 언어의 방과 집을 만들어주는 것이 박완서의 공부와 예술적 실천의 핵심이다.

이 서사는 어머니가 반세기 전에 시작한 근대 기획을 작가가 비판적으로 계승하여 현재 자신의 삶에서 자신이 개발한 문학적 도구로 추구하는 새로운 의미의 신여성 기획, 그리고 종합적인 의미에서의 탈식민 서사라고 할 수 있다.

최경희 1959년 인천 출생. 미국 시카고대학교 동아시아언어문명학과 부교수. 서울대학교 영어영문학과 학사 및 석사. 인디애나대학교(블루밍턴) 영문학 박사. 주요 논문으로 「「엄마의 말뚝 1」과 여성의 근대성」 「식민지적이지도 민족적이지도 않은: 박완서의 「엄마의 말뚝 1」에서 '신여성'의 형성」 「식민지적 표상으로서의 불구의 몸」, 공저로 「한국여성의 자기서사 (I - III)」 「도서과의 설치와 일제 식민지 출판경찰의 체계화, 1926-1929」가 있으며 영문 저서로 『주색(朱色)의 잉크 아래서: 일본의 식민지 검열과 근대한국문학의 형성』이 미국 코넬대학 출판부에서 출판될 예정이다.

작가
연보

1931	10월 20일 경기도 개풍군 묵송리 박적골에서 출생. 아버지 박영노朴泳魯, 어머니 홍기숙洪己宿. 위로 열 살 위인 오빠 박종서朴鐘緖 있음.
1934(4세)	아버지 별세. 어머니는 오빠만 데리고 서울로 떠남. 조부모와 숙부모 밑에서 어린 시절을 보냄.
1938(8세)	서울로 와서 살게 됨. 매동국민학교 입학.
1944(14세)	숙명여고 입학.
1945(15세)	소개령 때문에 개성으로 이사, 호수돈여고로 전학. 고향에서 해방을 맞음. 서울로 와 학교를 계속 다님. 여중 5학년 때 담임을 맡은 소설가 박노갑 선생에게서 많은 영향을 받음.
1950(20세)	서울대학교 문리대 국어국문학과 입학. 6·25 전쟁으로 학교에 다닌 기간은 며칠 되지 않음. 전쟁 기간 중에 오빠와 숙부가 죽고 대가족의 생계를 책임지게 됨. 미8군 PX(동화백화점. 지금의 신세계백화점 자리)의 초상화부에서 근무. 그곳에서 박수근 화백을 알게 됨.
1953(23세)	4월 21일 호영진扈榮鎭과 결혼. 1남 4녀의 자녀를 둠.(1954년 원숙, 1955년 원순, 1958년 원경, 1960년 원균, 1963년 원태 태어남)
1970(40세)	『나목』으로 〈여성동아〉 여류 장편소설 모집에 당선. 첫 책『나목』(동아일보사) 출간.

1971(41세) 「한발기」 연재.(《여성동아》 1971년 7월호~1972년 11월호. 단행본에 실린 「5월」 부분이 빠져 있음. 1978년에 『목마른 계절』로 출간됨)

「세모」(《여성동아》 4월호), 「어떤 나들이」(《월간문학》 9월호)

1972(42세) 「세상에서 제일 무거운 틀니」(《현대문학》 8월호)

1973(43세) 「부처님 근처」(《현대문학》 7월호), 「지렁이 울음소리」(《신동아》 7월호), 「주말농장」(《문학사상》 10월호)

1974(44세) 「맏사위」(《서울평론》 1월호), 「연인들」(《월간문학》 3월호), 「이별의 김포공항」(《문학사상》 4월호), 「어느 시시한 사내 이야기」(《세대》 5월호), 「닮은 방들」(《월간중앙》 6월호), 「부끄러움을 가르칩니다」(《신동아》 8월호), 「재수굿」(《문학사상》 12월호)

1975(45세) 「도시의 흉년」 연재.(《문학사상》 1975년 12월호~1979년 7월호)

「카메라와 워커」(《한국문학》 2월호), 「도둑맞은 가난」(《세대》 4월호), 「서글픈 순방」(《주간조선》 6월호), 「겨울 나들이」(《문학사상》 9월호), 「저렇게 많이!」(《소설문예》 9월호)

1976(46세) 첫 창작집 『부끄러움을 가르칩니다』(일지사) 출간.

「휘청거리는 오후」 연재.(《동아일보》 1976. 1. 1~1976. 12. 30)

「어떤 야만」(《뿌리깊은 나무》 5월호), 「배반의 여름」(《세계의 문학》 가을호), 「조그만 체험기」(《창작과비평》 겨울호), 「포말의 집」(《한국문학》 10월호)

1977(47세) 『휘청거리는 오후 1, 2』(창작과비평사) 출간.

열화당의 〈신예작가 신작소설선〉 중에 중편집 『창밖은 봄』 출간.

첫 산문집 『꼴찌에게 보내는 갈채』(평민사), 두 번째 산문집 『혼자 부르는 합창』(진문출판사) 출간.

「흑과부」(《신동아》 2월호), 「돌아온 땅」(《세대》 4월호, 「더위 먹은 버스」라는 제목으로 소설집 『배반의 여름』(1978)에 수록), 「상」(《현대문학》 4월호), 「꼭두각시의 꿈」(《수정》 1977), 「꿈을 찍는 사진사」(《한국문학》 6월호),

「여인들」(《세계의 문학》 여름호), 「그 살벌했던 날의 할미꽃」(《문예중앙》 겨울호)

1978(48세)　『목마른 계절』(수문서관) 출간.(《여성동아》 1971년 7월호~1972년 11월호. 「한발기」라는 제목으로 연재)

단편집 『배반의 여름』(창작과비평사) 출간.

산문집 『여자와 남자가 있는 풍경』(한길사) 출간.

「욕망의 응달」 연재.(《여성동아》 1978. 8.~1979. 11.)

「낙토樂土의 아이들」(《한국문학》 1월호), 「집보기는 그렇게 끝났다」(《세계의 문학》 가을호), 「꿈과 같이」(《창작과비평》 여름호), 「공항에서 만난 사람」(《문학과지성》 가을호)

1979(49세)　『도시의 흉년 1, 2』(문학사상사) 출간.

『욕망의 응달』(수문서관) 출간.(이후 1984년 같은 출판사에서 『인간의 꽃』이라는 제목으로 다시 나온 뒤 절판. 1989년 다시 원제대로 우리문학사에서 재출간되었으나 타계 전 작가의 요청으로, 〈박완서 소설전집 결정판〉(세계사) 목록에서 제외함)

창작동화집 『달걀은 달걀로 갚으렴』(샘터사) 출간.(같은 해 『마지막 임금님』이라는 제목으로도 출간됨)

『꿈을 찍는 사진사』(열화당) 출간.(1977년 펴냈던 『창밖은 봄』과 동일한 작품을 묶음)

「살아 있는 날의 시작」 연재.(《동아일보》 1979. 10. 2~1980. 5. 30)

「내가 놓친 화합」(《문예중앙》 봄호), 「황혼」(《뿌리깊은 나무》 3월호), 「우리들의 부자富者」(《신동아》 8월호), 「추적자」(《문학사상》 10월호)

1980(50세)　「그 가을의 사흘 동안」으로 제7회 한국문학작가상 수상.

〈동아일보〉에 연재했던 『살아 있는 날의 시작』(전예원) 출간.

「오만과 몽상」 연재.(《한국문학》 1980년 12월호~1982년 3월호)

「그 가을의 사흘 동안」(《한국문학》 6월호), 「엄마의 말뚝 1」(《문학사상》

9월호), 「육복六福」(《소설문학》 11월호), 「침묵과 실어」(《세계의 문학》 겨울호), 「옥상의 민들레꽃」(《실천문학》 창간호)

1981(51세) 「엄마의 말뚝 2」로 제5회 이상문학상 수상.

20년간 살던 보문동 한옥을 떠나 잠실의 아파트로 이사.

오늘의 작가 총서 『나목 · 도둑맞은 가난』(민음사) 출간.

소설집 『이민 가는 맷돌』(심설당) 출간.

「천변풍경」(《문예중앙》 봄호), 「엄마의 말뚝 2」(《문학사상》 8월호), 「쥬디 할머니」(《소설문학》 10월호), 「꽃 지고 잎 피고」(피어리스 사보 〈Ami〉 1981), 「로얄 박스」(《현대문학》 12월호)

「도둑맞은 가난」이 일본에서 「盗まれた貧しさ」라는 제목으로 『韓国現代文学13人集』(古由高麗雄 편)에 수록 출간.(新潮社)

1982(52세) 10월과 11월, 문화공보부 주최 문인 해외연수에 참가, 유럽과 인도를 다녀옴.(김치수, 염재만, 이호철, 홍윤숙, 김영옥, 유재용, 김승옥, 박연희, 김홍신 등 참가)

『오만과 몽상』(한국문학사) 출간.(1985년 고려원에서 재출간)

단편집 『엄마의 말뚝』(일월서각) 출간.(첫 창작집 이후 발표된 소설을 묶음)

산문집 『살아 있는 날의 소망』(학원사) 출간.

「그해 겨울은 따뜻했네」 연재.(《한국일보》 1982. 1. 5~1983. 1. 15)

「떠도는 결혼」 연재.(《주부생활》 1982. 4.~1983. 11.)

「유실」(《문학사상》 5월호), 「무중霧中」(《세계의 문학》 여름호)

1983(53세) 『그해 겨울은 따뜻했네』(민음사) 출간.(《한국일보》에 연재한 동명의 소설)

「그의 외롭고 쓸쓸한 밤」(《문학사상》 3월호), 「아저씨의 훈장」(《현대문학》 5월호), 「무서운 아이들」(《한국문학》 7월호), 「소묘」(《소설문학》 8월호)

「그 살벌했던 날의 할미꽃」이 영국 런던에서 「A Pasque-Flower on That Bleak Day」라는 제목으로, 중단편 소설집 『The Rainy Spell and

Other Korean Stories』(서지문 역)에 수록 출간.(onyx press)

1984(54세) 7월 1일 영세 받음.

그해 창간된 잡지 〈2000년〉에 1984년 5월부터 12월까지 연재한 풍자 소설 「서울 사람들」이 단행본 『서울 사람들』로(글수레) 출간.

『인간의 꽃』(수문서관) 출간.(1979년에 출간된 『욕망의 응달』을 제목을 바꿔 재출간함)

「재이산」(〈여성문학〉 1월호), 「울음소리」(〈문학사상〉 2월호), 「저녁의 해후」(〈현대문학〉 3월호), 「어느 이야기꾼의 수렁」(〈문예중앙〉 여름호), 「움딸」(〈학원〉 9월호), 「지 알고 내 알고 하늘이 알건만」(『창비 84 신작 소설집 - 지 알고 내 알고 하늘이 알건만』)

1985(55세) 방이동 아파트로 이사함.

11월 무렵 일본 '국제기금' 재단의 초청으로 홀로 일본 여행.

『서 있는 여자』(학원사) 출간.(〈주부생활〉에 연재했던 「떠도는 결혼」과 같은 작품)

〈베스트셀러 소설선집 7〉『나목』(중앙일보사) 출간.

단편 선집 『그 가을의 사흘 동안』(나남) 출간.

한국문학사에서 나왔던 장편 『오만과 몽상』(고려원) 재출간.

자선 에세이집 『지금은 행복한 시간인가』(자유문학사) 출간.

대하장편소설 「未忘(미망)」 연재 시작.(〈문학사상〉 3월호)

「해산바가지」(〈세계의 문학〉 여름호), 「초대」(〈문학사상〉 10월호), 「애보기가 쉽다고?」(〈동서문학〉 12월호), 「사람의 일기」(『창비 85 신작소설집 - 슬픈 해후』), 「저물녘의 황홀」(『문학과지성사 신작소설집 - 숨은 손가락』)

1986(56세) 창작집 『꽃을 찾아서』(창작과비평사) 출간.(『엄마의 말뚝』 이후, 1982년 에서 1986년 사이에 창작한 중단편 수록)

산문집 『서 있는 여자의 갈등』(나남) 출간.

「비애의 장」(〈현대문학〉 2월호), 「꽃을 찾아서」(〈한국문학〉 8월호)

1987(57세) 단편 선집『그 살벌했던 날의 할미꽃』(심지출판사) 출간.

『이상 문학수상가 대표작품집 6 - 박완서』(문학세계사) 출간.

「저문 날의 삽화 1」(『여성동아문집 - 분노의 메아리』, 전예원), 「저문 날의 삽화 2」(《또 하나의 문화 4호: 여성 해방의 문학》), 「저문 날의 삽화 3」(《현대문학》 6월호), 「저문 날의 삽화 4」(《창비 1987》, 부정기 간행물)

1988(58세) 남편(5월)과 아들(8월)이 연이어 세상을 떠남.

서울을 떠나 부산 분도수녀원에서 지냄. 미국 여행을 다녀옴.

10월부터 이듬해 4월까지 〈문학사상〉에 연재하던 「미망」을 중단함.

「저문 날의 삽화 5」(《소설문학》 1월호)

1989(59세) 단행본『그대 아직도 꿈꾸고 있는가』(삼진기획) 출간.

『서 있는 여자』(작가정신) 재출간.(1985년 학원사에서 출간됐던『서 있는 여자』재출간)

「그대 아직도 꿈꾸고 있는가」 연재.(《여성신문》 제11호(2월 17일)~제34호(7월 28일))

1988년 10월부터 연재 중단했던 「미망」 다시 연재 시작.(《문학사상》 5월호)

「복원되지 못한 것들을 위하여」(《창작과비평》 여름호), 「가家」(《현대문학》 11월호)

「그 살벌했던 날의 할미꽃」이 프랑스에서 「Une Vieille Anémone, Un Jour Lugubre」라는 제목으로 『Une Fille Nommée Deuxième Garçon』(최윤, Patrick Maurus 역)에 수록 출간.(Le Méridien Editeur)

1990(60세) 『미망』으로 대한민국문학상 우수상 수상.

해외 성지순례를 다녀옴.

〈문학사상〉 5월호로 완결된『미망 1, 2, 3』(문학사상사)이 단행본으로 출간.

산문집『나는 왜 작은 일에만 분개하는가』(햇빛출판사) 출간.

참척의 고통을 겪으면서 기록한 일기인 「한 말씀만 하소서」 연

재.(가톨릭 잡지 〈생활성서〉 1990. 9.~1991. 9.)

1991(61세)　『미망』으로 제3회 이산문학상 수상.

회갑 기념 단편소설집 『저문 날의 삽화』(문학과지성사) 출간.

콩트집 『나의 아름다운 이웃』(작가정신) 출간.(1981년에 출간된 『이민

가는 맷돌』(심설당)에 실린 작품을 재출간)

「여덟 개의 모자로 남은 당신」(『여성동아문집 - 여덟 개의 모자로 남은 당

신』, 정민), 「엄마의 말뚝 3」(〈작가세계〉 봄호, 「박완서 특집」), 「우황청심

환」(〈창작과비평〉 여름호)

「엄마의 말뚝 1」이 영역되어 출간.(유영난 역, 『번역이란 무엇인가』, 태

학사)

1992(62세)　'소설로 그린 자화상' 이라는 표제로 『그 많던 싱아는 누가 다 먹었

을까』(웅진출판) 출간.

『박완서 문학 앨범』(웅진출판) 출간.

동화집 『산과 나무를 위한 사랑법』(샘터사) 출간.(1979년 샘터사에서

냈던 동화들을 모음)

「오동의 숨은 소리여」(〈현대소설〉 봄호)

『서 있는 여자』가 일본에서 『結婚』(中野宣子 역)이라는 제목으로 출

간.(學藝書林)

1993(63세)　제19회 중앙문화대상(예술 부문) 수상.

「꿈꾸는 인큐베이터」로 제38회 현대문학상 수상.

제38회 현대문학상 수상소설집 『꿈꾸는 인큐베이터』(현대문학) 출간.

『박완서 문학상 수상 작품집』(훈민정음) 출간.(「그 가을의 사흘 동안」

「엄마의 말뚝 2」「꿈꾸는 인큐베이터」 수록)

〈박완서 소설 전집〉(세계사) 『휘청거리는 오후』(소설 전집 1), 『도시의

흉년』(소설 전집 2, 3), 『휘청거리는 오후』(소설 전집 4), 『욕망의 응달』

(소설 전집 5) 출간.

「꿈꾸는 인큐베이터」(《현대문학》 1월호), 「티타임의 모녀」(《창작과비평》 여름호), 「나의 가장 나종 지니인 것」(《상상》 창간호(가을호))

「엄마의 말뚝 1」이 프랑스 〈Lettres coréennes〉 시리즈 중 『Le piquet de ma mère』(강고배, Hélène Lebrun 역)라는 제목으로 출간.(Actes Sud)

「겨울 나들이」가 미국에서 「Winter Outing」이라는 제목으로 『Land of Exile』(Marshall R. Pihl 역)에 수록 출간.(M. E. Sharpe)

1994(64세)   「나의 가장 나종 지니인 것」으로 제25회 동인문학상 수상

『제25회 동인문학상 수상작품집 – 나의 가장 나종 지니인 것』(조선일보사) 출간.

신작 소설집 『한 말씀만 하소서』(솔) 출간.(일기와 『저문 날의 삽화』 이후의 소설을 묶음)

전작동화 『부숭이의 땅힘』(한양출판) 출간.

첫 창작집 『부끄러움을 가르칩니다』(한양출판) 재출간.

1977년에 출간한 첫 수필집 『꼴찌에게 보내는 갈채』(한양출판) 재출간.(일부 재수록)

〈박완서 소설 전집〉(세계사) 『목마른 계절』(소설 전집 6), 『엄마의 말뚝』(소설 전집 7), 『오만과 몽상』(소설 전집 8), 『그해 겨울은 따뜻했네』(소설 전집 9) 출간.

「가는 비, 이슬비」(한국문학 3·4월 합본호)

『그대 아직 꿈꾸고 있는가』가 독일에서 『Das Familienregister』(Helga Picht 역)이라는 제목으로 출간.(Verlag Volk &Welt)

1995(65세)   「환각의 나비」로 제1회 한무숙문학상 수상.

『그 산이 정말 거기 있었을까』(웅진출판) 출간.

단편 선집 『여덟 개의 모자로 남은 당신』(삼성) 문고판 출간.

산문집 『한 길 사람 속』(작가정신) 출간.

〈박완서 소설 전집〉(세계사) 『나목』(소설 전집 10), 『서 있는 여자』(소설 전집 11) 출간.

「마른 꽃」(《문학사상》 1월호), 「환각의 나비」(《문학동네》 봄호)

『나목』이 미국 코넬대학교 출판부에서 『The Naked Tree』(유영난 역)라는 제목으로 출간.(Cornell University)

「더위 먹은 버스」 「꿈꾸는 인큐베이터」 「티타임의 모녀」 단편 세 편이 독일에서 『Die Trämende Brutmaschine: 꿈꾸는 인큐베이터』 (채운정, Rainer Werning 역)라는 제목으로 출간.(Secolo)

「티타임의 모녀」가 일본에서 「ティータイムの母娘」(岸井紀子 역)이라는 제목으로 〈韓國女性作家作品集(한국여성가작품집)〉 중 『冬の幻』(朝鮮文學硏究會 역)에 수록 출간.(韓日カルチャーセンター図書出版室)

「세모」 「주말농장」이 중국에서 「岁暮」 「周末农场」라는 제목으로 『韩国女作家作品选(한국여작가작품선)』에 수록 출간.(社会科学文献出版社)

1996(66세) 단편선집 『울음소리』(솔) 출간.

수필집 『우리를 두렵게 하는 것들』(자유문화사) 출간.

〈박완서 소설 전집〉(세계사) 『미망』(소설 전집 12, 13) 출간.

「참을 수 없는 비밀」(《창작과비평》 겨울호)

1997(67세) 『그 산이 정말 거기 있었을까』로 제5회 대산문학상 수상.

티베트 · 네팔 기행기 『모독』(학고재) 출간.

동화집 『속삭임』(샘터사) 출간.

「길고 재미없는 영화가 끝나갈 때」(《라쁠륨》 봄호), 「그 여자네 집」(『여성동아 문집 – 13월의 사랑』, 예감), 「너무도 쓸쓸한 당신」(《문학동네》 겨울호)

「닮은 방들」이 미국에서 「Identical Apartment」라는 제목으로

『WAYFARER』(Bruce Fulton, Ju-Chan Fulton 편역)에 수록 출간.(Women In Translation)

1998(68세)   구리시 아천동으로 이사함.

보관문화훈장(문화관광부) 수상.

단편소설집『너무도 쓸쓸한 당신』(창작과비평사) 출간.

산문집『어른 노릇 사람 노릇』(작가정신) 출간.

그림동화『이게 뭔지 알아맞혀 볼래?』(미세기) 출간.

「꽃잎 속의 가시」(〈작가세계〉봄호), 「공놀이하는 여자」(〈당대비평〉여름호), 「J-1 비자」(〈창작과비평〉겨울호)

1999(69세)   『너무도 쓸쓸한 당신』으로 제14회 만해문학상 수상.

묵상집『님이여, 그 숲을 떠나지 마오』(여백) 출간.

에세이 선집『작은 마음이 아름다운 세상을 만든다』(미래사) 출간.

단편동화집『자전거 도둑』(다림) 출간.(첫 동화집『달걀은 달걀로 갚으렴』에서 여섯 편을 선별해 실음)

「아주 오래된 농담」연재 시작.(〈실천문학〉겨울호)

〈단편소설 전집〉(전5권, 문학동네)『어떤 나들이』(단편소설 전집 1), 『조그만 체험기』(단편소설 전집 2), 『아저씨의 훈장』(단편소설 전집 3), 『해산바가지』(단편소설 전집 4), 『가는 비 이슬비』(단편소설 전집 5) 출간.

단편 아홉 편이 미국에서『My Very Last Possession』(전경자 외 역)라는 제목으로 출간.(M. E. Sharpe)

「저문 날의 삽화」「그 가을의 사흘 동안」「도둑맞은 가난」「엄마의 말뚝 1, 2, 3」단편 여섯 편이 미국에서『A SKETCH OF THE FADING SUN』(이현재 역)이라는 제목으로 출간.(White Pine Press)

『그 많던 싱아는 누가 다 먹었을까』가 일본에서『新女性を生きよ』(朴福美 역)라는 제목으로 출간.(梨の木舍)

「어느 이야기꾼의 수렁」이 독일에서「Im Sumpf steckengeblieben」

이라는 제목으로 『Am Ende der Zeit』(Helga Picht, Heidi Kang 편)에
수록 출간.(Pendragon)

2000(70세)   제14회 인촌상 수상.(문학 부문)

9월 '2000 서울 국제 문학포럼'에서 「포스트 식민지적 상황에서의
글쓰기」 발표.

등단 30주년 기념, 산문 선집 『아름다운 것은 무엇을 남길까』(세계
사), 『박완서 문학 30년 기념 비평집: 박완서 문학 길찾기』(세계사)
출간.

「아주 오래된 농담」(《실천문학》 가을호) 연재를 마친 후 단행본 『아주
오래된 농담』(실천문학사) 출간.

2001(71세)   「그리움을 위하여」로 제1회 황순원문학상 수상.

장편동화 『부숭이는 힘이 세다』(계림북스쿨) 출간.(『부숭이의 땅힘』
(1994)을 손보아 이름을 바꾸어 출간)

「그리움을 위하여」(《현대문학》 2월호), 「또 한해가 저물어 가는데」(『우
리시대의 여성작가 15인 신작소설집 - 진실 혹은 두려움』, 동아일보사)

「그 가을의 사흘 동안」을 영역한 『Three Days in That Autumn』(유
숙희 역)이 지문당의 〈The Portable Library of Korean Literature〉
시리즈 여덟 번째 책으로 출간.

2002(72세)   산문집 『꼴찌에게 보내는 갈채』(세계사) 개정 증보판 출간.(「내가 걸
어온 길」 등이 추가됨)

소설 모음집 『저문 날의 삽화』(문학과지성사) 개정판 출간.

〈박완서 소설 전집〉(세계사) 개정판 출간.(전14권, 장정을 새로 함)

산문집 『두부』(창작과비평사) 출간.

자전적 동화 『옛날의 사금파리』(그림 우승우, 열림원) 출간.

『우리 시대의 소설가 박완서를 찾아서』(웅진닷컴) 발간.(『박완서 문학
앨범』(1992)의 개정증보판)

「아치울 이야기」(『여성작가 16인 신작소설집 – 피스타치오 나무 아래서 잠들다』, 동아일보사), 「그 남자네 집」(《문학과사회》 여름호)

「나의 가장 나종 지니인 것」이 독일에서 「Das Allerwichtigste in meinem Leben Erzälung」이라는 제목으로 『Wintervision』(김희열, Achim Neitzert 역)에 수록 출간.(Haag+Herchen)

「엄마의 말뚝」이 일본에서 「母さんの杭」라는 제목으로 『現代韓国短篇選(현대한국단편선) 下』(三枝寿勝 역)에 수록 출간.(岩波書店)

2003(73세) 산문집(콩트집) 『나의 아름다운 이웃』(작가정신) 개정판 출간.

첫 동화집 『달걀은 달걀로 갚으렴』에 수록되었던 「옥상의 민들레꽃」을 만화로 구성한 『옥상의 민들레꽃』(그림 강용숭, 이가서)이 〈만화로 보는 한국문학 대표작선 003〉으로 출간.

김남조 · 김후란 · 박완서 · 전옥주 · 한말숙 5인 에세이집 『세월의 향기』(솔과 학) 출간.

〈박완서 소설 전집〉(세계사) 『휘청거리는 오후』(소설 전집 1), 『욕망의 응달』(소설 전집 5), 『목마른 계절』(소설 전집 6), 『서 있는 여자』(소설 전집 11) 개정판 출간.

「마흔아홉 살」(《문학동네》 봄호), 「후남아, 밥 먹어라」(《창작과비평》 여름호)

『그 산이 정말 거기 있었을까』가 스페인 트로타 출판사의 〈한국문학시리즈〉 중 첫 책으로 『Aquella montaña tan lejana』(김혜정, Francisco Javier Martaín Ortíz 역)라는 제목으로 출간.(Trotta)

2004(74세) 〈현대문학〉 창간 50주년을 기념한 장편소설 『그 남자네 집』(현대문학사) 출간.(2002년 〈문학과사회〉에 발표한 동명 단편을 기초로 한 작품)

일기 『한 말씀만 하소서: 자식을 잃은 참척의 고통과 슬픔, 그 절절한 내면 일기』(판화 한지예, 세계사) 재출간.

〈그림, 소설을 읽다〉(전5권) 시리즈 첫 권으로 『나목에 핀 꽃』(그림 박항률, 랜덤하우스중앙) 출간.

1997년에 펴낸 첫 동화집에 수록되었던 여섯 편에, 최근에 쓴 동화 「보시니 참 좋았다」 「아빠의 선생님이 오시는 날」을 새로 더해, 동화집 『보시니 참 좋았다』(그림 김점선, 이가서) 출간.

〈박완서 소설 전집〉(세계사) 『꿈엔들 잊힐리야』(박완서 소설 전집 12, 13, 14) 출간.(장편소설 『미망』(소설 전집 12, 13)의 일부 내용을 수정·보완한 후 표지 장정과 본문 디자인을 바꾸어 출간)

청소년판 『그 많던 싱아는 누가 다 먹었을까』(그림 강전희, 웅진닷컴) 출간.

「해산바가지」가 일본에서 「出産バガヂ」라는 제목으로 『韓国女性作家短編選(한국여성작가단편선)』(朴柯礼 역)에 수록 출간.(穂高書店)

2005(75세)   12편의 기행 산문을 모은 기행산문집 『잃어버린 여행가방』(실천문학사) 출간.(1997년 학고재에서 출간했던 『모독』 포함)

『그 산이 정말 거기 있었을까』 『그 많던 싱아는 누가 다 먹었을까』 (웅진지식하우스) 양장본으로 재출간.

만화 『그 많던 싱아는 누가 다 먹었을까 1, 2』(그림 김광성, 세계사) 출간.(어린이를 위해 만화로 재구성)

〈다시 읽는 한국문학〉 시리즈 『다시 읽는 박완서 – 엄마의 말뚝』(그림 이승원, 맑은소리, 다시 읽는 한국문학 21) 출간.

〈20세기 한국소설〉 시리즈 『박완서』(창작과비평사, 20세기 한국소설 35) 출간.(「조그만 체험기」 「그 가을의 사흘 동안」 「엄마의 말뚝 2」 「해산바가지」 「나의 가장 나종 지니인 것」 등 수록)

「거저나 마찬가지」(《문학과사회》 봄호), 「촛불 밝힌 식탁」(『박완서 외 여성작가 17인 신작소설 – 촛불 밝힌 식탁』, 동아일보사)

『그 많던 싱아는 누가 다 먹었을까』가 대만에서 『那麼多的草葉哪裡去了?』(安金連, 臺北市 역)라는 제목으로 출간.(大塊文化)

『그 많던 싱아는 누가 다 먹었을까』가 태국에서 『ในความทรงจำ: แห่งชีวิตอันเยาว์วัย』라는 제목으로 출간.(TPA Press)

2006(76세) 5월 17일 서울대학교 명예문학박사 학위 수여.

제16회 호암상 예술상 수상.

묵상집 『옳고도 아름다운 당신』(시냇가에 심은 나무) 출간.(1996년부터 1998년까지 가톨릭 〈서울주보〉의 '말씀의 이삭'에 발표한 94편의 에세이를 모은 『님이여, 그 숲을 떠나지 마오』의 개정판)

문학상 수상작을 모아 『환각의 나비』(푸르메) 출간.(「그 가을의 사흘 동안」 「엄마의 말뚝」 「꿈꾸는 인큐베이터」 「나의 가장 나종 지니인 것」 「환각의 나비」 등 수록)

1999년 출간된 〈박완서 단편소설 전집〉(전5권, 문학동네)에, 1998년에 출간된 『너무도 쓸쓸한 당신』(창작과비평사)을 추가하여, 개정판 〈박완서 단편소설 전집〉(전6권, 문학동네) 출간.(『부끄러움을 가르칩니다』(단편소설 전집 1), 『배반의 여름』(단편소설 전집 2), 『그의 외롭고 쓸쓸한 밤』(단편소설 전집 3), 『저녁의 해후』(단편소설 전집 4), 『나의 가장 나종 지니인 것』(단편소설 전집 5), 『그 여자네 집』(단편소설 전집 6))

「대범한 밥상」(〈현대문학〉 2006년 1월호), 「친절한 복희씨」(〈창작과비평〉 봄호), 「그래도 해피 엔드」(〈문학판〉 가을, 한국현대문학관), 「궁합」 「달나라의 꿈」(『저 마누라를 어쩌지』, 정음)

「마른 꽃」이 한영 대역본으로 『Weathered Blossom』(유영난 역)이라는 제목으로 출간.(한림)

『너무도 쓸쓸한 당신』이 중국에서 『孤獨的你』(朴善姬, 何彤梅 역)라는 제목으로 출간.(上海译文出版社)

「엄마의 말뚝 1, 2, 3」이 프랑스에서 『Les Piquets de ma mère』(Patrick Maurus, 문시연 역)라는 제목으로 완역 출간.(Actes Sud)

「배반의 여름」이 멕시코에서 「Traición en Verano」라는 제목으로

『Por la escalera del arco iris』(정권태, 유희명, Raúl Aceves, Jorge Orendáin 역)에 수록 출간.(ARLEQUíN)

2007(77세)   산문집『호미』(열림원) 출간.

소설집『친절한 복희씨』(문학과지성사) 출간.

이해인, 이인호와 함께, 대담집『대화』(샘터) 출간.

청소년판『엄마의 말뚝』(열림원) 출간.

〈다시 읽는 한국문학〉 시리즈『다시 읽는 박완서 – 엄마의 말뚝 2 · 3』(그림 이수정, 맑은소리, 다시 읽는 한국문학 22) 출간.

〈교과서 한국문학〉 시리즈 박완서 편으로, 제1권『옥상의 민들레꽃』(방민호 엮음, 휴이넘)을 시작으로 총 10권 발간.

중국 인민문학출판사의 〈韓國文學叢書(한국문학총서)〉 중『그 남자네 집』이『那个男孩的家』(王策宇, 金好淑 역)라는 제목으로 출간.(人民文學出版社)

『나목』이 중국에서『裸木』(김연란 역)이라는 제목으로 출간.(上海译文出版社)

2008(78세)   『꼴찌에게 보내는 갈채』(세계사) 문고판 출간.

산문집『옳고도 아름다운 당신』(열림원) 재출간.

〈박완서 소설 전집〉(세계사)『그 많던 싱아는 누가 다 먹었을까』(박완서 소설 전집 16),『그 산이 정말 거기 있었을까』(박완서 소설 전집 17) 출간.

2월부터 12월까지 〈현대문학〉에 '박완서 연재 에세이' 연재.(총8회)

「땅 집에서 살아요」(『우리 시대 대표 여성작가 12인 단편 작품집 – 소설가의 집』, 중앙북스)

멕시코 〈Colección de Literatura Coreana〉 시리즈 중『그대 아직도 꿈꾸고 있는가』가『¿Seguirá soñando?』(전진재, Vilma Patricia Pulgarín Duque 역)라는 제목으로 출간.(Librisite)

2009(79세)　이야기 모음집 『세 가지 소원』(그림 전효진, 마음산책) 출간.(1970년 초
　　　　　　부터 최근까지 콩트나 동화를 청탁받았을 때 써둔 짧은 이야기를 모음)

　　　　　　1998년에 출간되었던 산문집 『어른 노릇 사람 노릇』(작가정신) 재출
　　　　　　간.(장정과 표지 디자인을 새롭게 함)

　　　　　　중국 상해역문출판사의 〈韓國現当代文學精選(한국현당대문학정선)〉
　　　　　　시리즈 중 『아주 오래된 농담』이 『非常久遠的玩笑』(金泰成 역)라는
　　　　　　제목으로 출간.(上海译文出版社)

　　　　　　중국 상해역문출판사에서 〈韓國当代文作家精品系列(한국당대문작가
　　　　　　정품계열)〉시리즈 중 『휘청거리는 오후』가 『蹒跚的午后』(李貞嬌, 李茸
　　　　　　역)라는 제목으로 출간.(上海译文出版社)

　　　　　　미국 컬럼비아대학교 출판부의 〈Weatherhead books on Asia〉 시
　　　　　　리즈 중 『그 많던 싱아는 누가 다 먹었을까』가 『Who Ate Up All
　　　　　　The Shinga?』(유영난, Stephen J. Epstein 역)이라는 제목으로 출
　　　　　　간.(Columbia University Press)

　　　　　　「조그만 체험기」「그 가을의 사흘 동안」이 브라질에서 각각 「A
　　　　　　pequena expeiência」「Três dias daquele outono」라는 제목으로
　　　　　　『Contos Contemporâneos Coreanos』(임윤정 역)에 수록 출
　　　　　　간.(Landy)

2010(80세)　산문집 『못 가본 길이 더 아름답다』(현대문학) 출간.(2002년 2월 〈현대
　　　　　　문학〉에 발표한 에세이 「구형예찬」을 비롯하여 2008년 2월부터 12월까지 〈현
　　　　　　대문학〉에 연재한 '박완서 연재 에세이'와 그동안 쓴 짧은 글 등을 모음)

　　　　　　「석양을 등에 지고 그림자를 밟다」(〈현대문학〉 2월호), 「엄마의 초상」
　　　　　　(『가족, 당신이 고맙습니다』, 중앙북스)

2011(81세)　1월 22일 오전 6시 17분, 담낭암으로 투병하다 세상을 떠남.

　　　　　　1월 24일, 금관문화훈장 추서.

　　　　　　1월 25일, 경기도 용인시 모현면 오산리 천주교 서울대교구 공원묘

지에 안장됨.

4월, 『모든 것에 따뜻함이 숨어 있다: 박완서 문학 앨범』(웅진지식하우스), 관악 초청 강연록 『박완서: 문학의 뿌리를 말하다』(서울대학교 출판문화원), 그림동화책 『아가 마중: 참으로 놀랍고 아름다운 일』(그림 김재홍, 한울림) 출간.

「그 가을의 사흘 동안」이 프랑스에서 『Trois jours en automne』(Benjamin Joinau, 이정순 역)라는 제목으로 출간.(Atelier des Cahiers)

「친절한 복희씨」가 일본에서 「親切な 福姫さん」(渡辺直紀 역)이라는 제목으로 〈아시아 단편 베스트 셀렉션〉 중 『天國の風』에 수록 출간.(新潮社)

「부끄러움을 가르칩니다」가 미국에서 「We teach shame!」이라는 제목으로 『Waxen Wings』(Bruce Fulton 편)에 수록 출간.(Koryo Press)

2012   1월 22일(1주기) 그간에 출간된 장편소설을 모아 〈박완서 소설전집 결정판〉(세계사) 출간.(생전에 직접 원고를 손보다가 타계 후에는 유족과 기획위원들이 작업을 최종 마무리함)

〈박완서 소설전집 결정판〉 기획위원

권명아 1965년 서울 출생. 문학평론가, 동아대학교 국어국문학과 조교수. 연세대 불문과 및 동 대
학원 국문과 박사. 1994년 「박완서 문학 연구」로 〈작가세계〉 문학상 평론 부문 신인상에
당선되며 등단했다. 『박완서 문학 길찾기』(세계사, 2000)를 공동 편찬했다. 대표 저서로
는 『가족 이야기는 어떻게 만들어지는가』 『맞장 뜨는 여자들』 『문학의 광기』 『역사적 파시
즘』 『탕아들의 자서전』 『식민지 이후를 사유하다』 등이 있다.

이경호 1955년 서울 출생. 문학평론가, 한서대학교 문예창작과 겸임교수. 고려대학교 영문과 및
동 대학원 비교문학 박사과정을 수료했다. 국내 문학인들을 분석 탐구해온 계간지 〈작가세
계〉 편집 주간을 지냈으며 『박완서 문학 길찾기』(세계사, 2000)를 공동 편찬했다. 저서로
는 『문학과 현실의 원근법』 『문학의 현기증』 『상처학교의 시인』 등이 있다.

호원숙 1954년 서울, 박완서의 맏딸로 태어났다. 수필가, 경운박물관 운영위원. 서울대학교 사범
대학 국어교육과를 졸업했으며 『뿌리깊은 나무』 편집 기자를 지냈다. 1992년 출간된 『박
완서 문학앨범』(웅진출판)에 어머니 박완서에 관한 「행복한 예술가의 초상」을 쓰기도 했
다. 저서로는 『큰 나무 사이로 걸어가니 내 키가 커졌다』, 공저로는 어머니와 함께 쓴 『모든
것에 따뜻함이 숨어 있다』 등이 있다.

홍기돈 1970년 제주 출생. 가톨릭대학교 국어국문학과 교수. 중앙대학교 국문과를 졸업하고 동
대학원에서 「김수영 시 연구」로 석사학위, 「김동리 연구」로 박사학위를 받았다. 1999년
한강의 소설을 분석한 「그림자로 놓인 오십 개의 징검다리 건너기」로 계간 〈작가세계〉 문
학상 평론 부문 신인상에 당선되며 등단했다. 〈비평과전망〉 〈시경〉 〈작가세계〉 편집위원을
지냈다. 저서로는 『페르세우스의 방패』 『인공낙원의 뒷골목』 『근대를 넘어서려는 모험들』
『김동리 연구』 등이 있다.

엄마의 말뚝

초판 1쇄 발행 2012년 1월 22일
초판 25쇄 발행 2022년 11월 16일

지은이   박완서
펴낸이   최동혁

기획위원   권명아 · 이경호 · 호원숙 · 홍기돈
기획본부장   강훈
영업본부장   최후신
기획편집   강현지 · 오은지 · 조예원 · 한윤지
디자인팀   유지혜 · 김진희
마케팅팀   김영훈 · 김유현 · 양우희 · 심우정 · 백현주
영상제작   김예진 · 박정호
물류제작   김두홍
재무회계   권은미
인사경영   조현희 · 양희조
북디자인   오진경

펴낸곳   (주)세계사 컨텐츠 그룹
주소   06071 서울시 강남구 도산대로 542 8, 9층 (청담동, 542빌딩)
문의   plan@segyesa.co.kr
홈페이지 www.segyesa.co.kr
출판등록 1988년 12월 7일 (제406-2004-003호)
인쇄   예림인쇄
제본   다인바인텍

ⓒ 박완서, 2012, Printed in Seoul, Korea

ISBN 978-89-338-0184-0 (04810)
ISBN 978-89-338-0173-4 (세트)